怀疑 批判 探索

陈宗俊，安徽怀宁人。文学博士，北京大学中文系高级访问学者。现为安庆师范大学人文学院教授、硕士研究生导师。主要从事中国现当代文学研究与批评。主持教育部人文社科研究一般项目在内的各级课题6项，参与国家社科基金重大项目多项。在《中国现代文学研究丛刊》《中国当代作家评论》《光明日报》等报刊发表学术论文80余篇，出版《飞翔与行走》《潘军论》《中国新时期小说发展史论》（合著）等著作。主要社会兼职有：国家社科基金项目通讯评审与成果鉴定专家、安徽省哲学社会科学规划项目评审专家、安徽省张恨水研究会副会长、安徽省作家协会特约批评家、南京财经大学当代中国散文诗创作与研究中心特聘研究员、安庆市文艺评论家协会副主席等。曾获安徽省教学成果奖、安徽省文艺评论奖等多项奖项。

PAN JUN
XIAOSHUO
YANJIU ZILIAO

陈宗俊 主编

潘军小说
研究资料

图书在版编目（CIP）数据

潘军小说研究资料 / 陈宗俊主编. -- 合肥 : 安徽文艺出版社，2025.3
ISBN 978-7-5396-6815-4

Ⅰ．①潘… Ⅱ．①陈… Ⅲ．①潘军－小说评论－文集 Ⅳ．①I207.42-53

中国国家版本馆CIP数据核字(2024)第094458号

本书出版获安庆师范大学人文学院高峰培育学科建设经费专项资助

出 版 人：姚　巍
责任编辑：张妍妍　柯　谐　　　　装帧设计：马德龙

....

出版发行：安徽文艺出版社　www.awpub.com
地　　址：合肥市翡翠路1118号　邮政编码：230071
营 销 部：(0551)63533889
印　　制：安徽新华印刷股份有限公司 (0551)65859551

....

开本：710×1010　1/16　印张：22.75　字数：410千字
版次：2025年3月第1版
印次：2025年3月第1次印刷
定价：68.00元

....

（如发现印装质量问题，影响阅读，请与出版社联系调换）
版权所有，侵权必究

目 录

第一辑

陈晓明:对文学说话:潘军的写作及其他 / 003
李洁非:现在的写城市的潘军 / 011
吴义勤:让真实飘在风中 / 014
唐先田:有限之中蕴含着无限
　　——潘军短篇小说的纯文学价值 / 018
南方朔:潘军的"新表现时代"与《重瞳》这本选集 / 031
蔡诗萍:潘军写活了与一般男人不一样的男人 / 034
吕正惠:潘军的小说和他这个人 / 038
青峰:"欲望"的写作
　　——潘军小说散论 / 043
许春樵:潘军小说解读的其他几种可能性 / 063
王海燕:潘军论 / 067
方维保:恣情的诗意
　　——论潘军的小说创作 / 081
方维保:浪子·硬汉与生存恐惧
　　——潘军小说论之三 / 088
赵修广:当代文人心魂漂泊历程的叙事
　　——论潘军小说创作从先锋到现实主义的嬗变 / 095
丁增武:先锋叙事:漫游与回归
　　——潘军中篇小说论 / 104

黄晓东:城市状态的个性书写
　　——潘军城市叙事解读 / 111
陈宗俊:"认知高于表现"
　　——论潘军回乡后的小说创作 / 117

第二辑

陈辽:给读者留下广阔的思维空间
　　——读《日晕》/ 135
唐先田:长篇创作的新尝试
　　——评潘军的《日晕》/ 140
鲁枢元:捕《风》捉影
　　——兼记潘军与他的伙伴及我的朋友们 / 149
吴义勤:穿行于写实与虚构之间
　　——潘军长篇小说《风》解读 / 158
张陵:历史像风一样吹过田野大地
　　——重读潘军长篇小说《风》札记 / 165
白烨、吴义勤、王光东、施战军、汪政:《独白与手势》五人谈 / 174
周立民:《独白与手势》:关于男人的叙述 / 182
冯敏:个体生命的喃喃叙事
　　——《独白与手势》阅读札记 / 193
吴格非:存在主义和潘军的《独白与手势》/ 197
王素霞:无望的言说
　　——论《独白与手势》的叙事策略 / 207
丁增武:现实与想象的边缘
　　——潘军长篇小说《死刑报告》解读 / 216
赵蓉:终极意义下的人道慰藉
　　——评潘军长篇小说《死刑报告》/ 223
唐先田:彻底颠覆后的诗意重构
　　——评潘军中篇小说《重瞳》/ 228

张晓玥：生前与死后
　　——解读潘军中篇历史小说《重瞳》／234
朱崇科：自我话语叙事与意义再生产
　　——以潘军的《重瞳——霸王自叙》为例／238
周毅、王蓉：婚恋尴尬与人性困境
　　——《合同婚姻》的文本细读／247
方维保：论潘军近期小说中的戏剧原型意象及其审美功能
　　——以《断桥》《知白者说》《十一点零八分的火车》为例／255
黄晓东：论潘军小说近作《知白者说》的叙事特色／266

第三辑

林舟、潘军：关于小说的几次对话／277
牛志强、潘军：小说外话／308
陈宗俊、熊爱华、宋倩、潘军：写作是未知不断显现的过程／328
陈宗俊、潘军：谜一样的书写
　　——潘军长篇小说《风》访谈录／340

附录：潘军研究资料索引／351

选编后记／357

第一辑

对文学说话：潘军的写作及其他

陈晓明

潘军是个难以把握的人物，数年前我就说过类似的话，现在似乎更难捉摸。他兼具岩石和风两种品性，顽固不化而随机应变。写写潘军已经成了我的一个心病，多年前我就注意到这个人，那时与他素昧平生。几年后我们成为朋友，这就令我下笔有些犹豫。我是一个对语词的迷恋经常超过对友情承诺的人，我担心语言会滑过友谊的边界。一直以来我就相信，语言构成了人们的生活世界，甚至人们是被语言拖着走的。那些耸人听闻的说法或狂热的偏见，与其说出于对真理和意义的虔敬或钟爱，不如说更有可能基于对语词的迷恋，对表达效果的倾倒。古人有"得鱼忘筌"之说，然写作之人经常会进入"得筌忘鱼"的误区。巴特说："我为一种语言表达的魅力所吸引、迷惑和折服……我抗拒不了这种快乐……"这不仅仅是对他的阅读而言，我想更主要的是指他的写作。苏珊·桑塔格在一篇极著名的论巴特的文章的题词中写道："最佳诗作将是修辞学的批评。"试想一想，那本《恋人絮语》如果不是印上巴特的大名，会被当作什么玩意儿。巴特不说关于文学的话，而是对文学说话（克里斯蒂娃语）。特别是在这个折中主义盛行的时代，谁还会（谁又能够）固执己见，自以为接近绝对真理？那么就要掉入众说纷纭的汪洋大海之中。总之，表达，纯粹的表达，是如此无法拒绝诱惑着表达者，使我们这个时代已经彻底放逐了被表达者。"对文学说话"，这是批评的至臻境界，对我无疑也是不可拒绝的诱惑。因此，我知道我的谈论也将是一次放逐，在我的谈论中，潘军已经随"风"而去。

最早引起我注意的是潘军的《南方的情绪》，那时我正沉迷于构想中的"先锋派"，《南方的情绪》令我欣喜。那个叙述人弄得很有意思，他不再是全能超越于文本之上的历史构造者，这是一个东拉西扯的家伙，神经质而疑神疑鬼。"为了摆脱太阳的纠缠，我决定去一个没有太阳的地方作一次略带冒险色彩的旅行。我蓄谋已久，也深知实施这一计划的难度。但这个计划仿佛是一种宗教，放弃是不可能的。"于是他接到一个匿名的电话，被邀请到一个叫"蓝堡"的地方做客，随之进入某种阴谋的领域。20世纪80年代中期的"现代派"小说，不管如何倾诉孤独感和无聊感，那种自以为是的神情依然溢于言表。这里的主人公"我"却被一个电话弄得坐立不安，对外部世界充满好奇，对诱惑跃跃欲试却又疑虑重重。这篇小说的叙述方法类似侦探小说,也颇有罗布·格里耶的《橡皮》的味道。侦探小说的那个无所不能的主角,被潘军改变为一个无能为力的角色,他对自身的处境茫然无知,被一系列差错搞得六神无主。这个家伙还是一个及时行乐者、一个猎艳老手,对前途毫无信心却对到嘴的肥肉津津乐道。男女邂逅的浪漫情调,为一些鬼鬼祟祟的勾当所代替,它混杂着低俗的和色欲的成分,笼罩于某种怪诞的气氛之中。小说叙事类似后现代主义式的对人物的动机与目的进行阉割,个人被卷入一系列毫无意义的事件之中,被不可知的异己的力量所支配。《南方的情绪》改变了当代小说中惯常的主角形象,改写了"新时期"确立的"大写的人"的文学范式。这个如惊弓之鸟的男人,对自我及身处其中的环境的双重怀疑,设置悬念,对悬而未决的前途的眺望,表征着对主体与历史的某种质疑。这篇小说与同期刊登的其他一组小说一样,预示着"后新时期"不可避免地来临。至于小说结尾对某些象征意象的运用,不仅有些生硬,而且意指着一条现代主义式的尾巴,这在当时的实验小说中并不少见。

20 世纪 80 年代后期以来,文学已经无法在社会的意识形态生产中起到整合作用,现实主义的写作规范面临危机。小说写作不得不退到个人化的经验角落,退到形式主义的叙事层面。一种后个人主义式的写作——逃避外部世界、拒绝意识形态、迷恋语词、专注于内心独白等,成为年轻一代作者不约而同的选择。毫无疑问,这种选择具有真实的历史依据,它客观上损毁了经典现实主义的写作规范。那种形式主义的实验,看上去不过是一些语词游戏和叙述圈套,但是,它具有文学史推论实践的真实意义,它与新时期终结的历史语境构成了对话关系。潘军的叙述自成一格,虽然没有苏童的典雅飘逸、格非的明净俊秀,没有余华的精致锐利和孙甘露的华美流丽……但是,潘军的闲散随意、游龙走丝也别有滋味。如果说前面提到的几位"先锋派"更倾向于在小说的叙述语言、叙事结构和感觉方面下功夫的话,那么,潘军的特点则表现在他的那个叙述人。潘军小说中的叙述人"我",同时又是"被叙述人",他是一个实际的角色,而不是一个外在的视点。因此,潘军的叙述总是导向叙述人的内在分析,一种真实的关于"我"的叙述,关于"我的叙述"的叙述。

1991 年,潘军发表中篇小说《流动的沙滩》,尽管这一年先锋们已少有探索的锐气,偏居于黄山脚下的潘军却依然故我,对制作松散的实验文体孜孜不倦。这是一部"关于遐想的妄想之书"(作者语),当然,这是夸大其词的说法。这篇小说其实是关于"新小说"和有关写作的一些断想,关于小说写作者"我"和克洛德·西蒙的一些遐想。这些东拉西扯的随想式的叙述,表现了一个文学写作者的状态——某种关于文学活动和存在的方式。那个"老人"类似西蒙、博尔赫斯或某个超时代的大师,与大师对话一直是这代作家的写作潜在动机或阴影,潘军则把它作为叙事的原材料加以运用。文学经验是如此深邃而全面渗透在文学写作者的生活现实之中,以至于日常生活也被虚构了。"老人"某种意义上是文学的化身,一帧古典时代遗留的肖像,远离现代工业文明而蛰居于孤岛之上。写作或写作者的生活一如这"流动的沙滩",一如在这流动的沙滩上行走。然而,这个超越现实的幻想空间,出现了两个侵入者:女人和警察。女人不过是写作的浪漫添加剂、对写作的诱惑。这里只有浅尝辄止的浪漫,没有激情,也没有勾引,连欲望都显得过分节制。那个大师——纯文学遗留的古典梦想终于死去,"警察"的出现打断了文学的幻想,这个纯粹的文学写作者被带到国家机器面前,他被非常草率地打发走,并得到那部所谓的《流动的沙滩》的手稿。

我的读解可能与潘军的构想出入很大,甚至完全无关。这种小说与其把它还原成构思,不如把它看成内心独白,看成潜意识的流露。在这种优雅的叙述背后,掩藏着这代人(这批人)对大师的恐惧、对文学的恐惧。对大师实施一次象征性的谋杀,让大师衰老,莫名其妙地死去,这可能是文学写作的解脱。人们需要的不是大师的实际存在,仅仅是他的匿名的启示,例如,得到一部幻想式的手稿之类。令人奇怪的是,"手稿"是由警察转交的,文学启示录经过国家机器的认可而获得合法性。超越性的写作并没有随着大师的死去而终结,也没有出现转机,而是莫名其妙地被带到国家机器面前。这对于八九十年代之交的文学写作来说,乃是意味深长的结局。对于潘军个人来说,则又以具有某些真实的经验为依据。它不仅意指着他的过去,还暗示着他后来对待文学的方式以及他的实际选择。

潘军于1991年出版长篇小说《风》,这无疑是一部很独特的小说。坦率而言,它很好读,也很难理解。对于通常的消闲阅读来说,它令人愉快,令人轻松自如。但是要搞清楚它究竟在说什么,或者说对它进行职业性的评述,需要足够的耐心。这对于耐心越来越小的我来说,无疑是一次严峻的挑战。这部被命名为《风》的长篇小说,在通常的意义上,可以看成是对皖南民风或某种地域文化的描写。而在更深层的意义上,这部小说可以看成是对历史进行的一次捕风捉影的追怀,它对历史之谜实施一次谜一样的书写。据作者后来在《后记》里说明,《风》缘起于一部不曾出世的中篇小说《罐子窑》,构思于1986年,很有可能作者受到"寻根派"的某些诱惑和启示。《风》现在的面目,则又无疑掺杂了"先锋派"的企图,可以看到形式主义实验和先锋派转向历史的趋势。

作为一次对民风的温习,作者在某种程度上是一个地方主义者、一个后古典主义者。他对皖南乡镇充满眷恋之情,用作者的话来说,这是他母亲的故乡——对故乡的怀恋也是一种文化上的"恋母情结"。对文化母体的依恋,使得潘军对皖南民风的描写,笼罩于怀旧的氛围之中。历史与现实相交织的两条平行线,呈示出的是静态的生活风景、亘古不变的生活质素。潘军对故乡的女性保持温馨的记忆,田藕这个现代的家乡女子是家乡文化的象征,是家乡记忆的全部根源。纯朴而真情,善良而豁达,对知识的向往与对城市的拒绝,奇怪地交织在这个乡镇女子的身上。在某种意义上,她不过寄寓了潘军的文化态度而已。田藕的塑造体现了纯粹的家乡文化一种人格化的民风。同样是家乡的女性,秦贞的形象显然掺杂进一些权力的异化色彩。这个精明强干的女人,已经介于城市与乡村的边缘地带,她成为现代权力、女性本色和地域文化的混合物。这个人如果深挖一下,是会有很多动人的故事的,可惜她被叙事的解谜活动肢解了。那些历史片断从叙事中涌溢而出,它们散发着古旧而感伤的气息。一个家族破败的故事包裹着一些谜,神秘莫测却也不乏感人至深的细节。那些情境描写细致而明净,类似典雅的工笔画(这可能得益于潘军的绘画天才),颇见作者的描写功力。关于家乡的记忆和对民风的书写,使这部小说带有寻根的流风余韵,既是对家乡的追忆,也是对一次失踪的文学潮流的追寻。

　　如果仅此而已,《风》不过是对一次错过的机遇的勉强补偿,潘军对潮流和行情有着惊人的敏感,他即使偏居于外省也不会是个落伍者。对形式结构的迷恋,引诱潘军走到探索的前列。《风》在这一意义上,弥合了"寻根"和"先锋派"两股潮流。潘军的自我意识强盛,狂放而自信,对表现自我不乏兴趣。他的那个叙述人一度被他改变为鬼鬼祟祟的怀疑主义者,但是不管如何,潘军的叙述人虽然未必与他本人完全重合,但他总是要在叙事中占据一席之地,并且直接表达他的态度和观点。显然,《风》对叙事结构的过分关注,把叙述人"我"推到叙事的中心地带。"我"不仅是那个被称为"作家"的人物,而且还是一个真实的作者,直接与历史对话。这使《风》具有了三维结构:现在的故事、过去的故事,以及作者手记。三重结构使小说叙事变得扑朔迷离,一次关于家乡的回忆被改变成叙事的解谜活动。"回归故乡"现在成为对某个历史之谜的探究,那些淳朴的田园生活、那些关于民风的忆叙,都不过是对那个历史之谜的掩饰,而谜底则是对现代以来的革命历史神话的质疑与颠覆。

　　这部长篇小说是潘军写作生涯的短暂停顿,投身于商海的潘军只好把写作当作往事来回忆。作为一个有想象力且不甘寂寞的人,潘军在南方的圈地运动中冲锋陷阵,有过一夜暴富的经历,也有欲哭无泪的教训。文人下海终非长久之计,这并不是说文人就不能经商,索罗斯认为他是在用哲学头脑经商,波普尔的《开放社会及其敌人》被他奉为操纵国际资本的精神指南。但文人还是文人,他与写作有着难以割舍的血缘关系,书写被他看成是无法放弃的最终的生存方式。从某种意义上来说,写作与吸毒没有什么区别,很简单,你写上了,就永远放不下了。但不管如何,潘军在几年的商海拼搏之后,又回到书桌前,重新开始了写作。这部集子里近半数的小说是他经商以后的作品,看得出,它们更多了些现实的直接感受。《海口日记》以第一人称为叙述视点,讲述一个离开内地的文人到海口当出租车司机的故事。故事的核心在主人公"我"与两个女人之间展开。作为肉欲化象征的妓女渔儿与作为精神记忆的苏晓涛,呈现出当代人生存所面对的矛盾境地。正如"我"一样,在渔儿那里可以感受到生命的欢乐,在苏晓涛那里却是以讲了一晚上的"废话"打发时光。精神生活在这个时代显得苍白无力。作者的叙述本身陷入了矛盾的境地,在小说的开始阶段,这个丢弃国家公职的男人,一下船就遇到一个气质不凡的女人,使他想起当年大学里一个可望而不可即的校花。显然,这个女人引发了叙述人的情感记忆,他也一直在追寻这种记忆。但当这个女人与他同处一室时,他并没有非同寻常地激动。作者的初衷可能是想恢复那种精神的超越性意味,作为走向商品拜物教生活的补充形式。精神的困境在当代各类作品的表达中,都采取奇怪的隐晦式表达。所谓"换一种活法",实则是这个时期的人们无法忍受物质的贫困而丢弃精神生活的一种托词,它却有了堂而皇之的口实。这种说法,大都出自一些失败的知识分子的口中。"换一种活法",这是一种解放、一种更新,这个从精神到肉体的下降过程,符合时代潮流。这是一个精神极度贫乏的时代,我们看得出来,作者试图重温一下精神生活,但失败了。和渔儿在床上的肉体活动,才能给人以无限的快乐甚至美感。这个失败的文人,原来还试图以一种居高临下的眼光来看待渔儿这个女人,现在却从她那里得到了彻头彻尾的快乐。而那个美好的精神记忆——苏晓涛,则到上海去办理出国手续。确实,这是一个流行的故事,漂亮的女人都出国了,这就是中国男人的悲哀。叙述人唯一的精神寄托都失去了,他无法拒绝肉体与商品拜物教的诱惑就有了起码的理由。

潘军的男主人公有着强烈的自我认同倾向,因而他的主人公总是有着善良正直的品格,虽然追赶时代大潮,但并不过分沉迷于其中。潘军的一系列小说都有着鲜明的直接性,他无法排除个人经验,他热衷于使用第一人称来叙述,也表明他总是把写作与个人生活直接联系起来。那些以"我"作为叙述人的小说,大多反映了潘军持续写作的关于文人在这个时代面临的生存困惑与他们的应对策略。也许是个人经验的缘故,潘军的小说总是涉及家庭生活的危机,这些危机并不剧烈,却直接反映出中国文人面对的价值冲突。潘军的叙事既把女人作为生活变动的目标,也把女人作为一个尺度。当代商业主义深入传统中国家庭,女人率先做出反应。潘军笔下的女人同样失去了方向,她们到底需要什么?出走、离异、多角关系、暂时的欢娱、对金钱与利益的向往,潘军的写作揭示了当代中国女性找不到准确的生活位置的真实状况。

潘军有着相当好的讲述故事的才能,他的小说总是能制造很好的悬念。男女主人公相遇,他们之间的故事自然而又曲折多变。《对门·对面》可以看成是潘军相当出色的一篇小说。这篇小说讲述一个出租车司机经历婚变以后与两个女人的故事,故事主角和情节与《海口日记》颇有相似之处。出租车司机 A 再次面对两个性格和社会地位不同的女人。A 与其说介入故事,不如说提供了一个视角,窥视两个女人的隐私。A 在阳台上装了一面镜子,这样就可以看到 D 在卧室里的一举一动;同时 A 作为一个旁观者,一直对 C 的私人生活有兴趣。在这些男女暧昧关系之中,掩藏着一个比性更实质的关节点,这就是金钱。这些人看上去是在为各种肉体所吸引或困惑,但他们生活的错位的实质则是金钱在起支配作用。D 是一个职业小偷,她的职业就是窃取金钱。C 是一个在有钱的男人之间周旋的女人,她的婚姻与背叛都与金钱有关。而 A 这个正直体面的出租车司机,却为一笔意外之财东躲西藏。金钱渗透进当代男女的生活,使人们的生活变了质。A 本来有可能与 D 发生浪漫的情感关系,D 却一直在偷窃 A 的钱;A 也有可能与 C 发生更深挚的精神之恋,但 A 拿了 C 丈夫的钱。最后,有钱的 B 失去了一切——爱情、婚姻和尊严,他只好选择了跳楼。潘军以松散的笔调和自由的结构,讲述了当代生活令人触目惊心的侧面。金钱使当代生活变了质,可是像 A 这种人也找不到解救自己的途径。他最后交出了金钱,却同样陷入了困境。金钱只是表征,更重要的是当代生活失去了明确的目标。

潘军的小说不追求特别的深刻的思想,没有任何故作高深的思考,却有相当生动的故事,他总是在性与金钱的双重关系中,自然而出人意料地推进故事。"故事性"不过是小说最基本的要素。然而,当代中国小说已经没有故事可讲,并不仅仅没有新鲜的故事可讲,大多数小说家根本不会讲故事。尽管说先锋派作家一度热衷于解构故事的叙述活动有其历史必要性,在反抗现实主义的历史叙事时,先锋派小说的反故事性叙述创造了崭新的小说经验。90 年代,先锋派的革命已经失去动力,功成名就的作家急于获得更广泛的认同,不再进行为艺术而艺术的探索;90 年代商业主义盛行的风气,也在鼓励作家走向市场,小说叙事转向常规性则是不可避免的趋势。但转向常规化的一代青年作家也未见得有多少惊人之举,他们似乎处在不上不下的尴尬之中。常规小说需要不断提供新的生活经验,需要新的故事,但久居书斋和过分关注个人名气利益的作家们,似乎并没有新的经验,也没有新的故事。这使他们在面对更年轻一批的作家时,只有以老资格的姿态作为防御武器。虽然当年先锋小说家在90年代名利双收,版税越拿越多,但版税与作品的艺术价值并不能成正比。大多数人只是在勉强地重复自己。所幸的是,潘军似乎总是与文坛若即若离,他一直凭着自己对文学的感觉在写作,他也有非常世俗的一面,但作为一个职业写手,他根据自己的直接经验处理写作。短暂进入商海,似乎对潘军的写作没有什么坏处,他至少获得不少与众不同的经验,获得一些不同于文坛流行的故事。潘军总是在不经意中讲述着引人入胜的故事,这些看上去带有很强自传色彩的故事,给人以极为真切的感觉。他的叙述不断向你敞开他的经验世界、他的隐私、他所窥见的隐私,这些隐私总是毫无保留地敞开灵魂的内在世界。就这一点而言,潘军的小说像是对当代人的肉体与灵魂进行直接的呈现,对当代人的情感危机和信念迷惘进行一次彻底的探讨。不管他的探讨是否成功,他的探讨都是独特而值得人们始终关注的。

我承认,谈论潘军的小说相当困难,要么细读,要么东拉西扯。潘军的小说是极有韵味的那种,虽然有些时候他的主人公带有过分自我认同的倾向,人物和故事模式也偶尔雷同,但他的小说每篇都是一个陷阱,诱你深入,却让你一无所获,最后还让你回味无穷。也许这就是其小说的特殊魅力。我特别要提到的还有潘军笔下的女人都很有韵味。我百思不得其解的是并不真正懂得女人的潘军,何以能把女人写得如此楚楚动人。有位朋友说,读了潘军的小说,只有一个念头,那就是与书中的女主人公做爱。我可以负责任地说,潘军的小说却从来没有任何露骨的色情成分,相反,文字总是散发着清教徒或禁欲主义的气息。这就有点令人奇怪,有点令人不可思议。

我的这篇文字,相对于潘军庞大的写作现场来说,显得苍白而不得要领。对于我来说,谈论潘军本人可能与谈论他的作品一样重要,某种意义上还更有意思,因为这是个非常有个性而生动的人。这是个与众不同的人物,他是他自己的作品,一本打开的书,一则具有商品经济和文学的双重结构的超现实主义文本。这是一个豪迈而热情洋溢的人,异想天开而不失情趣,草率却不厌其烦。但他又是一个始终真实的人。现在,"先锋派"这种说法已经遭到大多数当年的先锋作家的唾弃,但潘军从不故作姿态以显示自己超凡脱俗,就此也可见他的朴实之处。

  在我写作这篇文字时,我猛然意识到我与潘军的交往已经有十年之久,我们从青年人变成了中年人。在我最初与他交往时,主要是采取书信和电话的形式。差不多十年前,那时我住在北京的一个偏僻的角落,时常接到潘军的电话,友情的温暖并没有驱除内心的困扰。我是一个容易把小说与生活现实混为一谈的人,那个隐形人的电话好像要把我叫到那个称作"蓝堡"的神秘去处,来自安徽的那个遥远的声音,经常给我以惊心动魄的感觉。直到1993年初,我们才完成了被潘军称作的"历史性的会见"。潘军一直渴望对文学说话,这点我们志趣相投。潘军在下海经商时,却一直心系文坛,这点很不容易。他以他的操作行为对文学说话。在人们想象中,他是以落魄文人的姿态闯入海南,而事实上,这个人从来都自以为是,自视甚高,也乐于表现自己的能力。1993年初,未必腰缠万贯的潘军,不顾未站稳脚跟的艰辛,发起主办"首届蓝星笔会"。那是一次愉快的聚会,"先锋派""新写实"等各路人马云集。潘军兴奋、激动不安,大有重振文坛颓势的气魄。他到海南好像不是下海经商,而是为文学寻找一种活法。他一找到感觉,就迫不及待地招呼同志们并分享艰难。1993年的海口蓝星笔会真是一次令人永志难忘的文坛盛会、一次为了告别的聚会、一次被夸大的狂欢节。文学人目睹了中国特区经济的高速发展,见识了南方圈地运动的壮烈场景,也许不少人终于意识到文学急需振兴。就我而言,这是一次结束,意味着我一直看得至关重要的八九十年代的文学转折,不过是文坛短暂的一个跳板。随后,我看到很多人以优美的姿势跳过去了,而我还在岸的这边。多少年之后,我又看见潘军跳回来了,还是那种神情和态度,这就是我依然带着情感写下这些文字的理由。

1999年3月18日改定于北京东篱斋

(选自《中国当代作家选集丛书·潘军卷》,人民文学出版社2000年版)

现在的写城市的潘军

李洁非

先锋小说式微后,它的主要作者们都换了别种笔墨以适时势,同时也求新的开拓。比如潘军,在到南方短暂地生活几年后重新操觚,就迷上了城市叙事,我在《城市像框》里提到过他。回想起来,那里面谈论的作家,几乎尽属"新生代",以前先锋派身份介入城市叙事这么一个颇具时尚色彩领域的,似乎只有潘军。1999年,终于见着他本人的时候,我发现这并非偶然——他精神上有一种跟城市时代和城市文学一样的年轻的因素。

说城市文学有时尚色彩,其实是中国的特定情形。1994年后,这类写作在中国渐渐兴起以来,其间的弄潮者,差不多都是出生在20世纪60年代末至70年代初、如今年龄在30岁上下的这一代人。我除了读作品,也跟他们中有些人有过接触。我的印象是,他们跟这个新兴的城市时代,的确是水乳交融的。他们的社会经验,跟现时代亲密无间,他们就生活在后者当中。这一点,促使他们在体验城市生活时,不由自主或难以自察地采取着一种沉溺的姿态,从而使他们对城市的叙事天然地被赋予了时尚色彩,就像任何一个都市白领对于最新的服装款式拥有鉴赏力、常识和敏感一样,他们笔下的城市故事和人物充满了类似的特征。正是这一点,决定了中国新兴的城市文学的特殊性。反观19世纪欧美城市文学兴起时的情形,则可清楚地看到,那些作品中普遍存在着与城市文明对立的情绪。而这情绪,来自当时欧美城市化过程是伴随着大批农民加入城市流浪者行列的现象这一事实。

中国城市文学具有时尚色彩不是什么缺点,相反,是使它富于特色。但是,这样一种特色仍旧是利弊参半的。就其弊端而言,迄今为止,我所读过的这类作品,在对城市的表述上,彼此有着明显的雷同现象。人们很难找到的诸多作家的若干作品之间本身,往往也过于神似;多读之下,不免产生如下的困惑:读者的记忆相当模糊,常常把不同的故事和人物混淆起来。这就是年轻的中国城市文学作者们社会经验过于近似,而对城市文化的趣味又过于"流行化"所造成的后果。

尽管潘军精神中仍然有一种很年轻的力量(这是他得以把握城市叙事的前提),但如果说他跟"新生代"们之间有着某种"价值沟",我以为也是不争的事实。一个在先锋时代摸爬滚打出来的作家,与眼前这么一个十足市场化的时代之间,不可能水乳交融。他的"年轻",使他能够应付这个时代所提出的各种挑战,而不至于在自我封闭中拒绝或躲避这些挑战;然而,这并不意味着,他会顺从地接受这个时代的一切价值观念,与之完全融为一体,特别是那些"时尚"性质的东西。这一点,我自认为看得很准。

因此,在目前既繁花似锦又颇令人感到风格单调的城市文学叙事中间,潘军的作品却显出了足够的个性。我不必担心,他笔下会出现那些Cityboy(城市男孩)、Citygirl(城市女孩)所热衷的场景、故事模式或人物表情。他不是借助于"时尚之眼"来打量城市的空间,他不需要这个,他有一双自己的眼睛,而且信赖它们。这次我读到的他总共八部中短篇,无一例外地证明了这一点。至关重要的是,在潘军的城市叙事里,人没有被沦为种种"城市时尚"的代码。例如,在所谓欲望化叙事上,许多"新生代"作者对欲望与城市人的关系的理解,非常笼统和抽象,他们真正感兴趣的,并不是欲望与个人特定的心灵的关系,只是欲望与"城市文明"这个词及其相关理念的关系。换句话说,他们觉得"欲望"乃城市文明的题中之意,是城市人性的天然特征,写城市、城市人,不欲望化便不"像"了。更通俗的说法或许是:"写城市,不写欲望写什么?"不知道对那些年轻的城市叙事者来说,我上面一番揣度是否会歪曲了他们?我想不会。他们在作品中以描写欲望的笔触,在做出这样的自我说明:那些男男女女的人物躁动着、不安着、宣泄着……仅仅是因为他们是"城市人",仅仅是因为他们必须"这样"生活。这当然也不能算错,毋宁说,从一般意义上,我也赞同欲望乃是"城市"骨子里的一个标记。但是,除此之外,我认为更重要的或者说更真实的是个体,即在欲望涌动的普遍性后面,我们应该看到欲望在个体内心之中的那种特殊的存在方式、发生过程以及不同的作用。这却是潘军与Cityboy、Citygirl们的不同之处了。他笔下的城市人,也为欲望所扰,然而却不"欲望化";他们的欲望,来自他们自身的人性的希冀或疑惑,不是来自小说家想象中所认为的所谓城市人非如此不可的某种"习性"。说到这一点,我就不禁想起许多年轻的城市文学作者,在他们的作品里,总是起劲地让其人物出入灯红酒绿、声色犬马的场所,大把地花钱或对大把花钱的人又羡又嫉……他们就这样完全活在城市的符号当中,以至于成为这些符号的符号。这种情形,对于幼稚期的中国城市文学固然难免,可是,跟潘军的作品一比,却不能不显出外在与空洞来。

潘军笔下的城市人形形色色、面目各异,但作为艺术化的对象,他们仍然表现出了某种能够说明作者叙述倾向和深度一致的特征。这个特征,我以为是,人物的存在多被置于其各自的内心秘密中。作者透过对这类秘密的剥茧式描写,朝城市的诸种内在而暧昧的本质挺进。《和陌生人喝酒》里的那位处长,由其属下一个年轻女孩引发似是而非的幻想,致其家庭解体,个中滋味可谓奥妙无穷。《寻找子谦先生》的所谓"寻找",充满虚情假意,它让人看到,城市人是怎样在爱情和友情的幌子下,巧妙地实现了自己对欲念的屈从。《抛弃》是一个由双重阴谋组成的故事,这双重阴谋发生在夫妇之间,他们厌倦共同的婚姻,却谁也不肯让对方知道自己心中的这种厌倦,而寄希望于以阴谋的方式结束婚姻……诸如此类的故事,都表达着作者对城市人的与其环境相称的特有心理的细腻而卓异的、堪称走到了其灵魂深处的辨别力。在我看来,这是目下许多城市文学作者缺乏的一种能力。总的来说,中国城市文学自 90 年代中期前后渐备气候以来,一般的作者,要么像年轻的新生代那样,过多地为城市化的种种外部表征所迷惑而失察于人性,亦即真实的个体生命的复杂性、丰富性和特异性,要么像某些年龄稍长的作者那样徒以道德偏见视世,过多地纠缠于简单化的社会批判。这一切都表明城市化在我们的经验和价值观方面都是一种十分陌生的事物,以至于我们并不能如实地看待它,而不由自主地倾向于将它想象化和传奇化,把它描绘成一种令人惊异的富于夸张风格的东西。但是,潘军的城市叙事,却不多见地越出了这之外。

  这绝非偶然。其实,先锋派时的潘军,其笔触就特别具有一种城市意味(虽然未必是在写城市),这一点,与别的先锋作家(例如余华、苏童、叶兆言、格非)不大相同;或者说,这是一位很适合去读解城市的小说家。现在的写城市的潘军,作为一种文学现象,某种意义上是隐性的城市风格与显性的城市叙事合二为一的产物。我想,他之所以那么深地走进了城市人的内心,其实也首先是他更深地走进了自己的内心。这样一种走进,辅之以他先锋派的语言余韵和视点,使潘军的城市小说在哲学、文化和感觉方式上迥异于所有同类创作。所有这一切,都构成了现在的写城市的潘军的特殊性,没有第二个人可以重复他。的确没有。

2000 年 2 月 19 日,北京

(选自《潘军小说文本系列·D 卷》,中国工人出版社 2000 年版)

让真实飘在风中

吴义勤

在20世纪80年代成名的那批先锋作家中,潘军一直是我比较关注和喜欢的一位。我喜欢他的原因有两个:一个是他的沉默,一个是他的坚持。就前者而言,潘军不是一位张狂的作家,我几乎没有在任何一个文学潮头上听到过他的"发言",他一直在用文本而不是"嗓门"表达着对中国文学的意见。我想,在中国新时期这样一个以标新逐异为特征的文学语境里,他的存在方式无疑是特别的;而就后者而言,潘军对"先锋""实验"写作的长期坚持,更是难能可贵。从20世纪80年代末开始,先锋作家就纷纷进入了"蜕变"和"转型期",在"新状态""新生代""70年代"等的冲击下,先锋文学已如明日黄花,成了一种"过时"的存在。在这种背景下仍然坚持先锋写作的只有数得过来的潘军、吕新、孙甘露、北村等几位,而其中又以潘军的产量最为突出。这里,我不是说,先锋写作就没有可以指责和批评的地方,也不是说先锋作家的转型就是不可取的,我只是希望一切文学存在都以文学的准则为最高准则,希望我们的先锋作家对自己的文学才能有足够的信心。正是在这点上,我以为我们许多先锋作家的"转型"并不是源于自我的真实的文学需要,而恰恰是受文学潮流被动裹挟的结果。与此相对,潘军等人对先锋文学令人欣慰的"坚持",至少让我们看到了他们的文学自信。事实上,通过对潘军等人90年代先锋写作的阅读,我们发现,80年代的先锋文学不仅没有"终结"和"死去",而且已经发展得更为成熟和富有生命力了。

收在这本集子中的七篇小说大致说来可以分作两类:一类是历史叙事文本,主要由《蓝堡》(1991)、《夏季传说》(1993)、《结束的地方》(1997)和《桃花流水》(1999)四部中篇小说组成;一类是现实叙事文本,主要有《蓝堡市的撒谎艺术表演》(1996)、《九十年代的获奖作品》(1998)和《对面》(1998)三部短篇小说。这两类文本总体上看与潘军80年代的先锋写作是一脉相承的,即都以对小说叙述艺术的成功探索和对人及其生存境遇的怀疑和追问为共同特征,只是相对于20世纪80年代作品而言,这些小说在艺术上显得更为放松和圆熟,艺术境界也更为自然。事实上,我们对这些小说从题材层面所作的所谓"历史"和"现实"的区分是相当勉强的,在主题学的意义上它们代表的是"对存在的解构"和"对真实的怀疑"这一基本主题的两个不可分割的层面,两者在本质上是彼此纠缠、无从分开的。在潘军笔下,"历史"和"现实"是彼此相通的,"历史"是过去的"现实","现实"是未来的"历史",它们有着共同的本质,即都是虚幻的、虚假的和不真实的。我们看到,在四部中篇小说中,潘军都设立了一种"历史"和"现实"相对峙的结构,作家让叙述者穿行于"历史"与"现实"之间,以"现实"切割"历史",以"历史"切割"现实",从而使"历史"与"现实"处于某种"解构"关系之中。而在三部短篇小说中,潘军则向我们展现的是"现实"的崩溃图像和"真实"被"虚假"解构、置换的荒诞景观。《九十年代的获奖作品》中的吴越的自我证明却似乎正是一种自我的迷失,凯文·卡特的成功也似乎正是一种巨大的失败。小说告诉我们"真实"是可怕的,也是现实所不愿接受的,这就是生存的荒诞逻辑;《对面》中的于先生费尽心机地爱上了"对面的女人",却没想到他爱的只是一个生活的"假象",而真实的对方只不过是一个神经病;《蓝堡市的撒谎艺术表演》更是充满寓言和象征色彩。市长马丁每天与情人在电视塔约会,以为妻子不知道,而在撒谎表演大赛上夺得冠军的恰是他的妻子麦琪。皮特是马丁的忠实助手,但正是马丁设计的撒谎表演大赛这一"阴谋",使马丁第二年落选,而皮特(皮克)则接替他走马上任。在蓝堡市,所有的人都生活在面具和欺骗中,一切都是假象,一切都是阴谋,这就是小说所建构的"真实"。

在《蓝堡》中,"历史"呈现为作家对一个故事的叙述与寻找。不仅故事的发生空间——蓝堡是虚幻的,因为它"实际上是作家记忆里的一片云霓",而且故事中的那些人物比如沈先生、沈家女人余怡芹、余家少爷余百川等人的命运也都显得神秘、可疑和不真实。表面上,小说似乎千方百计要完成对"故事"、对"历史"的建构,但是建构的过程以及建构的方式——"现实"的叙述却又充满了众多的冲突和矛盾。小说设置了众多的视角,如"我"的视角、沈先生的视角、摄影师的视角、我的外祖母的视角、《临江词》的视角、女教师的视角等等,但当这些视角共同"叙述"一段历史、一个人物和一个故事时,它们非但不能进入事情的"真相",反而会彼此抵消,最后构成的恰恰是对"历史"、"故事"和"人生"的解构。而作家正是借助这种"叙述"的缠绕和对故事的解构来表达对世界和存在本质的思索,表达对于"历史"的感伤诗情。在我看来,这种历史诗情的营构正是潘军的技术色彩浓郁的先锋写作具有强烈的情感力量、思想力量和艺术力量的一个重要根源。如果说《蓝堡》是以对"历史"神秘一面的揭示来完成对"历史"的解构的话,那么,在《夏季传说》中,作家对四爷、爷爷和蛾子之间惊天动地的爱情悲剧的凭吊,则呈现的是"历史"和人生的双重荒诞性。正如作家在小说中所说的"时至今日,我眼前总是时常出现两只上下翻飞的白鸟。那是我爷爷和我的四爷。在仇视汉奸的年代里,四爷成为英雄;可是当我爸爸被理解为可同情的知识分子时,四爷又被看作沾满同胞鲜血的坏蛋。此起彼伏,此伏彼起,我的家族就是这样令人沮丧。现在我坐在故乡的案头写着这部沮丧的家族历史,我笔下流淌着的是不尽的辛酸之泪"。在作家笔下,"历史"是一张巨大的黑暗之网,并构成了对人生的毁灭力量,爷爷的被杀和四爷的被冤枉同样都是"历史"对人的嘲弄。

比较而言,《结束的地方》和《桃花流水》是两部故事性更强、艺术上也更为复杂的小说。在这两部作品中,"历史"被呈现为接二连三的"错误",当小说最终把"真相"揭示出来时,历史已无法更改,而"真相"本身反而显得无足轻重了。在《结束的地方》中,宋英山支队长的被杀无疑是一个历史的疑案。马夫刘四虽然作为杀人凶手早已被处决,但他究竟是否杀人同样充满了疑点。在小说中,人物的命运充满了偶然和宿命色彩,而这恰恰是历史的底色。宋英山、明秋和刘四的"故事"本质上是由"黄庆被谁打死了"这一事件来决定的。但实际上,"黄庆死了"本身就是一个历史的"误会",这也从根本上动摇了"故事"的基础。当小说最后"黄庆并没有被宋英山杀死"和"外省人冬来是凶手"的"真相"浮出水面时,故事早已发生,人物早已消逝,"历史"已变得空洞而无意义了。《桃花流水》对参谋长王崇汉在渔安船上被杀这一历史之谜的破解同样充满了历史的诗情。"我在1987年获悉这个悬案之后便十分好奇。但我的兴趣更多的是游离在这个案件之外。在无法弄清刺客面目的情况下,我只能去追寻英年早逝的参谋长的旧时踪影。在我爷爷做出结论之前,我就已经相信王崇汉与古镇渔安有过一截极不寻常的情缘。我认定这是他的一块伤心之地,有着不堪回首的往事。"而在小说中,当王崇汉、袁铿、陶侃之间的"真相",在王申老人的叙述、袁铿的日记和"我"的寻访与想象中呈现出来时,它除了带给我们历史的感伤和沉重,其本身也已变得不再重要了。

与这种对"真实"的怀疑与不信任相一致,作为一个先锋小说家,潘军在强化小说的"虚构性"时也必然地赋予了其文本浓烈的技术色彩——"元虚构"式的叙述、多声部的复调结构、繁复变幻的叙事特征的体现。尽管目前文学界对先锋小说的"技术"颇有微词,认为这种形式主义倾向对文学有害,削弱了文学的人文精神。但我却觉得"技术"对中国作家不仅是必需的,而且还远远不够。从"写什么"到"怎么写"的转变既是一个文学观念的转变,实际上又更是一种文学才能的转变,其根本上是以"技术"为保障的。我们之所以说,1985年之后中国作家会写小说了、会叙事了,其实也就是指他们对那种充满现代感的"叙述技术"的掌握。而在先锋作家中,潘军又是一个叙述感觉特别好的作家,张弛有度、从容不迫是其叙述的突出特征。在他的文本中,"技术"不再是一种外在的"存在",而是成了一种"内在的需要",它既是小说中那饱满的内涵、浓烈的诗情、感性的故事的不可分割的"载体",又是其内在的组成部分。我感到,"技术"其实已经完全融进了潘军的文学思维和文学智慧。这一点,我们在这本集子里就能充分感受到,限于篇幅,这里就不多说了。

(选自《潘军小说文本系列·F卷》,中国工人出版社2000年版)

有限之中蕴含着无限

——潘军短篇小说的纯文学价值

唐先田

潘军早期创作的短篇小说如《教授和他的儿子》(《北京文学》1984年第1期)、《没有人行道的大街》(《安徽文学》1983年第12期)、《初雪》(《北京文学》1985年第5期)、《红门》(《安徽文学》1987年第10期)等,距今已近40年了,如果说那时他的短篇小说(还有中篇小说)体现了他的才华和勤奋,那么到了短篇《溪上桥》则体现了他的创作对纯文学意蕴的追求。

《溪上桥》发表在1988年第1期《北京文学》上,那是一个很精彩的短篇,其中一个细节写道:"几只雏鸡杀气腾腾地争夺着一条蚯蚓,细爪挠得尘土飞扬。"

这个细节是作家的信手拈来之笔,很有情趣,也增添了作品中那个小山村的闲适田园风味。这个细节使我想到了一幅国画,那是白石老人的水墨小品,画面正是两只雏鸡在争夺一条小蚯蚓,各啄住蚯蚓的一端,柔弱而奋力地相持不下,画面极为生动可爱。白石老人将他的这幅小品题为《他日相呼》,更加有了无尽的悠远意境而意趣无穷。白石老人这幅小品的艺术价值和审美价值并不亚于他画的那些晶莹剔透的虾,因此常常想到它,想到那毛茸茸的可爱的小生命,想到那似乎还在挣扎的可怜的蚯蚓,进而想到了弱肉强食的生存竞争,更想到了白石老人企望世界、企望人类走向和平和谐走向美好的博大人文情怀,"他日相呼"正是他的由衷寄托。尺幅小品,其容量竟如此之大,有限之中蕴含着无限,这便是艺术的神奇。

由白石老人的国画小品,我又想到了潘军的短篇小说,他的短篇追求,正是在有限之中蕴含着无限。他说过:"好的小说,是茶叶而不是现成的茶。你想喝就请你自个儿拿水来泡。至于水的度数如何,责任由你负。"[①]他的长篇和中篇体现了他的这种艺术追求,而他的短篇应当说在这方面做得更好。他的《溪上桥》是如此,《纸翼》(《安徽文学》2001年第9期)也是如此,其他的如《小姨在天上放羊》(《山花》1996年第8期)、《白底黑斑蝴蝶》(《作家》1996年第4期)、《寻找子谦先生》(《时代文学》1998年第3期)、《对话》(《东海》1997年第9期)、《和陌生人喝酒》(《上海文学》1998年第3期)、《枪,或者中国盒子》(《人民文学》2004年第12期)、

---

① 潘军:《潘军文集》(第9卷),文化艺术出版社,2012年,第364页。

《草桥的杏》(《北京文学》2007年第7期)、《泊心堂之约》(《人民文学》2018年第1期)、《电梯里的风景》(《安徽文学》2018年第1期)、《断桥》(《山花》2018年第10期)、《十一点零八分的火车》(《江南》2019年第4期)等,都是如此。在中国当代作家群里,潘军的短篇称得上别具一格,他的超拔之处在于耐咀嚼、有余味、意境深远。

《溪上桥》是一篇诗一样的短篇。当年的放牛佬青年农民光头如今的将军回归故里,真可谓衣锦还乡。将军毕竟是放牛佬出身,显赫之后仍不怎么张扬,这是很难得的。然而将军对于根生佬不温不火的那种情感似乎不太理解。根生是当年在那个风雨之夜和他一起去杀阔佬宋大先生的同伴,如今老了,乡里人称他为根生佬。将军很有些为根生佬惋惜——"你他妈当初要是随我出来,不死也成了将军了!"他甚至为根生设想过:"我俩伙拎一颗脑壳(阔佬宋大先生的头颅)爬上山朝司令佬面前一甩,功劳不就平分了?"虽然多少有点投机的色彩,却不失作为一个放牛佬的质朴。将军的价值观是觉得当了将军就显赫荣耀,人生便有意义。根生佬自然不能驳回将军,但他有他对人生的看法,他意识到当年和他一起放牛、一起在老槐树脚下撒尿、又一起去革宋大先生的命并提了他的脑袋的光头,已不是当年的光头,而是一个很有些自鸣得意的将军,于是他在和将军有一句没一句极不配套地搭了一番话之后,便"没有再现脸"。根生佬肯定想过,当年光头去革阔佬宋大先生的命的时候,未必想到了将来会当将军,他根生若真的和光头一起去闯荡,也未必一定能活到现在,战场上的子弹可不认人哟,你光头真的有点侥幸,走大运了,我根生哪能和你相比呢?在这个茫茫苍苍的世界上,像光头那样当了将军的显赫者,毕竟只是极少数,而像根生佬那样的普通人,则是绝大多数。尊重绝大多数人选择的平淡,尊重和保护普通人的价值观,不也正是显赫者的一种责任吗?然而,这一切潘军在《溪上桥》里真可谓不著一字,一切意蕴都深含于那在暖暖的太阳底下"唏唏"地抠着脚丫的细小动作之中,都深含于对将军那一连串的"哦哦哦"的应付声中,当然也深含于以"缺劲"为理由而挡回将军递过来的"带皮嘴"的高档香烟之中。在潘军的许多作品里,都充满着对平淡人生价值的由衷赞美,这种赞美是他对普通人的生活和命运的一种诚挚的关怀。

《纸翼》是一篇约稿,在《安徽文学》2001年第9期为潘军做的一个专题里首发。《纸翼》里的青年女子楚翘和那个从未谋面也不知姓名只是有过电话交流的风光摄影师之间的关系,是那样地偶然、奇特、微妙,又那样地动人心魄,这一切都包容在作家机警而敏锐的一字一句的慢慢道来之中。《纸翼》里的一连串的细节描写,读者都可以提出这样一个问题:这可能吗?然而这个问题用不着作家来回答,读者只需稍加思索,只需对他自己的生活经历和经验作一些简略回顾,便可以从作品的字里行间得出结论:为什么不可能呢?比如10月18日自己从外地来到这个城市的风光摄影师的那个电话,你可以视为一种游戏,也可以说它是一种幽默甚至是一种骚扰,但摄影师是那样地执着,又是那样地诚恳,他以这种方式来纪念10月18日自己的生日,合情合理,无可厚非。当你知道这个缘由时,你可能很快便会对他漂泊在外的孤独与寂寞产生一种理解和同情,甚至觉得他在滑稽之中很有些可爱,很有些风度,即令素未谋面,在感情深处也立即拉得近了一些,进而会觉得一本正经地冷冰冰地拒绝他的邀请,反而显得了自己的"乏味"。《纸翼》结尾的细节更是撼人心魄,这个细节是晚报上已发过的一条消息和一只难看的白色纸鸟联系在一起的,是一个典型的欧根·亨利式的结尾,也就是我们常说的豹尾。随着时间的推移,摄影师在楚翘的心里已渐渐地趋于平淡,在无意之中看到晚报的那条消息,又在她心里掀起了波澜:那条消息说12月12日由山里开往城的客车翻了,"遇难者7人,其中就有一个著名的风光摄影师"。楚翘断定那个遇难的风光摄影师就是与她通过电话并且有约的那位,又经过仔细推断,车祸发生的时刻正是那只她玩的白色纸鸟随风飞出她视野的时刻。至此,小说戛然而止,这便是潘军所提供的"茶叶"。掩卷而思,当我们用潘军所给的茶叶,用煮沸的水将它泡开时,便似乎看到了青年女子楚翘站在那里或坐在那里,木然如同雕塑一般一动也不能动,她甚至泪水夺眶而出,为什么不如约去会见那个摄影师并和他一起吃顿饭,特别令她感到难以弥补的是摄影师在这个城市患病住院期间,没有去看望一下这个他乡的游子,去慰藉一下这个孤独的灵魂……你还可以想到很多很多,然而作家潘军什么都没有说,他的小说《纸翼》文本只给了你一个思考之源,它有点飘忽不定,又确然是奇妙人生的极为真实的观照,人生多么短暂,人生多么可贵,人生的每一次机遇都不会再来,珍爱人生,享受人生,应当是人生终极关怀的非常美好的切实的内容。

与《纸翼》有些相近的是《和陌生人喝酒》。陌生人A是某机关的一位处长,他之所以邀请素不相识的"我"去喝酒,表面上是他有了高兴的事儿,摸奖摸得了一个微波炉,实际上是表达了现代人内心的一种孤独和苦闷,要以喝酒这种方式找个人一吐衷肠,作一次排遣。A最得意的当然是他的家庭那样轻而易举地组成,他只是在电梯里提醒和帮助过一位不相识的年轻女子去掉了散落在头上的一片纸屑,那位女子便成了他的夫人,他所苦闷的也正是他的家庭那样轻而易举地解体,他的夫人明明去了音乐厅,却欺骗他说是同学聚会,还具体地骗他说某人喝醉了,这使他想到她常常外出聚会,他不知道她背着他到底还做了些什么,使他不能忍受,他们虽有一个一出生便有8斤1两的儿子,但心灵的不能沟通,使他们失去了在一起生活的纽带,这种貌合神离,与《纸翼》里的楚翘和她丈夫刘东也有些相似,潘军一贯强调的是只有心灵的沟通才是真正的沟通,才是人们相处的最牢固的基础,这无疑是生活真实最彻底最深刻的写照。至于那张音乐厅的票到底是谁送的,读者可能会有多种猜测,那倒是无关紧要的。

关于潘军的短篇小说,不可不提及《小姨在天上放羊》和《白底黑斑蝴蝶》。我非常爱读这两篇小说,还常常将它们放在一起做些比较。这两篇小说的共同点是文本非常富有张力,标题新颖、迷幻飘逸而富有诗意,然而两者之间又有着鲜明的差异。《小姨在天上放羊》所提供的画面和信息是那样地单纯和简约,而作家在《白底黑斑蝴蝶》里所写的则是海阔天空、纷繁复杂,全世界的重要信息都几乎在向你涌来。潘军说,《小姨在天上放羊》源于一个真实的事件,一个老同学的妹妹刚读完大学便去世了,这个老同学很悲痛,时常在梦中与妹妹相见,有一天告诉潘军说梦见妹妹在天上放羊,潘军被这句话所深深打动,于是有了这篇小说。小姨每天半夜的那个电话,给一个9岁孩子带来了一个多么广阔多么美好多么思念无尽的生活空间,在他的意念里,那么美好的小姨是不会死的,而是在天上放羊,那飘忽的柔软的白色云朵便是小姨的羊群,然而他又知道小姨真的死了,因为他看到小姨的骨灰确然被装在了一个小盒子里,于是他竭尽他9岁的智能,一步步地爬上24层小姨的居所,在小姨的门前,焚烧他自己用一个红色纸盒做成的电话机,还有小姨大衣上掉下来的他捡起来并一直珍藏的一粒纽扣。他这样做,在他的幼小心灵里基于这两点:一、小姨在她生命旺盛的日子里最爱打电话,他是小姨电话的最大受惠者,小姨只是在生命垂危时才决意切断和外界的联系切断了电话的,他想到小姨切断电话时一定非常痛苦,焚烧这个电话机是为了抚慰酷爱电话的小姨,是为了减少小姨的痛苦。二、小姨的大衣掉了一粒纽扣,从他9岁的眼光里看,也觉得好看的小姨穿上这少了一粒纽扣的大衣的美中不足,他要给小姨弥补上,让小姨更好看。果然焚烧之后,他在梦中见到小姨穿上的那件大衣一粒纽扣也不缺。《小姨在天上放羊》以如此简约的细节引发出那么悠远悠深的话题,这便是艺术所独有的深厚底蕴。《白底黑斑蝴蝶》很可能是潘军在读了《一个美国人的生平》之后所引发出的一些奇想。在这篇小说中,潘军将世界上许多互不相干的事儿粘贴在一起,这是一种非常大胆的创意。我想,潘军之所以敢于大胆地将这些驳杂而互不关联的事儿写进他的小说,是出于两点构想:一是他非常善于揣摩读者的心理,那几十行的账单看似烦琐,但其中所列的每一条都对读者具有强大的潜在吸引力,世界各国元首政要的起居行踪一举一动历来非常神秘,非常引人注目,他们的死于非命更会引起读者的好奇,这些信息散见于不同年月的不同报章,人们或许已经看过了,但经潘军之手将它们重新组合在一起,又获得了巨大的新的信息生命力,无疑会引起极大的阅读兴趣,所以再烦琐再驳杂,读者也不会厌倦。从猎奇的角度看,它们也具有不灭的新鲜感。二是上尉司徒建明正秘密地将这些元首政要遇刺或飞机爆炸事件编辑成一部录像《白与黑》,正是这些骇人听闻的事故,诱发了他的无话不谈的战友下士上官云海想当一名杀手的欲望。潘军认为,人类对于宿命是无可解脱的,虽然"宿命"这两个字里包含着谁也说不清的玄机,但你无法否认。作品暗示:正是那些无端的联想和推演,正是那些无名杀手的骇世之举,才使司徒建明冥冥中产生了一种莫名的心理躁动,于是很快有些轻率地做出了杀死叔丈人白章的决定。然而当他企图改变这个决定时,美丽的白底黑斑蝴蝶飞过来了,他下意识地挠挠头,对这个他所喜爱的小精灵表示他的欣喜,然而他却忘记了"挠头"正是他和杀手之间约定的开枪暗号,于是白章的胸部一下子炸开了,司徒建明当然接受了极刑……那个杀手是谁,小说没有点明,可能就是那个下士上官云海,因为他有过强烈的当杀手的欲望,司徒建明已安排他远走高飞了,而司徒建明自己将一切承担下来,不失为一条汉子。司徒建明所受到的极刑惩处,当然也让人想到,人生的得失乃至生与死,常常就在那一闪念之间,谁也解释不了,或许也就是潘军常说的"宿命"。《白底黑斑蝴蝶》是潘军极富诱惑力的短篇。

　　如果从形式独特的角度去分析,《白底黑斑蝴蝶》在潘军的短篇小说中还不能说最具代表性,最具代表性的应当是那篇《对话》。这是一篇心灵的对话。这篇小说除极少量的过渡性叙述外,通篇都是男人和女人的交谈,他们在金萨克酒吧的美好对话,是在萨克斯、电钢琴演奏的《梁祝》乐曲声中完成的。"与人交谈太具体,与音乐就是抽象。抽象就是美。"他们的交谈是那样地高雅那样地有涵养,又是那样地相知那样地默契,这篇小说是对人类文明素养的一种赞美,是对人类心灵相通的一种赞美。小说中的男人和女人,在相互对话中理解了相互间的一切,然后很自然地走到了一起。读者用不着去过问他们姓甚名谁,也用不着去了解他们的身世来历,便会认定他们走到一起是非常和谐的,也用不着去担心他们爱情的基础,便会认定他们会以较高的文明素养为基石的结合是幸福的。《对话》的新颖独特,无疑是潘军的一种探索。《对话》对于打破传统意义上的小说形式,是开了新生面的。

　　将潘军的短篇小说综合起来读,可以看出潘军的总体兴趣在于探索人类心灵的奥秘,他喜欢往人的心里去,然后将人的心理微妙地展示出来,这些微妙光芒的闪烁,常常让你既熟悉又惊奇。人的心灵的确是人生的富矿,那里有无穷的宝藏,因此便有了作家施展自己创作才能的最广阔的天地。在心理探索过程中,逆向心理探索或心理悖论探索,是潘军的兴趣之所在,《半岛四日》和《寻找子谦先生》在这方面便很有意味。大约是经人撮合吧,刚离过婚的女人再次到半岛这座新兴城市来,是和香港的比较富有的比她大14岁的商人徐先生约会,她的本意是要嫁给徐先生的,尽管大她14岁她也很满意,一切似乎都已谈妥了,见面的目的大约是为了敲定撮合在一起的时间和方式。小说所透露的唯一隐秘是她将与徐先生会面的地点定在半岛,徐先生当然不知道其中的因由,女人为什么要这样做,她自己也没有什么明确的意图,只是心理暗示她,她的第一次婚姻起始于半岛。这自然是一个微妙的信号,一般人是无法接收的,只有心灵上真正相通才有灵敏的回应,于是女人一到半岛,便有了一张劝她去看归帆的神秘的纸条,又有人悄无声息地给她付了餐费,还有人委托一个男孩送给她一束野花,而且对她脚踢石子的动作那么熟悉,于是有了"你要是不来半岛,我会离你远点的"那样真诚的表白,这一切只有对女人非常了解的人才能做得出来,这个人自然只能是已和她离了婚的那个男人,于是又怨又恨力旧情难舍,又走到了一起,一切又重新开始。那位徐先生也只能回香港去做他的生意。本来是一心一意要和徐先生成为眷属的,可是来半岛的这些日子,却身不由心不由己地投向了原来那个男人的怀抱,看来匪夷所思,是逆向的是悖理的,却一切都在情理之中,那便是他们虽然在形式上已离了婚,但彼此的心灵还是相通的,原来的丈夫对她还是十分关切十分注视的,不然就不会发生那一系列入情入理的细节,我们也可以设想,他们也可能是一时的意气用事,稍有不合便轻率地分开了,分开以后却又彼此留恋,心灵的深处并不忍断然分离,不然女人为什么要来半岛,不然男人为什么又要追来半岛,他们似乎都在追寻已逝去的美妙旧梦,似乎都在力图使那些美妙旧梦获得新生,如此这般,徐先生自然只好退避三舍。《半岛四日》写的是逆向心理,却又精妙入微、合情合理。潘军的精巧,在于他将人的心灵彻底地打开了,没有什么能瞒得过他的笔和他的眼睛。《半岛四日》虽属旧情难忘那个古老的传统主题,但它以全新的方式传递出来,读来便十分新鲜有趣。《寻找子谦先生》也属潘军小说的心理悖论那一类,但比较而言,《寻找子谦先生》缺乏《半岛四日》的那种自然和流畅,也不如《半岛四日》凝重。生活中虽然不乏给人介绍对象自己却先入为主而将人晾在一边的尴尬而又难堪的故事,但自有它的深层的心理心灵因由,像何光与余佩那样打着"寻找"子谦先生的幌子,天南海北地转一圈,而实际上将寻找子谦先生的事丢在一边,终于屈从了自己的不太光明的欲念而双双出走,却使人感到缺乏心灵响应的基础,因此露出了以意为之的痕迹。

潘军写小说的杰出本领之一是常常写得扑朔迷离,让你非读下去不可,读后又不知讲了些什么,这样理解那样理解都可以,《枪,或者中国盒子》就是这样的一篇。手枪,在中国又称"盒子"或"盒子炮",一看这标题,你便觉得新奇,但小说里的故事更新奇。李全临走时存放在从文柜子里一尺见方的小包裹,又多时不来拿走,引起了自觉人生很灰暗的从文的好奇。终于,他小心翼翼地用剪刀将包裹拆开,一层盒子又一层盒子包得很严实,第三层盒子打开时,让从文大为惊骇的是,里面藏的竟是一把钢蓝色的手枪。枪,或中国盒子,竟是这么回事。枪,令从文大为惊骇。为了这支枪,他连做噩梦、失去了女朋友小惠,从文很懊丧。但这把枪也有为他提气的时候,那就是他在多功能厅从容地制服了那个嫌他们唱歌太吵干扰了他打麻将的魁梧的男人。从文是否露出了那把藏在风衣里的枪,小说没有写,但从那个男人拱手讨饶,又愿意为他们唱歌埋单的情势看,从文肯定在隔壁麻将室里露出了那把枪,甚至将枪啪的一声置于麻将桌上,枪,或者中国盒子,显示它的威力。令人诧异的是,枪似乎给从文带来了幻觉,当李全在隔了相当长时日后来拿他的东西也就是那个小包裹时,从文站在高凳子上,迅速从腋下拔出那把枪"对着李全的脑门扣动了扳机",李全当场毙命,从文也实现了他的"打响"计划,但与此同时他只得带着那把枪去附近的派出所自首。从文想靠外力去掉他的灰暗人生,终于不能如愿,有枪或中国盒子的强力也不行,那打响了的枪给他带来的只能是以命偿命。自立自强只能靠自己的内生力,或许这就是小说中的从文给予人们的启示吧。

和《枪,或者中国盒子》比较起来,《草桥的杏》则是另一种格调,抒情中透露着辛酸。"哑巴女子硬是扳倒了一个大盖帽",是这篇小说吸引人的亮点。草桥的姑娘杏,长得好看,但不能讲话,是个哑巴,听力也极差。杏靠养鸡卖鸡蛋辛苦度日并供弟弟在城里上中学。杏和木匠王三宝的婚事是李税务牵线介绍的,但李税务兽性大发,将未出嫁的杏强奸了,杏去派出所递状子告发,李税务反诬杏"卖蛋逃税"报复他,还欺负杏又聋又哑,拿不出凭证。杏痛苦得只知流眼泪,李税务却一个劲地散香烟,此事似乎就了结了。残疾人受糟蹋、蒙冤屈,没有引起特别的重视,也没得到应有的处理,小说在平静中发出了愤怒,作家的人文精神显现出了光彩。令李税务没想到的是,杏竟怀孕了,于是他送给杏一万元钱,企图打掉孩子了事。他的企图遭到了杏的断然拒绝。于是,李税务又说通木匠王三宝同意娶杏并把那孩子认了,但杏又断然拒绝了。李税务无路可走,只得到派出所自首服罪,当李税务被戴上手铐押着在草桥走了一个来回时,"草桥的人被这阵势看呆了"。《草桥的杏》

中的杏,和《枪,或者中国盒子》中的从文,形成鲜明的对照,杏,坚定顽强地维护了自己,她是坚强的;从文却在左思右想拿不定主意并在幻想中毁灭了自己,他是脆弱的。潘军很喜欢《草桥的杏》,并将它改编成同名电影文学剧本,但曲曲折折未能付诸拍摄,希望在不久的将来能在银幕上看到《草桥的杏》。

隔了较长一段时间没有读到潘军的短篇小说了,他自己说是 10 年没有写短篇,又说短篇小说是他喜欢的艺术形式,不会不写短篇的。果然,近年间又连续读到他的 4 篇短篇小说了:《泊心堂之约》《电梯里的风景》《断桥》《十点零八分的火车》。这 4 篇短篇,保持了他以往的幽默、机智、关心普通人的命运与内心世界、语言洗练优美等特点,但又增加了作家对社会的观察与评价的内容,更觉得有咀嚼的余味了。

《泊心堂之约》是应《人民文学》之约而写的,潘军的原题为《一场风花雪月的麻将》,小说中的作家老冯说:"我们这四个人,名字各取一字,正好是风、花、雪、月。"编辑部觉得,将"麻将"二字直接用于标题,有点碍眼,于是作了修改。《泊心堂之约》通篇从头至尾都是写打麻将,潘军写得别具一格,很顺手,写出了麻将的怡情,所谓"怡情"也就是小说结尾的那句话:"麻将是好玩的。"再就是赢家将那赢的那点份子钱拿出来,四个人在一起吃顿饭,然后散去,如此而已。当然,如果通篇都写出什么牌、点什么炮、和什么牌,那就成了麻将玩法讲解,没有什么意思了。潘军着重写了四个人在打麻将过程中联系各人的过去与当下的相互交流,营造了一种和谐浪漫又含有辛酸苦辣的文化氛围。四个人都是文化人,季春风是画家、任达华是文化局长、冯悦是作家、林晓雪是京剧女演员,前 3 人"年届六十"退休了,林晓雪只有 40 多岁,但剧团的演出任务不多,很清闲,四人又都是朋友,季春风"年轻时还追过一阵林晓雪"。牌桌上除了麻将的哗哗声,还有时不时的你一言我一语,言辞虽短小,却蕴含有人生的过往与岁月的风霜,一言既出,三人心会,或点头或苦笑或无奈,除了多年的朋友,这样的融洽是很难找到的,难怪"这场面让老冯有了莫名的激动。这样轻快而又紧张的气氛实在是久违了。这就是麻将的魅力"。其实,这不是麻将的魅力,而是社会祥和、稳定与安乐的魅力,只不过是通过小小麻将桌的那种和谐的文化氛围折射出来的罢了。将日常司空见惯的麻将娱乐活动写得如此幽默闲适而又颇富深意,足见潘军的高明,这篇小说入选 2018 年"中国小说排行榜",也就是很自然的了。

《安徽文学》编辑部在得知潘军为《人民文学》写了短篇小说的准确信息后,立即约请他为《安徽文学》也写一篇。对于家乡文学杂志的约稿,是不好推辞的,潘军很重乡情,于是,立即愉快地答应了,并在较短的时间内创作了《电梯里的风景》。这篇小说强调的是对人的尊严的尊重,称得上一篇人的尊严的颂歌,但若不认真仔细地阅读,也许会觉得平淡无奇,难以领略作家的苦心,潘军曾遗憾地说过,有的读者没有读懂这篇小说。小说里的电梯管理员王小翠,是一位只有22岁长得比较好看的农村姑娘,在电梯这极有限的空间里,乘电梯上下的男男女女在不断地观察她,她也在不断地观察那些乘电梯上下的男男女女,于是在电梯这有限的空间里,便形成了一个小小的微缩社会。读罢这个短篇之后,使人不禁想到了诗人卞之琳在1935年写的那首著名的短诗《断章》:"你站在桥上看风景,/看风景的人在楼上看你。/明月装饰了你的窗子,/你装饰了别人的梦。"[①]人们观察到了王小翠的什么呢?观察到了她的名牌:手表是浪琴的、手机是苹果的、挎包是古奇的、围巾是巴宝莉的,于是夸她"很潮",王小翠理解、感激人们的善意,便笑着谦虚地回答说"这是冒牌山寨的,便宜";80岁的老作家观察到她青春、热情,转送给她鲜花,她便"大爷""大爷"地叫个不停;还有人要帮她换个好一些的工作岗位、给她介绍男朋友,她都报以礼貌而和善的微笑;而对那个理解她、很有些商界眼光、还真诚地请她吃夜宵的老板李一山,她从内心由衷地敬重,甚至为他的公司经营不景气、因病做了"胆囊切除"手术而担心。王小翠从这一切里从社会的大氛围里感到了温暖和关爱,她对自己的人格尊严得到了应有的尊重而欢乐鼓舞。但当那个"自以为是明星的女人"指着她的挎包说"现在的山寨水平真是高呀,你看这巴宝莉的包,一点不比真的差"时,立即毫不客气地撑了过去:"谁说我这是山寨的?"并坚决地表示会毫不可惜地拿半年的工资去买这些名牌,并从内心鄙视那些所谓女明星从眼睛、鼻子以致全身"哪里没动过刀子"、动刀子美容"为的就是吸引男人",非常有信心地坚信自己能比过她们。王小翠对那个所谓女明星的毫不谦让,完全是出于自卫,对自己尊严的自卫,她是不会拿山寨版来冒充名牌的。对那个离了婚的"设计总监"胖子张鹏和她套近乎、想占她便宜,她也一眼看穿"他是暂时空下了,想让我填一下的",礼貌而婉转地回绝了他。而对那个企图占有她并对她有非礼动作的于大头,她先是机智地录下音,然后严肃而镇定地向于大头"借三万元",还正告于大头,如硬顶着不"借",她就到市政协举报和告诉他妻子,她知道于大头还顶着一个市政协委员的头衔并很在乎这个头衔。王小翠的索赔补偿费,完全是为维护自己的尊严而来的。在潘军笔下,王小翠显然不是一个刚从农村到城市的女子,她虽然年轻,但对城市

---

① 卞之琳:《鱼目集》,人民文学出版社2000年版,第8页。

的各色人等应对自如、落落大方,特别她对于大头的果决、看似有些狠毒的借款方式,都可看出她在城里闯荡了不少时日。小说里说她来城里三年,积累了不少在城里过日子的经验了,从她的那些名牌,也可得知她在城里赚了些钱,然而她现时只是收入很少,那么她以前干什么呢?钱从哪儿来呢?小说只字未提,隐去了王小翠此前的一切,让读者慢慢去体味。潘军曾在一次接受访谈中说,这篇小说写的是"妓女的尊严"。仔细阅读,是可以从那些名牌和从于大头那里"借"三万元的描写中,看出隐藏的端倪的。可喜的是,王小翠虽然在这个城市里有过一段尴尬、不光彩的历史,但她并没有消沉下去,小说结尾写道:王小翠"要把这一生过好,过得好好的,而不比这个城市任何女人差"。这当然不是给小说硬加上去的一个光明的尾巴,潘军之所以不点破王小翠曾有过的尴尬过去,正是相信王小翠会坚决地告别过去,而祝福王小翠们从开电梯开始,去创造一个属于自己的更好的未来。

　　在这4篇短小说中,潘军很看重《断桥》,说《断桥》的第一个自然段在电脑里存放了10多年。熟悉潘军作品的人,读了《断桥》之后,不可能不想到他的中篇《重瞳》,《重瞳》和《断桥》都是颠覆性的写作,《重瞳》颠覆的是一个历史人物项羽,《断桥》颠覆的则是一个神话传说《白蛇传》。读《重瞳》,觉得很新鲜,打破了历史小说的固有范式,读后心情是很振奋的。读《断桥》当然也可以看出作家的才气,特别是小说中讲述的那些关于京剧《白蛇传》的版本、掌故、历史,令人非常感兴趣。在小说中,作家撕掉了法海的伪善,他并不是什么正义的化身,并不是要为许仙除妖等等,他是一个好色之徒,而"在钱塘一带,素贞的美丽无疑首屈一指,这便招致了暗算",法海暗恋白娘子久矣,只不过白娘子钟情于许仙,他只得借一袭袈裟掩藏他对白素贞的"叵测之心",这个细节写得颇具艺术胆略,也颇具新意,但将法海在"月光下"的那些发泄性欲的不堪,袒陈于读者眼前,或许突兀了些,也缺乏审美意义。小说的结尾,写许仙的人生感觉:"好几次,我走在纷杂的人群中,某个瞬间,会猛然觉得背脊上停留着两道寒光,我这才清醒过来——有人从来就没有放弃对我的跟踪,还是以某种崇高的名义。"许仙是一个胆小质朴、老实厚道的普通行医之人,却一边是蛇妖缠绕,一边是妖僧监视恐吓、吃醋,夹在夹缝中间,日子多么不好过啊!这种描写,顿使读者对许仙的艰难处境给予同情,也许会联想到自己,但这种颇具影射的笔法,却缺乏潘军的一贯艺术魅力。这篇小说发表后不久,潘军将它改编成同名三幕八场话剧并获"首届阳翰笙剧本奖"。潘军对剧本的获奖有些意外,他在获奖感言中说,《断桥》是一部具有先锋性质的剧作,探讨的是对真相的追寻,对神话的质疑,对历史的拷问",又说,对于"文学立场和价值取向的坚守,应该远远大于对于一部作品本身的鼓励"。我在读过话剧剧本《断桥》后，觉得比小说丰富了些，艺术锋芒所向，也高于小说原作。

《十一点零八分的火车》是一个很浪漫、可读性很强的短篇。无端的期待、突如其来的美好、恼人的搅局和无法弥补的遗憾，不约而同地来到了你的面前，你高兴还来不及，你怅惘还来不及，你懊悔还来不及，再普通不过，再奇妙不过，有人拍手叫好，有人嗤之以鼻，这便是一小部分文化人的精神生活。没有什么强烈的冲突，也没有什么你死我活的算计，但引人入胜，字里行间透露的是作家活跃的思维与曼妙想象，展现的是作家勤奋的阅读与文化眼界，当然还包括作家的社会经验与个人经历。小说里的闻先生也写小说，他之所以选择坐火车出行，"与其幻想中的一次或者又一次的旅行艳遇期待有关""他的两任女友都是在火车包厢里聊上的"，这个"看似斯文，骨子里却不安分"的文化人，有了如此惊喜的收获，火车包厢对他便有了极强的诱惑力。果然，闻先生在软卧包厢里遇到了一个美丽而气质绝佳的30岁出头的女子，一个芭蕾舞演员，且"有练功的习惯"、"不练功，天阴下雨腰腿会痛的"，闻先生第一眼见到她时，她正将"一只长腿倒架在对面的上铺"上面，这个"倒踢"的"无法想象的美"，让闻先生10多年后都无法忘记。后来虽得知她姓柳，闻先生并敏捷地有了"柳浪闻莺"的联想，但在他的意念里，还是"倒踢紫金冠"这称呼生动而鲜明，他真的感谢这次邂逅，认为"实在是上帝的垂爱"，他非常悔恨因为疲劳而睡了三个小时，"三个小时就这么白白浪费了"，所以，他一醒来，立即抓紧和"倒踢紫金冠"聊起了逸闻趣事，关于在部队为首长演出芭蕾舞《红色娘子军》中的一段"常青指路"失误的伤感往事，显现了"倒踢紫金冠"性格中豪侠的一面，她认为那是她和搭档共同的责任，并没有埋怨对搭档所做的"转业"处理，而是自己也转业了，并主动去石家庄和那位搭档结了婚。如果按老套平铺直叙一直让"倒踢紫金冠"讲下去，小说的意蕴会淡薄很多，潘军有意识地打了个穿插，让那个"手腕上的金表特别醒目""一股脚臭气顿时就弥漫开来"的"很魁梧的中年男人"来到了包厢，他的铺位是闻先生的上铺，无意中的搅局，让两人只得中断那美妙的交流而去餐车用晚餐，于是有了法国普罗旺斯红酒、随着岗斯塔科维奇的《第二圆舞曲》的旋律跳一段双人舞，曲目是闻先生所喜欢的，他是在美国电影《战争与和平》中第一次听这曲子的，"美丽绝伦的奥黛丽·赫本踏着这典型的华尔兹节奏，翩翩起舞的画面让他无法释怀"。在这个美妙的夜晚，闻先生当然不会忘记要求"倒踢紫金冠"讲和她"前夫"的故事，晚餐后于是又有了续篇，结局是那个搭档做企业赚了钱，"无非就是外面有了小三、小四"，"倒踢紫金冠"说，"我这人其实还算大度，这种破事也能带得过的,老了就成笑话嘛",但是搭档的"气味"和"原来那个人完全不一样了","陌生""讨厌""忍受不了",只得离了,一个豁达的灵魂立刻出现在眼前,这是闻先生意料不到的,而"拿起茶几上的报纸,卷成一只长筒,和闻先生对话,更使闻先生惊骇",他"无法入睡",但他也并没有非分之想,高雅而有趣,才是文化的本色呢。软卧包厢里的故事,除了指责为什么演出出了差错"就成了政治问题",其余都是些日常之事,酸甜苦辣"倒踢紫金冠"经历过,闻先生自然能体会其中的滋味,"月有阴晴圆缺,人有悲欢离合,此事古难全",潘军对东坡先生的这几句话的诠释是颇具匠心的。

潘军的短篇小说中,有的也很有先锋色彩,如《悬念》(《作家天地》1988年第2期)、《陷阱》(《作家》1992年第3期)等,可以和他那一时期创作的先锋中篇联系起来读,虽然不怎么好理解,但从追溯作家的创作如何从"难懂"到"好读"的角度看,很有意义。还有两篇属自传体的短篇,即《1962年,我五岁》(《作家》1998年第1期)、《1967年的日常生活》(《山花》1999年第3期),则对了解潘军的人生经历极有帮助。

潘军的短篇小说除上述提到的之外,还有很多也很耐读。我想耐读的原因大抵有五方面:一是他的小说所关心的都是普通人的命运,都是对普通人的心灵的抚慰,他不追随时尚,但这并不等于他不关心所处的这个时代,他的作品字里行间充溢着浓郁的时代气息。二是他非常关心他的读者,揣摩读者的阅读心理和阅读兴趣,是他的创作的一个很重要的组成部分,也是十分聪明的组成部分,他把很大的阅读空间留给了他的读者。但他又不迎合读者,他认为迎合读者也是一种媚俗,这对于真正意义上的文学创作是没有任何价值的。三是他的语言准确机智,真可谓炉火纯青,他的叙述所特有的那种幽默、调侃,有时又有点自我嘲讽,这种所谓"冷叙述"格调的魅力,读者常常为之倾倒。有的评论家将他的叙述称为"陷阱",一进入其中便不能自拔,这个比喻很符合潘军叙述能力和技巧的实际。四是他不只是从篇幅的角度去理解短篇,他所关心的是他短篇里人物的内心世界和他所营造的小说意境的无限延伸,他追求的是他揭示的心灵秘密的永恒性。五是他的不懈探索、不倦的创新精神,大胆主张标新立异,他认为小说的生命在于"怎么写",而不在于"写什么","怎么写"所要求的就是从各种角度的不断创新,他的一切努力都可以归结为创新,因此,他的作品常给人以耳目一新之感。一切都从艺术规律的角度着眼,这便是潘军对于小说创作包括短篇、中篇、长篇创作,所持有的学术立场和学术原则。潘军曾经讲过,他的这些学术立场和原则是不可动摇的,他曾经将自己比喻为一个锻造者和一个制陶者,他的作品都是精心熔炼和烧制出来的。我想,正是这一切,才使潘军作为一个严肃的作家引起了当代文坛的瞩目,也构成了他的短篇创作和中长篇创作对中国当代纯文学的不可低估的价值和不可埋没的贡献。对潘军的短篇小说,如果要说还有对什么不满足的,那就是觉得他的短篇虽具一定的时代性,但对能称为"时代潮流"的那些轰轰烈烈的场面、人物的描写、刻画似乎少了些,对他们的悲欢离合、成功与痛苦关注得少了些。作为一个成功的作家,潘军是会有自己的想法,也会有自己的解释的。

2020年11月

[原载于《安庆师范大学学报(社会科学版)》2022年第3期]

潘军的"新表现时代"与《重瞳》这本选集
南方朔

潘军1957年生,是中国大陆当代先锋小说或称新潮小说的主力作家之一。这部《重瞳——潘军中篇小说选》,是他的作品第二次在台湾出版(之前一部也是正中书局出版的潘军长篇小说《死刑报告》)。它对台湾读者及文学研究者的意义,乃是我们可以从这些作品里看到大陆作家由"向外学习"转为"向内沉淀"的某些面目和成绩。

中国大陆的作家,具有"先锋""前卫"或"新潮"含义的,始于20世纪80年代中期。它随着改革开放后的资讯流通与视野打开而出现。于是,多种叙事技巧、文学问题意识以及各种各样的文学呈现方式,开始被大陆求新求变的作家们争相学习仿效。而潘军于20世纪80年代末期加入了这个行列,以他旺盛的创作力后来居上。大陆评论家认为,"他开启了一条类似罗布·格里耶的路子,探讨的是一种松散而自由的文体","在当代新潮小说史上,潘军的探索具有继往开来的意义"。我们由这些评价可以看出他在大陆文坛的地位。

不过,由台湾这本他于1997年以后所写的五个中篇之结集,我们可以看出,他已很难继续冠上"先锋"这样的标签,而毋宁视为一种由"先锋"路子走过来,而后落实于中国本土的文学沉淀。在1999年的一次访谈中,作者说过这样的一段话,可以看出他的主体自觉:

> 在所谓的先锋阶段,我当时的写作确实带有一种强制性,因为远离了自己本土小说的一种传统,尤其是指那种叙事方式上的传统……当时就想按这条路子走下去,彻底地背叛过去的那些东西,并且总是想使自己的小说与别人的小说区别开来,等等,那个阶段可能是比较幼稚的。一个作家当他在表达的时候,老是受到某种心理的钳制,他这种表达本身就很难达到那种很高的境界。我觉得沉淀也好,延续也好,到后来就已经变得非常自然了,只是在于我的选择问题。我自觉在叙事上拥有了一定的能力与本领,能很从容地去面对我自己要去表达的对象,就不会只考虑到我这篇小说会不会有点像博尔赫斯。

因此，这里所收的五个中篇，都是作者走出了技巧耽溺，而意图重建自己说故事方式的见证，这五篇小说都延续了过去的学习所得，因而它说故事的方式当然都有一些特殊的观照。而最值得注意的，乃是同时也在电视电影方面有过涉猎的潘军，在这些小说里融入了相当多的电影语法，他的这种尝试殊堪注意。

《海口日记》乃是作者南下海南岛之后的经验结晶，小说主角是个南下改行当计程车司机的作家。整篇小说都是在叙述这个新兴移民城市的"流动状态"——司机这个职业的流动性、男女关系的流通以及主角的朋友那种乍起乍落的商场经验，而这种"流动状态"又被整合到了那种恍若碎片般的日记体自由流动的叙述方式里，但就在这样的流动里，益发衬托出了那种深沉的焦虑、孤独、不确定的茫然，因而整篇小说的"轻与重"这个轴线遂贯串了全局，成为形式与内容整合完好的一部作品。而就现实意义而言，它也等于是借着这样的城市故事，把中国改革开放后存有的社会与人际锁链松动后所留下的深层问题，以一种隐喻的方式展现，小说的最后，一个落拓的瞎子用二胡拉着《潇洒走一回》的曲子，这个瞎子摸着主角的脸说：我俩长得有些像吧！这格外强化了潇洒这种"轻"的沉重感。《海口日记》无论写作技巧，还是内容层次，在这五篇里都最为杰出。

而与《海口日记》几乎同时完成的《对门·对面》也同样是部典型的城市文学作品，很有那种荒诞式悲喜剧的韵味。它写的仍是一个计程车司机，在城市里，因为种种结构性的命定原因，同时沾惹到了一个富人家年轻美丽的妻子和一个颇有姿色的女窃贼，而在过程中又涉及杀人案件。这部作品里的人物被符号化、匿名化，分别是A、B、C、D。而《对门·对面》所隐喻的是城市的阶级与秩序空间肌理，它所代表的乃是在一个本身既已出了问题的城市，如女子沦为职业窃贼，女子为了金钱而嫁给富裕但不能让自己得到性满足的老夫。这时候，欲望的流动即会普遍化，可能发生在没有特定姓名的A、B、C、D身上，也可能发生在E、F、G、H身上，而代表了秩序的"门"也将因此而无法维系。这种欲望的流动当然产生不了什么微言大义的悲剧，留下的只有集荒诞、喧闹、难以预期的意外等于一体的悲喜闹剧而已。这篇作品以悲喜闹剧的文体来表达这样的城市风俗志，就现实意义而言，它的反讽意蕴已极为明显。

而同样可归类为城市文学的《合同婚姻》，则是另一种社会感伤剧了。在这个城市兴起、男女的婚姻关系出现松动的时刻，两个具有新中产阶级属性的男女，以私人定期契约的方式来决定自己的婚姻。这种流动式的婚姻关系，真的确保了个人的自由吗？或者反而是造成了更多由于悬念和不确定而产生的不自由？

潘军的城市文学,是这本选集里最突出的部分。城市是一种流动性的载体,一切的关系都在城市里被打散,自由地飘荡,无所依附。城市书写在西方文学里早已有了相当的成熟度。潘军在相比之下毫不逊色:对城市有感觉,而且能从仿佛碎片的流动画面里试着探索城市的意义。他的这些篇章,充满了有如电影画面的肌理,带着写实、苦涩的幻想和淡淡的嘲讽。

而《秋声赋》在这本选集里,是与他的城市文学迥异,而重新观照过去的乡土经验的作品。《秋声赋》的故事与它这个篇名的刻板印象毫无关联,它是一个秋天的沉重的故事,说的是压抑、执着、苦难以及人伦间的背叛等,这是潘军的写作回归乡土后的代表作,无论语言和情节都具有最高的稠密度。故事的展开、线索的提示以及象征的运用也都刻意经营。这类具有"乡土传奇"性质的题材,大陆作家由于理解得深,佳作不断,《秋声赋》的经典性也毋庸置疑。至于读者把它看成是一个人对命运和欲望的痛苦克制,或将其解读成另一种形态的残忍,则在各人自己的判断了。

至于发表后颇受关注的《重瞳》则是对项羽故事的重写。易言之,它是对历史文本的质疑和重析,而在重析中突出另一种自我的历史意义。

其实,历史乃是一种具有因果性的解释文本,它本质上即有极强的开放性。这也是无论东西方对既定的历史文本总是有人不断重新诠释的原因,使得某些人深信"所有的历史皆当代史"。当代甚至有一群军事史学者倡议"如果不是这样主义"(If motism),企图做出更具颠覆性的"反事实叙述",即探索既定的线性史观之外的隐藏意义。

而《重瞳》乃是根据《史记·项羽本纪》等既定的文本,提出不同视野的解释。它以项羽"我"为叙述者,这当然是企图由心理剧的角度来对项羽做出不同的观照,而在观照中,则以那种"男子汉逻辑"来对照出历史上的"权谋政治逻辑",同时也触及诸如历史中的残酷、机诈,甚至过去历史文本的判断等。作者在小说里发表议论,甚至对"历史"这种客观的过去表示质疑,在否定的态度里,对"后历史"寄予期望。由于它已碰触到了"大历史"的问题,当然有了更多思想上的刻度。近代小说里的多视角叙述策略,在这篇作品里被表现得相当透彻。

因此,潘军的这部中篇小说集,对理解这位极具分量的作家,以及当今大陆小说发展,具有相当重要的参考价值。有评论家指出,当今大陆文坛已进入了一个新的收成期。这话也许并不假吧!

(原载于《安徽文学》2005年第7期)

潘军写活了与一般男人不一样的男人

蔡诗萍

对仍待台湾读者去熟悉的大陆作家潘军,我该怎么言简意赅地介绍他的小说呢？我会这样说,先试着读读吧。尤其,这是一本中篇小说选集,你随便挑一篇读,反正用的时间不是很多,但我可以保证,你一定可以被吸引进去。潘军具备这魅力,他像一个说书人,故事本身精彩,而且他手舞足蹈、起伏顿挫的口吻,更增添了阅赏的乐趣。

我一直相信,文学走到了21世纪,在大众媒体发达、影像文化充斥的年代里,作家也会跟其他领域的人物一样,除具备专业的条件以外,个人魅力亦不可或缺。潘军是这类作家的典型。

我的推荐,毫不犹豫。潘军经由小说,对他所处的世界,传递了一股强烈的不流俗、不从众的观察视野。但同时,潘军运用的叙述手法,却又如此流转、顺畅,丝毫不让你感觉累赘、啰唆。

正中书局先出版了潘军最新的长篇小说《死刑报告》,然后跟着出版了这本中篇小说选集,很像上了一道主菜后,再伴随五份点心,让你有机会看看潘军如何徜徉于小说的虚构与现实这互补的难题之间,而游刃有余、出入自得。

这本中篇小说集,书名《重瞳》,包括《海口日记》《对门·对面》《合同婚姻》《秋声赋》《重瞳》五个中篇。仔细读过后,我明白了编者的用心。编者一定跟我一样,读过潘军的小说,脑海中便深深留下一个男人的形象：那是一种可能在逐渐减少,甚至濒临绝种的男人形象；那是在世俗评价里不怎么成功的男人,却由于他内心总有些坚持与自在,因而突出了他身上那股难以言喻的"男人味"。

这股"男人味",我们不妨先从《重瞳》这篇作品里去捕捉。在潘军笔下,或他心目中,肯定存在着对一种"理想男人"形象的素描。历史人物中,潘军挑出项羽做代言人,不是没有用心的。

透过项羽的独白,《重瞳》重新诠释了楚汉之争、刘邦称帝、项羽刎颈的历史公案。太史公笔下,多少显得妇人之仁、不无跋扈的项羽,经由潘军的诠释,却深藏了另一张面孔,这面孔下的心情,坚持了"古典贵族"的自负、"军人本色"的骄傲,说话算话,有所不为；这面孔下,"西楚霸王"是矛盾的,是很人性化的。一方面,他瞧不起秦始皇,瞧不起刘邦、张良、韩信等无赖式的言而无信;但另一方面,他又不断谴责、反省自己在权力场域中经常犯下的过错。

潘军不惜在两千年之后,代项羽细诉这段心事,其实他只有一个目的,他深信这世间应该有一点什么,是值得男人去维护的,哪怕项羽要付出生命的代价。而在现代社会中,这样的男人则注定要被人轻视、藐视。但,那又怎样呢?

没错,潘军小说中始终悬浮着这个主题,存在着这样的一种男人形象。《重瞳》里的项羽,在这本中篇小说集里,以不同身份,幻化成好几个男人。或者应该这样说,从《死刑报告》到《重瞳》,潘军笔下的男主角,即使在不同的人生际遇里,都维持了内心孤傲的自我。这些男主角在他们的世界里,都不算"成功者",尽管他们具备了成功的条件,如项羽。潘军笔下的男主角,并不是没能力与其他男人一较高下,出人头地,然而偏偏他们都有一些硬脾气、怪性格,硬是不肯老老实实接受世俗框框,总是想多一点自由,多几分自在。这就迫使他们在举世皆曰赚钱可贵、成功无价的年代里,显得怪异而格格不入了。

翻阅这本中篇小说集,细心的读者应能察觉到每位男主角的性格,都跟《死刑报告》里那位玩世不恭,内心深处却又坚持点什么、相信些什么的男主角陈晖很像。若从小说创作的延续性来看,《死刑报告》是最新作品,但潘军心中搜罗"典型男人"的念头,却已酝酿了好些时间。这几个中篇小说,如同练剑,每一招式自成系统,但长期经营下来,则显然是为一本圆满的剑谱而做的准备。《重瞳》里的这五个中篇,与长篇《死刑报告》之间的关系,可以这么看。

项羽之外,《重瞳》里的男主角,分别是《合同婚姻》里的苏秦、《对门·对面》里的A先生、《海口日记》里没名没姓的"我"、《秋声赋》里的旺。潘军笔下的这几位男主角,教育程度、社会地位或有差异,不过他们的雷同性是很明显的。《合同婚姻》里苏秦与妻子离了婚,遇上昔日的女同事,展开一段恋情,然而与妻子依然藕断丝连地相互关心着;《对门·对面》里A先生跟妻子也离婚了,妻子搬走后,他跟隔壁搬来的D搭上了,可是心里头又暗暗喜欢上对面高级住宅里的C,并先后跟这两位女人发生关系;《海口日记》里的"我",离了婚,跑到海南岛,认识了淘金女郎方鱼儿、精明干练的苏晓涛,而前妻到海南时,依然带着嘲讽口吻来关心"我";时代背景稍稍与这几篇有区别的《秋声赋》,虽然少了现代社会的离婚、多角性爱等情节,可是基本的"潘式原型"还是存在的,如夫妻之间的性爱不和谐导致妻子出现外遇等。这篇小说的独特之处,在于潘军添加了"弗洛伊德式"的父子情结,让父、子与媳妇的三角关系变成一场悲剧的核心。

仔细读过潘军的长篇、中篇小说,我很确定,潘军小说中,对于男女关系、男性价值,存在一种我称之为"潘式原型"的叙事模式。他的小说中,总有一种男人,那男人饱经世事,对男女情爱超乎的早熟;对人世间的做作、虚伪与无奈,更有高度洞悉的能力。他们夹处于婚姻、事业与自己内心在意的那点坚持之间,最后往往选择做一场婚姻的失败者、事业的逃避者以及内心所在意之价值的捍卫者,哪怕因此要被妻子看透、被男性同僚不解、被世俗评价鄙视,他们亦在所不惜。"潘式原型"里的女性则有两类:一类是在婚姻中感觉不快乐,宁可选择离婚,她们往往不再婚,自己过着独立的生活;另一类则是看不出婚姻关系,但与潘军笔下的男主角,却维持着满足的性爱关系,或同居生活。潘式观点下,男主角们像是婚姻的不适应者,脱离婚姻后,常选择浑浑噩噩过日子;而女主角们则多半头脑清楚,知道必须不靠男人,独立赚钱、生活。所以,潘军笔下的女人,即使从事出卖肉体的行业,读者都能感受到她们远比男人更强悍的生命力。我认为,这是潘军借小说所要传递的讯息:现代女性确实比男性更适应这新时代。

我必须说,这正是潘军小说的特点,迷人之处仍能透出作家的现实感。你仿佛看到了中国大陆在20世纪90年代以后,有一种男人悬浮于一片赚钱有理、发财无价的滔滔洪流之中。他们无助地飘荡着,既不留恋以前的"文革"年代,又看不惯金钱物欲横流压过人性尊严的经济时代,他们于是选择"漂流",漂流于婚姻之外,漂流于大都市之外,漂流于主流价值之外,漂流于自己其实也有能力适应的社会进化之外。潘军小说最迷人之处,在于他抓住了"人"的某种"我偏偏如此"的固执性。

潘军显然不想用小说来说教,不过,就像每个成功的小说家一样,当他能用完善的叙事技巧、优美的说故事手段,向读者展露他的心事时,其实读者不知不觉间,也就接受了小说家对他所置身时代的一种诠释。潘军无疑是要向我们描述,这世界"不应该是这样的"。

但"应该的世界",又是怎样呢?

身为一位中壮代小说家,潘军在这分岔点上,跟他的父辈作家继承的传统与信念是"不太一样"的。我说"不太一样",是指其中确有部分信念很类似,却由于作家气质的不同而显出迥异变化。

受近代西方文化东渐的影响,"西方小说"这一文类从引进中国,就被当成经世济民的启蒙工具,一向被认为拥有强大的动能。潘军借小说,揭露他所不满意的社会潮流,这是现代中国小说家共同承继的精神传统。可是,潘军本人的个人主义气质以及他始终走在时代前沿的反思能力,并没局限于传统,相反地,潘军让他的小说维持在警醒的边界上,甚至不惜塑造出一种漂流、浮荡的男主角形象,心甘情愿自我流放于社会的边界。《海口日记》里的"我"放弃编辑工作,宁可以开计程车为业;《合同婚姻》里的苏秦,去海口炒地皮赚了一票,回城市后,宁可无所事事地过日子;《对门·对面》里的 A 先生,也开计程车;《秋声赋》里的旺,则以摆渡为生(跟计程车司机很像吧)。潘军让笔下的男主角选择这种"摆渡行业",不会是巧合吧!难怪,我读潘军的小说,脑海里总浮起一些面孔:海明威笔下的、索尔·贝娄笔下的、米兰·昆德拉笔下的,好像每个时代都有一些"漂流者",他们以自身的存在,见证了每个时代的潮流里总有些不肯适应的人,等着我们去认识,去理解,去反照自己庸碌的生活。

(原载于《安徽文学》2005 年第 7 期)

潘军的小说和他这个人

吕正惠

潘军是个很会说故事的人,连自己的事,让他说起来,都像"故事"一样:

> 我于一九五七年十一月二十八日的黄昏来到这个世界……我母亲生我时还不足二十岁,所以与其说是痛苦,还不如说是害怕。一旦脐带刚被接生婆绞断,她就慌着让我外婆用一块布把我兜走了。世上的事也就是很怪,我父亲谈过四次恋爱,皆因种种原因而未成眷属,到了怀宁竟爱上了一个目不识丁的姑娘,但是在我童年与少年的记忆里,是没有这个父亲的。依稀记得的,是在五岁的时候,有个晚上,一个皮肤很黑的男人到了我家,后来这个人给我洗脚,并搂着我讲《西游记》里的故事……等很多年以后,我才知道他是我父亲。(《我的小传》)

当然,潘军讲的那是"真事"(他没有必要撒谎),可这些事让他"叙述"起来,就有"虚幻"的感觉,似乎不是很真实。

潘军于20世纪80年代后半期出现于大陆文坛,正如当时许多年轻小说家一样,他着迷于拉丁美洲小说,特别是波赫士(大陆译为博尔赫斯)以及卡夫卡。他编故事、说故事的方式受波赫士影响最深。当时上海译文出版社出版的《博尔赫斯短篇小说集》,潘军说他读过好几遍。

这样的潘军,理所当然地被当时的评论界归到"先锋派"的行列,排到刘索拉、马原、莫言、余华、苏童、格非、叶兆言、孙甘露……这一串队伍中。这一时期的潘军把故事编得很复杂,使用的语言密度很大,真有一点让人摸不着头脑。他自己说,中篇小说《蓝堡》和《流动的沙滩》(都在1991年发表)是当时他较满意的作品。

1992年,潘军离开文坛,下海经商。先是浪迹海南三年,然后暂住郑州两年。1996年他复归文坛,在两三年之内发表了一批引人注目的中篇小说。20世纪末,潘军在大陆小说界的地位已非常稳固。

复出后的潘军,语言变得更简洁、明朗,但说的故事反而更迷人了。《重瞳》(2000年)是这样开始的:

> 我要讲的自然是我的故事。我叫项羽。这名字怎么看都像个诗人,其实我自己早就觉得是个诗人了,但没有人相信。而民间流传的那首"力拔山兮"又不是我的作品,我不喜欢这种浮夸雕琢的文字。

这种文字,随便看都让人想一直读下去。这篇小说能轰动一时,一点也不让人奇怪。

复出后潘军的中、短篇小说,依我看来,可以分成两类。一类我把它叫"传奇",因为故事纯粹是"编"出来的,如《重瞳》、《结束的地方》(1996 年)、《桃花流水》《秋声赋》(1999 年)。一类取材于潘军在海南及其他城市的漂泊与经商经验,有现实基础,如《杀人的游戏》(1997 年)、《对门·对面》《海口日记》(1998 年)、《关系》(1999 年)等。上面提到的四篇我都很喜欢,我和大陆评论界的看法不太一样,我觉得,第二类比第一类好。

《对门·对面》是一篇上乘的喜剧小说,开头值得一引:

> 法院裁定离婚的第三天一早,A 的妻子(实际上已是前妻)带人来搬东西。那时 A 在马桶上读一篇关于世界杯预选赛的述评。外面乒乓响着,A 感到大便很不流畅。所以搬东西的整个过程 A 没有见到。等他提着裤子出来,觉得客厅一下显大了。A 靠墙穿好裤子,想去洗脸。这时前妻把一串钥匙交给他:
> 你最好还是换把锁。

这篇可能长达三万字的小说,我一口气读完,结尾比开头还好笑。对于大陆商品大潮以后城市里"现代化"的男女关系,潘军以极幽默的方式将其刻画得入木三分。

在《海口日记》和《关系》里,潘军表现得意外的伤感而抒情。在《关系》里,曾浪迹海南三年的主角为执导一部电视剧而旧地重游,并见到了以前的情人。他们都怀念过去,也深知过去是无法追回的,但又割断不了。结尾是这样写的:

> 两天后,男人撤离了海南岛。
> 因为补拍了一个镜头,男人仍需再坐一回船。天空一片湛蓝,白云像羊群一样笨拙地移动着。海口渐渐远了,海水越来越蓝。男人立在船尾,出其不意

地对着模糊的海岸线大喊一声。

  那位女记者诧异地问道:导演,喊什么呢?
  男人说:喊一位朋友。
  记者一笑:这么远,能听见吗?
  男人说:听不见,但我需要喊一声。

  这个结尾真是凄怆,令人难忘。

  大陆批评家李洁非特别标榜潘军的城市小说。他说:"潘军的城市小说表达了作者对城市人的与其环境相称的特有心理的细腻而卓异的,堪称走到了灵魂深处的辨别力。"又说,"所有这一切,构成了现在写城市的潘军的特殊性,没有第二个人可以重复他。的确没有。"我非常同意这种看法,潘军在写现代人在城市的漂泊感时所表现出来的哀婉,让人印象深刻。

  潘军所讲的许多故事,当然不免也会涉及"罪恶"与"犯罪",但是,即使像《结束的地方》《秋声赋》这一类比较沉重的小说,读起来也一点没有"邪恶"的感觉,所以潘军似乎是个偏向于"善良"的人。他对人生似乎有点困惑,但对这个"困惑"也不怎么在乎,反正人活着就是到处玩玩嘛。但这也会"玩"出感情,所以不免就有点漂泊的伤感。不过,总归来说,潘军偏向于人生"轻"的一面,比较潇洒,因而故事可以说得轻灵而迷人。反过来说,这也就是他的缺点,"重量"显得有些不足。

  从这个观点来看,现在这部长篇的"探索小说"《死刑报告》,可以说是潘军由"轻"转向"重"的尝试。

  潘军在这部小说的扉页上引了两段西方法学家抨击死刑的话:

  死刑并不是一种权力……而是一场国家同一个公民的战事,因为,它认为消灭这个公民是必要和有益的。

  只要死刑还存在着,那么整个死刑就都散发着血腥的气味……整个刑法都充满着报仇雪恨的污点。

  显然,这是对"人道"的探讨:国家的安全比犯人的生命更重要吗?"正义"可以建立在"报仇雪恨"的基础上吗?

  故事以落城为中心展开,并以落城的刑侦物证专家柳青(女性)、落城的著名律师李志扬,以及北京的兼职律师、自由撰稿人陈晖三人的行动作为主要线索,把所有事件贯串起来。这些事件主要就是发生在落城的许多刑事案及其所牵涉的死刑判决。由于陈晖、柳青、李志扬三人从头到尾都关心这些死刑案,死刑案所牵涉的"人道"意义,就是经由三人的行动与反省"显露"出来的。

从故事的角度来看,刑案牵涉到侦察,具有"推理小说"的成分,杀人与死刑有暴力倾向,而潘军又有意安排一些情爱瓜葛(几乎所有的刑案都牵涉两性关系,而漂亮的女警察柳青本人差一点就掉入与陈晖、李志扬的三角恋中)。这样,集暴力、推理、情爱纠纷于一身的这部小说就变得"很好看"。我花了两个晚上,两口气就读完了。但也因此,让这部作品更带有畅销书的特征。

尽管这部小说带着一定的市场倾向性,不过,却"意外"地表现了当代大陆社会的一个面目,只是不知道这是否为作者潘军的本意。

这显然是一个变动中的社会,它复杂到没有一个人可以预知其发展趋向。

在这一社会背景的映衬下,本书主要人物的性格就显得迷人了。譬如,律师李志扬,虽然作者没有刻意渲染,但他那知其不可为而为之的替犯人辩护的精神,仍然弥漫于字里行间。又如柳青,以及她的父亲——老军人柳立中,已退休的法院官员,都是非常负责且具有专业素养的人,但他们常有无可奈何的感叹。还有陈晖,他是潘军小说中常常出现的城市漂泊者的一员,在这部小说中,他想结婚安定下来,但也肯为了一种追求而做某种程度的付出。作为一部社会小说,本书的人物群体也是相当吸引人的。即使是落城的"群众",显现为一种"舆论力量",也具有动人的社会性格。

但我认为,全书最感人的部分是凤鸣山下一个叫"桥头"的小村子里的小学教员安小文的故事。这是李志扬当知青时插队的地方,安小文就是当年他培养出来的。这个安小文,内向、羞涩,三十未娶,喜欢画画。他受一个外来者的蛊惑,接受了一台高级电脑,借此和网络中名为"青萍"的女子谈恋爱。他执着地相信"青萍"确有其人,为了和她见面(他凭想象为她画了一幅画),他帮那外人盗走了"桥头"村附近一尊魏晋时代佛雕的头部。因盗走"国家资产",他被判死刑,但并不感到冤屈,且至死都不相信"青萍"是虚构的。

这个凄婉动人的纯朴青年的纯朴故事,其实是复杂多变的社会的对照物,也是社会的产物。这个单纯、善良的安小文是无法适应那个日益物欲化的社会而存活下去的,就像潘军笔下的城市漂泊者,虽然也努力赚钱,但仍然是个"现代城市"的漂泊者。安小文的故事,把全书的社会性格和潘军个人的"想象世界"的精神,衬托得更鲜明。我只是觉得遗憾,潘军没能把这个故事写成独立的中篇。

潘军从小喜爱画画,他更梦想当一个电影导演。他说:"一旦我自己觉得写小说很困难的时候,或是写起来很无聊的时候,我就会当机立断地去做别的事情。"我觉得,作为一个在复杂的现代社会漂泊的"抒情诗人",潘军的才华是很迷人的。我至少盼望他再写一部更完美的长篇小说。

(原载于《安徽文学》2005年第7期)

"欲望"的写作
——潘军小说散论

青　峰

自20世纪80年代以来,中国文坛常有新人横空出世。刘索拉的《你别无选择》、徐星的《无主题变奏》就是最好的例证。1987年,这种幸运落到了作家潘军的头上。凭着一篇在《北京文学》以头条位置推出的中篇小说《白色沙龙》,潘军在文坛亮出了自己的名号。和以上两位不同的是,他们玩了一票就云游四方去了,潘军却笔耕不辍。1987年至1992年,潘军接二连三地写出了中篇小说《南方的情绪》《流动的沙滩》《蓝堡》,以及长篇小说《日晕》和《风》等一系列的作品,确立了自己先锋文学代表作家之一的地位。但潘军的文学之路走得并不轻松,幸运之神眷顾了他一下就关照别人去了。因为民间知道他的人很少,他也没有借到影视的光照,批评界对他的评价更是众说纷纭,正如他自己说的:"在批评界,甚至在一些读者眼里,我是不一样的。有的说我是个严肃的现实主义作家,有的则认为我纯粹是个新潮作家亦即现代派作家。"直到1996年潘军"漂泊"归来,并且以一部叫作《结束的地方》的中篇小说结束起伏颠簸的商海生涯后,又连续写出了《海口日记》《秋声赋》《对门·对面》《桃花流水》等中篇和《和陌生人喝酒》《对话》《抛弃》等短篇,特别是2000年中篇小说《重瞳——霸王自叙》和长篇三部曲《独白与手势》的诞生,和其作品被《新华文摘》《小说选刊》《小说月报》大量转载,才使潘军这个名字和小说一起从"圈子"走向民间。深入这些作品,我们不难发现,作为先锋代表作家之一的潘军,其小说无论是文体形式还是内蕴都迥异于同时期的作家,有着一种独标、真素的艺术品格。著名批评家李洁非在评论潘军的城市题材小说时曾这样指出:"潘军的城市小说在哲学、文化和感觉方式上迥异于所有同类创作。所有这一切,构成了现在的写城市的潘军的特殊性,没有第二个人可以重复他。"[1]本文企图摆脱通常意义上的纯理论式的批评,从文本入手,通过其情感、经历、思想等多种角度嵌入潘军作品内部,对他的创作做一次全方位的观照,以揭示作为小说家的潘军及其小说的总体特质。

---

[1] 李洁非:《现在的写城市的潘军》,见《潘军小说文本系列·D卷》,北京:中国工人出版社2000年版,第176页。

一

　　作为一个写作者,也许永远都无法避讳对生活的感知和体验,如何处理生活、通过自己的作品来表现生活,是每一个作家首先要面临的问题,现实主义要求作家按生活的本真样式来如实地再现生活,现代主义则主张不拘泥于生活的原始形态,从内心出发,运用变形夸张的手段来揭示生活的本质。从《白色沙龙》开始,潘军便一直在现实主义和后现代主义的原则之间徘徊,力图通过对个体的生命的体验、对所谓的历史真相的探寻,来描述客观意义上的生活现状,从而窥探世界的本真、人类内心的活动轨迹和表达作家对生命存在的思考,最后达到其解构现实的目的。"我们每个人就是生活在风中,每个人都拥有一部风中的历史,都能感受到,却谁也不能去把握它"[1],"我喜欢凭直觉去把握表现对象……我只能把生活从自己眼里过滤一遍"[2]。"我的精神世界包括心灵,意志或意识、感悟、对人生的感悟、个体的生命的体验。"[3]这是潘军的人生哲学,也是他恪守的创作原则。所以,现实世界,通过潘军的过滤,在他笔下呈现出一种时而真实、时而虚幻,时而神秘、时而夸张可笑的景象,他所要摄取的是隐藏在所谓生活(历史)真相后面的那些飘忽不定的、说不清道不明的另外一种真实。

　　《白色沙龙》以城市为背景,叙述了时代环境骤变过程中,几个年轻的生活片段。

　　　　我头一回见到达宁就断定他是个混蛋。可他说达宁这两个音节若放在英语里就纯粹是"亲爱的""心肝"一类的意思。于是我就唤他"亲爱的混蛋"或者"混蛋心肝",他坦然接受。

　　这是个颇具塞林格风格的开头,一开始就以调侃、幽默的语调,将故事主要人物之一的"达宁"直截了当地推到读者面前,从而奠定了整篇小说的叙事格调。《白色沙龙》是篇同时具备现实与后现代风格的作品。它既有对现实生活的一般描摹,

---

[1] 潘军:《坦白——潘军访谈录》,合肥:安徽大学出版社2000年版,第5页。
[2] 潘军:《潘军散文·多余的话》,杭州:浙江文艺出版社2000年版,第187页。
[3] 潘军:《坦白——潘军访谈录》,合肥:安徽大学出版社2000年版,第128页。

又"构筑了一种立体化的语言效果,使用有冲击力略显夸张的描述"[1]。小说的叙事不是靠某个线性的主题或情节,而是靠一种饱满而涌动的情绪的惯性来完成,情绪涌动之处,故事自然呈现。在这里,小说叙述的内容乍一看似乎是真实可靠的,是对几个年轻人无聊、琐碎、平庸、沉闷、鸡零狗碎生活的一般再现,它甚至就是那个时期"你"的生活状态。然而,有意思的是,你细细品味之后,又会被其冷嘲热讽、夸张,甚至是故意丑化和歪曲后的对象所迷惑,忍俊不禁之余你会问一句——这是真的吗?比如,达宁头痛房屋设计者没有为他下台养老的高干父亲在晾台上装一架辘护;那个置于楼顶平台的尖顶铁皮屋;把达宁听成"亲爱的"的"我"的上司;达宁对二郎莫名其妙的崇拜;把机关描述成驴粪蛋;把办公室说成是裁缝铺;上厕所如果你不买纸就通过镜子监视你是否作弊的半老女人;不停地跳槽,并且做啥还成啥的二郎;把在外吃饭说成是吃"野食"的于希同志;等等。这当然不是真的,《白色沙龙》根本不是对现实生活的简单再现,至少绝大部分不是。在这个篇幅不大的小说里,潘军建构了一个令人啼笑皆非的灰暗世界,这个虚构的世界与我们周围的现实世界之间有某种飘忽不定的对应关系,它是剥离了表象后的另外一种真实。在这里,作家觉得"讽刺"这把匕首已经不够锋利了,所以他必须借用夸张、歪曲,甚至丑化这柄更加锋芒的利剑,对巨大变革中的社会、制度、体系和人际关系提出质疑,从而实现其对现实无情的批判和鞭挞的真正目的。

20世纪80年代末、90年代初期,西方现代主义和后现代主义文学思潮的传入,使现实主义的写作规范面临危机,那些在外国文学抚养下长大的中国年轻一代的作家,无一不沉迷于对小说文体形式和叙述方式的探索中,小说的关键由"写什么"转变为了"怎么写",叙述被置于故事之上。对小说叙述形式的探索情有独钟的潘军当然也要赶一下这个"时髦"。《南方的情绪》《流动的沙滩》正是这样两部"怎么写"的作品。

《南方的情绪》是一篇在叙述手法上类似侦探小说的作品,叙述了一位对诱惑跃跃欲试却又神经兮兮的小说家的一次神秘之旅。小说一开始便用一个神秘女人的电话将小说家送上了这次吉凶未卜的旅程。

"昨天夜里有个女人把电话打到我家里。您不是想得到一个避暑的机会吗?……我奉我们老板之命邀请先生来蓝堡做客,希望您明天就动身,您不会让我

---

[1] 宗仁发:《永远的创造力——读潘军作品札记》,《潘军小说文本系列·B卷》,北京:中国工人出版社2000年版,第177页。

们失望吧？"

　　这个胆小却又满是好奇心的小说家,一路上在一个又一个陌生人的"监视"下,陷入一个又一个"陷阱",最终到达蓝堡这个虚构的城市,在不可知力量的支配下,陷入了一场莫名其妙的可怕的阴谋中。这些"陷阱"既是陌生人为小说家准备的,同时也是作家为读者精心设计的。至于最后"陷阱"里埋的究竟是什么东西,作家似乎并不想告诉你。"好的小说,作家只能写出一半,另一半是由他的读者来写的。"①这也许就是作家这样写的理由,或者他自己也并不清楚。小说在叙事空间上,留出了大量空白,把故事的一部分留在了故事之外,赋予故事以阅读的弹性,让读者自己去解读。作家在这篇被陈晓明称为颇有罗布-格里耶《橡皮》味道的小说中,饱满地运用了"元叙述"的写作技巧,公然邀请其作品中的人物参与到写作中来,把写小说的构想、过程、情节的发展都融进文本中。

　　　　最让我愉快的是可以把这次行动纳入我那个理想计划,以此为起点应该说是最恰当不过。于是我坐到案前,准备写一篇叫作《南方的情绪》的小说。
　　　　她落落大方地走进我的小说,凭借超人的机智和勇气帮我杜撰情节以完成这部作品。

　　在这篇小说中,叙述的事件已经不具备任何客观的意义,人已被刻意地符号化,成为表现某种观念和情绪的载体。如果我们用常规的眼光来审视它,所谓的阴谋显然也是莫名其妙,作家只是借这个疑神疑鬼的小说家作为自己的精神窗口,向人们展示自己内心的压抑、恐惧、困扰、质疑,仿佛自己的身心已经完全被束缚在这种无形的社会网络中,无力挣脱现实的羁绊。作家所追求的是自己内心的主观真实性。当作家将这些复杂的心绪艺术地表现出来时,在小说形式上就表现出了卡夫卡式的荒诞意味。然而,正是这种荒诞感才体现了作家不甘心受制于客观生活,决意与命运抗争的真实意图。小说最后那个颇有古典浪漫主义色彩的结尾充分说明了作者此种强烈的心态。

　　《南方的情绪》和《白色沙龙》使潘军为文坛所瞩目,处于先锋实验期的潘军找到了最适合自己的叙述方式,"《南方的情绪》改变了当代小说中惯常的主角形象,

---

① 潘军:《坦白——潘军访谈录》,合肥:安徽大学出版社2000年版,第17页。

改写了'新时期'确立的'大写的人'的文学范式"①。

《流动的沙滩》的叙述方式该是得益于博尔赫斯的启示(用作者自己的话说,这部作品是他用来向博尔赫斯致敬的)。沉迷于叙述形式探索的潘军在这篇小说中过足了瘾。他东拉西扯地把一些看似不相干的东西随手放在了一个统一的语言系统与叙述框架里,故意在阅读上为读者设置了一些障碍,并不时在老人、我和姑娘之间切换叙事视角,把过去、现在、未来置于同一个时间层面,让时空错乱,相互重叠交错。在这里,"老人"的过去和现在暗示的是"我"的现在和未来,这一点我们可以在小说中找出许多情节来加以证明。而小说中第五章《老人自述》其实就是小说中"我"的自述。

"我已经说明《流动的沙滩》是老人计划要写或者正在写作中的书。"
我决定在岛上完成《流动的沙滩》。
"12岁那年我开始了恋爱……我就大声地叫'琴'……"(秋天里我写了一个叫作《四季》的中篇……在第一章里写的就是我和琴的故事)
"到了第二年春天的一个晚上,我们走进了一条雨巷……他们集合在一把伞下。一把黄油布伞,是么?"(为了读者,我删除了悲剧性的结局,集中笔墨写那把油布伞下的故事)
"她朝我的胸脯上堆沙子。然后用这些沙子去创作一件作品,一件沙雕……然而也没有料到会有一阵大风自海上刮来……塔倒了……"(她很快在我的肚皮上塑起一座似塔非塔似城堡非城堡的东西……一、二、三、四、五、六、七……王国在一个浪头里覆灭了)

小说中的姑娘似乎也被作家赋予了三重身份。她的过去也是"我"的过去,她的现在隐示的还是"我"的过去,但同时她又是一个正试图闯入我生命中的女人,或许还重叠了老人回忆中的那个女摄影师的影子。

"我注意到她用的是自制的速写钢笔……"(这种钢笔我先后制过四支)
"她的作画方法也许很古怪……"(可我感到十分亲切。我曾经以这样的

---

① 陈晓明:《解谜的叙述》,《潘军小说文本系列·C卷》,北京:中国工人出版社2000年版,第182页。

线条度过八年之久的时光……)

"有一回,在放学的路上,有人给了你一把糖果,对么?"(不,是两只发卡)

"她是个女画家。"(不,她说她喜欢摄影)

尽管作家在小说中一再向我们暗示老人、我、姑娘是被放置在同一时空里的同一个人的三个不同生命阶段,但我想,我们是否还可以试着把他们看成是三个不同性别、年龄、身份的人?他们之间没有任何身份上的重叠,唯一瓜葛只是彼此重复的相同的生命过程。"我"重复着老人,姑娘重复着"我",而姑娘又是老人生命中出现的一个女人,曾经在他的生命中划出过不可磨灭的印记,并且现在正企图闯入"我"的生活,她重复的是那个女摄影师。如果这样,我们不难看出,作家如此煞费苦心地设置这个"连环套"似的玄机,想要强调的是一种对人和历史发展的感觉,这种感觉就是——生命的呆板和无意义的重复。芸芸众生以各种面目出现,演绎的却是相差无几的生命故事,唯一改变了的只有时间,面对流动的时间,重复的生命于是就显得苍白和毫无生气。

《流动的沙滩》同样也运用了"元叙述"的写作技巧,和《南方的情绪》不同的是,作者这次没有向他书中的人物发出公然的邀请,而是由他们自己进出自如,并把创作这篇小说的过程、心理活动、文学观念、对小说的理解与小说情节的发展融为一体,使之成为一篇关于"小说"的"小说"。

《蓝堡》和《风》分别写于1989年底和1991年春末秋初。这是个特殊的历史时期,潘军也正处于他人生之路的低谷,但作为一个小说家,面对自己的责任、发现和思考,有些话似乎不能不说,于是,他无可奈何地把自己的笔伸向了"历史",以达其借古喻今的目的。在这两部不同篇幅、以历史为题材的小说里,作家赋予了它们同样的传奇色彩和宿命的神秘意味。叙述者"我"都是以一个探询者的身份出现在故事中,向人们讲述一个虚无缥缈的浪漫传说。不同的是,《蓝堡》中故事发生的空间——蓝堡"实际上不过是作家记忆里的一片云霓"。而《风》中的"罐子窑是确有的,是我母亲的故乡"。在叙述形式上,作者都设置了多重视角,《蓝堡》中的"我"女教师、外祖母、沈先生、摄影师,《风》中的陈士林、糙坯子、田藕、王裁缝等。通过不同人的嘴来"叙述"一段"历史"中一个"故事"里的人物和命运,在叙述的冲突和矛盾中赋予小说以艺术的张力。曾经备受《南方的情绪》和《流动的沙滩》青睐的"元叙述"写作技巧再一次被其自如地运用到文本当中,并在《风》中的"作家手记"部分被"发掘到了令人叹为观止的地步"[1]。

> "我们是蓝堡的居民,因此我们将责无旁贷地双双走进关于蓝堡的小说。"
> "在写这部小说之前,我曾不止一次地想过当年沈先生'踏雪寻梅'的经历。"
> "作为小说家,我不习惯那种推论"。(《蓝堡》)

《蓝堡》里,作者在探寻中为故事蒙上神秘面纱的同时,又漫不经心地通过对某些细微情节的刻画,不显山不露水地掀起了事实的盖头,在隐秘处向读者亮出它的底牌。如,摄影师说,蓝堡河和他家乡的一条河看上去样子很像,他可能就是余二小姐五岁时"死去"的孩子;那个扎着年代久远的宽皮带的白胡子老头,从他的脚步上,"我"能看出他对这一带非常熟悉,也许他就是失踪多年的余大少爷;等等。这有点像我们玩的一种叫"牵猪"的扑克游戏,作家手里捏着那张被称作"猪"的大怪,作为读者的你并不知道,但如果你仔细地察言观色,就不难从对方的表情上看出一点蛛丝马迹。"蓝堡的历史"在潘军的笔下像一张被撕碎的照片,每个人手中都拿着一片,当"我"通过不懈的探究找到这些碎片,准备还原"历史"的真实面目时,看见的却只有一个支离破碎、扭曲变形的影子,曾经辉煌也好,曾经惊天地泣鬼神也罢,一切已成过眼云烟,虚幻一片。

写于1991年的《风》,可以看作潘军先锋实验时期的最后一部作品(尽管后来他也偶尔延续了这样的实验,写出了《爱情岛》《情感生活的短暂真空时期》《朗诵南方风景》等实验性较强的小说),"是那些实验性极强的文体的一次讳言"[2],也是其继《日晕》后的第二部长篇。它由"历史回忆""作家想象""作家手记"三大部分、三种字体构架而成,"回忆是'断简残编',想象是主观缝缀,手记是弦外之音"[3]。被潘军称作"断简残编"的"历史回忆"部分,是由陈士林、糙坯子、田藕、王裁缝等所谓的"当事人",实际上却和"我"一样对这段神秘的历史一知半解的人和"我"的想象与梦境组成的,真真假假、虚虚实实,是探究者的目的,也是还原"史实"的重要部分。"作家想象"的叙事人为第一人称"我",但"我"的幕后却时常更换着角色,

---

[1] 牛志强语。见潘军:《坦白——潘军访谈录》,合肥:安徽大学出版社2000年版,第94页。
[2] 潘军:《坦白——潘军访谈录》,合肥:安徽大学出版社2000年版,第17页。
[3] 潘军:《想象与形式——关于〈风〉的一些话》,《当代作家评论》1994年第2期。

"我"时而是"我",时而是陈士林,时而又是糙坯子、田藕、王裁缝和林重远。"作家想象"并不像作者所说的是单纯的主观缝缀,它穿插了"当事人"的回忆残编,他与"历史回忆"互为呼应衔接,来完成对"历史"的呈现。"作家手记"除了弦外之音,包含的内容更是纷繁多样。作者把写这部小说的构想、过程、发展和对小说创作的观点、对文学现象的看法、对某些概念的解释等,在这里做了详细的交代。在这部分里,探寻者以一个局外人的身份与"真相"保持着一定距离,并做出感性的虚构与理性的分析。《风》是潘军在文本形式上的又一次新的尝试,三个部分在故事发展上是相互贯穿、环环紧扣、缺一不可的,并使小说的构架脉络清晰,一目了然。

"《风》原想加个副标,就叫'历史的暧昧'。"①《风》被一些人认为是"历史虚无主义的作品",作家却称之为"心中的真实"。《风》和《蓝堡》一样,小说自始至终都透着"可疑""神秘",但其最终追求的恰恰是"可疑中的真实"。如果把这三种形式用颜色来代表的话,"历史回忆"是罩着白色轻雾的浅灰色,"作家想象"是朦胧的蓝色,"作家手记"则是不确定的随着作家叙事情绪与内容变化而变化的各种颜色,它可能是红色、蓝色、黄色、绿色……《风》几乎罗括了潘军先锋实验期小说中所有的写作技巧,叙述张弛有度,从容不迫,语言抒情,富有古典的浪漫主义色彩,是其在探索阶段呈献给读者的一份完整而优秀的答卷。而且,更可贵的是,《风》实际上是第一次把先锋实验的领域由中短篇小说拓展到了长篇小说,因此有批评家认为,"在当代新潮小说史中,《风》具有继往开来的意义"(吴义勤语)。

以上两篇小说,作者看来是想通过对所谓的"历史""真相"的探究来发现点什么,或者说重新构建和还原那些未被证实的"历史"与"真相",即使在明白无误地告诉你这一切都是虚构的时候,也仍表现出煞有介事的执着和固执。但实质上经过一番努力后,却让那些本来就支离破碎、扑朔迷离的"历史"与"真相"变得更加可疑、神秘与不真实,最后构成的恰是对所谓"真相"的解构。当"真相"经过岁月的洗涤成为"历史"后,它们的揭露和还原已经毫无任何实际意义了。作家在小说中向读者抛出的一系列"谜面"直到最后都没有给出合乎情理的"谜底",就像陈晓明说的,"他的小说每一篇都是一个陷阱,诱使你深入,却一无所获"。作家省略和消解了故事内在的因果链,通过文本结构来强化其神秘效果,让故事呈现出"是什么"而不是"为什么",加大事件之间的空间缝隙,使事件之间的关系若即若离,以事件原因的缺在烘托神秘意蕴。我想这除了是一种写作技巧上的需要,似乎还该有另外

---

① 潘军:《坦白——潘军访谈录》,合肥:安徽大学出版社2000年版,第106页。

一个原因——"小说家最好不要去解释世界,描绘它就可以了。小说家的责任是对这个世界有所发现、有所思考,但最好不要去做自以为是的解释。"[1]潘军不厌其烦地"故弄玄虚"的最终目的无非是他自己有话要说,他想借此种"叙事"的纠缠来对"历史"、"现在"和"未来"、"存在"和"真相"提出质疑——"历史"或许并不真实,生活的面目也并不像我们听到、看见的那样可靠,那些看似真实的东西,却像"风"一样谁也不能把握,生与死、前世与来生、真实与梦幻没有不可逾越的鸿沟。潘军就是这样,以他自己独特的视角和深刻的个人感受,表达自己对世界的本真和生命存在的思考,并对生活进行与众不同的梳理。

《日晕》《风》《流动的沙滩》《蓝堡》的陆续发表,使潘军成为中国先锋小说的代表作家之一。但是,处于先锋实验期的潘军的写作还是有些值得我们褒贬的东西。比如,拉美作家的影响和对国外大师的刻意模仿,使其写作不可避免地带有一种强制性,急于彻底背叛中国本土小说的传统,使得小说中的一些东西被消解得过于破碎和极端,从阅读层面看小说就显得不够圆熟,从而大大限制了阅读范围。而对个人经验的过于专注,也使得其想象的翅膀没能飞得更高更远。尽管如此,先锋实验期在潘军的写作生涯中是不可或缺的,它在锻炼了作家的写作技巧的同时,也确立了他的文学观念、立场和方式方法,为潘军以后的写作打下了扎实的基础,可谓功不可没。

二

1992年,写完《风》之后的潘军,因为种种原因,告别了故乡和他熟悉的生活,踏上了恍惚、焦虑、不安的"自我放逐"之路,在摆脱习惯了几十年的生活方式和由此带来的烦恼压抑之后,获得了一种被他称为的"沉重的自由"。潘军的"离去"让喜欢他小说的人大吃一惊之后不免扼腕叹息,也有人就此把他看成是被商业大潮冲走的一颗文学沙子。1993年2月,潘军在下海10个月后,再一次让文坛瞠目结舌了一番。他掏了大把的银子,在海口举办了颇有声势的"蓝星笔会"。多年后,潘军在回忆这个插曲时,他这样说:"其实我也是以此表明,我潘军并没有远离文学……写作是个爱好,是门手艺,也是我的看家本领,这是不能开玩笑的。"泡在"海里"的潘军似乎并不甘心就此被"海浪"卷向文学的彼岸,他不时探头打量着岸上他过去的同行者。1993年马原到海口拍《中国文学梦》,曾经向潘军发了意味深长的一问:

---

[1] 潘军:《坦白——潘军访谈录》,合肥:安徽大学出版社2000年版,第93页。

如果让你再做一次选择,你还当作家吗?潘军回答:"还当。为什么不呢?写作使我愉快,一个男人能这么长久地爱一样东西是不容易的。"就是为了这份愉快,1996年,潘军以《结束的地方》结束了商海弄潮,重新调整了与文学的距离。在《海口日记》中,潘军曾借"我"之口说过:"生活不需要体验。生活就像空气围绕着你,你吸就是了。"同时他也承认:"海口那几年对我的影响是很大的。从个体生命意义上讲,那是我充分张扬的几年。无论是欢乐还是忧伤,我都觉得重要。它使我经历了一场精神的磨难。那种在海与岸之间的焦灼感对于人生无疑是有分量的。"很显然,精神的磨难、海与岸之间的焦灼感,就是潘军重新投入文学创作的激情和源泉。几年的漂泊,使潘军经历了一场人世沧桑和精神磨难,也改变了他接触生活的姿态和角度,在充分张扬个性的同时,历练了一个男人面对成败荣辱的意志,深化了对人生的感悟。值得庆幸的是,这段经历给潘军带来了一些意想之外预料之中的收获,他在给读者带去一系列以南方城市生活为背景的小说的同时,也成功地告别了"先锋实验期"进入创作的"成熟期"。

"归来"后的潘军似乎获知了"芝麻开门"的咒语,《朗诵南方的风景》《海口日记》《对话》《关系》《秋声赋》《桃花流水》《独白与手势》之《白》《蓝》《红》三部曲等一系列作品的发表,特别是中篇力作《重瞳》的推出,让人对这个历来具有争议的作家不得不刮目相看。

三

《海口日记》的写作风格似乎是《白色沙龙》的延续——显而易见的塞林格风格。有所不同的是,圆滑而洒脱机智、漫不经心的语言代替了刻意的模仿,调侃自嘲背后的沉重忧郁折射着作家深刻的人生哲思,在嬉笑间勾勒出社会经济转型期都市人生百态,从而使小说更加流畅和生动。

"我没有思想准备,说来就来,我不能同一个脸都没有看清的人来一下。"

"离婚的那天是个阳光灿烂的日子,我们合打着一把遮阳伞,一瓶矿泉水递来递去。我们这般恩爱地去离婚。如果不是去离婚,我们就不会这般恩爱了。"

"我从大陆跑到一个岛上,从书房跑到出租车,没觉得有什么不好。再过几十年或者十几年,我就到一个盒子里去了。"

《海口日记》讲述作家"我"从内地来到新兴的南方城市海口,为了躲避人生的烦恼,更为了换个活法。但烦恼似乎没有打算就此放过"我",因为它来自人的内心。"我"一下轮船就碰到了曾经相识的一个女人——苏晓涛,然后是那个叫方小鱼的妓女。天涯海角隐姓埋名的出租车司机生活并没有让"我"如愿地远离烦恼,相反,岛屿之于大陆的距离,更让"我"困顿和焦虑。第一叙事人称的"我"也不再是个初出茅庐的大学生,而是离异后想换个活法的作家。叙述的时代背景也由80年代闭塞守旧的机关,转移到了90年代灯红酒绿的沿海开放城市海口。主人公面对的不再是一副小官僚腔调的领导——于希同志和"古惑仔"般的"有志青年",而是金钱、欲望、性等更具诱惑的东西。但人物的心态是相同的,压抑、困惑、烦躁、焦虑、彷徨和不安,且比过去来得更加猛烈。

《海口日记》中,作家第一次就两性关系提出了质疑。无论是为爱情私奔的陈一帆和王娟,还是"我"和已经成为前妻的李佳,或"我"与妓女方小鱼之间那种不明确的买卖关系,无不直视这一主题。潘军之所以会把他的写作视线投向爱情,或者干脆说是两性之间的关系,我想,这和他个人的婚姻经历不无关系。那时的潘军正处在一场失败婚姻的围城之外。这种质疑和关注一直弥漫进另外两个短篇小说《对话》《关系》和长篇小说《独白与手势》,最后在今年10月演变成一部中篇小说《合同婚姻》。小说中作家展开想象,就如何寻求一种圆满的、深切的、宽泛的、独立自由的、真正配叫婚姻的婚姻关系提出了独一无二的见解。

> 天桥上有一个瞎子正用自己制的二胡拉着《潇洒走一回》,没有人管他,也没有看见有人给他扔钱……瞎子问:我能摸摸你的脸吗?……瞎子粗糙的手指由我的天庭沿鼻梁往下再滑向两腮。瞎子问道:我俩长得有些像吧?
> 我说:是的,我们很像。

这是《海口日记》的结尾,读到这里,我在不寒而栗的同时,想起曾经读过的诗人伊沙的一首诗《夜行者》:"伸手不见五指的黑夜/我撞翻了一位盲人/我也被撞翻//在这最黑的夜晚/他主动放弃了竹竿/我被迫放弃了双眼//他朗声大笑/不似我恼羞成怒/他在嘲笑我吗/笑我有眼无珠//我干脆抠出/两粒黑夜的废物/随手扔在一旁/拉着盲人的衣角/走向灯火辉煌。"这个荒诞的结尾我想不需要再多加解释,小说家想要说的话,已由一位诗人用其同样超现实的诗句做出了最确切的回答。

《对话》与《关系》可以说是潘军对小说叙述形式的又一次新的尝试。小说的叙事都是以人物的对话来完成的。小说的主人公是两个被符号化的人物——"男人"和"女人"。但如果你把这两篇小说放在一起来读,你会有个戏剧性的发现,它们的故事情节正好是截然相反的。《对话》里的一对男女刚刚邂逅,《关系》中的男女却是久别重逢;《关系》中曾经从身体到灵魂都是息息相关的爱人却因为事过境迁而变得格格不入,《对话》中的两个陌路人正试图用闲聊的方式彼此沟通;《对话》中的"他们"还没有来得及发生点什么,他们的关系是正在缓缓拉开的序幕,《关系》中的"他们"似乎有点藕断丝连,他们的关系却早已曲终人散。《对话》《关系》和潘军的另一篇小说《对门·对面》都是描写两性关系的,放大了说,就是人与人之间的关系。城市生活浮躁了人的心灵,对欲望无休止的追求隔膜了人与人之间本该真诚相处的关系,善与恶交织成的心灵充满了难以捉摸的变数,构成了一幅光怪陆离的都市人生百态图。

四

世界由人组成,而艺术的发展又是与人的发展同步的。从艺术诞生之日起,它就作为人类的心声和灵魂的律动而出现。对于一个作家而言,就是不屈从自己的心灵之外的各种压力,敢于直面人和由人组成的真实复杂的世界,把人之所以成为人的各种价值,按照人的特点表现出来。《秋声赋》《独白与手势》正是这样的两部作品。

《秋声赋》在潘军以往所有的作品中是与众不同的,这不仅仅是作家似乎放弃了其一贯迷恋的小说形式上的追求,以时间为主干,赋予编年叙事的特性。它最大的区别是"与我以往的写作经验显著不同的是,在这个故事开始之际我便瞭望到它的结局"。它不再是一个即兴所致的东西、一个完全虚构的故事,他在小说家的心中已蕴藏了好多年,只是"一直找不到一种很好的方式来写它,直到我用现在的这种方式把它写出来"。小说中的主要人物在生活中都能找到原型,潘军只是截取了一个叫"旺"的男人一生中的几个片段(但我更愿意把它看作是这个男人浓缩了的一生),通过另一个男人——"旺"的养子"火"和两个女人——"凤"和"霞"之间的情感纠葛,向我们讲述了一个"乱伦""通奸"自虐与死亡的阴晦潮湿的故事。小说中作家为人物精心设计了一些喻义深刻的道具——箫(潘军似乎对箫这种中国古典乐器情有独钟,因为我还在《情感生活的短暂真空时期》看到过它的影子,而在《重瞳》中,潘军又把这管箫塞在了项羽握剑的手中,真是不可思议)、烛签、纸。其中,"箫"是贯穿故事始终的一根引线。"箫"先后给"旺"引来了两个女人:一个做了他的女人,一个做了他养子"火"的女人。"箫"也是"火"和"霞"两次争吵的导火线,"他们第一次争吵起源于那根箫……在他眼中,它就是另外一个男人生殖器的象征,他早就想一刀把它劈了"。"箫"还是结束"火"的生命的帮手,"那根由几股红毛线搓成的细绳会悬起一具青春的身体。从前,这东西是拴在那把少了一只眼的斑竹箫上"。"箫"最后陪着"旺"一起入土为安,"旺的棺木中同时放了三件东西:一根箫、一条辫子和另一条辫子"。

这根"箫"见证了一个命运多舛的男人的一生,它是一对夫妇反目的替身,也是一个叫"霞"的女人美好情思的寄托,更使整篇小说回荡起一种绵长忧郁的声音。

"突然,他松开了我的手腕,我以为他会抱住我,哪知道他转身抓起了那座烛台,用烧红的烛签往掌心一扎……"

小说中的"烛签"是"旺"用来抑制欲望、斩断"霞"对其情思的"凶器",更隐喻着中国社会几千年来封建虚假伪善的伦理道德观念。它就是这样血淋淋地刺透了人性中最朴素美好的东西,让人不寒而栗。这根纤细的烛签比余华用来给许三观抽血的针筒更残酷冰冷。那么这堆让临死前的"火"牵肠挂肚,也让失去丈夫后的"霞"莫名其妙的纸到底是什么东西呢?这次潘军没有像以往一样卖关子,朴素的叙事方式决定了作家不能在这里故弄玄虚,谜底就在藤箱被撬开后。

"这些草纸一律裁成了五寸见方,每张上面都印着暗红的血迹和浑浊的脓斑……这是旺擦手用的。"

五寸见方的纸,掩盖了事实的真相,掩盖了一个父亲,更是一个男人所有的爱恨情仇,它是一座隐性的"贞节牌坊",是封建礼教可耻的帮凶。在这里,"箫""烛签""纸"这三样东西是前后因果缺一不可的,正因为有了"箫"才有了"凤"和"琴"这两个女人,然后是冷利的"烛签"和鲜血淋漓的"纸"。作家正是借助这三样道具,把矛头直指向人性、伦理、道德。它们是除时间之外的另一条隐形的叙述脉络。

《秋声赋》不是一篇追潮讨巧的新潮小说,尽管它以乱伦、通奸、自虐、死亡为话题材料,但作家节制的笔调下面表达的即是一种非常强烈的情绪,他要书写的是生活的苦难,要思考的是两性之间、同性之间该如何相处的问题,他要颠覆的是中国沿袭了几千年的封建道德礼教。小说中作家依旧沿用了他所钟爱的第一人称"我",这既是叙事的需要,也因为"故事中旺那一家与我们家的历史关系"①。它在给读者带来一种朴素真实感的同时,也"可看作背景的一笔颜色"②。整篇小说除了自始至终回荡着悠远绵长的"箫"声,还蒙上了"一片衰败的惨烈的色彩。那是红色,一种接近黑的红色,干枯的血的颜色"。

五

"我要说的这些话,已对自己说了三十年,我现在把它告诉你时,它便成了一个故事。"这句话是《独白与手势》三部曲第一部《白》开篇的作者题记。作者在赋予这部系列小说自传编年特性的同时,又在《白》的结尾部分为这种叙述做出了说明:"我只是这部小说的作者而非故事的主角……故事发展的线索与我的履历有关。"这也许是小说叙述的需要,或者是作者的虚晃一枪,故弄玄虚,但我更愿意相信,这是部以作者个人生活经历为故事蓝本,经过虚构和艺术的加工,融入了作者真诚、真情、真感和真实体验的小说。

在这部小说里,潘军用可以言表的独白与不可言表的手势,以历史时间这一线性的叙述主干来讲述一个男人几十年的情感历程与心灵磨难。每一部既独立成篇又互为贯穿。小说在时间上可分为两大块:"记忆时间""写作时间"(作家手记),以"他"为叙述人称的"记忆时间"部分是以故事中人物的具体人生阶段、视角、感受来进行的,而不是站在写作时间上对往事的回忆。"作家手记"部分是以写作时间的"我"为叙述时间,其中包含站在叙述时间上对往事的回忆和与现在衔接起来的东西(1977年之前"他"在前,1977年后"我"在前,最后以"他"来结尾)。"他"的叙述是浓烈沉浸的,甚至是煽情的,而"我"的叙述则更多了些理性的克制,苍凉忧郁中显现出宁静、舒缓、从容。两种不同形式的叙述在小说中交替进行,在营造叙述节奏的同时,也很好地控制了阅读者的情绪,使他们不至于沉浸在某种泛滥的情绪中难以自拔。

在《独白与手势》中,潘军把大量的照片和图画引入了文本,在小说叙述的形式上作了又一次与众不同的探索与尝试,由此可见其对叙述的"欲望"是何等地强烈。

---

① 潘军:《坦白——潘军访谈录》,合肥:安徽大学出版社2000年版,第102页。
② 潘军:《坦白——潘军访谈录》,合肥:安徽大学出版社2000年版,第102页。

这些图画已不再是传统形式上只起装饰与点缀作用的"花边",而是小说叙事的一个不可或缺的层面,并给写作带来叙事上的俭省。它与文字之间构成了一种互为说明与渲染的关系,强烈的影像效果向读者传达着文字所不能散发的气息,在阅读思维上起到规定和强制作用的同时,也在视觉上起到调节作用。

这些照片和图画中,有带有时代特征的:拼贴后的"文革"大字报、母亲年轻时的剧照、简陋的画室;有具有象征、隐喻作用的:不许转弯停车鸣号的路牌、放置在桌角直立的鸡蛋、展开羽翼的白色翅膀;等等。而给我留下深刻印象的当是那些来自不同人物和造型迥异的手了。有妻子李佳19岁时握着橘子的手,有父亲擦自行车的手,有母亲打算盘的手,有"我"情窦初开时暗恋的雨柔在生命最后一刻微微合十求生的手,有男人拿着裁刀切割照片的手和黑暗中夹着烟扶额沉思的手,有男人拿着蜡烛为和他一起有了生命中第一次性体验的韦青涂上世界上最动人的蔻丹的手。这些手在为作家带来叙事上的俭省时,更深深地打动了我,它们不是视觉意义上的照片或图画,我似乎能从每一双手上窥视到他们每一个人不同的命运,它们传达的是生命与宿命的话语。

作为"我"结发妻子的李佳,从18岁起就表现出不合年龄的果断,但这个"在梦中行走了很多年"的自以为是的女人却聪明一世糊涂一时,她只抓住了18岁时的那只橘子,却没能抓住橘子后面的那棵大树,她一生的幸福——婚姻,她最后得到的"只是一种行姿"。有过两次婚姻、生有四个儿女的母亲,一生都在为生计而操劳。作为母亲唯一的儿子"我"也被母亲寄予了最深切的期望。儿子的前途是母亲心中最沉重的一本账,所以母亲会用这把算账用的算盘拨出儿子高考的分数。父亲年轻时在大学学习外语,这个本该成为志愿军的青年却因为历史的误会在儿子出生前就被打成了右派,十几年的劳改生涯使原本风度翩翩、才华横溢的人变成一个身材矮小、肤色黝黑的男人,这样一个被历史的误会毁了一生的男人,他的手现在除了擦自行车,还能干什么?雨浓的手当然表达的是对年轻生命的依依不舍。而男人切照片的手似乎表示一种无可奈何的怨恨和告别。他切的真是照片吗?不是。他切的是自己的身体、情感,他切的是过去的种种幸与不幸、快乐与悲哀。但所谓抽刀断水水更流,记忆何尝是一把小小的铡刀能轻易切得断的呢?即使它被锤炼得削铁如泥。至于那双涂着烛泪蔻丹的女人的手,我想该是象征着美好吧!但这种美又能持续多久呢?是否红烛燃尽之时就是这美香消玉殒之刻呢?美好东西的生命总是那么短暂,当它达到辉煌的时候也就是它毁灭之时。

他的眼前,韦青已在用小勺子慢慢清除指甲上的"蔻丹"。每刮一下都让他心痛。

　　他低声说:别刮它。但是韦青没有住手。

　　《蓝》是《独白与手势》的第二部,它"除了延续了一个男人的情感旅程和心灵磨难",还"着意要表现的是'我'在海与岸之间的那种焦灼状态"。这种情绪我们曾在《海口日记》和《关系》中已感受过。但碍于篇幅,我们和作者一样觉得不够淋漓尽致,所以潘军希望《蓝》能成为他对南方最后的思念。《蓝》的时间跨度不大,前后不过三年,这似乎和作家本人的某段经历不谋而合(阅读时我被那无所不在的蓝色忧郁所笼罩,不断地在小说中寻找作者的影子。我知道这样做的动机很愚蠢,却情不自禁。我想这也许就是第一人称的魅力所在吧)。《蓝》中的"我"——这个生命中总是有两个女人同时出现的男人继续为情所困,同时他又卷入了一场淡漠人情的商品经济的大潮。这股日渐汹涌的潮流还卷走了他和冯维明保持多年的友谊。男人经受了事业的大起大落、车祸、朋友的背信、情人的反目和家庭的瓦解,在海与岸之间的焦灼中又一次徘徊在人生的十字路口。

　　如果说《独白与手势》的第一部是因为历史的苍凉而被称为《白》的话,第二部该是因为社会转制时淡漠的人情、浮躁的人心带给人们的忧郁而被称为《蓝》了。那么,第三部《红》将预示着一个什么样的叙述主题呢?让我们一起来看看。

　　我是一个生于11月28号的男人。

　　有一天,一个自称是我小说读者的人给我寄来了一本书,叫《生命的密码》……

　　这本书指出,生于这一天的射手座男人,意味着一生独行。

　　这是《红》开篇的作家题记,这个具有象征意味的开头给我一种不祥的预感,尽管我并不是个宿命的人。一生独行是否真的意味着朋友、亲人的离去,意味着要与孤独同行?女人的预感有时总表现出不可思议的准确,在《红》中,命运果然向"我"露出了狰狞的面目。在这里如果你只把红色理解成一种热烈、爱与生命的辉煌显然是不够的,因为它还是血的颜色,是死亡的象征。在《红》中,作家用了大量的篇幅写到了梦魇的纠缠和死亡的暗示。"我"生命中曾经拥有过的女人——韦青、李佳、林之冰、小丹、桑晓光、邢蓉都先后离我而去了,才出现了不久的王珏、肖航也以另一种方式——死亡离我更远。而天生贤妻良母的沈芷平也终因"我"的怯懦而落寞地回归故里。"我"在经历了童年的忧郁苍凉、海与岸之间的焦灼后,开始无法拒绝地面对梦魇和死亡的纠缠。

  在那个以红色为背景的梦魇中,青春的鲜血像梅一样散落在街上,被雨水冲走。
  男人的那个雨夜又一次进入到红色的梦魇中。
  她被一辆大车迎面撞死,她死得那样地不明不白。
  肖航抽泣着说:我大概还有十分钟的时间,这最后的十分钟,我还愿意留给你……

  《独白与手势》是一个男人几十年的情感与心灵的苦难史,主人公在情感、欲望、传统、道德、责任间纠缠沉浮,每一次情感磨难都与特定的历史时期休戚相关。面对这一切,人的力量是何其渺小,他无法超越它们的支配,更无法摆脱某些莫名其妙的命运的左右,他总想抗争,却又常常被现实逼上痛苦的历程,而不得不违背自己的本性,在痛苦中寻找自己的位置。这让我不禁想起狄德罗的一句话:"说人是一种力量与软弱、光明与盲目、渺小与伟大的复合物,这并不是责难人,而是为人下定义。"是啊,人何尝不是这样一种矛盾的东西呢?他是,你是,我也是。

六

  说到潘军,我好像无论如何都绕不过他的中篇小说《重瞳——霸王自叙》,这部以司马迁《史记·项羽本纪》为蓝本的超现实主义小说,当代文学史上难得的佳作。而潘军写《重瞳》是出于一个很有意思的理由,因为那个时期他的日子过得十分狼狈,更因为写完《独白与手势·蓝》后总觉得还有一口气没有完,于是,他的这口气便从项羽这个几千年前的古人嘴里吐了出来,且畅快淋漓。写历史的作家很多,但以第一人称"我"来写一个两千多年前的至今都家喻户晓的人物——项羽,却是件很冒险的事情,弄不好会弄巧成拙。更有意思的事情还在后头,《重瞳》中,潘军在对史实进行与众不同的解构与建构的同时,赋予了项羽这个无论是在电影中还是在戏台上,一直都是粗莽且缺少谋略的武夫诗人的气质和哲人的思想。项羽不但自诩为诗人"我讲的自然是我的故事。我叫项羽。这名字怎么看都像个诗人,其实我自己早就觉得是个诗人了,但没有人相信",且宝剑离手后"箫"不离口。他厌恶尔虞我诈的权力斗争，向往的是箫剑飘摇的眷侣生涯，为了遵守"游戏规则"不惜以生命为代价。他对神话般邂逅的"虞"更是忠贞不渝，足以让唐三郎（唐玄宗）无地自容。而项羽对"历史"的拷问怎么看都像是一个善于思考的"哲人"。"文字是个奇怪的东西，有时候它可以把人事固定下来，这大概就成了你们所说的历史吧？于是你们就根据这些文字去揣测从前发生的那些事儿，但你们至少是忽略了一个问题——写历史的人是如何知道'从前'的？……这让我困惑，当时看不清的难道'拉开距离'就看清楚了？……他说：当人坏了，历史就开始了；当人变好了，历史就结束了。"项羽设下鸿门宴要杀刘邦的原因不是为了与其争夺天下，而是对他人格上的鄙视，"对于男人，贪婪不算毛病，也未必可怕。可怕的是那种什么都想要的男人"。刘邦最后没死也不是因为有项伯为他护驾，而是项羽不愿意被一个老人左右，干小人的勾当。虞姬的死也不像京剧大师梅兰芳先生表演的那样是在对项羽的绝望中趁项羽不注意横剑自刎，而是"歌声从楚营传到汉营，响彻云霄……虞依偎着我，轻声说：你听，这是为我以壮行色呢！说完，她抽出我的佩剑，刎颈而去了。她的暖血喷射到我的脸上，与我的泪水融成了一体"。从容含蓄的描写，蕴含着比大肆渲染更加悲愤壮烈的震撼力，对生命价值的完整体现也更加灿烂辉煌。

　　《重瞳》中的项羽是以一个亡灵的姿态出现在文本当中的，"我"的语气和视角都是对过去的回叙，是一种类似亡灵的自言自语。潘军在赋予项羽以诗人气质的同时，又把他塑造成一个极具人格魅力的军人或者干脆说是男人，他无时无刻不在极力维护自己的人格尊严"我讨厌'大丈夫能屈能伸'这种表达方式，我敬慕的是刚正不阿与宁死不屈的男人气概……男人看重的是诺言，讲的是信义"。这是西楚霸王说的，更是作家想要表达的，这不禁让我想起潘军的那句"我爱文学，但不爱文学界"，这样的人格魅力与项羽是何等地相似。我想，这也许就是他为何要写项羽这个失败的英雄的理由吧！《重瞳》自始至终都笼罩在古典浪漫主义的色彩中，特别是小说的结尾，更是美得令人心颤。"第二年春天，这块地方开出了一片不知名的红花。有一天，一个老人领着他的小孙女到这儿散步。那孩子就问：爷爷，这些漂亮的花儿有名字吗？老人思忖了片刻，说：它叫虞美人。"深沉凝重的主题，却有这样一个轻灵飘逸的结尾，这既是整篇小说散发的浪漫主义气韵所需要的，又是作家的性情使然。潘军在不推翻史实和典籍的前提下，展开了一个艺术家所有的想象，天马行空，从一种全新的审美角度塑造了一个性格鲜明、智勇双全、儒雅率真、爱美人不爱江山的项羽，使得这个在历史中尘封了两千多年的人就像是我们身边某一个刚刚离去的人。更重要的是在这种苍凉忧伤、优雅诗意的叙述语言下所蕴藏的深刻内容:对传统、历史批判性的思考;对人性、人格无情的剖析;对政治、权力、战争深刻的揭示。潘军借项羽的口,说自己想说的话,在这个失败的英雄身上,寄托了自己的人生理想,包容了其全部的人生价值观念。

七

所谓小说,说白了,就是一门语言的艺术。丰富的想象力和对语言自如地驾驭是一个小说家必须具备的基本素质。潘军的小说除了具有深刻的思想内涵外,它的小说语言的魅力也是不容我们忽视的。他的小说语言或优雅诗意,"我用香烟点亮自己。想象中我处在伦勃朗的调子里,享用着极不方便的诗意"(《朗诵南方的风景》)。或苍凉忧伤,"那一刻,我感到异常地凄凉,觉得自己像件无人认领的烂包裹扔到了这深山野洼里"(《蓝》)。或机智幽默,"他先帮女人把座椅放倒,然后自己也放倒座椅。女人说:我以为是带了两把椅子呢。男人说:不,是一张床"(《关系》)。"我觉得在小说里胡说八道至少不会触犯法律。我在小说里做一些生活里不敢做的事,比如同时爱上一百个女人"(《流动的沙滩》)。或平淡从容,"小姨是不会老的,就像月亮不会老。我的小姨现在就飘在天上"(《小姨在天上放羊》)。或充满了智慧和哲学意味,"完美的做爱成为情感的权宜之计,暂时掩盖了矛盾的实质"(《蓝》)。"生活不需要体验。生活像空气一样围绕着你,你吸就是了"(《海口日记》)。"你懂历史吗?历史是个什么东西?当人坏了,历史开始了;当人变好了,历史就结束了"(《重瞳》)。或形象生动,"那时从天空看,海口就像一个硕大的麻将场,只要有空地就有汽车,整整齐齐地摆放着。六年后,这副牌洗开了"。"海口的夜充满着惊心的活力,情形如同一只刚剁了脑袋的公鸡,扑腾腾地乱飞乱叫散发出血腥气"(《蓝》)。有的则具有强烈的画面感,"月光散落在他身上,效果很像一张低调处理的照片,他的身体被月光和黑暗所分割"(《蓝》)。有的则具有色彩感,"父亲已是古稀之人了,他是一部历史、一部潮湿的典籍。他曾经在石镇像陶瓷那样闪亮,而今却看不见一层釉色,岁月使它还原成泥土,与这块贫瘠的土地相融"(《白》)。对语言高超的驾驭能力,使潘军的小说形式各异色彩纷呈,但又不可遏制地弥散着一种贵族式的浪漫,把忧郁推向极致。比如:

"很长时间过去了,在南方流传着这么一个故事:在一个黎明,一个一丝不挂的女人和一个同样一丝不挂的男人骑着一只老虎,从林子里穿过,进入了大山的怀抱……"(《南方的情绪》)

"太阳照在我手背上,天上的白云从窗前飘过。我知道那是小姨的羊群。"(《小

姨在天上放羊》)

当然,还有我在前面介绍过的《重瞳》。

潘军的小说,不管是写历史的,还是写农村和城市的;不管是强烈虚构的,还是个人经验的,都力图透过表象走进他们的内心。潘军的小说既是现实世界,同时又是作家内心世界的浓缩反映。正是这种走入,使他的小说在形式、内容、色彩、感觉、思辨、哲学上都迥异于所有同类创作。这从根本上深化了小说的实践意义,因为世界以何种形式存在,从某种意义上来说,就是相对个人而言的,每个人的心中都有一个只属于自己的世界。所以,从这个角度看,潘军的小说有着独特的艺术魅力,"没有第二个人可以重复他。的确没有"[①]。

(选自唐先田主编《潘军小说论》,安徽大学出版社 2003 年版)

[①] 李洁非:《现在的写城市的潘军》,《潘军小说文本系列·D 卷》,北京:中国工人出版社 2000 年版,第 176 页。

潘军小说解读的其他几种可能性

许春樵

中国的"先锋小说"是从借鉴和模仿西方现代派小说开始的,经过二十年的探索和实践,如今已经丧失了20世纪80年代中后期的主流性地位和评论界强烈关注的热情,许多先锋作家都已从人们的阅读视野中消失了,这里面主要的原因有两个。一个是现在的文学阅读越来越功利化,并且表现出明显的后现代主义的文化消费特征。文学消费观念的流行以及文学阅读市场的选择逼得刊物和作家不得不放弃对文学探索和实验的个人意志与文学立场,隐私小说和新闻小说铺天盖地,将小说作为一种"正在发生"的文体研究和写作实验便日益萧条起来,这是评论界公开的结论。另一个就是二十年来中国先锋派小说除了给人们留下许多激动和兴奋,同时还留下了许多问题和缺憾。这就是在由"写什么"到"怎么写"的转向中,将两者的关系割裂和对立了起来,因而造成了形式的极端化,在反经验反传统的叙事中,将阅读的困难和障碍作为一种审美目标,误读了形式主义理论中关于"陌生化"文学性质的"现实经验基础"的原则,拒绝平庸读者和拒绝困难阅读几乎是同时开始的。中国的先锋小说在一段时期内甚至消解了小说的基本元素,如故事、情节、细节的被瓦解在余华、格非、马原等人的创作中都不同程度地表现了出来。因此,中国先锋派小说从一开始就带有先天性的不足,这是一种物极必反的结果。

然而这并不意味着中国先锋小说探索就失去了文学史上的意义,因为中国传统小说中直接而浅露的白描式叙事以及所宣扬的廉价的道德观、价值观、生存观如果不进行抵制和反抗的话,中国的文学同样是没有前途的。应该说,潘军是反抗传统小说叙事方式和小说观念的先锋派作家之一,他的创作实践的意义不在于坚持,而是在于为什么坚持到取得卓越成就,并因此促使人们对先锋派小说进行重新评价,对先锋小说在中国的发展方向和前途得出了一些新的理论命题。这是至关重要的。

在以上这些背景下,潘军小说首先解决了"写什么"和"怎么写"相互对立的中国先锋小说遗留下的最大困难。如果我们回过头来与早期先锋作家做了个对比的话,最大的感受就是潘军的文本实验小说很好读,故事性强、一气呵成、没有阅读障碍,《海口日记》《对门·对面》《和陌生人喝酒》《抛弃》《寻找子谦先生》等小说除了表现个体的人在社会的人之外的悬空状态以及人对自身的无法把握等现代主题外,一个重要特征就是这些现代的观念是通过好看好读的故事来实现的,小说的整体结构中悬念设置贯穿始终、情节设计既出人意料又合乎情理、在细节上重视戏剧化冲突以增强阅读的张力。即使表现象征的语义也避免了卡夫卡《变形记》《审判》和余华《十八岁出门远行》《西北风呼啸的下午》等荒诞和夸张变形的手法来实现。如《和陌生人喝酒》中用一块裸芯表来暗示人的陌生与无法合作,还有《抛弃》中与孩子英语对话"我是一头猪"来象征生存的迟钝和无奈。以经验的生活秩序和生活逻辑来表达非经验的生命意识和生存观念,这是潘军对先锋小说的一次重要的修正。中国用二十年的时间走完了西方二百年的工业化进程的道路,这种省略性工业扩张使中国社会迅速充满了滑稽、荒诞、颠覆、错位与混乱,因此,在目前的社会生活中,生活的本身就是荒诞的,荒诞已经不再是一种艺术手段,而是正在发生的事实。潘军小说正是从这看似正常与合理的生活演绎中表现出荒诞的内在品质。这就是对中国早期先锋小说的超越和突破,其理论意义大于实践意义。

形式主义文论尤其是结构主义叙事学中强调文学"写什么"并不重要,重要的是"怎么写",任何人都掌握着故事,但不是任何人都能成为作家。同一个故事用不同的方法去讲,讲出来的效果是完全不一样的,再加上弗莱的《原型批评》理论中认为"写什么"从古希腊神话到如今都有一个不变的原型母题,反复出现的意象,如"爱、恨、生、死",所能变的只是时间、地点、人物而已。这种理论无疑是正确的,但它给我们中国先锋小说造成的误区是只要"怎么写"解决好了,小说就成功了。实践证明,这是一种误读,其实形式主义理论中还强调了"形式是完成了的内容",也就是当强调形式时,内容本身就是形式不可分割的有机部分。因此在小说创作中,首先"写什么"问题已经解决了,其次才是"怎么写"。目前中国的先锋小说写作还有一批人如朱文、张生、荆歌等,他们现在的问题仍然是没有解决好"写什么"的问题。没有好的故事,不讲结构、不讲细节、不讲戏剧化的冲突。潘军小说往往是设计了一个陷阱,然后让读者钻进去,通过结构手段来控制读者的阅读。在我所阅读的潘军小说中,作者对读者的控制欲望表现得非常强烈。

目前的先锋小说已不是简单的现代派小说的翻版,它实际上包含了存在主义的荒谬感、现代主义的象征变形、后现代主义无中心性的解构特征和文化消费理想,如果这样描述"先锋小说"是基本准确的,那么潘军小说在这几方面表现得尤其突出。

以城市为背景的潘军小说中,潘军更多的是现实荒谬下的人的无根状态或悬空状态,这是现代城市里人们灵魂"无家可归"的整体象征,一种遗忘了起点和找不到终点的无奈和伤感,在一个物质异化了人心的时代,信仰幻灭精神崩溃,所有的人都一直"在路上"。海德格尔在评价荷尔德林诗歌《归家》的时候用了"在路上"这一概念,凯鲁亚克的一部小说也叫《在路上》,中国的"在路上"与西方的"在路上"的物质重压的无家可归有很大的区别,中国城市居住者还有着信仰幻灭下无家可归,家园是虚拟的神圣,但潘军笔下的人物永远无法抵达神圣。无论是《海口日记》中的那条船,还是《三月一日》中最后乡村的寻找,一切都是徒劳的。还有《抛弃》《和陌生人喝酒》《对门·对面》结尾时的或然性与荒谬感,都直接指向了作者对城市"生存状态"的内心体验与无奈的理解。潘军的小说始终围绕着"摆脱""逃离"与"无法摆脱""无法逃离"的矛盾与对立。"悬空"和"无根"是潘军小说的基本语义,也是他小说中先锋性探索的重要的理性依据。

潘军小说在立意上受卡夫卡、加缪、萨特的影响比较明显,而在叙事上则受塞林格影响较大,这是一个智慧的选择。但区别在于潘军不是以荒谬去表现荒谬,而是以现实表现荒谬,即使小说结尾因偶然或必然因素而造成了不确定性和多种可能性,但其基本逻辑仍然是真实生活基础之上的意外与反常规化,符合现代阅读理想。叙事的节奏和语气上带着塞林格烙印,但在语感上又侧重于汉语的暗示、联想、双关等特殊功能,其独特的内心体验和生活感悟,反经验的直觉、反白描式叙述则又有着现代主义小说的叙事基因。多重选择造成了小说文本的多种可能,小说张力就在这里。

20世纪50年代以后,西方文学已进入了后现代主义时期,无中心性导致的道德背叛的无罪感、自我放逐和任意性,忏悔意识的丧失、终极意义的放弃,这些都或多或少地表现在潘军的小说中并构成了潘军小说先锋性的重要理论基础。正如《海口日记》中主人公独白的那样,"先把事做了再说"。在悬空和无根的状态下,唯一能选择的生存方式就是"不计后果"。

尽管如此,我依然同意牛志强关于小说文本中忧郁气质的提法,在潇洒叙事的背后潘军小说中仍然无法摆脱一种无奈或绝望下的忧伤,这种忧伤却是某种幻灭下对一定价值毁灭的悲悯和认同,忧伤是一种打击,忧伤表明固守和期待仍然是一种意义。从这个角度看,潘军无法用小说彻底粉碎自己,因为某种固有的东西已经深入骨髓成了作家的一种特质。潘军只是以自己的小说逼近角色,而不可能替代角色,因此作家的作品很大程度上是把握别人后的"自传"。

潘军小说的意义在于,评论界对先锋小说必须重新评价和重断,这就是先锋小说可以是很好看的小说,作家不必像萨特、加缪那样从理性出发来设计小说中世界的荒谬性,而应该从现实中呈现出世界的荒谬与不可理喻,荒谬不再是手法,而是事实的本身。叙事的先锋性不是语言本身的变形和阅读困难,而是内心体验后经验性的"陌生化"。这大概就是潘军小说的启示了。

(原载于《江淮论坛》2001 年第 1 期)

潘军论

王海燕

皖籍作家潘军,1957年生,这个岁月出生,让他有别于20世纪60年代出生的先锋作家苏童(1962年生)、余华(1960年生)、格非(1964年生)等人。哪怕只大他们几岁,而在潘军看来却是人生的财富。中国历史上的反右、三年困难时期、"文革"武斗、背语录、唱样板戏、搭末班车上山下乡,这些事情已刻进他的心里,永远无法抹去。

按潘军自己的说法,生活是不需要体验的,它像空气一样包围着你,你呼吸就是了。所以说,潘军呼吸过在他之后若干年出生的先锋派作家们不曾呼吸过的空气。同时,由于这种呼吸又是以孩子的肺吐纳,他便也不同于王蒙、梁晓声、张贤亮们。

潘军的父亲是右派,父亲给潘军的是性格,是文人气质,尽管他十八岁那年才第一次见到父亲,尽管他非常偶然地在发黄的包装纸上第一次读到父亲反右前的文章。潘军的母亲、外祖父是地方黄梅戏剧团的演员,他这个梨园子弟却没有去学唱戏,而是自幼师从民间画家学绘画,可中国地方戏曲潜移默化的影响,在潘军小说中总能见其踪影,而丹青之技又让潘军懂得了如何控制文学的线条和色彩,在晚近出版的长篇三部曲《独白与手势》(《白》《蓝》《红》三部曲)中,他终于忍不住技痒,以插图的形式,展示了自己不俗的绘画才能。他喜欢白色,他善于给读者留下"白"色,那是一种欲辩已忘言的东西。

潘军是"文革"结束恢复高考后的第一届大学生,1982年春毕业于安徽大学中文系,其后蹲机关,进文联,下海经商,又重返文坛当职业作家。他写出大量的长中短篇小说,并且因小说而声誉日盛,他一直对影视文学情有独钟,说是手中正怜香惜玉般地扣着自己的几部作品,不排除会"触电"。

潘军的女儿称:我家所住的机关大院,处长、厅长们加起来有几百,好作家唯独我爹一个。女儿以爹为自豪,爹以女儿的评价为得意。2001年,父女俩一拍即合地合出了一个集子,名曰《我家的时尚女孩——害怕长大》(人民文学出版社)。走到今天的潘军是有资格让女儿背地里对朋友们竖拇指的,他没有官帽子,好像连文联、作协的帽子也没有,经商恐怕也属于那种湿了衣服湿了鞋,在"海里"捞不出大钱来,或者淘了金又散掉了的一类。然而失之东隅,收之桑榆,他成了一名好作家。从1982年处女作短篇小说《啊,大提琴》(原名《拉大提琴的人》)在《青年文学》创刊号上发表至今,他已出版了百万余字的作品,并且其中有相当一部分,应该是可以走进中国文学史的精品。

潘军故乡的大学安徽大学、安庆师范大学曾多次邀请他讲学,报告厅里,座无虚席,反响极热烈。潘军出众的口才打动过莘莘学子的心。

多次听过潘军的演讲,遍读他所发表的全部作品,我在酷暑中为与我同故乡的作家潘军作专论。

一个形式主义者对"怎么写"的迷恋

潘军的成名和1985年中国文学的形式革命密切相关。面对大量涌进的西方各种风格、各个流派的译作,如卡夫卡、博尔赫斯、赫勒、加西亚·马尔克斯、林顿以及法国新小说派的克洛德·西蒙、罗伯·格里耶,后来的米兰·昆德拉等,这些新鲜而有诱惑力的作家作品让潘军喜爱。1982年大学毕业后的两年,是他有生以来读书最多的时期。他说他后来查过读书笔记:我读了700多本书。他受到一股强大的形式潮流的影响,他"感觉到像打开了一个窗户",惊异"原来小说还可以这样写"[1]。他反反复复地强调并琢磨着:"要紧的不是写什么,而是怎么写。"[2]

潘军对形式的迷恋,对"怎么写"的追求绝不拘囿于对他崇拜对象的模仿,也不拘囿于独尊一家。他将他的阅读对象嚼碎了,消化了,化作完全个人化的方式倾吐出来。他不安分地做着各类尝试。

"花心思"讲故事的先锋

20世纪80年代,当形式的潮流普遍抛弃故事和情节时,潘军在意于讲故事。

潘军坦言:小说要有可看性。"对故事的设计是需要花心思的。"[3]我实说,正是潘军"花心思"的东西,满足了我私人阅读的癖好。侦探小说,这类小说和先锋派创作似乎风马牛不相及,可潘军常常让我的职业阅读和私人兴趣阅读相契合。他的

---

[1] 潘军:《先锋文学、地域文化与我的小说创作》,《安庆师范学院学报(社会科学版)》,2003年第4期。
[2] 潘军:《多余的话》,见《日晕》,武汉:长江文艺出版社2002年版,第4页。
[3] 潘军、牛志强:《编作对谈·历史的暧昧》,见《潘军小说文本系列·F卷》,北京:中国工人出版社2000年版,第178页。

许多文本,首先能在故事层面给人带来阅读上的愉悦感,如《风》《桃花流水》《白底黑斑蝴蝶》《对门·对面》等。

侦探小说的情节堪称各类小说中的情节之王,它重逻辑推理,重因果关联,以冷静和理性来推动情节。而潘军这类小说的情节则更重情感性、偶然性、随机性、不确定性,有着另一番关于情节的滋味。

《风》是一部以抗日为核心题材的长篇小说。沿着小说叙事人"我"寻找抗日英雄郑海的情节线索,"我"一步步走进历史,走进叶家,走进叶家的老爷和两个少爷的私生活。作家每每在情节的关键处扯断又连缀,分分合合,吞吞吐吐,一字半语,点点滴滴,诱人走进预设的希求,又掉头退出某一个线索,于是一段抗日的故事便扑朔迷离、烟雾迷茫,神秘的抗日英雄郑海便影影绰绰,像风,来去无踪,又轻轻拂过家乡的湖汊山冈。

谁是郑海?老爷临终前未留一语,只伸出了两个指头。叶家两个少爷都是郑海吗?抑或只是大少爷叶千帆或二少爷叶知秋是郑海?老爷的义子六指是郑海吗?老道一樵是郑海吗?可抗日英雄为何归隐山林?陈士林和糙坯子陈士旺都是陈海的后人吗?抑或只是其中之一人?"高大全""三突出"的模式与先锋派的种种技巧都无法解读《风》。潘军认为:"现代小说的创作从某种意义上而言是形式的发现与确定。可以肯定地说,我是先找到了属于《风》的形式然后再去写《风》的。"[①]《风》的形式的发现让作家自己"怦然心动"。客观描述的"历史回忆",主观缝缀的"作家想象",弦外之音的"作家手记",多重视角,主观与客观,叙述与评点,情节的过程与叙述的过程,似连非连,似断非断,分分合合,重而不叠,照说这样地走近历史应是天衣无缝,但结局仍是疑云重重,暧昧连连,处于不确定状态。潘军把解读历史和解读人物的任务交给了读者,他的思考很形象,也很抽象:"历史的形态与风的形态太相似了,来无踪去无影,每个人都能感受到,但不能去把握。或者说每个人都能按照自己的意志去把握。"[②]

潘军以他对小说的理解大大拓展了小说叙事学的领域。他在意于更多地开发一些非情节的软性叙事空间,使故事内涵更为丰饶,所涉及的社会生活更为广阔。这犹如建筑师构建一座结构合理又精巧的房子,每个房间的装潢设计有赖于建筑

---

① 潘军:《想象与形式——关于〈风〉的一些话》,见《风》,武汉:长江文艺出版社2002年版,第2页。

② 潘军、牛志强:《编作对谈·历史的暧昧》,见《潘军小说文本系列·F卷》,北京:中国工人出版社2000年版,第180页。

师完成固然是一种风格,建筑师与房客共同精雕细琢又不失为一种风格。潘军追求的正是后一条路。

设置情节陷阱的游戏

当先锋派作家执迷于有意味的情节碎片时,潘军更在意于设置情节陷阱,抖搂出耐人寻味的结局。

现代主义追求碎片的美丽、碎片的富有意味、象征性的指涉、能指和所指之间链条的断裂,西方文学只为潘军提供了一种新的思维方式,而不是新的创作范式。潘军的长处在于,他几乎从一开始就不描红别人。他以设置情节陷阱、引诱读者为乐。当他有意无意间将你的阅读期待导向迷途时,又送上一块半块石头,让你踩上石头跌跌撞撞走下去,突有所悟:原来脚下有路,或说以为找到了指点迷津的路。

读《秋声赋》,你很难设想旺与霞翁媳间的爱欲之火已然烈火烹油,竟会以旺的道德觉醒和血淋淋的自残为了断。作者对灵魂的探微又不全然在于褒扬、贬斥、感叹和说教。

读《桃花流水》,原以为是纯粹的复仇和纯粹的爱情故事,最终却导向了兄妹之爱的爱情悲剧。一幅作为爱情信物的扇面画成为洞穿谜底的见证。现代人的爱恨情仇给了人难以用单纯确切的言语表达清楚的感慨。

读《白底黑斑蝴蝶》,你不敢去想,世界上的偶然性、巧合、误会竟然会导致谋杀。一个特定背景和情境之下的一句语义含混的话和一个关键时刻白底黑斑蝴蝶在额角的轻轻掠过,竟会把上尉司徒建明送上断头台。世界上,因与果之间的链接是如此地关系密切,又如此地毫无关系。

读《和陌生人喝酒》,一对一见钟情婚后又生活默契的夫妻,十年前,因为电梯里的一片纸屑而步入婚姻的殿堂;十年后,因为另一片纸——音乐会的门票而离异。一个玩笑,或根本就是刻意的算计,让男人和女人都拿着想象中异性送上的门票光临同一场音乐会。这让人看到了忠贞背后的伪善和欺骗,也让读者捉摸不透,对待爱情,透明是幸福抑或不幸?

读潘军的作品,你千万不能急于越过过程去关心结局。能成功地阻止读者只关心开始和结局的小说家是了不起的,潘军做到了。

其实,过程与结局更多的不是形式问题,而是对世界的一种认知方式,是观念问题,是哲学。潘军在他的小说《流动的沙滩》中,借作品人物之口阐述了这样的理念:"说清楚本身就是一个错误,我们对世界的认识一般都是一知半解的,你无法说清楚你面对的一切。这是连博尔赫斯都感到棘手的问题。"①这似乎在弘扬虚无主义和"历史不可知"论,它不是政治家和理论家的风范,却实在是非理性的小说家对大千世界的真实体验和感受。

于是,多元结局的故事便是潘军理想的格局。他承认小说是"编故事","不过你千万不要以为编只是潘军的事,其实也是你的事。我们得保持合作。这如同茶叶在我手里,水瓶让你提着,要想喝一杯就得往一块靠靠"②。很明显,作家希望读者参与小说的再创造,成为多元结局的最为重要的一元,甚至那不是小说家预设的任何一元。

叙述人闪烁变化的叙事实验

潘军是一个自我意识很强的人,现代主义的滋养还让他相当地看重主观叙事。但另一面,他又有一种对单视角叙事法则的恐惧,他逐渐地把小说中的"我"是我和"我"不全然是我的第一人称叙事处理得日臻圆熟。

他在形式实验中开始尝试限制视角和全知视角、纯客观视角的任意转换。如果说,他的第一部长篇《日晕》在叙事视角转换时还略显生涩,那么在创作第二部长篇《风》时,他已经找到了非常完美的主客观结合、多重视角叙事的途径。他甚至采用了西方现代主义小说文本中的有效方式,付梓时采用了三种不同的印刷字体:历史回忆、作家想象、作家手记。字体是一种提示。潘军以视觉形式为辅助手段,来解决小说叙事形式问题,完成了过去时、现在时的时态融合与叙述视角的闪烁变换。

潘军的以对话体为主的叙事,类同于剧本或影视文学脚本,在当代作家中,对话体小说能超过潘军的,好像绝少。

1987年,潘军在他的成名作《白色沙龙》中已展示了他控制对话的能力,那时,他尚未能将对话演绎成一种小说文体。20世纪90年代末的短篇《对话》(1997年)和中篇《关系》(1999年),潘军率先尝试以对话作为推动叙事的基本方式,靠对话连缀时间,拓展空间,推进情节,又不抛弃简约的第三人称纯客观叙事。对话双方(一般多为男人/女人)双重的主观叙事、双重的回忆、双重的价值判断,互补冲撞、

---

① 潘军:《流动的沙滩》,见《潘军小说文本系列·C卷》,中国工人出版社2000年版,第17页。
② 潘军:《省略》,见《潘军小说文本系列·C卷》,北京:中国工人出版社2000年版,第102页。

协调,主观修正客观,主观消解客观,在消解的背后,重构人物、事件、场景、细节,从而达到重构历史的目的。

对话体的另一功能是控制叙事节奏,叙述人忽隐忽现转而以作品人物双重视角去透视某一类至关重要的情节和细节,放纵时一路宣泄,酣畅淋漓,收敛时含蓄隽永,一颦一叹也意味深长。双重的主观体验和玩味不知是更接近了历史的本真,还是背离了它的真态,而这正是潘军需要的"不确的意味""多元意味"。他称这类小说是"最饱满的小说"。①

或许是他大学时代初登文坛的习作就是话剧,或许是他童年、少年时代梨园中的耳濡目染,经历成就了他操纵对话体的能力。这样的本领为他从事影视剧创作积累了本钱,难怪他会口出豪言,扣下得意之作,以备自编、自导乃至自演之需。

超验和变形的主观叙事实验

这类形式实验的杰作当推《三月一日》和《重瞳》,这两部作品也是潘军全部创作中的精品。

先说《三月一日》,主人公车祸受伤,左眼瞎,余另一目洞察人生百态。本来能一目了然已算幸运,小说家偏赋予此公一目洞穿他人梦境的特异功能。"我"便出入自由地走入妻子之梦、同事之梦、领导之梦,甚至穿越时间隧道,闯入二十年前自己的梦境。这个文本堪称"第一人称超全知叙事"。荒诞的形式成为心理描写和灵魂探微的最好载体。

如果说《三月一日》是自由地打破了空间的界限,那么,《重瞳》则是自由地打破了时间的界限。如果说前者是叙述人少了一只眼而多了一种功能,那么,后者则是叙述人多了一只眼(重瞳),少了一种记叙历史惯常的政治家的正史视角。两千多年前的楚汉之争,小说竟以作古的历史人物"霸王自叙"的方式讲述。我们不能不惊叹潘军的想象能力和创新能力。亡灵复生,第一人称,现代视角,现代语言,意在从全新的、文人的、诗人的、武夫的视角看历史。牛志强对潘军说:"你完全依赖于前人提供的史实,没有去杜撰另外的事实,然而又在原有的史实上做出了新的解释。这种对历史人物的现代解读,颇有些冷幽默的味道。它好就好在不是在'新

---

① 潘军:《坦白——潘军访谈录》,合肥:安徽大学出版社2000年版,第11页。

编',而是在'新解'。"①潘军的新解是对重大政治事件、重要历史人物的平民的、人性的、诗性的、心理的解读,是潘军式的"主观的真实和心理的真实"②。我坚信,《重瞳》将成为先锋文学中的经典叙事和经典文本。

在小说的形式问题上,潘军是一个不安分的作家,借用他的一个小说篇名《流动的沙滩》,对潘军而言,我们可以说:流动的形式。他永不可能做纯粹的某某,也不可能做纯粹的昨日的潘军。超越前人、超越自己,中国的先锋文学正是在这样的形式探索中显示出生机。

一个语言技师以母语倾诉的睿智和欢乐

作为小说家,潘军有极高的语言天赋,无论是笔述还是口表。他在高校开讲座时,两三个小时的演讲从不带讲稿,且听众越多状态越好,面对台下雪片般飞来的纸条即兴答题,出口成章,妙语连珠,机敏睿智,不乏幽默。让人感到,他一旦进入一种语言状态,思想和语言之间几乎没有裂隙和阻隔。他在小说创作中对母语的运用和创新给读者带来了无尽的审美愉悦。

调侃之先驱

潘军1987年的成名作《白色沙龙》已彰显了他语言的实验性:调侃和嘲谑,刻薄和俏皮,准确、超准确和刻意地不准确,明晰、模糊和装糊涂。就语言而言,《白色沙龙》和王朔的《顽主》有异曲同工之处。然而,评论界必须注意的是,《白色沙龙》比《顽主》早生两年。潘军笔下的"我""皇甫""达宁""二郎"等,正是王朔所不放在眼里的家伙——中国改革开放后最早受过高等教育的人,他们和王朔的"马青"、"杨重"等,所直面的环境、所体验的生活、所发现的问题、所宣泄的情绪均有差异,却不约而同地拿起同样的"语言武器"。潘军有过在大机关工作的经历,《白色沙龙》的绝妙处正是对公务员生涯的种种叙述。他用语言的匕首把高墙深院、禁卫森严、正襟危坐、道义规则杀戮了、颠覆了、消解了。他有着优于王朔的多样化语词风格。王朔用一番笔墨折腾出《顽主》《一点正经没有》,并且一路以这样的风格走下

---

① 潘军、牛志强:《编作对谈·第一人称》,见《潘军小说文本系列·E卷》,北京:中国工人出版社2000年版,第185页。
② 潘军、牛志强:《编作对谈·第一人称》,见《潘军小说文本系列·E卷》,北京:中国工人出版社2000年版,第185页。

去,文坛记住了他的另类的语言特征。潘军则更能折腾,他不安分地尝试非正统的现代汉语表述方式,又一次次地否定自己尝试过的方式,以致某一种表述尚未可称"风格"时,他又风一般地开始了新的语言革命。他说:"从我十几年的写作经历看,我实际上就做一件事,就是在叙事空间里探寻,我越发觉得汉语自身的潜质,觉得叙事的可能性不可限量。"①

诗笔之强手

在潘军的小说中,语言的放纵、挑战常规、由一路挥洒而获得快感是一面,另一面则是它的活泼和哲理,它的含蓄隽永和意味深长。

这样一些小说篇名,谁能说和诗没有千丝万缕的联系?《小姨在天上放羊》《秋声赋》《桃花流水》《流动的沙滩》《南方的情绪》《爱情岛》……尽管潘军频频称自己只想做小说家,当不了诗人,但他骨子里还是兼具了边塞诗人的霸气和行吟诗人的忧郁。就像他笔下的楚霸王,铮铮一介武夫,开篇偏称:"我叫项羽,这名字怎么看都像个诗人,其实我自己早就觉得是个诗人了,但没有人相信。"②《重瞳》以项羽自谓诗人开篇,又真正地以诗笔结束了那段历史:"据说乌江的岸边还流着我和虞的鲜血,江浪竟没有把它冲刷干净。第二年春天,这块地方开出了一片不知名的红花。有一天,一个老人领着他的小孙女到这儿散步。那孩子就问:爷爷,这些漂亮的花儿有名字吗?老人思忖了片刻,说:有。他叫虞美人。"③谁人能不激赏这个结局,试问天下哪一位诗人笔下的花,这般地滴着血,透着情,印着生命的颜色啊!

诗性的东西要有诗的语言表达,而它又不仅仅是语言的。语言学家以为,诗的语言是高阶语言。其原因之一是诗和哲学联袂,而哲学抬高了诗的语言台阶;原因之二是诗常常可以自由自在地不遵守语言规则。潘军的作品常常在恰到好处的地方流淌出这样的诗:

  白色是世界上最纯也是最杂的色相。(《白色沙龙》)
   上帝在馈赠他一份无限幸福的同时也搭配给他一份彻底的灾难。(《白底黑斑蝴蝶》)

---

① 潘军、牛志强:《编作对谈·冷叙事与个人化历史》,见《潘军小说文本系列·B 卷》,北京:中国工人出版社 2000 年版,第 180 页。
② 潘军:《重瞳》,北京:时代文艺出版社 2001 年版,第 1 页。
③ 潘军:《重瞳》,北京:时代文艺出版社 2001 年版,第 58 页。

我说一个鲁迅至少可以压三代人,你想往哪儿大?你还真以为那些招摇过市的家伙了不起呀?他们顶多能写1部或者10部20部厚的,但从来就不曾大过。(《海口日记》)

外祖父说:古人造这个"日",就是让你晓得,日倒过来还是日。(《1967年的日常生活》)

当人坏了,历史就开始了;当人变好了,历史就结束了。(《重瞳》)

潘军在面对故乡阡陌溪流,面对爱情亲情,面对母爱童年这些诗的富矿时往往止步不前,而直面抽象的、宏观的、历史的、人生的大时空时,更具诗的情怀。相比于钱钟书的妙譬如涌,相比于王蒙间或插语议论的机智敏锐,潘军似乎更多了一份漫不经心和从容不迫,一种凝眉之际,嘴角挂出一丝嘲弄、冷笑、坏笑的倾吐,于是让读者平添了对叮当作响、过目难忘的语言的回味,沉甸甸的深奥哲学化作了生活化的诗。

"对话体"之新锐

潘军控制语言的能力还表现在小说的"对话体"文本上。潘军历经了早期片断的对话体尝试后,到写《关系》时已举重若轻,驾驭得得心应手。其一,短句、口语、哼哈之间的大容量、大背景、暗示以及模糊性。其二,很前卫的语言表达方式,如男主人公和自己影子对话,两重自我,喁喁交谈,道出主人公内心的矛盾——一次面对灵魂的追逼和叩问,一种面对影子才有的真实和真诚。这让人联想到王蒙东方意识流作品《蝴蝶》中"审判"一节,主人公两重人格的一问一答。其三,对话体文本非常好地解决了控制情节密度的问题,最终控制了语言节奏和叙事节奏。情节密度大时,作家有足够的语言空间强化小说的传奇性;情节密度小时,又引导读者慢慢咀嚼品味传神性的细节。我以为,"对话体"文本的语言正是潘军小说中最欢乐、最流畅的语言。

一个先锋小说家在东西文化碰撞语境中的人文情怀

身处文化转型时期的中国作家潘军,可以用塞林格的方式写他的童年少年,可以用克洛德·西蒙的方式搞无结构痕迹的拼贴画,可以借鉴卡夫卡的荒诞,可以学习博尔赫斯的随想和充满智慧的东拉西扯,甚至不时地还会模仿希区柯克的侦探小说破案,然潘军坚守着一个创作宗旨:"模仿只是在形式上,我最终要表达的还是自己的内心。"①他在写完《海口日记》后回答读者:"故事是虚构的,但我对故事的体验是真实的。"②

潘军的这个"内心"、这种"体验"是纯然个人化的吗?它与他生存环境中的东西文化碰撞、融合,传统文化转型有着什么样的关系;如何影响了他笔下人物的思维方式、行为方式、价值标准、文化观、历史观。统而言之,如何构建了文化转型时期中国知识分子的人文情怀。这很值得我们辨析、探究。

关于叛逆的话题

潘军的笔下,塑造了一批时代的叛逆者。这类形象的雏形可追溯至"文革"中的那群少年,从英雄崇拜、偶像崇拜到忐忑的异性崇拜,那个由于好奇、冲动竟敢到"有伟大意义"的杧果上去咬一口的举动,堪称"文革"叛逆人物的极致——实践比想法更重要,实践找到了真相——没想到杧果竟是蜡制的(《我的偶像崇拜年代》)。

第二类叛逆者是机关的小公务员。如《白色沙龙》中的一群,不管他们采取什么样的活法,无论是走正道想跻入"第三梯队"的,还是选旁门左道心有旁骛想当作家当画家的,无论是靠背景的还是凭自我奋斗的,最终在一个被称作"驴粪蛋"和"裁缝铺子"的地方,理想幻灭,人生败北。他们是一群世事洞明、思想叛逆的知识分子,唯一的优势是心灵的透彻,唯一的行为是操弄语言的武器。《三月一日》中的拥有那只瞎了的"慧眼"的"我",难道不也是叛逆者?它通过闯入他人梦境的荒诞手法窥视了机关里的每一个角落,看到了秘不示人的另一面。否则,"我"如何会憧憬当年上山下乡插队时的乡村,回归岭上的初恋之夜,去寻觅简单朴素、清纯真情的旧梦?

第三类叛逆者是小说家。如《流动的沙滩》中的小说家,一个"习惯站在理论的反面"的作家,一个"记忆系统十分糟糕"、"比较适合叙述'没有十分把握'的事"的作家,一个"对古人并不存在由衷的崇拜"的作家,一个认为"向博尔赫斯投降是明智之举"的作家。写这个作家的作家潘军,采用了新人"我"与老权威交流的方式,以叛逆的表达记录一个叛逆的作家,可最终两代人仍面临着共同的"创造还是抄袭"的惶恐和困惑。

---

① 潘军、牛志强:《编作对谈·实验见证》,见《潘军小说文本系列·C 卷》,北京:中国工人出版社 2000 年版,第 192 页。
② 潘军、牛志强:《编作对谈·在大陆和岛屿之间》,见《潘军小说文本系列·A 卷》,北京:中国工人出版社 2000 年版,第 184 页。

第四类叛逆者是都市漂泊者。最典型的是《海口日记》和《关系》中的"我",一个在淘金大潮中的寻梦人。这个男人半醒半梦:梦中,他是浪漫主义者,甚至是古典主义者,他渴望,他追寻,他投入,他纯粹,他孩童般的单纯,还有一份感伤和凄迷;醒来,他是个在俗世中疲惫、厌倦、彷徨、尴尬、无奈的人。他的人生最有效的选择只能是两个字——逃离,就像"我"与家人"文革"躲避城镇武斗逃回故乡(《1967年的日常生活》);就像大学毕业的"我"逃离机关见习干事的岗位(《白色沙龙》);就像一介儒生、两袖清风的书画家古凤眠逃离省书画院,蛰居清幽古巷,傲于民,乐于民,最终融于民(《墨子巷》)。潘军在多篇小说中用家乡的方言反反复复说着同一句话:跑出这鬼场子吧。可逃离后的终极目的地何在?不知道。正像《海口日记》中主人公的自白:"海口不是家,是码头,你看到有谁在码头上住一辈子?"主人公会永久痛苦地生活于一个悖论的选择之中。潘军的都市漂泊者的形象在新时期文学乃至先锋派小说家的笔下都是很独特的。

关于道德的话题

潘军的作品表现了社会转型阶段,现代都市人自由主义的新道德观念与乡村儒化的道德传统的冲撞。关于道德,作品所涉最多的恐怕还是情、爱、性。

冲撞的一方是对爱的浪漫幻想和性的随意性。《海口日记》中的男主人公吐露心怀:"我曾经想,在我弥留之际,把这辈子爱过的女人召集起来开个会,当然是个狂妄的思想,但是富有生气和诱惑力。""我有责任把她们彼此介绍一下,让她们握手和碰杯。等她们一一对上号后,我会大声说:我爱你们。我这辈子就这么一一爱过来的!"[①]

冲撞的另一方是民族传统的伦理道德规范的根深蒂固。《秋声赋》中一个叫"旺"的汉子,为了斩断翁媳间不道德的情丝,毅然用烧红的烛签将自己的掌心扎穿,并永远地不让伤口愈合。这一笔是很具道德震撼力的——一种恪守人性底线的悲情和壮烈。

关于价值观的话题

潘军的作品表现了中国知识分子代代相袭的诗化的人文理想和这种理想在拜金主义侵蚀下的霉变、崩溃、瓦解,他们既无力抵御物欲的诱惑,又在灵魂的深处作

[①] 潘军:《海口日记》,北京:中国工人出版社2000年版,第21页。

苦苦的精神挣扎。

都市漂泊者的特立独行、闯荡天下,焉能不与金钱、女人、生计、俗世的形而下的快乐相关联?他们一边咬牙切齿地诅咒"钱这东西确实太硬了,碰它不过";①一边学着在商海中游泳,碰它而不被它碰死。他们重新调整和适应了现实生活中各类人与人的关系。《关系》中的男女主人公除了真真切切情的关系、性的关系,也不排除真真切切金钱的关系、投资者与被投资者的关系、借钱与还债的关系。于是就有了全新的睹物观世的眼光和全新的价值判断。作者在题记里的那句话包含着多少人生况味与失望:"世界上最复杂的关系,其实我不说你也知道。"②逃离一个早被在额上烫上无字之红字的群体,逃离一种因革命成功而渐成生存范式的群体的活法,艰难得如同抽刀断水。这是因为,血脉是割不断的,骨断筋还连着,所以开着出租仍高贵得像一个精神上的王子:怀念大学校园里的杉树林,读陀思妥耶夫斯基的初恋女孩,着迷闲暇时靠在床上看《布拉格之恋》和《米兰·昆德拉》,拎手提箱、住标间却对"沙龙气"情有独钟——高雅的精神品位,浪漫的人文情怀,洞察世事人生的智慧,谈吐间一语中的的见识,独自吞咽孤独痛苦却只和女人谈风月,生命中不能承受之轻,用小说人物对"我"的评价:"你这家伙骨子里还是个骚人墨客。"③在潘军笔下,表象为各个相异的人,各个相异的生存方式,"骨子里"最重要的是什么?我以为,是代代相守的知识分子的价值标准和价值取向。

关于重构历史的话题

潘军几乎不写古代历史题材的作品,但他在这一领域是不鸣则已,一鸣惊人。一部《重瞳》以第一人称"霸王自叙"的笔墨写一个两千多年前楚汉之争的著名历史故事。一场政治的权力之争的历史,一部兵戎相见的战争史被作家赋予了现代新解。主人公的自我定位是"人""有诗人气质的男人""出色的男人"。潘军以文人化的视角观照历史,我们由此走近了潘军的历史观。解读历史是从解读"人"开始的,作家借古人之口颂扬光明磊落的大丈夫气概,推崇职业军人横刀立马、赴死沙场的英雄情结,蔑视阴谋和鸡鸣狗盗的鬼把戏,赞颂三尺龙泉得天下,憎恨凭借三寸不烂之舌当皇帝,恼怒项庄舞剑式的小人勾当,耻说男子汉不守信、不践约,鄙弃

---

① 潘军:《海口日记》,北京:中国工人出版社2000年版,第31页。
② 潘军:《关系》题记,《潘军小说文本系列·A卷》,北京:中国工人出版社2000年版。
③ 潘军:《海口日记》,北京:中国工人出版社2000年版,第22页。

甘忍胯下之辱的卑屈。小说借虞姬之口斥责刘邦"德行如此之低下",借亚父之口慨叹霸王的"几分书呆子气"。这与其说是两千多年前古人的做人宣言,不如说是潘军本人的人生观、历史观。

潘军刻意回避项羽政治家的角色,抒写他的人生理想是:灭秦之后,携心爱的女人过诗剑逍遥的日子,琴心剑胆,浪迹天涯。他既无"达则兼济天下"的抱负,又无"皇帝轮流做,今天到我家"的野心,的确更像一个受老庄思想引领的诗人。他不纯粹但真诚,不爱江山但爱美人,几分霸气,几分呆气,几分神勇,几分柔情。他玩不转政治,做不了皇帝,却赢得了女人的忠贞,他的生命流星般地闪烁和灿烂——好一个潘军独有的霸王,作家本人的人格构建中,何尝不也具有这样的品性?

读《重瞳》,联想到潘军另一个相当不错的短篇《溪上桥》,戎马征战一辈子的当代将军衣锦还乡,钦羡少时伙伴儿孙绕膝、田园躬耕的欢乐。其中,两老兄对着老槐树,旁若无人酣畅淋漓地撒尿的细节让人忍俊不禁,返璞归真。潘军以今人之趣推及古人之心,虽相隔历史长河,但人性还是相通的啊!

《重瞳》绝不同于当今不少影视文学作品对历史的戏说。潘军是对史料重新解读,对历史人物行为方式的心理推演。从来是后人评说前人的千秋功罪,现如今则任由古人自说自话,自我定位,甚至指点后人的是是非非。对此,潘军有他独到的理解:"我以为我写得非常真实。什么是真实?是客观的真实还是主观的真实?是物理的真实还是心理的真实?我觉得小说家的真实就是主观的真实和心理的真实。小说家不应该仅去描摹世界,更需要表达自己对这个世界的态度,也就是表达自己眼中和心中的世界形象本质意义。"[①]

对于历史,《重瞳》是复古的追寻还是现代人文理想的张扬?作者的取舍显然重于后者。从这一意义上说,任何历史都是现代的,任何历史也都是言说者的。

结　语

综论潘军,他很西化也很民族化,他很现代也很传统,他沉郁、内敛、精细又豪放、外露、宏大,他狂傲张扬又不屑于种种张扬的声名和获奖,他的风格变幻不定却又坚定地恪守着一些根本的人文观念和创作原则,他投身先锋派的潮流然又独立于潮流之外。

[①] 潘军、牛志强:《编作对谈·第一人称》,见《潘军小说文本系列·E卷》,北京:中国工人出版社2000年版,第185页。

解读潘军,我每每追问,是什么样的文化塑了这副模样的他?记得鲁迅先生在论及现代艺术时曾指出:"采用外国的良规,加以发挥,使我们的作品更加丰满是一条路;择取中国的遗产,融合新机,使将来的作品别开生面也是一条路。"①新时期小说应该还有中西结合、兼容并包的第三条路,更确切地说,两条路不是阵线分明、截然对立的,潘军走的正是这第三条路。

陈平原先生在讨论东西文化碰撞背景下的"五四"作家时说,他们"师法中国古典小说"是"无意中接受",是"幼年时代熟读经史、背诵诗词以至明里暗里翻看《三国演义》《水浒传》《红楼梦》《聊斋志异》,那似乎只是一种自然而然的功课或没有艺术功利的娱乐,并没想从中得到什么写作技巧"。而"理直气壮地以外国作品为榜样"则是"着意去模仿","'五四'作家则大多意识到后者而忽略了前者。还不只是前者'得来全不费工夫',故视而不见,后者'踏破铁鞋无觅处'故弥足珍贵,而是因为传统文学更多作为一种修养、一种趣味、一种眼光,化在作家的整个文学活动中,而不是落实在某一具体表现手法的运用上。西洋小说则恰恰相反。无疑,具体而可视的'手法'比抽象而隐晦的'趣味'更易为作家、读者所觉察"。②当今的评论界何尝不是更加关注潘军以及他这一群体的作家借鉴诸多西化形式的一面?尽管潘军本人也一往情深地佐证,说他在读完现代西方大家名作后如何地眼睛发亮,惊叹小说可以这么写。可他也如"五四"作家一样,常在无意识处透露出他在母语土地上所获得的情趣、体验、感悟、表达方式,这种东西是很中国化的,在潘军,也是很个人化的,溶在了他的血液中,融进了他的骨髓里。读潘军新版散文集《山水美人》,欣赏他书中几十幅亲绘的水墨画插页,更加清晰地看到,在作家钟情的山水间,是永生永世割舍不断的母语文化浸润着他,让他发出肺腑之言:"这是我生命的烙印。"③

(选自唐先田主编《潘军小说论》,安徽大学出版社2003年版)

---

① 鲁迅:《且介亭〈木刻纪程〉小引》,见《鲁迅全集》(第六卷),北京:人民文学出版社1981年版,第19页。

② 陈平原:《中国小说叙事模式的转变》,北京:北京大学出版社2003年版,第142—143页。

③ 潘军:《山水美人·梅子岭》,桂林:广西师范大学出版社2003年版,第48页。

恣情的诗意
——论潘军的小说创作
方维保

潘军在20世纪80年代走向文坛时,他的小说虽然带有现代派色彩,但基本上是现实主义的。《小镇皇后》《篱笆镇》《墨子巷》《红门》等不少中短篇小说的格局基本上没有跳出前辈作家和当代作家们的圈子,现实主义是其创作的底蕴。只是到了中篇小说《白色沙龙》才出现了转机,透出了令人欣喜的灵气和神韵。而长篇小说《日晕》则已完全摆脱了现实时空的限制,任凭作家自由驰骋,思绪跳荡而散漫,但"跳荡而不飘忽,表面看似散漫而有着内在隽永的韵律"。[①]

潘军在20世纪90年代是一位先锋派小说家,在当年的《钟山》的先锋派小说大展中,他就是重要的一位。他的小说浸染着先锋派,特别是新历史小说的叙事色彩。

对于历史的叙述,方法是多种多样的:有对历史的记述,如《三国志》,它尽量保持与历史本相的一致;另一种则是对历史的"演义",用某种观念来重新阐释过去曾经发生的事实;革命现实主义文学则以"历史趋势"来叙述与构想历史,于是历史成为一个符合"趋势"的因果前定的链条。作为先锋派小说家的潘军在叙述历史时对既成的历史叙述法采取了非常明显的反叛的姿态,即如同对待那头"黔之驴"一样的嘲讽和戏弄的态度,他总是尽量使"历史真实—本事"与叙述分离,证明了历史不仅仅是"历史"本身,而且也是一种叙述的结果,而正是多视角的叙述(主体)使历史离真实越来越远,真相越来越成为永远不可谛视的永恒之谜。能指碎片或者说文本之网,"延异"了可能隐藏的意义,文本成为纯粹的能指游戏,"语言主义"分散了或者说消解了中心,这样的文本操作体现了先锋派对"习惯"中的语言之后的意义的怀疑甚至谋杀。长篇小说《风》的故事由现实、回忆、想象三块组合而成,依照惯常的叙述,这三块最后应当指向一个共同的主题——意义,如茹志鹃的《剪辑错了的故事》和谌容的《人到中年》都是多视角叙述,但始终是围绕一个中心,或者说是在确定一个"事实"。但潘军在文本中把应该被确定的"英雄"一再置于被"疑问"的处境:叶家有两个少爷都可能是英雄"郑海",但打开英雄的墓,却发现棺材里的

[①] 唐先田:《长篇创作的新尝试——评潘军的〈日晕〉》,《清明》1988年第3期。

骨骼有六根指骨,分明是老爷的义子六指。确定的"意义"在此被以疑问的形式延迟。前来给墓碑揭幕的专员林重远自称是"郑海"的战友,既然"郑海"可能是子虚乌有,那么这个"战友"又从何来?"意义"再次被抛到叙述之外。故事接下去更是离奇:在青云山上,林专员遇见了一个老樵夫,他们一见如故,便常常在山上的亭子里下棋,种种迹象表明他们就是当年的叶家兄弟。几天后,人们发现林专员死了,老樵夫也消失了。"郑海"墓碑上的字一夜之间被抹了,成了一块无字碑。"意义"至此被彻底埋葬。所指就这样不断被提及,但最终没有明确的指向,文本也因为脱离所指而成为叙述游戏。

历史是什么?潘军在写作《流动的沙滩》时,曾引用新小说派的代表作家克洛德·西蒙的一段话作为题记:"我们对任何事情都没有十分的把握,因为我们始终是在流动的沙滩上行走。"他似乎告诉你,历史就是那种确实存在的但又是不可确知的宿命般的悬念。它在发生作用之前会给你暗示,但真正发生作用的时候还是令你措手不及、令你不可思议、令你心惊胆战。人作为主体却被那种神秘的力量主宰,这不但让人沮丧,而且让人恐惧。恐惧是人的本能之一,它是存在的本质。当叔本华讲述"西西弗斯神话"时,他所传达的不仅仅是人的韧性,还有人对被控制的刻骨铭心的恐惧。《和陌生人喝酒》中仍然笼罩着这种神秘的气氛,陌生人A的婚姻波折是通过他的自述、我的转述、她的证实和我的亲眼所见来逐段展开的。在这展开的故事中,阅读者最急于了解的是主人公离婚的真实原因,这构成了作品的情节,但同时这正是作品所播散的焦虑情绪的集中所在。他离婚的真实原因被一再地"落实",但在每一次落实的当下,阅读者就马上感觉受到了欺骗,因为那还不是"历史的真相"。真相一再地被"迁延",那导致A夫妻离散的两张交响乐的票到底是谁送的?"很长时间以后,我突然明白了许多。我想这件事做起来并不难,而且做事者早已是胸有成竹了。或许这就不是个玩笑。"那么,是不是那个最终和A共结连理的大提琴手呢?同样不得而知。"真相"被掩埋了,而且可能永远不会被揭示。真相永远不可被确知,人的言说可能每一次都接近,但每当接近时发现接近的并不是"真相",而是一个新假象。当真相不可被确知的时候,所有的对真相的言说都成了语言游戏。当你的两脚总是蹈在虚空中时,你还能宁静而安详地活着吗?当历史被虚无化的时候,人的存在难道不是一场荒诞?这篇短篇小说与长篇小说《风》保持着一致的叙述格调。这种历史怀疑主义和对叙述形式的迷恋即使在风格有所改变的后来也一直被保持着。

这样的叙述与日本导演黑泽明的影片《罗生门》和马原的小说《冈底斯的诱惑》

采取了同样的叙述策略:通过摇镜头式的动荡不定的叙述,不断地变换叙述视角,使故事彼此交叉,又彼此消解,割裂叙述与深度意义之间的联系,使故事本身呈现出神秘莫测和闪烁不定的"故事本能",一座让读者头晕目眩的结构迷宫。而历史的真相因多种可能的呈现而被拆解、分割,且只停留在可能性阶段,或部分真实阶段。阅读主体只能窥见"部分",当他因此而迷惑或无所适从的时候,正好承认了作者的"历史不可知论"。

这样的能指游戏,揭示了被"习惯"了的叙述背后所隐含的真理。这样的叙述是对传统现实主义,特别是"红色古典主义"时期的"中心主题论"和故事因果链及其对阅读主体的强迫性主宰的强烈反驳,在还原历史的同时,也诱导阅读主体参与历史和思考历史。同时,陌生化和对交流的拒绝,不但拓展了艺术和读者的想象空间,还非常确切地传达了现代主义的生存理念。马尔库塞说:"艺术有义务让人感知那个使个人脱离其实用性的社会存在与行为的世界——它有义务解放主观性和客观性之一切范围的内心的感觉、想象和理智。美学转化,变成了一种认识和控诉的工具。但是,这种成就以一定程度的自主性为先决条件,有了那种自主性,才能使艺术脱离既定事物的欺骗力量,自由地表现它自己的真实。因为人和自然是由一个不自由的社会构成的,它们被压抑、被扭曲的潜能只能以一种具有疏隔作用的形式表现出来。艺术的世界是另一个现实原则的世界,是疏隔的世界——而且艺术只有作为疏隔,才能履行一种认识的职能:传达任何其他语言不能传达的真实,它反其道而行之。"[1]潘军和先锋小说拒绝文本与阅读的交流,正体现了他们对存"疏隔"的理解。

至1997年,潘军仍然喜欢在文本中设置谜团,仍然喜欢用第一人称"我"自由自在地叙述故事,仍然喜欢设置精巧的结构。但显然,他已经没有了当初操作结构游戏的热情和沉浸游戏中的那份愉悦了。中篇小说《三月一日》是作家表达游戏疲累的作品,也是他走向写实的过渡性的文本。这是一篇典型的弗洛伊德意义上的"梦的解析"。三月一日"我"在城市里失去了做梦的能力,却具有了窥视别人梦境的能力。究其原因,文本语义上起源于一次"突然事件"——车祸。在事件中,"我"获得了意外的快乐,但更不得不接受被一切人排除在外的焦虑。这是"局外人"的孤独和清醒。窥视是城市的功能化和物质化压抑之下的结果,而要重获做梦的能

---

[1] [美]赫伯特·马尔库塞:《美学方面》,转引自绿原译《现代美学析疑》,北京:文化艺术出版社1987年版,第9页。

力、流泪的能力,一句话——人的能力,唯一能够救赎的唯有那记忆中的"风筝",但风筝就在"我"异化——被汽车撞死的时候也死了。"我"的假死与风筝的真死,看上去是宿命的因缘巧合,但正是这种"巧合"揭示了其中的必然联系,记忆中的田园爱情的死亡,才使人彻底丧失了人的本性。"我"在旧地重游中找回了旧梦,也重获做梦的、流泪的能力,摆脱了在现实中做人的尴尬,但记忆可以救人于一时,它可以救人于一世吗?风筝的没有翅膀,暗示了一个必然的忧伤的结局。被作家在《风》中所摒弃的叙述的中心——意义,终极关怀重又回到他的文本之中。文本的样式是卡夫卡《变形记》式的,但潘军只走了现代主义的"前半生",他把"后半生"留给了沈从文,留给了中国式的伦理乌托邦。

《秋声赋》在叙事上更趋于平实,几乎没有了《风》中激进的叙述花样。它是一个大体的戏仿乱伦结构,以编年体的形式叙述故事,小说一开始就利用安徽土语爹爹和北方话爷爷之间的语义模糊设置了一个"谜团",暗示主人公旺可能在伦理上出现的混乱。情节果然向这个方向发展,但潘军就如同他一贯所做的一样,设置线索,让你向那个向度展开你的思索,但至最后总是让你的想法落空(这一点还保持着1993年的顽皮和狡猾)。他让主人公在爷爷与爹爹的角色中历险,最终却让主人公回到伦理所赋予的角色责任上。这种"逆转"在意料之外,但对于经常读潘军小说的读者来说,却又在意料之中。他总是在具有刺激性的题材的边缘游荡,但终究还是要匡扶他的"思无邪"的道德准则。他的叙事也由最初的"不可信任"而走向平实和"可信"。

引起较大反响的中篇小说《重瞳》表现了潘军对"历史"——被书写的历史,如《史记·项羽本纪》,一如既往地持怀疑态度。作者通过项羽的自述来叙述故事。由于是自叙形式,所以它能够很好地深入内心,发掘人物心灵的"真实",对历史进行还原。这里的叙述人项羽,是历史全程的在场者,使主人公既在当时又在现在,一种全知视角,历史时间和当下时间的对照使作品呈现出历史反思的特点。叙述人项羽,担任着角色和叙述者的双重责任。但这种讲述方式与此前的长篇小说《风》是同样的,"项羽"与"我"都是隐含的作者,读者很容易看出作者的意识。只不过由于题材的限制,《风》讲述的当下时段故事使作者可以以"我"直接参与,而《重瞳》讲述的是过去时段中的故事,"我"要成为角色之一已不大可能。因此可看出潘军叙述的特点,"我"——隐含的作者尽量参与故事,并成为其中的角色,而不喜欢以纯粹旁观者的姿态叙述。就是《秋声赋》中的叙述人"我"已经被抽干为完全的平面皮相,但仍然存在于文本之中。现代主义文学对自我的迷恋在潘军的小说中可见一斑。潘军尽管通过叙述人"项羽"表示了对历史——既存的书面或口头历史的怀疑,但与《风》显著不同的是,他给出了一个确定的"历史",《风》只将"历史"/真相消解,对它的重建并不在意,而在此历史却已显山露水,历史当事人的直接叙述,实质上已经重构/重建了"历史"。

这种在焦虑之中的重建欲望在潘军2000年的创作中越来越强烈了。话剧剧本《地下》,在一个卡夫卡式的荒诞时空展开故事,地震后的倒塌的大厦里有两组人物:一对不是夫妻的男女,两个同一单位的同事。一对男女在现实中婚姻个个不如意,当环境被压缩后在一种"假名"的情况下,慢慢化解了现实/地上的人与人的隔阂,产生了美好的感情;同样,一老一少两位同事之间,现实/地上是领导和下属的关系,经过地下的被迫交流,相互解除了代沟。当他们被救出时,人们不禁要留念地下的生活。这部话剧的结构和风格都极其类似20世纪80年代的实验话剧,诸如《两个人的车站》《WM》。剧本的结构是现代主义的,但表达的倾向却是古典的。作品的结构很精致,但缺乏潘军此前小说叙述的灵气和才气。这部作品结构形式是荒诞的,但有着很明显的人文关怀,即对现实的人与人的关系的关注。也就是说,作品的价值倾向被指向了一个"中心",一个确定的"中心"。特别是在这一文本中我看到了在《秋声赋》中业已存在的、在《独白与手势》中被扩大的那种为了消解焦虑和安慰灵魂而表现出的"和解"的愿望。这种和解是"十八岁离家出走"的先锋派作家对"家"的回归,是对父亲、母亲以及情人们所在的故乡的再体认,是对那种温柔善良和残忍无聊的文化的再次融入,更是对浓缩了这一切的历史文化的作为过来人的宽宥和承认。

潘军的小说在文本的表层有着一股放荡不羁的作风,他任意地玩弄历史,别出心裁地拆解和组合文本,有时甚至企图借助图片来参与故事的叙述,如《独白与手势》。他的语言在一些时候是玩世不恭的,甚至是粗俗的;但这正是他的浪漫的诗意所在,它极其生动地传达出了一个负才傲气的当下知识分子的狂狷的个性。在潘军狂荡不羁的作风中蕴含着他对现实/历史和生命的感悟和省察:忧虑中的及时行乐,狂欢中的惊悸和震颤。他的《风》《流动的沙滩》《结束的时候》《南方的情绪》等一批作品都具有典型的现代主义风格,故事摇曳动荡,而语体却在透明中包蕴着无尽的张力。而他的更多的创作一直处于"现代主义"与"可读性"之间(他自己称之为"两套笔墨",处于清晰与模糊之间,处于顽皮戏谑与诚挚深刻之间)。视野开阔、恣意纵横但又不失绳范,轻松嬉戏的语言却极富穿透力和隽永的诗意,具有现代主义的探索精神而又不乏古典的情怀,喜剧式的叙述中有着"念天地之悠悠,独怆然而涕下"的历史沧桑感。而如《小姨在天上放羊》《去茂名的路上幻想一顶帽子》等篇,篇幅短小却有诗一样的意境,把一些令人失望和感伤的故事叙述得让人感动。特别是《三月一日》和《重瞳》将变幻不定的故事举重若轻地落足于典雅的意象"风筝"和"虞美人"上而又如蜻蜓点水般轻盈,真是风流尽得。他的这些在不知前因后果的情况下所"拍"下的"生活点滴",很有惊鸿一瞥的艺术效果。正像他对基耶斯洛夫斯基电影的理解一样,"他的每一个设计都非常精致和不同凡响,但看上去又那么漫不经心,以至于你很难找到雕琢的痕迹"[1]。潘军的小说很显然是一种主观化的作品,他习惯以自己的视点来加以观察。在他的小说中,这种被称作"导演主观视点"的角度统领了全局,但他的作品又明显打上了纪实的烙印。他的叙事是主观叙事,流露的却是纪实风格。在叙述的时候,如一些评论家所发现的,他从不做专门的心理或景物描写,而是强调叙述主体的感觉,将主体的情绪化入叙述语言和作风之中,在一种漫不经心之中达到风度最调和的状态。

从上述的潘军小说的编年式解读来看,作家的创作经历了一个从文体/语言叛乱到回归传统叙述的过程。这也与当下的先锋小说的创作趋向是一致的。先锋派的领袖人物余华自从《活着》发表后,又出版了《许三观卖血记》,几乎是义无反顾地走回了终极关怀的意义中心。潘军也不例外。他的叙述出现了平实化的趋势,《独白与手势》之《蓝》《白》两卷就是这样的文本,虽然他仍然醉心于虚构/荒诞时空的设置,同时他的平实之中却化入了现代主义的叙事因子。从他的作品中可以见到卡夫卡、加西亚·马尔克斯和博尔赫斯的影子,但中国的现实主义精神仍是他的底蕴。这样不但使他的故事好读了,同时也使他的作品获得了现实主义的深度,无论是思想上的还是结构上的。汪晖在评价余华时曾说:"在当代中国作家中,我还很少见到有作家像余华这样以一个职业小说家的态度精心研究小说的技巧、激情和他们所创造的现实。"[2]潘军也是这样的一个职业小说家的写作态度,他认为文学是"日常生活的一个主要部分"[3],对文学有着赤子之心,在创作中对小说结构"漫不经心"的精心营构、对语言"看似无意"的推敲锤炼、对小说诗意的醉心,都显示出职业作家的老练和专业精神。对于潘军可以这么说,他算不得先锋小说的最优秀的代表作家,但是他确实是先锋小说告别仪式中最引人注目的一位。正是潘军的创

---

[1] 潘军:《基调与意味》,《上海文学》2000年第8期。
[2] 汪晖:《我能否相信自己》(《余华随笔集·序言》),北京:人民日报出版社1999年版。
[3] 潘军:《坦白——潘军访谈录》,合肥:安徽大学出版社2000年版,第32页。

作,才使先锋小说没有显得那么草草收场,而有了一个辉煌的结局。

[原载于《安徽大学学报(哲学社会科学版)》2001年第1期]

浪子·硬汉与生存恐惧

——潘军小说论之三

方维保

一、浪子与硬汉

人类对流浪有着持久的迷恋。有人类学家曾经考察出,在人的基因中存在着流浪的因子。当人类结束自己的类人猿生活而定居下来时,这样的流浪因子就沉淀在人的潜意识的深层,只有那些艺术家在他们的作品中才能将这样的潜意识呈现于现存的人类的面前。所以,自古以来流浪汉文学都极为发达。远古时期中国的《穆天子传》、犹太人先知的吟唱、英国文学中的流浪汉文学,都以流浪为题材,都表现了人类对流浪的迷恋。甚至俄国的老托尔斯泰在临死之前还要出门流浪,中国现代散文家梁遇春甚至把流浪看作人性的至高体现。

先锋派小说家潘军的作品对流浪与漂泊生活具有极深的痴迷和眷恋。潘军的作品大多是以"在路上"来展开故事线索的。早期的长篇小说《风》是在作为记者的"我"的流动的调查中来讲述故事的,因为故事是与"我"分离的,所以它还只是准流浪小说。后来的一系列带有自传色彩的叙述将小说的这种流浪情怀强化了。《那年夏天与行吟诗人在一起》讲述的是"行吟诗人"莫名的流浪,而《去茂名的路上幻想一顶帽子》《海口日记》《独白与手势》都完全以"我"的流浪行程为故事的线索,讲述"我"在梨城、茂名、广州、海口等地的流浪生活,讲述"我"的闯荡、失败,讲述"我"在流浪中的困惑与焦虑。潘军作品中的主人公的活动空间虽然不及海明威笔下的人物那么广阔,却与海明威的《永别了,武器》《太阳照常升起》《丧钟为谁而鸣》中的主人公们一样,有着对流浪和定居的两难抉择的矛盾和焦灼。

潘军作品中的浪子大多是以"我"来命名,是以自我为中心的。他的这些作品大多以第一人称"我"作为叙事者(即使是第三人称也是第一人称性的)。这些"我"从身份上来考察几乎无一例外都是具有浪漫性的"作家",《独白与手势》中的"我"虽然在一段时间里是商人,但最终还是回到了作家的行当;《重瞳》更是以项羽的口吻进行主观性极强的叙述;《小姨在天上放羊》中的"我"实际上讲的是作家童年的感受;就是客观性很强的《秋声赋》中也有着"我"的影子在活动。不要说这些"我"有着作家自己生活的影子,他的婚姻、他的家庭、他的同事们,以及他与他们的关系。郁达夫当年曾说"文学作品大都是作家的自叙传",这句话用在潘军身上是大体合适的。但这并不是说作品的内容就是作家的生活镜像的复制,只是说作家自始至终在利用"我"的向心力构筑着一个充分自我化的空间。

这种在流浪中构筑起来的"我"的形象,在某种程度上必然造就了潘军小说话语中人物形象的英雄性。迁徙流动是一种生活方式,是从过去的限制中解放出来的第一步。流浪者不是乞讨者,流浪者以一种高贵的姿态蔑视庸常,对一成不变的固定状态进行反叛。流浪者有一颗超越芸芸众生的高贵的头颅。流浪中的人作为主体,摆脱了世俗和世俗的体制的束缚和压制,在流浪中,人获得了精神的最大独立。因此,浪子是真正意义上的硬汉,因为他敢于与世俗和既成文化的体制和权力不妥协甚至反抗它。与流浪者的超越意图相对应的是世俗世界的存在。具体来说,这样的世俗世界包括政治权力的象征"红门""蓝堡",当然也包括金钱的权力和一切被称为庸俗的东西。《独白与手势》中的"我"的好朋友——官僚冯维明就是这样的象征物。正如米兰·昆德拉所指出的那样,流浪者所不能容忍的是媚俗。正是因为有这样的媚俗的世界,浪子才要脱离这样的体系去追求一种纯净的世界。

但真正的硬汉不仅在反抗,而且在对萨缪所谓的生存荒谬承担。在潘军的小说中,"我"的无处不在,使"我"虽处于文本语境的琐碎生活之中,但又有着凌越其上的视野。《独白与手势》正是创作主体对车水马龙的喧嚣世界的平淡谛视后的观照。此时的"我"是极其廓大的,而"我"又对自我有着极度的欣赏。从《独白与手势》所提供的绝大多数视觉文本来看,"我"对自我内心的痛苦有着极端化的关注。"我"是一个"自由圣婴"的形象,连接/属于世俗与彼岸,而又对二者有着双重的拒绝:沉入世俗的甜蜜与享乐,而又拒绝世俗的诱惑,拒绝与世俗同流合污,表现出"出淤泥而不染"的高蹈的品质;向往着彼岸,对形而上有着不竭的追求,但不愿意充当柏拉图;"我"的内心时常流露出强烈的道德正义的关怀,又有着无法挽回的悲剧感。

顾城曾说:"黑夜给了我黑色的眼睛,我却用它来寻找光明。"荒诞的存在中铸就的自我必然也处于荒诞之中。潘军作品中的"我"在苦苦的追寻中对自我的荒诞感和对意义的无意义性有着深切的体验。尽管如此,"我"仍然是一个"自由圣婴",飞翔在无意义和价值之上。这就是对荒诞的承担。"我"的追寻和对无意义的行为的承担与《老人与海》中的圣提亚哥在精神气质上是一致的,有着鲁迅《过客》中行者的猛士的品格。因此,在这个意义上,潘军笔下的"我"的流浪实质是一次精神的"行走"过程。

流浪之所以让人迷恋,是因为流浪自有一种浪漫的诗性。而无论是中古欧洲的罗曼史还是中国20世纪30年代的红色罗曼蒂克,它们的浪漫诗性的重要来源都是书写浪子对女性美的欣赏与品味。浪子与硬汉文学都是具有浪漫气质的,如同海明威和雪莱、拜伦。而浪漫之美的最大体现莫过于对女性之美的赞誉。如同海明威喜欢在表现硬汉气质的时候用女性阴柔来衬托一样,潘军在表现"我"的高贵气质的时候,也喜欢写女性(但女性很少成为他的作品的中心人物,只有《秋声赋》除外)。但他的作品中的女性品格往往呈现出极端的矛盾性:一方面是世俗的可怜的存在,如"我"的妻子;另一方面又是精神寄托的家园,如"我"的女儿、"我"的情人们和项羽的虞姬。前者是人性的抑制力量的象征,而后者的作用又非常类似于骑士心目中的贵妇人,她们是精神的寄托和灵魂的慰藉。从一般意义上说,只有女性才能衬显出男性的阳刚之美,才能激发起主人公冒险的勇气、坚强的意志和勇敢无畏的精神,才能将他塑造成面对现实和生存困境的不屈不挠的硬汉。潘军的小说中的"我"正是在这"一般意义"上体现出一种男性的强悍、坚韧的阳刚之气,体现出人生的意义就在于一种精神:敢于承受痛苦、蔑视死亡。与女性所提供的功用一致的是故乡。浪子和硬汉常常会上演回乡的把戏,就如同项羽自始至终有着衣锦还乡的梦想一样。潘军的作品中,不但古代硬汉项羽有着衣锦还乡的梦想(《重瞳》),而且作家自己也时常在有关故乡的写作中倾诉着真实的情感。当作家叙述自己的父母时,他虽然是酸楚的,但他的内心对此充满了回归的温馨的安慰。没有温柔美丽的女性的流浪是令人难以忍受的,潘军笔下的"我"也是如此。

但无论是世俗、女性还是故乡,他们都只能是衬托硬汉威仪的参照物,也许硬汉在某些时候对他们有着向往和迷恋,有着沉迷的诱惑,但他永远是独立的,他永远只把他们作为一种挑战物。正是在面对挑战的过程中,他才显现出一种高傲、猖狂的精神气度。

二、恐惧的体验

潘军的作品有着英雄主义的精神,有着海明威式的硬汉精神。但是正如海明威总是不断地抒写对死亡的认识一样,潘军虽然更多的是对生的气息的把握和沉迷,但他的作品中和所有现代主义的小说家一样充满了他对生的恐惧的真切体验。

恐惧的感受充斥于潘军的几乎所有的现代主义创作中。他在写作《流动的沙滩》时,曾引用新小说派的代表作家克洛德·西蒙的一段话作为题记:"我们对任何事情都没有十分的把握,因为我们始终是在流动的沙滩上行走。"这显然表达了潘军对"没有十分的把握"的"沙滩"的恐惧,但这是一种概括的,也是较为抽象的描述。那么这种恐惧感的具体的来源是什么?它的具体的表现状态又如何?它在作家潘军的创造之中又有着什么样的审美意义呢?

潘军对恐惧的触摸还表现在他总喜欢选取那些某种程度上带有凶杀性质的形而下的事件为题材。长篇小说《风》暗示的是曾经发生的一场内讧;《流动的沙滩》中的诡秘气氛则给人的生存状态赋予了鬼魅的气息;《桃花流水》表现了意外的死亡事件和这个事件的重演;《结束的地方》《白底黑斑蝴蝶》中则写了一系列的复仇行动;《秋声赋》《重瞳》都涉及一系列的自杀和他杀事件;《三月一日》没有杀的事件,却是一场意外的车祸;《陷阱》中的作家像《狂人日记》中的狂人一样认为自己受到了迫害,他一心一意要为自己营造一个安全的所在,最后却鬼使神差般地真的落入了自己设置的"陷阱"。

这些事件涉及生活的各个领域,换句话说,潘军的恐惧感是与现实的生活处境紧密相关的,我们当然也可从生活中去对它进行阐释。马斯洛需求层次理论认为,人的欲望是构成本体的基本内涵,它包括五个方面的需要:生理需要、安全需要、归属和爱的需要、尊重需要、自我实现的需要。潘军的恐惧感受也可在这五个层次上找到答案。在最基本的层次上,在《秋声赋》和《结束的时候》中,他在对性的满足感与对爱的追寻中深深地感受到危险的存在,当旺的儿媳妇向他示爱之时,当新四军支队长宋英山与同伴的妻子之间发生了情爱乃至性爱的纠葛时,危险像树叶一样悄无声息地降落了,虽然轻飘飘的,却显得极为惊心动魄。在性与情获得满足的一刹那,死亡即如期而至。当这种异性之爱与不安全感紧密相连的时候,异性也就成为某种危险或不祥的象征物了。我们并不能说潘军的文本中所体现出的异性与中国传统文化中的女巫形象有什么直接的关联,但至少有相似之处。潘军对异性的追求是肆无忌惮的,但他对情爱并没有一个坚实的感觉,在《去茂名的路上幻想一顶帽子》《独白与手势》《三月一日》中,他对异性——女性表现出的大多是一种失望感,他对她们有一种不可捉摸的异己的感受,或者说她们在潘军那里基本上可算是对立的"他者"。在他那里,能指与所指是分离的,如《去茂名的路上幻想一顶帽子》中那顶漂亮的帽子所带给主人公的美好幻想,和探求所带来的幻想破灭的失望和遗憾。在《白底黑斑蝴蝶》中司徒建明与白小鱼的关系,暗示了异性的不可信任,她就是出卖自己和使自己蒙受耻辱的对象。《那年春天和行吟诗人在一起的经历》中春天、女人、诗人这一切生机勃勃的意象都与神秘恐怖的死亡气息相联结。《海口日记》表现的是自我归属的失落,而《一九六七年的日常生活》《重瞳》表现的是对自我归属的无限期待,《独白与手势》表现的则是自我实现追求的失落。当然,这样的恐惧感还包含着对生存在社会体制的边缘上的自我状态的危殆感,或者说是体制的过于强大和自己的反体制态度而使他感受到了来自体制的威胁;还有就是作为体制之外的流亡者,他对自身处境(从何处来,到何处去)的迷惘与困惑,对似乎要到来的某种关怀的期待和对期待的怀疑。

从文化人类学的意义上,出于自利,人类变成了群居性的,但是在本能上依然非常孤独。正像海明威笔下的巴恩斯、亨利一样,潘军小说中的硬汉有着女性和故乡所无法抚平的孤独。主人公往往独自去面对痛苦的折磨甚至死亡的威胁,去默默地寻找一种接受失败和严酷现实的方式。《独白与手势》中写到的"我"即将脱离"红门"之时的那种刻骨铭心的孤独感受,那是一种不能与任何人分享的孤独。

而这种孤独的本质在于他对生存恐惧的敏感。于是,潘军不再倾心于生存危机的诡秘文本的设计,而是以平易如话般的话语形态、以凌越的叙述调式,阐释了他对那等同于天命的命运的感悟:由于超越和绝对的存在,人自身的奋斗与挣扎的历程仅只延伸在天命巨网的纲目之中,人的主体性与尊严都只不过以天命祭坛前所匍匐的活"物"的身份呈现。生命的挣扎与其价值意义因为宇宙空间视点对他的蔑视而消解了其价值存在。潘军的这种天命意识使他毫无遮掩地洞悉了个体生命的有限性及其运作的无目的无意义。永不歇息的警惕与敬畏导致了他不得不把生命的存在终止于叙述的结尾。这样潘军也就赋予他的那些形而下的故事以更深层的形而上的意义。

三、诗意的栖止

潘军对硬汉精神、对高贵的流浪汉精神以及对恐惧感的表达,是充分诗意化的。潘军的创作根底上有着"行吟诗人"的气质。

这种诗意化最突出地体现在他对小说诗意氛围的营构上。潘军喜欢叙写生存恐惧,但他从不直接呈现血腥的场面,在表现的时候是意象化的。他总是对恐惧怀有无限的好奇,在他的叙述中他喜欢在不经意中点击恐惧,给人一种恐惧渐渐逼近的感觉。《结束的地方》中,当少年冬来用飞刀很准确地杀死一条狗后,这种暗示是那么明显,但在描述的时候,他却用树叶飘落来形容。而当凶杀真正发生时,潘军又拒绝直接地表现血腥的场面,他随时将笔移开,他只将主人公宋英山被杀的情景一笔带过:"艄公大声喘息,艄公大声欢叫,艄公的身体像大鱼一样颤动,然后是一次大声的欢叫,四肢渐渐地变软了。艄公从牙缝里挤出女人的名字,就不再动弹。

越发浓郁的血腥味弥漫小楼,证实了女人一天的预感。"潘军将男欢女爱与凶杀交融着来写,回避了血腥的令人恐惧的场面,使恐惧包裹在凄凉的诗意中。同样的,《小姨在天上放羊》本来述说的是一个令人忧伤的死亡的故事,但当小姨的死亡被宗教化处理为"在天上放羊"的时候,死亡就成为一种令生者神往的所在。《秋声赋》中"箫"的意象,连接着中国传统民间文化,而又不乏弗洛伊德主义的象征意蕴;《重瞳》中的虞美人是在虞姬的自杀之后呈现的;《桃花流水》中光明灿烂的"桃花流水"景象也产生于多种杀戮之后。最美的东西总是连接着最不忍的毁灭,而优美的毁灭之中自包蕴着更优美的诞生,尽管这样的优美最终还是要毁灭。但就在这生死轮回之中,美诞生了。人被震撼、被感动,于紧张之后获得松弛休憩,被纯净化,深藏的恐惧被诗意化了,被淡化了,也被暂时掩埋了。美在毁灭后转化为一种优美的象征。这是多么古典化的手法,就像阿诗玛和望夫石的传说一样。而就在这样的过程中,处于"被抛入的设计"(海德格尔语)中的人类获得了诗意的栖居。这种恐惧体验不仅令人惊悸,而且令人着迷,那是一种"鲜血梅花"般的诗意化的境界。

潘军的小说是主观化的。潘军反映的生活面并不广,从不超越自己的精神经历,每一部作品几乎都是拔高了的自传。许多时候作者是根据自己的经验进行创作的,每每使读者感受到其中的诗意。潘军运用把作者、读者和对象三者之间的距离缩短到最低限度的做法,通过人物内心独白、自我表露来直接与读者的客观认识相通。潘军的创作有着充分的自我体验,有着主观性,喜欢从"我"的角度来倾吐主观的感受。在他的小说中,这种被称作"导演主观视点"的角度领了全局,但他的作品又明显有着纪实的烙印。他的叙事是主观叙事,流露的却是写实风格。这样的倾吐显然又不是"我控诉"式的,而是有着冷静的身外的体察。在叙述的时候,如一些评论家所发现的,他从不做专门的心理或景物描写,而是强调叙述主体的感觉,把主体的情绪化入叙述语言和作风之中,在一种漫不经心之中达到风度最调和状态。正是这样的诗意风格掩盖着他内在的恐惧,并且把这种恐惧化为诗意的底蕴,带人流走,但又使人悸动。

潘军在叙述的时候善于以情绪带动故事的发展,故事因有着饱满的情绪的浸泡,故而显得如清风流水般顺畅。他的艺术风格,正像他对电影的理解一样,"他的每一个设计都非常地精致和不同凡响,但看上去又那么漫不经心,以至于你很难找到雕琢的痕迹"①。

[原载于《淮北煤炭师范学院学报(社会科学版)》2003 年第 1 期]

---

① 潘军:《基调与意味》,《上海文学》2000 年第 8 期。

当代文人心魂漂泊历程的叙事
——论潘军小说创作从先锋到现实主义的嬗变

赵修广

1987年,潘军以中篇小说《白色沙龙》跻身先锋小说家的行列,比之余华、格非、苏童、北村等人,潘军的先锋叙事探索虽晚一步,他却在1992年后几乎孤军奋战,不改初衷。2000年后,潘军的小说从过去的炫技、自恋转向厚重的人道关怀、社会责任的勇敢担当,他的写作也因此体现了远超以前的思想和美学价值。

一、早期先锋叙事中深蕴的现实关怀

中国大陆从20世纪80年代兴起的现代主义文学思潮曾经风靡一时,虽然潮涨潮落,盛衰有期,但朦胧诗、新潮小说所积累的思想成果与叙事经验早已进入经典,化为文学传统血脉筋骨不可或缺的组成部分。

潘军与余华等同道一样深谙先锋小说的叙事技艺之三昧,有丰富的实践经验,但与其他作家不同的是,他的小说往往选取直接切入当代社会生活的角度,然后展开多个时空的叙事,取材无论古今中外,"干预现实"的情结贯穿了他的几乎整个文学生涯。当然,其他作家也并非逃离生活现场,只是他们以对历史的追踪、摹写虚构来折射、象喻当今,在文本中悬置了当下生活。"对于'人性'的沉沦和丑恶形态的展示以及对堕落了的'人'及其人性的拯救憧憬,可以说是贯穿新潮小说全部历史的两个基本主题线索。"[①]然而,"新潮小说的历史主义梦想使他们的文本在消解历史和现实的同时自然而然地就陷入了虚无的泥坑,成为一种本质上是无根的文学"[②]。

在起自20世纪80年代中叶的先锋小说创作思潮中,潘军登场较晚,但其先锋叙事探索坚持得最久。20世纪90年代,在余华等纷纷告别"虚伪的形式"之际,他仍然潜心写出《风》《桃花流水》《结束的地方》等注重形式的先锋小说文本。潘军的长篇《日晕》《风》触及当代社会中人性异化的悲剧。且不谈《日晕》对地方官场背离现代文明、价值规律的揭示与嘲讽,《风》把家乡安庆地区历史传说的改写重构

---

① 吴义勤:《中国当代新潮小说论》,南京:江苏文艺出版社1997年版,第38页。
② 吴义勤:《中国当代新潮小说论》,南京:江苏文艺出版社1997年版,第165页。

和当下社会变革中的因缘纠葛的描写交织叙述,"弥合了'寻根''先锋派'二股潮流"①。《风》中的私生子陈士林来历不明,屡遭时势拨弄,事业、情感茫然无所着落的悲剧,陈士旺取土制陶,不惜以生命祭奠虚妄政治荣誉的蒙昧人性悲剧,老干部林重远主政乡镇企业,身不由己却实际导致陈士旺不幸的同时,自身也深陷当代荒谬政治的怪圈而人性畸变的悲剧。小说通过上述荒谬的人生悲剧,反思从抗日起约五十年的历史,掘发荒诞政治运动扭曲人性的深层原因。在稍早于《风》的两个中篇《南方的情绪》《流动的沙滩》里,潘军还以侦探小说的架构、套路,以荒诞不经的书写,幽微曲折地传达了20世纪80年代、90年代之交一代文人在时代转折关头无以自处的深重的挫败与窘迫感。

即使后来步入中年,笔触转向写实,但由于对营建叙事迷宫的嗜好与历练,潘军在状写人物命运时依旧不时展露有别于一般现实主义文本的别样幽邃、跌宕、峥嵘、奇秀的意绪、神采、结构。陈晓明认为:"潘军的叙述自成一格,虽然没有苏童的典雅飘逸、格非的明净俊秀,没有余华的精致锐利和孙甘露的华美流丽……但是,潘军的闲散随意、游龙走丝也别有滋味。"②黄发有则认为:"其作品往往因过于驳杂而显得凌乱,随意的拼贴也使其形式缺少美感和冲击力。""作家的灵感是想象力的集中爆发,但作家在失控状态中的随意漂流,只能记录下缺乏美感的、无意义的流水账。"③本文认为,虽然潘军"推崇写小说的即兴状态,事先大都没有构思阶段"④,但从其作品看,注重艺术形式的有意味的篇什也不少,特别是融合侦探悬疑与先锋叙事手法的作品。而在世纪之交的写作中,潘军依据丰富的人世沧桑体验与历练,自宏观着眼,微观入手,叙写20世纪90年代市场经济兴起后于经济特区、商海辗转漂泊的都市人的寻梦之旅,常以一位粗豪、狂放的中年男子为中心,恣情追寻自由的快意人生,更怀抱着建构公平正义、现代文明社会的梦想。他们的心路历程折射了世纪之交的社会风貌,他们的抗争与奋斗是社会转型阵痛的艺术再现。

二、漂泊中的伦理解构与不变的"诗剑逍遥"情志

余华、苏童等人的写作在20世纪90年代转向写实,并将先锋技法融入写实架

---

① 陈晓明:《对文学说话:潘军〈风〉及其他》,《当代作家评论》1994年第2期。
② 陈晓明:《对文学说话:潘军〈风〉及其他》,《当代作家评论》1994年第2期。
③ 黄发有:《从先锋美学到含混美学》,《文艺研究》2013年第8期。
④ 潘军:《山水美人》,桂林:广西师范大学出版社2003年版,第231页。

构后,相应地,题材也由选择从历史记忆中发掘人性黑暗的多重面相转为对民间社会底层百姓于动荡时势、随缘浮沉中相濡以沫的温情的发现。潘军比起这些作家同行来,带有传奇色彩的下海经商、编导演影视剧与话剧的丰富曲折的人生经历。对创业历程的回顾是他自20世纪90年代中期以来的文学写作的重要组成部分。这部分作品大都采用中篇小说的形式,有《合同婚姻》《海口日记》《对门·对面》《杀人的游戏》等。《海口日记》(1997年)写一个浪迹天涯海角的不到40岁的单身男、前作家,面临重新选择职业、配偶的重大人生关口,厌倦了原本的文人圈,选择当出租车司机。异乡漂泊中的孤寂中既有与街头邂逅的性工作者方鱼儿一夜情相互慰藉,与前妻李佳聚散的惆怅失意,又有对外语系出身的译员苏晓涛的企慕,若即若离,最终无缘。他以强者自许,主动选择蓝领职业却难掩生不逢时、怀才不遇的沦落、沮丧感,令人想起郁达夫《春风沉醉的晚上》里"我"的自怜及沦落中与女工陈二妹的彼此怜惜。小说末尾大有深意:"我"与天桥上拉二胡的盲人彼此引为同类,之后戛然而止。经历了20世纪80年代末的时代巨变,旧文化体制逐渐解体,单位人择业有了一点自由,面临的却是在社会大环境框架下文化领域的沉寂惨淡,"我"对文学产生了幻灭感,作为文人的自我认知与定位滑落到谷底,但在沾沾自喜于原欲的尽情释放,标榜粗豪、简单的劳作的同时,内心深处其实无法背弃根深蒂固的文化教养与情趣,对曼妙的知识女性苏晓涛的日夜牵挂乃至意淫就是证明。

20世纪90年代初,潘军进入商界打拼却志在文学,磨炼出对世情、市场、文场的敏锐感觉与娴熟的因应之道。在"世风日下,人心不古"的社会中,企图跻身中产阶层的白领、知识者自身权益意识与日俱增,他们崇尚精神独立、人身自由,告别昔日的政治、人性乌托邦理念,是在自我与他者之间合理公平博弈、维权的先行者。毕竟,人生短暂,青春有限,而男女间的"性吸引不过是新肾上腺素、多巴胺、苯乙胺这些化学物质所实现的自然预谋。没有必要将性解放当成最高和最后的深刻,为性加上种种神圣的意义。性解放不能降低男女的孤独指数和苦闷指数,并且缓解文明病"[1]。并且,"按照人的思维与情感结构,最饱满的情感状态只能维持二百一十天到二百七十天,也就是七个月到九个月的样子"[2]。基于性吸引的男女爱情与人生长度相比只不过是瞬间插曲而已,而且插曲并不唯一。正是根据对现代语境

---

[1] 南帆:《历史的警觉——读韩少功1985年之后作品》,《当代作家评论》1994年第6期。

[2] 潘军:《合同婚姻》,桂林:广西师范大学出版社2003年版,第39页。

下的人性的认知,在写于 2002 年的中篇小说《合同婚姻》里,潘军通过 40 岁单身男子苏秦与情人陈娟以及前妻李小冬三者间的情感纠葛,展示了当代人与时俱进的情感婚姻理念与价值观,细致描述了男女试婚的实践,并据此上升到"理论概括"和"制度建设"的高度——"合同婚姻"。三人都非冷酷自私,都通情达理,重情守义。只是情感的保鲜期已过,和则续,不和则分,这与品德、财产、意识形态并无牵涉,是在市场经济、消费社会背景下的人性景观。当夫妻化离、彼此间拉开距离,礼仪、优雅、美感便油然而生。苏秦甘于庸常,认同个人主义,崇尚及时行乐,却讲义气、有担当,经商赚钱后馈赠前妻巨金,不惜触怒、冷落情人,在医院伺候摔伤的前妻数月。他并非脚踩两只船,而是一日夫妻百日恩的文化基因使他如此毅然决然。李泽厚先生曾建议不妨以中国文化的情本体疗治后现代西方社会人性异化、人际冷漠的弊病,为人处世已然西化的苏秦不正是李先生所倡导的"西体中用"、中国文化"创造性转化"的佳例?话虽如此,在文化冲撞的夹缝中求生存的当代人,在多元的选择中不免顾此失彼,烦扰重重,不得安宁。

潘军的小说写作尝试多种艺术手法,既热衷于先锋小说叙事迷宫的结构,对设置悬疑的侦探小说路数更是痴迷,世纪之交又钟情写实主义,同时编导演电视剧、话剧,有高度的文体意识,在各种路数间娴熟地穿插切换,游刃有余。

《对门·对面》写出租车司机 A 具有剽悍豪爽的男子气概,却因为穷而留不住妻子。男性欲望强盛的他精心设局,巧用小诱饵(高价安装当时稀有的电话机),同时俘获了对面、对门的两个妙龄女子 C、D 的芳心与胴体。对门男主人 B 老板腰缠万贯却是性无能,妻子 C 气质优雅,物质生活优裕,而灵与肉的慰藉、满足则得自与他人偷情。D 则是以姿色、时尚作掩护在各城市间辗转游击的高级惯偷。A 是 B 老板车祸目击证人,报警使 B 获救,却难抵诱惑,顺走车上的十万元巨款,充作"泡"D 资金。对面楼上早就属意于 A 的 C 遥望中难忍嫉妒,暴露了内心隐秘情。自惭形秽的 A 本以为 C 高不可攀,此时惊喜中果决出击,收获过望。他对 D 恣意癫狂,释放的只是肉欲,与 C 的缱绻缠绵才达成生命本质力量的对象化。良知未泯的他,畏于法律制裁,竟在心仪的 C 面前阳痿而"大煞风景",且反复如此;他对 D 并无亏欠,却对拘留所中的她坦诚地施以援手,没有嫌恶与始乱终弃。A、B、C、D 四人最后当面指证、对质,使读者得以洞察物欲横流的现代都市里人的符号化单向度生存状态,人性的纠结,人生的无奈、不堪。虽不过一介车夫,A 的雄性生命强力与有情有义的担当却成为冷漠、荒寒的人际间难得的一抹暖意、亮色。

"我"、苏秦、A 等男性主人公表征了 20 世纪 90 年代后渐成主流的个人主义,为人处世出自趋利避害的现实考虑,人性的弱点所在多有,但在冥冥中尚有溶于血脉、促使他们做出"克己复礼"的利他行为的中国式"超我"文化积淀,彰显作家"诗剑逍遥"的主体情志。

《海口日记》《合同婚姻》《对门·对面》诸作具有新写实小说的某些特质。同是写前现代、现代、后现代混合社会结构中都市小人物的生存之艰与人性异化,庄建非、印家厚(池莉《不谈爱情》《烦恼人生》),七哥(方方《风景》),小林(刘震云《单位》《一地鸡毛》)这些人物之所以经得起时间考验,是因为作者貌似冷漠客观的零度叙事,其实有基于知识者人文价值立场的哲学的、诗的观照。他们被置于繁复的社会网络,多维、多层面地呈示出巨大生存压力下人的无奈妥协、纠结不甘。潘军作品中的"孤胆英雄"苏秦、"我"以及 A 只是活动、沉溺于物欲、情欲的狭小场域,作品局限于"一男 N 女"爱欲纠结的感官层面,类似罗伯·格里耶"新小说"的写作理念、路数,将人物符号化,放逐心灵、情感、诗性,没能抵达人性深处。虽然人物在旧伦理架构坍塌后尚有对传统情义、美德的坚守,总体上却缺体温、欠鲜活,是"单向度的人"。

在完成上述几篇新写实风格的小说之后,潘军又接着写后设小说。《秋声赋》里旺对义子、妻子恩重如山、以德报怨,对儿媳发乎情止于礼义而不惜自残;《桃花流水》和《结束的地方》把先锋小说的元叙事手法、多个时空穿插并置、新历史小说的解构冲动纳入侦探小说的叙事框架,呈现诡谲、迷离的历史迷津,旨趣则在展现纷繁复杂的爱恨情仇里的文化基因——根深蒂固的"血亲复仇"情杀、捍卫宗法血缘纯洁的仇杀。《桃花流水》中袁铿与遗弃生母的父亲王崇汉、与同父异母的妹妹陶侃之间的连环仇杀案的惊悚效果蕴藏在似乎刻意的玄机、悬疑设置与留白中;《结束的地方》里的冬来是扬州恶霸黄庆强暴 17 岁少女明秋的后果,是当铺老板何风池名义上的儿子。他 8 岁粗通人事,即敢咬下与母偷情的伙计刘四胳膊一块肉而大嚼,10 岁用飞刀捅死与母交欢的共产党游击队支队长宋英山。冬来与 20 世纪 80 年代末新写实小说主将刘恒的名篇《伏羲伏羲》里菊豆与杨天青的私生子杨天白身份一样,他们成人后替"父亲"监护母亲、捍卫"父亲"对母亲的性占有权的作为如出一辙。他们为捍卫母亲的贞洁而战,心甘情愿为名实两乖的宗法"名分"而复仇。黄庆留给明秋的碧玉簪、旺的缺洞眼的箫、袁铿与父亲、妹妹三人间存有默契的桃花折扇既是小说标志性的信物,又是人物间性格命运纠葛以及小说主旨的关键象征。它们反复出现,提示情节演进的重要转振点与契机,属于后现代小说的"重复叙事"。"到了结束的地方,没有了回忆的形象,只剩下了语言。"①《结束的地方》特意引用豪·路·博尔赫斯的这句话作为题记,表明一个作家对小说作为语言艺术的哲学本体性认知。罗兰·巴特说:"我为一种语言表达的魅力所吸引、迷惑和折服……我抗拒不了这种快乐……"②陈晓明则认为:"总之,表达,纯粹的表达,是如此无法抗拒地诱惑着表达者,使我们这个时代已经彻底放逐了被表达者。"③作家与文论家在语言本身的自足性、超越性上取得一致。相对主义、不可知论则是先锋小说、新历史小说的哲学背景。《桃花流水》《结束的地方》《风》等作无意追究历史真相,也与启蒙主义的道德叙事无涉,对文化基因的挖掘,对叙事技巧的迷恋才是真正兴趣。面对20世纪90年代先锋小说的转向,《桃花流水》《结束的地方》与《风》相比,虽寂寞坚持演练元叙事手法、铺陈叙事迷宫,其间悬疑、侦探意绪却越来越突出,原来迷离惝恍不可捉摸不可解的诸多人性、人生之谜于此有了相对明晰的因果逻辑链条若明若暗浮现,供人寻绎。然而,作品暗示给读者的谜底似真似幻,最终仍不脱先锋、新历史主义小说宗旨。

1999年潘军推出中篇《重瞳》,礼赞西楚霸王项羽。《重瞳》采取第一人称主观叙事,以"我"(项羽)的视角展开对戎马径您人生历程的叙说,重在剖白心路。作者运用重瞳、画戟、乌雅马、虞姬等一组不乏魔幻色彩的物象、情节,赋予西楚霸王穿越时空的神力和诗意情怀,从而对历史人物、事件进行道德的、审美的再评估。"我"有对自己滥杀无辜的自责,但更意在以刘邦、韩信、子婴等人的卑劣、偷生凸显自己的仁爱与英武。"我"被写成具有人道主义情怀的诗人将军、超越时代与历史的哲人。他替谋反的叔父项梁杀郡守殷通是误杀,活埋章邯所率的20万秦军降卒是怕兵变(叙述者说他事后为"暴行""悔恨不迭"),杀秦王子婴是因子婴误国、杀"义帝"楚怀王是被栽赃陷害,火烧阿房宫是要用这"天下百姓的血汗"祭奠劳苦大众,反人类、反文化的巨大罪愆都在悲天悯人、琴心剑胆的幻象中得以消解。当然,要求秦汉时期的一代枭雄具有现代人道价值观是非历史的苛求,然而,将他无度地美化、"现代化"更不可取。在"大权在握"的项羽心中,降将章邯一人的生命价值要重于20万降卒;凝聚文明、文化创造价值的阿房宫必须烧毁,因为"关中虽好,而我不能久留"(此暴行与一千八百年后李自成火烧北京皇宫前后呼应,显然源于对自

---

① 潘军:《海口日记》,桂林:广西师范大学出版社2003年版,第200页。
② 陈晓明:《对文学说话:潘军〈风〉及其他》,《当代作家评论》1994年第2期。
③ 陈晓明:《对文学说话:潘军〈风〉及其他》,《当代作家评论》1994年第2期。

己无缘享受的天下珍宝尽数毁之的粗鄙野蛮根性,而非似是而非的托词——"害怕在这宫里待久了,赢政会借我的身子还魂")。大火烧起时项羽说出"天下乃大家的天下,一个人掌管就是独裁,赢政败就败在这上面"。这话说得冠冕堂皇,和虞姬"不要用刀说话"告诫的语重心长、他的虚心接受一样,都显得虚伪矫饰。赋予霸王项羽诗人气质与现代人道情怀,意在借此抒发作家在现实中屡屡受挫的"诗剑逍遥"、快意恩仇的情志。在把项羽的王者气概诗化之际,淡化、曲解他的残暴血腥一面,显得做作矫情。

新世纪初推出的《死刑报告》却给读者惊喜、震撼,标志着作者告别自怜自恋、迈向阔大高远的精神境界。

三、《死刑报告》:对"正义的社会基本结构"的呼唤

2002年发表的长篇小说《死刑报告》(《花城》2003年第6期)是潘军参照欧美司法文明,在中外死刑比较的宏大视野中,以对极刑的人文哲学思考介入中国社会现代文明进程,表达对"死刑犯"生命尊严与权利的人道主义关怀的力作。知其不可为而为之的道德激情,面对强大既得利益阶层,即便实力悬殊也要抗争不止的意志抵达创作的最高峰。与题材的重大、严肃性相应,小说运用纯正的写实主义手法。小说聚焦20世纪末太平洋两岸中美两国刑罚对比。1994年美国著名黑人运动员辛普森疑似杀妻最终却被按照疑罪从无的原则释放,对这一震惊世界的案件司法审理、控辩双方博弈的全过程贯穿小说始终。作者秉持"他山之石,可以攻玉",甚至盗天火给国人的宏图大志,辛普森案件作为对中国司法现状的比照、启示镶嵌于中国几个共时态、类似的死刑案件审理判决过程中。

"社会基本结构是正义的主要问题"[①],"只有在一种正义的社会基本结构的背景下,我们才能说存在必要的正义程序"[②]。"不完善的程序正义的基本标志是:当有一种判断正确结果的独立标准时,却没有可以保证达到它的程序。"[③]《死刑报告》揭示人性奥秘的不可穷尽,世事纷纭复杂的不可知性与人的理性、智慧的有限

---

① [美]约翰·罗尔斯:《正义论》,何怀宏等译,北京:中国社会科学出版社1988年版,第80页。
② [美]约翰·罗尔斯:《正义论》,何怀宏等译,北京:中国社会科学出版社1988年版,第82页。
③ [美]约翰·罗尔斯:《正义论》,何怀宏等译,北京:中国社会科学出版社1988年版,第82页。

性,客观展示中国语境里人性的原罪。由于迄今还未挣脱前现代的因袭重负,由于缺乏自由平等、博爱人道主义思想的深广基础,由于权大于法下的司法失衡,因而有了书中一连串的死刑悲剧。无论吴长春的疑似杀妻案,张华涛包庇奸杀罪犯弟弟、活埋受害者案,还是因同居被开除的大学生情人江旭初、魏环携手自尽案,或者乡村青年教师安小文怀揣着对网络情人的幻想受骗盗取国宝文物被判极刑,抑或公安局女文员沈蓉谋杀高官情人之妻案,诸多案件案犯的动因无不出于性、嫉妒、贪婪等人本性里的原罪因素,小说的高明在于没有把人物、情节做道德化、简单化的处理,而是对案中人动机有感同身受的深切体谅。与欧美社会基督教文明背景不同,"在中国精神中,恬然之乐的逍遥是最高的精神境界,而在西方精神中,受难的人类通过耶稣基督的上帝之爱得到拯救,人与上帝修好是最高的境界"。"那种'以血还血'的等害报应是最原始的同态复仇的一个遗迹,不能成为维护死刑的一个理由。"可是,这却是国人普遍信奉的"真理"。"科学有时候也有狰狞的一面。世界上因为科学的错误导致的悲剧比比皆是。""国家以杀人的方式去制止杀人,这是什么逻辑?怎么看都是个悖论啊。"律师陈晖、李志扬,警察柳青正是在推己及人,在对人性受制于情欲的普遍性,科学技术相对于深邃复杂世界的有限性乃至谬误,以及国内现代人道主义超越情怀严重匮乏现状深刻认知的基础上,秉持人道主义的理念不遗余力地为"案犯"奔走呼吁、出手相救的,但在司法难以独立、程序公正没有保障的语境里,他(她)们的努力一次次付诸东流。"德里达指出,宽恕的可能在于它的不可能,宽恕不可宽恕者才是宽恕存在的前提条件,宽恕的历史没有终结,因为宽恕的可能性正来自它看似不可能、看似终结之处。"在中国语境下,从体察人类认知的有限,敬畏生命,宽恕罪犯,取消死刑的哲学理念的普及与深入人心,到相应程序正义逐渐完善的司法实践,都还有很长的路要走。而司法美好愿景的达成又不能不仰赖于"正义的社会基本结构"的实现,同样任重道远。玛莎·努斯鲍姆认为,文学,尤其是小说,能够培育人们想象他者与去除偏见的能力,培育人们同情他人与公正判断的能力。正是这些畅想与同情的能力,最终将锻造一种充满人性的公共判断的新标准,一种我们这个时代亟须的诗性正义。她明确指出:"小说阅读并不能提供给我们关于社会正义的全部故事,但是它能够成为一座同时通向正义图景和实现这幅图景的桥梁。"①

---

① [美]玛莎·努斯鲍姆:《诗性正义:文学想象与公共生活》,丁晓东译,北京:北京大学出版社2010年版,第26页。

《死刑报告》将美国辛普森案与中国的几个死刑判决案件并置在大洋两岸不同空间的共时态里平行推进,一实一虚,真幻虚实交错相生,给人报告文学般强烈的现实感,读者得以分享作者比照、镜鉴之下的焦虑、思考,自然认同其对"诗性正义"的呼唤。

无论先锋还是写实小说写作,潘军都有自己的鲜明特色。他笔下急剧变化的社会环境里孤独、犷放的男子汉形象系列是作家理想人格美学建构的投射,他们因而也成为作家与时代对话的载体,构成一代知识者丰富复杂的心魂漂泊史。最值得肯定的是,潘军的《死刑报告》等晚近之作放弃娴熟的先锋小说技艺,告别以往难免的自我迷恋、琐屑写实,以阔大的视野,表达现实的人文关怀,笔法、结构、人物平实可感,却有独特、精辟、厚重的对公平正义、生命价值的思考与艺术表达。

[原载于《淮北师范大学学报(哲学社会科学版)》2017年第2期]

先锋叙事:漫游与回归
——潘军中篇小说论
丁增武

潘军是位难以把握的作家,文风和行事一样令人捉摸不定。当代批评家陈晓明曾说他兼具岩石和风两种品性:顽固不化而又随机应变,很能切中肯綮。[①] 其中有一点令心仪文学者们颇为推崇,就是潘军尽管下海投商仍心系文坛,一心不忘在创作与交流中对文学说话,颇有点顽固不化的味道。同时,潘军的创作毫无疑问可以折射出当代文坛新时期以来的思潮流变轨迹,保持着一种与时代同步的先锋品格,至少属于风格相近的一类。由于某种原因,潘军很少出现于批评家的视域之内。本文之所以选择中篇小说作为读解潘军小说文本的入口,正是因为就当代小说而言,中篇体制最能反映创作思潮的承传与流变,最能充当文学变革(观念与实践)的先锋,敏感于时代且适于代表文学对时代说话,因而最能反映潘军小说创作的概貌与特质,利于其创作归属的界定。

后现代叙事理论的崛起与风行可谓新时期以来文坛的瞩目之事,理论家的阐释和先锋作家的实践在20世纪末掀起了一股解构意义与价值的狂潮。作为先锋作家群落中的一员,潘军在其中篇小说创作中充分发挥了其文本实验的技能和才华,在叙事的迷宫中自由穿行,游刃有余,甚至于乐此不疲。可贵的是在先锋叙事日薄西山,即将举行"最后的仪式"之际,潘军能从纯粹的形式叙事中解脱出来,其后现代叙事于观念的漫游中开始回归,为自己的创作于形式探索和精神向度之间找到了一条坦途、一条通径,真正体现了潘军"随机应变"的文风与智性。

一

在后现代叙事的意义层面上来考察潘军的中篇小说,并非以此来囊括潘军的所有中篇(截至《重瞳》,共24篇)。事实上,潘军向后现代叙事的转变经历了一个短暂的过渡期,这个过渡期短暂得只有一部作品,即《白色沙龙》(《北京文学》1987年第10期)。以《白色沙龙》为界,潘军的中篇小说创作被分割成两个阶段,即包括《小镇皇后》《墨子巷》《篱笆镇》《大江》等作品的现实主义叙事阶段。从新时期文

---

① 陈晓明:《对文学说话:潘军的〈风〉及其他》,《当代作家评论》1994年第2期。

坛的思潮迭变速度来看,潘军并不是一位热衷于猎奇冒险、喜新厌旧的作家,他的现实主义叙事阶段一直持续到1987年的《大江》才有了《白色沙龙》的转变。和同时期的现实主义中篇相比较,潘军的作品自有特点,尤其是作品中所发掘的人性深度,如《篱笆镇》中的德安和《大江》中的夏应波。德安一旦发觉自己的尊严和威望随着权力的失落而不复存在时,对金钱的欲望使得他自然地利用女儿竹屏的感情去笼络曾被他陷害入狱的胜宝;夏应波从热情奔放、锐气逼人到藏愚守拙、韬光养晦,既不乏世俗社会的诱因,也离不开情感的挤压与理性的沉沦。在《无主题变奏》《你别无选择》现代手法和现代意识一体化的"现代派"作品出现后,随机应变的潘军自然不甘"因循守旧",《白色沙龙》是一部典型的现代派作品。和刘索拉、徐星等人的表现相一致,潘军在这部唯一的过渡期作品中于颠覆传统、现实和秩序的背后,还给意义和价值留下了坚守的空隙。小说中的达宁、二朗、皇甫等,不论如何倾诉自身的孤独和无聊,自以为是的态度依然溢于言表。尽管他们对自身充满怀疑,作为个体的主体性并未丧失殆尽。这是20世纪80年代中期"现代派"作品的共性。因此,尽管这批作品在当时被冠以"先锋小说"之名,和后来马原开启的先锋派实验小说相比,实难有先锋探索之实。值得注意的是,《白色沙龙》中出现的那个叙述人"我"开始丧失当代小说中惯常的主角地位,开始沦为一个被动参与的角色。而这个叙述人则在潘军后来真正的先锋叙事中成为最主要的着力点,成为"潘军式"后现代叙事的主要表征。

二

潘军真正引起评论界注意的是《南方的情绪》,标志着潘军开始从事后现代意义上的叙事实验。此后一发不可收拾,《蓝堡》《流动的沙滩》《爱情岛》《夏季传说》《结束的地方》等,奠定了他作为"先锋派"一员的基础。尽管人们在谈及"先锋派"的后现代叙事文本时,总是津津乐道于马原、余华、格非、苏童、孙甘露等人,而很少提及潘军,但潘军的叙事方法探索无疑很有特点,因此不容忽视。这主要表现为潘军的实验文本除了具备"先锋派"共同的叙事特点,诸如元小说技法(用叙事话语言说叙事本身)、调整叙事话语和故事之间的距离、追求故事中历史生活形态的不稳定性等,还拥有自己叙事文本的个人的特点,如独特的叙述人角色设置、叙事猜谜等,这就使得潘军于20世纪80年代后期至90年代中后期成为一位地道的叙事形式的热心探索者。这种叙事探索使得潘军和类似潘军的作家们赢得了"先锋派"的称号,这种探索也因此被称为"再叙事"(南帆语)。再叙事意味着抛开种种旧有的叙事成规,提出一套异于前人的叙事主张,再叙事的含义也因此从话语范畴扩大到意识形态。这样隐蔽地附着于旧有叙事成规之上的意识形态遭到了质疑,历史、社会、人类、价值、宗教、道德等诸如此类的根本问题通过再叙事被位移乃至消解,先锋小说的叙事层面在很大程度上浮出了水面,而成为纯粹的形式的操作。由此显露出的诸如无中心、无深度、不确定性和零散化风格使得这批先锋小说无疑具备了后现代主义表征。

从某种程度上说,潘军们是以叙事的形式游戏对社会历史深度模式的反叛赢得了"先锋"之名,对此潘军直言不讳:"现代小说的创作从某种意义上而言,即是形式的发现和确定。"[①]潘军甚至认为,《蓝堡》《流动的沙滩》《爱情岛》是那个阶段最好的中篇,能够代表对所谓"新潮小说"(先锋小说)的态度。很明显,潘军是从叙事形式层面的意义上来对这几部中篇作如是观的。《蓝堡》中余怡芹和沈先生的关系因叙述人"我"的见闻和摄影师的叙述之间的差距形成悬念,而余怡芹死时系在脖子上的细绳在文本中若隐若现,和女教师等身份不同却和"蓝堡"有某种联系的人们扯上牵连,这就使得余怡芹的死和"蓝堡"的历史越发显得扑朔迷离。叙述中的"我"已变成一个对主体能力和历史充满不确定感的个体,继承了《南方的情绪》中前往"蓝堡"做客的那个叙述人"我"对外部世界的充满好奇与疑虑重重。由以往小说中叙述者的无所不能变成现在的无能为力。《流动的沙滩》被作者称为一部"关于退想的妄想之书",实际上是关于文学活动和写作状态的一些描述和断想,一如流动的沙滩难以确定。潘军在文本中充分展开双重文本互相指涉的游戏,叙述人"我"和"老人"都在创作一部题为"流动的沙滩"的作品,而作品的写作又成为小说文本叙事发展的动力。在这里,人们已无法从传统意义上分辨作者和他笔下的人物,双重文本及其人物之间互相依赖、互相证明和补充,这在以前的中篇《省略》中已初见端倪。《爱情岛》也难以脱此窠臼:"我"来到实际上和爱情无关的"爱情岛"实属偶然。"我"的见闻推测和贪图猎艳的画家的经历遭遇似是而非,神秘的独眼人能洞透一切,而小心谨慎的处长则疑虑重重,文本叙事因果链条的被切断而充满不确定性和零散性。此外,本阶段的《夏季传说》和《结束的地方》等作品则把小说叙事变成了死亡猜谜活动,"死亡"在文本中已不具备起码的悲剧意味,而变成一种纯粹的叙事技巧维持着叙事的连续性。读者希求在叙事中追查死因的心理期待作为一种悬念,无疑为文本叙事提供了后继动力,但死亡本身不能给读者任何社会学

[①] 潘军:《想象与形式》,《当代作家评论》1994年第2期。

或心理学意义上的感受和触动,这和其他先锋叙事不谋而合抑或是殊途同归。诸如此类对种种叙事形式实验的迷恋使得潘军的中篇在1987—1997年这十年间一度陷入与其他先锋派作家类似的迷途:

其一,主体话语的丧失。这是一个指涉面极广的命题,在潘军的中篇里可以将之简化为主体评判话语的缺席,并从那个独特的叙述人"我"身上得到确证。这个叙述人在作品中同时充当着被叙述人的角色,因此他不是一个外在的视点,而是一个实际的角色,文本叙事也时时导向叙述人的内在分析。[1] 通过这种分析,我们发现潘军笔下的叙述角色已基本丧失了独立的话语评判能力,而沦为一个被动参与的角色,在被动参与中被不可知的异己力量所支配,充满着对于主体与历史的怀疑和无能为力,从而陷入了某种不确定性和不可知性。

其二,人之神性光环的消隐。随着主体话语的丧失,"人"正失去作为主体的意义,而变成协助文本叙事完成的齿轮。潘军本阶段的作品对人物性格已失去了兴趣,情节是性格发展史的观点已成为往日的神话。其笔下的人物称谓似乎仅仅剩下一个职业、伦理或年龄特征,如画家、摄影师、父亲、四爷、老人等,人物个性的消隐标志着人从主体退化为符号,在作品中和阳光、河流、街道、房屋一样,成为叙事的道具和木偶,在这一后现代主义小说逻辑观念上,潘军和余华似乎是不谋而合的。[2]

其三,历史的叙事化。所谓历史叙事化指在先锋叙事中历史由于变成叙事的产物而失去了自身的真实、规律和连续性。叙述人不断调整叙事话语与故事之间的距离,从而凌驾于故事本身所附属的历史叙事之上,达到自由支配、拆解、割裂历史叙事的目的。这在潘军的《夏季传说》《结束的地方》等作品中同样体现为对马尔克斯《百年孤独》中那著名的一句的模仿。"蓝堡"历史的神秘莫测(《蓝堡》),文学活动与存在史一如流动的沙滩(《流动的沙滩》),作家"邦"是否拥有一段短暂的情感真空时期因叙事的游戏操作也始终不得而知(《感情生活的短暂真空时期》)。潘军的中篇里很少出现对传统历史话语的直接解构,历史缩小为作者虚构的故事,但这种故事同样只是出于某种叙事策略的安排而丧失了自身存在的独立性和逻辑可能。

---

[1] 陈晓明:《对文学说话:潘军的〈风〉及其他》,《当代作家评论》1994年第2期。
[2] 余华:《虚伪的作品》,《上海文论》1989年第5期。

三

后现代本是一项极为自由而无向的运动,其反权威、反绝对、反中心的"只破不立"的精神确实对文化建构不无破坏作用。但其多元化主张的目的在于为各种话语争取平等权利,以便进行"卓有成效的互相交流",因而其目标指向具有极大的包容性。① 后现代叙事理论及其实践在中国的出现并不是中国本土社会文化发展的自然结果,而是中国的先锋作家们"站在文化仿制立场上""在'互文'的意义上"(南帆语)的外向接受。由于缺乏语境基础,对社会历史深度模式和致力于"现代性"言说的宏大叙事深为厌倦使得先锋理论家和作家们只能在叙事层面上较为片面地选择了雅克·德里达和利奥塔德的"解构"理论(瓦解话语等级制和质疑作为"现代性"标志的"元叙事"功能的合法性)作为"再叙事"的理论基础。但对于深度和意义的一概拒绝和抛弃使得先锋作家们超然而机智的语言游戏与半工业文明氛围中多数读者的阅读期待格格不入,这一致命的弱点只能预示着先锋叙事的前景渺茫。正是在这一背景下,潘军在马原、苏童们纷纷改旗易辙后于1997年也开始了叙事姿态的由观念向灵魂的转变。这种转变文本始于同年的中篇《三月一日》(《收获》1997年第5期),并在《海口日记》等一系列作品中得到展开。

先锋的品格应该体现为它的精神高度,体现为一种对生存现实永不停止的质疑和创新(这多少吻合了那句"创新像一条狗,撵得作家连撒尿的工夫都没有"的戏言)。但是这种质疑和创新绝不仅限于叙事形式的翻新,而同时公然对意义与价值进行放逐,反过来却必须以对现实生存的关注与体现为前提。对于后代叙事的态度,体现着中国先锋作家和部分理论家们对"先锋"一词的理解。潘军的叙事转变似乎正立足于此。《三月一日》叙述了一个形似荒诞却拥有高度内在真实的故事:"我"于一次偶然的车祸中死而复生,在自己丧失梦境的同时却具备了能够洞察别人梦境的神奇功能,而"我"的先"死"给单位和家庭造成的人事和情感变化使人们(包括"我"的妻子)对"我"的后"生"产生了极度的不适应和不信任感。于是"我"在孤独而清醒的境遇中以透视他者梦境的方式对世俗的人性进行了一次独特的考察。作品以近乎冷漠的叙述语调淋漓尽致地展示了当下社会中人们世俗化的目标追求和追求手段的世俗性,涌动着一股批判的激情。作品结尾追寻美好回忆的失落(恋人之死)则暗示了正常人性坚守的孤独与寂寞。现实深度和人性关注开始重

---

① 王世诚:《走出迷雾:从"后现代"到"现代"》,《文艺争鸣》1999年第3期。

新回到文本之中。在此后的《海口日记》《对门·对面》《故事》《关系》《我的偶像崇拜年代》等中篇里,虽然某些解构情节叙事的叙述方式依然存在,如人物身份的符号化、叙事目的与动机的坦白与敞开等,但心理深度和价值关怀也趋向回归。典型的例子莫如《海口日记》中的那个司机(叙述人),这个叙述人虽以游戏调侃的态度对待身处的都市,但其对文学写作的执着、对真情实意(恋人方鱼儿)的眷恋、对友情的注重以及对那位浙大建筑系高才生壮志未酬身先逝的叹惋,都表明他的冷漠逍遥难以掩饰其对生存价值的潜在关注。相反,两者的结合却极能折射出现代都市生存者的心理状态。值得重视的还有近期的中篇《重瞳》,这是一篇将历史作个人化阐释的作品。在楚汉之争已成历史定论的前提下和框架中,潘军从项羽个人的气质品性入手,演绎个体行为动机对历史运行的决定作用。这里引人注意的倒并非作品中流露的历史偶然性观点,而是作品中项羽的个性魅力。作家赋予项羽的诗性气质一方面导致了战争的溃败,另一方面却褒扬了项羽的人格尊严。在这种褒扬中显示出人之主体尊严的回归,并对这种人格尊严与时代之间冲突造成的悲剧及其价值进行了深入发掘。项羽通过自尽维护了自己的人格操守,因而"死亡"在这里已不再是作为叙事符码抑或是协助叙事完成的链条或齿轮,而成为文本叙事目的意义的指向。通观潘军1997年以后的中篇,除个别作品(如《桃花流水》)外,基本终止了纯粹叙事技巧的探索而开始返归人物的内心真实。尽管这种"返回"和真正的先锋品格所要求的精神高度尚有一段距离,但返回的道路很显然会更宽阔。

先锋文学的审美向度应该是话语形式和精神内涵在先锋层面上的统一。一个真正意义上的先锋作家,其被确立为先锋身份的最外在证据也许是其带有超前性的话语表现形式。① 但这种话语形式只有以真正体现先锋品格的具有高度前瞻性的精神内核为依托,才能成为"有意味的形式",卡夫卡、福克纳、马尔克斯、昆德拉莫不如此。以此标准来观照潘军目前的中篇小说创作(当然,这里的讨论已超出了中篇的范围),本文认为要继续在创作文本中保持先锋品格,以下方面难以回避:

(一)重回先锋的精神维度。回到对现实生存的质疑和拷问与对人类整体精神命运的关怀之中,重新自省自己的精神力量,开掘自己洞察现实存在的潜在能力,用高度的精神自由去逼视庸常的生命形态。

(二)开放先锋的精神内涵。先锋精神表现为对现实存在境域的永无休止的质

---

① 邵建:《先锋的精神高度》,《小说评论》2000年第1期。

疑和开拓,不仅仅只针对某种现代或后现代的精神姿态,更无法用某种固定的艺术模式和法则加以拘囿。其行为的本质是反抗和某种程度的冒险。

重新回到潘军的中篇和文学姿态上来,前面已经说过,中篇体制最能反映小说创作思潮的动态。正值创作盛年,执着于对文学说话且随机应变又"顽固不化"的作家潘军能否给读者带来新的惊喜?拭目以待。

[原载于《安徽大学学报(哲学社会科学版)》2001年第1期]

城市状态的个性书写
——潘军城市叙事解读
黄晓东

  根据潘军的小说《对门·对面》改编的同名电视剧最近开始播出。由于剧本对原小说改动较大,所以有人认为该电视剧有模仿韩剧《冬季恋歌》之嫌,一时间闹得沸沸扬扬。现在不妨让我们来重读潘军的中篇小说《对门·对面》和短篇小说《抛弃》《寻找子谦先生》《和陌生人喝酒》,就会发现潘军以他一贯的反讽叙事风格对城市人的内心秘密进行了抽丝剥茧式的描述,从而向人物暧昧的内心本质挺进。小说欧·亨利式的结尾、某些先锋叙事策略的巧妙沿用,使他的城市叙事手法独具个性。

一、反讽与人物内心揭秘

  潘军曾经以先锋文学创作闻名文坛。在先锋小说式微之后,潘军用他纯熟的叙事技巧和一贯的叙事风格,写了一些以城市生活为背景的小说,令人耳目一新。首先是反讽的再次成功运用。《对门·对面》中,四个主人公被潘军命名为A、B、C、D。A是一个刚离异的出租车司机,B和C是一对年龄相差20岁的夫妻,D是一个女惯偷,这四个人是住在对门、对面的邻居。由于作为丈夫的B性能力很差,作为妻子的C便有了外遇。而A则承担了送C经常与情人幽会的任务。住在对面的D经常到A家里借用电话。原来素不相识的对门的邻居之间的故事就这样展开了。这样的情节安排使小说富有一定的戏剧性。之后,B出去催款出了车祸,包里的十万元现款则被路过的A拿走了。而D则乘打电话之机,偷拿了A的钱。对这样一个不具喜剧色彩的作品,作者采用了超然物外又不乏调侃的风格来叙述:

  法院裁定离婚的第三天一早,A的妻子(实际上已是前妻)带人来搬东西。那时A在马桶上读一篇关于世界杯预选赛的述评。外面乒乓响着,A感到大便很不流畅。……A突然想起少时看的一部外国影片,黑白的,叫《废品的报复》。A现在觉得自己就是一种废品,至少是次品,退回来是很自然的事。

  再看同样非喜剧的《抛弃》中关于柏达先生对离婚的假想的叙述:

在这一个月里,柏先生开始了单方面的离婚热身赛。

他从第一句话开始,然后假设出王茹华的反应,如惊讶、发愣、泪如泉涌等等。一直假设到最后——他们含泪拥抱,于抽泣声中互向对方道一声珍重。如果王茹华向他跪下,他也会同时跪下,对她说:我欠你的,怎么说也是我欠你的……

上述文字中,作者对叙述对象所持的是一种观赏的态度。当 A 和柏达先生陷入窘境时,叙述者显得自由而超脱,摆出了局外人的姿态,表现出一种居高临下感、超脱感、愉悦感。这种反讽的运用在某种程度上使作品的悲剧意义完全消解。我们很难从中感受到悲剧意义,相反却使我们感受到玩赏、游戏和戏剧性的效果。这样就使作品中所表现的苦难或不幸转化成一种审美情境,从而显示出反讽所收到的艺术效果。

除了反讽的叙事风格,作者对人物内心隐秘层层剥茧式的揭露也是小说获得成功的一个主要因素。小说中的主要叙述对象都有自己的内心秘密。这一点是吸引读者的期待视野的一个重要因素。《对门·对面》中的 A,其内心的秘密是拿走了 B 的十万元钱。这渐渐地使他的内心也开始承受着巨大的良心压力。另外,他还在自家的阳台上装了一面镜子,用来偷窥 D。这件事 D 其实早就知道,也就不成为秘密了。C 的内心秘密是她在丈夫之外有了一个情人。但是,这个秘密最终被 A 得知,只不过两人心照不宣罢了。D 的秘密就是每次借用 A 的电话的时候要从 A 的抽屉里拿走几张百元大钞。这个秘密 A 只是佯装不知,最后被 A 当场拿住,D 就半推半就地和 A 上了床。《抛弃》中,柏达和妻子王茹华之间,都有各自的内心隐秘——他们厌倦共同的婚姻生活,却谁也不肯让对方知道自己心中的这种厌倦,而寄希望于的这种厌倦,而寄希望于以阴谋的方式结束婚姻。这篇小说的吸引读者之处,在于柏达的秘密由叙述者"我"开篇就告诉了读者。而他的妻子王茹华的秘密则在一些看似漫不经心的铺垫之后,直到最后一刻才展现在我们面前。原来她的谋划比丈夫更高一招。《和陌生人喝酒》中,作者对 A 夫妇之间的内心隐秘的揭露,对人物心理的把握可以说是在情在理,入木三分。A 和妻子各收到一张不知谁送的音乐会的入场券。这对"相亲相爱"的夫妻各自向对方撒谎,都说晚上有聚会,都以为有了艳遇。回家之后的对话和内心描写颇耐人寻味:

A不动声色,照例会把拖鞋递给女人,随口问道:同学一块玩得好吗?女人说:不就是吃吃喝喝那一套吗?后来……A问:后来怎么了?女人说:后来一个人喝醉了。

　　女人对音乐会只字不提……那一夜男人是悲伤的。他真希望妻子讲的那个喝醉的人是自己,那样他就去不了音乐厅,也就没有后面的一切。

　　夫妻双方都怀着秘密,最后随着双方将它们摊开,夫妻双方的分手也就因互不信任而不可避免了。

　　小说几乎没有着墨于人物的外部特征描写,这些人物可以说都是存在于他们的内心秘密之中。这些秘密通过剥茧式层层推进,历时展开,共时存在于小说中。最后随着这些超出读者期待视野之外的秘密一个个被揭开,这些以城市为背景的人物的真假、美丑——更多的是两者兼而有之的内心本质和灵魂也被一层层地揭露出来展示在读者面前。

二、欧·亨利式的结尾

　　《对门·对面》等几篇小说的另一成功处在于它们欧·亨利式的结尾。欧·亨利的《麦琪的礼物》和《最后一片藤叶》以它们出乎读者的期待视野之外的结尾取得了成功。潘军的短篇小说《抛弃》取材于我们常见的题材——离婚。作为大学教授的柏达想和自己的妻子——曾经也是他大学里的学生王茹华离婚。离婚的理由是生活没有激情。柏达一再地向小说的叙述者——也是柏达的好朋友"我"诉说苦衷:"他由性格、志趣这些心理的东西发端,再慢慢涉及生理上的种种不和谐。他有例证。比如他有一次同王茹华做爱,居然连汗都不出。还有一次,他说,她随手拿过一张晚报整版整版地看。接着柏先生就大发感慨了……"

　　甚至柏达自己已经在一次笔会上结识了一位"明眸皓齿"的女人,并且已经有了肌肤之亲。尽管如此,柏达在良知上还是会进行自我谴责:"我不能因为一个而离开另一个女人。"他冲动地对"我"说:"这是赤裸裸的抛弃。"出乎我们意料的是故事的结尾,柏达之妻王茹华其实比他更早就开始了离婚的盘算。她马上就要随柏达的老师——老教授吴子期赴美留学并嫁给他。当然,这一切作者在小说中已经看似不经意地为我们进行了铺陈:"柏达要离婚的消息,社会上鲜为人知。他只告诉了有限的几个人。这中间也包括行将去美国加州定居的吴子期教授。吴教授已年近花甲,对学生辈的家长里短根本没有多大的兴趣……他对柏达的离婚还是表现了一点关心……教授由衷地叹了口气:还是顺其自然吧。"

作品的结尾确实超出了我们的阅读期待,加上作家冷静的铺垫,使这样一个习见的题材以如此短的篇幅却取得如此的成功。

同样,对于《寻找子谦先生》,作者还是从漫不经心的叙述开始。余佩的比自己大22岁的丈夫——子谦先生失踪了。作为子谦的唯一的好友——何光和余佩开始了寻找子谦先生之旅。这两个人"虚情假意"地开始寻找,最后两人结束了寻找的过程,一起去了南方的某一城市,再无消息。这篇短作在结尾为我们揭示了城市人是怎样在爱情和友情的幌子下,巧妙地实现了自己对欲念的屈从。正是这个意想不到的结局使小说具有了存在的价值。在《与陌生人喝酒》中,到底是谁给A夫妻二人各送了一张票?结尾才隐约地给出了我们意想之外的答案:"车开动后,我意外地发现了A的身影,当时他正同一个女人低声交谈着,看上去很甜蜜。而那个女人现在不需要背大提琴了。我远远地看着他们,吃惊一瞬间便过去了。我突然想起了一年前的那场交响音乐会……觉得一切都在情理之中。"

还有一点不可忽视,潘军小说的结语颇具诗意韵味和一种独特的意象。在《和陌生人喝酒》中,在《抛弃》中,结语都很精彩。如《抛弃》的结尾,柏达在知道自己才是真正的被抛弃者,而抛弃自己的合谋者竟是自己的妻子和自己的恩师后,作者写道:"我走出地铁站,外面已是华灯初上时刻,这又该是个美妙的晚上,我这样想到,身轻如燕。那时我的朋友正在马路对面使劲对我挥着手,喊着什么,不过我一句也没听见。""'妈的老东西……'柏达将外套的领子竖起来,牵着儿子……于是儿子又要求与父亲进行英语会话。柏达说:儿子,你问,我答。这是什么?这是一头猪。你是谁?我也是一头猪。"这样的结语,真是韵味悠长。

三、先锋写作的余韵

潘军在写这几篇小说的时候,风格已经有所转型,从先锋创作开始向可读性较强的现实主义写作转变。然而,我们仍可读出这些作品的先锋余韵。除了先锋文学惯用的对人物加以符号化的A、B、C、D,"元小说"这个曾经可以看作先锋小说标志之一的叙述策略也出现在小说中。例如,"一九九七年四月十一日,一位自称是何光先生女友的女人来到了作家潘军的寓所。她说,何光出走了,是不辞而别。见作家未有及时的反应,女人又补充道:你应该知道他去哪了。我和他在一起的日子,他只对我提起一个人,潘军,就是你"(《寻找子谦先生》)。

小说结尾的这一段"元叙事",是可有可无的,抑或是作家在故技重演?让我们再来看这篇小说的开头:"一九九三年四月十七日早晨,何光被门铃声吵醒,然后就见到了自称是子谦先生女友的余佩小姐……余佩停止了抽泣,说:你应该知道他去哪里了,我和他在一起的这些日子,他只对我提起过一个人,那就是你何光。"

将开头和结尾进行比较,我们会看出,这个"元叙事"的结尾深化了短篇小说的内涵,使小说的意义更为丰富,使我们禁不住生出这样的想象:"寻找"子谦先生之后,在友情和爱情的幌子下的又一次"寻找"会开始吗?

又如在《和陌生人喝酒》中,究竟是谁送了那两张票?叙述者忽然跳出来:"我们不妨这样设想,是那个女孩子分别给男人和女人送了一张票,当然是悄悄送的。于是男女双方都对此做出了反应。我们已经知道,男人的反应显然迟钝而费劲。他走进音乐厅看见自己老婆背影的那一刻,他惊讶不已。女人电话里撒谎了,男人却还不明白。他退到一角,注视着那个空位。老婆以为这个空位会由谁来填满呢……这时灯光转暗,男人沮丧地退场。"

这种"解谜"式的推理叙述也是先锋小说惯用的叙述策略。所不同的是,最后叙述者给出了谜底,没有形成文本上的空缺。它在这里的运用并无添足之嫌,它是谜底揭晓前的一个缓冲,使真正的谜底与我们的阅读期待之间形成更大的张力。

精巧的独具匠心的构思,在潘军的这几篇小说中表现得也非常突出。在《和陌生人喝酒》中,主人公 A 和妻子是通过一张纸片相识的:

> 我和我老婆就是这样认识的。有一天你在电梯里遇见一个女人……这时你发现她的头上有片纸屑,你可以不管;那么一会她就走了,你们这辈子恐怕见不上第二面了。但是你管了,你说,小姐你的头上有一片纸屑,并帮她拿开。那么她会脸红红地谢谢你,接着你一句我一句地聊起来,电梯开到二十一层才停住,你们已经认识了。一年后这个女人做了你老婆。

这对夫妻最后分手的原因却同样是因为一张纸。有人匿名给两个人各送了一张音乐会的票,他们各自瞒着对方去看这场音乐会。两个人因出现信任危机而分手。他们的结合和分手都是因为一张纸。故事的构思也只围绕着一张纸。品味作品时我们会生发"人生之聚散有时尚敌不过一片纸"之感慨。这都得益于作者构思之精妙。

最后,潘军冷静、含蓄的语言确实为小说增色不少。韩少功曾说,潘军的语言是半天才半疯癫的。如在《对门·对面》中,在 B 掉下楼梯时,作者写道:"B 像个麻包似的自四楼摔下,那个时候,报亭里的老哑巴正用心在看天上的一只飞鸟。"作者用这种叙事方法来暗指老哑巴目击了这一过程。这是他的先锋小说中习见的造句方式,将它用在颇具现实主义色彩的小说中则达到含蓄、富有诗意的艺术效果。

参考文献:

①吴义勤:《中国当代新潮小说论》,江苏教育出版社1997年版。

②《中国当代作家选集丛书·潘军卷》,人民文学出版社2000年版。

(原载于《当代文坛》2004年第1期)

"认知高于表现"
——论潘军回乡后的小说创作

陈宗俊

所谓潘军回乡后的创作,指的是2017年年初潘军从北京返回故乡安庆定居以来的创作。这次返乡,是作家人生计划的一部分,作家曾引用沈从文的名言"一个士兵不是战死沙场,便是回到故乡"对自己这次行为进行了诠释。不过返乡后他并没有闲着,在创作迎来了一个小高峰,到写作本文(2024年3月)时为止,发表了短篇小说5部:《泊心堂之约》(《人民文学》2018年第1期)、《电梯里的风景》(《安徽文学》2018年第1期)、《断桥》(《山花》2018年第10期)、《十一点零八分的火车》(《江南》2019年第4期)、《白沙门》(《清明》2022年第2期);中篇小说4部:《知白者说》(《作家》2019年第3期)、《与程婴书》(《天涯》2024年第1期)、《刺秦考》(《作家》2024年第1期)、《教书记》(《安徽文学》2024年第3期)等,话剧1部:《断桥》(《中国作家》2020年第3期)。① 这些作品中,《泊心堂之约》入选2018年"中国小说排行榜"、《电梯里的风景》获"2018—2020年度《安徽文学》奖"、话剧《断桥》获首届(2020年)"阳翰笙剧本奖"等荣誉。另外,作家回乡后出版有绘画随笔集《泊心堂记——潘军文墨自选集》(2019)、短篇小说集《断桥》(2020)、《一意孤行——潘军创作随想录》(上、下卷)(2021)以及《泊心堂墨意——潘军书画集》(三卷)(2022)等作品集。那么,潘军回乡后的这些小说主要想表达什么?又是如何表达的?与此前作家的创作风格有哪些异同?反映了作家怎样的一贯的创作观?

一、"坐下喝酒"与"皮袍下的'小'"

按照题材来分,潘军回乡后的小说大致可分为两类:一是现实题材,如《泊心堂之约》《电梯里的风景》《十一点零八分的火车》《白沙门》《知白者说》《教书记》;二是历史题材,主要指《与程婴书》《刺秦考》与《断桥》这三部。其中,短篇小说《断桥》书写兼顾现实与历史两个维度。

也许是一种巧合,潘军在搁笔十年后(此前最后一部小说为发表在《北京文学》2007年第7期上的短篇小说《草桥的杏》)的第一部中篇小说《知白者说》和新作

---

① 这些作品的引文均出自此处的相关杂志,不另注。

《教书记》中都不约而同地牵涉到鲁迅及其相关作品——前者涉及小说《孔乙己》，后者涉及小说《一件小事》和对鲁迅的评价等问题。鲁迅的《孔乙己》和《一件小事》虽然篇幅都不长，但这两部短篇小说是鲁迅通过对中国知识分子的书写思考国民性问题的代表作品，其中"孔乙己"和"我"这两个人物形象已深入人心，成为中国现代文学画廊中经典人物。从某种程度上说，潘军回乡后现实题材小说，是沿着鲁迅先生的思考的足迹，审视当下中国现实及人性的一面镜子，其中《知白者说》和《教书记》这两部小说体现得尤为明显。

所谓"坐下喝酒"对应的是孔乙己"站着喝酒"而言的。虽同为喝酒，但"坐下喝"和"站着喝"是两种完全不同的姿态，反映了两种喝酒人不同的人生、生命与精神的状态。在小说《孔乙己》中，鲁迅将孔乙己描写成"是站着喝酒而穿长衫的唯一的人"①。这种表达，尽管历来有多种阐释，但在我看来，这一行为的核心要义就是孔乙己有某种自知之明。小说中，孔乙己知道他与咸亨酒店里面同样是穿长衫，"要酒要菜，慢慢地坐着喝"②的人不是一类人，也与身边那些"短衣帮"和"做工的人"③不同，他就是他自己。这一行为既反映了孔乙己的某种自卑与胆怯，同时也表现出他作为"穿长衫的人"的清高与孤傲，"显示出一种更为决绝的文化姿态——毫不妥协地披着那件标示着知识分子身份的'长衫'，尽管这'长衫''又脏又破'，甚至与当下社会生活格格不入"④。这一人物形象可以说是现代中国一类读书人的典型，他们大抵清楚自己如何知"白"守"黑"。试想，如果孔乙己有着基本的物质生存保障，他还会去"窃书"吗？尽管孔乙己身上有着种种毛病，但也是值得我们同情的。或者说从这一人物身上或多或少都有我们自己的影子，"我感到我和与我类似的一些中国知识分子都像孔乙己"⑤。因此，鲁迅通过孔乙己这一人物形象，既是对封建科举制度的批判，也有对旧知识分子同情，更有对国民性问题的深切思考。孔乙己这一人物身上，赋予了鲁迅先生复杂的思想情感，所以当孙伏园"尝问鲁迅先

---

① 鲁迅:《孔乙己》，《鲁迅全集·呐喊》（第一卷），北京:人民文学出版社 2005 年版，第 458 页。

② 鲁迅:《孔乙己》，《鲁迅全集·呐喊》（第一卷），北京:人民文学出版社 2005 年版，第 457 页。

③ 鲁迅:《孔乙己》，《鲁迅全集·呐喊》（第一卷），北京:人民文学出版社 2005 年版，第 457 页。

④ 李宗刚:《〈孔乙己〉在文学史书写中的变迁》，《东岳论丛》2012 年第 4 期。

⑤ 王富仁:《中国反封建思想革命的一面镜子》，北京:中国人民大学出版社 2010 年版，第 450 页。

生,在他所作的短篇小说里,他最爱哪一篇。他答复我说是《孔乙己》"①。我们对这一人物形象的理解不能执于一端。

在《知白者说》中,潘军为我们刻画了一个现代版的"孔乙己"沈知白的形象。但这个"孔乙己"与鲁迅笔下的孔乙己判若两人,既不知"白"也不守"黑"。作为曾经的省话剧团团长,沈知白因出演"我"的话剧剧本《孔乙己》中孔乙己而名震一时,并顺利当上省文化厅副厅长。但随着地位的爬升,其私欲也在不断膨胀,捞权、捞钱,也捞女人,最终因贪污入狱被判刑八年。可悲的是,出狱后的沈知白依旧分不清现实与幻想,在一家超市行窃时被老板打断一条腿。从舞台上窃书到现实中偷酒,从身穿长衫的演员到身披官服的高干,从身着囚服的犯人到身披赭衣的百姓,沈知白的一生经历令人唏嘘。如果说鲁迅笔下的孔乙己尚有廉耻的话(比如说"窃书不能算偷"②、腿是"跌断"而非被人"打断"等),那么在潘军笔下的这个"孔乙己"沈知白已沦为不知"我是谁"的"异化物"。"沈知白是天生的演员材料,他本该立足于舞台,却鬼使神差地跑到了别的场子,想要更加的风光体面,仿佛任何空间都是属于他的舞台。那会儿他大概忘记了,别的场子,自己是不能随便坐下来喝酒的。"③这样,作家就通过沈知白这一人物形象给我们提出许多值得思考的问题。

所谓"皮袍下的'小'",鲁迅先生原文是这样写的:"这车夫扶着那老女人,便正是向那大门走去。……我这时突然感到一种异样的感觉,觉得他满身灰尘的后影,霎时高大了,而且愈走愈大,须仰视才见。而且他对于我,渐渐地又几乎变成一种威压,甚而至于要榨出皮袍下面藏着的'小'来。"④类似于《孔乙己》中"站着喝酒"的理解,对于什么是"皮袍下的'小'"历来有多重理解,大都围绕"车夫"与"我"之间的言行对比来进行解读,或讴歌劳动人民的伟大或批评小资产阶级的渺小,等等。在我看来,"皮袍下的'小'"是鲁迅先生一种自我审视与自我反省的文学化表达。"自省才是鲁迅真正想要表达的。'一件小事'不过是'我'自省、走向'新我'

---

① 孙伏园、许钦文等:《鲁迅先生二三事——前期弟子忆鲁迅》,石家庄:河北教育出版社2000年版,第58页。
② 鲁迅:《孔乙己》,《鲁迅全集·呐喊》(第一卷),北京:人民文学出版社2005年版,第458页。
③ 潘军:《坐下喝酒》,《北京文学》2019年第4期。
④ 鲁迅:《一件小事》,《鲁迅全集·呐喊》(第一卷),北京:人民文学出版社2005年版,第482页。

的契机,归根结底是要寻找'自我'"①。如果说"坐下喝酒"是个人的自身定位的话,那么"皮袍下的'小'"是"坐下喝酒"行为之后的一种扪心自问后的精神深化。但无论是"坐下喝酒"还是"皮袍下的'小'",均是"个我"在内心从容下的一种行为与精神状态,也是人的自我觉醒的两种内在的表现方式。

《教书记》中,围绕李祺与朱为民等几个乡村小知识分子和乡民们在特殊年代下的言行描写,折射出每个人"皮袍下的'小'":吴校长的装腔作势、李祺的猥琐好色、吴小芳精明自负、矮子队长的势利狡诈等。但同时,小说也为我们塑造了程颢这一正面人物的形象。不同于大人们的种种"小"的言行,程颢虽然只是一名初中生,但已初步显示出不同于同龄人的清醒与独立意识。比如他对鲁迅在《一件小事》中"皮袍下的'小'"的理解:"这皮袍里的小就是一种知识分子的虚伪,他写这篇文章就是想出一口恶气,同时做出一副假惺惺的样子。"尽管这种观点不乏少年气盛,但他敢于独立表达自己真实想法的怀疑精神(程颢说"做人本该与众不同"),显示出一位少年应有的朝气与锐气,即便是对鲁迅这样的"大人物"。"中国的男女大抵未老先衰,甚至不到二十岁,早已老态可掬"②,这里,鲁迅所批判的现象不正是需要像程颢这样一代有主见的孩子来改变?因此,小说中大人们言行与精神上的种种"小",反衬出程颢精神上特立独行的"大"。

从"坐下喝酒"到"皮袍下的'小'",潘军现实题材的小说想表达的意旨之一,就是人如何正确自我定位的泊心与修为问题。但是现实生活中的男女做到这两点何其难哉,太多的欲念让他们迷失了心性,也丧失了自己。《电梯里的风景》中,小翠对金钱与物质的渴望,除了以身体赚取物质外(妓女),还时常用美色敲诈"猎物"而做着危险的游戏。小说结局她敲诈于大头是否得逞我们不得而知,但这种以身试法的行为不可能永远得逞。同样,除了金钱,还有美色对人的诱惑。《十一点零八分的火车》中柳女士前夫,曾经帅气高傲,"喜欢读书,看碟"的舞蹈队副队长"洪常青",在转业经商捞得第一桶金后便有了外遇,最终与柳女士离婚。《白沙门》中那个有魄力、"出口成章,一直有儒商之称"的邢名山,同样经受不住张明子的美貌诱惑(小说中写得很含蓄),让张明子出国产子并让李桥接盘。这里,不仅写到了邢

---

① 傅修海、申亚楠:《大小之间:〈一件小事〉的阅读史反思》,《鲁迅研究月刊》2013年第4期。
② 鲁迅:《我们现在怎样做父亲》,《鲁迅全集·坟》(第一卷),北京:人民文学出版社2005年版,第143页。

名山的虚伪,更写到了他的狡诈。但问题是,张明子和李桥并非都是受害者,同样他们各怀心机,张明子借助邢名山的金钱出国,而李桥也因追慕张明子出国定居,自愿接受邢名山的安排充当"背锅侠"。《白沙门》这部小说围绕金钱、美色、尊严等问题将现代都市人性中的阴暗底色做了多彩的书写,显示出作家洞察人性的本领。即便是《泊心堂记》中四个打麻将的男女,他们的内心又有多少心可泊？现实的纷扰也只能让他们在短暂的麻将中得到片刻的欢愉罢了。

  总之,潘军回乡后的这几部现实题材小说,一方面延续了作家前期同类小说(如《独白与手势·白》《临渊阁》《戊戌年纪事》)中对人性的审视;另一方面反映出作家回乡后创作的某种转向,即面对纷繁复杂的当下中国现实和人心不古。作家似乎感到很焦虑,希望借助鲁迅的深邃思想与博大精神(尤其是改造国民性思想和立人思想)来医治现实中国社会与人心的诸多问题。结合潘军回乡后的一些随笔(如"大先生"与"我的朋友"》)和画作(如《大先生》)等,因此,无论是"站着喝酒"还是"坐下喝酒"抑或是"皮袍下的'小'",作家试图通过这些作品对当下现实中国社会以及人性提出某种深切的思考,并希望"于无声处听惊雷"[1],体现了一个作家的良知与责任,"文学是要向社会说点什么的。这在今天显得尤为重要,因为写作的方向不仅是形式上的探索,最重要的还是良心的方向。你尽可以写得随心所欲,但不可偏离良心的坐标;你可以写得不好,但你不能趋炎附势,胡说八道。这是一个写作者理应坚守的立场,更是一个写作者需要担当的责任"[2]。于是,潘军回乡后的这些现实题材作品就有着积极的思想价值与启示意义。

二、在历史的褶皱里寻觅心灵的真实

  在潘军回乡的小说创作中,《与程婴书》《刺秦考》《断桥》这三部小说属于历史题材小说[3],它们是作家继长篇小说《风》、中篇小说《蓝堡》《结束的地方》《桃花水》《重瞳——霸王自叙》等作品后的又一次用文学的方式表现历史的力作。其中,《与程婴书》与《刺秦考》这两部中篇小说,与《重瞳——霸王自叙》一起,构成作家

---

[1] 鲁迅:《戌年初夏偶作》,《鲁迅全集·集外集拾遗》(第七卷),北京:人民文学出版社2005年版,第472页。

[2] 潘军:《江南一叶——〈铜陵作家文库〉序》,见《一意孤行——潘军创作随想录》(上卷),广州:花城出版社2021年版,第70页。

[3] 短篇小说《断桥》是潘军对中国神话传说"白蛇传"故事的改写,此处我们姑且将它归为历史小说。因为某种程度,神话传说与历史之间存在着相互转化的关系。

"春秋、战国、秦汉三部曲",写作时间前后跨越 24 年。目前作家用导语将三者串联起来,重新命名为《春秋乱》加以出版。

在论述这三部近作小说之前,我们不得不提及作家的长篇小说《风》(1992)和中篇小说《重瞳——霸王自叙》(2000)这两部作品之于潘军的意义。也就是说,《风》与《重瞳——霸王自叙》中的一些写作伦理潜移默化地影响着作家后来的一些创作,尤其是有关历史题材的书写,当然也包括新近这三部小说。长篇小说《风》主要讲述了"我"(一个作家)对一桩历史往事开展调查故事,但随着调查的深入,"我"发现历史的真相越发变得扑朔迷离,最终调查变成了对历史进行一次捕风捉影的书写,"所谓捕风捉影,即是在扑朔迷离的历史缝隙中去寻求另一种解读的可能,或者依靠想象来重构这个支离破碎的故事。至于真实,那只能存在于我的内心"①。《风》写作于"1991 年春末至秋初"②,1992 年 5 月期开始在《钟山》杂志连载,1993 年在大陆和台湾分别出版单行本。这部小说之于潘军的意义就在于作品集中体现了作家的历史观,即强调的暧昧性、多义性与虚构性,历史是"心灵的历史"。作家曾指出:"面对一段历史,无论是典籍所呈现出来的,用文物鉴定出来的,还是目击者的见证或者当事人的口述,我认为都应该被继续质疑。"③这种对历史的怀疑与拷问是作家写作伦理的一个重要方面。小说之所以名为《风》,其象征意味很明显,即强调历史如风般充满不确定性。

中篇小说《重瞳——霸王自叙》是作家对项羽故事进行的一次成功改写,其酝酿时间有四五年,最终完稿于 1999 年下半年,后首发于《花城》2000 年第 1 期,发表后影响巨大,随后作家又将此小说改编成同名话剧、戏曲和电影剧本。"我首先想到的是能不能有另一种解释,哪怕是一种离奇的、浪漫的,但又是很美的一种解释。既要在规定的史籍中去寻找新的可能,又不能受此局限,想借题发挥一番。"④这部小说之于潘军创作的意义,就在于作家以自己的方式对既有经典文本的颠覆与重构并取得巨大成功。因此,这两部作品不仅是作家的代表作,同时也是中国当代小说中的两部扛鼎之作。

我们来看看潘军这三部历史题材小说。它们分别讲述的是赵氏孤儿、荆轲刺

---

① 蒋楠楠,潘军:《二十四年 忽如一梦——与潘军谈春秋战国秦汉三部曲》,《新安晚报》2024 年 1 月 26 日。
② 潘军:《风》,郑州:河南人民出版社 1993 年版,第 265 页。
③ 陈宗俊、潘军:《谜一样的书写——关于"风"的访谈》,《作家》2020 年第 5 期。
④ 潘军:《坦白——潘军访谈录》,合肥:安徽大学出版社 2000 年版,第 23 页。

秦和白蛇传的故事。对于这三个家喻户晓的故事,如何出新出彩是关键。"但是,家喻户晓的故事皆是耳熟能详,颠覆肯定是不容易的。但是不作颠覆,就没有意思了","如果依旧去写程婴拿自己的亲生骨肉去换取所谓忠良之后,这种价值取向显然是不对的,今天怎么还可以去歌颂这样的一个父亲呢?那是最坏的父亲。荆轲刺秦也是如此,图穷匕见不可能,荆轲连一根针也无法带进秦王宫的,怎么刺秦?像这样的支点如果都站不住脚,重新解读就是一句空话"[1]。所以作家在写完《重瞳——霸王自叙》后用了20多年时间去思考如何"颠覆"和"重新解读"这些经典故事,终于找到了突破口。我们来看小说中的相关思考:

> 程婴先生,请原谅我以这种捕风捉影的方式来叙述你的故事……我愿意你的形象在我的笔下极其朴素,我宁肯看到你和心仪的公主鸳鸯戏水,也不屑那种匪夷所思的大义凛然。在义人和情人之间,我选择后者;在侠士和父亲之间,我依然选择后者——如此,应该是我重构这个故事的初心。(《与程婴书》)
>
> 太监便让侍卫捧走了铁函,顺便又从荆轲手中拿走了那只木匣子,陈放在秦王面前,打开了盖子。这时,秦王拿起匣子里的那卷羊皮地图,摊在案几上,慢慢展开——没有匕首……于是刹那间荆轲一个箭步上前,趁势拽住了秦王的衣袖,他本可以双手掐住秦王的脖子,一把将其拧断。但是他没有这么做,而是凑近这个人的耳边微笑着吐出了几个字——我就是那把匕首……杀一个人与能杀一个人,本是两个不同概念年,高下立判。既然丢弃了匕首,何须再作无谓的抵抗?那一刻,荆轲想要的只是一个剑客的体面与尊严,他不过是向前跨了一步,但这一步,一不留神就跨进了历史。(《刺秦考》)
>
> 这出大戏里,神怪从来都是主角,纯粹算作人类的,只有一个许仙,莫非,神怪是想争夺对人的控制权?只是手段不同罢了——白素贞以爱的名义,法海以感化的方式,但目的却是一致的,就是对人的控制。我想,这或许就是为什么神话这种东西生生不息的根本所在……没有神话的人间便是最好的人间……我就这样被神话一般的传说欺骗了这么多年,最终让自己成为传说中卑贱的陪衬。(《断桥》)

---

[1] 蒋楠楠、潘军:《二十四年 忽如一梦——与潘军谈春秋战国秦汉三部曲》,《新安晚报》2024年1月26日。

上述引文中作家创作的初衷很明显:《与程婴书》强调了血缘亲情重于君臣仁义,《刺秦考》强调了人的能力与尊严的重要性,《断桥》则批判了权力的异化以及对人造神话的鄙夷。这些思想与《风》、《重瞳——霸王自叙》是一脉相承的。《风》讲述的是一个历史故事,也是一个家族故事,作家在"家国同构"中完成"对现代以来的革命历史神话的质疑与颠覆"①。《与程婴书》中上、下篇分别命名为"捕风"与"捉影",这种命名方式与长篇小说《风》之间的关联已不言自明。而《重瞳——霸王自叙》中多处流露出对权力的批判以及对人的尊严的维护,小说将《史记·项羽本纪》的记载,"转换为一种关于人的尊严、人心、人性的叙事,关于人的存在本身的叙事"②。潘军新近这三部小说延续了作家一以贯之的写作伦理。这些思想,也验证了克罗齐的"一切历史都是当代史"的论断。

既然撬动这些经典故事的支点已找到,那么相应地具体文本在操作层面(如人物设计、情节安排等),如何做到逻辑自洽就非常关键。这里潘军主要采取了两种手法:一是在历史的缝隙中寻找另解的可能,二是合理的想象并自圆其说。以《与程婴书》为例。此小说中,作家在尊重《左传》《史记》等典籍的史实的基础上,吸收了包括元代纪君祥元曲《赵氏孤儿》等在内的众多文学艺术作品中的一些优点,对故事作了全新的改写。

首先对人物及其关系的重新设计。《与程婴书》中的主要人物与上述典籍或文艺作品大致相同,但身份有了较大改换。其中变化较大有程婴、赵庄姬、赵武、屠岸贾、公孙杵臼等人。程婴,《左传》中并无此人记载,直到《史记·赵世家》中才开始出现,其身份为"朔友人"③。在《与程婴书》中,作家保留了程婴在纪君祥《赵氏孤儿》中"草泽医人"④的身份,但删除了赵朔"门下"⑤的身份,变成一个不到四十岁"面白身修"的"名医",且仅仅"是个普通的男人"。程婴的结局,由自杀身亡(《史记·赵世家》)到被赐田标榜的美好结局(元·纪君祥《赵氏孤儿》),再到现在小说中程婴生死未卜。这样的改写,将程婴由身份煊赫的显贵拉回成一个有血有肉的

---

① 陈晓明:《对文学说话:潘军的写作及其他》,见唐先田主编《潘军小说论》,合肥:安徽大学出版社 2000 年版,第 7 页。
② 党艺峰:《先锋叙事中的项羽及其他——〈史记·项羽本纪〉和〈重瞳〉的互文性阅读》,《渭南师范学院学报》2007 年第 3 期。
③ 司马迁:《史记·赵世家》,北京:中华书局 2010 年版,第 3365 页。
④ 纪君祥等撰:《赵氏孤儿》,上海:上海古籍出版社 2010 年版,第 14 页。
⑤ 纪君祥等撰:《赵氏孤儿》,上海:上海古籍出版社 2010 年版,第 13 页。

凡人,也为后文程婴的一系列言行做了铺垫。

小说中赵庄姬与赵武母子的形象颠覆也很大。无论是《史记》还是纪君祥《赵氏孤儿》等诸多文艺作品,对赵庄姬的公主身份、赵武为赵朔子的身份定位没有多大变化(《史记》中将其误记为成公女儿赵姬)。但在潘军这里对二人形象做了根本性的颠覆——赵庄姬是程婴的情人,而"赵武"竟然是程婴与赵庄姬二人的私生子。这是一个大胆的虚构。

其他人物形象亦如此。屠岸贾,《与程婴书》中,一方面沿用了《史记·赵世家》、纪君祥《赵氏孤儿》等经典中关于此人的权臣身份;另一方面,小说还将这一人物的老谋深算刻画得淋漓尽致,尤其是他一开始就知道程文就是赵武的身份,之所以留着"赵孤",是因为"借着这孩子的名分为自己留条后路——万一哪天国君反悔了,又想借助赵氏理政,老夫就随时将这张牌打出去"。对于屠岸贾的死,小说不像《史记·赵世家》与纪君祥《赵氏孤儿》等中被赵武杀死,而是死得扑朔迷离:"有人说,他是暴病而终;也有人说,他是被毒死的;有人说他是被噩梦惊吓而死,因为作恶太多;还有人说,晋景公下了秘密手谕赐其自裁,因为君王即将要为赵家翻案了"。另外,公孙杵臼由《史记·赵世家》"赵朔客"[1]、纪君祥笔下与赵盾同朝为官、年近七旬的老宰辅[2],成为现在小说中曾是赵盾至交、"须发飞霜"的老石匠。韩厥,小说中沿用了纪君祥《赵氏孤儿》中是屠岸贾手下的一名守门将军安排,而非像《史记·赵世家》中韩厥为晋国卿族,等等。

其次是情节合理的安排。如为了表达"血缘情"战胜"忠义情",小说在情节设计上沿用了《史记·赵世家》的程婴与公孙杵臼购得他人之子代替"赵孤"受死的安排,而果断舍弃了纪君祥《赵氏孤儿》中虽感天动地但有悖人伦的以亲生子代替"赵孤"送死的情节。于是,小说就设计了程婴与两个女人真假怀孕的故事。这里,能怀孕(赵庄姬)和不能怀孕(程婴妻)的情节设计非常精妙,改写了自纪君祥《赵氏孤儿》以来历代有关这个故事的情节安排,显示出作家高超的经营故事的能力。另外,小说中关于公孙杵臼抱着病婴跳崖自杀、稳婆的两次出现等情节设计,也都非常合理,"从阴谋与爱欲、血缘与亲情重新探讨'赵氏孤儿'流传千年的家国仁义、道德的价值内核"[3]。小说的意义已经超越了故事本身,是作家"在历史的褶皱里寻觅

---

[1] 司马迁:《史记·赵世家》,北京:中华书局2010年版,第3365页。
[2] 纪君祥等撰:《赵氏孤儿》,上海:上海古籍出版社2010年版,第20页。
[3] 康春华:《2024年第1期文学期刊扫描:从生活深处发现大千世界》,《文艺报》2024年1月19日。

人之为人的佐证,在中国性和历史性中体认人性,也就是体认世界性"的体现。

在《刺秦考》《断桥》中,作家同样在人物安排(如燕太子丹的无赖、荆轲的忠义、白素贞的心机)、情节设置上(如太子丹试探荆轲功夫、雄黄酒事件)和《与程婴书》有着类似的特点,限于篇幅,不再展开论述。如果说,潘军回乡后现实题材的作品,是对现实社会与人性进行直接发言的话,那么,这几部历史题材小说,作家在对历史的拷问、对神话的质疑以及对真相的追寻中,赋予这些历史故事以心灵的真实。这些作品和上述现实题材作品如鸟之两翼,共同见证了回乡后的潘军对现实与历史的多维思考。

三、现代小说是一种形式的发现

潘军回乡后目前共有四篇小说创作谈:《〈断桥〉之外》(《山花》2018 年第 10 期)、《坐下喝酒》(《北京文学》2019 年第 4 期)、《一杯茶的诞生》(《清明》2022 年第 2 期)和《形式的发现》(《天涯》杂志微信公众号,2024 年 1 月 3 日)。这些创作谈涉及小说的诸多方面,如小说的形式与内容、作家与读者的关系、小说划分为长篇中篇与短篇的依据、小说的语言、小说的叙事技巧等。这里,作家反复强调的一个核心问题就是对小说形式的推崇,这也是作家几十年来一贯的观点:

> 时代赋予小说的形式。或者说,小说形式来源于对时代的理解……对时代的理解是多样的,因此小说的形式也是多样的。[1](1987)
>
> 现代小说的创作从某种意义上而言是形式的发现和确定。[2](1993)
>
> 我的小说写作,一般都是源于一种叙述形式的冲动,尤其表现在长篇上。我需要首先找到一种与内容相对应的形式。换句话说,我是因为怎么写的激动才会产生写什么的欲望的。[3](1999)
>
> 李陀先生回忆,当时他们提出"怎么写"某种意义上比"写什么"重要,它带有一定的抗议性的。……("怎么写")它鲜明地指出"革命"的对象是在文学形式上,它的反传统性也主要表现在形式上。[4](2002)

---

[1] 潘军:《小说者言》,《安徽文学》1987 年第 8 期。
[2] 潘军:《想象与形式——关于〈风〉的一些话》,《当代作家评论》1994 年第 2 期。
[3] 潘军:《独白与手势·白·后记》,北京:人民文学出版社 2000 年版,第 286 页。
[4] 潘军:《回顾"先锋文学"》,《潘军文集》(第九卷),北京:文化艺术出版社 2012 年版,第 392 页。

一篇小说应该有多种写法,但你只能选择最佳。形式无疑是载体,但最佳的形式就会成为被载的一个部分。因此,无论是"先锋"还是"现实主义",在我这里都仅是一种表达的需要。①(2003)

某种意义上,现代小说的写作就是对形式的发现和确定。如果说小说家的任务是讲一个故事,那么,好的小说家的使命就是讲好一个故事。这个立场至今没有改变。②(2024)

这些关于小说形式的言说背后,体现了作家对现代小说的一种理解。在作家看来,现代小说是针对传统的现实主义小说与革命历史主义小说,后者强调内容对于形式的绝对意义,形式只是为内容服务的。但现代小说则不同,它的内容与形式具有同等的意义。作家的这种小说观念,也是20世纪80年代先锋派作家们的一种共识。当年有学者就敏锐地捕捉到了这一点,"形式不仅仅是内容的荷载体,它本身就意味着内容","文学形式由于它的文学语言性质而在作品中产生了自身的本体意味"③。正是有这样一批先锋作家的尝试,让中国当代小说开始走向世界。潘军就是这一批作者中的坚守者。④ 如果说20世纪90年代中前期绝大部分先锋作家开始出现了某种集体转型的话,那么这种现象在潘军这里并不适用,其他作家的形式探索的暂停键变为潘军随时出发的启动键。作家四十余年来小说创作实践表明,对小说形式的不懈追求是作家不变的初心。

比如,《流动的沙滩》《悬念》《爱情岛》等早期小说中不同故事的拼贴,让文本在看似支离破碎中又有内在的逻辑性;长篇小说《风》中,作家将现实、回忆、想象用三种字体交织在一起,构成与文本内容上的互渗;长篇小说《独白与手势》中,作家又将大量的图画成为小说叙事的另一个重要层面,与文字的叙事并行互补;长篇小说《死刑报告》里,作家在现实诸多案件中又并列写了美国的"辛普森案件",让读者

---

① 潘军:《〈合同婚姻〉札记》,见《一意孤行——潘军创作随想录》(上卷),广州:花城出版社2021年版,第44页。
② 潘军:《形式的发现》,《天涯》杂志微信公众号,2024年1月3日。
③ 李劼:《试论文学形式的本体意味》,《上海文学》1987年第3期。
④ 在陈晓明眼中,20世纪80年代中期兴起的先锋派,"最严格的指称是指苏童、余华、格非、孙甘露、北村、潘军和吕新"这几个人,并不包括刘索拉、徐星、莫言、马原、残雪、叶兆言等人。参见陈晓明:《先锋的隐匿、转化与更新——关于先锋文学30年的再思考》,《中国文学批评》2016年第2期。

在阅读中产生对中西方刑罚观念的比较,构成文本不可或缺的一部分;短篇小说《关系》中,通篇以男女对话为主体,看起来像是一部话剧;等等。纵观潘军回乡后的这些小说在形式上的努力,延续了此前作家一贯的写作立场。具体而言,这些小说在艺术形式上的探索主要表现在两个方面。

第一,叙述人的灵活运用。一方面,作家继续保持了在第一人称使用上的偏好,并运用到了出神入化的地步。这在回乡后的现实题材小说中表现得尤为明显。《知白者说》《教书记》《白沙门》《十一点零八分的火车》等中"我"讲述的故事代入感都非常强,甚至让读者产生一种错觉:这是叙述人"我"在讲故事,还是作家潘军在讲述自己或求学或下放或下海的故事?这种阅读上的幻觉与第一人称"我"的妙运用分不开。另一方面,除了第一人称视角,作家还尝试运用多种视角进行故事讲述。在《与程婴书》中,第二人称"你"的使用就是潘军创作中的又一次大胆尝试。此前虽然在部分小说(如早年短篇小说《别梦依稀》)中使用过,但这样大篇幅用第二人称来讲述故事的情况并不多见。小说通过"我"(作家兼电影导演)与"你"(程婴)的对话方式来营构故事,将困扰作家20余年如何讲述"赵氏孤儿"的故事的形式载体被激活,让这个故事一气呵成,有滋有味。同时在《与程婴书》中,作家还将电影剧本融进了小说文本,"我"这个叙事人又仿佛是电影导演,在与剧中人"你"讨论剧情并不时对他进行着"导演阐述"。另外,文本采用两种印刷字体——"现在"的故事用宋体,"过去"的故事用仿宋体——来安排故事,让现实与过去相互交织共生,让故事富有弹性。《与程婴书》中的这种技巧,让我们看到当年作家写作长篇小说《风》的影子。在那部被誉为"中国的文学迄今再也没有出现像《风》这样的长篇小说"的"孤傲时代的代表作"[1]中,作家在叙事上采用"历史回忆""作家想象""作家手记"方式,并采用宋体、仿宋体、楷体三种不同的印刷体,对历史进行了一次捕风捉影般的追问。在作家回乡后的这些小说中,《与程婴书》在形式上走得最远,一如作家所言,"这份执着,源头还是当年先锋小说时期对所谓'元叙事'的迷恋"[2]。

除了第一人称和第二人称视角外,作家还综合运用多种视角讲述故事,让故事充满着韵味。比如《白沙门》最后中,当李桥拿着20万美金的巨款奔赴酒店后,当打开密码箱的刹那,那个神秘的电话是谁打来的?后来又发生了什么?又如《断桥》中,许仙是否于某个周末邂逅与他网聊的那个"白素贞"?为何"我走在纷杂的

---

[1] 张陵:《历史像风一样吹过田野大地》,《作家》2020年第5期。
[2] 潘军:《形式的发现》,《天涯》杂志微信公众号,2024年1月3日。

人群中,某个瞬间,会猛然觉得背脊上停留着两道寒光"的感受?等等。这些悬念的设置践行了作家对短篇小说在有限中企及无限的创作理念。因此,作家回乡后的小说创作,是作家先锋叙事技巧的又一次精彩展示。

第二,语言上的主观化抒情化。语言是一个作家的看家本领,先锋小说与其他作家的区别也体现在语言上。潘军回乡后的这些小说中的语感非常好,并未因作家停笔十年而有某种违和感与生涩感。整体而言,潘军回乡后的小说语言充满着主观化抒情的特点。这里我们所指的语言的主观化抒情,是指文本中的抒情凸显着叙述人强烈的自我意识而非公共意识。当下的一些现实题材(尤其是主旋律题材)的小说中,也不乏抒故事与人物的性情,但这种抒情是一种内化了的意识形态抒情的变体,类似于20世纪50—70年代政治抒情诗中的抒情——一种"大我"的抒情与"集体"的抒情。我们正是在这一意义上谈论潘军小说中的语言探索。比如《刺秦考》,故事虽然写刺秦的历史故事,但是文本中不时流露出作家的主观情感:

> 据说燕太子丹化装成一个腿部严重残疾的乞丐,穿着破烂的衣服,脸上涂抹了污泥,拄着拐杖在路上走了三天,皆是风餐露宿。等踏上燕国的土地,这位燕太子竟情不自禁地号啕大哭起来。丹动情的哭声惊起了河边的水鸟,它们围绕着这个可怜的落魄之人也发出了揪心的悲鸣。那个瞬间,埋藏在丹心里的复仇欲望,仿佛一星半点的野火经受了凛冽的寒风,完全点燃了。他仰望青天起誓,燕秦不两立,他与嬴政的仇恨也是不共戴天。这种浮现在脑海中的一念却挥之不去,在几年之后便成为一场阴谋的雏形,尽管看上去显得轻佻而不可思议。

这段充满着画面感的抒情描写中,语言充满着调侃与诙谐,一改《史记》等著作中燕太子丹正人君子的形象。这里的抒情中隐含着作家的批判立场,即燕太子丹的刺秦,不过是拿全燕国人的性命去为自己换取曾经受秦王给他的一点委屈。借用小说中的话就是,太子丹所谓的复仇,"其实也不过是想出一口恶气"的儿戏之举,最后遭殃的是整个国家和人民。因为荆轲刺秦失败后,"秦王大怒,益发兵诣赵,诏王翦军以伐燕。……燕王乃使使斩太子丹,欲献之秦。秦复进兵攻之。后五年,秦卒灭燕,虏燕王喜"①。有意味的是,《与程婴书》中程婴谋他人婴儿代"赵孤"

---

① 司马迁:《史记·列传》,中华书局2010年版,第5510—5511页。

殉难,《史记》中燕王喜杀了自己的儿子太子丹以谄媚秦王,这两处情节中,同样是对自己的儿子,两个父亲身上的人性与非人性的对比就意味深长(包括程婴对待购来的那个病婴)。这里,小说就延续了作家小说中对权力任性的批判和对人性幽暗的拷问。这里用抒情语言的形式,表达的是文本内容上的思考。

潘军这种主观化抒情,在本文中有时借助一些主观化的意象来表达的。比如《与程婴书》中赵府门前瞎了一只眼的石狮、《十一点零八分的火车》中的英格玛·伯格曼的自传《魔灯》、《泊心堂之约》中斋号"泊心堂"等,这些主观意识非常浓厚的意象运用,与作家此前的创作有着内在的一致性,如《南方的情绪》中"蓝堡"、《日晕》中"白色大鸟"、《风》中的"无字之碑",《独白与手势》中的诸多有关"手"的图片与绘画、《三月一日》能看见他人梦境的左眼、与《重瞳——霸王自叙》中"重瞳"等等,这些意象极具象征与隐喻意义,是作家主观化抒情的载体,也是表现小说思想内涵的重要组成部分。因此,这种主观抒情是潘军运用语言形式为建立属于自己心中的小说的维度之一,意在探求"一种叙事形式和文本的意味"①完美结合的现代小说。所以吴义勤才说"在先锋作家中,潘军又是一个叙述感觉特别好的作家,张弛有度、从容不迫是其叙述的突出特征","'技术'其实已经完全融进了潘军的文学思维和文学智慧"②。这种"叙述感觉""技术"中,就包括潘军对语言形式的运用与创造,回乡后的这些小说中作家依旧保持着先锋时期的某种语言风采。

结　语

作家曾将小说分为三种类型:"有意义的""有意思的"和"有意味的","我喜欢有意味的小说,某种意义上,我把小说理解为文字构成的'有意味的形式'……这样的小说不是说不清楚,而是很难说清楚。甚至只能意会而无法言传,迟疑不决的叙事使主题飘忽不定"③。这种认知,是潘军对现代小说的一种理解,这也是中国当代一些有抱负的小说家(如先锋作家)的一种共识,这些作家的作品,或多或少减轻了顾彬眼中"中国当代文学是垃圾"的刺耳之声,也为中国当代小说在成绩斐然的中国现代小说面前挽回一点颜面。"认知高于表现",是潘军回乡后谈论绘画的一个

---

① 潘军:《江南一叶——〈铜陵作家文库〉序》,见《一意孤行——潘军创作随想录》(上卷),广州:花城出版社 2021 年版,第 70 页。
② 吴义勤:《让真实飘在风中》,《潘军小说文本系列·F 卷》,北京:中国工人出版社 2000 年,第 174—175 页。
③ 潘军:《关于〈戊戌年纪事〉的几句话》,《山花》2006 年第 4 期。

观点。在作家看来,绘画"仅有技巧肯定是不行的,应该有深入的领会和理解。……尤其是中国画,更加注重个人修养,这是一辈子的事。某种意义上,读万卷书、行万里路,胜过造型、笔墨的训练"[1]。这种观点同样适用于小说的创作。一个作家的认知能力决定着作品的品质和作家的格局,也是决定着他能走多远的必要条件。中国当代一些作家写了一辈子小说,可能并不一定明白小说的真谛,抱残守缺与缺乏探索精神是这类作家身上的一个致命弱点。这些欠缺说到底还是个认知上的问题。

两相对照,探索与创新是潘军40余年来的文艺创作(不仅仅是小说)的一个宝贵品质。以此来看潘军的回乡后的小说创作,无论是对当下中国复杂现实与人心的"鲁迅式"的解剖,还是用历史故事探究人性善恶的现代思考,作家都作着艰辛的探寻。其中不仅仅是如何处理小说"写什么"和"写什么"的问题,更多的时候是作家对这二者关系如何处理的认知问题,"不同的题材有不同的处理方式,笔调、文字是不一样的,这是我一贯的考虑"[2]。其中,《与程婴书》《刺秦考》这两部中篇小说是潘军回乡后小说创作的一个高峰。因此,我们有理由继续相信潘军给中国当代文坛带来新的惊喜。

(未刊稿)

---

[1] 潘军、方圆:《潘军谈画:认知高于表现》,《作家》2022年第5期。
[2] 潘军:《关于〈死刑报告〉——答〈北京晚报〉记者问》,见《冷眼·直言——潘军访谈录》,合肥:安徽大学出版社2008年版,第95页。

第二辑

给读者留下广阔的思维空间
——读《日晕》

陈 辽

在新中国成立以来的长篇小说中,《日晕》称得上一部具有突破意义的上乘之作。

20世纪五六十年代,我们的长篇小说以三"红"(《红日》《红岩》《红旗谱》)、一"青"(《青春之歌》)、一"保"(《保卫延安》)、一"创"(《创业史》)为代表作。在那里,歌颂什么,一切都是清清楚楚的。作者有时在作品中甚至长篇大段地发表议论,自觉地充当"时代精神的传声筒"。这些作品自有其历史价值和美学价值,我们不想轻率地否定它们。但是,它们确实有一个共同的弱点,就是不给读者留下思维空间,作品的主题、倾向,一经阅读,都是一目了然的。

新时期到来后,短篇小说《班主任》《伤痕》《乔厂长上任记》《围墙》等造成了轰动效应;中篇小说《人到中年》等一系列佳作出现,更被称为中篇创作的"崛起";唯独长篇创作仍然在"思维定式"中而迟迟不见真正的突破。第一届"茅盾文学奖"标志着我国的长篇创作已大致恢复到"文革"前的水平,尽管获奖的《东方》、《李自成》(第二卷)等两部作品,在整体实力上还不能和"文革"前的三"红"、一"青"、一"保"、一"创"相颉颃。第二届"茅盾文学奖"比之第一届有了新的进步,但《沉重的翅膀》等获奖之作,其倾向性多半仍由作家特别地指点出来,而不是在情节和场面中自然地流露,留给读者的思维空间也不多。由此可见,突破上文所说的"思维定式"绝非易事。作家们当然理解,80年代的读者,其审美标准、欣赏趣味已和五六十年代读者有了很大不同,他们不再满足于那些一览无余的作品,而希望作品留有广阔的思维空间,让他们和作家一起思考、一起探索,以期对人生、对艺术有新的发现。这就向长篇创作提出了更高的要求。近年来出现的一些长篇小说,表明许多作家正努力向着这个方面前进,并取得了可喜的成绩。《日晕》的发表,又以新的成绩开拓出了一个新局面。

《日晕》写了1987年发生在雷阳堤上的一场抗洪斗争。但作家只把这场抗洪斗争作为背景,甚至只是作为艺术符号,通过立体的艺术画面的展示,让读者自己思索、自己琢磨,《日晕》究竟写的是什么。可以说,它是无主题的奏鸣,又是多义的交响;它的倾向是不明显的,但又是使你能够直觉地感受到的。

第一，我们可以把《日晕》看作当前我国改革事业步履维艰的象征。我国的改革事业已有十年，就像雷阳堤一样，经过了一次、二次、三次洪峰的冲击。一方面，如同雷阳堤在第三次洪峰的冲击中出现了重大损失一样，我国的改革也在近两年中产生了严重的"错位"现象——"全民皆商"、"官倒爷"猖獗、"脑体劳动报酬严重倒挂"、"物资紧缺"、"通货膨胀"等；另一方面，它也和雷阳大堤一样，终于挡住了一次又一次洪峰的冲击，正在向着胜利的前方行进。由于《日晕》把雷阳堤上的抗洪斗争和现实生活中的改革大业结合在一起描写，因此，读者完全可以把雷阳堤上的抗洪斗争看作我国改革大业的象征。

第二，读完《日晕》，你又可以把它看作当前新旧交替时期的写照。龙水、杨子东、宋尚志、李松茂、吴德荣以及苇子，尽管他们的年龄有差别，社会地位不一样，性格各不相同，但他们的思想、教养、生活方式都是在旧的历史潮流里形成的，他们也只能作为旧时期的典型人物，依附于旧的历史潮流；相反，边达、庄雨迟、雷运生、巧凤、边小素，虽然他们的年龄、社会地位也不一样，但他们都在新的历史潮流中汲取了营养和力量，他们是在新时期的历史潮流中产生的新的人物。而年仅三十岁的县委副书记白洛宁则正处在新旧历史时期的交叉点上，他的理智倾向新时期，而感情留恋旧时期。这两种人物的矛盾、斗争、碰撞、冲突，构成了新旧交替时期无比壮观的活剧。它是悲剧，又是喜剧；它有死亡，也有新生。这样的新旧交替时期最戏剧性，人物也最行动性。我们说，《日晕》写出了我们身处的新旧交替时期的特色，岂不是它的艺术真实吗？

第三，我们也可以认为，《日晕》是一部文化小说。它不仅写出了雷阳地区的山川景物、风土人情、民俗习惯、礼仪服饰、典章制度、医卜星相，而且更主要的是写出了多种文化心理。有像边小素那样最富于当代意识的现代文化心理；也有像庄雨迟、边达那样的半是现代文化心理，半是传统文化心理，而现代文化心理占了优势的文化心理；还有像白洛宁、宋尚志那样的半是传统文化心理，半是现代文化心理，而实际上传统文化心理占了主导地位的文化心理；更有像龙水、苇子、吴德荣那样完全被传统文化心理浸透了的文化心理。改革中的两种力量、两种思想，新旧交替时期的矛盾、冲突，说到底，正是不同的文化心理的交战、撞击所引爆的。《日晕》表现了当代多种文化心理，更显示了时代的亮色。

第四，你也可以把《日晕》看作一部描写不同的价值取向的作品。白洛宁、宋尚志两人，虽然彼此之间在政治这个"棋局"上拼杀，但他们都把当大官、青云直上作为自己的价值取向；庄雨迟为拯救雷阳堤，保护雷阳地区人民的生命、财产安全而

"累得像只苟延残喘的老狗",同时他又在寻求一种"体面的死",在他看来,人生价值也就在于此;边小素追求生命的自由,追求真正的爱情,追求正义的伸张,追求生活的充实,她的价值取向是全新的;雷运生千方百计要离开桃花寨,企图过一种新的称得上是人的生活;李松茂则把自己在大杨树湾的权势、威风、财富作为自己的人生价值所在;龙水缅怀着过去的人生,追念昔日的光荣,总想恢复自己以往在桃花寨人心目中的地位和权威,他梦寐以求的就只是这个;苇子只思念着十年前的短暂的幸福爱情,明知它是无望的,却又梦想着有朝一日能得到;巧凤被李家两代压迫、侮辱了三十多年,但她始终憧憬着心灵的相爱,终于在灾祸中获得了运生,为了爱,她宁愿舍弃自己的生命……人世间各种各样的价值取向,决定了个人的生活道路,也构成了人的各不相同的命运。说《日晕》是一部以批判的眼光展现当代人的不同价值取向的作品,也是符合实际的。

第五,《日晕》自然又是一部富有哲理的长篇力作。无论是改革也好,新旧时期交替也罢,不同的文化心理怎样在撞击,不同的价值取向怎样在搏斗,所有这一切都会过去,只有人民是不朽的。大江流日夜,逝者如斯夫,留下来的只有人民。《巴顿将军》写了很多很多,实际只说了一句话:一切都是过眼云烟。《日晕》数十万言,也只有一句话:只有人民是不朽的。但两者反映了两种不同的世界观和两种不同的生活哲理。

……

如果你把《日晕》阅读第二遍、第三遍,那么,你还将在作品中有新的发现。

给读者留如此广阔的思维空间,是《日晕》的显著特点。

它何以取得了这一成就呢?

在文学创作中,重要的不是写什么,而是怎样写。在"怎样写"这一问题上,《日晕》也作了新的探索。

生活在不断地流动,人的意识也在不断地流动,于是出现了"生活流"小说和"意识流"小说。在阅读《日晕》时我发现,作家潘军恰好把"生活流"和"意识流"交叉起来,使之互补,于是,作品既再现了生活,又表现了人的内心世界,再现和表现得到了统一。《日晕》以雷阳堤上抗洪斗争的"生活流"为经,以作品中各个人物的"意识流"为纬,经纬交错,织成了一幅关于改革、关于新旧时期、关于人们的文化心理、关于人们的价值取向、关于生活哲理的长轴画卷。不能不说,同时运用把"生活流""意识流"的手法而又用得恰到好处,是《日晕》获得成功的重要原因。

对历史的梦幻似的回顾和对现实生活的真切描写,又使两者结合起来,这是获得多义的艺术效果并给读者以广阔的思维空间的又一成功经验。《日晕》写的是1987年雷阳地区的抗洪斗争,但又艺术地概括了雷阳地区半个多世纪的历史。它不是单线式地叙写雷阳地区的过去和现在,而是让生活在现实抗洪斗争中的形形色色的人物,不时回顾和忆念各自的过去,这样既写出了每个人的独特际遇,又写出了雷阳地区的现实主义历史。多少作家努力追求的作品的历史感和当代感,《日晕》似乎在不经意中就得到了。然而这种"不经意",恰是作家匠心独运之所在。

  这种"生活流"和"意识流"交替运用的写法,这种写当今和写历史交叉描述的手法,也就很自然地促使《日晕》的作者采用了"散点透视"的技巧。即作品不是以聚焦镜头对准某个人物、某个事件,而是从不同的角度、不同的侧面,以不同的镜头,摄取生活中的不同画面,以此透视生活的林林总总,从而形成一种"全景文学"。潘军好像是一个出色的摄影家,这里拍摄一个场景,那里摄取一个特写镜头,看起来随心所欲,但当作品把这些以"散点透视"截取的场景和场面"剪接"在一起时,却使读者既看到了生活的流程又看到了人物的内心世界,既看到了当代现实生活又看到了雷阳地区半个多世纪的历史。我认为,这种"散点透视"的技巧用在这里,是和作品的艺术内容相一致的。

  长篇小说对人物塑造提出了高要求。一部长篇小说总得塑造若干个人物,并要使读者久久不能忘怀他们。《日晕》中的人物不算多,但个个形象结实,鲜明生动。潘军是怎样做到这一点的呢?看来他得力于用对比的手法使人物的性格更加鲜明。边达和杨子东、白洛宁和宋尚志、白洛宁和庄雨迟、苇子和巧凤、边小素和苇子、雷运生和李松茂、李松茂和吴德荣、龙水和雷运生、龙水和玉枝都形成了对比。在这里,可以看出,作家对于我国古典小说《水浒传》《红楼梦》塑造人物的手法,既是批判地又是创造性地运用。作品中的人物成对出现,对比强烈,这也不能不使读者透过人物的不同思想和行动,思考自己周围的人物及其遭际,从而拓宽了思维空间,想到了与作品和作品中的人物有关的更多东西。

  最后,我认为,《日晕》还很好地接受了布莱希特的"间离效果"的创作理论,并在创作中付诸实践,这也给读者以广阔的思维空间。布莱希特认为,文艺作品主要不是为了激动读者,而是要让读者思考。因此,他主张作家在创作时要离开作品中的人物和事件一些,以极其冷静的眼光观照和表现它们,从而产生"间离效果"。《日晕》正是这样,它并不企图激动读者(虽然作品中也有不少震撼人心的笔墨),而是要读者和他一起思考:生活为什么是这样的?我们的生活应该怎样?谁是当今生活的主人?谁在生活中不朽?等等。作品结束时,雷阳地区的抗洪斗争胜利了,雷阳大堤保住了。但是白洛宁与宋尚志之争将会是怎样的结局呢？庄雨迟与边小素的爱情剧又将怎样演下去呢？边达的仕途生又将如何呢？……对这些问题，作家却像一个旁观者，不动声色，不发表任何意见，甚至不做出一点暗示，而是留给读者自己去思考，自己做出结论。

《日晕》的作者在"怎样写"这个问题上的精心探索，保证了这个长篇的成功，保证了"给读者留下广阔的思维空间"这一艺术目的的实现。

在这篇评论文章中，我只谈了《日晕》在给读者留下广阔的思维空间这一点上所取得的突破和成就。至于这个作品的不足之处，唐先田同志在《长篇小说的新尝试》一文中，已经实事求是地作了评论，我就不想在这里赘述了。

（原载于《清明》1988年第6期）

长篇创作的新尝试
——评潘军的《日晕》

唐先田

  潘军过去发表过不少中短篇小说,如《小镇皇后》《篱笆镇》《墨子巷》《红门》等,创作的格局基本上没有跳出前辈作家和当代作家们的圈子,只是到了中篇小说《白色沙龙》,他的创作才出现了新的转机,透出了令人欣喜的神韵和灵气。这部《日晕》虽是他的第一部长篇小说,路子也是依着《白色沙龙》的基调而只做了某些调整,但一出手便使人感到不同凡响,和这几年我们所能读到的叫响的长篇小说比较起来,不但毫不逊色,而且很有些超拔之处,说它是长篇小说创作中的一个新的尝试或新的收获,我以为毫不过分。

  长篇小说创作近来是日益趋于热闹,不少作家都弃短从长、弃中从长。这虽然不失为一件繁荣的好事,然而也带来了令人厌倦的麻烦,这当然不只是读者无暇顾及那一部部鸿篇巨制,而且的确缺少可供咀嚼、震撼人心的篇章。这部《日晕》则不同,它给人以耳目一新之感。《日晕》的格局是全新的,它完全摆脱了时空的束缚,任凭作家自由地驰骋,跳荡而不飘忽,表面看似散漫而有着内在隽永的韵律。中国的长篇小说从章回体发展演变过来,无论是单线结构、双线结构还是多线结构,都是很讲究人物、情节和环境的。《日晕》当然离不开人物、情节和环境的描写,但它已不是那种围绕一个事件来展开故事——开头、发展、高潮、结尾,那样一种的完满的写法,它已抛开了那种线状结构的套子,去追求一种更加接近生活真实的艺术构想。作家由于自己的亲身经历,十分熟悉长江中下游防汛抗洪的情景,《日晕》就是以雷水两岸为背景,描绘人们抗击江水和内水的生活图画的。然而它绝不只是一幅抗洪图,它所揭示的生活内涵和人生图画的确是一个巨大的空间,容量丰富而浩瀚,抗洪只不过是它的依托罢了。桃花寨、杨树湾、雷阳镇、安平塔,飘荡的水上生涯、热闹的民间纠葛、上层的微妙摩擦、男女间理还乱的恩怨、痛苦的历史、严峻的现实,色彩是如此斑驳绚丽,画面是如此辽阔久远。然而潘军并没有去追求故事的奇险曲折,他所醉心的是通过他的笔把一幅幅生活场景呈现在读者的面前。所以我们无法从《日晕》中寻找一个完整的故事,然而它又是完整的,但你毕竟说不出它完整在哪里。作家似乎是把生活中所发生的、过去的和现在的、独具匠心地、看不出有修饰痕迹地搬到了他的作品里,糅合在一起,几乎没有什么缝隙。如果把这种写法称为"块状结构",或许生硬了些,但这种块状结构较之那种线状结构,是可以使作家的描写更忠于生活真实的。线状结构需要故事的曲折跌宕、完整而又奇崛,这无疑需要对生活进行切割和裁剪,因为生活本身散漫芜杂得多,而绝不是那般奇巧严谨的,所以读者常常发生"难道生活中真有这样的奇事吗"的疑问,评论家和作家也只好以"无巧不成书"之类的自己也说不清楚的理由来解释,这样也就拉大了作品和生活之间的距离。这不能不说是长篇小说创作中由来已久的弊病。《日晕》的好处是,它切切实实地缩短了这种距离,它的描写是那样活生生、那样实实在在,有时你甚至感到有点琐碎,然而你也无法不去接受它为你描绘的一切。我想,这种富有强烈吸引力的艺术效果,固然得力于作家笔力的娴熟,但和块状结构的写法不无关系。块状结构应当说是长篇小说创作方法上的一个突破。

但潘军的这种结构方式绝不是从现代派那里捡一些诸如荒诞、变形、淡化情节、情思恣肆等来标新立异,来说明自己的作品和世界文学的接轨。潘军是现实主义的,《日晕》是现实主义的。现实主义完全不必拘泥于典型环境中的典型性格这一种模式。因此,不排除《日晕》借鉴了某些现代派的描写和叙述的手法。但《日晕》所出现的一切场景,除白洛宁多次见到的那只白色大鸟包容着读者可以任意猜测和理解的因素之外,其他都并不扑朔迷离,都有着生活的依据。当然,作家所采用的基本上是心态描写的手法。如果现实主义分为社会的现实主义和心理的现实主义两大分支是一个科学的划分的话,心态描写大约是可以纳入心理现实主义这个分支的。这部小说的一个显著特点,是几乎整个的篇幅都是人物的心态独白,对话所占的比例也很小,其他如氛围、场面、环境、情绪等,都由人物的心态来表现。各种不同人物心理视角交错出现,面对现实和回闪历史的反复运用,使作品的层次分外丰富。有时虽然时空跨度很大,但脉络十分清楚,堪称错落有致。这种心态描写的方法的好处是使人感到真切,读者容易和作品中的人物融为一体,那悠悠的雷水、那密密的芦苇、那苇子撑篙下漂动自如的小船、晚霞中年轻妇女洗衣的棒槌声和她们的丈夫那独特的游泳洗澡方式,还有那悠扬好听的充满着黄梅戏味的小调,这一切自作家笔下滑滑地流出,又悄悄地流入了读者的心上。读着这些凝结着诗情和画意的篇章,真是如同身临其境,时时能引起你对自己生活中某个片段、某段经历的美好而难忘的回忆。

然而《日晕》并非要为读者描绘一幅充满着诗情画意的人间画图,潘军常说,他所描绘的这一切只不过是寻找几个参照系,以历史的事件为经,以现实的事件为纬,通过这经纬的交织,去透视人生,去洞察人的灵魂。在作品中,"日晕"这一自然景观反复为各色人们所议论和引起震惊,"日晕"的光环也便照映出了各色人等的心灵表演。将"日晕"和洪水联系起来,虽然带有某些迷信色彩,但也不无科学根据。然而日晕与洪水之间的联系并不是重要的,潘军非常明白这一点,所以他只是若即若离地虚虚地带过,但又不让人们遗忘"日晕而水"这一说。重要的是日晕对人们的心态影响,并由此而引起的各种不同反应、人们采取的各种不同的行为,通过这些反应和行为,引起读者对历史和现实的深沉反思。日晕便是洪水,只不过日晕的涵盖面更为深广些,它不像洪水那般具象,但它又确实比洪水更能照映作品中人物的内心世界,所以潘军选择了"日晕"这一并不十分响亮的词儿来作为他的第一部长篇的标题。

日晕——洪水,如何去映照人们的心灵呢?作品展现在读者面前的层次是丰富的,我们不妨分层次地做些剖析。县委书记宋尚志——县委副书记白洛宁——镇长李松茂分别是一个层次,不妨称之为"官场层次"。这个层次的人物虽然也想到如何去平息这场水患,但他们想得更多的是如何利用这场水患去钩心斗角,如何变患为利,满足他们的一己之私。在这场表演中,描写宋尚志的笔墨虽不多,但他老于世故、手腕练达的一面却淋漓尽致。作为一县的主要负责人,大水当前,他却以肝区有查不出的毛病为由住进了医院,而把抗洪防汛这一沉重的担子推给了初来乍到的年轻副书记白洛宁,他想到的是让白洛宁在大水面前手足无措、出丑塌台,然后由他来重整旗鼓、力挽狂澜,并以此来振作他在官场自感失意的心态。这一切,白洛宁自然能隐约看出,但他曾作为下放知青在这一带生活过,他对这里的人和水都熟悉,虽然他没有什么锋芒,但他毕竟不是庸庸之辈,他在大学里就曾获得过同学们"老枪""少校"之类的带有揶揄色彩而又不可辩驳的赞誉称号,而且又得到地委书记边达的支持,所以他一上任便干得很顺手。于是宋尚志又显出了惊惶,以动听的理由想把白洛宁换回去,这一招当然很拙劣,但也充分看出了宋尚志灵魂中的阴影。白洛宁在这一层次中,算是比较纯正的,但他一踏入仕途,也便染上神经脆弱、过于敏感之类的官场病。省报记者的报道里写了工程师庄雨迟关于江堤防汛分公里承包的方案,他觉得没有提到他这个总指挥,感到心理不平衡。地区《大江报》表扬他在抗洪中的种种表现,他又感到这是宋尚志在离间他和同志之间的关系,是在上司面前浅薄地表现自己,又感到心理不平衡,并且很刚强地在电话里发了宋尚志一通火,然而撂下电话,他又后悔自己的莽撞。应当说白洛宁还是有着谨慎操劳的品格的,这自然和他的根基不深不无关系,然而他一出马,而且是担负着如此的重担,却不能摆脱那些看来是鸡毛蒜皮、微不足道,而在他眼里很重要、很有分量的官场微妙,这不能说不是一种悲哀。这种悲哀由来已久了,是一种纯属消耗的重负,是一种顽固的堕力,它在某种程度上阻碍着我们这个民族前进。这或许不是危言耸听。年轻的白洛宁刚刚踏入一个不算次要的岗位,还没有去玩弄并且也没有打算去玩弄什么权术,他还是清白的,他却不自觉地染上了这种病症,恐怕他自己也始料未及。在这一层次里,李松茂的表演则更为直露,他所想的是如何讨得上司的欢心,由于他和白洛宁之间有过那样尴尬、那样不愉快的一桩往事,所以他特别害怕白洛宁的到来。直到白洛宁完全摆出一副往事如烟的姿态,并且对他有了实际的表示(批钱、由副镇长提为镇长),他才坦然起来,并且加倍地小心。但他的所作所为完全为了在县里混个局长,出门有车坐,而且坐在前面,让人一眼就能看见。他虽有扭曲自己的可怜的一面,但他浑身都浸透着卑微和狡黠,他无所顾忌地利用、把玩、作践、恐吓吴德荣夫妇,使这一对善良的男女成为他的附庸和牺牲品,又表现了他的险恶。

和官场层次相照映的是民间层次。作品在这一层次的描写中侧重于桃花寨。桃花寨有姣好的女子,杨树湾的人们却过着兴旺的日子。两个村子的人互相不大看得起,却互相断不了往来。随着岁月的推移,以雷运生为代表的桃花寨人开始醒悟了,想拼起劲来使日子过得红火些。然而雷运生经不住缠绵情思的消磨,更奈何不得他的养父雷龙水的专横武断,桃花寨还是在古老而昏暗的氛围的笼罩之中。他们不服气杨树湾的兴旺,却又不思奋发努力,而是祈祷上苍,请些道士来胡乱念经做"平安",这不光反映出他们的愚昧和迷信,还透露出他们对杨树湾即将遭到洪水吞噬所表现出的幸灾乐祸,这当然是十分狭隘的。桃花寨的固执、轻视、自信,与雷龙水大半辈子闯荡江湖和由此而铸成的江湖性格密不可分。雷龙水俨然是桃花寨的班头,这难道不是中国农村的缩影吗?为了摆脱这重重羁绊,我们的民族一次又一次地奋斗、一次又一次地冲击,也取得了一个又一个的突破,然而还有为数不少的"桃花寨"在这羁绊中痛苦地挣扎,安平塔下祈祷上苍的青烟还在不断地冉冉飘起,人们意念中的桃花奶奶依然有着旺盛的青春活力。正是这一切在消磨着许多"桃花寨"如花似玉的儿女们的美好时光!

如果说介乎官场和民间还有一个层次,那么其代表人物无疑是工程师庄雨迟和省报记者边小素了。这两个年轻的知识分子耿直、鲜明、无所顾忌,甚至有点玩世不恭,但他们面对现实不面对官场是可贵的。这两个人物一出场,作品便有了异乎寻常的光彩。他们给予人的是蓬勃的朝气和锋利的目光,他们有着丰富和纯真的情愫,他们向往和热爱着人间美好的一切,虽然他们在不同的时间和不同的场合碰上了苇子，但苇子都同样地和他们的心灵交融在一起。苇子是美好的。他们是为了追求人间的美好才和苇子心灵相通的。然而，庄雨迟和边小素似乎并没有得到应有的尊重，他们在白洛宁的眼里只是处于不可少又不可多的位置。这难道不正是某些地方知识分子的现状吗？

这便是日晕的光环里所显现的人的心灵，有历史的，也有现实的，不管是历史的，还是现实的，都值得我们回味和思考。无论是哪一个层次的人物，都应当冲破传统文化中那种僵死因素的制约，去创造新的文化，去陶冶新的心态。历史给予我们的痛苦已经够折磨的了，难道我们不应当警悟吗?!

读罢《日晕》，我们或许会为这部长篇小说并不着力于刻画人物性格而感到不满足。小说的作法正在向多元发展，长篇小说也莫能例外。过去的长篇都把人物性格的刻画推到第一位，并且有了各色栩栩如生的人物画廊，这无疑是值得回忆的。但小说发展到今天，应当容许有各种尝试，只要读者接受，便应当肯定。我这样说，并非为《日晕》辩护，《日晕》自有它的人物描写，只是作家并不把笔力专注于人物的性格，更不是社会政治矛盾的人物化，有时是信手拈来，有时是随意点染，但有血有肉的人物时时活动在读者眼前，有些已达到了呼之欲出的境地。与此同时，事件，特别是政治事件后退了，人物的心理和情绪被直接推到了被描写的中心位置，而且视角较大，观照着整个人生，写的是人物的命运，并通过人物的命运来唤起我们对历史和现实的反思。这种写法当然比那种以意为之、意念化十分强烈的写法要更令人可亲可信。比如雷龙水的一家——雷龙水、雷运生、苇子这三个人物，读后就使人久久难忘，尤其是雷龙水，更有他的独特的文学意义。

青年时代的雷龙水，是有权有钱有势的豪绅孙二先生的长工，但他并不是一个俯首帖耳的长工，他看上了孙二先生的小老婆玉枝，并且将孙二先生沉入了雷水，他还打抱不平，宰了他的上司胖团长。由此，一解放他便成了英雄。然而，他在江湖上闯荡惯了，他不在乎什么公职，而是和玉枝在一起任雷水漂流。当然，他也有难言的苦——他不能生孩子。虽然他和玉枝之间似有什么君子协定，但他决不甘于这份耻辱，于是在苇子降生的前夕，他绝妙地想出了在安平塔下获得宝物的高招，一个玛瑙扇坠、一个赤金凤钗，而且逢人便炫耀便张扬，这在相信神灵的村民中间，无异于神仙点化，苇子的出生不但毫无异议，而且真的是上苍的保佑了。雷龙水不但的确确地保住了名声，而且身价猛然上升，从此，"桃花寨有哪个龟孙子敢与老子作对？我说黑的，哪个敢讲是白的？我指方的，哪个敢碰圆的？"。只有他真正是桃花寨的灵魂。其实那宝物到底是怎么回事，只有雷龙水一个人知道。当初下放学生庄雨迟稍稍看出了一点所谓宝物的底细,雷龙水便感到了不安宁,于是默许了庄雨迟和苇子之间的关系,而当众吊打了雷运生,谁能说他不是担心这个"四只眼"揭穿了他的把戏呢？一旦这个"护身符"被揭穿,他雷龙水便威风扫地了,所以他不惜牺牲养子雷运生的真挚爱情而去保全自己。雷龙水便是这样一个集刚强与柔情、剽悍与散漫、武断与果决于一身的人物。他不但善于神化自己,而且能保持这神化不被打破。他是顽固、僵化的,他的命运便是桃花寨的命运。他为了使他在桃花寨始终说一不二,断然停了养子雷运生的学,因为他看出了这个雷水上漂来的小子不但是个"犟种",而且念书还颇有灵气,他不愿意雷运生的翅膀硬了之后不把自己放在眼里。少年雷运生跪在他面前苦苦求情,是极其残忍的场面,残忍之中又透露出了雷龙水狭隘的远虑。雷运生果然俯就于他,连他与苇子之间的婚事也被活活拆散,承受了十年比邻相思的漫长煎熬。这便是雷龙水,他不是一般农民的形象,他是他自己用封建文化浸透了而立在桃花寨上的一尊偶像。雷运生虽然是充满着血气的男子,但他要搬动这尊偶像也是非常困难的,直到他的这个养父行将就木仍不把这个复出的支部书记放在眼里。他明知封建迷信那一套不能容许,尤其是支部书记的亲属要带头破除迷信,但他还是挑头组织、鼓动做了"大平安"。这难道只是迷信、固执吗？或许和血缘的不同而造成的感情上的离疏不无关系。雷龙水是一个很有个性的文学形象,但他又是一种象征。比较起来,苇子的形象中充满了诗的境意,她是和碧绿的雷水、青青的芦苇、艳丽的桃花融为一体的。她天真、纯朴、聪明、痴情,然而她的头脑里又充满了封建意识,她是保守的,这是桃花寨的贫穷给她带来的弊病。她痴迷地等待着庄雨迟,一等便是十年。为了庄雨迟她闭上了清脆悦耳的歌喉,和没有丝毫血缘关系的雷运生保持着那种真正的兄妹之情。她是痛苦的,有时她也短暂而羞涩地欣赏一下自己美妙的青春,那芦苇丛中的一幕真是将一个情丝飘忽的青年农村女子的心境写活了。边小素的出现,使苇子有点枯黄的生命有了一刹那的快乐色调。苇子赞赏边小素的所作所为,她喜欢边小素的热情大方,但她又深知她和边小素之间相隔得那样遥远,于是她又有了淡淡的哀愁。苇子也许是《日晕》留在人们记忆中最清晰的人物形象。

谈到人物,不能不谈谈《日晕》中众多人物的死,老龙水死了,雷运生、巧凤死了,苇子死了,李松茂死了,吴德荣也死了,天灾人祸,死的人确实不少,一些美好人物的死去给人以强烈的压抑感。这是一个悲剧,悲剧便是将美好的东西毁灭给人们看。作为文学作品,不在乎谁死谁不死,这全凭作家手中的一支笔,问题是应当描写出死的价值和意义。我以为这方面《日晕》是费了神思的,并非让人物一死了之,而是写出了死亡的学问。早在 1912 年,美国社会心理学家罗斯韦尔·帕克便提出了"死亡学"这一学术概念,后来瑞士的精神病学家又进而将死亡过程划分为五个阶段:不承认、愤怒、讨价还价、抑郁,最后是接受死亡的来临。这当然是指正常死亡,即因病死亡。《日晕》里写的都是非正常死亡,虽然不一定遵循上述五个阶段,但也逃不脱其中某一两个界说。吴德荣临死时那一声"我是烈士"的呼喊,包含了多少内容,是对李松茂的愤怒,是无可奈何的抑郁,但又清楚地知道死亡的来临,不得不去接受。雷运生和巧凤的死,《日晕》是虚写的,他们没有死的打算,而是迫切地期待着生还后的幸福,但在茫茫无涯的洪水之中,他们赖以生存的轮胎被划破了,他们求生不得而被迫死去。可想而知,他们临死前那怨天尤人的悲愤情状。苇子的死却是她自己选择的,她当然对生活充满热情和眷恋,但她在那种绝望的情况下和庄雨迟邂逅,他俩是在完全绝望的心态之下了却了人生的夙愿的。但大水又奇迹般地退去。苇子深知,大水退去,庄雨迟也会离她而去,她本来还可以去寻求她的新的生活的,比如说和一直在追求她的毛狗结合,然而这个被封建意识顽固地占据了头脑的女子竟然想都没想,她只是高呼一声"老天爷,你好缺德",便了结了自己的生命。她是殉情,也是为了保全头脑里不可动摇的贞操,她是封建、愚昧和落后的牺牲品。她的死令人深为叹息和震惊。李松茂的死,是他精神完全崩溃的结果,他是以死来求得灵魂的解脱,这或许就是人性的复归吧。他的妻子巧凤是那么温柔地和雷运生死在一起,而且怎么也分不开,这是他目睹了的。对巧凤的死他开始是有些悲哀,但继而遗憾的是他们枉做了这么多年夫妻,竟没有如他俩如此温柔地温存过,他极为痛恨这一现实又无法摆脱,接着他又看到了被他蹂躏而神经完全错乱的翠娥,并联想到了吴德荣的死。他的灵魂再也没有一丝回旋的余地了,他想以死来洗刷自己,然而是洗刷不清的。老龙水的死写得最有特色。炸坝之前,老龙水便下意识地掐死了跟随他多年的一条老狗"疤子",他似乎是在显示自己大病初愈还有力量,然而这莫名其妙的残忍,正说明他对这个世界和人生的绝望。不久,炸坝了,上水了,别人都奔上桃花岭,唯独他正襟危坐等待着死亡的来临,他一口气喝掉了一瓶酒,又把他的命根子宝物丢进了大水中。然而这时他坐在水中解了一泡小便,温热的感觉使他又有了生的希望,但他又怕人来戳他的脊梁,于是又默然入定了。雷运生突然闯入抢救,使他产生了极度的对立情绪,这情绪也许只有一刹那,但这一刹那使雷运生的脑袋狠狠挨了一烟袋锅,于是老龙水也结束了他的一生,雷运生后来的死和这一烟袋锅似乎也有关系。这样的描写真是婉转曲折,把人物的心态细细地揣摸了出来,而且篇幅又不多,堪称洗练传神之笔。

之所以不厌其烦地论述《日晕》中关于死亡的描写，无非是想说明这样一个看法：不在于写什么，而在于怎样写。《日晕》中的死，在怎样写上是花了功夫的，它不是简单的关于死的情状的恐怖描摹，不是西方社会心理学家和精神病学家论述死亡的五个阶段的机械重复，而是写出了对生和死的各种不同的心态。《日晕》中关于死亡的描写是人的灵魂的观照的一个有机的组成部分。

关于《日晕》，要说的话还很多，本文无法承担从各个方面去探讨《日晕》的任务，只能作一个简单而浅白的开头。当然，可能对《日晕》还有不同的看法，这也是极正常的。不过我要指出这样一个事实：无论怎样去看《日晕》，但对这部长篇的内在韵律，它所展示的富有个性的地域文化，它在文学语言方面的创造，是无法不去承认的。不然，你就无法解释一部没有奇崛、曲折、惊险故事情节的长篇小说，为什么会如此地引人入胜，为什么会有如此强烈的可读性。韵律当然是很难解释清楚的，它需要读者去体会，然而作者便要凭着他对生活的把握、驾驭，凭着他的文学素养，还要凭着说不清的灵气，去进行创造了。《日晕》所显示的韵律美，是有一定的艺术价值的，很值得探讨一番。现在不少小说都注意了与文化的合流，潘军也在不断地做这方面的努力，但他极力避免简单地贴上文化的标签，去掉地方志的书袋，去把志书上的记载原封不动地搬过来。他对曾经盛极一时的"寻根热"也有不同的看法，他以为地域文化始终是和现实生活联系在一起的，不理解某个地域的现实，也就无法去反映某个地域的文化风情。文化孕育着现实，现实又悄悄地丰富着文化。如果要问人世间最难割得断的东西是什么，回答可能只有文化了。《日晕》里的文化风情写得好，具有强烈的地方特色而不媚俗，寓雅于俗，让人有咀嚼回味的余地。那悠远的民歌，那地道的黄梅调，那顺江漂流的竹排，那巍然耸立的安平塔，包括那雷阳镇上的小买卖，难道不都是雷水孕育的吗？潘军自己也是这"雷水"孕育的，他写的是他休养生息的古老家乡的地方文化风情，所以那样得心应手，他几乎未做什么提炼和加工，只是凭他的心灵的领悟，随意点染，即让人觉得回味无穷。这才是真正的小说与文化的合流。至于《日晕》的语言，无疑是上乘的，已不能在流畅、生动、简洁的水平线上来对它进行评价，也不是生活化、性格化所能包容得了的。《日晕》的语言有一种特殊的风味。潘军很欣赏闻一多评价庄周的一句话："他的文学不仅是表现思想的工具，似乎也是一种目的。"他也很欣赏法国作家克洛德·西蒙的一句话："作品是建立在写作和语言同一水平的。语言不只是一种手段，还是一种动力。它也有创造力。"对于《日晕》来说，语言是载体，同时又是被载的一部分，是一种早有独立个性的艺术创造。《日晕》中不同人物是随着不同的语言出现的,这不用多说。更重要的是,从这些语言的创造中,我们可以领悟到生活的一部分。

对于《日晕》作为一部规模较大的长篇,潘军是做了他的全部努力的,但也不能说没有缺点。他的笔一写到民间,一写到桃花寨,便一切都鲜活起来。而一写到上层,人物的心态虽也生动逼真,但总不如写民间来得有灵气。有的人物,如边达和杨子东,也显单薄、意念了些。作者虽然注意到了让事件尽量向后隐去,但有些过程他又无法不去做些交代,每每写到这里,就显得有些淤滞,却又没有想到好的办法回避。上述不足和创作中的困难,有些也不能完全归咎于作者笔力所不逮,而是隐隐地透露出创作过程中的某些心理障碍。

毫无疑问,《日晕》是一部值得向读者推荐的作品。

(原载于《清明》1988 年第 3 期)

捕《风》捉影

——兼记潘军与他的伙伴及我的朋友们

鲁枢元

我读小说,只读到王安忆、张承志、韩少功、张炜、莫言,也许再加上残雪。1989年,似乎在我的文学阅读中画下一个长而又长的破折号,后来便只顾埋下头来编两部厚厚的没有太多意思但多少有点用处的书,对于当代中国文学的把握,便中断了。"向内转"完全转向自己的内心。好像本来生活在水中的青蛙,后来便栖居到山坳里去,渐渐地连水声也听不到了。我知道,中国的文坛上后来又出现了苏童、余华、格非、北村、孙甘露、叶兆言,还有潘军,听说他们写的小说很现代或很后现代,属于"后新时期"或"新时期后",知道他们很年轻却又拥有一大批更年轻的读者,但不知为什么,我始终没有产生阅读他们的兴致。这也许是因为不只小说家分时期、划时代,读者也在更新换代,在新潮小说面前我也许已经显得过于苍老,该是一个被"吐故"的对象。况且,我又不是职业评论家,不靠紧跟紧啃新涌现的小说和小说家吃饭,于是就中断了自己对 90 年代中国当代文学的阅读,偶尔想起,心头并不是没有几分遗憾。

其实,我与这一小说家群体多少还有些接触。叶兆言,1989 年春上,我们在上海郊区的嘉定县一起待过几天。那时节,兆言刚刚出道,一次黄昏的散步中曾听他讲起祖父晚年的情景,一道听他讲的还有张炜、王安忆,兆言说祖父对他很喜欢。老文豪那时大约也没有想到,他的这个小孙子在他百年之后很显露了一番峥嵘。和余华,在北京潘凯雄那里见过两面,他说以前什么时候曾在鲁迅文学院听我讲过课,我的耳根顿时发起烧来,因为我知道那次讲课是我一生中为数不多的最糟糕的几次讲课之一,便设法把话题岔开,再不谈文学。与北村,差不多可以说是朋友了。先是他在《福建文学》当编辑,曾写信向我约稿,后来我在河南主持全国"文学与语言"学术研讨会,专门请他从福建赶来发言,原意是请他从小说创作实践的角度谈一谈,结果他讲得比理论家还理论,我听得目瞪口呆,对北村的小说也从此望而生畏。

潘军,却见得很晚。

秋天过罢,我来到海南。生存空间发生了重大转换,离开了熟悉的一切,面对着未知的前景,尽管自己给自己反复进行心理调节,仍感到身如飞蓬般地没有着落,又好似在山洞里窝得太久的旱鸭子一下子被抛到浪涛滚滚的海边。总之,从里到外地不舒服。

新安置的家,像摆的地摊。然而,朋友们不嫌弃,韩少功约了蒋子丹,还有湖北过来的几位哲学家,以及一半评论家一半哲学家的萌萌女士,到我这新开张的"地摊"上吃"单炒",碗筷都凑不齐,一把花生米、一碟炒芹菜,仍吃得神采飞扬、锣鼓喧天。

当饭菜全部吃光的时候,潘军进来了,风风火火的。

潘军很年轻,也很健谈,谈到文坛气象,谈到文人百态,也谈到他闯海南两年来的"苦乐年华"。我看潘军,不及余华清秀,较余华多了些刚健;谈吐比北村多几分尖刻,眸子里却不乏北村那基督徒似的良善;兆言有秦淮才子的儒雅,潘军则反倒透射出塞上军旅的雄霸,虽然他并不出生于塞上,也并没有当过兵。人的印象就是如此。

临别时,潘军给我留下他的一部新作,长篇小说《风》。

不知别人怎样,我很注重"缘"。比如,如果不是二十年前我从郑州铁路师范学校资料室内一堆尘封已久的图书中翻出吴伟士的那本《现代心理学流派》,也许后来我就不会走到文艺心理学研究的路子上去;不,或者应当这样说:正是为了后来我将要从事的文艺心理学研究,冥冥之中的一个神秘指令才使我在一堆乱书中发现了吴伟士的那本论著。未知的世界是一个场,时间的维度也会是弯曲的,所谓"因果链",其实说不清哪个环套着哪个环。

《风》该是与我有缘。书是在河南人民出版社出版的,责编是我的学生,美编是我女儿的同学。这些或许都不算太偶然。更奇怪的是,小说开始叙述的第一句话竟是:"长水故道边上有个地方名字极古怪,叫罐子窑。"这个起句令我震颤,因为我心中曾多年埋藏着一句话:"黄河故道边上有个地方名字很古怪,叫盆窑。"潘军说"罐子窑"确实是有的,那是他母亲的故乡;而"盆窑"也是确有的,那是我祖父出生的地方,是我遥远记忆中的祖居。

我花四天时间读完了这部近30万字的长篇小说。默然掩卷,不知为什么,我又想起了郑州家中那只钧窑古瓶,我在我的《超越语言》一书的第73页曾记述过这只神秘的古瓶:那是一只禹县神垕镇烧制的高约尺半的钧瓷大瓶,它的正式名字叫"虎头樽",其釉色是"雨后天青",红中泛紫,紫中透蓝,斑斓夺目,通体流光溢彩。那是一件陶瓷,也是一首用神垕的泥土和着烈焰写成的诗。

"陶罐""陶盆""陶瓶",如此阅读联想几乎是离奇怪癖的,但我不能不如此写下,这的确是我在读《风》时的真实感受。它像一股风,飘然吹过我的心头,即使我操持着我搬运得动的"理论""概念""范畴""模式"去对这部小说分析上百次,也许仍然不会比我感受到的更丰富、更真切。

靠评论家的理论和文字能捕捉到那股文学感受之风吗?即使捕捉在手,"风"还会是"风"吗?这都是可以成为问题的。

单就潘军这部《风》的内容来说,就很不好把握。它似乎写了叶氏兄弟与两个女人的爱情纠葛,甚至隐隐约约写了国共两党的龙争虎斗,写了改革开放的悲欢苦乐,然而它却没有写出一个清晰完整的故事,没有树立哪一个突出的人物。以前人们都把"史诗"当作长篇小说的桂冠,"历史性""历史意义"成了大部头小说的最高品性。然而,《风》却与众不同,一切都如此游移不定、缥缈朦胧。"历史"难道也是可以这样写的吗?不过,"历史"非得如此这般去写吗?细研潘军的这部小说,我隐隐琢磨出《风》中流露出的是一种别样的历史观。

其一,表现在历史的内涵上,不仅帝王将相、英雄豪杰是历史,不仅阶级斗争、战争革命、改朝换代、变法或者复辟是历史,甚至不仅典章制度、习尚风俗、文物遗址可以成为历史,心态、心向、知觉、意绪、情感、精神也可以成为历史,成为历史的内涵。以往的历史学家、现实主义小说家们太看重历史的"硬件",以致忽略了历史中心灵的一面。《风》的作者也许是在努力探求历史中心理、心态、心灵的真实。心灵的历史不会是人物和事件的砌造,而是一股"岁月之流",一些岁月在人类意识之流中的碎片。

其二,表现在探求历史的方法上,我依然认为,事件或人物的最深层的真实,是心灵与精神的真实,起码对于文学来说是如此。不幸的是,威廉·詹姆斯在一百年前就断言,人的意识是不能重现的,更是不能复制的。没有一种已经过去的心理状态能够再现。詹姆斯曾批判过一种错误的常识:我们每天看到的这块石头、嗅到的这股花香、听到的这首乐曲,不都是相同的吗?不对,相同的只是外在感觉对象,而不是"关于对象的感觉"。所谓"档案",也只能记下某个历史人物——比如小说中的郑海的种种行状,只能确认下郑海作为中共地下工作者的角色,但档案记不下郑海的种种情绪和心迹,因而也就记不下郑海作为个体的真实存在。在这部小说中,潘军已经表现出对"档案"的怀疑与鄙夷:"档案只能证明人的一部分经历。况且档案也是人为的产物,可以修饰,可以剪裁,甚至可以篡改与杜撰。人的历史相当一部分是无法证明的。"潘军似乎还应说得更透彻一些:即使那"档案"从"档案的概念"上讲是属实的,然而它又能在多大意义上代表郑海作为一个个体的历史人物的真实呢？问题不全在于档案的真伪和偏全,而在于档案本身。

如果连档案都不可能把握或者证明历史中个体存在的真实,尤其是心态和心迹的真实,那么,还能靠什么呢？

潘军说:靠"良知"。

这也还有些含混。也许,靠什么都不行。可贵的正是这个被觉知到的"不行"。以前的问题在于把"不行"误认为"可行",新的出路在于知道了"不行"之后的"行动",知其"不行"而为之,这是一种清醒的行动,一种带有悲壮意味的行动。或许这才是潘军所说的"良知"。对不可表达之物的努力表达,恰恰在这个意义上,对于历史真实的探究才有可能最大限度地"逼近"那个闪烁在夜空中的彼岸。潘军说:"是历史本来的暧昧,还是历史叙述者的恍惚？"应该说历史的暧昧与叙述者的恍惚都是真实的。老子曰:"道之为物,惟恍惟惚。"惟恍惟惚才是"道",惟实惟证,惟确惟定,反倒不成其为道了。潘军说:"我不是在故弄玄虚,我的全部努力都是在追求真实。"我是相信的。在我看来,《风》正是用这种飘忽游移来展现历史的真实或不真实的。"历史"在这种暧昧与恍惚中也就拥有了不可穷尽的可阐释性。当然,《风》不是新历史学的讲章,而是艺术的表现,在这一点上潘军做得堪称精彩。一些飘忽不定的场景、几个扑朔迷离的人物,竟被他写得扣人心弦、栩栩如生,竟能如此悬念迭起、引人入胜。这使得这部现代主义的小说与某些过于观念化的现代派小说不同,使它在拥有丰富的可阐释性的同时也拥有生动的可阅读性。潘军不乏写实的功力,同时也具备现代文学观念。《风》的创作,应当看作长篇小说中"中国式现代主义文学"的一次成功的尝试。

潘军这一代小说家,大多具有高等学历,受过良好的文化教育,他们与前辈作家还有一点不同,那就是,写小说并不只是写生活、写阅历、写感受、写体验,写小说对他们来说是形式的创造,甚至也是技巧的炫耀。他们多半受过索绪尔、列维-斯特劳斯、巴尔特、热奈特、托多洛夫、德里达的熏陶。"叙述的方式""抽象的组合""自足体系"的营造,对于他们来说甚至比写作的目的、题材的意义、作品的内容更重要。或如托多洛夫所说,在艺术领域没有什么东西可以成为作品的先决条件,体系优越于艺术所表现的一切,形式本身也是文学的内容,并且是至关重要的内容,作品的意义正是在作品营造的过程中化生出来的,而不是事先拟定注入的。在读潘军的小说《风》的同时,我还研读了格非的中篇小说《湮灭》,深感其构造精巧犹如一件"八面玲珑"的玉雕。格非的这篇小说通过玄圃、树生、亚农、桂婶、福寿、鸭子、发财、龙朱八个人的口叙述了一个叫作"金子"的女性的命运,我想这大约就是热奈特所谓"反复程式"的叙述。古语说"众口铄金",美丽端庄、高贵纯情、坚毅柔韧的"金子"终于在众口的反复销蚀中化作了猪狗、化作了枯朽、化作了粪土。八张口,各有各的邪火,八股邪火的燃烧,自然要比作家那"冬天里的一把火"烧得更辉煌灿烂。况且,根据格式塔心理学的原理,八个一相加并不只是等于八,而可能会生出更多,八条线索织成的网,捕捞到的东西自然会更丰富。尽管我仍然不同意结构主义文学批评将文学的社会内涵、心理内涵完全摒弃于文学之外,但从中国这批新小说家的作品中,我的确看到了结构或体系的优越。

潘军的《风》,作为新潮小说的一部长篇力作,在结构形式上突出了新潮的特色。作者曾在后记中写下了他在对长篇小说形式探索中的苦闷:"很长一个时期以来,我一直对当代长篇小说的创作持悲观态度。我的悲观也许仅限于形式,或者说营造方式。无论是朋友的还是我的,大都让我悲凉地感到'气数已尽'。"从创作心态上讲,《风》也许是作者的背水一战,绝处求生。《风》的成功,是意外的,也是意中的。

明显与众不同的是,《风》的文本是采用三种不同的字体印刷的:宋体、仿宋体、楷体,三种字体标志着三种不同的语境、三种不同的话语。宋体字写的是"当下",是"现在",是当事人的"陈述";仿宋体字写的是"历史",是"过往",是创作者的"虚构";楷体字写的竟是作家穿插其中的"创作谈",作家当场拆解他精心构建的创造物。表面上语符的分野是如此清晰,但略加思忖,又会悟出这全都仍旧不过是潘军"炮制"出的一种标新立异的文本。法国当代小说家克劳德·西蒙曾想过要用不同颜色的墨水写他的《弗兰德公路》,最终没有实行。如果可以把潘军小说中的三种字体涂上三种不同的颜色,那么我愿把它们涂成"红""蓝""绿"。"绿"是"现下"正在生长着的世界,在这个世界里有那个省城里来的作家,有乡镇企业的负责人陈士林,制陶工艺改革家糙坯子,糙坯子的女儿、陈士林的侄女田藕,女乡长秦贞,地委书记林重远以及那个神出鬼没的白胡子山林野老一樵;"蓝"是虚构幻化的过往世界,在这个世界里有那个来无影去无踪的隐身人郑海,有叶氏家族中的老太爷叶念慈,大少爷叶千帆,二少爷叶之秋,家仆"六指"以及老太爷的姨太太、二少爷的相好唐月霜,"六指"的妻子、大少爷的情人莲子,再就是两个不明不白的"杂种"或"野种"即后来成为绿色世界中的陈士林、糙坯子的两个男孩子。两个世界相互联系、相互渗透、一脉相承,但两个世界又被一团岁月的迷雾隔开,中间存在着弥补不了的裂隙与空白,而空白与缺裂的缝隙成了神鬼出没的世界。至于"红"色,则可看作小说中的"朱批",宛如《红楼梦》中的"脂批"、《水浒传》中的"金批"一样,不过这里下批注的却是小说家自己。在这题为"作家手记"的"朱批"中,作家谈考古、谈方志、谈人生哲学、谈创作体验、谈中西文论,也谈对作品人物情节的分析,这支红笔贯通于蓝、绿之间,似乎不但没有把蓝、绿分界开来,反而连自己也"搅和"进去,"红、蓝、绿"漫淋漓,弄得历史与现状、客观与主观、真实与虚构更加难解难分。

德国哲学家哈贝马斯在论述言语的"普遍语用学"原则时,也曾试图给人类的言语行为提供一个"统一的框架",这一框架被称作"三世界并列系统":外在的世界、内心的世界、人与人之间互通的生活世界。三个世界的语用原则分别是真实性、真诚性、正确性。

哈贝马斯的原则是周全的,长篇小说《风》中并不缺少其中的任何一种世界或属性,只是中国人毕竟不是法国人、不是德国人,艺术家也不是哲学家、理论家,西蒙的手腕和哈贝马斯的原则到了潘军手里便玩出了麻烦,也玩出了新意,玩结构玩成了无结构,玩形式玩出了超形式,于是我又想到宣纸上的泼墨泼彩,想到了神窑烈火中的窑变釉变,想到了我在《超越语言》中写到的那只流光溢彩的钧瓷"虎头樽"。作品的意义就在这流光溢彩中隐隐现现、生生灭灭。

由《风》观之,而对新潮小说,文学批评不会再是"瓮中捉鳖",反倒成为"捕风捉影",这是批评的欢愉呢,还是批评的悲哀?"空中"肯定比"瓮中"天地广阔,应该说,新潮小说为文学批评开拓了新的空间。

我曾经激烈地批评过文学中的结构主义,因为它把作家的心灵与符号的所指完全排除在文学创作与文学研究之外,文学由此成了失去血肉的"鱼的骨架"。我欣喜地看到,潘军一派新潮小说家们虽然极为注重用语言符号去营造作品的形式和体系,但并没有忽视主体的意蕴和作品的内涵,包括作品的社会性内涵。在他们的作品中依然灌注着作家生命的汁液。

这里可以先拿北村的《张生的婚姻》做一个例证。一百年前,尼采在欧洲宣布:"上帝死了。"一百年后,北村在他生活的那个太平洋东岸告示人们:"上帝又活了!"信奉尼采哲学的中国当代哲学家张生在孤苦无靠、冰冷绝望中大彻大悟,又匍匐在基督面前,热泪盈眶地捧起《圣经》。小说最后写道:"哲学家张生的流泪、祷告和归主,就这个时代来说,是一件稀奇的事。"

恰巧我知道一点,北村写出"张生",写出这部在《收获》某期发了头条的中篇小说并不奇怪,它既不单单是出于对陈述和书写的兴趣,也不单单是出于对符号和技巧的把玩,我多少知道一些,小说中还流淌着北村的心境和这个时代激荡无定的风云。不久前的《作家》杂志披露,北村从那次"语言与文学"研讨会上回到福建后,个人生活中遇到了激流险滩,家庭发生婚变,精神几乎崩溃,其中内情我一无所知。不过,回想起一年前我到福州出差,北村、南帆、孙绍振、王光明四位闽帮文豪曾在我的住处有一次长谈,北村那时已度过了他的精神危机,沉浸到一片澄明与宁静之中,令我等羡慕不已。至此,我方印证了人们的传言,北村果然皈依了上帝,阿门!绍振兄当时则已经一只脚踏进了"海"里,生活得很繁忙,当年的"崛起"受挫后转而论"幽默",一部正经八百的《幽默论》被书商改名为《幽默50法》,学术论著由此成了畅销书,港币、人民币赚了一大把,孙大教授却被闹腾得哭笑不得,你说幽默不幽默?这个细节,显然被北村搬到了小说中,张生关于尼采研究的哲学专著《智慧的愉悦》被出版社改名为《实用勾心术》,哲学家急得直骂娘。我之所以讲这些,就是希望能够证明"能指"后边也还存在着涂抹不掉的"所指",文学言语之下,也还潜埋着社会生态与精神生态,结构框架里也还流动着创作主体的血脉。

结构与心灵的关系,仍然是学术探索的无底洞。瑞士的心理学大师皮亚杰曾经在这个问题上下过苦功夫,并写出一本《结构主义》,书中分析了"物理结构""生理结构""语言结构""逻辑结构""数学结构",认定"非实在性"与"非静止性"是结构的基本属性,"数学结构"是一切结构的典型。皮亚杰的结构主义心理学在解释人类的"认知"现象时可谓头头是道,但一涉及"动机"和"情感",马上就黯然失色。正如他的研究者大卫·埃尔金德所说:在动机和情感领域,皮亚杰没有什么令人称道的贡献,他说过的一些话,大多是重复别人的意见。但在文学艺术创作领域,怎么能够回避掉动机和情感呢?

从中国新潮小说家们的艺术创造看,结构与心灵并非水火相克,而是可以相容相生的。我读《风》的一个突出感受就是:结构主义诗学与文学心理学这两支对垒的劲旅,在潘军这里却结成了亲密的"统一战线"。

潘军无疑是极为推重小说形式的。为这部长篇的形式他花费不少心思。就小说中"三种话语"系统展示的叙述方式而言,是一次成功的创造。然而,潘军同时又十分看重创作的心态,看重小说创作中那种直觉的、灵悟的、潜在的、浑融的心理动因。他在《风》的行文中屡有表述:"小说是这么一种由感觉贯穿始末的游戏","创作是一次精神的漫游","我很看重'写作中'的状态,就像根据心绪的好坏去喝酒一样","事前的考虑往往是多余的"。他甚至情不自禁地在小说中大段大段谈起"心理学"来,谈艾宾浩斯,谈弗洛伊德,谈海尔巴特,谈记忆,谈遗忘,谈"力必都",谈梦的本质。《风》中充满了浓郁的心理色彩,我凭直觉感到,小说中写到的"怪梦""鬼祟""凶杀""自戕""通奸""乱伦""老年之恋"以及"蛇吞其尾"的恶谶,都包蕴着丰厚的精神分析的内涵。要对此进行论述,该是另一篇文章的任务。

古人云:"枳句来巢,空穴来风。""枳句"与"空穴"也是结构,结构固然能够呼风唤雨,"雄风"或者"雌风"固然能够千变万化,或"飘忽测滂",或"被丽披离",或"徘徊于桂椒之间",或"邪薄入瓮牖之内",但"风起何处"? 总还得有个说法。"风生于地,起于青萍之末","大地"与"青萍"就是"风"的心理源头。潘军的《风》,既是"结构主义"的,又是"心理主义"的。也许,潘军在写作他的小说时什么"主义"也没有去想,然而这并不影响他的《风》成了"结构"与"心理"的整合。

小说既然是这样一个有机的整体,评论为何还非要那么多的"立场坚定、旗帜鲜明"呢? 对应新潮小说的创作,是否也该有一种"结构—心理"意义上的批评? 这是我读潘军的小说受到的启发。也许有人会说这种批评早已经有了,即雅克·拉康的"结构精神分析批评"。我以为我们需要的或许还不是拉康,且不说拉康的文体是多么艰涩难懂,且不说拉康在骨子里仍然是个"唯结构主义者",拉康的兴趣并不在文学,德里达嘲讽他说:他的兴趣在于给人们"供应真理"或"提供一种科学"。在文学艺术领域,又有多少"科学真理"可言呢? 至于潘军的《风》,潘军又说:"这是一条狡猾的蛇。"

中国的现代主义小说始终行走在新时期文学的悬崖峭壁上,1989年之后,当文学再度走入低谷时,一群年轻的新潮小说家却"飒爽英姿"地走上高高的冈峦大放光彩。这群后起的新潮小说家已经渐渐摆脱了对西方先锋派小说家福克纳、马尔克斯、海勒、加缪、西蒙们的追随与效仿,开始从整体上显现出"中国先锋文学"的特色。他们既是方向一致的群体,又分别是风格各异的个人,这正是他们的创作走向成熟的标志。不管他们每人今后的命运如何,他们都已经为中国当代文学史画上了光鲜艳丽的一笔。

一批朝气蓬勃的文学探索者很可能会在穷困中"潦倒"下来,也可能会留下一两个"饿死不食周粟"的角色,像曹雪芹、凡·高,宁可黑面包夹豆腐乳也要死守着文学。这固然非常可敬。潘军选择的似乎是另一条道路,两年前他赤手空拳下了海南,挽起长袖走进大海,几个硬仗打下来,战果辉煌,先是作家们的"蓝星笔会",后是记者们的"踏浪行","蓝星公司"名声大振。

潘军喜欢说:"男子汉什么不能做? 我不相信做第一流的商人与写第一流的小说就一定矛盾!"这话里颇有些"男权主义""扩张主义"的味道。潘军在跃身"下海"的同时,已咬紧牙关,横下心来,誓与纯文学共存亡,不惜做中国当代文学中的"最后一位先锋"。即使不以成败论英雄,仅此豪气雄风就足以令人敬佩了。

南部中国正云水翻腾,上边是海风,下边是礁石;一头是精神,一头是物质;一手硬,一手软;一半是形而上,一半是形而下。潘军将如何上天入地,左冲右突,他的伙伴及我的朋友们都睁大了眼睛看着。

1993年12月1日于海南岛

(原载于《当代作家评论》1994年第2期)

穿行于写实与虚构之间
——潘军长篇小说《风》解读

吴义勤

  1987年,潘军带着中篇小说《白色沙龙》跨进新潮作家的行列。其后,他又推出了《南方的情绪》《省略》《蓝堡》《流动的沙滩》等中篇小说,他甚至把新潮小说的叙述——结构方式淋漓尽致地发挥到长篇小说创作中。几年前发表的《日晕》以及从1992年第3期起连载于《钟山》上的《风》都有鲜明的新潮文体风格。从某种意义上说,潘军在中国新潮小说的发展中起到了继往开来的作用,而长篇小说《风》更以其独特的文体方式和成功的艺术探索在崛起的新潮长篇小说中占有一席之地。

  作为典型的新潮小说文本,《风》的艺术时空具有扑朔迷离的色彩,其故事形态不仅仅迥异于传统小说,即使在新潮实验族小说中也是卓尔不群的。虽然,从小说的表面进程看,作家自称"我是从前故事的追踪者,但这种追踪不存在方向性,是一次散步或者一次漫游"。然而,事实上,"这部小说有一半的篇幅是写现实的",小说其实正是由平等的两重故事世界组构而成的。"不难看出这部小说里与从前的故事平行的似乎还有一个现在的故事。从前的故事是现在人物的回忆和作家的想象交融的结果。"如果说"从前"的故事属于虚构的话,那么"现在"的故事则具有很浓的写实倾向,虚构和写实不仅是《风》着重展示的两种小说可能,而且两者的交织也是历时态的人生故事能够共时态呈现的主要艺术方式,整部小说的艺术风格事实上也正由此而奠定。

  "现在"的故事以"我"两去罐子窑采访的经历为线索,"它基本上是作家本人的观感"。"我"本来是要寻访郑海的事迹和故事的,但最后发现自己也不得不陷入一个"故事"之中,成为一个必不可少的见证人和主人公。本来,"我"和小说中陈士林、陈士旺、田藕、秦贞、林重远等人物之间真实的人生关系是松散的,如果没有那段"从前"的故事存在,"我们"的关系将失去根基。正是在"我"的小说创作进程中,主人公们的现实人生故事凸现了。这里上演的是一出生命和历史的悲剧,虽然作家很少进入人物的内心世界,但在散文化的写实叙述中我们仍能感受到主人公们精神扭曲、压抑的痛楚。陈士林是第一重悲剧,他放浪形骸的生命方式其实正是对心灵痛苦的一种掩饰。他的悲剧来自两个方面:一是无父的恐惧。作为一个私生子,他从小就生活在一种荒诞感之中。他渴望能找到自己的父亲,这也是他对

"我"寻访郑海特别热心的原因之一。二是爱情的绝望。陈士林的第一次爱情失落在一个错误的年代里,作为生产队长的他为了偷一点稻子回家糊口而被抓坐牢,他心爱的姑娘枝子被迫嫁给了他的哥哥糙坯子,由此,陈士林和枝子都同样陷入了万劫不复的精神苦海。枝子最终无法忍受心灵的折磨而与人私奔了,但陈士林的炼狱还远没有到头,他和田藕又陷入了没有希望的忘年恋之中。然而,社会、文化、伦理都把他们这种爱情置于一种绝望境界中。在他们的爱情悲剧后面,我们读到了社会和历史的悲剧,读到了人的社会、政治性格与其情感性格的永恒矛盾。陈士旺是第二重悲剧。始终沉默寡言的糙坯子几十年来一直生活在一种"虚荣"中,作为一个乡镇企业的先进标兵,陈士旺是以他的辛勤和汗水获得政治光荣的。他也明白罐子窑的土质不适合烧制陶瓷工艺品,他的作品远销国外是一个偶然的机会。但他必须为此付出代价,他把林重远视为恩人,夜以继日地为林重远给他的荣誉烧制陶罐,在蛮干苦干中忘记了身外的一切。最后,甚至还用生命去祭奠那近乎虚妄的荣耀。他的惨死虽不乏一种悲壮意味,但更透视出一种根深蒂固的愚昧。人大代表的身份对于他的生命来说实在是一种反讽,读者从中不难读出作家对中华民族政治文化心理的那份沉重。另外,陈士旺的死还是一出深层的情感和心理悲剧。陈士旺的政治地位引人注目,但他的内心痛苦往往被忽视了。其实,陈士旺也有其心理重负。他娶了枝子,但枝子并不爱他。这种精神打击几乎是致命的。而且他也察觉了田藕与陈士林的恋情,这雪上加霜的折磨可以说正是他常年避居窑洞并紧抱住荣誉不放的根本原因。显然,辛劳和政治荣誉使他获得一种拯救和解脱。在某种意义上,甚至可以说他最后的惨死也是一种逃避现实、追求解脱的行动。第三重悲剧是林重远。林重远是郑海的战友,又是陈士旺的恩人。这双重身份注定了他与罐子窑和叶家大院无法割裂的关系。我们虽然很难说是林重远制造了陈士旺的悲剧,但显然林重远之于陈士旺具有某种灾难性。作为一个知识渊博、平易近人的高级干部,林重远所受的心狱煎熬却远远超过小说中任何一个人物,不过作家是通过艺术暗示折射出他心灵深处的一种原罪恐慌的。他最终被毒蛇咬死,其中似乎隐含着因果报应和命运因素。林重远的悲剧在于他一辈子只能以一个异化的形象过虚假的生活,而遭遇惩罚的恐惧永远伴随着他。

显然,作家讲述"现在"的故事具有一种渐进的意味,故事始终是未完成态的,它在对现实的记叙中逐步呈现。而"虚构"的故事则处于一种相反状态,它不但是过去完成态的,而且处于不断的消解和颠覆过程之中。它是小说中的"小说",其创作者不仅是作家本人,而且"现在"故事中的主人公们都同时参与了对这部"小说"

的构筑。对于"以前"故事的讲述,一方面是他们重要的现实人生行为,另一方面又对"从前"进行着阐释、消解、颠覆和重建。他们既不停地上演着现时人生故事,从而成为作家"写实"的对象,同时又作为"从前"故事的见证人成为作家"虚构"的对象。这种跨越小说中两个不同时空的双重身份以陈士林兄弟、一樵、林重远、王裁缝为典型。正因为如此,"从前"的故事在作家的"虚构"和主人公们的"回忆"共同作用下,始终处于一种假定状态。故事情节、人物冲突、主题含蓄都处于一种复杂的配合与变动状态,并具有了多重可阐释性。首先,这里讲述了一个家庭故事。虽然在作家的最初构思中,郑海应是"从前"的主人公,但实际上小说后来所展开的四十年前的那段历史中真正的主角即是叶家大院中的人们,小说"虚构"的主要是叶氏家庭的恩怨沧桑,是叶家大院中神秘而无法侦破的谋杀案。其次,"从前"的故事凸现了爱情秘史的内容。叶家大院中的两个女人莲子和唐月霜都视陈士林为自己的私生子,其中隐情深深,人物的心理冲突和家庭历史由此被推上了小说前台。再次,"从前"的故事还具有一种革命历史传奇色彩。在小说扑朔迷离的"虚构"中,我们可以看到叶家和革命英雄郑海的神秘关系,莲子似乎是郑海的地下联络员,叶家两个少爷叶千帆和叶之秋的诡谲行径也无不关联着郑海。在小说中,叶家似乎成了一个阶级斗争的袖珍舞台,敌我双方明争暗斗,因而到处刀光剑影、血雨腥风,具有极强的传奇性。

当然,上文我们对《风》中蕴含的两种故事形态所进行的拆解式分析完全是一种行文需要。而事实上,它们统一于《风》这个艺术整体中,水乳交融无法分割。"从前"孕育预言了"现在",并一直活在现在人的记忆里,"现在"是"从前"的延续,"现在"的许多主人公正是由"从前"的见证人成长起来的。因此,"现在"和"从前"的故事不仅具有隐含的逻辑因果关系,而且还具有一种轮回意味。不仅陈士林、陈士旺兄弟和叶之秋、叶千帆兄弟有对应关系,而且郑海和林重远、唐月霜与枝子也不无某种宿命般的联系。

无疑,小说能自由地穿行于写实和虚构、现在和历史之间最功不可没的因素当推其巧妙的艺术结构。作家把结构上升到一种本文的地位,并以自己的探索完成了对结构的领悟与理解:"结构是种运动,小说采用感觉的方式破坏原始生活秩序,然后重建以求对生活底蕴的把握。"《风》可以说是一部充满谜语的小说,谜体结构是其最重要的特征。小说的展开过程其实就是设谜→猜谜→解谜的过程。正是通过对"历史"之谜的求解,小说把现实和历史紧紧绞合在了一起。

其一,人物之谜。显然,郑海是小说设置的最大的一个谜,同时也是小说最重要一个结构因素。他不仅使"从前"故事的主人公叶之秋、叶千帆、六指等苦苦追寻,还使"现在"故事的主人公作家、陈士林、陈士旺、一樵等对他的考证、回忆充满歧义。郑海就如"一阵风",一个幽灵飘荡在小说的时空中,谁也无法真正把握他。难怪田藕要说:"只有郑海是一个影子。"因此,实际上也许他根本就不存在,只是一个漂亮的民间传说。小说也似乎根本无意去彻底解开谜底,而是在展示一种解谜的过程,展示这个谜语的各种可能的解。正是在这个过程中,有了"历史"和"现在"的故事及其勾连,也就有了《风》这部小说。此外,叶之秋、叶千帆、莲子、陈士林、陈士旺、一樵、林重远等也都是具有结构功能的谜语人物。陈士林究竟是郑海的儿子还是莲子与叶之秋的私生子?他和陈士旺谁更可能是唐月霜那遗失的孩子?叶之秋和叶千帆秘密回乡的真正使命究竟是什么?他们和郑海有什么关系?林重远真是郑海的战友吗?小说就是这样让人物在解谜的过程中自身陷入一个个谜语中,从而形成了小说扑朔迷离的结构。

其二,情节之谜。作为一部充满探索意味的小说,《风》之所以具有很强的可读性,显然与小说的情节性有关。如果说小说的"写实"部分情节具有完整性的话,那么"虚构"部分的情节则一定程度上呈肢解状态。但这种肢解由于充满了谜语式的悬念,反而给小说带来了另一种紧张状态,加强了整部小说文本的结构弹性。叶念慈临死时伸出两个指头的情节可以说是贯穿于"四十年前"的故事的一个关键性谜语,众多主人公的人生历程似乎都在从不同的侧面解释这个谜语。"有人说他是舍不得二太太唐月霜,也有的说是惦念着留洋在外的二少爷叶之秋,还有的说是想再建一条窑——一龙一凤"。这使小说颇能引人入胜。而最后在六指的眼中"两个指头"却是指对两个少爷的仇恨和恐惧……而陈士林被莲子和六指救上船那个夜晚二少爷上岸的情节也是个充满神秘色彩的谜。作家自己"虚构"了情节发展的两种可能状态:一是二少爷和莲子在旧楼幽会,提示出两人私情内幕;一是莲子跟踪二少爷,而自己又被六指跟踪,从而给小说覆盖上一层地下斗争传奇的色彩。但两种形态都同样具有谜语性质,它事实上成为小说后来人物关系和故事矛盾变幻状态的基础,情节的紧张性和动荡性质也由此奠定了基调。此外,叶念慈的被暗杀、六指的中弹而亡等也都是小说重要的悬念情节,它们作为作家艺术想象和"现在"故事中主人公们回忆的重要内容,具有歧义丛生、悬谜难解的意味。

其三,意象之谜。《风》的艺术结构除了上文提到的人物和情节联结,其最重要的结构方式是意象化贯串,作家借助具有暗示和隐喻功能的意象沟通历史和"现在"、想象与现实,效果甚佳。"风"是小说中最飘忽的一个意象,其象征意味十分丰富,对不同的人物有不同的意义。而对于作家"我",风不仅是"生命的象征"和"岁月的印痕",它更是一种浓得化不开的情绪。那么,"风"究竟是什么?它既是历史的证明,又是人生的宿命;既是绵延不息的生命,又是沧桑变幻的时间……而更重要的是,它飘浮在小说的时空中,连缀了"现实"和"过去",是一个活泼灵动的结构符号。"坟墓"是小说的另一结构性意象。比如郑海的墓和叶念慈的墓在小说中都构成了意象。而从某种意义上看,叶家大院又何尝不是一个从"过去"延伸到"现在"的坟墓?在小说中坟墓的意象传达出一种死亡和灾难的气息,成为统摄整部小说故事的又一结构因素。叶念慈的死亡固然是一个谜,而"我"所寻找的郑海墓的不翼而飞或许是一个更深的谜。最后,当郑海的墓重新奠基之后,"蓦然一阵清风,仿佛自九雷而落,优雅地将那红绸被面从容撩开,而后吹进了幽谷",墓碑赫然呈现了,却是一块无字之碑。至此,不仅"风"的意象与"坟墓"的意象联系在一起,而且"从前"和"现在"的故事对于郑海的寻找,终于有了着落。正是在这个总结性意象中,"从前"和"现在"有了结构性的统一。在《风》中还要提到的一个结构性意象是火,它带有梦境色彩和警示意味,对小说的主题和故事有着重要意义。莲子在"过去"曾多次见到一个"火球","一团巴掌大的红火球由柴垛里蹿出,飞向窗外,像流星一般划出一道光迹,遂坠入夜的深渊","我总看到院子里有一团红火,一下东,一下西,一下上,一下下,窜来窜去了"。后来,叶家大院也在一场大火中毁于一旦。"据说当大火像林子一样矗立起来时,院子却异常地宁静,连狗也不叫。有人看见一只巨大的红蝙蝠呼啸着从钢蓝色的火焰中穿过"小说由这个"火"的意象开始,然后"风"助"火"势烧尽了小说中的一切,到小说结尾时作家只能站在一个火后的废墟上为"大火"送行。这样,"火"便赋予小说一种古典悲剧的情调,一种优雅的结构方式和一种意味深长的寓意。

《风》的先锋性特征还特别明显地表现在小说的叙述方式和语言风格上。小说的文体正如作家自己所说:"按流行的原则是缺乏规范的,至少是不够严谨。材料的芜杂造成作者的忙乱是一个不可忽视的原因。另一个原因则是我的想入非非。甚至胡思乱想,于是使这部小说带有一定的神秘主义倾向。"然而,事实上,这部小说在叙述方面的特殊魅力也正体现在这种芜杂和"神秘"上,再加上小说情节结构的不断"短路"和"口语实录"对叙述语调的介入,整部小说呈现出一种纷杂又不失统一、混声而不失谐和的独有叙述风格。小说采用复合人称叙事,第一人称、第三人称交替使用,主人公、叙述者、作家同时呈现,强化了小说的叙述功能。尽管第一人称叙事的"现在"故事如作者所说,只有作家"我"一个人的视角,但由于作家有意识地加强主人公的叙事能力,因而在第一人称叙述者作家"我"之外,又插入了许多主人公"我"的直接叙述。这就不但使第一人称的视角成为多重视角,而且也赋予了单一故事形态的多重解释性和变幻意味。而小说对"从前"故事的叙述则处于更为复杂的状态,作家自己宣称:"鉴于我要写的内容时间跨度很大,我有必要不停地调整视角。许多发生了的局限于我的视角位置,我难以说清楚。我只能权且暂时充当一位全知全能的上帝去编排、左右这些陈旧的东西。但我需要声明的是,我绝不凭空捏造。我可以借题发挥,可以推测,可以再现,当然更多的可能是表现。"因此,"从前"的故事基本上是由叙述人讲述的。但其叙述视角则是多重的,它融入了作家的视角,也融入了陈士林、陈士旺、一樵、林重远、王裁缝、田藕等主人公们的视角。这不仅使第三人称叙事兼有了第一人称叙事的功能,而且不同视角的叙事所进行的互相拆解、颠覆、修正与证明,也使故事处于一种永恒的变动和假设状态之中,它可以是作家一个梦境,也可以是主人公的一段自白或回忆。"现在"不仅参与了"过去",而且某种程度上也成了"过去"一个无法缺少的故事环节。作家不去"主观缝缀"存在于"历史"中的许多漏洞,而是让主人公以自己的话语去自然填补,这一方面显示了作家独到的艺术匠心和读者意识,另一方面也隐语般地强化了小说的主题意义。

《风》的语言正如作家自己所承认的具有风格上的"不统一性",但这种不统一又适应于故事的不同形态和讲述方式,因而更具一种魅力。小说至少存在三种不同的语言形态和话语方式,它们穿行于"纪实"和"虚构"两种小说的可能性之中,并呼应着小说的不同的叙述视角,共同形成了《风》的特殊文本特征。"现在"故事是一种语言方式。由于叙述人是作家,而"故事"又是作家见闻行踪的"纪实",因此,有一种散文笔调和清晰优美的语言风格。作家这样叙述自己第一次去罐子窑:"我记得我是下午动身的,骑着一辆很旧很脏的单车。其时秋已深了,太阳非常软,落叶纷飞。路很不好走,前一天的雨把路泡得稀烂,再让太阳一晒,就全是疙疙瘩瘩的。"从这样的文字中我们不仅可以读到一种轻松、活泼的韵味,而且还能感受到一股强烈的口语化和抒情性。整个"现在"的故事就如一篇长长的散文华章,既有原生态的生活气息和口语风采,又有古典散文美的境界。

而在"过去"的故事中我们又发现了迥然相异的另一种语言方式。不同于"现在"的口语化,"过去"的语言具有浓厚的梦幻色彩和凝重风格,而且更重要的是"过去"的语言具有一种强烈的隐喻象征性和暗示功能,这也是与故事的内容相维系的。这不仅是指弥漫于"过去"时空中用语言构筑的众多象征性意象,如风火、白马、门等，而且主人公的语言也都充满了"机关"和暗示。"那个夏天对于叶之秋来说仿佛十分遥远，他希望它不把一粒微尘送到唐月霜的眼里，后来的一切将不会发生。""然而这女人终究是不能起作用的，叶念慈留她不过是一种摆设，闲时看一看、摸一摸。毕竟叶念慈的心事不会在这上面，况且业已年过半百，下地艰难。可是两年后的一个秋天的夜，叶家大院传出了婴儿的啼哭。这声音随风飘荡惊醒了全村各户。第二天村里传出：叶老爷喜得三太子。到了第三天，人们又知道那孩子死了，葬于青云山脚。"从这样的叙述中我们明显感觉到某种灰暗意味和神秘色彩，其高度的装饰性和文学性都天然地为"过去"的故事涂抹上了一层"虚拟"和"变幻"色彩。《风》的小说文体所具有的上述特征，一方面固然与他的谜语结构有关，另一方面也显然得力于这种暗示性的语言。

此外，在《风》中还存在一种独立于故事之外的语言形态。比如，作者写道："从某种意义上讲，创作是一种精神漫游，它远离了哲学式的思辨。哲学往往同时伸出两只手，既想打别人的耳光，又打自己的耳光，其结局总是悲惨的。"这种同小说情节无直接关联的分析式语言是作家对《风》这部小说的构思过程的袒露，同时也是作家对"过去"和"现在"两种故事的分析与阐释。因此，它具有一种理论文字的特色。作家在《风》中自如地运用这种语言形态，其中既有对作家文学思想的陈述又有若干史料的引证和考察，既有对文学现状的分析又有对小说创作方式的思考，同时还有作家对各种哲学、心理学理论的解释。这均匀地分布于小说各个章节之间，似乎超越于小说之上，而又是这部实验体长篇小说不可或缺的一个结构成分。显然，《风》摇曳多姿的叙述风格正是由三种语言形态共同作用才完成的，缺了其中任何一种，都会使小说失去它特有的魅力。

（原载于《当代文坛》1994年第1期）

历史像风一样吹过田野大地
——重读潘军长篇小说《风》札记

张 陵

多年以前,读了作家潘军的长篇小说《风》,感觉非常好。多年以后,再读《风》,感觉如当年一样好。一部小说,能让人常读常新,真是不容易。那个时候读,有很多地方没读懂。现在读,仍然有很多没读懂的地方,不过至少读懂了小说的题旨,多少体味到了"风"与历史之间的象征关系。我以为,作家是想说,历史看不见摸不着,就像风一样吹过田野大地,我们只能从那扬起的尘土中,从摇动的树梢上,从水塘的涟漪里,从那变幻着形态的云里,感觉并捕捉到风的存在。实际上,风的存在与我们看到的事物之间并没有必然性的关系。我们只是通过这些事物知道风的存在,而风还是看不见摸不着。也许,这就是作品形象化的历史认知。可能并不符合历史学家的专业观点,却是作家独到的才华表达,是一种很"文学"很诗意的认知方式。作家显然认为,我们寻找历史,常常只寻找到许许多多与历史没有必然关系的现实碎片,而我们又必须从这些看上去与历史无关的现实碎片中去寻找、发现与历史的关系。历史因此似乎是神秘的、可疑的、不可知的,也是充满神奇传奇,充满魅力的。

如果这样解题还算能自成逻辑的话,那么我们就能够知道,作家正是沿着这个思维的线路设计出一个寻找历史的小说故事。或者说,小说试图寻找历史,却寻找到一大堆看上去与历史没有太多关联的材料,从而使寻找有了多种方向。作品主人公千辛万苦要寻找解放战争时期的革命英雄郑海,揭开一段沉睡几十年的革命历史之谜。结果,我们读到的是一个神秘诡异的叶姓家族故事,而革命者郑海却仍然是一个谜。这个时候,我们更能体会,历史就像风一样,来去无踪,留给我们的可能就是一堆废墟。

要完整地复述小说的故事,其实是非常困难的。从一开始,作家就明确告诉读者,这部小说就是小说,所有的意义与价值就在于虚构。他需要读者时刻都意识到,这是一个作家在讲一个关于历史的故事。不仅如此,作家还总是用反故事的消解方式来反复提醒读者,不必过度相信和拘泥叙事的真实性。在这样的小说叙事情况下,我们要完整准确地复述故事,不仅困难,而且实际上也违背作家和作品的本意。我们只能顺着作品叙事的几条线索,去打开小说故事的框架。

从残缺的党史档案材料中得知,解放战争时期的渡江战役前夕,人民解放军前线指挥所曾经收到一份当地游击队的领导人郑海派人送来的特别重要的情报,由此准确地掌握了国民党部队江防部署。这份情报在渡江战役中起了重要的作用。然而,郑海本人却在新中国成立初期突然去世了。怎么去世的,党史记载得很模糊。研究党史后发现,郑海是个非常神秘的人物,所有人都知道他,却从来没有人见过他,也没有人说得清他是怎样一个人,怎样在这一带活动,又是怎样死的。这个历史的疑惑,激发了书中一个穿针引线的人物,也就是小说家的好奇心和想象力。于是,小说的故事沿着三条线索开始了扑朔迷离的寻找郑海之旅。

第一条线索比较清晰,权且作为小说的现在时部分。小说家来到的长水故道罐子窑这个地方,正是当年英雄郑海开展革命斗争活动的地方。而小说家还得知,当年保留下来的、现在改成旅馆的叶家大院和郑海之间有着特殊的关系。经营旅馆的年轻可爱的姑娘田藕的奶奶莲子当年曾是叶家的丫鬟,也曾是郑海的交通员,负责传递情报工作。如今莲子已经过世,但她的儿子陈士林、陈士旺还健在,他们也许对母亲与郑海的关系还能有些记忆。很快,小说家就发现,这里所有的人都神秘古怪:看上去是知情人,却又像不知情,说起话来吞吞吐吐,含混不清;说到紧要处,不是停止,就是把话引向别处。通过女乡长秦贞,小说家找到了地区专员林重远。这个官架子很大的领导说自己是郑海的战友,曾经和郑海一起工作过,可是她却讲不出与郑海一起工作的细节,让人怀疑,和她一起工作的,是否真的是郑海。好像她是在试图掩饰什么,回避什么。这个人好像是拿郑海来强化自己的革命经历,增加自己的政治资本。小说家终于找到了郑海的墓。不过,小说的结尾,陈士林告诉作家,墓里埋葬的并不是郑海,而是陈士林的父亲"六指"。小说家也找到了当年与郑海有过交往的一樵师父。可这个似乎看透世间一切的老和尚突然间失踪,只给小说家留下一个禅语:蛇吞其尾。很可能是说,一切又回到了原点——郑海只是一个传说,是个永远的谜。小说家的寻找之旅能够确定的是美丽的田藕的母亲的出走与陈士林、陈士旺的情感冲突有关。田藕到底是谁的女儿,也成了一个谜。陈士林、陈士旺并非莲子与长工"六指"所生。他们的身世与叶家的大少爷叶千帆、二少爷叶之秋有关。而史料零星记载,叶千帆曾参加过抗日,后跟国民党军去了台湾。叶之秋曾留学海外,新中国成立后在外地曾是民主人士,参加政协工作。兄弟俩都在渡江战役前夕回到家族老屋,他们的回来可能与郑海有关系,而这个时期的叶家,发生过一些重要的变故,叶家的命运从此改变。尽管现在的人们讳莫如深,但小说家知道,现在人们的命运就是历史之风吹过的后果。

第二条线索则算是小说的过去时部分。小说家用虚构的方式从第一条线索提供的信息中还原或演化出过去时的故事。于是，我们读到了一串看上去有点老套的爱恨情仇的情节：多年前，莲子与二少爷叶之秋有着情感的关系，而叶老爷却把莲子许配给长工"六指"。莲子嫁出去的时候肚子里就有了她与二少爷的孩子。这个孩子很可能就是后来的陈士旺。事实上，在南京上大学期间就曾爱着叶老爷的是四姨太唐月霜。然而，故事的走向是，大少爷叶千帆十多年前曾和唐月霜有过一个男孩，他们一直保持着亲密关系。这个男孩后来也被莲子收养，很可能就是现在的陈士林。叶家兄弟的关系因这两个女人似乎变得很紧张。不过，二位少爷突然在这个时期都回到老宅，很可能有某些使命，好像在暗示有大事要发生。这个大事都与渡江战役、郑海有关。叶老爷曾为抗战做过工作，很可能与郑海有往来，但有一天，他被人打了黑枪，临死时伸出了两个手指，让人猜不透其间之意。唐月霜成了家族的主角接管了家族的产业和决策权。这个美丽的女人好像是把叶家两个少爷玩于股掌之上，或者说她同时爱着叶家这两个男人。可是，她也死了。看上去是落马而死，但大家更相信是被人做了手脚。等事情水落石出的时候，我们才发现打死叶老爷的是不会生育的变态的"六指"，害死唐月霜的也是他。这个变态的男人，还准备开枪打死大少爷和莲子，枪响时，死的却是"六指"。谁开的枪，又是一个谜。会是二少爷吗？二少爷会是郑海吗？我们无从知道。我们只知道，期待中的大事没有发生，而叶家的命运改变了。几十年之后，这座老宅因一场大火灰飞烟灭。

第三条线索严格地说还不能称为线索，最多只能说是小说家的旁白，小说的闲笔。虽然看上去不属于小说情节的一部分，却展现了作家潘军与众不同的文学才华、消化思想的超凡能力和独特的关于历史以及文学的思想观点。小说家正是通过这个渠道把自己对历史的认识和创作思想传递分享给读者。而更为重要的是，小说家总是通过这个渠道来怀疑前面两条故事线索的真实性、正确性、可靠性，由此提醒读者不要落入小说家的叙事圈套而无法自拔，进而提醒读者怀疑真正的历史是否按照小说家的虚构展开它本来应该有的形态。这样一来，整个小说故事的走向在小说家怀疑和干预下变得游离恍惚，飘浮不定，所有的小说情节就变得可疑而有趣了。

小说有意把三个部分的内容穿插交替展开，推进着叙事的前行。这种安排实际上加大了小说故事的不确定性。我们肯定注意到，这三个部分之间存在着严重的不和谐，甚至自相矛盾，互相否认。例如，当小说家信心百倍地虚构出一个情节和场景时，作为第一读者的陈士林和田藕总是出来反对小说家如是说，认为事情不是这样的，这样写不真实。小说家把莲子写成郑海的交通员，田藕却说奶奶从来没有承认过。小说家把陈士林写成是大少爷与唐月霜的私生子，就受到陈士林的否认。小说安排的许多情节都遭到他们的质疑和反对。连叶老爷临死前伸出两个指头的真实意思，也一直存在着争议。叶千帆、叶之秋与郑海之间的关系也一直扑朔迷离。实际上，小说家也是一直困惑并恶心于世俗的爱恨情仇的模式，不断质疑自己的虚构，每每要尊重照顾现在时的当事人的情绪和意见试图改变思路，甚至重新设计故事的走向。于是，在小说三个部分的作用下，故事不断得到消解颠覆。最终我们读到的是一个支离破碎的故事，影子一样的人物，和谜一样的历史。我们读得很吃力，却不由自主地被这种消解过的情节所吸引着，一直要读下去。小说家一再强调如此设计，是想留给读者参与虚构故事的空间，虽然是好意，但仍然没有解除我们阅读的茫然感、吃力感。我们宁可认为小说家的叙事信心也被消解了，宁可相信书中那个一樵师父的禅语：蛇吞其尾。

我们显然知道了，我们面对的不是一部通常读到的现实主义小说文本，而是一部完全陌生的现代派长篇小说文本。20世纪八九十年代，中国文学思想弥漫着浓重的所谓"世纪末情绪"。这种情绪使自己对历史产生质疑，对自己原有表现历史的方法产生怀疑，也因此特别容易接受西方现代主义文学理念，从而产生了中国当代最初一批现代派文学作品。应该说，潘军的《风》就是其中的一部。他也许不是第一个进行文学试验的人，但肯定是一个非常卖力、实诚的探索者。当时，几乎没有一个作家有能力有气力用几十万字的长篇来为自己的试验支付成本，只有潘军一意孤行，凭着自己的比其他任何人都要旺盛和不知疲惫的长篇小说创作底气完成了这部在当时差不多是唯一的中国当代现代派长篇小说。仅是这一点，我们就应该对作家刮目相看。这种看上去很浪费身心的创作后果是，直到现在，评论家还会坚定地认为《风》是潘军长篇小说创作的一个高峰，也是中国现代派长篇小说创作的一道还没人逾越的山梁。等这场文学运动大潮退去，烟消云散之后，我们发现，这道山梁还在那里。后来不乏作家靠现代派写作挺立文坛，成大名头，但无论他们怎样写，那道山梁还是挡在他们前头。一个文学运动的失败，并不意味着不会留下自己优秀的有代表性的作品。《风》就是这个时代孤傲的代表作。

看得出，《风》的创作显然受到所谓的"新历史主义"思想观念的影响。这一点无须回避。直到今天，"新历史主义"仍然在深刻影响着历史题材，特别是革命历史题材的创作，并发展成如《风》里的人物林重远所担心的"历史虚无主义"。在"新历史主义"早期影响下，作家们尽管接受怀疑主义，但对把自己的历史虚无化甚至妖魔化则持更为审慎的态度,至少比现在的作家更为清醒、更为节制。现在看来,"新历史主义"更接近一种学院派的历史观。他们更迷信语言无所不能的力量,认为历史是语言介入后被描述出来的,因此历史的真实存在就变得可疑了。正如罗兰·巴尔特的观点:由于语言的介入,我们就看到事物被描述的形态,这就是所谓的真实。其实,我们更愿意说,《风》的创作更接近对法国新小说派的认同与践行。这个小说流派涉及一个法国作家群体,观点也不尽一致。其中罗布·格里耶有相当的代表性。他对小说技巧中变形与解构有着富有想象力的看法。他认为通过特殊的技巧运用,作家们有可能消解通常依附在描写对象身上那种意识形态的社会的心理学文化的阴影而呈现出物理学意义上的"物"。他的描述常常令人费解。通俗说,我们可以理解为通过叙事的解构变形,使小说去除传统的理性的道德价值的负担,达到"纯粹"的叙事。在中国,法国新小说派的理论被普遍认为思想意义大于操作实践意义。就算在法国,实践的难度也相当大。一般小说家几乎不可能做到如此高纯度的解构,几乎不可能进行如此高难度的叙事颠覆。让人难以置信的是,《风》居然做到了。

我们注意到,《风》的三个部分的结构的关系本身就是一种解构形态。首先,小说家试图按通常的模式来叙述历史故事时,即被小说中的现实人物所质疑所攻击。在小说中,陈士林是一个农村智者,他攻击小说家的虚构故事最直接、最严厉。他无法容忍小说家这样来描述他十来岁时的状况和经历,尽管他可能对孩提时代的记忆很模糊。他更无法容忍小说家如此揭示叶姓家族那种复杂混乱的男女关系,尽管他说不清楚自己早逝的父亲"六指"与这个家族的恩怨。田藕没有经历这个时代,但她曾和祖母相依为命,也难接受小说家把莲子写成一个夹在两个神秘男人和一个强势女人中间的"船娘"。其次,小说家认为写历史就是写故事。但他也在不断怀疑自己的故事的真实性、可信性,因而不断怀疑故事是否就是历史,而地区专员林重远对郑海那种似是而非的态度加深了他的自我否定。小说家在这种情况下叙事的坚定性被挫败而变得谨小慎微,步履维艰。他只能不停地中断故事,让故事接受现时的检验,让自我来调整情节走势,从而不断改变叙事形态。我们可以称之为反故事倾向。在现代派小说中,这种反故事现象司空见惯。

在这个反故事叙事构架运行下,我们会发现,原有"寻找"主题慢慢就淡化了,就散开了,历史的"真相"也由此被推到似乎更远的距离,家族故事传统的意识形态如"文化""财产"等也消失了,爱情的一般意义上的"道德"阴影隐去了,只剩下一个"纯粹"的家族关系、男女关系。按说,这样的叙事将导致写作的失败。可是,读者分明能够感受到解构后的"纯粹"故事的魅力,自愿跟着小说家这种自相矛盾的叙事前行。

毫无疑问,要实现叙事的反故事效能,必须依赖于所谓的"第一人称",也就是"我"。在现代派小说中,"第一人称"叙事者通常被置于最根本最重要的地位来认识把握。在现代派叙事技巧里,很多时候,说什么并不重要,"谁"在说话反而更重要,更起决定性作用。叙事者的人称,决定着故事的本质。只有"第一人称"才具备解构的功能,也只有第一人称,才能使叙事"纯粹"起来。我们甚至可以说,因为"第一人称"叙事者有如此重要的功能,小说才有可能完成从传统派向现代派的转型,才有可能在现代叙事意义上定型。与通常的现实主义小说"全知全能"上帝一般的视角完全不同,《风》的"第一人称"的有限视角激发了小说家充分发挥的积极性。一方面,叙事受到严格限制,不可以任性,另一方面,又可以利用"我"的解构功能优势,自由展开被"我"这个叙事者解构后的叙事,形成小说复杂多层的结构。有意思的是,小说家在虚构叶姓家族复杂的故事的时候,采用的是第三人称。本可以展开想象,巩固好第三人称的故事逻辑,但这个意图最终并没有实现,原因就是有第一人称的"我"时刻在解构,解构历史,也解构故事,把小说发展的逻辑牢牢控制在第一人称叙事者的视角里。应该说,在《风》之前的中国现代派小说中,多数作品尽管采用了第一人称,但并没有真正深刻认识和深入开掘第一人称这强大丰富的功能。《风》第一次采用长篇小说的形式完整有效地展示了这种人称调整变化的本质意义。这个探索的成功,注定了这部小说日后会成为中国现代派文本的经典。

读《风》,认识到作家潘军不仅是小说解构的大师,而且还是营造神秘氛围的大师。在解构上,令人想到电影《罗生门》。而在营造氛围方面,则让我们自然地想到电影《蝴蝶梦》。特别是叶家老宅那场大火,烧得特别像。当然,除了小说结尾这把火,整部小说都带着潘军式的神秘感。神秘主义作品通常要靠这种毁灭来结束神秘,让结局变得明朗,大火可能是最理想的选择。《风》是一部现代派小说,因此用语言来营造氛围比电影困难得多。解构本身就是一种历史怀疑主义,必然会和神秘主义紧紧联系在一起,《风》正是借助二者的互为关系,使神秘诡异的氛围笼罩在小说的整个过程中。

当小说家走进叶家老宅,开始感到不对劲的时候,神秘感就像凉风一样,开始吹了过来,渐渐让人心惊肉跳,毛骨悚然。实际上,这座叶家的老宅一直以来并不神秘,是小说家想从这里开启寻找郑海之旅后,空气才骤然紧张了起来。这里的人们对小说家并无敌意,其实相当热情,眼神和谈吐之间却有一种挥之不去的防范,好像他们在共同保守着一个远久的秘密。也许,他们早已经忘记了历史的秘密,是小说家唤起他们心中沉睡多年的记忆。沿着长水故道一路走去,神秘感越发浓重。这里几十年前还是长江流域的水网地带,是郑海的船只出入的地方,现在只剩下一条依稀的干涸河床,里面埋葬着多少诱人的往事。接着在寻找郑海墓时宿命般地遇见一樵师父,像被有意安排似的抽到一个神秘之签。之后,又几次和林重远见面,试图更深地了解郑海的过往,却无功而返。倒是林重远那个假眼可以拿出来放到杯子里这个细节让人过目不忘。一切好像都很冷。只有田藕才给人一点暖意,但她的身世也充满未知的因素。

如果仅从这个现在时部分看,那么《风》的神秘氛围则更像是一部浪漫主义小说。好在这部小说的主体部分也是最华彩的乐章是小说家虚构的叶家故事。正是这个过去时部分的存在,才使这部作品的氛围与情调向着现代派转换。我们显然能够注意到,这些被"第一人称"精心解构过、被小说家剪切过的情节段落,正是小说神秘氛围的"硬核"。

首先,叶家的人物关系,失去了因果,变得十分奇特古怪。叶千帆与叶之秋之间,两位叶家少爷与唐月霜之间,叶家老爷与唐月霜之间,莲子与两个叶家少爷之间以及与"六指"之间,叶家人与郑海之间存在着太多扑朔迷离的令人费解的关系。这些关系被小说家像新小说派的"物"一样摆在那里,几乎没有必要的交代,没有可循的来龙去脉,没有更深层的社会的、思想的、道德的甚至人性的支撑。如果有,也是片断性的、碎块性的、随机性的。其次,每个人物都像影子一样,来去无踪,无迹可循。他们每个人似乎都在干着什么事,但又不知道在干什么。期待中的事情并没有发生。二少爷叶之秋从哪里来,来干什么,他的船要去哪里,我们无法知道。大少爷和唐月霜一起去了县城,走过大街小巷,都干了些什么,没有人知道。"六指"与叶家到底有什么仇,为什么要打叶老爷的黑枪,为什么要杀唐月霜,打死"六指"的人是谁,一直都是个谜。更有意思的是,每一个人之间的对话,常常欲言又止,莫名其妙,似乎都有其他说不出来或故意不说的事情,暗藏玄机又不能泄露,似乎都在暗示有危险要到来,有大事要发生。结果,很像法国伟大的现实主义画家库尔贝的一幅代表作一样——画面上,每一个人的表情都很凝重肃穆,好像在完成一件历史性的大事,其实只不过是村庄一次普通的宗教活动,什么意外事情也没有发生。最后,小说家的叙述冷静且客观,不动声色,清醒地把控着叙事节奏。每一个过去时的叙述单元,都是一个场景,都在指向事态的危机。当氛围积累聚集起来,新的态势要出现时,小说家又突然中止故事进程,刻意停摆,转向现在时部分。这也大大增强了氛围的神秘感、不可知性。

需要指出的是,小说在闲笔旁白部分一再苦口婆心地提醒读者,这种解构性的叙事,需要读者动用自己的元叙事,积极参与其间,填补小说家故意的叙事留白与空间。这样小说的故事才会完整,小说的价值意义才可能被重新赋予。看来,这个提醒确实用心良苦。《风》切断了故事的逻辑,打乱了人物关系并消解了主题的内涵,看来都是给读者参与的空间,尽管现代商业消费社会早已伤害剥夺了读者的这种参与能力。如果参与进去,我们就能感受到,历史真的被解构得像风一样。

作家潘军完全可以成为一个写实的大家。《风》虽是一个现代派文本,却能处处看得到作家坚实的写实功底。长水故道沿线风土人情的描写,显然得到经典文学的滋养。叶家古宅以及楼门的描写,显示出一个作家的细腻与精致。而在小说的现在时部分,写陶艺家陈士旺的陶罐出口项目其实就是卖给老外当咸菜缸,由此反映了改革开放早期经济社会的现实,具有相当的批判现实主义的力度。这个部分的几个人物形象的潜质也相当厚实。机敏的陈士林、厚道的陈士旺、纯真的田藕、老谋的林重远和功利的秦贞,都可以被塑造得有血有肉,只要作家愿意的话。

然而,作家潘军却偏偏放弃了他自己写作上的优势,冒险选择了现代派的文本,足见其创作上的风发的意气和探索的勇气。小说的过去时部分,如果从现实主义思想和理念去考量的话,确实可以挑出许多毛病。这些人物关系和人物形象,与现实主义的精神相去甚远。特别是作品主题精神方面,最可能被挑剔的就是消解历史,消解真实,消解道德,消解人性。而从现代派文学的理念看,在"第一人称"的叙事框架里,解构、消解甚至颠覆是必然要发生的,只有这样,才得到更真实的历史,更真实的现实,更真实的人性。关于现代派文学中的"人性"观,似乎可以多说几句。存在主义者萨特说,人性是丑恶的。同样是存在主义者加缪说,人性是荒诞的。前者更接近批判现实主义,后者更指向现代主义。也许,从这里我们可以进一步认识到《风》的主题内涵,消解不是放弃,而是重新赋予价值:历史是荒诞的,人性也是荒诞的。我们可以不支持这样的文学观,但要承认,《风》的探索有意义,有价值。

其实,只要读得再仔细一点,我们就能发现,作家潘军并没有持极端的现代主义立场,《风》对历史、对人性的解构到底是有节制的。实际上,作家骨子里对历史是承认的、尊重的,也是敬畏的。他解构的目的并不是把历史虚无化。小说写道,渡江部队确实收到了郑海送来的有价值的情报,只是后来郑海这个人找不到了。不过,小说还写道,那个时候,郑海的名声很大,许多游击部队打着郑海的旗号开展斗争。也许，郑海只是一个旗号。也许，这个地方还有许多像郑海一样的英雄。也就是说，人消失了，但历史还在。风看不见，但风实实在在吹过大地田野。我们抓不住风，但分明能感到风的存在、风的力量。历史是客观存在的。我们的努力正在不断靠近历史。这种文学历史观，不管怎样变形解构，都与历史虚无主义有着本质的区别。再者，凭着作家超凡的想象力，完全可以虚构郑海，写出郑海的故事。然而，在整个叶家故事里，郑海只是一个神秘传说，每当情节开始指向郑海时，小说家都及时中止或掉转方向。不是小说家没有能力虚构郑海，而是小说家意识到，他没有能力虚构历史。

之后，作家潘军近 30 年文学创作成果累累，但再也没有写出像《风》这样的长篇小说。中国的文学迄今再也没有出现像《风》这样的长篇小说，不知道日后还会不会有这样的作品。

（原载于《作家》2020 年第 5 期）

《独白与手势》五人谈

个人化叙述的杰作

白　烨

断断续续读过潘军的作品，我的一个总的印象是，他志在探索，行文诡异，是可以归入"先锋文学"之列的。近读他的长篇新作《独白与手势·白》，明显感到他在"不变"中求"变"，即作品在坚守个性的同时，强化了故事性，故事增添了可读性，大有亦实亦虚、雅俗共赏之势。这种在创作路子上的"坚持与发展"，使《独白与手势·白》这部新作，自出机杼，在实现真正的个人化叙事上，端的是不同凡响。

其一，作品只展示与叙事者"我"个人相关的情状，整个作品就写"我"由童年到成年的20多年，在石镇、水市、犁城间的向往与追求，与小丹、李佳、韦青、林之冰等女性的交往与瓜葛，在这样一个并不宏大的场景里，真实而具体地展现"我"的生命进程与命运流程，以及理想的总是难以实现和打了折扣的兑现，激情的总是无以寄托和辄遭磨损的释泄。事实上这一切使作品成了"我"个人平实又躁动、单调又复杂的经历自供状，其个人体验的痛与快、命运走势的乖与蹇，都很撩人心魄，引人共鸣。

其二，作品在以个人经历为主的故事叙述中，并没有把个人完全幽闭起来，而是从"我"出发，看取世相，通过"我"与父母、"我"与童年女友、"我"的求学、"我"的工作、"我"的婚姻、"我"的婚外情等一系列情状，把触角伸向社会，把视线投向时代。这样，20世纪封闭的60年代、紊乱的70年代与开放的80年代，不仅依次成为"我"的活动背景，而且也在许多方面说明着我的命运走势的成因。至此，"我"的激情里凝结了时代的部分情绪，"我"的神经里又跃动着时代脉动。这是非常典型又艺术的以小见大，以少总多，以一当十。

其三，作品在叙述上采用文字与图片相辅相成的方式，而无论是文还是图，均以"我"的故里寻梦为线索，选取与"我"相关联的，旨在表现"我"的体验、感受与记忆。作品所用的图片，或者是作者在某一时期的画作，或者是作者在某个阶段的景照，连接起来又构成了另一种"图"的叙事。我发现，这几十幅图片中，有关手的特写达十数幅之多,儿童的手、女性的手、老人的手,或稚嫩,或娇柔,或粗硬,形态不一,造型各异,总合起来表现了个性的意味,又揭示了成长的主题。作品不仅注重有声的"独白",而且重视有形的"手势",以诉诸听觉的"说"与诉诸视觉的"做"两种方式来协同叙事。这才会使读者真正感到,那真是对生命形态最本真也最具象的揭示。

其四,作品在行文中不时涌现的记忆性文字,立足个人,自出机杼,使作品的语言大放异彩。如"权力可以消灭生命,但消灭不了生命的辉煌""一个漂泊者唯一需要的是自我生存能力,一个夜行者唯一需要的是可以照明的东西。如果还需要增添什么,那就给漂泊者以力量,给夜行者以胆魄""最自由的是一个人,最孤独的也是一个人;最快乐的是一个人,最悲伤的也是一个人""最小的是一个人,最大的也是一个人"。这些语言,有感而发,肆口而成,思想的光形与艺术的文形交相辉映,简洁而丰富,轻快而隽永,它们几乎是铺锦列绣式地遍布作品。这不仅使作品好读了,更使作品耐读了。

最近一个时期,近十家出版社相继推出了潘军的十几部作品,以至有人把今年称为潘军的"出版年",这是生活对一个锲而不舍的文学探求者的必然回报。我不觉得潘军的作品都好读,都畅销,但对潘军的《独白与手势》(白、蓝、红三部曲)由常销变畅销极有信心。要了解当下的小说创作,不能不读读潘军,而面对潘军众多的小说作品,不妨选读《独白与手势·白》,读了必有收获,我确信。

艺术可能性的寻求与展示

吴义勤

在我的印象中,潘军一直是中国文学界一位极具传奇性的人物。他的许多行为都逸出了我们想象的范围,比如他辞职经商,比如他当导演拍电影,比如他成为自由写作者,比如他出色的绘画才能……可以说,潘军正以他的"传奇性"经历向我们展示着先锋作家在人生和艺术领域的多种"可能性"。而就潘军的小说而言,我觉得这种对艺术"可能性"的探索也是贯穿其小说创作始终的一个内在动力。从20世纪80年代到90年代,潘军的小说也和其他先锋作家一样经历了艺术上的多次转型,从"技术写作"到"经验化写作"。从形而上的痴迷到故事的"好看与好读",潘军也确实一直在尝试着多重笔墨。但需要指出的是,潘军的"转型"不是因为外在的压迫或媚俗的焦虑而生的被动反应,而完全是服从于小说"可能性"的探索这一内在艺术需要而进行的主动选择。因而,在艺术姿态和艺术品格上,潘军始终表现出了对"先锋性"的坚持。当然,在对"可能性"的探索中,"先锋性"的内涵也在他的小说中得到了新的诠释。这一点可以从他的长篇新作《独白与手势》中得到有力的验证。

在我们过去的理解中,"先锋"总是和现代主义或后现代主义联系在一起的。但在《独白与手势》中,潘军赋予了"先锋"一种古典主义或浪漫主义的内涵,那种伤感的、抒情的旋律和真实袒露的灵魂的交相辉映构成了小说持久而强大的情感力量与精神力量。小说的主体既是一个人的生命史,又是一个人的心灵史和精神自传。主人公"我"与众多女性的情感故事,都不是原生态地呈示的,它们都借助于反思和"回忆"的方式,通过主人公"我"的现实人生和"灵魂回视"双重视角的相互交织来梦幻般地呈现的,因而在小说中现实与历史、真实与梦幻、浪漫与沉思、独白与回忆等,总是能水乳交融地构成某种心灵或精神的镜像。在小说中,作家聚焦的不是人物与故事本身,而是对这些故事的精神或心理分析,是隐藏其背后的情绪对"我"的心灵或精神的影响。也正是在这个意义上,作家对个体生命的审视,对自我灵魂的解剖,对命运和宿命的思索与感悟,才构成了这部小说主要的精神内涵。我觉得,无论从什么角度来看,《独白与手势》都算得上是潘军的一部具有总结性意义的大作品。这是一部人生的含量、历史的含量、精神的含量和艺术的含量均相当丰富的小说。作家一方面通过对主人公精神历程的解剖来完成对人的可能性、历史的可能性和艺术的可能性的探索,另一方面又似乎有意通过这部具有某种自传意味的作品来完成某种人生的或艺术的总结。

在艺术层面上,我觉得《独白与手势》是一部非常成熟的作品,它没有夸张的形式,也没有特别的先锋姿态,却在对语言的自信和怀疑中创造了一种全新的小说可能性。首先,从叙述上看,潘军在这部小说中保持了其一贯的先锋叙述风格,不仅"元叙述"的技术非常到位,而且第一、第二、第三人称的变幻与切换也很有艺术力量。但同时,我们也应看到,在这部小说中,"叙述"已经不再如他从前的小说那样成为在小说或故事之外的"第一性"的存在,而是被有机地融入了小说的肌理与血液。在这部小说中,作家的叙述充满主观的抒情意味,以一种从容不迫、张弛有度而又极为饱满和富有弹性的方式,赋予了小说叙事上的张力与美感。主人公"我"与雨浓、小丹、韦青、李佳、林之冰等女性在石镇、水市、犁城、梅岭上演的爱情故事构成了小说的主体。这些故事虽然彼此交叉、头绪纷繁,但作家结构起来自然而然、无为而为,仿佛流水账似的,以时间和地点的自然穿插来构成小说的时空切换与故事切换,没有丁点儿人工雕琢的痕迹。在这里,我们看到了作家对语言的高度自信,以及语言在叙述领域所能达到的最高可能性。其次,从语言层面看,对语言的信任和对语言的怀疑这似乎矛盾的语言态度同样为小说带来了新的艺术可能性。这种新的可能性就是在追求叙述的主观性和客观性、抒情性与真实性、现实感与历史感的统一的时候,对语言或文字叙述"一维性"的大胆突破。在《独白与手势》中,作家试图通过"图像"叙述的引入来突破语言或文字的局限与困境,从而达到对世界和人生的"三维""复制"效果。最后,从小说的题目来看,如果说"独白"是叙述,是声音,那么"手势"就是画面,就是图像,就是另一种叙述和另一种"关于生命与宿命的话语",它们互相渗透、互相验证,构成了这部小说对世界和人生的动态性叙述与静态性展现相交织的"立体化"图景。如果说小说的叙述展现的是语言向人类的精神领域挺进的努力,那么"图像"则互补性地把这种对精神和灵魂的探索具象化、浮雕化了。某种意义上,《独白与手势》在世界的语言性和世界的图像性之间的艺术平衡也正构成了这部长篇小说艺术力量的一个非常重要的根源。这既得益于潘军出色的绘画才能,也得益于他对小说可能性孜孜不倦的探索热情。

复活自己的历史
王光东

对于艺术家来说,历史是富有情感的历史,历史只有在构成了他生命中的一部分时,对他的创作才有意义。潘军在他的创作谈中曾谈到这一点。《独白与手势》这部长篇小说就充分地体现了他自己对历史与小说之间的这种关系的看法。既然"历史"成了自我生命的一部分,对历史的言说就具有了鲜明的个人特点,因为在整个社会历史的演变过程中,个人眼中的"历史"肯定会由于个人的经历的不同而有着不尽完全相同的体验,在复活自己的历史经验的过程中也就创造了具有不同个人特点的小说文本。

《独白与手势》的"个人特点"体现在哪里?首先在于对历史言说的个人立场。虽然作家复活和言说的是个人生命体验过的历史,但个人言说的角度是不一样的。潘军在叙述中复活自己的历史时,是从民间的立场开始的。坚持民间的立场意味着他不会拘囿于以往对他所经历的那一段历史的定性认同,而是特别重视他自己独特的人生体验。他的《独白与手势》给我感受最深的是他在"官场"与"情场"两个方面所传达出的那种对生命的独特感受。作品中的主人公显然是一个有着独立思想的思考者,他对"官场"的人浮于事、钩心斗角、冠冕堂皇的外表之下的媚态与恶俗,有着本能的抵触和反抗。他所确立的是他自己源于生命的个人生活准则。

这种建立在道德和良知之上的生活准则,使他痛心于自己要好的同学被"官场"所异化,放弃了自己的专业,周转于无聊的攀升和人身依附之中,甚至为了官场生存的需要,娶了一位无法生育的太太。这是对"生命"自身的放弃,也是对人被"官场"异化的悲哀。更大的悲哀在于人所做的这一切不是被迫的,而是自觉自愿的行为。在这种情形下,作品主人公毅然辞职,到处流浪。为了生命和人格的升华,他成了一个民间的流浪者。然而在如何对待自己"生命"的价值时,他又陷入了一个两难悖论之中。如果说前者是"人与官僚体制"冲突中的个人选择,那么后者主要表现为"情场"中家庭的责任、义务、性爱、欲望与妻子无法和谐。他与别人虽然在性爱方面获得生命本能的满足,却又总是擦肩而过,难有长久的欢愉,生命便在这多种社会关系和自身选择中遭受折磨、痛苦,他的心灵难以有人理解,他的追求难以获得圆满,自己或者别人不能明了的手势便成了他生命的一种宿命。在潘军复活他生命中所经历的这一段历史中,虽没有大的历史事件参与其中,然而其对生命的这种独特感受,也让我们的确能感受到过往时代所留给我们的许多值得思考的东西。潘军也许为了让小说叙述更有"现场"感,在小说创作中且以"图画"参与叙述,把"图画"所具有的"直感性"与语言叙述结合起来,这是一种探索。但就其阅读效果来说,似乎并不怎么理想,我倒更愿意看到潘军的叙述多一些张力。独白既可以平缓,也可以充满思想者的复杂感情与痛苦;手势既可以简单,也可以意蕴无穷,充满焦虑与激情。一种压迫或压抑的力量,不是一种前者统一后者或者后者抵抗前者的状态,也不是前因后果的关系的揭示,而是呈现一种互为表里、彼此激发、共生共灭的状态。与此相对应的是,在小说具体的运用中令人注目的两个方面:一是所谓"文革"语言的极为密集的铺排;一是情欲、身体的极度张扬的描写,这当中还有暴力的展示。如此,这个偷情的故事被提升到了存在的高度——情欲的权力化和权力的情欲化。而《坚硬如水》为这种深层的结构所付出的代价是对人的存在的丰富性的勘探和开掘的放弃,作家主体在这里一劳永逸地将一切交付给他设立的语言机制。看起来,他对现实的语言机制的禁忌施行了某种程度的冒犯,但实际上,他是以一个单声道的封闭的语言系统完成了对现实语言机制的禁忌的规避——我感受到的不是主体在语言冒犯行为过程中的张力,而是一种沉醉于具体的语言运用的快意。

大量出现在小说中的"三句半"、语录歌、对联、演讲、报告、样板戏、"两报一刊社论"、快板书、流行的标语口号等等,不啻建立了一座小型的"文革"语言博物馆。这些具体的语言背后的语言机制是我们多少年来努力摆脱而不得的东西,它连接着我们关于生命的疼痛记忆,它即使是在今天也操纵着我们的思想情感和行为方式。同时,这些具体的形态各异的语言本身经过时间的淘洗,已经从历史的肌肤上剥蚀,退落到社会生活的幽暗地带。现在,作家的写作使这样的语言重见天日,在其深度指向上,无疑具有还原并触及这些语言背后的语言机制的可能。但是,当这些语言过量地、夸张地、密集地出现的时候,它们以一种舞台化、戏剧化效果遮蔽了通向这个舞台的后场的通道,释放出语言的"奇观效应",像连演不衰的小品专场,供现实世界里的观众赏玩。

半透明的梦谷

施战军

一丝丝光颤动着筛过往事的网格,斑驳错落地打在灰白的墙上,那是一个乍看有些抽象的画境,定神的恍惚间会现出纵深处立体的具象事物,那是一条通向以往生活的时空隧道,回忆录模样的文字、无语凝噎的图片,一面是沸腾难抑的想象,一面是疼痛迟疑的表达——《独白与手势》这个复杂又富丽的长篇文本,活化出成长、受挫、忍耐、决绝的30年的命运遭逢。它白色的墙不是具有隔碍功能的平面,而是一个敞开的瓶口,从中灌入的是一个以想象力营构的半透明的梦谷。我们仿佛看见小说家潘军用手将白壁后面的墙泥转揉成陶,魔鬼烟一样飘绕在瓮声瓮气的深不可测的阴阳界。

其一,这部作品破例以连载形式在1999年下半年《作家》中刊出。编者之所以做出如此非常之举,我想主要缘于其文本的特殊性。图与文,作为艺术的符号,喻示着势语与情话、身体与爱感的两相情愿的关系,它们不是彼此取代、彼此注释,而是互相照料、会意、浸融和激活;"他"与"我",作为叙述的人称,指代的是历史与现实、记忆与遗忘,没有悬隔也没有黏着,它们被看得开又担得起的写作者"一手造成"。

整体上看,这部小说是一个杂糅的文本,看似混沌,实则微微透亮。"过来人"的沧桑很容易像浊流一样肆虐无度,而在潘军的笔下,却蕴含着晶体和琥珀式的清莹,在情感质地上,是可溶性更大的感怀,而不是褊狭的怨尤、愤激或自欺自夸,有血泪,更有血肉,有控诉,更有倾诉。这是对个人心灵遭遇及成长命运的想象品格的书写。正如威廉·卡洛斯·威廉斯所说:"在艺术中,唯一的现实主义是想象。"它从艺术个性的正常方位,客观上实现了对"意识形态焦虑"式的虚妄的集体代言写作的超越。特定的年代背景,使它带上了"知青"生活、"伤痕文学"。应该庆幸,作者将记述的欲望压抑到今天,使我们能在均匀呼吸历史空气的情况下,进行一种有氧的而不是窒息的阅读。作者之"我"与人物之"他"——"我"之间,没有"审视""拷问""忏悔"的做作,有的是血脉的联系和岁月的痕迹。作者以感怀统摄岁月与人的变化,以杂糅整饰历史与现实的表达,意味着对20世纪60年代中期至90年代后期这30余年时间不怀主体割裂感的宽松的尊重。社会文化的巨型主题符号——"文革"、知青、改革开放等等——被充分背景化、情境化后,关于人、情的声音和画面自然呈现。不单凭所谓的典型形象,不单凭史诗的黄钟大吕,不专摆另类姿态,不依靠陌生化情节,同样可以写出耐人寻味、气韵贯通的长篇小说。记忆、经验甚至历史的场景和材料必须作为想象的渊薮,才可能成就文学意义上的伤痛、欣快、憧憬、郁悒、回味、思忖……这是文学的最高品格——想象——给我们的唯一的真实。"通过创造出一个半透明的新世界,它也吞没了虚构和现实在范畴上的区别。"(哈贝马斯语)正是在这一向度上,《独白与手势》既意味着对30余年历时性生命活动的日常化观照,也意味着面对被定论遮蔽的历史,想象书写依然能够正常地找到文学的开阔地。"白"是想象的底色,折成纸鸟,梦便起飞;写上"你吃橘子吗?",故事就有了新的开头。

其二,如果说从宏观的感觉上看,这部小说最成功处是将"历史"的观念转换为"时间"的流逝,从而赋予想象以丰盈充足的空间,那么支撑这一偌大空间的,却是使梦腾升的诸多细节,细部绵密的触角,把握的是人能活下去的依据:雨浓"半张开的一双手"、父亲擦自行车的油手等等,它们使人世有了寄托和绝望、惨淡和明朗。在爱树的枝丫间,小丹、雨浓、韦青、李佳、林之冰,成全着主人公爱与欲的枯荣。而在几近滥情的当口,纯美无瑕的小丹宛若洁白的天使,恬静无辜,她向完美而活。也许作者实在舍不得在欲念中排除掉她的身体,除了握手,终于让她对"他"尽了拯救肉体的神职——多么惹眼的败笔啊!但"刷牙"的细节使小丹成了不可辱没的小丹,使"我"有了将想象与故事继续下去的小丹:

> 你带牙刷了吗?我说忘了。她说那就用我的吧。我看见她把牙膏挤到一把小牙刷上。

这不经意的动人,是一幅优美而令人忧伤的画,平朴中装满了情味。其实,整部小说是在给带垢变黄的历史刷牙,在以刷牙的"手势"还感怀中的历史和人以清白的过程中,主人公"他"和"我"在小丹身边却忘了带一把牙刷。我们当然不能要求半透明的梦谷中人人明眸皓齿,更没有权利让"过来人"没心没肺的平静祥和,只是盼着保留一点点始终的美梦,而不要做"父亲":"一个对往事节俭得近乎小气的人,一个不肯扔掉旧东西的人。"

印象点击:《独白与手势·红》

汪 政

不能以先锋/实验的图式去预设《红》的阅读,那无疑会造成阅读上期待视野的落空。在这一点上,《红》与《白》《蓝》一样,体现的是潘军对叙事这一动宾词及其现实动作的哲学上的理解。潘军做到这一切并不是以牺牲叙事的本体地位为代价的,而是使用了结构主义的叙事策略,同时在扬弃传统小说的基础上提供了鲜活、丰满、感性甚至充盈了情绪与欲望的故事——一个男人与小丹、肖航、沈芷平等女性的人生错忤与情感纠葛。与此相关的是潘军对"人物"的复归,这也是他似在先锋实则不在先锋的一个明显的特点。先锋写作在"人"的问题上可能存在着一些似是而非的东西,应该说,以现代主义伦理为支撑的先锋文学是关注人的,但其结果是人成了概念与类型,成了几个如孤独、绝望、焦虑之类的动名词,与现代主义叙事伦理的初衷相悖,追寻个性恰恰抹杀了个性。在这方面,潘军作了调整。以《红》为例,作品中的"我"固然是一个在三部曲中被反复刻画、充满了许多矛盾的人物。肖航与沈芷平也是极具个性的女性。她们对世事的态度,对情感的处理,那种希望与绝望、缱绻与隐忍和她们的一举一动、一颦一笑构成了潘军笔下独特的女性图画。

在讨论《白》与《蓝》时,人们已经对它们文字与图画的双重表现形式提出了许多看法。潘军本人也一再表明,图画之于文字,并不是类似传统小说的插图,两者构成一个整体,相互之间不可替代。图画也是在叙述,叙述的是文字所无法言说与承担的语义。这些看法当然都有道理。我想做点补充的是,可能潘军本人也尚未意识到,真正刺激他自觉或不自觉地采取这种策略的是我们当下的传媒时代,这样的一个多媒体时代。《独白与手势》显然是一种"双媒体",因为其中图画的地位不再是文字主宰时代的附庸,又因为文字与图画也不再是一一对应地捆绑在一起的。如果不是仍以印刷的方式出现的话,那么它们完全是可以摆脱潘军的安排而重新组合的。因而在本质上,《独白与手势》具有非线性的超文本可编辑的潜质和可能。至于它们所产生的视觉冲击与诗画效果,我认为是"无意插柳柳成荫"的意外之功。

[选自陈宗俊编选《潘军小说论》(第二辑),安徽大学出版社2009年版]

《独白与手势》:关于男人的叙述

周立民

第一次读《独白与手势》,走进那飘着湿气的石镇小巷,想象着梅岭下炊烟袅袅的景象时,我就为在当代小说中能够找到这么优美、精致的抒情文字而兴奋不已。评论家吴义勤在题为《艺术可能性的寻求与展示》一文中曾精确地指出:"在《独白与手势》中潘军却赋予了'先锋'一种古典主义或浪漫主义的内涵。那种伤感的、抒情的旋律和真实袒露的灵魂的交相辉映构成了小说持久而强大的情感力量与精神力量。"①当许多作品用坚硬和干燥摩擦我们神经的时候,潘军却以湿润和灵动润泽我们的心绪,并将唯美和苍凉融入了越来越遗忘在它们的生活中。在《独白与手势》中,那舒缓的抒情调子、忧郁的气息和节制的文字叙述所创造的古典意境,足以使潘军当之无愧地享受文坛"情歌王子"的称号。潘军曾不无自负地说:"对于小说家来说,小说的美是一种叙述的美。""从我十几年的写作经历看,我实际上只在做一件事,就是在叙事空间里探寻。"《独白与手势》无疑给他提供了证实自己的追求和才能的机会,比如为人称道地将图画引入叙事,让图画与文字互文,拓宽了叙事空间;比如他第三人称与第一人称交替、现实与记忆交替的叙述方式,使时间跨度这么大的作品举重若轻,飘逸自如。所有这些并非孤立存在的,它是潘军多年来叙事探索的结果,也可以说《独白与手势》是潘军的一个阶段创作的带有总结性质的作品。一个有潜力的作家的创作是一条奔流不息的大河,河水奔流,水量增多,两岸的风景不断变换,可是从源头到大海,它的水势、它的方向却不是随意变化的。从作家的创作中,我们往往也能读出这样一以贯之的东西,不是说它一成不变,而是说即使它发生变化,也是有章可循的。综览潘军的创作,我认为它的核心就是关于男人的叙述,他的每部作品背后都有一个男人的高大身影和声音,他迄今为止的所有努力都不断地完善着对"男人"的叙述,《独白与手势》更是把它推到了极致。

先不谈《独白与手势》,而谈一部从题材和写法上与它都有很大距离的《重瞳》。在这篇"霸王自叙"中,潘军就是通过对一个男人的塑造完成对历史的解构的。在这里,项羽的霸气不是表现在勇武上,而是体现在丰富的内心中,潘军更看重他作

---

① 见《作家》2000年第5期。

为一个男人灵魂的高贵和独立,比如项羽对祖父项燕"为秦将王翦所戮"一说的反驳:"我祖父项燕并非死于秦将王翦枪下,他是饮剑自尽的。虽说都是一个死,但对于军人,自裁无疑是光荣的。""这个细节我之所以喋喋不休,是因为太重要了。它不仅仅是关乎我项家的荣誉名声,更重要的是它预示着宿命。"他看重的是军人的光荣,是尊严,潘军对著名的鸿门宴项羽不杀刘邦的解释是,堂堂的男儿岂能事事听命于一个小老头(亚父)呢?这是灵魂的独立。整篇作品洋溢的都是一个热血男儿的豪气和傲气。但潘军的叙述也很谨慎,他小心翼翼地避免把项羽写成一个俗套的英雄,他有柔肠,厌恶血腥,作者甚至愿意把他与诗人比附。很显然,在对男人的叙述中,潘军的作品有着理想主义和英雄主义的底色,但他并非要续写男人的英雄神话,他要叙述的是一个人,一个男人,潘军愿意把更多笔墨放在他们与"男人"这个性别和社会角色所拥有的品质和个性相称的高贵灵魂上,从而希望能在普遍受到质疑的人性中展现出他们复杂又充满温情的一面。

粗略地浏览一下当代文学作品,就会发现,这里面除去高大全那样的政治符号不论,像光辉高大的乔厂长式的人物,好像也是为了执行和传达某种政策和观念而生,他们被抽空了男性的血液而成了天神般的存在。舍此而外,当代文学中,充满了男人苍白的面孔和猥琐的精神形象,保守、无力、自私、猥琐是他们的修饰语。比如说《李双双小传》中的喜旺,只能作为一个突出妻子双双思想觉悟高的陪衬,而且是一个时常拖后腿的陪衬,这也是后来许多作品中的男人经常扮演的角色。"现代陈世美"也是小说家偏爱的人物,新旧生活的反差造成思想的波动和不同的人生选择,《人生》中的高加林就是这样的男人。《绿化树》和《男人的一半是女人》中是备受压抑、性格扭曲的男人,生存阉割了他们的血性和豪气,却诱发了他们的卑贱邪恶,这是让人唏嘘不已的男人。《一地鸡毛》中,男人终于可以回到正常的生活中来了,可小林在庸常的生活中消磨掉了自己的个性,结果,"无奈"成为生命中最醒目的两个大字。尽管女权主义者不断地批判男权,不断解构由男权所建构的话语世界,并为女人喊出"你将格外地不幸,因为你是女人",但是男人在当代文学作品中却并非像人们想象的那样,是呼风唤雨无所不能的主宰者。在正义和真理的队伍中,没有他们的影子,在卑鄙与邪恶中我们倒常常看到他们熟悉的面孔,他们虽然权可倾国、手操别人的生杀大权,却无法改变人们鄙夷的目光。单以张洁的那篇著名的《方舟》为例,里面的女性虽然在现实生活中各有各的不幸,但是她们敬业、独立、自强,是一种向上的力量,相比之下,这里面的男人几乎个个是让人脸红的"须眉浊物":白复山在艺术上毫无作为,却打着岳父的旗号到处拉关系,甚至嫉妒妻子的成功,制造谣言,给妻子的事业带来巨大影响;曹荆华的同事"刀条脸"竟以暗下安眠药的卑劣手段坑曹,让曹觉得他作为一个男人的可怜;曹荆华的丈夫把她视作传宗接代的工具,对女性缺乏起码的关爱和同情……他们粗壮的躯体中包裹的是一个渺小的灵魂,这样的男人是直不起腰、抬不起头的。自古以来,关于男人的豪爽、侠肝义胆、古道热肠或者风流倜傥的描述都不见了,无怪乎身为作家的沙叶新都写起了《寻找男子汉》。

是潘军的创作挽救了"男人"在当代文学中的名声和形象,将他们从尴尬中解救出来,在他男性意识十足的作品中,男人不再被侏儒化,而是堂堂正正地抬起了头,并可以拍着胸脯喊,是男人就该什么样子。尽管男人也非一尘不染,但苦难在一步步净化着男人,在带着他们的灵魂飞翔。在《独白与手势》中,潘军以应有的篇幅和广阔的叙述空间写出了一个男人对苦难的承受,将关于男人的叙述带到了一个新的高度。

我所说的男性意识,在《独白与手势》中表现为作者叙述背后的男性视角和价值标准,在作品主人公身上体现出的对男人责任、义务的强调,以及非常明确的男人应该做什么和不应该做什么的价值标准。在许多作品中,人物的社会角色、地位所附加的意义更为人们所关注,而男人的性别只是他自然状况中的一项,对男性的性别及社会历史赋予这一性别的形象定位,作家并不在意。可潘军大不一样,在他的作品中,男性的声音不但存在,而且掷地有声。在《独白与手势》中,作家对作品的主人公的命名就隐含着很强的男性意识。除了"我"和"他"这两种人称代词之外,作品的主人公基本上是以男孩、少年、男人被叙述的,特别是"男人"这个称谓贯穿着三部曲的始终,我们甚至不清楚这个主人公叫什么名字,作者就是以"男人如何如何的"来叙述的,"男人"本是一个类别词,作者却毫不犹豫地拿它来指代作品中的具体人。而从男孩到男人,这个称谓的转变过程,其实就是一个男人成长的历史。仔细读一下作品的开篇,就会发现当主人公被作为"男孩"和"少年"叙述的时候,就已经具有很强的性别意识了。比如说小丹跟男孩赌气突然要回家去,男孩大度地要送女孩回家。在风雨和枪声的极度恐惧中,男孩强装镇静紧紧地握着小丹的手,他们一起到了家,"她一进门就哇哇大哭,哭得都不像是她的样子了。因为她在哭,我自然就不能再哭,而且我还必须哄着她"。他守在小丹的床边握小丹的手过了一夜。很显然,并非他不害怕,而是男子汉的角色定位让他掩盖了生理上的惧怕,更重要的是少年内心中萌发的心理意象:"我看着惊魂未定的她渐渐睡着,突然产生了一个想法。我们压低着那把伞走过了一段路,再过十年或者八年,我就敢把这伞高举起来,让全石镇的人都看清楚,伞下的两个人是我和这个叫小丹的姑娘。"少年渴望成长,渴望作为一个男人勇敢地去为女人遮风避雨。所以,后来小丹说"我从来就没有把你当作男的"的时候,"我"却断然说:我早就把你当作一个女的了,这种意识可以说在那个雨夜就产生了。

男人的这种角色定位始终与他的行为,与男人的尊严和荣誉相关联着,坚强、自尊、权威、信义等等极具雄性特征的信念是它的主要成分。在《独白与手势》中,最明显的特征是灵魂的高贵、心灵的自由和命运的自我主宰。比如在机关,男人当面斥责他的上司:"就说你这人无耻,怎么的?"他不是不知道这样只能使自己陷入生存艰难的境地,但权贵能决定你的职位升降,却不能主宰你灵魂的高低,做一个男人就应当敢敢言、痛快淋漓。在尔虞我诈的商场中,所有的价值都没有金钱更有威力、更牢不可破,而"我"却没有失去一个男人的血性,坚奉更高的价值准则。最典型的体现在买车的两件事和两张欠条上。在南德集团,"我"不能容忍老总亲信陈元田对"我"指手画脚,更不愿意做一个傀儡或者被人瞧不起的书生,所以对陈元田怒吼:我就是这里的爹! 并执意要求公司买车。这不是为了享受,而是要公司兑现承诺,要争得自己的权利,维护自己的尊严。一个雄心勃勃的男人怎么会容忍别人漠视他的存在呢?还有一件事也是关于买车,这个男人为了感情不惜拿自己后半生的生活资本冒险,尽管一开始就很勉强,但他还是买了。在生意穷途末路的时候,30万元不是一个小数目,起码它足以保证他退回家中安心写作,但他觉得更应当满足一下女人,尽管事情很清楚也很卑鄙:女人和前夫联手赚情人的钱,但"我总不愿意看见一个女人的失望,况且这个女人是我的情人。那时我一边劝着桑晓光一边想着买车的事,其实我已拿定了主意,这车得买。就是我一天不开它我也必须买回来。一辆车对那个男人(指桑的前夫——引者)来说所挣的钱也不算多,但是……能让桑晓光的心情好转,也算值得。我的潜意识里或许还有这样的考虑:你既然已经得到了这个女人,你就该割舍其他的利益"。在情与钱之间,他选择了情,尽管已经是变质的情,可大丈夫似乎就该为红颜一掷千金,让人感动的不是这份感情,而是男人的这种率性和气度。还有那两张欠条:给已经背叛了感情的桑晓光;给已经背叛了信义的冯维明。"我"不能负人,不为他人,而且为自己灵魂上的清白,正如后来"我"感慨:做了一回生意,我欠别人的钱一分不少,别人欠我的钱却一分也要不回。大丈夫就要光明磊落、敢作敢当,大丈夫输也要输得起。在这种男人的尊严感支配下,我们完全能理解这个男人终于还上钱时的自豪和惬意,特别是摇下车玻璃对人说这句话的时候:"请你转告冯主任,这笔买卖我们都赔了。"响彻在背后的还是"我是男人"的声音。

在两性的关系上,"我"的这种男性意识也表现得很充分,尤其是对女性的塑造、拥有,"我"始终要占据一个统治者的地位。仔细品评与"我"交往的女性,从小丹到沈芷平,她们的性格中都有对"我"的依赖性和柔弱的一面。在对女性的选择上,"我"也是持有很强的男性标准的,诸如这样的句子,在三部曲中不难见到:"我血气方刚……我需要女人的娇嗔女人的媚眼女人的骚动的身体""他不希望李佳成为这种世事洞明的女人,尤其厌烦这种女人来改造自己。他渴望的是小鸟依人,是温情脉脉,是对日常生活的粗线条""桑晓光的乖巧让他满意……他喜欢没有主见的女人,尤其喜欢有知识而无主见的女人。这倒不是自以为是,让女人什么都听他的,而是他从中获得了一份信任。他觉得女人对男人的信任是对男人能力认可的一种标志""桑是一个好女人……也是一个女人味特足的女人"。说白了,他不希望女性作为一个强者来平分他的权威,而希望她们以弱者的姿态接受他的征服和照拂。因此,作品中的女性都有着传统女性古典温柔、和谐姣好的一面,尤其像邢蓉那种通情达理、甘于奉献的女性,更让"我"回味不已。强调女性的阴柔一面自然是为了证明男性的权威和他的力量。在《红》卷中,肖航像一个神秘人物,对其来去"我"不能把握时,沈芷平说"你别觉得我是认为你很了不起才和你这样"时,我们常常听到男人的叹息,他总在怀疑自己是不是老了,固然经历使然,但对于一个四十岁的男人来说,他的男性权威受到了挑战,恰恰是更可怕的。我想女权主义者一定会毫不客气地批评潘军这赤裸裸的男权思想,但把女权和男权对立起来,我并不感兴趣,我更关注在作品的这种叙述中所呈现出来的现实和男人与女人的生命状态。在作品中,命运仿佛就是在捉弄人,一个把男人的尊严看得无比重要的人,在他妻子面前却毫无尊严可言,甚至被斥为:"你根本就不配当一个父亲!"在那么多女人中,对他最致命的挑战恰恰来自妻子李佳。在作品中,"我"不断地对"我"和李佳的婚姻进行反思,一个很明显的解释就是李佳是一个很实用的人,这种实用带进了情感和家庭生活中,使恰恰与此相反性格的"我"不堪其苦,所有的矛盾也因此而生。不能否认,对这桩失败的婚姻,这是一个很到位的解释,但再往前走一步,我们会看到这两种性格冲突在他们心理上产生的结果,那就是"我"的男性权威在李佳的面前受到了最强烈的挑战。正如"我"所想的:"桑晓光的乖巧让他满意,他想李佳就特别缺乏这个。李佳的个性太强,所以他们的生活总是针尖对麦芒以至于两败俱伤。他喜欢没有主见的女人,尤其喜欢有知识而无主见的女人。"在喜爱中,"我"本来已经决定与李佳分手了,然而,李佳之所以能成为"我"的妻子,很关键的一步恰恰在于一次小小的屈服,使"我"的男性权威得到了满足。那就是李佳违背"家规",在春节只身来到"我"家,挽救了已濒绝境的感情。可是,在一起生活的日子,大事小情针尖对麦芒,"我"极力在尽一个男人对家庭的责任,同时又不想违背自己的个性,然而李佳对"我"的努力不屑一顾,这个家庭的破裂注定是迟早的事情,因为这个男人什么都可以丢,可尊严和个性是决不能丢的。颇为有意思的是,在三部曲即将结束的时候,两个人的情感已经经历了从"针尖对麦芒"到离婚再到平静相处这些阶段后,李佳因没有评上职称突然病倒住院,她不再那么强硬,让女儿打电话要"我"回来,"我"立即从千里之外赶回来。尽管李佳嘴上很强硬,但是男人看到她的虚弱,男人的尊严感迅速高涨,对李佳和他们这个家庭的情感也随之转变了:"男人走出医院,在一棵垂杨的树荫下点上香烟。他忽然觉得有点兴奋。还有了一点不可思议的自豪感。他想,只要这个女人还是女人,那就还归我管吧?这种美好的感觉以前从未有过。"男人甚至还有"这个家也不错,我怎么就经营不好"的悔意。从这些描述中,我们还看不出横在他们之间最重要的是什么吗?

我不想把《独白与手势》理解成潘军对男人的赞歌,那不但大大简化了作品的内涵,而且与事实不符。《独白与手势》还清晰地写出了这种男性意识中专制、冷酷、自私、虚伪的一面,这本是人性的复杂之处,在很多作品中也不是没有表现。但在《独白与手势》中,这都是在"男人的尊严"这种冠冕堂皇的理由下进行的,这促使我们不能不对这一性别背后的社会内涵进行反省。从另一个角度来说,《独白与手势》还是一个男人的忏悔录,与这个男人的回忆相伴随的是他的自剖和忏悔。"我"和韦青的关系中,由于韦青的背叛,"我"总有一种不平在心,之后的几次见面,"我"没有考虑到韦青在特定年代的处境,更不曾珍惜韦青将一个女人最宝贵的贞操献给"我"的情谊,而是以一个被抛弃者的道义上的优势不断地打击韦青。随着时间推移,"我"开始反省,这种反省由被动到自觉不断推进。"1982年,我与韦青再度相逢……我叹道:你居然还可以挥动球拍,不简单。我的挖苦使她难受,她一声不吭,最后,她哭了。我把手帕递给她,一下子便想到了我们初夜韦青使用过的那方手帕,那帕上的血的形状鲜明地出现在我的眼前。"高考开始的时候,韦青为"我"送复习资料,"我"愤怒地拒绝,"事隔多年,他还是为这个晚上的鲁莽感到懊恼。他说不清自己的情绪是报复还是嫉妒,或者是在竭力维护作为一个小男人的自尊。但无论怎么说,他的行为对韦青构成了伤害。那时他全然忘却了,这个女人是为自己流过血的"。而当"我"与李佳的情感要走进死胡同,极其渴求一个热情的女人时,韦青再次出现在"我"的生活中,"我"对自己的内心看得十分清楚:"其实她是在等待我的造访。而我却迟疑了。我在提醒自己迈出这一步意味着什么，我在强化对另一个女人的责任，那时我还想努力去做一个虚伪的好男人。可是这男人的信心是一捧雪垒起的，天一放晴便会眼睁睁地看着它融化掉，最终成为一摊浊水。""而我分明是一尾过江之鲫，有人可以从窗口钓我。但是，我何尝又不是一只猫呢？"这是对当时男人心态的诚实描述，也是男人在以另外一种眼光审视和批判自己。在写到与韦青的最终分别时，"我"坦然承认："那个夜晚实际宣告了我作为一个男人的彻底失败。"韦青不辞而别黯然远去，"我"在江边茫然地注视着远去的帆影。"这忧伤的情形让我想起多年前雨浓留给我的最后一幕。我其实早已在心中把她们叠到了一起。我爱她们！这些年我与她们在记忆中厮守，在梦境里团圆，可无论怎样，我都难以抚平心中的伤口与鞭痕。我在感情上其实是一个乞丐，而且债台高筑……"我想那一刻，男人一定是泪流满面。对自己情感生活的回忆其实带着很强的赎罪的动因，这是灵魂不断自我净化的过程，也是男人的坦荡和真诚。这种反省几乎构成了本书的一个情感基调，潜伏在每一行文字的背后，柔肠千结，一唱三叹，形成了作品的不可遏制的情感冲击力，从而使这个男人更加血肉丰满。

但这是否就意味着男人的忏悔是透彻而深刻的呢？我不敢做出肯定的回答，我想作者在主观上希望如此，可在实际中也很矛盾。不容否认，作品中，那些不自觉流露出来的对男人的欣赏，甚至对男人的呵护、原宥和美化，多少冲淡了他忏悔的真诚。比如说到"我"离婚后的情感状态："我之所以至今还没有把注意力放到某个具体女人身上，最深层的原因，是在等李佳先行一步。我希望看见她获得新的情感生活新的爱。"这似乎是一个很有责任感和道义感的男人的表白，但也未尝不是一个自欺欺人的借口，除了"我任何时候都不欠你的"之外，还有什么呢？然而这种意识接下去还变本加厉说了出来："我承认我对所谓爱情有过多次的思想背叛，但在行为上我始终恪守一个原则：决不先负女人，哪怕是我不爱的女人。这也许是我最大的虚伪和无耻，可是没有办法，我就是这么个货色。""更何况在我的深层的意识里我是不会因为一个女人去同另一个女人离婚的，那是赤裸裸的抛弃。"我不知道这里有多少自得，然而在思想、情感上的背叛，难道不是更实质的"负"吗？既然早就"负"了，还有什么先和后可计较的呢？情感早已死亡，这些形式只不过是维护自己的风度和尊严做给别人看的样子而已。说到底，还是一种无力的自辩。更耐人寻味的是作者在一些细节上有意识地为这个男人的行为增添悲壮的色彩。如"我"在飞机上偶遇李佳跟另一个男人亲热的一幕，"我"除了内心的不安以外，还有："那个瞬间是一片死寂，我在想要是真的出事了我会一下冲到李佳那儿，把她紧紧地抱住——这也是命运对我们最慷慨的安排。"这当然不是情感弥合的证明,只是一种骑士风度的证明,他更看重对女人的拥有,并十分欣赏自己的这种风度,作者无意间也在附和这个男人,并起到了推波助澜的作用。他把作品中男人的这种情感写得很悲壮:"很多次,我被这幻想的画面感动得热泪盈眶。我这个内心虚弱的人却愿意活在如此惨烈的氛围中。"这种对自我的陶醉,让这个男人对尊严、风度等东西有了一种偏执的自恋。而这种场景不止一次地在作品中出现,在写与韦青分别的时候,作者再一次用了这种手法。"我"不能容忍一个女人与别人上过床,而得知韦青曾经有过这样的事情后,不顾一个女人破碎的心,毅然离开韦青那摇着烛光的小屋,作者真实地写出了男人的懊恼和不理智的心态。但走出韦青的小屋,作者的叙述突然转换了方向,充满诗意化地写男人在雪中看韦青烛光明灭,几乎站了一夜,雪落了一身。这样的悲壮是堆起了男人的风度,但同时是不是也掩盖命运和生活的残酷,是不是让忏悔像风中的雪花一样没有了方向呢?

可能这个男人与作者的情感距离太近了,太牵动作者的心了,在这个多情的男人身上,作者其实寄寓了很多的理想成分。这种成分一方面冲淡了忏悔的气氛,另一方面,它们的存在无疑也是对现实的有力批判。可能作品中的情感故事太吸引人了,当这些将人们的目光吸引过去之后,作品骨子里的批判意识反而被忽略了。其实作者在对男人的精神历程反省的同时,未尝不是对社会历史的反省,它们是统一的。这部作品囊括了从"文革"、改革开放到世纪末中国社会对个人生活所能产生的每一个重要影响的历史场景,用作者的话说是:"我小说里描写的就是一种精神苦难,就是一个男人一生几十年的精神磨难,情感与生命的体验从个体的生命的体验中间,来反映出这个时代的历史的沧桑,这就是一种追求。"[1]他是期望通过历史在个人内心中的投影来表达对时代的认识,在他的叙述中,常常不经意地撩开板着面孔的历史和时代的衣角,露出令它们难堪的粗黑的尾巴。对此,作者不是嘲讽,而是用作品主人公的心灵磨难在控诉和批判。比如对权力的运作,作者有着本能的厌恶和激烈的批判,他不是时髦地写什么腐败,而是写一种更可怕的隐性的东西,那就是机关生活中的权力氛围对人的个性、创造性的扼杀。在这里,等级、官阶,可以自然地取代真理、信仰和个人的感受。潘军描写了这里的压抑、人心的险恶和人性的扭曲,同时也表现了男人的抗争。作者比较清醒,没有刻意夸大这种抗争的作用,相反倒看清了这种抗争的无力,比如"我"跟处长的吵架,还是冯维明赔

---

[1] 见《写作,是我永远的追求》,《作家》2000年第12期。

了很多不是才算了结。一个体制和环境可以轻而易举地使个体陷入可怕的孤立无援的境地,使他的抗争成为无效的抗争,最终磨去他的精神棱角,并以实利作为诱惑,使个体的精神发生裂变。冯维明为了改变在机关中任人宰割的命运,只好以婚姻为赌注,娶了一个连月经都没有的权贵的女儿做妻子,就是最好的例子。当然,这种付出会得到高额回报的,同样,它失去的也不仅仅是个人的婚姻。成了厅局级干部的冯维明可以暗中入股经商了,可以赔了之后以流氓的手段逼老朋友打欠条,让自己一文不损。和许许多多大小官僚一样,他们在不同的位置上演绎着相同的官场故事,更可怕的是这种体制的运作规则:要么丢掉你的个性、思想、良知,换取实惠,要么被排除在外,成为什么也得不到的孤独者。

在关于男人的叙述中,潘军让我们感到振奋的是,他没有让自己的主人公走上消沉、堕落的道路,相反,给了他血性和勇气,让这个男人以另外一套价值标准为基准,从而走了一条艰险的道路。当然,这条道路并非在真空中,那么两种价值标准的冲突就不可避免,身处其中的人所要承受的强大的精神压力也是不言而喻的。作品中"我"与李佳及冯维明,显然分属两种不同的价值系统,李佳所代表的是一般的世俗标准;作为"我"的参照人物冯维明,代表这个社会所谓"强者"的价值标准。在李佳这里,男人挣钱养家,勤恳工作,获得提升,给家人添光。在冯维明这里,除了这些,男人要有雄心大志,要出人头地,要在这个社会上享有充分的发言权,并要有为达到目的不惜代价的坚韧和智慧。而这些,似乎都不是"我"所感兴趣的。"我"宁愿去那个冷清破落的文联写作,也不要待省委的大机关。而写作也不是一个经世致用的行当,甚至在经济大潮中连原有的光环也丧失了。终于要到海南经商了,这个男人似乎知道什么有用了,这甚至给了李佳些许兴奋,可是与其说他去经商,还不如说是逃避,逃开了以往的生活,却并未改变男人骨子里的东西。在商不厌诈的商海中,他身上的文人气很浓,看重信义,相信南德集团老总的话,一直弄不清产权关系,使自己的努力付之东流;他信赖友情,与冯维明联手经商,结果再次陷入绝境。这是一个适应性极差,甚至与主流格格不入的男人。他似乎总是社会上的一个另类,对他的评价,男人自己和世俗所使用的是截然不同的两种尺度。用世俗的标准看,他的生活一塌糊涂,是男人中的失败者。小时候,父亲是右派,他自然是社会的弃儿,"文革"结束后的第一次高考还受此影响;作为大学生,进大机关,在别人看来是春风得意的开始,可他却是百事不如意;写作吧,在金钱大潮中,这被认为是失败的行业;经商吧,又遭遇泡沫经济……事事不如意有外在的原因,但也未必不是他自我选择的结果。他并不想按照社会和世俗的价值取向来选择自己的人生方向，许多事情他可能马马虎虎，可是在这一点上，他却越来越坚定。他追求精神的独立和自由，看重道义和责任，在这一步步的追求和受阻中，他对现实的认识，不是以屈服和投降换取承认，而是从一条道路上去证明自我的价值。他曾对权力发过这么一通议论："我懂得了权力——哪怕是最小的权力，在中国社会的作用。当一个人无法接近权力时，唯一能行得通的便是远离权力。权力左右你的前途与命运，这固然是无法忽视的存在，但仍然存在着权力控制之外的另一种前途、另一种命运，那便是你的创造……尽管权力可以扼制、限制你的创造，但创造本身的力量足以能同权力抗衡……权力可以消灭生命，但消灭不了生命的辉煌。我的生命在于我的创造。"这仿佛是一份宣言，在宣告着他将要以另外的方式去完成权力所不及的事情，这当然不是一条坦途，尤其是以个人面对强大的集团的时候。人都是吃五谷杂粮的，都不能超然世外。生存，这似乎是最简单的事情，却能轻易地转换人们信念的方向，并可以毫不夸张地改变历史，因为大家都能看到这些；生存，也会成为一个软弱者最堂皇的借口和大家对他宽恕的理由。在《独白与手势》中，房子动迁就让这个男人陷入了无可逃避的处境，那些大小官僚等着他低头哈腰地去求他们，而男人觉得这是可耻的，可是"来人冷笑道：我知道你是个作家，作家又怎么样？我告诉你，你就是再有能耐，你也抗不过最软弱的组织"。与此同时，身后还有家庭的压力，"无能"的嘲讽是一个男人最大的心病，这让他感到"酸楚"，"加倍地可怜自己"，"他或许还羡慕女人，因为女人还有嫁人这一条出路"。最令人难忘的是在一栋空楼中，唯有他家的灯光在孤单地闪亮着，"我"守在凌乱的屋子中，像个幽灵，守着废墟，"他躺下了，不禁流出了两行眼泪，泪水躺到嘴角，竟是和海水一样的咸"。如果说拂袖而去是知识分子追求个性独立的开始，那么真正的考验在后面，这种境遇，才是知识分子信念和意志的试金石。多少年来，中国知识分子好像总也摆脱不开依附的心理，以往的文学作品关于知识分子的道路，似乎是习惯的"百川归大海"，是个体融入集体中，它自然有着另外的意义。然而，知识分子的道路是否还有另外的可能，他们是否还会有另外的生存方式？这也是近年来知识界一直探讨的问题，大家从五四前后前辈知识分子那里找到了不少参照，对于世纪末的中国知识分子来说，反映在文学作品中的似乎不多，《独白与手势》中的这个男人可能一次次背叛了情感，可是却从未背叛自己的信念，他在一步步与以往的道路决裂，尽管等待他的是更凶险的道路。然而，潘军倾注了这么大的心血来维护他这条细小艰险的道路，可谓用心良苦。

我想到了作品中，男人的两次别有意义的旅行：一次是在蓟州做生意彻底失败负债累累的时候,他去龙门石窟,去拜谒白居易的墓,想到了中国古代文人的命运;一次是在他的情感和内心出现危机时,也是这个三部曲要结束的时候,在徽南等地的"走一圈"。两次都让男人从纷繁的现实中解脱出来,在历史和自然中获得了力量,让他的内心也获得了极大的平静。这是反复的游移、折磨之后的自我肯定,也是内心的一次次自我超越。全书的结尾更是耐人寻味:他沉浸在湖光山色的时候,突然接到了肖航在即将沉没的船上打来的电话,接下来他又得赶奔事故的发生地。他仿佛永远在路上,永远在不安的心灵折磨中,古代文人归隐的安宁永远只是他的一个梦想。作品在此结束,不知对于知识分子来说,这是否有着象征意味。

2001 年 10 月 17—18 日晚于泡崖

(选自唐先田主编《潘军小说论》,安徽大学出版社 2003 年版)

个体生命的喃喃叙事
——《独白与手势》阅读札记
冯 敏

打开这部小说,首先看到的是作者的题记:"我要说的这些话,已对自己说了三十年。我现在把它告诉你时,它便成了故事。"

这分明是独语,体现了建立于个体生命自觉之上的叙事伦理;当它付诸文字发表后,它分明又是一种面对苍茫大地时的手势,是潘军式的"追忆似水年华"。

30年,我们经历太多的历史变迁。进入这段历史,可以是通过史志或史论,也可以通过是小说。但无论我们以何种方式进入,真的能"复制"历史吗?不能,我们留下的不过是各类的文本。特别是小说这种虚构文体,在历史与现实之间复活的,首先是个体生命的心灵史;文学要表现的人,理应被看成高于历史的存在。这是现代小说基本的叙事伦理,即从个体生命有限的经验出发,完成一次次对普遍人性的追问。

作为知青同龄人,潘军不可避免地要涉及这段历史。但与以往的知青题材小说相比,《独白与手势》又是别开生面的。以往这类小说的叙述视角是第一人称复数的"我们",甚至是第一人称和第三人称复数的奇怪结合——"咱们";而潘军的小说则是鲜明的个人视角,是"我"在面对一切。以往当"我们"出现在这类小说中时,急于寻找的是一代人在现实生活中的作用和地位。作家们在进行这类小说创作时,每以对历史的宏大叙事而使笔下人物沦为某种观念的符号,告诉读者的是我们"应该怎样"。而潘军的小说述说的却是社会生活在"我"心目中的感受和评价,它告诉读者的是我们"可能怎样"。这种叙事视角和文化立场的悄然转换,是小说创作的历史性进步。当然,体现这种历史性进步的不仅仅是潘军的一部《独白与手势》。潘军之外,已有不少作家或多或少地在作品中显露出这样的倾向,潘军只是更自觉一些。

面对浩如烟海的小说文本,编辑们产生阅读厌倦是很自然的事。一种形式新颖、语言别致的小说,让编辑们眼睛发亮也是很自然的事。《独白与手势》吸引我的首先是它的那些经过作者匠心安排的图片。它不是插图、不是连环画,而是统一于小说整体叙事和语言织体的一种形象性的补充,是作者复活历史记忆时的心像叠加。潘军多才,这些图片或摄影或书画,无一不浸透他充盈的血泪,凝结他艰苦的劳作。看着某些图片,我难免发呆,这就是人们常说的"遐想"吧?那些图片与我曾经的生活场景重叠。记忆被唤醒时,现实与历史中的某一刻不期而遇。这或许就是诗画结合产生的艺术感染力。我对潘军说,你这是在冒险,图片可以成为感觉的延伸,也可能成为一种限制。他很同意这个看法。但我仍想利用这个机会,公开表示我对这部小说的某种遗憾。倘若潘军在艺术上更大胆些,倘若他的注意力不仅仅停留在视觉上,而让感官更开放一些,大胆运用诸觉通感的手法,那么他所复活的心灵史可能更感性、更可触摸,也更"巴洛克"一些。我们的回忆有时可能是某个画面,有时可能是某种触觉或嗅觉,有时甚至是味觉。感觉的延伸无疑会拓宽小说的心理空间,《独白与手势》这类主观感受很突出的作品,需要借此增强艺术表现力,潘军应该有这种表现能力。

《独白与手势》让我联想起卢梭的《忏悔录》和帕斯捷尔纳克的《日瓦戈医生》,这两部作品表现了一个严肃作家应有的道德勇气和批判的意识,在揭示精神苦难方面达到了相当的深度。在期待了多年之后,我们终于可以在中国文坛看到类似的文本了。行文至此,我不能不提到另一位知青同龄人——作家陈世旭和他的小说《镇长之死》。它同样是篇检点记忆、充满自我批判意识的小说,与陈世旭早期作品《小镇上的将军》构成互文关系。若干年前,陈世旭尚把全部愤怒发泄在一位镇长身上。若干年过去了,作者在了解到一些事情的真相之后,已经能够全面看待一个具体的人,看到他性格的不同侧面,看到生活中许多悖反的现象。这不仅标志着作家思想上的成熟,也标志着创作上的成熟。其实如果在动笔之前先做好是非判断,那就不必去写小说了;如果可以用理性语言把这个世界说得一清二楚,我们根本就不需要小说了。忏悔的意识、自我批判的意识能够出现在这一代作家的作品中,我认为正是他们胜出前辈作家的地方。

《独白与手势》也是一部具有自省意识的小说,主人公的情感历程与几位女性紧密关联。雨浓、小丹、韦青、李佳,四位性格各异的女性,分别折射出男主人公"我"人性中不同的侧面。"我"在不同的境遇下与她们相识,既有激情和向往,也有伤痛和无奈。正如小说中写的那样:"作为小说,我已没有能力去讲述关于爱情的故事。我不过是在回忆一个男人的情感经历。这样的经历其实很贫乏,缺少色彩,然而却显得真实。爱情的故事业已被大师讲完,一个时代的枯竭便开始了。"这样的议论在作品中不少,使得小说的叙述布满沧桑和对现代性的焦虑。对今天的年轻读者来说,作品中柏拉图式的爱情图景或许给人一种不真实的感觉,但那个时代的青年确是这么成长起来的。"我无意去写一个微不足道的男人的成长史,我的兴趣是这个男人历史中女人的投影。"这等于说"我"的生命是一个情感的中介,它连接一个外在的世界,也连接一个内在的世界;它连接着崇高的向往,也连接着卑贱的可能。小说在塑造男主人公这个形象时,采用第一人称"我"和第三人称"他"交叉叙述的方式,反映出作者潘军始终对人物采取一种审视的态度。

这个世界其实并不缺少发现,每一个生命都有自己独特的感受,而是缺少一种独特而恰当的表述。生命及其意义,需要华美的形式。《独白与手势》这种形式是否成功,仍需接受时间和读者的检验。但我确信,生命的个体形式决定着每一种表述都是唯一的、不同凡响的。

叙事改变着人对时间的感觉,回忆使人重返想象的空间。有人说短篇小说是空间性的艺术,长篇小说是时间性的艺术。因此,一部长篇小说对时间因素如何处理,实际上体现了一个作家结构能力的强与弱。

潘军选择了一个很好的叙述视角,凸现的是个人对生活的感受,只将社会生活的广阔画面作为人物活动的背景,让小说的叙述服从于回忆过程中情绪的张与弛。现实与回忆交叉,世界与想象融合,沉迷中有清醒,享乐中有批判,仿佛人生长旅中的漫步遐思,《独白与手势》体现的正是上述特点。目前读者看到的只是潘军《白》《蓝》《红》三部曲中的第一部,全部作品尚未完成,不好在结构方面讲更多的话。不过我想说的是,潘军这部小说写得比较自由。对自由的渴望首先是情感的要求,而情感是人性的核心。意义与精神追求相系,哲理产生于对智慧的深爱……正是这些作品背后的东西决定着一个作家的基本气质。一颗缺乏浪漫能力的心灵,如何去谈论智慧?我不知道。情感的花朵都枯萎了,灵魂中还能剩下什么?

一个作家是否强悍,并不在于他能说出多少深刻的哲理,而在于他把握形象的能力。《独白与手势》中有不少感人的细节,尤其是在对几位女性的描写刻画中体现着男性作家难以达到的细腻,将她们还原为有血有肉有情感的人,而非观念的衍生物和苍白的符号。在表现父子两代人的关系上,潘军选择了一个与县领导握手的细节。这样一个生动的细节,形象地反映出时代在两代人心灵中投下的不同的影像。

在艺术创作中,我崇尚偶然性,崇尚不可重复的"这一个"。有多少个生命,就有多少个偶然性。它是具体规定性的否定者,永不枯竭的想象力的灵魂和源泉。

小说创作的状况也许真的不令人满意,在一大堆外在地描绘生活、为生活照相的作品灰扑扑地充斥刊物版面的时候,我们看不到生命的呼吸。小说创作在时间上严格遵从物理性的因果联系,在空间关系上与现实一一对应,主题单一,理念先行。在媒体日益发达的今天,此类小说正面临着全面围剿。于是有人悲观地预言小说这种形式的死亡,为了证明这一点,还举出唐诗宋词的例子。而我却固执地认为小说不会死亡,因为讲述冲动是人类基本的生命冲动之一。从先民的诗史到现代小说,这种讲述冲动延续了几千年,只要有生命存在,就会有人讲故事,专职讲故事的人,我们称为"小说家"。故事有各种讲法,与人有各类的活法是一样的。死亡的只是小说的某种僵化的样式和某些观念陈腐的小说家,而不会是小说。现代性的伦理是多样化的,故事当然会多起来。个体化的叙事伦理只提供个体的道德情况,让个体生命在叙事中形成道德自觉,《独白与手势》给我们以这样的启示。它是生命的长息,是回忆中的喃喃细语,更是一种季节的姿态。

  需要说明的是,本刊发表的这部分文字只是潘军计划创作的三部曲中的第一部。"独白与手势"仍然在继续。因此,我既不想刀劈斧剁式地把它归某一种创作理论,也不想提前用某种流行的话语对它进行总结。况且我做到的,只是在本刊决定转载时,匆匆地看了一遍毛校,以致在行文中难以恰当地举例。我能做到的,只是谈一谈自己的阅读感受。好在作品最终要在读者的阅读中完成,我以阅读随笔的形式来谈这部作品也许是个聪明的选择,以这样的方式更能接近《独白与手势》,接近潘军创造的那个世界。文学说到底是沟通心灵的,不是在心灵之间制造障碍。

[原载于《小说选刊(长篇小说增刊)》1999 年第 2 期]

存在主义和潘军的《独白与手势》

吴格非

把潘军和萨特联系在一起,是因为一个阴雨天,《独白与手势·白》的主人公"在招待所里读一本萨特的著作"。虽然书名不详,但凭借小说提供的线索可以推断出,这本书应该是萨特的《存在与虚无》,因为从故事的叙述中,我们得知这是一本"名气很大的书"。而且,主人公在思考人生与梦想的关系时,是从存在与虚无的角度进行阐释的:"存在就是虚无,人生如梦,然而,做梦的过程是美丽的,生命本身是美丽的。"阅读完这部小说后,我们可以说,对于潘军来说,梦是对爱欲的幻想与追求,而美丽的人生是这种幻想与追求的过程。

在20世纪90年代成名的作家群中,潘军对爱欲的想象堪称独特。他思考的角度是,一个男人如何与自己所爱的女性构筑并保持他期待中的真情世界。他构筑着这个世界,也就是构筑着男人的自尊、价值和自我的主体存在。在潘军看来,男人的主体存在和女性之爱是一种生死与共的关系。这种爱不应该包含物质赠予、家庭责任以及其他功利性的因素,它必须完全靠纯粹的真情来维系,因为只有这样,无论男人还是女人,在爱的过程当中,才能共同保持一种主体地位,这样的爱才是完美与和谐的。假如任何一方沦为客体地位,那么爱的危机或缺失就不可避免地产生了。对于这一点,很少有作家能够深刻地认识和把握。在20世纪90年代欲望化写作泛滥的文化语境中,包括严肃作家在内的许多作家,他们对性爱描写热衷有加,但普遍缺乏深度的思考和对生命的想象。男性作家的性描写常常是一种压抑后的宣泄或变态的发泄,女性成为受害者;而女性作家笔下的性描写,往往表现了女性对男性世界权力压迫的反抗与憎恨,女性由被动者转变为驾驭男性的主体。因此,90年代文学的欲望化写作总体上是审丑,而不是审美。潘军的不同在于,他通过小说告诉读者,人离不开欲望,但不应该成为欲望的奴隶,纯粹的爱欲应该是美的,它是真情的感受和体验,是男女充满和谐、平等的交流,它使双方都成为具有独立、自尊和主体人格的真正的人。萨特在《存在与虚无》中讨论自为和他为关系的论题时,曾着重分析了男人与特殊的他者——女人的关系。潘军的思考和想象,在许多地方与萨特的论述是很相似的。

潘军近期的长篇小说中,比较有影响的是《独白与手势》白、蓝、红三部曲,以前两部较为成功。该三部曲描写了一个男人的成长经历。这个男人试图通过他与几个女性之间的爱情来证明和建构自己作为一个独立男性的主体位置。这很像萨特。萨特一生与很多女人关系密切。他认为通过与不同女人的交往,可以不断获得关于自我的新的感受性。这种感受性来源于男性与女性相互之间无任何功利目的的"爱欲"。萨特认为,女性对爱情的想象往往是纯洁的,所以她是唯一不会使男人感到被异化的他者;作为女性的他者给男人带来的爱,不是一种异己的力量,不会使人发生异化行为。在萨特看来,"一旦男人由于发展自己的理解力而弄到丧失感受性的地步,他就会去要求另一个人、女人的感受性——去占有敏感的女人而使他自己可以变成一种女人的感受性"。萨特还说:"我认为一种正常的生活就包含着同女人的连续不断的关系。一个男人被他做的事,被他所成为的那个样子,同他一起的女人所成为的那个样子所同时决定。"①这一结论基于萨特对爱欲的独特见解。首先,爱欲是一种爱的表示,是对对方的一种幻想,它未必以实际的性行为为目的。其次,他否认爱欲是对他者的征服和权力,相反,爱欲的目标是在他者体内产生一个与自己对等的爱的欲望,使自己也成为被爱者和被幻想者。在这种被爱的幻想中,"我"的自我(主体)世界得到恢复。可见,爱欲的产生是以恢复自我的主体世界为目的的。在爱欲对等的情况下,男人与女人的关系是互为主体的。这种爱欲的双向对等和相互幻化,是解决自我和他者冲突的根本途径。萨特这样认为,主要是出于这样一种理解,即个体在这个荒谬的世界中随时处在被异化的境地,被异化的人有一种恢复自我的欲望,这种欲望只有在同异性的相互对等的爱欲交流中才能实现。在《独白与手势·蓝》中,潘军这样谈论他对女性和两性关系的理解,颇似萨特的观点:

  一种女人愿意为男人而活,另一种女人则是要男人为她而活。但这不能理解为奉献——我认为爱这东西是不可以随便奉献的。这是一种寄托方式,爱一个人就如同在爱自己。爱与被爱都是幸福。

由此看来,真正给人以幸福的爱,是一种消弭了异化的爱,是情感的和谐、平等的交流,其中并不存在两性双方的相互奉献,因为从奉献的角度对待爱,必然涉及

---

① [法]西蒙娜·德·波伏娃:《萨特传》,黄忠晶译,南昌:百花洲文艺出版社1996年版,第951页。

物质利益,必然使爱杂糅进物质主义和功利主义的因素。爱情是人世间最后一块没有异化的净土。人可以超越功名利禄,但往往不能够超越爱情,就是因为每个人在潜意识里都有着摆脱异化,复归自我的愿望。《独白与手势》通篇描写的是男主人公的情感历程,用他妻子李佳的话说,"他一直在恋爱中"。但恋爱故事只是叙事的表层,它的深意是对男性自我的追寻。

《独白与手势·白》的主人公在成长过程中,先后或同时陷入了与五位女性的情感纠葛之中。事实上,这是小说叙事发展的两条主要线索之一。另一条线索是主人公在谋生过程中充满坎坷的人生遭际。这种坎坷经历与他同五位女性的关系相互衬托,彼此映照。正如小说主人公所说:"男人的历史实际上是爱的历史,却是女人来写成的。撰写者有可能是一个,但更大的可能是几个甚至十几个。"这一观点和萨特的颇为相似,或许真是心有灵犀一点通,它奠定了潘军小说情节发展的基调。

小说的主人公是在屈辱中降临人世的,因为他有个被打倒的右派父亲。父亲的阴影伴随着他走过少年时代的道路。那个年代,给他带来无限安慰的是一个叫小丹的女孩。他和小丹是同学,他们在一起是因为他俩的父亲"是同一批在石镇划上右派的"。共同的遭遇和彼此之间的帮助、信任,使他们之间建立了生死与共的关系——一种超越了婚姻关系、像水一样清澈透明的情爱,以至在后来的日子里,他们一直把对方看作一家人。他们虽然各自组建了家庭,但是一家人的感觉从未泯灭。在他们看来,这种感觉超越了婚姻,甚至比婚姻更真挚。结婚对他们来说实在是多余的。他们像世间最相互信任、彼此忠诚的夫妻一样,"每天在一起与隔十年见一面没有什么差别"。而见面时,他们能像夫妻那么自然地拥抱、接吻,甚至做爱。在小说中,潘军没有使用过多的充满情调的文字去渲染主人公和小丹的感情世界,甚至可以说,小说中关于他们的描写是相当朴素的,但他们的故事真诚感人。它使人们认识到,真爱的本质乃是虚无。一种超脱了功利和利害关系的虚无,就像波伏娃和萨特,他们虽然没有成为法律意义上的夫妻,但他们是相互支持、情真意切的终身伴侣。他们的友情让很多爱情经典黯然失色。总之,男主人公从小丹那里获得了一种真正的家的感觉,他把这种家的感觉,又投射到了小丹所在的水市以及他们共同生活过的故乡石镇。在与小丹的感情中,他感受到了自己生命的存在,同时也加深了对一个异化世界的厌恶和对精神家园的渴望。他去过很多地方,所有这些去过的地方都充斥着泯灭个性的标志,不管它们的表面多么豪华和彬彬有礼,生命在那里仿佛被扼杀了,只有他和小丹在一起待过的水市和石镇,才使他感受到生命的激情：

> 这些年我走南闯北,曾在不少著名的城市蛰居过,但没有一座能够像水市这样给予我激情和想象。我生命的光泽全被现代都市大厦的阴影所遮盖,喧嚣夺去了我内心最后的宁静。这些城市向我提供格式一样的标准房间,向我提供内容重复的服务,我完全成了一个住标准间的男人……在那些年轻服务生热情礼貌的脸上,我捕捉不到亲人的表情……我的空间里缺少生命的气息。这样的时刻,我便思念起水市和家乡石镇,那情绪确实可称得上魂牵梦绕。

许多人都在这种"格式一样"和"缺少生命"的世界里麻木地生活着。他们认同环境,被"格式化",他们表面没有烦恼,优哉游哉,但实际上,他们的内心无时没有一种反抗自己、反抗环境的冲动,只是懒得行动罢了。这是环境对人的异化。萨特认为,异化的人,是丧失了自由、勇气和主观意志的人,他认同这个世界,随波逐流,无意义、无兴趣地活着,最终成为多余的人。潘军小说的男主人公是清醒的自觉者,他不甘湮没于市,于是选择了一条"自我放逐"的道路,成为物质世界和感情世界中的一名漂泊者。在"自我放逐"中,他遇到了生命中的另外四个女人:雨浓、韦青、李佳和林之冰。

雨浓是他的初恋,也是他爱欲的起点,尽管他还未来得及向雨浓示爱,雨浓已在一次灾难中化蝶离去。和雨浓相识的第一个晚上,主人公就对她产生了强烈的性幻想：

> 这个夜晚显得宁静,这个夜晚他又格外地不宁静,他有了对性的强烈渴望——他不断梦见雨浓的身体,但全都不清晰。那些像柳叶一样的身体在飞动着,千姿百态……

这就是他对雨浓的初恋,虽然它具有强烈的性指向,却并不是源于本能的冲动。他一下子爱上了雨浓,是由于后者对他的一句赞叹。事情是这样的,他们第一次通过小丹相互认识时,从卫校毕业并在一所医院当护士的雨浓坚持要看他的画作,因为她知道他爱好绘画,而绘画是一定要懂人体解剖的。雨浓对他随手画的一幅人体素描表示出惊讶和钦佩,认为他将来一定能够上美术学院,并成为一个大画家。这句话令少年的他"激动不已",因为雨浓的话竟如此准确地切中了一名知青少年埋藏心底的志向。在那个特殊的年代,作为一名出身"有问题"的知青,他从未敢向他人提起自己的志向,更不敢奢望成功,但雨浓的话不仅使他得到了知音,还燃起了他成功的信心,鼓起了他面对未来生活的勇气。正因为如此,在雨浓死后的很多年里,他常常在梦中和她相遇。这梦境潜意识地表达了一个男人对知音、信念和成功的心理渴求。从这个男人后来的生活道路上,我们可以经常看到雨浓的影响。她是给他的事业起点带来鼓励的女人。

韦青是他理想中的妻子,由于当时他们社会地位的差异和双方家庭的反对,他们最终劳燕分飞。但他们一直彼此深爱、渴望结合,所以,虽处天涯海角,仍然两情依依。作者这样描写他和韦青充满激情的初恋体验:

> 这是人生初始的两性挚爱,时间的流逝只能模糊它的轮廓,空间的转移只能淡化它的表面,却使它的本质内涵更加暴露凸现,如同野火春风的狂舞。

韦青给予他的是真正的爱情,一种"从心底笑出来"的爱情,她使这个男人懂得,爱能够给男人带来生命的尊严。韦青是市教育局局长的千金、中学代课教师,而他是"右派的儿子",一个在边远乡村、在受人呵斥的景况中干体力活的知青。但韦青爱他,并给了他一个女孩的初夜。他从韦青那里获得的对爱的理解,主宰了日后他和妻子李佳的感情生活,使他懂得了婚姻和爱情常常并不是一回事,婚姻有时真的是爱情的坟墓。

李佳是他"文革"以后的大学同学,他们的结合一开始就是个错误。他们之间没有他所理解的那种"从心底笑出来"的爱的感觉。事实上,在两人的关系上,他始终处于被动的客体地位。李佳是一个注重"实际和秩序"的人,并在婚姻中坚持实用主义原则。在与他的交往中,她把他当作谋利的工具,关心的是"住房的分配"和"每月的储蓄"。她动辄训斥他,并且紧紧地控制着他。

> 这个男人的全部性格弱点尽在其掌握之中。她可以爱他,也可以冷落他;她可以需要他、拥有他,也可以同他拉开距离或者暂时将他遗忘。

他正是在她的控制中被一步步地牵入婚姻的围城。他无法抗拒。这是一个使他痛失个人尊严的女人。他"厌恶这种女人来管自己",渴望有男人尊严的爱情生活。于是,韦青的爱不仅促使他历经十年鏖战去走出婚姻的围城,而且影响了他以后的生活之路,使他感受到生活的意义。

在我二十年情感旅程里,韦青的身影始终伴随着时隐时现,每一次出现都不同程度地改变了我原有的生活格局。韦青仿佛是一个不朽的省略号,它不仅表现意义的省略,更多的是表现意味的延长。

林之冰是他偶遇的情人,一个"做不了任何人老婆"的人。她是一个追求自我价值的女人。在海南开发大潮刚刚兴起的时候,她毅然抛下已然很兴旺的生意,到海南去追寻更大的冒险与成功。林之冰带给他的不仅是性的愉悦,还是精神上的激情。一方面,林之冰弥补了他婚姻生活的缺陷,因为他和李佳的爱从一开始就已死亡。"李佳是一个性冷漠者",而且她的个人情感几乎处于冰点,用她的话说就是"我一点也不怀念少女时代"。另一方面,林之冰给了他事业发展上的鼓励。他的下海和林之冰有关;而当他"因生意屡屡受挫生活沮丧不堪"时,又是林之冰富有朝气和生命力的印象给了他亲切的抚慰。

综上所述,主人公同雨浓、小丹、韦青和林之冰这四个女性或梦幻或现实的交往,其实是他自我寻求、自我认识和自我完善的过程。主人公所寻找的是属于一个独立人格的男人所应该拥有的爱情、信心、尊严和价值。这种寻求、认识和完善自我的过程就如同一场梦。这梦的实现对于一个追求独立人格和事业成功的男人来说有着特别的意义。

人是需要梦想的,人因梦想而活。梦想如同一条横亘于眼前的地平线,你见到了它你就必须接着走。从这个意义上说,存在就是虚无,人生如梦。然而做梦的过程是美丽的,生命本身是美丽的。

"你见到了它你就必须接着走",这是自我实现之梦给予男主人公的人生启示。在它的照耀下,他毅然走出婚姻围城,并决定去南方闯荡天下。同时,他厌倦了机关生活,因为他不想为虚假的口号"交出信任感",也不愿意做某一个"领导的人",以谋取向上爬的资本。他也厌倦了文学界的衙门化体制,毕竟,正如他所说,他"爱的是文学,而不是文学界"。政府和专业作家的"这种雇佣关系会使作家和作品都变得十分尴尬"。于是,他选择做一个真正意义上的作家,他决定不靠写作来谋生,因为无论在机关还是在作家协会,写作已经异化为工具。他将以另一种生活方式来支持写作。尽管他从此将成为孤独的个人,但他宁愿这样,因为孤独意味着独立,也意味着自由。在一个人的孤独世界中,他是他真正的自我。

  一个人,最自由的是一个人,最孤独的也是一个人……最小的是一个人,最大的也是一个人。

这是男主人公在小说即将结束时发出的感慨。自由的人是孤独的,但他是大写的人、真正的人,因为他拥有可贵的自尊和独立的人格,拥有行动的信心和选择的勇气。因此,他能够超越这个荒谬的世界,勇敢地去寻找人生的意义。

《独白与手势·白》的续集《独白与手势·蓝》,描写了主人公在海南的"自我放逐"过程。他依然在为寻找和实现作为男人的自尊而奋斗。在海南,主人公所面对的,不仅有爱欲,还有物欲,或者说是爱欲和物欲交织的网,这无疑是一个更加复杂的境遇,但对主人公来说,物欲和爱欲一样,可以成为复归自我的动因。

主人公摆脱机关的束缚,是为了挣脱权力的异化,但在社会上,权力无处不在,于是,他努力寻找一种可与权力抗衡、使人获得尊严的东西,那就是金钱。在金钱问题上,潘军认为,他和萨特的观点不一样,虽然他认为萨特并非真的不爱钱。在中篇小说《流动的沙滩》里,他这样写道:

  钱是个好东西。对待这个问题我和萨特不一样。萨特以"拒绝一切来自官方的荣誉"为借口使他的那一笔款子黄了(实际上他想拖着肖洛霍夫一块儿领)。但是,萨特后来又后悔了,又想伸手,不过钱已经没有了。这不是据说,可以做证的是一位叫辛格的用意第绪语写作的小说家。这位犹太人懂得实惠,深信钱比政治重要,因此1978年他获得诺贝尔文学奖时神采飞扬。

显然,潘军把金钱和政治放在了相互对立的立场上。用金钱去克服政治的异化,这一点萨特没有意识到——他把钱看成和政治一路货色了。应该说,这是潘军比萨特高明的地方。在《独白与手势·蓝》的起首段里,小说的男主人公就站在这样的立场上,开诚布公地谈论金钱在新时期的作用。

可以说,钱在他眼里只是可以利用的工具,是帮助他实现自由目的的手段。他没有像其他很多人那样沦为金钱的奴隶。但是,即便如此,他仍然必须在金钱和权力之间寻求平衡。一旦金钱无法和权力抗衡,他会毫不犹豫地再次选择自我放逐。譬如,正当他充满希望准备为公司前途大干一场的时候,他发现他实际上还是被总公司紧紧地控制着,总公司可以随意挪用、划拨他的文化公司账上的钱而不必通知他。更使他感到吃惊的是,他开发的很有前途的项目,很快被总公司占有。他终于意识到,"原来刘锐不过是让他做了些下手活",于是,为了尊严,他毅然离开了尚在鼎盛时期的南岛公司。

为了实现自尊,他追求金钱,但是为了自尊,哪怕是为了他人的尊严,他也可以放弃到手的金钱。为了帮助他挚爱的情人桑晓光的前夫——一个汽车推销商渡过难关,也是为了表达对总公司不守诺言的抗议,他用自己全部的30万元流动资产购买了一辆对自己毫无用处的名牌汽车。这既消除了桑晓光对前夫的愧疚,又维护了他个人的自尊,尽管他因此陷于几乎破产的境地。在蓟州,他为电视台承办了一个栏目,并拉到了100多万元的广告赞助。在电视台毁约的情况下,他把到手的广告预付款60万元还给了厂家,而厂家原以为他会卷款而逃。他多年的朋友冯维明背弃诺言,使他背上42万元的债务,但他用创作赚来的稿费,连本带利还给了冯维明,并赎回了他那部被冯维明扣押的汽车。主人公的汽车在小说中有着特殊的意义。对于几乎破产的主人公来说,它本身的使用价值不大,甚至是个累赘,但它是主人公个性尊严的象征。这是他无论怎样艰难也要把这辆车留在身边的原因。这一切说明,在他看来,金钱可以抛弃,但自我的尊严不能丢失,否则人就会物化为金钱的奴隶,人生就失去了意义。这再次让我们想起萨特。萨特在世时,他的日常生活开销很大,他非常需要钱,但为了坚持一贯的独立于官方的立场,他宁可放弃领取诺贝尔文学奖奖金。这也许并不能证明一个人品质的高尚,但起码说明萨特是忠实于他所宣扬的自由的。他曾说:"把自由作为一切价值的基础。"①从某种意义上说,自由和自尊是不可分割的,是双面同体。

男主人公在不断的自我放逐中找回了属于一个男人的自由和自尊,但同时他并没有为保全自己的尊严而损毁他所爱的女人的尊严。事实上,他在两性关系中的每一次选择,都转化为一种承诺和相应的责任,那就是让他生命中珍爱的女性也不失去自尊。他说:

---

① [法]萨特:《存在主义是一种人道主义》,周煦良、汤永宽译,上海:上海译文出版社1988年版,第27页。

> 一个男人的一生其实就是与女人结伴而行的一生。我没有勇气去设想做一个孤独的独行客。我的生命里离不开女人,这是我的真理……我也许能拿走女人身上任何东西,但不能拿走一个女人的尊严。

潘军对感情世界中的男女双方尊严的理解是独特的,那就是无论恋爱、结婚还是离婚,都应该是个人自主选择的结果,不受到外来因素和他者的干涉。譬如,他对离婚所持的态度就和我们当下普遍认同的理念完全不同。在我国,一般情况下,如果婚姻中没有出现不忠或者第三者插足的行为的话,夫妻双方是不会因为婚姻质量不如意而离婚的。潘军作品中的男主人公仿佛是另类世界中的人。他与妻子李佳一直处于婚姻危机中,但他与李佳最后离婚,并不是因为他所钟爱的情人桑晓光,也不是因为他发现李佳另有所爱。事实上,他是在桑晓光和一个新加坡商人在一起并弃他而去之后,才和李佳离婚的;而且,他在拿到离婚证书后,才告诉李佳他早就察觉了李佳的外遇。他说他这样做,完全是出于他个人对婚姻前途的判断,他觉得应该让自己而不是他人来左右自己的命运。他说:

> 不要为任何人去离婚……是否离婚纯属你个人的选择……倘若我和李佳离婚,那也绝不是因为某个第三者的存在,而是我们这个婚姻本身没有前途。

正如他所说,他最终选择和李佳离婚,是因为"我们这个婚姻本身没有前途"。他之所以这样认为,不仅因为他受不了李佳的管制,更主要的原因是他发现自己在李佳心目中不过是一件东西。

> 她说,我的东西即使我不用了,我也不愿让另一个女人大模大样地去使,我宁可把它给摔了。他不禁为之心惊。他想在这个与自己做了八年夫妻的女人眼里,自己不过是一件东西,就像挂在门背后的一件旧衣服。

可见,在和李佳的婚姻中,他是一个被彻底异化了的对象。"婚姻异化"这个词虽然还没有出现在我们的日常生活中,但它事实上已经成为婚姻质量不断下降的重要的潜在因素。它不仅使爱成为单向度的存在或者干脆消弭了后者,而且也剥夺了人的基本尊严。这就是潘军的独到之处,他把爱情、结婚乃至离婚同实现个人的尊严的崇高主题结合起来,这无疑是对人文关怀理念的又一次提升。毕竟,对绝大多数人来说,爱情和婚姻是相随一生的东西。如果双方中任何一方失去了主体地位,而个人迫于世俗观念仍固守已经失去前途的婚姻城堡,那么,个体生命的存在是否真的还有意义?

或许,潘军的主张很容易被世俗地理解为逃避责任。其实,我们不应该把潘军小说中的爱与世俗理解的那种道德伦理责任联系起来。任何道德原则都存在着相对性,善恶、美丑、是非的理念也是相对的,一切相对的东西都不足以作为标准来贯彻实施。萨特看到了这一点,他在《存在与虚无》的第一章就详细阐述并且论证了他的一元化世界观。① 他的存在主义人学观是基于这种一元化世界观的,它超越了道德标准的相对性,以反对异化为宗旨,把人的尊严提升到了一个前所未有的高度。② 在此,潘军和萨特又一次达成了共识。潘军认为,真正的爱欲是独立于世俗道德原则和功利目的并且彻底消弭了自我异化的一方净土,每个人都能够通过它实现自由和自尊。

(选自吴格非著《萨特与中国:新时期文学中"人"的存在探寻》,中国矿业大学出版社2004年版)

---

① 萨特认为,存在物的内在(interior)与外在(exterior)的二元对立是没有的。一切存在物的存在都是显像(appearance)。显像是一切行为(action)的总和,而任何一个行为只显示它自己和整体系列(manifest itself and total series)。在显像背后无任何掩盖的实在(hidden reality)。可见,在萨特那里,存在物的现象和本质的二元对立被取消了。本质就是显像,而显像就是显像本身。

② 萨特在《存在主义是一种人道主义》中明确指出:"只有这个理论(存在主义——笔者译)配得上人类的尊严。它是唯一不使人成为物的理论。"(上海译文出版社1988年版,第20页)

无望的言说
——论《独白与手势》的叙事策略

王素霞

潘军的《独白与手势·白》一登场便以其独到的叙事策略和新奇的语言技巧，激起了人们的阅读欲望。它由插图点缀、语言点评、时空穿插、记忆游历、人生言说、爱情起伏等叙事线索连缀在一起，构成一个梦幻与现实掺杂、吟诵与记忆交叉的梦游世界。读者沉浸其中，就会与之呼吸、与之冥想、与之神游。这部小说不是以故事取胜，而是叙述了一个男人在几个女人的目光中成长的历程。作家视主人公过去的梦境岁月与现实未来的循环为一个有机的整体，在对时空的反复追问中充斥着情欲、挣扎、痛苦、忧伤的冥想与疲惫、绝望、挣脱的奋斗，以及对现实、未来的宿命感和心灵的忏悔。男主人公没有姓名，文本只是交替使用第一人称"我"和第三人称"他"来讲述一个生命符号的人世沉浮，言说"他"与女人之间进行的雅俗相杂的爱情、情欲、婚姻和家庭等多重关系并行的生活。女人构成了"他"潜伏的成长史，同时也是"他"陷入宿命诱惑的源起。这种诱惑创造了一种叙事的幻觉，它使人能够完全沉入书中所营造的逼真的幻想世界，并深化由人物经历所激发的感情的浓度。

首先，文本间插图作为小说"叙述"的功效而非解释说明的出现，成为本部小说最为鲜明的叙事策略。这里作者主要采用"点缀""言说""延伸""对话"等方式陪衬并扩展叙事空间，使之成为呈现人物心理流程的另一双慧眼。这种图画，有时置于某章节的开端，以廓清故事起始时的氛围并烘托潜在的社会心理背景为楔子，引导读者尽快步入小说的故事空间，例如小说的开头："你眼前的这条小巷，是故事开始时的路。"这一句叙述令人想起意大利作家意泰罗·卡尔维诺的《冬夜旅行者》的开头："你即将读到意泰罗·卡尔维诺的新作《冬夜旅行者》。"文内读者"你"和隐含作者意泰罗·卡尔维诺的对话一下子拉近了读者与作者之间的距离，并生成了小说虚构的成分。潘军的头句叙述，不仅具有颇为相识的意趣，更有新意的是，文字的右侧有一幅淡雅的水墨画，它与那句叙述一起生成了小说的开端。画面上是一条古朴、湿润、黯淡、清新而又悠长的石径，石径的通往无限而不可知的未来。关于它的所有修饰词并没有在文字中出现，却回映在读者的脑海里，而且带给读者的想象远远超过左侧的文字表达，因此在引出小说故事的瞬间，拓展了小说的叙述时空。这幅以及随后的多幅图画仿佛一双双眼睛,或一扇扇窗口,使你透过小说的叙述文字将目光传达至深邃的历史时空。尽管作者一再强调,它们的叙述无法表现声音,但是每当你沉入小说中的独白并与相邻的图画相遇时,你的耳边都会响起幽远的钟声,穿透时空,在心灵的上空荡漾,你无法摆脱它与你的灵魂进行交流所产生的震撼。因此,在插图的运用上,潘军精心设置了几重叙述关系,以强化这种心灵感应的深度:一是作家本人"我"与文内读者"你"的对话,它使小说的虚构特色更鲜明,也更贴近文外读者。仍以开头为例,作者首先采取了章节前"题记"的方式,使读者迅速进入阅读角色:"我要说的话,已对自己说了三十年。我现在把它告诉你时,它便成了故事。""我"与"你"的对话关系在与插图的相互衬托下存在并成立,此时小说才宣告开始。在正文中,作者"我"继续与文内读者"你"展开对白:"你会注意这已经是经过复制的石板路……不错,我此刻正在复制三十年前石镇的那个夜晚。在这部感觉不会很短的书里,我还将以文字以外的手段去复制很多东西——它们将成为这部书的一部分。""插图"弥漫在"对话"的影子里,作家在认同小说虚构的同时,增添了故事的现实魅力和可信度。二是"故事"与"插图"的对话,它包括了"人物"与"画面"之间的存在关系。每幅图画都是对故事的进一步叙述,它们插于文内作为抒情起伏的间隔,延缓叙事速度,厘清小说头绪,如作者在描述主人公与李佳的爱情波折所出现的延搁问题上,就恰到好处地运用了插图的缓冲叙事。图画展示了一片清新盎然的水杉林,阳光的折射映衬了林木的颀长、俊朗,就在那里,十八岁的李佳发现了阳光下的"丑恶"并经历了初恋的幻灭。画面上线条与色彩明暗的鲜明反差,暗示了李佳的心绪波折,同时也为她的爱情及日后的婚姻选择铺垫了虚实相杂、光影跌宕的底色。也有一些图画重笔描绘,大肆渲染,在细节上煽动人物与读者的情绪,推动小说走向一个个小高潮,如主人公与林之冰之间两次性爱的煽情描写,极大地调动了画面与叙述相互提升的对话关系,一场极其美妙的性爱欢愉在对美人鱼(林之冰)的语言描绘和图画的熏染与勾勒下,在无比流畅的线条腾挪中尽情倾泻。然而,画面流露欲望的背后,渗透的却是一股大海般离别的伤痛,一种企图获得永恒但永远不能实现的心痛。如此氛围的插图在文字叙述的间隙适时地出现又适时地消失,与其他纯文字性叙述合为一体,相得益彰,互为映趣。三是"画面"与"你"即文内读者的对话,"你"常常被置于插图之内,成为画面的隐形风景和潜在视点,因此获得了"旁观"与"参与"并行的资格与权利,从而在小说的深层构成了"插图""故事""作家""你"与人物之间的多重叙事对话,并使文本弥漫着开放与含蓄并举、言有尽而意无穷的诗的意境,从而完成了对主人公命运的全方位言说。

其次,用"意象"深化"叙述"是此部小说的另一策略。"在心理学上,'意象'一词表示有关过去的感受上、知觉上的经验在心中的重现或回忆,而这种回忆未必一定是视角上的。"[1]作者利用这种不断复现的记忆,在文本中设计了多重意象。这里有贯通全文的命题式意象,如"手势",它在语词、梦境中构图,既能从主人公自己的多次叙述与独白中,传达出堕落、绝望、宿命、权力等多重信息,又将这些"手势"沉入深邃的隐喻时空,唤起读者对所有"手势"的理性思考。诗人庞德说:"'意象'不是一种图像式的重现,而是'一种在瞬间呈现的理智与感情的复杂经验',是一种'各种根本不同的观念的联合'。"[2]作者在生成意象的隐喻意义时,不是一次次重复使主人公"他"的身体与精神跌入无望的言说之中的某种动作、图像、感受等,而是将它作为一种独特的深化叙述方式,或利用插图,并与之双向描述,或再三倾诉梦境感人心魄。如果说插图是小说叙事的最直观化行为,那么意象的运用则是叙事的深层韵味。它们之间相互平行,又相互补充和提升,极富象征意味地预示了现实生活的残酷、偶然、宿命与无奈,"手势"在此具有多重独立指涉意义。一方面,将女人的"手势"喻为主人公潜意识中无法越过的对生命的困惑,比如他的初恋,总是弥漫着无尽的忧伤,这和他那带有宿命般的梦中的"手势"联结在一起。雨浓的意外死亡化为他梦中伸向生命而无力挽救的一双绝望的手,这是他永远抹杀不掉的心痛,也是他未来日子中爱情记忆的源起与原型。"我又梦见了雨浓,依旧是那么不清晰。我能看见的看清的还是她的手。所不同的这回是一双手,半张开着,像是在迎接着什么,更像是在使劲抓住什么,那时我没想到这梦中的手势竟是一个可怕的隐喻。"这种"隐喻"在之后有关女人的叙事中不断重复,向他暗示出极富恐惧的不幸感,传达了对生命无限渴望而又无奈的死亡气息,并极早喻示了生活中无法超越的宿命,他之后的爱情总是在一种无法言说的悖论中突现并消失:所遭遇的情欲常常发生在情绪的低谷,而永远离别的伤痛又以迅疾之势替代了恋爱的甜蜜;当情感生命呈现黯淡、无聊之际,他的现实生活又有新的起色。韦青和林之冰就在如此跌宕起伏的瞬间,介入、演绎、引导并控制着主人公的生命历程,正如小说结尾写道:"他分明看见了雨夜的天空中飘动着千姿百态的手势——那都是女人优美的

---

[1] [美]韦勒克、沃伦:《文学理论》,刘象愚等译,上海:三联书店1984年版,第201页。
[2] 转引自韦勒克、沃伦:《文学理论》,刘象愚等译,上海:三联书店1984年版,第202页。

手,正传达着关于生命与宿命的话语……她的手势限制了我对女性的想象力,甚至,控制了我的梦境。"

另一方面,关于"手势"的意象表现在对整个城市所惯有的一切虚伪和肮脏给予最形象也最富于展露性的痛斥,文本呈现极富寓言意味的插图与之相互观照,增强"手势"深层的蕴意。其中画面只是有意突出并强调了两个正在行走的"嬉皮"青年,其他一切都处于黯淡的背景之中,它仿佛一幅画框镶嵌在简洁的空白与对"手势"的叙述中,颇有对城市的无限戏讽之意:"他们激动地打着手势,于是围绕城市的一切阴谋便从这下流手势中诞生了。每天都有犯罪,每天都有阴谋。"围绕女人的"宿命"象征与凝结在城市核心的"暧昧"比喻,在"手势"的多重意味中彼此应和,彼此也形成反差,我们为无法超越的人生悖论找到了现实依托。

除此以外,文本还在叙述他的生命成长史时,为每个不同的女人赋予相异的意象符号,并以不断"嵌入"文本其他叙述的方式,如时常与他的创作史和工作、生活、家庭史等相互照应,描摹她们存在的不同含义。这种存在并非孤立、单一的,而是充满着延续和承接。她们各自的意象符号,既作为女性本身的生命所在,形成各异的不完整的人生序列,又在他的目光中达到一种完满,由此完成对"他"生命体验的完全叙述。这是小说内在结构的深层叙事,也是构成小说对话性的最根本特征。他对女人的渴望表现在两个境界。一是"虚",它不仅带来人生的狂喜与新奇,更多的是无法得到的虚无和忧伤,在一连串的命运捉弄中,关于宿命的不同女人的"意象"在他的眼中均与"手势"的摇摆达成共鸣。与此相关的女人出现在不同阶段,如初恋时的雨浓,关于生命的脆弱体验最早是从她偶然丧生开始的,她在沉船之际伸出的求援的双手一直是他梦境的不解之谜,同时也构成了他后来生命中的咒语,大凡沉醉在无法超越的生命癫狂与伤痛杂糅的女人目光中时,他都会想到初恋时的雨浓和她的手势。如十九岁热恋时的韦青,带给他无比的快乐和想象的疯狂,但她是他折损了的羽毛,所有关于性和痛的感觉都是这片羽毛带来的飘浮与残损,这成为他永远都不能剥离的伤痛与残梦:"韦青仿佛是一个不朽的省略号,它不仅表现意义的省略,更多的是表现意味的延长。我和韦青的故事随时都可能结束,但每一次结束都酝酿着新的开始,我甚至怀疑有一只无形的手编排了一切。"这"手"既是命运之手,又是寄寓在雨浓身上的脆弱之手。当她们成为永远的梦幻,不可能在现实生活中被他拥有的时候,作者又为读者安排了他的情人的出现,从而延续了其生命的伤痛与遗憾。这个名叫林之冰的女人,在主人公被现实婚姻折磨得心力交瘁的时候出场,又在双方沉醉情欲不能自拔之际逃离,既抚慰了他的身心,又仿佛一条无力占有的美人鱼,于有意无意间消失。她们是他得以维系的生命之魂,当现实越来越迷茫的时候,只有到记忆的边缘、心灵的深处旅行。"这忧伤的情形让我想起多年前雨浓留给我的最后的一幕。我其实早已在心中把她们叠到了一起。我爱她们!这些年我与她们在记忆中厮守,在梦境里团圆,可无论怎样,我都难以抚平心中的伤口与鞭痕。我在情感上其实是一个乞丐,而且债台高筑……"

另一个境界是"实",它特别倾注在现实生活中与他息息相关并构成婚姻与友谊的女人身上,所设置的意象就与世俗意义产生关联,如儿时的伙伴小丹与幼年的那把黄色的油布伞联结在一起,成为他一生的庇护,也是他治疗现实伤痛的港湾。每当生活出现波折或危机时,小丹就是他倾诉、发泄、获得新生的怀抱,这种遮蔽、保护的实际意义从文本开始时的那个雨夜一直延续到小说的结束。文中说:"1967年10月的这个雨夜对少年是深刻的。你会慢慢知道这个晚上是多么不同。你看见这两个孩子打着一把黄色的油布伞走过了小巷,但你不会想到,多少年后这把伞成为一朵饱满的向日葵开放在一个男人的梦境里。"在之后的叙事中,"伞"般的向日葵一次次从梦境走向现实,并以毫无索求、充分敞开、完全奉献的精神,成为主人公联结内心与现实情感差异的中介。"他也曾经想和小丹好起来,可是这些年他与小丹无意中早成了一家人,但每回面对彼此都十分平静。"他与其他女人之间所隐喻、暗含的宿命悖论,都于小丹的伞下还原为初始的平静与安宁,"伞"构成主人公生命的支撑,尽管它不可能燃起其生命的辉煌。

给主人公的现实生活带来重压和精神疲惫的女人李佳,是所谓"实"的境界的真正承载者。他与她从"你吃橘子吗"开始,一切就富有了多重的现实意义和寓言意味。在现实的机遇中展开,又在现实的讽刺中结束,这个过程充满了偶然与盲目,仿佛"上帝的一个暧昧的手势",使"我们像一对落水者,在行将溺毙之际各自抓住了对方伸出的一只手,似乎只有做出这种选择,才能够活下来,这显然是重逢导致的错觉。重逢意味着失而复得,意味着最后的机会,于是我们抓住了而且抓得很紧"。那只可供食用的"橘子"和那个"暧昧的手势"消耗了他们十年的婚姻旅程,生活中的偶然与不可知性以及李佳"在爱情生活以及由此导致的婚姻生活中"所引入的"实用主义原则",致使现实生活中所有的遭遇总是弥漫着"危在旦夕之际"的强求。如果说,他在所谓"虚"的情爱境界中已对生命的脆弱与无常的命运颇感人心无力的话,那么在真实的婚姻际遇里,宿命的嘲讽更加重了他的无奈。上天的有意与人为的苦求只在他们重逢的瞬间达成了一致,从此以后便走向了两极。李佳就在对现实的多次勉强中违背了天意,也给自己的生活造成一系列的生存麻烦,这也许是对他在灵魂深处潜意识欲求的有力支撑,因为所有婚外情感的偶然相遇都在与她的现实生活中找到了某种存在的必然:李佳"是一个性冷淡者,正是这至关重要的一点,使她内心的苦怨日积月累,无处排遣。他们的爱情从结婚那一天起就彻底灭亡了。他们后来花费十年心思来寻求或挽回的爱,实际已是爱的观念与形式,本质的爱早已不复存在"。然而,对梦境般虚幻意味的追求和失落毕竟无法在"实"的境界中获得满足,现实的残酷又时时逼迫他不得不跌入对那些构成爱恋和情欲梦境的虚妄幻想之中,对不可抗拒的命运折磨,他无话可说,只是沉迷在众多女人的目光中,逐渐失去了对现实与未来的关注,不断地陷入"一个人的时候,过去与你相伴"的沉思。

　　虚、实相间的氛围组成主人公情感与欲望、现实与梦境的边界,女人们勾画了其生命过程的不同色彩,他穿梭在每个女人所营造的意象境界里,不停地浮出海面,与内心的真实冲突发生对话。而各种相似的意象又不断沟通,并在他人生的不同阶段发出各异的声音,形成一个个人生侧面,由此构筑了主人公比较完满的生命序列。小丹、李佳的现实声音始终与雨浓、韦青、林之冰的伤痛感受杂糅,并时时左右主人公的思想、情感、意志和想象。他常常将她们之间的内在联系纳入自己的独白、叙述与对话之中,在对她们的无望言说里,叙述了一个男人所经历的存在困惑与生命无奈。如主人公曾有一种感觉:"他觉得雨浓和小丹分别占了一虚一实,很像一个梦中情人与一个结婚十年的老婆。但对于恋爱中的男人,实质性的冲动恰恰在于虚实相间的状态。男人的欲望建构在云彩和黄土之间——这是一个巨大的、难以填满的空间。"韦青就是这种处于男人欲望之中的女人,好似"昙花一现",然而,"对于我总是意味深长"。"我们对人物的认识不是通过有关叙述,而是通过深入了解他们的所思所想。这些思想是作为无声的自发的持续不断的意识流表现出来的。对读者来讲,这一过程倒像是戴上耳机,把插头插在人物的头脑中,然后操作录音装置,这样,人物的印象,反思,疑问,往事的追忆以及荒诞不经的想法等,无论是由身体感觉触发的,还是由联想触发的,便无休止地传达出来。"[①]潘军设计的多重"意象",比如关于女人的联想,就是通过思想、意识、情绪等不断"镶嵌"和"介入"的方式来联结主人公的情感源,那种永远得不到的、撕心裂肺的痛感,极想倾诉却不能满足的缺憾,在与李佳、小丹等构筑的"实"的境界对比中凸现,在他苍凉的独白细语中,人生透露着宿命的无望与无望的言说,散发出忧伤的诗意和无奈

---

① [英]戴维·洛奇:《小说的艺术》,王峻岩等译,北京:作家出版社1998年版,第53页。

的叹息。

再次,时序的颠倒与空间的恒定强化了小说叙事的对话性特征。它表现在以下几个方面:一是故事时间的线性与叙述时间无序性的交叉,造成情节在历史、现实与未来间游荡,从而形成了故事与叙述者的内心思绪之间所产生的对话共鸣,并化为文本内部大量的内心独白、自由联想、思维跳跃和颠倒时序等叙述手法。叙述者"我"并没有按照事件发生的实际顺序讲述人生故事,而是在交叉叙述的间隙留下许多空白,让我们自己领悟事件之间的关系和意义。在此,作家主要采取转换时序的方法,让叙述视点在时间上回溯,以历史的"记忆"阐释所发生事件对现实的影响。如主人公的经历是以现在(1997年)为基点,在纵深方向上往过去延伸,即按照1967—1997年的线性时间叙述故事。但作家并没有进行纯线性展开,而是用一种点缀的方式,一方面以一幅幅插图进行画龙点睛般的叙说,另一方面,以不同地点的转换与时间的推移为线索,采取"镶嵌"式,把不同地点和不同时间内的故事分别嵌在总体的线性时间范畴之内,于是,就有了电影上的蒙太奇、闪回、跳跃、穿插、交叉等手法。这样,记忆在现实中展开,未来在现实与历史中呈现;现实又在记忆与未来里穿梭,故事的时间性被完全剥离,而故事的意味却在绝对的空间里蔓延。不再强调故事本身的时间性,而是强调故事在绝对空间里的真实性,我们就可以在他所营造的故事氛围中徜徉,时空与人物的对话关系也在故事叙述的展开过程中尽情倾泻。二是采取第一人称"我"与第三人称"他"相互交替叙事并与第二人称"你"共鸣的方式,转换作者、人物与读者之间的对应角色,形成三者之间灵活的对话关系。作者要么以内心独白的方式"化入"对往事的回忆,不停地从一个时间跳到另一个时间段,像留声机的选择系统在密纹唱片上的轨道间来回跳跃,以贴近意识流般的心灵叙述,要么采取作为人物兼叙述者对往事的回忆方式,把经常性的时间转换与第三人称单数叙述者的口气相结合,即提醒读者要注意文本的人造机构,不使读者迷失在虚拟故事的情节和中心人物的心理深处。实际上这是作者的不断闯入造成的结果,以至行文过程中既有"他"的叙述,又有"我"的告白,如在叙述人"我"与儿时的朋友小丹相会时,作者不断地闯入,不是要破解小说创作的秘密和意义,而是要阐明自己创作此部小说的目的。他说:"在这部以小说的名义书写的文字里……我无意去写一个微不足道的男人的成长史,我的兴趣是这个男人的历史中女人的投影。男人的历史实际上是爱的历史,是由女人来写成的。描写者可能是一个,但更大的可能是几个甚至几十个。每一个女人的介入,都会使这部历史得以修正甚至改变。"

最后,对叙述时间的自由把握和反复调度,并没有改变时间的单向与无情,相反,对自己所处的时期可以任意选择的"此在"时间,更加深了无法挽回的生命遗憾,生命至痛的感觉一直渗透在文本的多重叙述中,这就形成了故事叙述中痛感的生命"意象"与时间变换的对话交流。比如,关于"手势"的存在描述总在不同的时间向度中穿插进行,并与时间的残酷与无情达成某种应和,从而形成连续的意象时间序列,这是隐藏在小说深层的叙事结构。此外,基本固定的空间线索为叙述时间的转换提供了有序的叙事根基。

小说以突出的地点与编年合成的体例为显层叙事线索,依照日记形式,任自己的思绪在不同的时间点飞翔,主人公的回忆、现实和对未来的向往总是与固定的地方相互关联,形成以地点为记忆的开端,其间穿插、点缀人生图画。于章节的末尾,标注时间,达到时序与场所协调一致的叙事效果。如故乡石镇,常常和1967年10月的那个晚上相联系,所有的人生图景都是石镇的展开。因此,主人公叙写了自己的童年记忆、与小丹的往事,以及父母的离婚、父亲的右派身份给家庭的影响。这个地点虽然在后来的叙述中与不同的时间段如1997年、1984年等有些联系,但它所赋予的意义是所有行为的出发点,是生命记忆的源头。在他的类似叙述中,我们无法忘记其父母的往事,连同那些标志故事开端的小巷、纸鸟和黄梅戏,也包括他归根的梦幻。其他固定的叙事地点,如水市、梅岭、犁城等,分别与他的青春梦幻、爱情欲望、婚姻家庭、写作事业等不同的生活内容相互关联。就在这四个地点的穿插中,在不同时间的书写中,他的人生起伏与宿命悖论得以圆满完成。

晓畅、清晰的语言,涌动在第一人称"我"的内心独白中,形成一股自然、抒情的意识流动。它为小说叙事的展开、人物命运的呈现,铺垫了浓郁的感伤情绪,并营造出多重的对话氛围及多向传达的形象脉络。同时,作品中依然洋溢着与小说情节毫无关联的各种剖析式语言,它在作者声音不断插入的过程中流露着对写作本身的倾诉与对人物形象的解析。这种时断时续的冲突与介入,与小说的情节达成某种沉醉其中而又呼之欲出的距离感,并构成情节的另一种对话方式,即虚构小说与小说虚构的对话。

潘军曾在长篇小说《风》中说过:"从某种意义上讲,创作是一种精神漫游,它远离了哲学式的思辨。"《独白与手势》(第一部)以敞开的结构形式和隐藏的对话关系,再次引领我们进行了一次精神漫游,并在叙述的间隙,透露着许多颇需探寻的艺术假定与空白。比如在有效的叙述时空内常常设置本部小说没有涉猎却为下部小说提供叙事线索的行文。在暗含的这种不完全的叙事视野中,作者把主人公命运波折的多重可能,留给了不可知的虚构的未来,它既体现了文本的叙事智慧,又诱惑着读者步入新的叙述期待。

(选自唐先田主编《潘军小说论》,安徽大学出版社2003年版)

现实与想象的边缘
——潘军长篇小说《死刑报告》解读

丁增武

作为20世纪90年代以来优秀的安徽作家,潘军又一次让人们意外和吃惊了。这一次推出的长篇《死刑报告》(人民文学出版社2004年1月版)关注了一个既现实又敏感且有热度的法制问题,这显然有点不合乎他平素那种超然物外、我行我素的作风。然而潘军写出来了,并且在这部新作中搁置了他叙事中惯有的机智和旷达,文风简洁而凝重,简直让人怀疑是否出自他的笔下。他以特有的主观化的方式诠释了一种理想的"正义"的思考。这就是潘军。

一、故事与想象

从整体上看,《死刑报告》讲述的是几个貌似独立而又内在连接的案件故事。在小说历史中,说故事应该是最古老的方式,也应该是最有生命力的方式,不变的故事中可以传达出变动的故事精神。故事的价值并不在于讲述的方式,而在于它是否与生存的经验发生联系。这就必须对故事提出一个更高的要求,即故事不仅要为人物活动提供一个外在场所,而且更要提供一个内在的空间,让人物的生存境遇及作者对生存的理解得以展开[①]。

潘军一直是说故事的好手,他说故事的态度相当严谨而投入。在目前这样一个朴素与抒情都普遍缺失的时代,过度的技术革命姿态往往为人们所警惕,因为技术的地位被夸大以后,在完成形式革命后就必然为一些力不从心的作家提供保护。当然,这种警惕对于潘军来说是多余的,尽管潘军的故事美学在某种程度上表现为一种技术美学,但他用汪洋恣肆而似乎是漫不经心的想象融化了技术规则的生硬,使得故事的讲述变得有弹性而富于个人的力量,无论故事本身是繁复还是简单,潘军都能将这种个人的力量渗透进去。《死刑报告》属于简单的故事类型,潘军根据自己的体验虚构了几个小故事,用一根简单的线穿起来,同时设置了一个并非想象的真实的故事参照,在对比中昭示主题。美学的力量尤其是想象的力量,在这部长篇中并不非常引人注目,除了安小文案之外,其余的案件故事均叙述得较为平淡。

[①] 谢有顺:《批评的德性》,海口:海南出版社2002年版,第105页。

近距离地关注"死刑"这样的热点问题,很容易写成案件报告类的东西,作家的艺术感觉在这里显得很重要,但潘军显然并不想在文本中炫耀他虚构的机智,他必须依靠另外一些东西。

故事美学是一种想象和虚构的美学,但故事的真正力量并不在于此,具备内在空间的故事有两种层面上的冲突作为其演进的动力,一是情感的,抑或说是欲望的,一是价值的。以情感或欲望为本位的美学趣味可以通过想象的途径达到,但作者过度的机智无疑会妨碍他对人物生存境遇的理解。《死刑报告》故意搁置了人物的普遍情感和欲望,而突出了人物的个人性情,将思维的触角伸进了这种无法追究的个人性情和普遍适用的死刑制度的复杂关系上,这种思考显然不是以情感和欲望为本位,而具有价值层面的内容。书中人物柳青和陈晖、李志扬的情感纠葛只具备穿针引线的意义,显然不能构成故事的核心,真正的核心是对作为一种刑事制度的死刑及其执行程序的思考。潘军通过设计几宗具有个性特征的案件来探究死刑和正义之间的关系。当然,我们不能说这些案件在司法实践中具有普遍性。事实上,潘军也正是凭借案件故事所体现的个性力量来提出问题,来表达他对死刑在执行过程中涉及的犯罪心理、程序正义、人道主义等一系列问题的理解。很显然小说家关注的是价值的力量,对这部新作的阅读期待应该集中在对上述问题的思考深度上,而美学的、情感的或欲望的方面应退居次要的位置。也就是说,我们关注的应是他写了什么,而不是怎样写。在面对现实问题的文学写作中,价值的力量抑或说价值美学一旦确立,技术的、细节的考虑自然会被推至边缘的位置,当然,价值的力量并不排斥情感经验,问题在于后者能否被合理地组织进去,体现一种价值理性。

值得一提的是,2003年底还有一部关注现实并引起广泛关注的安徽作家的长篇问世,这就是陈桂棣、春桃夫妇的力作《中国农民调查》。笔者无意在这里将两者进行比较,只是借此说明一个问题,即文学关注现实的多样性。《中国农民调查》属报告文学,走的是"调查"的路子,以暴露问题真相为目的,价值力量的形成依赖于对情感经验的调动和凝聚;《死刑报告》是"报告"意义上的小说,在叙事上走的依然是"想象"的路子,尽管潘军坦言部分故事存在原型,这并不妨碍作家以想象的方式去思考一些可触摸的现实问题。《死刑报告》简洁流畅的叙述外观与故事美学貌合神离。潘军以高度理性的态度在讲述一些非理性的生存故事,这些有关死亡的叙述沉重得可能让潘军无意去追求故事的美学效果。现实如同一个巨大的泥潭,将作家的这种沉重消解到形而下的苍白之中。这又让作家看到了,想象无法化解生存现实中的危机,唯有强调问题的意识背景,将问题尖锐化,才有可能突破历史守成主义的源远流长和坚不可摧。

二、个人性情与普遍制度

《死刑报告》是如何将死刑问题尖锐化的呢？潘军的做法是让它变得沉重。死刑首先是一种刑法制度,是一种以现实法律为依据、制度化的剥夺人的生命权利的刑律。对这个问题的介入与表现首先体现为一种法制意识的自觉,然而如果仅仅停留在这个层面上,最好的小说家也要逊色于一个普通的律师。这意味着小说不可能也没有必要去关注死刑背后抽象的法理探讨,以表现人性为旨归的文学拥有更好的方式。潘军的方式是将这个关乎生命可能的问题伦理化。在中国人的生命感觉中,伦理感是非常沉重的,中国自古以来就是一个注重伦理的国度,文化也是伦理性质的,这意味着死刑问题在中国化的语境中与伦理难以分割,死刑首先是一种生命伦理的刑罚制度,在此基础上才可以去讨论它的正义与人道。

何谓生命伦理？简言之,生命伦理指的是人和生命之间的关系,它的核心是生命价值。必须予以指出的是,这里的"生命价值"基于个体的生命自觉,属于自由伦理的范畴,和个人性情有着千丝万缕的联系。而传统的理性伦理学的目的则是为这些个人性情制定可规范的道德法则。也就是说,我们这里讨论的死刑问题和个人性情有关系。潘军在《死刑报告》中首先要厘清的是,个人性情是具体的,而法理则是抽象的,两者存在本质上的冲突,并导致了一种严重不对等的紧张。千差万别的个人性情在整齐规范的法理中难以得到体现,而后者最终所要体现的只是一个规范后的结果。潘军在小说的后记中谈到这部长篇的创作起因是受到波兰导演基耶斯洛夫斯基的经典作品《十诫之五:关于杀人的短片》的启发和影响。他认为,这部电影提出了这样一个尖锐的问题,即代表国家的杀人是否意味着正义？笔者认为,潘军的问题是最终结论性的,要到达这个结论中间还需要经过一些环节,亦即这部影片的伦理主题:个人性情是无法追究的。影片中的少年雅泽克因为妹妹的意外死亡而决意要去杀一个人,但他需要为杀人找一个理由,这正是二战后实行军管的波兰的死刑制度的最本质特征。所不同的是,死刑作为一种制度在民主专政的国家波兰那里是仪式化的,而雅泽克只是需要一个杀人的理由。导演基耶斯洛夫斯基认为,《旧约》中"十诫"的"不可以杀人"的戒条的真正含义是不可以无理由杀人①。少年雅泽克在现实中司空见惯的正是这种有理由的制度化的杀人,并且得到国家意识形态的提倡。谁能决定杀人的理由是否正当?雅泽克个人觉得为妹妹杀人是有理由的,因为妹妹死在了别人的车轮下;而波兰民主专政的教化对人的惩罚依据是个人生命之外的历史道义,这种制度的教化让人习惯了对个体生命的冷漠。为了表现和考验这种冷漠,导演故意拉长了雅泽克受刑前司法仪式的时间,逼视个体生命在制度面前的无助。他实际想说的是,雅泽克的杀人行为正是这种制度教化的结果。

一个更高的法理问题就凸显了出来:制度能否代表公正,代表国家的杀人是否意味着正义?在《死刑报告》中,张华涛案、江旭初与魏环案、沈蓉案,特别是安小文案,潘军突出的正是这些案件中的个人性情,突出的是个体生命价值在制度的"科学"面前毁灭的过程,但这科学排斥了个人对生命的想象,撕开了个人与生命之间那种感性的、水乳交融的联系,那么还能说这种科学是人道的吗?安小文只是希望能获得一次恋爱,他为之付出了生命,他临刑时的那句话道尽了生命中所有的期待和感伤。死刑如果不能在科学与想象之间走出一条新路,那么就如意大利法理学家贝卡利亚所言,死刑并不是一种权利……而是一场国家同一个公民之间的战争②。这场战争是绝对不对等的,那么作为正义之前提的公正呢?

在现代汉语里,"正义"的释义是公正的,能代表多数人的利益,在国家意识形态中这种"多数人"被抽象为"人民",具有明显的集体性与政治性的内涵。而作为文化舶来品的"人道主义"的核心则是个人主义,对个体生命价值的尊重是其理论演绎的必然结果。死刑作为制度必须体现社会正义,但如果拒绝人道,死刑制度在文明社会存在的合法性便会受到质疑,两者在中国现实语境中已经形成了一种颇具张力的矛盾。潘军在小说中引述的美国电影《弃船》的故事是意味深长的。笔者以为电影的主题并非书中人物柳青所认定的人生选择的沉重,而是人道主义在实践过程中与现实环境的冲突。船长阿历克斯的行为体现了一种终极的人道主义,但其手段的极端理性却与现实体制发生了冲突,他被认定为有罪:将老弱病残首先投入大海,而把身强力壮留下来,这在多数人的眼中是不公正的,有违社会道义,而代表"正义"的法制正是据此惩罚了船长。这个故事说明人道主义在某种程度上是虚浮的、精神意义上的,它必须以体现社会正义为前提,而正义是大多数人的事,

---

① 刘小枫:《沉重的肉身》,上海:上海人民出版社1999年版,第261页。
② 潘军:《死刑报告·扉页题词》,北京:人民文学出版社2004年版。

必须体现为一系列的具体尺度,贯彻这些尺度的正是法制。因此,法制能否体现正义,这中间包容了太多的影响尺度的因素,诸如程序、人格、舆论等等,都需要进行细致的清理和评估,这也许是一个漫长的过程,但对正义的诞生而言不可或缺。这正是"世纪审判"辛普森案的终极启示。当正义女神垂青了一个孤独无助的心灵之时,人道便会降临。

回到刑罚的本质上来,正如潘军在小说封面所言:"刑罚的本质,不是要让罪犯受辱,更不是对罪犯实施肉体上的折磨,而是要引起罪犯内心的忏悔,使之回归社会,重新做人。"虽然法在实践的过程中不得不履行等利害交换的原则,这也是最大限度地体现公正,但法的终极目标连接着人道主义,因为制度构建的最终目标正是使个体的权利得到充分的伸展。死刑作为一种制度,必须代表大多数人的利益,但死刑被制度化的过程又离不开公共权力的支持。公共权力一旦与某种仇恨或欲望联系起来,失去其公共性,便会对符合大多数人利益的道德、理性、公平等范畴进行消解,从而使正义无处容身;或者是一种仅仅由国家制度体现出的"形象"正义,它已经被抽去了公正的精髓。书中人物陈晖的梦代表了一种完美的正义形象,它永远只存在于现实与理想的临界状态。从这个意义上说,人类需要同情,需要怜悯,正如德里达所言,宽恕的可能在于它的不可能,宽恕不可宽恕者才是宽恕存在的前提条件。正义女神如人性一样喜怒无常,行踪难测,所以我们才需要永远的人道。

三、欲望与主观

在潘军的长篇小说中,延续着一种很个人化的主观表现风格。从《日晕》开始直至现在的这部《死刑报告》,潘军的叙述一直具有一种男人味的潇洒和不羁。青年评论者周立民将《独白与手势》概括为"关于男人的叙述",很能切中肯綮。无论是对历史的虚拟、欲望的描述,还是对价值的关注,潘军一直保持着一种主观叙述上的优越感,挥洒自如,机智中透着沉稳和飘逸,这恐怕和他的个性气质与经历相关。《日晕》中的雷龙水、《独白与手势》中的"我"、《死刑报告》中的陈晖,都是作家的这种主观表现风格的载体。

潘军的这种风格与北村、余华等人的叙事具有很大的不同。在 20 世纪 90 年代重返神性存在和价值中心以后,北村、余华们的叙述相对较为客观冷静,如余华的《活着》。而潘军则不同,他走的可以说是相反的路子,他追求一种主观上的积极参与,追求创作主体的情绪风格对文本的投入,不独长篇,这在他的《重瞳》等中篇中表现得也很明显。《死刑报告》的叙述应该说很节制,很有分寸感。但是,笔者在文本中还是感受到了潘军的那种表达的情绪和欲望。作家迫切地需要表达他对死刑、正义人道的看法和思考,这种冲动比较明显。在小说中关于美国电影《弃船》、波兰电影《十诫之五:关于杀人的短片》以及辛普森案的引述中,可以看出潘军对死刑问题思考的深度。正因为如此,这部新作让读者感受到潘军写作中一贯保持的"距离感"的消退,想象的空间受到创作主体的理性和责任感的挤压。执着于对文学说话的潘军这回执着于对现实说话了,而且他似乎觉得面对现实时,情感往往比智性更重要,所以他借助于陈晖、李志扬、柳青等笔下人物,直接介入了现实,这回可不是以往那些智性短篇中的"作家潘军",可以说他们就是潘军。

有一点值得注意,潘军的主观化并不能完全等同于情绪化,有时候他耽于想象,有时候他可能理智得惊人,这可以并存于他的主观化叙事风格中,可以从他的写作心态中得到解释。从潘军已有的写作经历看,他是一个拒绝走"中间路线"的作家,奉行的写作方式好像有点两极分化。以前走形式的路子比较自觉,明确宣称要向博尔赫斯学习。迷上城市叙事后,他开始关注现实问题,且方式比较直接,如从这部《死刑报告》中我们不难看出,潘军的小说与现实之间其实保持着一种紧张与不和谐,他带着一种优越的、悲悯的或嘲讽的心态去写现代都市中的众生相,从中我们看不到余华的平淡与北村的宁静。潘军是躁动不安的(这里并无贬义),即使介入一个具体问题,他也要显示出他的主观来。他不喜欢用温和的态度去表现温和状态的事物,即使是现实关怀,他也要用自己的方式来承担。《死刑报告》的总体基调是流畅中略带忧郁,在对安小文案的叙述中这种忧郁达到了极致。这种忧郁当然不是由于人物的感情纠葛而引起,而来自对个体不可知命运的沉重感觉。这种感觉位于现实与想象的边界,它是主观的,但不是情绪化的。潘军在这里很理智,他努力为这种感觉找到一种属于自己的叙述方式。潘军是不甘于平淡的。

"在所谓的先锋阶段,我当时的写作确实带有一种强制性。"[①]当下的潘军写作早已摆脱了自《南方的情绪》开始的那种强制性,形成了自己拒绝从容和充满激情的写作个性(这样概括不知潘军本人是否同意)。潘军是流畅机智的,更是充满话语欲望的。从这个意义上说,《死刑报告》的出现又并非意外。应该说,潘军的写作目前仍然停留在城市叙事的阶段上,他写惯了城市生态,但又不愿或不屑于为大量城市细节所困扰和湮没,最终会落实到某些具体的现实问题上去,不可能走得太远。都市情感是一个琐碎而虚浮的话题,不可能满足话语欲望中的形而上部分。

---

① 潘军:《坦白——潘军访谈录》,合肥:安徽大学出版社2000年版,第13页。

前面已经谈过,潘军小说与现实之间是存在紧张关系的,他不是一个新生代作家,对世俗生活作平面化叙述显然是潘军不屑为之的。他需要为作品增添一些思辨的有价值深度的东西,这也是他的文本所需要的。问题的另一方面在于,支持潘军写作欲望的一直是他的关于现实的话语激情。激情能支持一个作家走多远?就像作家在《死刑报告》中关注程序与正义的关系,关注法理与伦理在对待个体生命价值上的区别一样,这些都不是简单的激情可以面对的。激情过后必然是沉潜,在想象达不到的地方,就是理性生长的天堂。诚如书中人物陈晖所言:我们应该在科学与想象之间寻找一条道路。科学也好,理性也好,都是现实关注的东西。机智、旷达如潘军者,能否在现实与想象之间走出一条温和的中间道路来,则是读者所关心的事。

[原载于《合肥学院学报》(社会科学版)2006 年第 3 期]

终极意义下的人道慰藉
——评潘军长篇小说《死刑报告》

赵 蓉

20世纪末是个话语狂躁的时代。在这个时代,小说叙事者纷纷站到了一个至高无上的位置,将自我言说的大旗高悬于内容与形式之上,与之相伴而生的却是,现实中人的主体价值遭受肆意践踏,文本中人文精神缺失。在对城市生活物欲享乐的重复书写中,所谓的人道也不可避免地步入一个尴尬的自我反诘中。文本里对个人生活的注视已经被刻意圈点出来,其实质却是对主流意识、公众话语的变相谄媚以及主体精神地位的滑坡。可以说,人类及文学从未有过如此荒芜的意义无着,也从未如此渴求永恒真理和终极意义的降临。但是,这种认知与渴求在当今小说中的表现气息却很稀薄。正是在这一意义上,潘军近期推出的长篇小说《死刑报告》放射出了它独特的光芒。并且,这种对人类生存的观察和体验已上升为作家精神内核中的先锋姿态,直抵某一现行制度,以文学的方式第一次向社会发出了"废除死刑"的呼声,而这在中国文学史上还是绝无仅有的。这种对生命、人性的注视,已经使作家承担了当代更尖锐、更深刻的终极关怀者的使命,义无反顾地登上了人道主义的祭坛。

一、漫长而艰难的人道之途

时至90年代,商品社会的两大语言"物质""竞争"却将社会环境中复苏的道德情感消解殆尽。更多的人只关注并且只会关注个人的经验。叙述与关怀视角的内转并未带来相应的对人类甚至个人生存价值、意义的人道式慰藉。相反,对社会学意义上的生存背景的有意回避与虚化,却将日常生活状态割裂分解得支离破碎,一切都是琐碎、残缺、错位、荒谬的,而身处其中的人们便连"价值"这两个字也肩负不起。丧失了价值,人性与人道在文本中的消退也冲破了最后的阻碍。一时间,整个90年代的上空弥漫着虚无主义的气息,相当多的作品成为存在主义哲学的阐释。正是这种语境,给人类的生存状态、关注视角以及人道人性造成了较大的盲区,也使文学陷入了人类精神自恋与自戕的同构之中。

《死刑报告》试图避免这种危机,由此加重了写作的艰辛。关注视角和价值关怀的现实性、高居性以及写作姿态的民间化,使得这部作品极易被"个人"文本宠坏的现代读者归为写实叙述的俗套。而精神上与主流话语、国家意识的密切接触和剥离又为写作过程增添了新一重的先锋式挑战。在这一过程里,无论是表述方式还是意识内容都是至关重要的。作者于现实性与先锋性之间的刀刃上行走的方式无疑给写作之途带来了重重忧虑与艰险。这样的舞蹈诗意、低俯,充满着献祭者的高贵姿态。于是,一些互相矛盾的文本特点涌进潘军的小说中,似曾相识的事件、怪诞不经的情节、二重叙事的交叉演绎、现实生活的荒谬与真实、先知式神性精神的最终覆盖,黏合成小说真切又诡异的气质,在艰难的行进中,将一种强劲有力的质疑逼近人类生命以及生存状态的最后边缘——死刑,也因而还原了一个一度分崩离析又被误解误读的问题——人道主义。这种还原和修复的动作如此巨大,以至于我们开始学会贴近人类最深沉最真切的呼吸,试图靠近人性或人道久已不见的热情与慰藉。

而我们忘记如何慰藉他人已经有很久了。

慰藉的展开在于潘军让我们看到了真正人道主义的可能。或者说,他指出了这样一种方式:制度和个人可以充满德行与神性地存在。人道主义已经作为新时期的一个重大命题进入其前期几乎所有文本之中。安慰与流泪过去后,每个人都为因此而袒露出的灵魂的丑恶而羞赧不已。人性等同于丑恶,人已不再为人,于此,又何谈人的价值、尊严或者幸福?人道主义的呻吟开始在孤独的牢笼里跳躅打转,人道主义的基本指向在此时却已找不到真正"人道"的对象。那么,反顾已开拓的人道主义的疆界呢?物质的适度自由,精神的适度自由,薄弱的对"革命伦理""革命政治"的批判,"革命话语"本身反思的缺席,它所提供给我们的解释是否可以完全消除我们内心的疑虑和困惑?在整个人道主义的流变过程中,对人道主义的审视始终在个人言说和不触及国家权力话语的环境里浮游,充满了知识分子式的自怜自艾,却远远未达到形成慰藉的程度。潘军的文本为我们提供了另一种方式,试图用一种决绝而尖锐的姿态融解内心的疑虑和困惑,而其中西刑罚制度的对比、两种叙述语所造就的开放式文本也摒弃了先锋一贯的话语风格,使我们参与到了对这个重大问题的思考中。随着对死刑制度的探索在文学领域的呼之欲出,潘军首先占领了这一高台。这样的行动并不是偶然的。从先锋一路走来的潘军谙知,先锋与否并不单纯表现为独一无二的话语形式,更在于精神内核中是否存在着与现实价值体系保持对抗的姿态,在于对社会、历史、生命和自然超前深刻的认知与开拓。精神必须达到常人难以企及的高度,而灵魂则注定只能在主流意识外漫游,为内心的自由而写作,为着打破一切制约人类生命真实秉性的枷锁而写作,追问人性以及存在的本质。先锋事实上已成了人道主义一个极端孤绝的演绎。它必须担任怀疑的最先质问者,身体上俯就众生,却在精神的最高层次包含警惕和悲悯,这是人道主义的献祭者的最佳姿势,慰藉才能因此形成。

《死刑报告》正是在这样一个人道主义遭到误解并且缺少慰藉的时刻展开叙述的。它提出这样一个问题,那就是国家的杀人是否正当。事实上作家也承认,在现今中国,废除死刑暂时是不可能的,也是不现实的,小说表达的绝不仅仅是对几个死刑犯的同情和怜悯。在刑罚过程中司法暴力惩戒已犯错误又被发现的人们,维持着一种最低限度的社会公义,它却只能填补一桩故意的不正当事件后社会公众产生的相应惩戒情绪,而对于罪行前由个人性情、社会不公所导致的偶然机缘,善与恶间的滑坡裂痕无能为力。抽象的法理无法框定具体的个人,因为依据社会公众伦理模式可以对个人生活做出或善或恶的判断,对个人的生活却无法施与理解和宽慰。在这样的追问里,由记者陈晖、女警官柳青、律师李志扬所组成的一维叙事维度已经将小说指向法律的最终目的和刑罚的真正意义之上。但从世纪审判"辛普森案件"的客观冷静叙事加入后,小说在另一个意义层次上开始发生飞腾。这种客观冷静的叙事的加入,事实上仍然留下了一个叙事的空缺,或者它不能算作一种表面的叙事,而只是资料的简单收集。它的作用在于揭示主观叙事与冷漠以及客观性叙事与宽恕之间细微的置换和背反,在于有意无意于文本中留下多重阐释和向往的可能。我们不会忘记这种危险的误读经常发生在博尔赫斯那里。必须避免单一维度上的意义停滞,也必须停止立体层次里的意义跳蹿。因为,这两重文本的解读最终会在一个更高的层次上汇合。抛弃死刑,抛弃各种嘈杂的事实依据,它的批判指向直抵国家意识、权力话语、公众伦理的一切冷漠与不公,它的低俯注视了人类最基本的权利——生存。这种批判的力度是让人不寒而栗的,而它温柔的关注却从生命最鄙薄最边缘处抄起了人类久已渴求的宽慰和不朽的期待。

二、终极意义的最终拯救

慰藉究竟要从何处发生? 它的可能在于使绝望的人类得到最终的拯救,没有永恒的精神依靠,慰藉就会变得干瘪和粗糙,生命安息的期望就只是一种幻想和乌托邦。文学进入后现代主义时期以来伴随而生的无中心性导致了一系列情绪,诸如道德背叛的无罪感、自我放逐的任意性、忏悔意识的丧失、终极意义的放弃。人类幻想的彻底毁灭并没有能够弥补众多的罪恶、黑暗、仇恨,反而使恐惧、绝望的自戮愈演愈烈。人类渴望宽恕与救赎,而人道主义的重新正名是其必经之路。在这个意义上,《死刑报告》所走出的寻找人道主义关怀的慰藉之途已经与另一条人类永恒的救赎道路殊途同归了。

救赎的完成并不是一个简单地以人为根据或者以世界为根据的二元选择的过程。两者的偏靠,必然使拯救要么偏离正常人性,要么面临非理性的堕落与罪恶。这也就是说,拯救无法在人与人或人与世界的单一层面进行。由此,潘军的拯救之途实际上演变成了一个潜在的、否定之否定的过程,揭示了人与世界的不可互相获救。拯救精神的体现常常借助的是这些人:处于社会权力话语之外并且在身体和灵魂上都有相对独立性的人,如陈晖。但因为这种独立性,他在权力言说的环境里往往是没有地位的。这个角色的最大意义不是在于可以成为灵魂的领导者,实施救赎,事实上他在现世中的救赎无论是从灵魂还是肉体方面都是不可能的。他要承担的是另一种职责,以先锋者的敏锐而冷静的眼光昭示不公、仇恨和罪恶给予我们的苦难,以唤起人类对终极存在、永恒家园的期盼。这个过程不仅是救人,还是企图自救的历程。灵魂的共同历练者女警官柳青的出场则是人性化的,她美丽而良善。这个美得不像警察的女人本身就是对严肃而刻板的权力制度的一个反驳。作为一个女人,她遭遇的则是灵魂与肉体的双重渴望。渴望一个男人的温暖与柔情,就像她一个人守着冰冷的尸体时想念陈晖这个男人的拥抱一样。感情的依赖和期望被救首先从灵魂的孤独开始,它起源于人在现世中对冰冷的怀疑的无法习惯。陈晖并不是一个灵魂的拯救者,充其量只能算是灵魂的同路人。人类的救赎无法从人类自身产生,因为终极的来临只存在于精神的、形而上的领域。那么,人对世界的救赎呢?我们首先注意到我们的主人公几乎都是游离在权力话语控制最严格的国家机构之外,即使是柳青这个内部矛盾体,在她一步步向人性的我倾斜时,也不得不选择暂时离开权力话语执行者的两难困境。在体制内部无法自我救赎,而由内而外浸染,力量又无比薄弱。终极的慰藉无法依靠斗争与仇恨,更不能在同一层次平面地发生。终极是唯一的,是不受人类经验所审度的高于人的存在,否则它就无法成为人类共同的追求目标。而人要为人的存在地位的确立找到一个终极标准,实在是需要首先用信心的方式肯定一种神圣事物的,作家更是如此。这种神圣的事物不可能是绝望、阴暗,它们与作家的同构只能衍生无意义、无价值,衍生非正常人性与非理性世界的放任、堕落。终极的实在必须建立在生长悲悯、盼望与爱的土地上。它构建出这样一个人类精神最后的家园,囊括了圣洁、正义、高尚、光明、爱以及最高的善。

80年代先锋的意义消退,使从暴力、混乱中走来的作家期望重拾"信""爱"这些情感和信仰,而途径之一就是用宗教的救赎来取代文本中对死亡的现代解脱。所以,"与其说先锋作家90年代向现实、向世俗回归,不如说先锋作家在这时候终于找到了一种更加先锋的形式,那就是宗教的拯救"。文学中的人道表述发展到人与人之间的隔绝孤独,就仿佛走到了此岸的尽头,再也没法前行了。连文学中意义的承载者都纷纷以死亡逃避了对生命意义的最终喟叹,那么还有谁能解救此岸纷茫无着的人们?中国的先锋作家们从存在主义哲学的迷醉中解脱出来,又在同为西方流脉的基督教信仰中找到了一种新的表述方式。于是,文学上宗教情绪的插入在潘军这里实际上首先是一种人类的终极关怀问题,并且突出表现在了基督教思想对刑罚的宽恕与救赎之上。救赎不是遗忘,而是认知人类的限度之后,接受神圣品格作为生存的根基,这也是人性与生命正常而终极的需要。如此,基督福音就从否定此岸的在世转向关切如何在世之上,也因而消解了与人道主义最大的分歧,成为给人类带来爱、公义这类永恒信靠的途径。

问题是,在中国这个缺乏宗教感的国度里,谈基督教义中的救赎、忏悔和宽恕是缺乏语言环境的。西方的宗教传统与中国的道德伦理分别担负着文化思想调解、价值定向的作用。而在东西方价值观念都面临自身稳固性和文化吸纳性的今天,中西文化的融会交流不可能不以激烈的对话形式展开。这表现在文本上则成为潘军所采用的两种叙述语言、叙事维度,以及由此形成的中西文化碰撞的空间。冲突加剧了作家写作过程和追寻终极意义的艰难,但这种文化质疑的精神苦难又是有益的,因为正是它导致了陷入价值虚无深渊的人们追寻生命终极意义的必然选择。

终极的降临不会是个简单的救赎过程,类似死亡的绝望已经指示给我们这样一个事实:人只有行走到尽头无路可走的时候,才会真正渴望找到一个永恒的安身之处。写作也不能担当救赎的任务,却能提供慰藉与终极期盼的可能。潘军的又一次转变,承载了一种新的使命。潘军笔下的人物尽管并没有足够的力量重建精神的乌托邦,但他们已经指涉了信念价值失去之后如何听取拯救的声音,如何在潮湿与污秽之上使慰藉成为可能。他使一种期盼成为我们永远的光照,抛却绝望、虚无或仇恨,置换以公义、爱以及安慰,让哭泣的人回到最后的家园。

[选自陈宗俊编选《潘军小说论》(第二辑),安徽大学出版社2009年版]

彻底颠覆后的诗意重构
——评潘军中篇小说《重瞳》

唐先田

潘军说,五年之前他便动了写项羽的欲望,然而那时他没有找到感觉,开了三次头都放弃了。直到去年的夏天,项羽忽然清晰地走到了他的眼前,于是他一气呵成,完成了这部中篇小说《重瞳》的写作。写完之后,他说他享受了一种淋漓尽致的痛快。

毫无疑问,《重瞳》是新颖奇特的,《重瞳》也是富有诗意而深邃辽阔的。

《重瞳》写的是历史人物项羽,自然是一部历史小说,它的奇妙之处在于它对历史的彻底颠覆,将沿袭了两千多年的关于项羽的正史野史颠覆得无影无踪,而以一种新的美学视角塑造了一个全新的项羽形象。颠覆与重构,完美而精妙。

西楚霸王项羽,虽是两千多年以前的历史人物,但太史公那篇著名的《项羽本纪》和由此而衍生的许多其他样式的文本,使得他在戏曲舞台上、在民间,以及在学术界,有极高的知名度,他给人们留下的定格印象是粗莽、勇武、"力可扛鼎",却又简单而缺少谋略,尤其是舞台上那个架子花脸项羽,更为人们所熟悉。然而潘军《重瞳》一开篇,项羽便早就觉得自己是个诗人,在他看来连项羽"这名字怎么看都像个诗人"。项羽是诗人,这是两千多年来人们想都没有想过的,潘军一下子便将项羽连同他的读者带入了一个新的境界。接着潘军从容不迫地描述项羽的智勇过人、个性鲜明而有主见、儒雅而不乏天真,尤其强调他和人们传统观念里的项羽的截然不同之处,在于他将人格和人的道德价值看得高于一切,他不屑于权位的争夺,而讲究道德和人格的自我完善,讲究感情的真挚与浪漫,向往闲适的田园风光,心里还时常想着苦难中的黎民百姓。那么这篇小说是不是天马行空无所依托地信笔写来呢?完全不是的。潘军深知,项羽是个家喻户晓的历史人物,不能无所凭据地生造史实来写项羽,而只能是有史可依地重写项羽。潘军的才华和他的高超的驾驭能力,正在于他以史学家的眼光和文学家的笔法,对史料加以重新审视和剖析,用新的审美观念对项羽这个人们所熟知的历史人物加以全新的包装,使读者读过这篇小说之后,既认定他是历史上太史公笔下的那个项羽,又是潘军笔下的全新的项羽,既可信,又深具新的美学意蕴。和太史公笔下的项羽比起来,潘军笔下的这个项羽,更具有天真的可爱和人格的魅力,他鄙弃权位的那种气度,即使是聪敏的现代人都不得不崇敬哩！所谓"竖子不足与谋"，只不过是范增老先生站在权位高于一切的角度的一种偏见。

　　写项羽当然不可不写鸿门宴，鸿门宴的要害之处当然在于杀不杀沛公刘邦。鸿门宴在太史公笔下十分精彩，在潘军的笔下也十分精彩，然而闪光点却全然不同。太史公的结论是，项羽充其量不过是一个勇武粗鲁的"竖子"，他本意是想杀刘邦的，而事到临头又下不了决断，让刘邦在刀光剑影中轻松地跑掉了，后来的史实也证明他铸成了历史的大错，所以"不足与谋"。在这部《重瞳》里，鸿门宴同样被写得惊心动魄，与以往鸿门宴版本所不同的是，潘军笔下的项羽是决计要杀掉刘邦的，他之所以要杀刘邦，并非争权夺利的需要，而是因为他彻底地瞧不起刘邦，从人格上鄙视这个市井无赖。潘军写道："酒喝得差不多了，剑舞的表演也接近了尾声。我(指项羽)朝左侧的沛公看了一眼，他的额头上已渗出了一层虚汗，脸色苍白，目光黯淡。这个人还没有与我交手就已经垮掉了三分。我的手不禁伸向案几的下面，稳稳地握住了剑柄，正欲抽出……"看来刘邦的人头就要落地了，然而毕竟没有杀成，刘邦没有死，又逃了回去，直至后来逼得项羽自刎，使史学家、文学家和政治谋士们扼腕不已、叹息不已，也咒骂不已。那么，《重瞳》里的项羽为什么没有诛杀刘邦呢？潘军用一种全新的价值观和审美观，对项羽进行了合情合理的心理剖析。项羽之所以将正欲抽出的青锋宝剑插回了剑鞘，只是由于那一刹那，"一件意想不到的事发生了"。这件意想不到的事便是亚父范增向项羽做了动手的暗示，即太史公在《史记》里所写的"举所佩玉玦以示之者三"。于是他一下子闪电般地取消了他的杀人计划，他的意念里迅速显现的是"我这个二十七岁的上将军怎么能听命于一个年过七旬的老叟的唆使，来干一个小人的勾当"。他认为如果是这样，"鸿门宴岂不成了阴谋的代名词"？这对于血气方刚的项羽来说是不能容忍的侮辱，因为他讲究光明正大，讲究什么事都得有个游戏规则，他把阴谋看成极端下流，何况按别人的指挥棒跳舞，也有悖于祖上的传统和项家的家风。在历史的紧要关头，项羽把人格看得比什么都重要。项羽在鸿门宴上没有杀刘邦，潘军归结为"我(指项羽)精心安排的计划就这么让一个老人给搅了"。这个老人便是范增，项羽虽尊他为"亚父"，把他看作最亲近的长者，但在重要的关头又坚持自作主张，这是鲜明的人格价值。《重瞳》里的鸿门宴，写的完全是历史，却又完全是被颠覆的历史。潘军非常巧妙地将结构的关键安排在项羽的意念里，并且配合以两个简短有力几乎不被人所注意的动作，这个意念即下决心诛杀刘邦，两个动作即"稳稳地握住了剑柄"和"正欲抽出"，然而这个意念很快被另一个意念所击碎，另一个意念即项家至高无上的家风,项羽不容侵犯的个人尊严和人生价值。在项羽看来,诛杀刘邦只不过是一个个案意念,只不过是就一个具体事件而言,而维护项家家风和他个人的价值与尊严,则是一个永恒的意念。任何与之相悖的其他意念,不管它如何正确和重要,都得无可置疑地退居其次,这便是项羽的逻辑,也是一个全新的逻辑。潘军笔下的鸿门宴之所以天衣无缝、无懈可击,也正在于他将结构的关键置于人物的意念里,太史公可以从勇而无谋、临事无断的角度来写项羽的意念,潘军当然完全可以从维护人的价值和尊严的角度来写项羽的意念,写得合情合理,也使意境全新了,颠覆了历史,还得让历史来认账,让读者在认账的同时还惊叹不已,这便是新的审美视角的奇妙之处。

  值得注意的是,《重瞳》里的项羽并非在鸿门宴上有一番突如其来的所谓维护人格的表现,此前他一直在为维护他自己的人格与项家的门风而苦苦以求。为此,他不大看得上他的叔父项梁,认为项梁权欲极旺又缺乏男子汉顶天立地的英雄气概,遇事患得患失、畏缩不前而又好施小伎俩,而对他的祖父项燕浴血疆场则引为光荣,崇尚那种坦荡而悲壮的生命的终结。他的这种观念延伸为后来的鄙视子婴的投降,他的看法是:"因为你好歹是一国之君,尽管你在位不过四十六天。君王是一个国家的象征,你来投降其实就意味着全体秦国人都成了亡国奴。阁下觉得这妥当吗?"然而他在荥阳城下,又欣然接受刘邦的假投降,他的理论是:"刘邦是我的敌手,交战的结果非亡而降,很正常的。"刘邦投降是他个人的事,是他个人的耻辱,说明你刘邦尽管很强大,仍然不是我项羽的对手,而子婴代表的是一个国家,他不能让一个国家蒙羞,只有以死谢天下。他的这些讲究价值人格的理论让足智多谋的亚父范增也如堕五里雾中,不知所以。史实也证明,主张明白的游戏规则、主张行为磊落的充满书生气和诗人幻想的项羽,在荥阳城下又一次吃了主张兵不厌诈、惯于耍阴谋诡计的刘邦的亏。项羽还不断地检讨他在一夜之间坑埋二十万秦卒的做法,既然接受了人家的投降,收编了人家,然后又暗暗地将人家活埋,那就错了,错在很不光明磊落。他将光明磊落看成为人之本,所以鸿门宴一开始,他便对亚父安排的那种"项庄舞剑,意在沛公"深表不满,以为那是一种不够大丈夫、不够光彩的阴谋,项羽是容不得阴谋的,所以主动让项伯与项庄同舞,目的在于制止项庄在亚父的指使下得手。项羽还天真地向往,选一空旷之处与刘邦持剑格斗,胜者为王,他不但有洒脱的骑士风度,而且有决胜的把握。他设想,如果刘邦不敢格斗也可以,那便自己认输自动退出历史舞台,免得战祸连绵、百姓涂炭,他项羽也可以陪同刘邦一起退出,而并非迫使刘邦退出使他自己去捡便宜搞政治投机称王称帝,他以为天下由"一个人掌管就是独裁",他害怕"嬴政会借我的身子还魂",他担心独裁又使他干出什么残暴的蠢事来,坑埋二十万秦卒的阴影如同一块巨石压在他的心头,驱之不去,他不能再去承受心灵的重负了。他的直觉是极权等同于残暴,要保持人格的完美便不能有极权,这也是亚父所不能理解的,所以离他而去。基于这个最根本的认定,他对执掌江山没有什么兴趣。他之所以和刘邦争战不休,原因在于他要打败刘邦,让世人认同他比刘邦强,他的人格价值大于优于刘邦的人格价值,仅此而已。他的真正兴趣,在于去乌江边吹箫,他以为箫是吹给自己听的,"不能让别人欣赏"。这便是庄子的箫之声、人之籁的说法,他希望一辈子就吹吹箫,骑着乌骓马和虞姬一起诗剑逍遥,浪迹天涯。他还可以透过他的重瞳去展望北方高原那一望无际的绿色,他非常喜欢那颜色,认为"它代表着生命的久远",他还期待着与他的虞姬一起"去乌江边泛舟狩猎"。然而,命运给予富有诗人气质的项羽的唯有磨难,不容他剑胆琴心,不容他诗剑逍遥,非得逼迫他去与刘邦搏杀,本来是一个不成为其对手的对手,竟一次又一次地死里逃生,每每得手,使历史竟成了那个可悲的样子。而对那个悲壮的结局,项羽似乎有些明白了,于是他大呼:"天丧予,非战之罪也。"他只得相信宿命,然而他最终还是书生幻想、诗人气质,原来这所谓的人类文明史,整个儿的便是游戏规则,光明磊落败落于政治伎俩和阴谋诡计之下。于是在项羽的重瞳里,出现了拿破仑和巴顿,一个打仗为了当官,一个当官为了打仗,何等泾渭分明;还出现了下流的希特勒,更叹息好好的一个波兰"一夜之间就被它的两个毫无教养的邻居瓜分了"。《重瞳》非常自然地采用一种魔幻的手法,自然而然地使作品有了一种历史的张力,让两千多年以前的在人们观念里并不怎么理智的项羽,告诉了人们许多浅显而艰深的道理。

与鸿门宴一样,写项羽不可不写"别姬"。在潘军笔下,项羽与虞姬的相遇相知相爱,被写得很动人、很浪漫、很有意境。虞姬迎着箫声,"一片白云,自九霄而落",她说,她等那梦幻的旋律和那轻盈的箫声等了一年又一年,她是应那天之籁、地之籁、人之籁而来的,她和项羽是息息相通的。他问她"叫什么名字",她说,你不是已经知道了吗?"你刚才不是喊了声'虞'吗?我就叫虞。"潘军的想象真是太丰富太优美太有诗的意蕴了,将吃喝乌骓马的大吼一声——"吁",借助谐音,与眼前这个年轻美貌的"虞"联系了起来,又如此浑然一体,堪称《重瞳》的神来之笔。也正是这些看似不经意而确然又是作家匠心独运的笔墨,使这部小说充满着说不尽的诗意和韵味。项羽和虞姬的心心相印,并非一般意义上的英雄、美人的情怀,而是他们对人生价值的理解的相通,项羽很赞赏虞姬所说的"不要用刀说话"那句话,并时时记住。不用刀说话,用什么说话呢?那便是用人格的高尚和人格的魅力去说话,虞姬关于权力、残暴与独裁之间相互关系的论述,虽然触到了项羽的痛处,但还是使他欣然佩服、默然认可。这一切铸就了他们的相亲相爱、生死与共并矢志不渝,项羽所期待的是与虞姬永远在一起,即使遁迹山林也好,那是何等闲适呀!然而楚歌阵阵,悲壮而悠扬,仿佛自天而降,"汉兵已略地",将项羽逼到了乌江边。京剧里,虞姬说"大王意气尽,贱妾何聊生",她的赴死好像是不得已而为之,与潘军笔下的虞姬不是一回事。宋人姜夔(姜白石)那首《虞美人草》写道:"夜阑浩歌起,玉帐生悲风。江东可千里,弃妾蓬蒿中。化石那解语,作草犹可舞。陌上望骓来,翻愁不相顾。"这个虞姬虽有刚强的个性,却对项羽充满着埋怨,质问他为什么保护不了一柔弱的女子,并表示不再理睬项羽。这个虞姬与潘军笔下的虞姬也不是一回事。潘军笔下的虞姬是深深理解项羽的,对项羽,她既不埋怨也不惋惜,她心静如水,早就做好了准备,与项羽一样视死如归,同归于尽,她追求的是人格与爱情的双重完整。凭着项羽的勇力,他是可以背着虞姬突出重围的,但虞姬在这生死关头决意不连累他,她安详而泰然,拔剑自刎,没有一丝哀叹,没有一滴泪水。自刎的场面在许多戏剧里面都是重头戏,被反复渲染,然而潘军只是以项羽的口气写了短短的两句话:"她抽出我的佩剑,刎颈而去了。她的暖血喷射到我的脸上,与我的泪融成了一体。"然而这简短的描写,比铺张渲染更显得含蓄而有巨大的震撼力,比起那悲痛欲绝的生离死别、儿女情长来,这种追求生命价值的完整壮烈,更为灿烂,更富于光彩。含蓄的价值,如同一座巨大的冰山,露出海面的只是一点点顶尖,更大的部分则深深沉于海底,具有说不尽的探究和体验的意蕴。《重瞳》里的虞姬之死,是具有这种艺术效果的。

  历史留给后人的楚汉之争,是那样惊心动魄,迷雾重重,面对巨鹿之役、鸿门之宴、城下之围和霸王别姬这样一些基本史实,文艺家书不尽书,咏叹不绝,但潘军高标一帜,给历史人物以可信的新的生命。他的颇具浪漫的笔法,他的解构、颠覆历史又重构历史的穿透力量和整合力量,无疑将一般意义上的历史小说推上了一个新的层面。改写了历史小说的固有范式,这个新的层面便是摆脱了一般的摹写历史事件和历史人物的"志"的意义,而更多的是从艺术的角度使历史更加鲜活、更加富有人文情怀。正因为潘军的解构与重构都是建立在严肃文学的专业和学术立场之上的,跟那些不负责任的"戏说"历来毫无粘连,所以他在他的作品里执着而自然地追求人格的价值,无疑能给显得有些浮躁和迷惘的现代社会提供一些有益的警示。

潘军是评论界所看好的先锋派代表作家,他早些年所创作的中篇小说《流动的沙滩》,被视为国内先锋派的代表作品,非常典型的博尔赫斯形态,又超越了博尔赫斯形态,并被北京大学选编为全国高校文科辅助教材。然而在这篇《重瞳》里,我们从那种完美机智的语言感觉与叙事效果中,仍能看到先锋派作家的深厚功力,但潘军又摆脱并超越了先锋派作品那种难以解读、过于迷幻,使一般读者无所适从的境地,虽深邃但好看,虽辽阔却不难捉摸。作品的浪漫和迷幻,体现了后现代派的强烈超越意识,给人以无限的美感和明朗。这不仅是语言的美感和明朗,更重要的是画面和意境的美感与明朗。在结构上,潘军也十分讲究精妙和完整,并非信笔写来。《重瞳》一开篇,出现了一个孩童,讲了几句高深莫测的话便消失了,被视为奇人;《重瞳》的结尾,又出现一个小女孩,并通过她和爷爷的对话,称项羽和虞姬鲜血洒落的地方开出的那一片红花为"虞美人"。这不仅在作品结构上起到前后呼应的作用,而且"虞美人"这优美浪漫且富于诗意的称谓,也具有一种象征意义,那便是象征人格的完美和爱情的纯洁。

"羽生重瞳",这是史有记载的,但这重瞳是否能看到辽远的北方的绿色,是否能观察到远在大泽乡的陈胜吴广的起义,是否能看到沉于江底的画戟,是否能看到过去和未来,则是作家潘军的浪漫想象。他想得那样奇妙美好,使我们领略了先锋作家融汇其他创作手法所形成的艺术魅力,让人惊叹不已。所谓"重瞳"者,别具慧眼也。潘军正是以"重瞳"的识见,来构建他的《重瞳》这部小说的。在他塑造的项羽这个全新艺术形象的生命底蕴里,也包容着潘军的全部人生价值观念。也许他和项羽有某些相同之处,充满着诗人的浪漫和书生的意气,充满着理想主义的色彩。这浪漫和意气,或许和现实的严酷相去甚远,或许严重对抗,但这浪漫和意气毕竟是无限美好的。如果现实和这理想中的浪漫与意气逐渐接近、逐渐交融,这个世界也便无限美好了。这个理想的境界,或许是人类文明的终极目标,它虽然离我们还相当遥远,但人类文明还是要为之奋斗不息的。

[原载于《安徽大学学报》(社会科学版)2001年第1期]

生前与死后
——解读潘军中篇历史小说《重瞳》

张晓玥

皖籍作家潘军的近作《重瞳》用项羽亡灵的口吻、以诗意的笔触叙写了西楚霸王项羽的生死传奇。第一人称叙述视角的选择和元小说技法的运用,是作家整合历史事态的艺术策略。小说中,历史人物项羽颇有气势地穿越两千多年的时空,"想起传说中的英武少年与那位神秘的黑衣人"——鲁迅笔下的一则新编历史故事。如果我们同样跨越文学史的分期,在与《铸剑》沟通中去解读《重瞳》,又会有怎样的艺术发现呢?我将循着这样的思路,来进入小说的文本世界。

米兰·昆德拉在其《小说的艺术》中指出:小说是对"存在"的"发现"与"询问",它的使命在于使我们免于"存在的被遗忘","小说家既不是历史学家","也不是预言家","他是存在的勘探者",他在画"存在之图"。在这种意义上,潘军对项羽故事的新解和翻案,鲁迅对干将莫邪传说的重读和新编,都是对现代人生存景观的探究和揭示。历史本身作为语境被完全背景化,向读者扑面而来的是生存的气息和况味。"引剑自尽"是项羽逃不开的宿命,也是复仇者实现复仇的唯一途径。死亡作为人的存在的最本己的可能性,是两位作家价值诉求的共同落点。

《铸剑》述说了古代一个动人的"复仇—死亡"故事。小说的主人公"黑的人"从里到外透着"严冷":瘦得如铁,眼睛如两点磷火,语言冰冷尖利。他唯一的情感就是憎恨:"仗义、同情,那些东西,先前曾经干净过,现在却都成了放鬼债的资本。"他唯一的欲望就是复仇:"我心里全没有你所谓的那些,我只不过要给你报仇。"而他复仇的方式更是惨烈:与仇敌同归于尽。但鲁迅的用意并不止于渲染这种以死相拼的壮烈和崇高,他思考的真正起点是复仇者的"死后"——复仇者"以头相搏"换来的不过是王公大臣、王后妃子们的"辨头"闹剧,而且自己的头颅也与敌人并置,成为众人观瞻的对象,"大复仇"演变成了"大出丧",崇高、悲壮被滑稽、荒诞消解和置换。鲁迅用复仇者死后的命运告诉读者,以最悲壮的方式去死,换取的不过是无意义、无价值。然而活着又怎样?还是"魂灵上有这么多的人所加我的伤","生的悲凉"与"死的无奈"是"黑的人"无法挣脱的困境,也是鲁迅要追问到底的命题。在这里,鲁迅"没有试图为人们提供完满的结局和答案,他的任务仅仅是以彻底的怀疑精神,将人的生存困境揭示给人们看"①。

如果说《铸剑》在对"死后"的追问中呈现出人之存在的某种荒悖性,那么《重瞳》则侧重于观照项羽"生前"的生存境况,借此来思考生命的存在本质、生命的异化现象、生命存在的孤独,以及人与人、人与社会、人与自我的相互联系及其对立关系。《铸剑》采用第三人称外在焦点的叙述方式,力图拉开读者与文本故事的距离,造成一种冷观的阅读效果,目的是使人警醒。《重瞳》则用项羽亡灵的口吻,以第一人称回叙故事,意欲消除时空的阻隔,在抵达心理真实的同时,实现"历史"与"现实"的相互指涉。

第一人称叙述者的选择,使《重瞳》在文本内容上形成了叙述与被叙述两个层面。从被叙述的项羽的传奇故事的向度考察,我们目击的是一个理想守望者所承载的被抛弃的命运以及被异化的危机。潘军彻底颠覆了钦定正史以及民间野史关于项羽的种种界说,用现代人的眼光重新塑造,使之由历史文本中粗莽勇武的一介武夫"起死"为"人",并且具有了诗人的气质。他个性鲜明,讲求人格的独立与完善,向往诗剑逍遥、自由无羁的生活。他厌恶政治,藐视权势,痛恨杀戮,鄙薄虚伪。然而颇具讽刺意味的是,他只因一句可以取代秦王的信口开河,就被误解为怀有远大的政治抱负,并为项梁利用,误杀会稽郡守,由此开始了自己的政治军事生涯。从这以后,他就被"无边无际的梦魇缠上了身",好像被抛上了一只永无回归的漂流船,在世俗的风浪里颠沛流离,先前他所厌恶拒斥的阴谋、血腥、倾轧等,都如影相随地纠缠了过来,他不仅不能摆脱,甚至自己也活埋了二十万无辜秦军。一个诗意地追求至善至美的精神贵族竟然堕落成为残暴的刽子手,这是权欲异化下的主体自我离异。作家的这种反讽性观照表达了对权力与人性关系的反思,对人类血腥史的指摘。然而,我们如果进一步追问项羽将战争进行到底直至兵败自尽的精神支点究竟是什么时,就会发现作家营构的一个更大的生存悖论。小说中项羽与虞姬的一段对话颇有意味:

"有时我很绝望。"虞说,"我真不敢相信这天下还有一块和平的地方可供我们安生。"我就说,会有的,我会为你打出一个地方来。

可以确定,与自己心爱的人去过不受侵扰的、诗剑逍遥的和平生活,是支撑始

---

① 钱理群:《走进当代的鲁迅》,北京:北京大学出版社1999年版,第153页。

终在焦虑、懊恼、不安情绪摆布下的项羽把"不得不为"的战争进行下去的信念。但是,和平的愿望终被置换为残酷的搏杀和淋漓的鲜血。"在期望和现实之间,发出的信息和收到的信息之间,人们所想象的或应有的事物与事物的实际情况之间,存在着讽刺性的差距。"①人的命运就是如此不可捉摸,存在本身就是悖论,就是被戏弄,这是不可逃避的困境。而虞姬的自刎无疑是剥夺了项羽最后得救的方舟,他对理想的守望最终成为一种奢望。因此,当最后面对乌江亭长的渡船时,他只能选择死亡——从根本上放弃未来救赎的可能。

经过潘军整合了的项羽的生死传奇,在历史语境中还原出一个颇具人文色彩的悲剧。文本在故事层面上完成了对某种生存景观的呈现,但这还远不是作家价值指归的终点。《重瞳》从整体上看是一部项羽亡灵回叙生前往事的自叙传,而叙述者在讲述自身悲剧故事时的超然态度却不断消解故事本身的悲剧性。可以说,项羽亡灵的自我回叙同时也是自我审视,并且是以某种理性自觉为指导的自我阐释。在一定程度上,项羽的亡灵作为叙述者和作家本人是合一的,或者说前者是后者的代言人。从这个向度出发,海德格尔的存在主义生死观可以是我们解析项羽生命悲剧的一把钥匙。

海德格尔把人的存在称为"朝向死亡的存在",人生就是"趋向死亡的先行"或"先行到死中去"的奔向死亡的过程,死亡是人的存在最本己的可能性,此在仅仅存在于对确定无疑然而又是具有不确定的降临方式的死亡的等待与忍耐之中。人只有在生命极度痛苦的状态中领悟了本真的存在,接受死亡,承认存在的有限性,同时在有限的人生中尽力领悟生命真谛,展开自由的筹划并付诸行动,才能使有限的生命日益丰盈。我们在项羽亡灵的自叙中可以聆听到同样的声音:"人对死的牵挂与生俱来,人对肉体的被消灭总是显得胆战心惊,人对死的恐惧远远大于活着的检讨。"叙述者不仅在这样的生死体认中来环顾自己当年的生命之旅,并且跳出文本,以话外音的口气提醒读者:"这也是我愿意通过一个叫潘军的人来发表这篇自叙的真实原因。"而作为生命存在的项羽恰恰是因为在很多年以后才明白我的归宿实际上也是对我祖父的一次公开模仿(引剑自尽——死亡一种)——疏离了最本己的死亡可能性,所以日益迷失于营营扰扰的庸碌之中,不可避免地失去了本真的存在,

---

① [美]E.M.哈里代:《海明威的双重性:象征主义与讽刺》,《海明威研究》(董衡巽编选),北京:中国社会科学出版社1985年版。此处转引自王晓明《二十世纪中国文学史论》,上海:东方出版中心1997年版,第407页。

从精神的高台跌落到权欲之海中。所以,当项羽最后"很轻松地把我的头颅割下"时,这临死时的优越姿态也失去了顿悟的意义,因为他的生命之舟已经行到了尽头,一切已化为虚无。而他遗留在世上的唯一有形的实体——残尸,也成为被瓜分的对象,因为它可以保证项羽的敌人一辈子的荣华富贵。这是一个亡灵对自己曾经异化和沉沦了的生命的最后也是最深刻的自嘲与反省。在这里,我们似乎又窥见了以"死后"为起点的鲁迅式的思维。从叙述动作的整体来看,《重瞳》整个儿就是"死后"追述"生前"的文体。项羽的亡灵作为叙述者是一个借代,站在他背后的是作家本人,他在用存在主义的眼光俯视和解析两千多年前的一个生命的存在,冷静超然,于不动声色中传达出悲怆却又荒悖的本质。以近乎平淡的语气去解说残酷,在叙述行为和叙述内容的相反相成中,使叙述与被叙述之间充满了解释的张力,文本在张与弛之间获得平衡,这正是《重瞳》的叙事魅力。

反观《铸剑》,小说将复仇——死亡的神圣、崇高消解为无意义,其中无疑渗透着鲁迅自身的生命体验,这是一位身陷于"无物之阵"与"戏剧的看客"双重"磨杀"中的"孤独的战士"的自我拷问。从个人的处境出发,对历史故事(传说)加以"点染",在个体的生死困境中谛视生命存在的本相,实现个性与人类性的统一,这是鲁迅在新文学初创期开创的历史叙事传统。但是,由于长期以来政治权力话语的中心地位,中国新文学历史小说的个人化叙事立场被排挤到边缘,大多数历史叙事文本成为对以某种政治意识形态观念为绳范的"历史必然趋势"的解说。而潘军在《重瞳》中突破这种公共话语历史格局的囿限,把历史与人生感悟结合起来,并从哲学思辨的高度展开终极意义的探询,历史转化为"写人、人性、人的命运,以及这个世界的存在和虚无"的"一个恰当的叙事载体"[1]。他这种对"历史的自我文本"[2]的自觉追求,是对《铸剑》(以及整个《故事新编》)的叙事传统的回响和呼应。在发现和挖掘历史底蕴的同时以超越的姿态审视历史,或许是历史小说艺术生命力的关键所在吧。

(原载于《安徽文学》2002年第6期)

---

[1] 潘军:《坦白——潘军访谈录》,合肥:安徽大学出版社2000年版,第111页。
[2] 潘军:《坦白——潘军访谈录》,合肥:安徽大学出版社2000年版,第80页。

自我话语叙事①与意义再生产

——以潘军的《重瞳——霸王自叙》②为例

朱崇科

在海登·怀特(Hayden White)看来,"历史学家也经常声称,他们通过提供一种对所论题材的理解而对它们作出了解释。提供这种理解所依据的方式便是阐释(interpretation)。叙述(narration)既是实现历史阐释的方式,也是表述对历史题材之成功理解的话语模式"③。当然,怀特的这番论述主要是指向历史书写和叙述的,强调了历史书写中叙事的独特功用。其实,当我们将视野转向20世纪以来的中国文学史时,故事新编小说④的书写似乎也可一并论之。

毋庸讳言,由于涉及更大成分的虚构色彩和主体介入的强度,故事新编小说的叙述话语模式自然也更灵活和丰富多彩。而耐人寻味的是,故事新编的叙事话语模式往往使得历史叙事所包含的丰富内容和实在性更加绚烂多姿或扑朔迷离,因为许多历史学家认为,"叙事话语远不是用来再现历史事件和过程的中性媒介,而恰恰是填充关于实在的神话观点的材料,是一种概念或伪概念的(pseudocone-cept)

---

① 所谓自我叙事话语,是指以主观性为主的话语模式,它是由一个"自我"(ego)或隐或现的在场所赋予的,而此"自我"即"仅仅作为一个维持话语的人"。具体可参见 Gerard Genette, "Boundaries of Narrative", see New Literary History 8(1976), No. 1, pp. 1-13.

② 本文采用的小说文本见潘军著《白底黑斑蝴蝶》,武汉:长江文艺出版社 2001 年版,第104—161页,以下不再另注。

③ [美]海登·怀特:《形式的内容:叙事话语与历史再现》,董立河译,北京:北京出版社 2005 年版,第84页。

④ 所谓故事新编(体)小说,是指以小说的形式对古代历史文献、神话、传说、典籍、人物等进行的有意识的改编、重整抑或再写。该定义的得出是建立在对大量文本进行解读、梳理的基础之上的。一般而言,故事新编(体)小说主要分散在如下的文类中:历史小说演义、古事新编、武侠小说、外事新编等(中国作家对外国典籍、历史文献、神话传说、人物故事等进行的新编)。如果我们将故事新编小说的定义与新历史小说和历史小说等进行对照比较的话,我们自然更能够看出它们的差异。在本文中故事新编小说主要是指20世纪中国文学史上以鲁迅为源头的次文类(sub-genre)书写。对于此概念的详细论证可参拙著《张力的狂欢——论鲁迅及其来者之故事新编小说中的主体介入》(上海三联书店 2006 年版)。

'内容'"①。而强调主观性的自我叙事话语自然也让意义再生产成为新的可能。

本文的目的显然不在于孤立探讨这个抽象问题的深刻内涵。如副题所言,本文更是采用一种以小见大的策略,以潘军的《重瞳——霸王自叙》为中心考辨这个论述的实践和调试过程。当然,反过来,这也是笔者重读《重瞳》的独特方式。为此,本文的主体可分为以下三部分:一、故事新编传统与自我叙事的合法性;二、叙事角度的双重翻转;三、意义再生产:当下性、世俗性与"多元的不确"。

一、故事新编传统与自我叙事的合法性

俗话说:"名不正,则言不顺。"对潘军《重瞳》的解读也包含了类似的迷思。由于未能深切认知故事新编小说发展的传统,以及《重瞳》所处其中的谱系学位置,对于它是否是历史小说、超现实主义、后现代主义、故事新编等种种质疑往往显得情有可原之余又令人啼笑皆非。

而实际上,《重瞳》是典型的故事新编小说。如潘军自己所言,在书写《重瞳》时,"我首先想到的是能不能有另一种解释,哪怕是一种离奇的、浪漫的,但又是很美的一种解释。既要在规定的史籍中去寻找新的可能性,又不能受此局限,想借题发挥一番"②。这和鲁迅所言的故事新编书写的"随意点染"操作遥相呼应。

(一)故事新编小说传统

如果我们将眼光聚焦于 20 世纪中国文学,以鲁迅的《故事新编》为源头的故事新编小说无疑引人注目,其生机勃勃、众说纷纭和复杂的"骑墙性"(其实是文体互参或越界)往往令人欲罢不能。

毋庸讳言,潘军的《重瞳——霸王自叙》(以下简称《重瞳》)是 20 世纪 90 年代以后的作品,将之置于时代的传统/潮流中,它显然打上了众声喧哗、多元并存、个性强烈的时代发展印迹;同时,如果将之置于潘军自身的小说书写过程中,《重瞳》也是他不可多得、难得一见的故事新编书写。如下的论述虽然略微有一些夸张,但为对《重瞳》重要程度的说明提供了佐证:"《重瞳》是近十年来最好的先锋小说之一,潘军写过许多让人称道的小说,唯独这一篇我最看重。他写得自由潇洒、飘逸

---

① [美]海登·怀特:《形式的内容:叙事话语与历史再现》,董立河译,北京:北京出版社 2005 年版,前言第 1 页。
② 潘军:《建构心灵的形式——潘军访谈录》,见《白底黑斑蝴蝶》,武汉:长江文艺出版社 2001 年版,第 374 页。

气盛,在极为自信智慧的叙述中构建历史的自我文本。"①

将《重瞳》置于这样纵横交错(由故事新编传统和潘军本人书写构成)的网络平台上,《重瞳》因此显得意味深长。从纵向来看,它远承鲁迅,虽然未具有鲁的泼辣沉郁,但暗度陈仓、阳奉阴违的解构策略却殊途同归。这可称为个人化叙事立场对"公共话语历史格局"的突破和对霸权地位的反拨。"他这种对'历史的自我文本'的自觉追求,是对《铸剑》(以及整个《故事新编》)的叙事传统的回响和呼应。"②而如果回到潘自身的书写路线上来,《重瞳》也是他锐意创新、渐趋成熟的里程碑。

(二) 自我叙事的合法性及其矛盾

潘军曾将自己个人化的历史叙述称为"历史的自我文本"③,而《重瞳》也居此列。但严格说来,我们称为"自我的历史文本"更为准确,因为前者的称呼具有歧义,"自我"可修饰"文本",也可被"历史"修饰限定。当然,跳出词语的纠缠,潘军在操作中,对这种自我叙事的合法性也呈现出一种游移,甚至矛盾的迹象。

首先,和故事新编主体书写冲动的要因之一类似,《重瞳》的自我叙事的合法性源于对历史撰写及其真相的质疑。为此,它可以堂而皇之地以历史人物自居,并宣称历史因为自叙的真实性。"许多地方不是那么回事。这就是我今天要出来说几句的原因。我没有别的意思,反正我已死过了两千多年,问题是有些事只有我自己知道,我要不说,就会越传越邪乎,以致我到现在莫名其妙地成了戏台上的一个架子花脸。"

其次,以理所当然的"真实"想法强化自我。比如,他批评太史公将其纳入"本纪",相当于帝王,比较无聊。而实际上,他对此毫无觊觎,不过是恪守职责而已。"所以太史公把我列入'本纪',我个人是有点看法的,觉得不妥"。

再次,细心的读者不难发现,在《重瞳》中,作者、隐含作者(Im-plied Author)和项羽的叙述是错综复杂的,但其中也有移花接木授予潘军自我叙事和发行的元叙事(Meta-Fiction)操作。"我觉得有些事还是需要说上它几句。这也就是我愿意通过一个叫潘军的人来发表这篇自叙的真实原因。我没有以正视听的意思,民间关于我的传说至今不衰,说明我至少还有值得一说的可能性。至于我的话是否可信,

---

① 王达敏:《〈狂人日记〉与当前小说的超现实写作》,见唐先田主编《潘军小说论》,合肥:安徽大学出版社2003年版,第56页。

② 张晓明:《生前与死后——解读潘军中篇历史小说〈重瞳〉》,见唐先田主编《潘军小说论》,合肥:安徽大学出版社2003年版,第324页。

③ 潘军:《坦白——潘军访谈录》,合肥:安徽大学出版社2000年版,第80页。

那是另一个问题。"

同时,需要指出的是,《重瞳》自我叙事的合法性也有矛盾之处,尤其是作者无法以其逻辑说明与前文本(Pre-text)的差异时,其自我的程度也因此显得虚弱,甚至矛盾。比如对分封诸侯国的做法,他就有所躲避。"我说过,我这个历史人物面对历史是个门外汉,我不好就此发表看法"。

二、叙事角度的双重翻转

怀特认为,叙事远非仅仅可以塞入不同内容(无论这种内容是实是虚)的话语方式,"实际上,内容在言谈或书写中被现实化之前,叙事已经具有了某种内容"①。我们如果认同其观点的话,当我们将视线拉回到故事新编小说的创制中时,就不难发现,叙事角度的转换恰恰是"形式的内容",The content of the form——怀特语得以成立的法宝之一。

在我看来,《重瞳》在叙事角度的更迭上自有其特色,它实际上实现了双重翻转。第一,《重瞳》成功实现了从《史记》相关书写的第三人称视角转向了以第一人称为主,基本由历史人物自叙的视角更新;第二,如果进入人物内部,"重瞳"作为主人公自述、评议和事件演进的凭借和纠结,显然又有着其不容忽视的视角创新和承载意义。

(一)霸王自叙:潘军"写我口"

和李碧华以《青蛇》重写妇孺皆知的"白蛇传"类似②,《重瞳》以项羽自叙的视角重述那段尘封或定格的历史的确存在相当深层的颠覆意味和解构性,但同时,和李的相对决绝不同的是,潘军在很大程度上保留了对司马迁的尊重。

重读司马迁《史记·项羽本纪》③,我们不难发现太史公恰恰是抓住了几次重大的历史事件来集中展现霸王的光辉业绩和主要性格,这样既呈现了历史真实,同时又让项羽的个人形象栩栩如生。但同时,许多事件之间的连续性却变弱,因此凸现了司马迁本人的主体介入过强。《重瞳》中,潘军给了项羽自我表述的机会。

---

① [美]海登·怀特:《形式的内容:叙事话语与历史再现》,董立河译,北京:北京出版社2005年版,前言第3页。
② 具体可参拙作《破解另类与吊诡:看长袖如何善舞?——李碧华〈青蛇〉的N种读法》,《人文杂志》(吉隆坡)2004年6月号(脱刊,实为2004年底出版)。
③ 本文《史记》引文来自王利器主编的《史记注译》(卷一),西安:三秦出版社1988年版。

耐人寻味的是,这其实也意味着某种历史观的更新。有论者指出,小说家自己的历史观的形成,"必须首先得挣脱传统的历史书写方式。否则,借助历史的小说永远都只能是'历史小说'。历史永远是现实的隐喻而不是仅仅作为叙事的手段存在于文本之中。潘军把这种关系结构翻转了过来"(康志刚《流动的生活与流动的小说》)。这样一来,不仅连缀了各个重大历史事件的发展,而且夹叙夹议,适时推出了他如此创造历史的心理动因,使得这个"历史"更贴近民众(当代读者),也更具亲和力。

当然,视角的置换也导致了"形式的内容"的产生。项羽从以前《史记》中的悲剧性格,如勇猛却无谋、残暴而又妇人之仁、优柔寡断等等渐渐变成了一个具有连贯性的、不同层次自我意识的人:他征战的动因不是为了称王称霸,直至功败自杀,而是尊重和延续项氏家族的优良传统和英名;若从个人生命体验的角度考虑,这同时也是他和祖辈在秘密共享独特军人体验的充实和丰富的历程。需要指出的是,这是项羽自我人格的丰富,同时也是作者潘军自我叙事话语主观性的绚丽呈现。

(二)重瞳:贯穿往来

叙事视角的第二重翻转来自项羽自身,其所具备的重瞳禀赋(特异功能)被潘军从《史记》中的一种推断(可能有意)加以发扬光大。这一视角的被借重使得《重瞳》的自我叙事张力十足。表面上看来,这很可能被误读为一种魔力或魔幻手法,但效果显而易见。"《重瞳》非常自然地采用一种魔幻的手法,自然而然地使作品有了一种历史的张力,使两千多年以前的在人们意念里并不怎么理智的项羽,告诉了人们许多浅显而艰深的道理。"[①]

如果说自叙的视角填补了事件发展的内在动力和幽微缘由,那么,作为内在功力的重瞳却巧妙凝结和整合了项羽轰轰烈烈历史中的重大事件。重瞳兼预知未来、洞鉴过去、观照当下的能力,而这一能力也恰恰成为《重瞳》自我叙事增强的又一法门。

具体说来,从观探江心中迷人的画戟到祖父的背影,从巧遇虞姬到陈胜、吴广大泽乡起义,从定陶项梁遇难到班师回彭城见虞姬,从揭穿刘邦遭射脚的谎言到洞察韩信内心的虚怯,甚至到临死时的历史重温,《重瞳》不仅仅贯穿和叙述了项羽大

---

① 唐先田:《彻底颠覆后的诗意重构——评〈重瞳〉》,《安徽大学学报(社会科学版)》2001年第1期。

半的辉煌历史,同时也强化了项羽的自我和个性。

而《重瞳》视角的切入也更让项羽的性格走向多重人性化。他不是人们惯常印象中那个力大无穷的莽夫,虽然英勇无比,却头脑简单,且刚愎自用,而是个有血有肉、理性思维清晰和个人意气风发的热血男儿。从此意义上讲,《重瞳》消解了前文本中项羽身上的神性光环以及过于分明的性格背离,而更呈现出人性的光泽和温度。

需要明了的是,重瞳是具有多重所指的:它既是项羽的独特禀赋,也是一种可以叙事的视角,本身也是一种叙事方式,由此也带来了叙事的更新和内容的互涉与插入。

三、意义再生产:当下性、世俗性与"多元的不确"

《重瞳》中自我叙事话语模式的逐步确立不仅仅是叙事形式的更新,而且和意义再生产密切相关。作为20世纪90年代以来故事新编小说的代表作之一,《重瞳》自然也有着故事新编小说创作的集体默契和共通特质。

(一)"多元的不确"

潘军相当强调小说中尤其是《重瞳》中所谓"多元的不确"。"无论是我早期的《南方的情绪》,还是最近的《重瞳》,我自觉每篇作品都包藏着或隐匿着我个人的某种想法。区别在于什么呢?这种想法或者这种意味存在于小说中它应是不确定的,我称之为'不确的意味'。我认为小说里面如果出现这种'不确的意味'或者'多元的意味',这种小说就是最饱满的小说。"[①]仔细体味这段话,它一方面固然意味着对历史发展和诠释其他可能性的探寻,另一方面也是对这种可能性进行呈现和辩护的多元交响。

故事新编小说本能地至少拥有一种对话意味关系,而《重瞳》中则有狂欢的色彩,其中自然也包括了不同作者、人物的众声喧哗:潘军、项羽、隐含作者、司马迁等众声交错,各自保有自己的个性和立场又互相对话;同时,哪怕是对自我叙事程度的展现,《重瞳》也是多元的,有时坚决,有时犹豫,有时在继承的基础上作部分修正。甚至在叙述某件事情的时候,比如项羽和章邯的关系,也可以悬而未决。我们不妨举一两个例子证之。

1.加冕脱冕的狂欢。当项氏叔侄夹在人群中准备一睹横扫六国、叱咤风云的

[①] 潘军:《白底黑斑蝴蝶》,长江文艺出版社2001年版,第365页。

始皇帝的风采时,潘军的新编颇具狂欢意味。他采用了加冕脱冕仪式的狂欢化思维。如巴赫金所言:"对文学的艺术思维产生巨大影响的,当然是加冕脱冕的仪式。"①

《史记》对这段历史的处理可谓一语带过:"秦始皇帝游会稽,渡浙江,梁与籍俱观。"而《重瞳》中,作者先是抒发了一番关于嬴政是个下流胚的议论,而后以项梁的"垂涎三尺"来反衬和强化众生对秦始皇的顶礼膜拜和疯狂期待。吊诡的是,潘军让一个偶然的喷嚏挣断了秦始皇的裤带,从而"内裤像肠子一样淌到了脚下",也借此营造了一种张力的狂欢。在项羽眼中,所谓皇帝也不过如此,"还不如在江边安静地吹我的箫,看天边那片奇异的绿颜色奔我而来"。

2. 历史的偶然性。在很多时候,历史学家用清醒理性撰写的真实和皓首穷经的考究,其"真相"可能不过是偶然,而这种不合常规逻辑的非理性往往也值得关注。《重瞳》中就有这种难得的边缘意识。比如,项梁杀郡守起义的历史正当性在其中恰恰被归结为偶然。原来以咳嗽为号的起义,固然表面上同样依例完成了,但实际上有意的咳嗽信号其实是源于喝茶呛水,虽然郡守做了替死鬼,起义却不得不按部就班进行。《重瞳》就是这样重释了常规所预设的连续的、合理的历史。

(二)当下性和世俗性

整体上来看,如前所述,《重瞳》其实就是以更人性化的当下性和世俗性解构了前文本历史书写的神圣性和严肃性。如人所论,"可以说《重瞳》既是写随风飘逝的久远的历史,又是写正在发生的眼前的事实,抑或是写即将发生的不久的将来,而故事的主人,与其说是遥远时代的英雄,倒不如说是生活在今天的普通人。潘军借古人之形传现代观念之神,自如地穿行于历史与现实之间……其意义和价值已远远超出了'历史'本身"②。之前的那个喷嚏在解构了皇帝尊严的同时又体现了当下性和世俗性。

小说中对人性的当下性刻画可谓比比皆是。项羽和虞姬的彼此忠贞令人慨叹。但他也指出了真相:"这并非我不好色,而是我从虞身上得到了女人的全部。"对于将来的称王称霸有违自己的初衷,小说中淡淡的一句就加以解脱:"将来天下打下来了,我不称王又该由谁来称王呢?"而破釜沉舟的壮烈在项羽眼中除了是一

---

① [苏联]巴赫金:《巴赫金全集(第二卷)》,李辉凡、张捷等译,石家庄:河北教育出版社1998年版,第165页。
② 吴春平、张俊:《穿行于历史与现实之间——〈重瞳〉思想意蕴漫谈》,《安庆师范学院学报(社会科学版)》2002年第2期。

句令人得意的成语以外,更应该是军人快感的呈现。

当然,不容忽视的还有《重瞳》对当下人性世俗性的反讽。项羽坑杀二十余万秦军降兵无论如何都是项羽个人历史上的污点,也是喜欢项羽的人心头上的隐痛。《重瞳》对此事的处理可谓独具匠心。项羽坑杀大量降兵的事实恰恰源于虞姬离开他以后,他理性丧失而造成的恶果。吊诡的是,为了减轻项羽的"罪责",《重瞳》同时又不厌其烦地让我们看到了秦军降将的居心叵测,因而项羽的坑杀又是歪打正着的对策。

同样令人唏嘘的还有项伯的形象塑造。这个表面上重视义气、不惜告密敌手而又不畏强权的汉子,实际上不止是"还人情";同时,"他隐瞒了他和刘季结为儿女亲家的事实",其中的私心不言而喻。当下人性的世俗由此可见一斑。所以,综而观之,"无论如何都绕不过"的《重瞳》在"这种苍凉忧伤、优雅诗意的叙述语言下所蕴藏的深刻内容:对传统、历史批判性的思考;对人性、人格无情的剖析;对政治、权力、战争深刻的揭示。潘军借项羽的口,说自己想说的话,在这个失败的英雄身上,寄托了自己的人生理想,包容了其全部的人生价值观念"[1]。

需要指出的是,如果我们遥视20世纪二三十年代鲁迅的《故事新编》,立足《重瞳》,我们不难发现,前者仍然在意义再生产的勾画上技高一筹。鲁迅非常深刻又巧妙地营造了独特的三重世界。一是破灭的乌托邦:创世神话的构建与消解。二是现实指向:对话的世界。三是超越表征:文化哲学的内在凝聚。反观《重瞳》,在以当下性重写的时候,它具有一种别致的成熟本土韵味。在历经种种实验和尝试以后,《重瞳》固然可以让人感知后现代因素、先锋手法等的渗入,但更多的是一种本土融会后创造的洗尽铅华的自然。

当然,作为自我叙事话语模式的尝试,《重瞳》并非无懈可击。将鸿门宴上未能击杀刘邦的原因归结为项羽不爽于范增的唆使,的确有点难以自圆其说。尤其是当我们意识到,作为有着重瞳独特能力以及清醒头脑的军人的项羽不至于犯下如此利令智昏的低级错误,何况小说中他和范增的知己关系一再被清晰呈现。这只是为作者在处理历史遗留问题时的捉襟见肘:部分沿袭了《史记》中羽的惯常软弱和愚蠢性格却无力按照自己的设计严谨地新编。

另外,潘军在《重瞳》中同样也有误读《史记》的地方。他认"太史公说得不对,

---

[1] 青锋:《"欲望"的写作——潘军小说散论》,见唐先田主编《潘军小说论》,合肥:安徽大学出版社2003年版,第88页。

甚至非常错误",以为《史记》将项燕的结局列光于秦将王翦枪下,而实际应该是他所纠正的职业军人的自杀。潘军未知的是,在《史记·秦始皇本纪》的历史记录中,对这一事件叙述为项燕自杀殉职,"二十四年,王翦、蒙武攻荆,破荆军,昌平君项燕遂自杀"。

  通过重读潘军的故事新编小说《重瞳》,我们不难发现,自我话语模式的转换与重新确立,无疑可以导致意义再生产的实现。更耐人寻味的是,这种意义和内容并不仅仅产生于后来的强加或入,而叙事本身也可以是"形式的内容",引人深思。同时,我们在读小说的时候,还是要以开放的眼光锁定其文类身份,这样才会有的放矢,而不是无端地制造新名词但仍旧不明就里、隔靴搔痒。潘军的《重瞳》无疑承接了鲁迅所开创的20世纪文学史上的故事新编精神;同时,他也努力以当下性新编历史,形成自己的风格。

[原载于《海南师范大学学报(社会科学版)》2007年第6期]

婚恋尴尬与人性困境

——《合同婚姻》的文本细读

周毅 王蓉

20世纪80年代中后期,中国当代文学开始走出政治权力的宠溺和禁锢。潘军、苏童等先锋作家直逼人性的深度,坚持对叙事形式的不懈探究,掀起了文学创作与阅读的高潮。2000年被媒体称为出版界的"潘军年";人民文学出版社和《小说月报》等10家单位联合主办潘军作品研讨会。潘军在关注"写什么"的同时更关注"怎么写"。他数度宣称,"一个真正的作家只能为了欲望而写作","作家的野心应该停留在纸上","作家的责任首先是应该考虑怎样去把一部作品写好"。

潘军尤能迅速抓住并准确、从容地表达"社会转型期间的性欲与情爱、放逐与归宿、法律与道德、私人与公共空间之间的坚定与摇晃。他笔下的主人公都有心灵磨难呈现的尴尬、困顿、焦躁不安的急切与恍然"[1],表现了"现代男性的焦灼感"。在《爱情岛》里,叙述者说:"我不是写爱情的老手。"相反,潘军其实很喜欢把一支生花妙笔徘徊在婚恋尴尬与人性困境中。在《和陌生人喝酒》中,两张来历不明的音乐会门票暴露了夫妻俩都渴望外遇的隐秘心理。在《抛弃》中,因移情别恋而苦苦自责的柏达教授最终被妻子和恩师背叛。在极富道德与艺术含量的《秋声赋》里,"火除了上我的身就不会再想别的"。霞爱上了与火没有血缘关系的父亲,对火说:"我们也签一张合同,这辈子就只做挂名夫妻吧。"在《寻找子谦先生》里,一对男女分别以寻找男朋友和丈夫的名义,一起从熟人中"消失"。甚至在《花袭》里,那个眼镜朋友和雨衣路人的性别都变得有些暧昧,河边妇人的来历与生死也十分可疑。《合同婚姻》通过苏秦、李小冬等人的感情纠葛,从男性立场透视婚姻如围城、如金笼般的诱惑与禁锢,并以婚恋尴尬隐喻人性困境,对情与欲、权与责、逃与归的选择无不导致角色错位与处境两难。可以说,在潘军表现婚恋尴尬与人性困境的小说中,《合同婚姻》具有哲学的意味,堪称巅峰之作。

一、在欲爱纠结的婚恋尴尬中挣扎徘徊

《合同婚姻》写于2002年7月,由《花城》杂志首发,《小说月报》转载,并获第

---

[1] 庞华坚:《坚定地摇晃——评潘军小说〈海口日记〉》,《合肥晚报》2001年12月24日。

10届《小说月报》"百花奖",于2004年被北京人艺排演为话剧。《合同婚姻》一经发表,立即成为全国大学生争论的热点,更引起专家学者对现行婚姻制度、爱情观、人性、法律等问题的探讨与反思。苏秦、李小冬和陈娟的"婚恋"故事解构了传统意义上"从一而终,夫妻合一"的婚恋理想。苏秦的婚姻尝试昭示着对传统伦理道德和法律的叛逆,使人陷入另一种尴尬的生存状态。正如科技只能满足暂时飞翔的渴望一样,人类还得老老实实地栖居在日渐拥挤、荒芜而浮躁的地球上。"合同婚姻"最终也不能挣脱种种拘限获得永久的自由。

婚姻是围城,爱情如迷宫。婚恋这历久弥新的题材在新时期有了新的内涵。改革开放以来,物质生活日益富足,但精神家园日渐荒芜与贫困,人们近在咫尺却心隔天涯。20年前,"荒诞派""意识流"等还有点"先锋",今天却早已被大众接受了。市场原则和契约意识渗透一切领域,最朴素、最真诚的交流方式早已远去。崇尚理性、法制、等价交换和优胜劣汰本来无可厚非,但是道德、情感、伦理就可以弃如敝屣吗?追求没有承担的索取,是进化还是沉沦?富于使命感的文学家纷纷探讨制度与自由、家庭(公众)与个人、情感与责任、理想与现实的矛盾冲突,企图唤醒沉溺在物质欲望中的大众去追问与拷打自己的灵魂,寻找一条走出人性困境的荆棘之路。

中文系苏秦和英语系李小冬(隐喻中西文化)因省里一次文艺会演偶然相遇并渐渐相恋。爱情由偶然的相逢开始,慢慢滋生,而后疯长,再开花,再结果,最后凋落。"两个优秀"的人,看来很般配,却一直尴尬相随,并未获得一段读者预期的美好婚姻。

潘军曾说,"性文学"是一个很敏感的问题。"性"是文学艺术中的一种不可忽视的现象,就像"性"之于人的生命形式一样,回避是困难的,只能正视。谈到"性",笔者以为首要排除人的虚伪性。要把人当作一个完整的生命结构体系来理解,承认这个前提,就必须肯定"性"在人的生命中所占的位置。既然赞同"文学是人学"这个命题,那么,文学必然要反映"性"。"性"是爱的支流,"性是受了爱的恩宠才如此蓬勃"。苏秦对女人的要求由八字原则("通情达理、秀外慧中")发展到十二字方针("看着顺眼、聊着开心、睡着舒服"),坦言了"爱"过的人对"性"的真实需求。他增补的"睡着舒服",陈娟"同意,同意"的回答,陈娟离异的原因,在火爆的"四十情怀"系列聊天室里都有说明。性欲实在是人类复杂难控的一种需求。它是维系爱河的一条不可或缺的小溪,也可能是婚姻破裂的重要缘由。但是,理想的爱情绝不该沦为仅是"周末同床",它还应有心灵的沟通和发自内心的彼此尊重。"爱的碎片只是生活中许多碎片之一,然而是唯一可以支托个体残身的碎片。"话剧《合同婚姻》的导演任鸣曾说,情感中最美的、最累的、最可变的、最永恒的都是爱情。"虽然生活并不只是爱情,但是,爱情却是生命中的最重。"

人类能挣脱爱恋与性欲、浪漫与现实、圣洁与世俗的矛盾冲突吗?期待美丽外遇的人都只许自己红杏出墙,不能容忍对方分一点心——性爱心理最具排他性,但排的是同性。爱情实际上是最自私的一种情感。休谟指出:"我们承认人们有某种程度的自私。因为我们知道,自私和人性是不可分离的,并且是我们的组织和结构中所固有的。"[1]"七个月到九个月"的伪"科学"理论从家庭的实际遭遇揭示了爱情并不是结婚的重要条件。恩格斯认为:"没有爱情的婚姻是不道德的。"但是有了爱情就一定要结婚吗?何况只依赖爱与性还并不能延续婚姻,稳固的婚姻更需要宽容和责任——法定的义务和人的责任感。"协议离婚"比"打官司上法院"显得"轻捷"。他们管绿色封皮的离婚证叫"绿卡",调侃的语言真实地透露出主人公此时玩世不恭的生活立场和责任意识的缺乏。

物欲横流,人们遗忘了《牡丹亭》里"我杜丽娘死后,得葬于此,幸矣"的喟叹,放弃了杜、柳一往情深、生死无隔的古典爱情理想,远离了《石头记》里宝、黛镜花水月、阆苑仙葩的唯美梦幻,背叛了巴金、萧珊那种相濡以沫的骨肉情义,失落了曾经忠贞与坚守的信仰,只有权利与责任、欲望与承担的算计和权衡。因此,这样的婚姻没有心心相印的爱情土壤,经济固然独立,人身纵然无拘,但是物质化、平板化的"合同婚姻"毕竟是极其尴尬与悲哀、荒唐与可笑的探索。于是,潘军安排了开放式结局,留给读者暗示和遐想,用隐喻和象征"结束"了一个没有尽头的延展性的故事。

二、在歧路纷繁的人性困境中寻觅归途

怎样才能挣脱人性的枷锁?挣脱了道德和法律的约束,人就能随心所欲地选择自由的生活?突围精神困境的苏秦仍被物化现实无情挤压。海德格尔赞赏荷尔德林的诗句:"充满劳绩,但人诗意地居住在此大地上。"生命短暂,过客匆匆,个人要诗意地居住,"要像艺术那样,不去掠夺、破坏这个世界,而是以自己充满劳绩的创造丰富我们的世界,使人类和生命得到不断繁荣"。[2]

---

[1] [英]休谟:《人性论》(下),关文运译,北京:商务印书馆1991年版,第625页。
[2] 马新国:《西方文论史》,北京:高等教育出版社2002年版,第412页。

在《爱情岛》中,"像鸟一样,每人找了自个儿的窝,而且是很舒服的窝"。而《合同婚姻》质疑的是传统的婚姻制度,说的是形而下,触动的却是形而上。在这一点上,它对后来的婚姻题材小说如《中国式离婚》等都有启示。潘军对现行法律表示关切的小说除了《合同婚姻》,还有《犯罪嫌疑人》及后来的《死刑报告》。《合同婚姻》中苏、李、陈已经摆脱了鲁迅《伤逝》中子君、涓生一代生活的困窘,但是精神上更加无助。正如另一位先锋作家余华在《虚伪的作品》里揭示的那样:"生活是不真实的,生活事实上是真假混杂和鱼目混珠……对于任何个体来说,真实存在的只是他的精神。"世纪之交的中国人最终只能享有特定情景中平庸世俗的爱情生活与欲望化、商业化的以经济功利实利主义为核心原则的大众文化,在他们的商品中识别出自身。①

天地人囚,谁也逃不脱自然的、人文的羁绊。法律是婚姻之城的支柱。陀思妥耶夫斯基曾说:"人是一个谜。"苏秦代表了平凡而真实的渴望爱情又奢求自由的男男女女。只是女人宁愿少一点自由,多一点爱情,但男人实在无法忍受没有自由的生活,所以苏秦比陈娟更主动地提出"合同婚姻"的构想。苏、陈二人对婚姻都有点害怕却仍有点向往,就像刚从竹笼飞出的青鸟徘徊在另一只美丽的金笼面前,想再试试,又舍不得用自由去挑战寂寞。"有什么非离不可的理由吗?""李小冬说:要制造一个非离不可的理由。"几千年来年轻人追求的结婚自由倒是实现了,可现在是离婚不自由了。这岂不是一个有力的反讽?

探讨婚姻是出于对自由的向往,体现了社会的发展。《合同婚姻》引起各界持续关注,正在于共同的人性困境羁绊着全人类。主人公从憧憬自由到愿意约束自己,向陈娟提出合同升级——结婚,对前妻李小冬的骨折表现出很强的责任心——"只要这个女人没被别的男人正式接过去,那她就还归我管"。玩世不恭的苏秦的心灵深处竟蕴藏着巨大的情感力量,发人深省,暖透人心。合同是单位或个人之间,为协作做好某项工作、完成某项工程或经营某项事业,在遵守国家法律、法令、政策、计划和平等互利、协商一致的原则下,明确相互的权利和义务的协议。苏、陈选择常人看来"荒谬"的合同制婚姻,是出于对传统伦理、道德、思维方式、国家法律的一种突破和叛逆,对尴尬人生的一次有意义而无绚烂火花的冲撞,却陷入了自织的另一张更为复杂的巨网,更不自由,更没安全感。这种选择本身就是对人性、生活、爱情的怀疑。他们在困惑中挣扎而迷恋,冲突而依赖。苏、李、陈无不渴望爱与

---

① [美]马尔库塞:《单向度的人》,张峰译,重庆:重庆出版社1988年版,第9页。

被爱、自由与归宿,言行时时自相矛盾,乃是复杂的生活使得复杂的人在尴尬的现实面前心有余而力不足。陈娟与苏秦重逢时的对话,句句都是巧妙的试探,暗示了陈娟的机智和对男人的怀疑以及残留的欲望——人未敢像动物在完全信任对方时,露出自己的脖子。

苏秦最初不想要孩子,但父母逼他;后来他想要孩子,父亲却有点淡漠。苏秦的择偶标准由八字原则发展到十二字方针,苏秦对性的要求的前后变化,反映了这个有代表性的新时代知识分子在婚恋立场上对传统观念的背叛而后再被传统文化征服但又于心不甘的变迁。当他终于觉得家的陌生和把家诠释成"放屁也不用憋的地方"时,他不像是对传统的决裂,反而像一只飞倦的归鸟对家园因时空和世事的变更而产生了疏离感,也折射出对新栖宿地的隐隐向往与追求。人生如树,从大地怀抱挣脱,向自由空间生长突进,在经历了无数载风雨骄阳的磨洗之后,又以种子或落叶复归大地母亲。

"人类为了获得最无愧于和最合适于他的人类本性"的社会,也即为了人类本性不得不在无数个世纪里"自我克制",压制并在某种程度上失去人类本性,在这样的条件下悲壮地、一步一个血印地向前行进。[1]《合同婚姻》是一面镜子,折射出物质生活越发展,情感需求越细腻,感情问题日趋复杂,婚姻日渐多样化的社会现状。它展现了当下中国转型期几个城市知识分子的生存状态。中产阶级苏秦在两种婚姻、在情感与责任之间的种种冲突矛盾是无法解决的。当今,人类的婚姻、两性关系问题已经成为遍及全球的无解性问题。潘军根据他对生活的敏锐体验和观察,探讨了婚姻带给人的困惑和无解,因而具有一种形而上的意味。

经历了第一次婚恋尴尬的苏秦打算放弃那种美丽的绳索、温柔的情网,企图在闯荡中寻找一些有意义的东西——兑现承诺的金钱和其他,但又觉得一切既得的都不太合理,不太有价值,于是又开始新的寻找。"寻找—怀疑与放弃—寻找",对价值的缺乏感是他寻找的潜在动力,也是人类生命力的源泉。"满足"是自设的死亡之墓。人生就是一段不断弃旧觅新的旅程,就是一段焦虑和自欺的心路。

北京火车站的邂逅,让他们猛然泛起了一种莫名的情愫,那是对爱的留恋和憧憬。但当他们推开荆棘试图再次采摘玫瑰时却都犹豫了,可不可以选择一种更为合理的婚姻方式呢?苏秦和陈娟经历了激烈的心理斗争后尝试用合同制来建构理想的婚姻。这种"创造"是经济生活多元化在意识领域的折射。不想平淡地了却此

---

[1] 章培恒、骆玉明:《中国文学史》(上册),上海:复旦大学出版社1997年版,第18页。

生,不管别人的评头论足,果敢地选择了自认为很合理的方式开始新的生活。本来彼此愿意、两情相悦就是道德的爱情,但那份合同从概念称呼、"AA 制"经济生活方式、理赔、生育、升格及其他方面都做了明确界定,看似充分自由又合情合理,但是担保的只是"人格"——恰恰是这一点露出了破绽:他们的合同婚姻实质上是一种试婚。试婚本身就是彼此不信任的产物,都不相信对方的忠贞与合适度,都对人格、人性潜藏着巨大的怀疑,都想逃避责任和义务,时有瓦解的危机。对他们来说,赚取金钱并非难事,虽人格在彼此心里占有重要地位,但苛求自由与完美的人是什么都可以放弃的。因此,他们选择貌似合理的合同婚姻实出于自私的人性动因,而人在爱情上是更加自私的。

任何创新与突发奇想都无法彻底摆脱生养他的文化背景。中国传统的婚恋观是夫妻同一、如胶似漆的那种默契、迷恋和恩爱。他们只与经济挂钩不与情感交结的合同制婚姻注定以失败告终,注定比《婚姻法》认定的婚姻更加苍白无力。那是一种很特别的情绪,喜忧参半,幸福中带有轻微的忧伤,陶醉中又透露出几分清醒。他们都明白自己在扮演怎样的角色。他们寻找到了平等和相对的自由,却失去了婚姻的爱情根本,失去了传统婚恋的情感内涵。从这个意义上说,《合同婚姻》体现了苏秦等人从既有的秩序中滑落的颓废姿态。

他们在婚恋场上的挣扎只换来"不伦不类不明不白不清不楚"的生存状态,其探索典型地代表了当代市民知识分子的婚恋梦想,但作者不是就婚姻而写婚姻,尴尬婚姻更是尴尬的现代生活之缩影,隐喻着企图超脱伦理与法律的束缚,挣脱制度化生存尴尬而进行的所有叛逆与突破,仍只能陷入貌似合理的另一种尴尬处境。

三、在角色错位的人生悲剧里负隅顽抗

每个人在生活中都同时扮演着不同的角色,各种角色以及每一角色的各个层面都不时产生强烈的矛盾冲突。城市经济迅猛发展,市民意识逐渐觉醒,崇尚自由意志、遵循等价交换、以物质利益为出发点、以自我为中心的市井文化深入人心。苏秦是在县城长大、都市漂泊的一代市民知识分子,穿越贫困黑暗的"文革"岁月,青壮年时期赶上改革开放的经济腾飞。各种文化思潮蜂拥而至,交相碰撞,在眼花缭乱的世界里,市场规律与法制原则给每个人带来了实惠。才华横溢的苏秦辞职后在海口成功地炒作了一块地皮,挣到李小冬不敢相信的那么多钱。"一不小心"就暴富了的苏秦获得了财富自由,但他到底是一个文化人,是受过正规教育的大学中文系才子,因袭了中国封建文人的劣根性,也传承着中华民族悠久的传统美德。

而这些劣根性与传统美德都与现实社会的法律和时尚构成冲突。苏秦这个形象"代表了80年代以后追求个人精神价值的一群人。他在跟女性交往的过程中表现出的自以为是、自然流露出的男性道德优越感,他见谁爱谁对谁都不真诚,是见美爱美对谁都痴迷和忠贞的贾宝玉形象在新时代的继承与'革新'。现代社会承认人的情感需求的多样性,但无论男性和女性都应尊重对方情感的多样性需求"。"这个戏是站在男性的视角,写男人的困惑。我想试图在形而下中提取形而上的东西。我感到人与人相处并不在于对方是什么人的问题,而是人本身就是一个悖论——当拥有一个人自由的时候缅怀两个人的温馨。这种矛盾在每个人身上都存在。如果说上一代人的情感是靠一种信念、毅力、超强的忍耐力维系着,那么发展到今天就要重新考虑了。从我个人来讲,我是通过这个戏探讨人的一种境遇,展现给观众一个多解的、无解的问题。"①

杜夫海纳说:"如果我们不同意说,人有意义,人自己把审美经验发现的情感置于现实之中,那就该说,现实不是从人那里得到这种意义的;存在激发人去做这种意义的见证人而非创造人。"②苏秦结婚后找不到"意思",但打算再婚时又对前妻充满了怜惜。照顾李小冬的过程唤醒了苏秦之爱与怜悯之心,这是他终于找到"意思"的一次蜕变,从飞蛾到蝴蝶,虽然忧伤,但是美丽得让人心疼,小说与话剧到此都实现了思想与审美的一次飞升。因此,《合同婚姻》是市民知识分子的一次次角色错位与历尽艰辛的自我拯救之旅,它是对丰富的生活经验的艺术虚构。

《雷雨》里繁漪失去母性的呐喊,表现了中国妇女几千年受压抑的精神痛苦。当代作品缺乏生命激情和对生命、人性形而上的追问与反思;作家变成了职称、房子、发行量的奴隶,诗意消解,激情失落,与大众同处于心灵的荒芜与精神的饥渴的状态。可悲的是,许多知识分子逃避、漠视甚至无耻地赞美困苦而堕落的生存现状。如果说《春阳》表现了施蛰存"对封建性的死水微澜与资本化的享乐世界的双重怀疑",那么,《合同婚姻》则表现了潘军对爱情与两性关系在物质生活丰裕后试图挣脱法律、道德枷锁的探险与随之而来的失望和迷惘。主人公的悬浮与漂泊感,正是潘军对现代人婚恋尴尬与人性困境的透彻感悟。婚恋本是一个无解的方程,人的内心世界也不过是一座迷离的梦幻之城。所以,这个作品不是对大众的迎合

---

① 孟姗姗:《〈合同婚姻〉引发婚恋思考》,《北京人民艺术剧院院刊》2004年第2期。
② [法]杜夫海纳:《审美经验现象学》,韩树站译,文化艺术出版社1992年版,第589页。

与媚悦,它抹平雅俗鸿沟,获得巨大发行量,同时对人性困境进行了深入探讨,"在更高得多的程度上用朴素的形式把最现代的思想表现出来",①某种意义上保留或挽救了在机械复制时代萎谢的艺术作品的韵味。因此,在新世纪的文学中,如果错过潘军的《合同婚姻》,是十分遗憾的。

[原载于《海南大学学报(社会科学版)》2007 年第 5 期)]

---

① [德]马克思:《致斐蒂南·拉萨尔》,见《马克思恩格斯全集》(第 29 卷),北京:人民出版社 1972 年版,第 573—576 页。

论潘军近期小说中的戏剧原型意象及其审美功能
——以《断桥》《知白者说》《十一点零八分的火车》为例

方维保

一、潘军知识构成中的戏剧

童年经验在文学想象中的原型功能,在中国现代众多艺术家的创作中都得到过验证。这一童年经验对创作的原发性作用,对潘军的创作也同样适用。

潘军生长在一个戏剧之家。潘军的父亲雷风曾经担任职业编剧,为黄梅戏写剧本,他的剧本《金狮子》曾在1956年第一届全省戏曲会演中获奖。潘军的母亲潘根荣是个黄梅戏演员,而且是怀宁县剧团的演员。潘母如旧时代的艺人一样,目不识丁,所学皆来自潘军外祖父潘由之的传授。在黄梅戏方面,潘军可以说具有深厚的家学渊源了。但是,潘军开始戏剧创作的时候,创作的却不是黄梅戏,而是话剧。潘军上大学时曾创作了一部以左联五烈士为题材的独幕话剧《前哨》,自任编剧、导演,还出演一号角色鲁迅。该剧后来获得全国大学生文艺会演一等奖。结合中国大学中文系的教育教学的新文化传统我们可以知道,潘军在大学中文系创作话剧而不是戏曲,主要在于大学中文系并不教授传统戏剧戏曲而只教授话剧。所以,潘军的戏剧创作不是从戏曲而是从话剧开始,自在情理之中。在潘军的艺术概念中,话剧和戏曲都属于戏剧。文化艺术出版社给他出的《潘军文集》第八卷"剧作卷",就收录了他的话剧、戏曲和电影剧本。

《前哨》的成功成就了青年潘军对文学、话剧、美术、导演、表演的艺术自信和文学自信。2000年,潘军在《北京文学》上发表了他的第一个大型话剧剧本《地下》。剧作采用现代主义的故事套,假设发生事故,将所有的人困于地下室,于是,在生命有限性的压迫之下,被困的人反而解脱了所有的人生社会的束缚,获得了生命的自由。这个话剧有着现代主义话剧普遍的有关人性自由的哲理。2004年被称为潘军的"话剧年"。他分别为北京人民艺术剧院和中国国家话剧院创作了两部话剧《合同婚姻》和《霸王歌行》。这两部话剧都是根据他自己的小说改编的,《霸王歌行》改编自《重瞳》,《合同婚姻》改编自同名小说。这些剧作都先后在北京人民艺术剧院和中国国家话剧院上演。

从早年的话剧《前哨》到话剧《地板》,再到《合同婚姻》《霸王歌行》,话剧一直是潘军所钟情的文学形式之一。显然,早年话剧剧本《前哨》对他后来的文学创作有着极深的影响。

  话剧来自欧美,而戏曲来自中国。二者虽同属于戏剧范畴,但在表现方式上有很大的不同。中国戏曲属于歌剧,有着很严重的抽象性,而话剧属于西洋近代发展起来的写实剧。潘军虽然跟着时代的节拍,创作和导演了不少的话剧,但戏曲一直埋藏在其灵魂的深处。潘军虽然戏曲剧本写得很少,好像只有一部京剧《江山美人》(改编自小说《重瞳》),但戏曲的种子一直活跃在他的小说叙述中。由于深受家庭文化氛围的濡染,他对黄梅戏非常熟悉,甚至从骨子里就很喜欢,由此而及于对京剧等这些传统戏曲中的那些传统文人故事和做派的喜欢。在话剧和传统戏曲二者之中,由家庭而培养出来的戏曲素养,显然大于他在大学期间而培养起来的话剧素养。越到后来,他对戏曲的爱好越溢于言表。

  这种对话剧的偏爱和对传统戏曲的喜爱,在其早期的小说创作中就有所表现,比如小说《重瞳——霸王自叙》,显然是以戏曲《霸王别姬》为变异的蓝本的。这部写于2000年的新历史小说,以第一人称霸王自叙的方式,从项羽的内心感受出发,叙述了项羽在失败之前的人生经历。就如同20世纪八九十年代的先锋话剧一样,中国的先锋小说从形式来说主要来自欧美现代主义,但在抽象符号的运用,以及意象化叙事方面,与中国传统的戏曲有着脉息的连通。而且,他对这种戏剧(包括话剧和戏曲)的偏爱在早年的创作《重瞳》中就体现了出来,而在近年来越来越浓烈。出版于2018年的《潘军小说典藏》系列中,他在其中插入了大量的插图。而这些插图与早年的小说单行本(比如《独白与手势》)中的西画风格明显的抽象画面不同,现在的插图显然增加了中国传统文化元素,特别是戏曲元素,比如在《风》中插入"桃李春风一杯酒""高山流水""人面桃花"以及戏曲人物画"三岔口";在《死刑报告》里插入"苏三起解""乌盆记""野猪林"等戏曲人物画以及萧瑟的秋景;在《重瞳——霸王自叙》之后插入戏曲人物画"霸王别姬"和"至今思项羽"[①]。

  在小说中融入戏剧元素,在中国现当代文学中比较常见,最常见的当数"戏中戏",比如张恨水的长篇小说《春明外史》。但潘军小说与众不同的是,他只是将取材于现当代戏剧或传统戏曲中的戏剧元素,诸如人物形象、人物动作造型,或故事,运用于小说的叙述之中,就如同神话原型出现在现代艺术中的形态一样。

[①] 潘军:《潘军小说典藏:重瞳·自序》,合肥:安徽文艺出版社2018年版。

二、戏剧原型意象的叙事功能

文学理论认为,任何文学意象,当它出现在文学叙述之中的时候,哪怕是在诗歌之中,都会具有叙述作用。而在叙事文学中,其叙述作用主要在于对不同情节段落的连接、叙述走向的推动,以及人物性格的塑造等方面。

短篇小说《十一点零八分的火车》(《江南》2019 年第 4 期)讲述了导演闻先生和舞蹈演员出身的柳小姐之间的一场若有若无的情感邂逅。闻先生与柳小姐能够产生情感的交集,与他她乘坐同一趟火车的同一间软卧包厢有关,但空间上的遇见只是给予他与她以机会,却并不能保证一定就能够产生交流和发生爱情。真正在情感交集中产生穿针引线作用的,是柳小姐那斜搭在卧铺上的那一双舞蹈家的修长的腿。"倒踢紫金冠"这一舞蹈造型,是缔结闻先生和柳小姐关系的关键点。人际交往理论认为,共同的趣味才能触发交往的冲动。闻先生是一位导演,有着职业的敏感和欣赏女性美的独特眼光,而柳小姐是一位资深的舞蹈演员。他与她的艺术趣味在"倒踢紫金冠"上达成了共识,达成了一种彼此欣赏和瞬间的懂得,从而为闻先生和柳小姐这两个素不相识的男女的搭话创造了条件,才使得后面的故事(一个女性向她面前的陌生男性倾诉自己的过去)得以持续下去。

"倒踢紫金冠"这一舞蹈造型,或者说身体造型,不仅在故事发生时起到了至关重要的作用,在后文故事的展开中也是起着推动作用。这部小说虽然采用了维多利亚式的对话叙述方式,但其实就是一部柳小姐的自叙。与《霸王自叙》中的叙述者直接代替霸王叙述不同,柳小姐的自叙有着更多的第三人称叙述的特征,也就是柳小姐似乎在讲述其他人的故事一般。而闻先生的观察和对柳小姐的隐约情愫,都不过是在为柳小姐的可爱"补妆"。小说通过柳小姐的自叙,讲述了她跳芭蕾舞的过往和曲折的爱情故事。而在柳小姐演出芭蕾舞剧《红色娘子军》的过程中,为了能够将小说叙述紧扣"倒踢紫金冠"这一核心意象,作者特别设计了一个"事故",这就是"男演员的手插到女演员的袖子中拿不出来",又由此将故事展开——因"演出事故"而恋爱以及后来的恋爱悲剧。在柳小姐的舞蹈生涯回忆和爱情故事中,"倒踢紫金冠"依然是叙述引导者。

在整个故事的叙述中,"倒踢紫金冠"这一意象犹如钩花时的钩针,它穿插在小说的每一个细节中,每一段情节中,过去的、现在的、闻先生的、柳小姐的,将火车上的艳遇故事,穿插勾连了起来,成为一个整体;而且看似毫无关联的人物和历史时空,也因为"倒踢紫金冠"而成为一条故事得以展开的线索。在整个叙述过程中,

"倒踢紫金冠"所引发的四个层面的故事都一一得到了展示:1.《红色娘子军》的故事,即洪常青和吴清华的故事;2.演出《红色娘子军》过程中的演出事故;3.由演出"倒踢紫金冠"而导致的爱情和爱情悲剧;4.闻先生和柳小姐因"倒踢紫金冠"而发生的交往和后来的追忆。整个小说的讲述是倒叙进行的,即由果到因,《红色娘子军》中的洪常青和吴清华的故事及其隐喻意义被埋藏在最里面,而正是这样的倒叙式的追溯,让叙述具有了历史的纵深度,也使得整个故事不再仅仅是一场轻佻的艳遇,而成为一出历史悲剧。

这种利用特定戏剧场景或动作造型引发和驱动叙述的方式,为中篇小说《知白者说》[《北京文学》(中篇小说月报)2019年第4期]所延续。不过,《十一点零八分的火车》中是一个戏剧动作造型,而这里则是一个艺术形象——鲁迅小说《孔乙己》中"孔乙己"的形象。

小说《知白者说》的故事大致有三个。1."我的故事":叙述者"我"创作话剧《孔乙己》以及后来在宣传部做官和辞职当导演的故事。2."沈知白的故事":沈知白演出话剧《孔乙己》获得名声和经济利益,以及后来当官和被人告发判刑的故事。3."孔乙己的故事":这个故事由三部分构成,鲁迅小说《孔乙己》中的孔乙己故事,话剧脚本《孔乙己》中的孔乙己故事,以及沈知白演出《孔乙己》中的孔乙己故事。作者采用了电影艺术中常见的平行交叉蒙太奇的叙事手法,以话剧《孔乙己》的创作和演出事件作为将三个故事连接到一起的核心叙述元素。但在叙述的潜结构中,真正能够将三组故事连接到一起的,对小说的主人公沈知白的形象具有补益的,实际上是鲁迅小说《孔乙己》中的"孔乙己"这一形象。

在电影叙事中,平行蒙太奇或平行交叉蒙太奇,不同的线索之间往往构成了互文和隐喻的作用。在《知白者说》中,无论多少条线索,还是生成怎样的隐喻意义,都是始终围绕着"孔乙己"这一中心意象进行的。为了将"我"以及作者的趣味编织进小说中去,潘军设计了大学生"我"创作了话剧《孔乙己》的故事。这种叙述主人公创作话剧的经验很显然来自潘军上大学期间创作话剧《前哨》的经历。就如同《十一点零八分的火车》中的"倒踢紫金冠"一样,虽然《知白者说》中有很多的有关创作和演出话剧《孔乙己》的纠葛,但是,在这部小说中,自始至终运行的具有结构性作用的是意象化的人物"孔乙己"。孔乙己作为飘动的受侮辱和损害的符号,始而附着于"我"的身上,终而附着于利欲熏心的艺术家沈知白的身上。当沈知白出狱后在超市偷东西而被店主打倒在地的时候,那个出现于小说和话剧《孔乙己》中的落魄的孔乙己形象,最终从舞台上飘进了现实生活,并附着于沈知白的身上。为了营构一个完整的"戏中戏",潘军还将鲁迅的另一部小说《祝福》中的祥林嫂的形象,纳入话剧《孔乙己》的周边。"我"在创作话剧《孔乙己》时,在小说《孔乙己》的故事之外,添加了一个女性角色,一个小寡妇的形象,而出演这个角色的正是沈知白的下属兼情妇演员刘倩。通过后来的叙述可知,她在被沈知白欺骗利用之后又遭到抛弃,于是,就如同祥林嫂一样逢人便诉说她的悲惨。

潘军还在演出话剧《孔乙己》这一事件中,设计了"我"与沈知白的有关具体动作场景的"剧情之争"。"我"比较欣赏沈知白有关孔乙己偷书的设计,而对他所添加的"酒店老板抽掉板凳孔乙己坐空落地"的场景不以为然,并暗示沈知白对孔乙己"狠得过度了"恰恰反映了他作为一个当权者的为人不善。小说如此叙述,实际已经模糊了舞台时空和现实时空的界限,或者说将舞台场景跨时空移植到现实场景之中,将一个令人同情的舞台人物的遭遇,变换价值指向,如贴牛皮膏药一般紧紧地粘贴在主人公沈知白的身上。

虽然《知白者说》是一部叙事文学作品,但由于其所讲述的是话剧演出的故事,因此,其中的"我"与沈知白最初所讨论的都是剧中人物动作和舞台造型的问题。所以,无论是有关孔乙己的形象,还是沈知白的形象,都是从造型艺术的角度来构造的。比如,"我"第一次见到沈知白时,他的抛大衣给刘倩的动作,最后沈知白在偷超市东西的时候被殴打的场面,都充满了戏剧性和动作性。只不过短篇小说《十一点零八分的火车》中的"倒踢紫金冠"是优美的造型,而在《知白者说》中"抽凳""殴打"等是丑陋的造型而已。但它们都是定格在"我"的记忆中永远挥之不去的画面。

总之,小说《知白者说》塑造了两个孔乙己,"我"在开端,沈知白在结局。"我"的命运是反孔乙己的,而沈知白才是真正的孔乙己。作家之所以要塑造两个命运相反的孔乙己,就是要通过沈知白的最终受辱而炫耀"我"的成功。小说中面对沈知白最后受罚的悲惨情状的叙述,有着类似善有善报、恶有恶报的诅咒式的安排。这样的情节安排显然弱化了小说的更广泛的社会批判力量,也充分显露了创作主体在这一时期创作中的人道同情的缺失和境界的狭窄。

假如说《知白者说》是利用隐喻的方式,来达到人生如戏和戏如人生的隐喻的话,那么小说《断桥》则是利用当代穿越叙述的手段,完全打破了时空的界限,把有关《白蛇传》的多重阐释幻化为多重穿越和多重恋爱的复杂故事。

潘军在若干年前就曾有过这样的创作冲动。他在一次访谈中说:

我出身于梨园世家,对舞台、对戏曲都有独特的感情和体验。我会选择几部经典的戏曲,挑几个剧种,如京剧的《白蛇传》、昆曲的《牡丹亭》、越剧的《梁祝》以及黄梅戏的《女驸马》作为蓝本,根据我的理解,先对剧本进行合理的改编,让其更符合今天的审美趣味,然后拍成舞台艺术片。比如说黄梅戏的《女驸马》,我会删除冯素珍娘家的那场戏,一上来就是这个漂亮的女子满怀欢喜地进京寻夫,可是等到了京城,才知她的夫君因为某件事已经身陷囹圄,马上就要砍头。冯素珍走投无路,这才铤而走险去揭了皇榜……这么写下来,尤其要强化她和公主之间的不断纠缠、试探、设局、坦白,好看的应该是在这里吧。①

小说《断桥》(《山花》2018 年第 10 期)正是上述创作理念的更为复杂的艺术实践。在《断桥》中,潘军以越剧《白蛇传》中的许仙、白娘子(白蛇)、小青(青蛇)和法海之间的戏剧故事为"本事",将冯梦龙版小说《白蛇传》、京剧中的《白蛇传》、现实科学世界中的雷峰塔的倒塌、网络世界中男女主人公的冒名游戏,跨时空穿插在一起,进行情节、情感的串场,并通过层层转叙,相互对比,相互映照,也相互拆解,营造了一种现实如梦、梦如现实的感觉。在这样的讲述中,跳跃式地构建了至少三重爱情故事:白娘子与许仙的爱情故事、白娘子与法海的爱情故事、小青与许仙的爱情故事。在这些爱情故事中,三角恋爱,人兽恋爱,和尚的情感出轨,小姨子与姐夫的私情,现代网络中的男女网友恋爱等,都纳入现实中的转世许仙"我"的口中来叙述。小说几乎将中国文化中的种种非常规的两性情感一网打尽,既古典又时髦,既很煽情又很文艺。这种后现代式的拼贴技法非常类似于赖声川的话剧《暗恋桃花源》的做派:虚实并行,相互穿插,完全不考虑时空的界限,但无论时空是怎样的错乱,人物的行为是怎样的接不上茬,人物的行为情感和故事都自始至终围绕着"白娘子故事"而展开。不同的白娘子故事的"对话",才造成了"断桥"叙述的完整性。白蛇的故事虽然有千万种讲述,但终究还是白蛇的故事。传说中的白蛇故事,不再外在于故事,而成为整个故事的本体、肉身。

这是一个被热奈特称为"具有诡辩性质的叙事"②。小说通过现实中的两个既似冒名又似转世的许仙和白娘子的恋爱故事,将原故事在中国文化语境中可能产

---

① 何素平:《潘军:我喜欢做充满悬念的事》,《合肥晚报》2011 年 3 月 12 日。
② [法]热拉尔·热奈特:《转喻:从修辞格到虚构》,吴康诺译,桂林:漓江出版社 2013 年版,第 138 页。

生的各种歧见、阐释,将原故事中可能生发出来的情感纠葛,也就是主干故事中可能生发出来的枝杈,都纳入了网络虚拟世界中的许仙和白娘子的故事之中来叙述。虽然在叙述过程中有多重时空内容和阐释枝蔓的介入干扰,但叙述线依然能够保持定力;虽在闪烁中若隐若现,却一直坚强地保持到终了。

由上可知,在潘军的近期小说中,戏曲戏剧的情节、场面和动作造型等,作为一种原型,在小说的叙述中,起到了穿针引线的作用。正是这些原型意象,将不同时空中的故事和人物连接为一个富有弹性的艺术整体。

三、戏剧原型意象的幻美呈现

潘军近期小说中,有着很明显地将戏剧人物、场景、情节、行动造型意象化的特点。意象,是主体的思想情感在特定物象上投射的产物,或者说是思想情感与客观物象的叠加和融合。意象是具体的、可感知的携带着情感和文化信息的。庞德认为"意象,是一刹那间思想和感情的复合体"[①],意象是诗性的,创造意象的能力永远是诗人的标志。潘军近期小说中的意象,都属于独创性意象,从类属上看,都属于戏剧类意象。它们都来自创作主体"从童年开始的整个感性生活"以及"阅读经验"[②]。

潘军近期的三篇小说,分别涉及三个来源于戏剧的意象——"倒踢紫金冠""孔乙己""白蛇传"。

"倒踢紫金冠"在《十一点零八分的火车》的故事叙述中并不起到实际的作用,但它是故事的灵魂,只是一个比较虚幻的存在。就如同记忆中闪烁的磷光,它"飘荡"在柳小姐和闻先生之间,它"浮现"在叙述者闻先生的记忆中,也"浮现"在整个的叙述过程中,从"开头"到"结尾"。就如同当年戏剧家曹禺在创作话剧剧本《日出》起初只想到两句"太阳要出来了,我要走了",而后虚构出整个剧本的人物和情节一样,潘军极有可能最初只在大脑中闪现"倒踢紫金冠"的影像,而后才构思这部小说的整个情节。

意象虽然绽放于瞬间,但同样具有历史深度。中国革命现代舞剧《红色娘子军》中的"倒踢紫金冠",并不是纯粹的西方芭蕾舞,而是融合了中国古典舞和传统戏曲肢体动作的一种舞蹈造型。该动作造型极富动感,特别能够展现女性身体(尤

---

① 蒋洪新、李长春编选:《庞德研究文集》,南京:译林出版社2014年版,第208页。
② [美]T. S. 艾略特:《观点(选择)》,裘小龙译,《诗探索》1981年第2期。

其是腿部)的修长,身体的柔韧,快如闪电的力度,无论是"夕"字造型还是斜线的"/"字造型,都给人以闪电般的鹰击长空的视觉效果。这种芭蕾舞造型由于"文革"时期高强度的传播,已经定格在一代人的记忆中,并成为能够标识出一代人的文化符号。由这样的符号,创作主体自然会联想起跳过这样的动作和展现过这样的造型的吴清华,以及与她演对手戏的洪常青。潘军熟悉中国戏剧并喜欢绘画,所以特别痴迷于造型,比如《独白与手势》这部长篇小说,其篇名很显然来自罗丹的雕塑——《思想者》。所以,他选择"倒踢紫金冠"作为整篇小说的中心意象,就不足为怪了。潘军通过"倒踢紫金冠"这一看似飘逸的造型意象,将记忆的触角探入了历史的深处,并展露了其深沉的个人体验和理性思考。

同样,小说《知白者说》中所出现的来自鲁迅小说《孔乙己》中的"孔乙己"形象,也不是小说中实有的人物。作者有意将剧本中非常实在的人物形象——孔乙己,虚化为一个带有隐喻意义的意象。在互文隐喻的逻辑之下,携带了小说《孔乙己》信息的话剧《孔乙己》中的孔乙己形象,显然一开始就落在了主人公"我"的身上,指称着"我"的类似于孔乙己的境遇,当然,它虽然被压抑或遮盖,但还是隐约地暗示着沈知白最后的结局。"孔乙己"在小说中的出现,作为一个虚幻的意象,飘动在故事中的"我"和沈知白之间,既指称着他们的现实遭遇,也暗示着他们的未来命运。虽然它具有如前文所说的叙述作用,但它本身并不在于叙事,而在于营构一种文化氛围,它的叙述能力是以潜隐的方式存在的。就如同"倒踢紫金冠"一样,"孔乙己"也是一个有历史深度的意象。这样的历史深度是由创作主体对鲁迅小说《孔乙己》的文化背景的疏解和对现实人物处境的叙述共同完成的。从某种程度上来说,《知白者说》在意象营构上与《十一点零八分的火车》如出一辙,它们都是由戏剧中的人物动作造型而引发的想象。只不过《十一点零八分的火车》中的"倒踢紫金冠"是主人公柳小姐的舞蹈才能,而《知白者说》中的"孔乙己"只是附着在沈知白身上的一个魅影,只有且只能通过隐喻这一中间环节,才能发挥作用。

同样,《断桥》中的白蛇故事,作为一个过去时间里的虚幻影像,时常从幕后"飘"到现实生活中,就如同一个鬼魂,许仙、白娘子、小青和法海之间的感情纠葛,也就如同鬼戏,飘荡在现实中的冒名许仙和白娘子之间。这是一种前世冤孽在现世的复现,并且介入现世的人际情感的纠葛。从科学的角度来说,它实际上是现世人际纠葛和心理感受在陈旧意象上的反射。而正是小说的科学语境,比如网络游戏环境,让我们反观出白娘子、许仙纠葛的虚幻性和鬼魅性。也正是如此,我们只能将其作为一个文学意象,而不是真实的故事。就如同前文的"倒踢紫金冠"和"孔乙己"一样,它同样具有历史深度。由于这样的故事来自古老的神话和戏曲《白蛇传》,从它最初的成形,再到由越剧而演变成黄梅戏、京剧,由一个民间自娱自乐的小戏而演变成众多学者研究的对象,由单一的人鬼恋故事而演变成三角恋爱、姐妹同嫁,以及人兽恋、神魔恋等,于是白蛇和许仙的故事具有了文化史的深度。而这一切的历史深度和文化的累积,都只是掩盖在白蛇和许仙的故事的物象之下,都掩盖在"断桥"这一物象之下。当男女主人公自我代入的时候,文化记忆就被唤醒,许仙和白蛇的故事就成为一个似乎看得见摸得着而又看不见摸不着的意象,控制着人物之间的关系及其命运走向。

  潘军在近期小说中所创造的戏剧意象,并不是单独出现的偶然现象,他在每一篇小说中,都将某一戏剧意象设置为完整的虚线,通过多次浮现的方式,时断时续地实现着它的连接。孔乙己意象在不同叙述时段的出现,就如同"倒踢紫金冠"一样,构成了小说的一条虚线。《十一点零八分的火车》中"倒踢紫金冠"就如同一曲回环的旋律,从开头回荡到结尾,而且还余音缭绕三日不绝。《知白者说》中的"孔乙己"更是成为叙述者"我"耿耿于怀的"癌症",直到最后沈知白被殴打都无法抒怀。《断桥》中的许仙和白娘子的故事,就如同阴魂一般,渗透在叙述主人公话语的所有的毛细血管之中,就是到了小说的结尾还被绑在"断桥"上,而没有逃出梦魇。

  潘军近期小说喜欢使用戏剧情节、场景和人物动作造型来设置虚幻意象和构建叙述虚线的手法,与贾平凹的小说利用动物来构成意象和虚线有着审美趣味和审美效果的不同。贾平凹的动物意象来自原始神话,而潘军的意象则来自人文历史。潘军和贾平凹都在现实生活之外创造了另外一条线索,并让两条线索——虚线和实线,形成了对话关系,但是,他们都没有造成巴赫金意义上的"复调",原因就在于,陀思妥耶夫斯基《罪与罚》中的两个声音是一个自我分裂成两个而造成的对抗关系,而潘军小说《知白者说》《断桥》和贾平凹小说(如《废都》)中的虚线和实线之间,则是处于互补关系。贾平凹小说中的意象虚线,依赖于一种神话语境,而潘军的意象显然根植于"上帝死了以后"的对"绝对理念"(黑格尔语)的信奉。

  潘军近期小说中的戏剧意象,一如既往地都具有非常浓厚的"我性"。前述的这些雾态的意象,浮现于"我"的记忆中,被"我"所叙述,所观察,所体验,就如同戴望舒的诗作《雨巷》中的丁香花的存在一样,都表达了带有明显创作主体偏好和感受的"我"对人生经验的咀嚼,和对过往人生的念念不忘以及自我抚慰。我曾经将潘军比作一位"行吟诗人"①,现在这位行吟诗人依然在以旁观者的姿态观照世俗人生,但是,他的旁观其实并不是结构性的,而是以世俗人生内容反向建构起的一个高洁的,愿意思考历史的,愿意在旅行的途中、在虚拟的网络中获得艳遇的诗人形象。所有的浪漫在潘军的叙述中都有一个界限,那就是,他总是设计一个愿意在浪漫过后自动离开的女主人公,柳小姐是如此,白娘子也是如此,不知所终虽然是一场悲剧,却是叙述者"我"更愿意的结局;而那些不知进退的人物,比如《知白者说》中的沈知白,他的气质风度以及表演艺术,都是"我"很欣赏的,甚至是嫉妒的,但他的不知进退是"我"最为不爽的。小说对"我"和沈知白的所作所为进行了对比,表层语义在于批判这种官场人物,实际上是在建构一个自我形象。也就是说,所有这些艳遇或官场经验又都不能羁縻诗人漂泊的脚步,反之,就不可爱了。其实,这一切都源自创作主体对世俗人生道德伦理责任的危险感受和随时逃逸的姿态。当年的"红门""蓝堡"只是一个模糊的象征体,而在《知白者说》中,潘军将那个模糊的象征意象具体化为一个人物,一个在官场钻营的艺术家沈知白。那个处于叙述中心位置的"我"转而为一个既身处其中又置身事外的旁观者,而将红门中人物沈知白置于叙述中心。但这种中心叙述人物的转变,一点儿也没有耽误潘军对自我形象的建构,甚至因为象征物象的具体化,更加反衬出自我的出淤泥而不染的形象。"讲述自己的故事……(把)自己外化,从而达到自我表现的目的。"②

由于上述的这些戏剧意象并不是真实的事迹,而是飘浮和萦绕于小说叙述事迹中的若有若无的存在,或者"我"的心像,因此,它便具有了一种神秘的暗示,对小说情节的走向,对人物的命运,都有着莫名其妙的控制。由于这些戏剧元素、故事、情节、形象等,都是意象化的,其作为一种意象,都具有象征性,将意义从小说中的个体人物的命运抽象到整体之中去,并由此而生成知性的机锋。而且,由于这些飘动的戏曲意象既与小说中所叙述人物和事迹有一定的关联而又超越于其上,因此,无论是在小说叙述之中还是在情感表达和意义象征上,都形成了它的诗性特征。不过,在《知白者说》中,潘军的戏剧意象的运用是有意识的,因而带有更多的知性的自觉;而在《十一点零八分的火车》中的"倒踢紫金冠"的意象,则有更多本能的因素,因而更具有直觉意义上的瞬间触发的美感。无论如何,这种诗性不是现实主义

---

① 方维保:《浪子·硬汉与生存恐惧——潘军小说论之三》,《淮北煤炭师范学院学报》(人文社科版)2003年第1期。

② [英]马里·柯里:《后现代叙事理论》,宁一中译,北京:北京大学出版社2003年版,第21页。

的,而是浪漫主义的。《十一点零八分的火车》中的闻先生和柳小姐的浪漫邂逅或旅行绯闻,其实淡到了近乎无,以至于只剩下了那凝聚了历史信息和身体冲动的"倒踢紫金冠"造型在记忆中晃动。而《断桥》中,白娘子、许仙、小青和法海的纠葛,不管有多少种纠葛的组合,自始至终也只是引动欲望的记忆团雾,在西湖的边上,在时间的隧道中,以模糊的形态晃动。这些神出鬼没地穿插于叙事中的以戏剧人物或某个造型或整个故事为原型的意象,形成了评论家唐先田所说的"跳荡而不飘忽,表面看似散漫而有着内在隽永的韵律"①。

结　语

以上这一切都说明,潘军童年时代和青年时代所植下的戏曲戏剧情结,在近期的小说创作中再次苏醒了,并在他的小说创作中发挥叙述作用和得到审美呈现。但是,潘军近期小说中的戏剧意象的运用,与现代时期小说中的戏剧资源的使用有着很大的不同。首先,通过以上我们可以看到,戏曲戏剧在潘军小说中的运用,只是以意象点发的形式出现,他并不着意依照戏剧的构型或戏剧的冲突演化方式来构建小说文本,也就是说他自始至终只是将其作为原型意象来使用的。其次,其小说中的戏剧意象,缺乏地方性或本土色彩。他的戏剧意象是经过脱敏的,他在选择戏剧意象的时候,并不着意彰显其地方色彩,而更多是将其作为自己创作的兴奋点和激发器。也因此,虽然潘军常用的戏剧意象的源文本具有很强的地方性,但是,他的表达更具先锋文学的超地方性或世界性的特征。最后,相较于潘军早期的小说创作,潘军小说中戏剧意象的运用,有频率越来越高的趋势,这说明了他对戏剧意象越来越重视。但从艺术效果上来说,相对于《重瞳——霸王歌行》中的绵密细致以及飘逸的舞台化的叙述,更多了一些类似影视导演耍弄技术或者凸显技术的痕迹,尤其是《断桥》中过于频繁和复杂的叙述场景的切换,有过火之嫌。

[原载于《安庆师范大学学报》(社会科学版)2022年第2期]

---

① 唐先田:《长篇创作的新尝试:评潘军的〈日晕〉》,《清明》1988年第3期。

论潘军小说近作《知白者说》的叙事特色

黄晓东

潘军的中篇小说《知白者说》发表于 2018 年。我几乎是一口气读完的。小说情节很吸引人,至少很吸引我。但是在第一遍阅读的过程中也有些许迟疑和停顿:这究竟是小说、散文,还是当下所谓的"非虚构"?总体而言,《知白者说》仍然保留着潘军早期创作中的诸多艺术特色,譬如叙事的戏剧化特征、散文化的"东拉西扯"、偏爱第一人称叙事、一如既往的愤世嫉俗、留存着先锋叙事的余韵等等,只是他讲故事的手法更加成熟老辣,对生活及人生的思考及评价更加深刻、果断,当然,始终未变的则是他的愤世嫉俗。本文将结合对潘军早前小说创作历史的"钩沉",对《知白者说》的叙事特征做一个归纳,并对小说的主题做一个简略的分析。

一、叙事的戏剧化

《知白者说》主要讲述了"我"与主人公沈知白二人之间的故事。故事主要集中在二人的几次交集上:第一次交集,是恰逢鲁迅一百周年诞辰,"我"作为中文系的大学生,写作的剧本《孔乙己》被省话剧团看中了,而省话剧团的团长正是沈知白。沈知白看"我"是个涉世未深的大学生,就想免费拿到这个剧本并占有著作权。结果这个诡计被"我"和同学王兵戳穿,最后沈知白只好买下了这个剧本。第二次交集是"我"大学毕业后被分配到省委宣传部工作,而沈知白此时要晋升为文化厅副厅长,于是再次找到"我",因为"我"是组织面试沈知白的命题人。第三次交集是沈知白想要出演话剧角色,和作为编导的"我"之间有一些纠葛。第四次交集,是沈知白作为厅级干部,因为腐败被判刑后坐牢六年,出狱后因为在超市偷窃,被打残废,后来坐上轮椅,而"我"恰好目睹了沈知白被打的惨烈场景。上述也基本为小说故事之梗概。

这种故事的交集在叙事上表现出较为明显的戏剧化特征。首先,是叙事场景的固定化与封闭化。小说叙事的所有场景几乎都限定在城南茶馆的一个包厢内,这也不免让人想起老舍的三幕话剧《茶馆》,正所谓"小茶馆就是大社会"。茶馆里发生的几段故事也折射出了社会的变化、时代的变迁,以及人物命运的转折,《知白者说》亦是如此。其次,戏剧化的特征还表现为对上述几次人物交集的细节化、细致化的叙述及描写。小说中叙事的细节化,具体到了人物的举手投足,一颦一笑。二人每次交集的场景,因为这种细节化叙事产生了一种强烈的画面感,让读者感觉到每一次交集发生的故事,都可以成为话剧的一幕,而且这每一幕"话剧"的情节也相对完整。不仅如此,小说的人物描写和人物之间的对白亦给人剧本化的感觉,因为对白设计得都很有张力。

具体以二人的第一次交集为例来分析。"我"应约来到城南茶馆见面。叙事过程中,我们能感到剧本化的镜头在推进:城南茶馆的中式建筑风格;茶馆大门上的回文对联"趣言能适意,茶品可清心"[1];茶馆内部古旧的陈设,四壁挂着20世纪30年代的明星老照片和老式的月份牌美女,楼梯转角处还搁着一台带大喇叭的电唱机,颇有民国风情。接下来,戏剧人物开始出场:话剧团的李科长和话剧团的刘倩,以及摆谱装大人物,假借有事故意延迟露面的团长沈知白。接下来是细致完整的一问一答的人物对话,甚至包括神态描写、动作描写、心理描写,这些都可以看作剧本写作的要素。这第一次交集如果将写作的手法略加转换,将故事要素按照剧本形式列出,就可成为戏剧的一幕,完整独立而又封闭。后面几次交集的写法大致都有上述特征,这种对场景细节化、戏剧化的写法,让人有身临其境之感,犹如置身剧场看演出,读小说犹如看话剧,很是过瘾。还有一点需要提及,小说对沈知白的同事兼情人刘倩的描写很有意思,说刘倩等待沈知白的到来时,每听到包厢外的声音,都"像猫一样扬起了下巴"[2]。这种神态描写在小说中至少出现了三次,形象地写出了年轻女性的期待以及柔媚,很是传神到位,也极富戏剧的画面感。小说如果拍成话剧或影视,女演员就要揣摩如何"像猫一样地扬起下巴",因为这是"剧本"对人物神态的规定。写女性,是潘军小说写作中拿手的地方之一,《知白者说》中刘倩这个形象,贯穿始末,让小说增色不少。对此,后文还要论及。

这篇小说戏剧化的特征,给人印象深刻的地方还有两处:一是"我"在听说沈知白被"双规"后,通过王兵之口,对沈知白的被捕以及审讯场面所进行的想象性描写。正常情况下,小说在此处可以一笔带过,亦可略写或不写。但是作者再次形象传神地进行了想象、补充,叙事极富画面感。其实这可看作是剧本写作中的补白性叙述,它可以使剧本在情节完整的同时又极具画面感。原因还是细致化、剧本化的写作。二是小说的最后一个场景,作者写到了"画面的幻化",把正在超市盗窃的沈

---

[1] 潘军:《知白者说》,《作家》2019年第3期。
[2] 潘军:《知白者说》,《作家》2019年第3期。

知白幻化成鲁迅笔下的孔乙己,这也是影视中常见的镜头,因为影视通常以剪辑等技术为手段,更能轻松便捷地将此表现出来。小说最后写道,通过超市的监控,我们可以看到:"在那个晚上,录像显示的时间是 2017 年 1 月 17 日 20 点 13 分〇5 秒,西装革履的沈知白,顶着一头梳理整齐的白发,步态优雅地走进了那家小超市……20 点 47 分 11 秒,这个人现在停到了摆放花生米、蚕豆、凤爪、鸭胗等小吃的货架面前,顺手拿起一包蚕豆,这时,他的嘴动了,似乎在说着什么——从口型上看,他是在说'多乎哉?不多也'。接着,他又神经质地猛一回头,再张开细长的五指,形成倒扣的碗状来护着另一只手里的蚕豆,继续喃喃……"①这种细节化、画面感、戏剧影视化的写作手法,产生的戏剧化的特征,读者一看即知,仿佛就是为影视剧的拍摄做准备。

戏剧化还有一个特征就是人物之间矛盾冲突的设置。小说写作经常会写到人与社会、人与自然的冲突,但戏剧中更多会具体地落实到人与人的冲突。"我"与沈知白的几次交集,其实也就是二人之间的冲突与较劲,在冲突之中刻画出人物性格,最后,性格决定了人的命运的走向。第一次见面是为剧本的版权之争。第二次是为了升迁,二人之间的较劲。第三次是为了拿到演出权,多方进行的角力。故事通过多次较劲,刻画出了沈知白的性格:自私,贪婪,心胸狭窄。这些性格最终决定了他的命运。潘军在早年的小说中就善于设置人物冲突。譬如在小说集《小镇皇后》中有一个短篇叫《别梦依稀》,儿子是组织部长,父亲是乡长。儿子的官比父亲的大,儿子要到父亲的乡上去考察。首先我们看到了官级大小上的矛盾,接下来的矛盾是父子反目,儿子和父亲已经多年不相认了,因为父亲当年酗酒对母亲家暴。小说就是在这样富有戏剧矛盾的情境下展开,让小说充满悬念。小说集中还有一篇《教授和他的儿子》,设置的也是父子矛盾冲突。桀骜不驯的儿子和身为大学教授的父亲之间缺少理解和沟通,他拒绝父亲的帮助,按照自己的意志去行事。上述戏剧冲突的设置所产生的悬念,往往能使小说叙事突破平实,让读者对小说情节的发展充满期待,故事的可读性也大为增强。

二、"东拉西扯"与"第一人称"

潘军的小说不少都具有散文化的特征。《知白者说》就是如此。让我们对此来寻找原因,或者说做一个"钩沉"。小说文本的散文化跟潘军早年从事大量先锋小

---

① 潘军:《知白者说》,《作家》2019 年第 3 期。

说的创作有着很大的关系,因为作家的写作习惯和叙事风格经常会或多或少地保留下来,这点不可否认。当年的先锋小说写作有一个重要的叙事特征就是"东拉西扯",说得"理论"一点,也可以叫作文本语言的游戏化。另外这种"东拉西扯"也可以分为两种,其中一种是严重的"东拉西扯",它们完全无厘头地游离于故事之外。当然,先锋小说中有不少文本本来就具有故事情节淡化的特征,也就是没有故事,所以这种严重的"东拉西扯"在整个文本中往往显得并不是很扎眼。形成这种文本特征的一个重要原因还在于,先锋小说作家有一种文本自恋在里面,他们经常完全忽视读者的感受,忽视故事的可读性和故事情节。当然这也是先锋小说最终没落,小说重新走向现实主义,并且开始关注生活的一地鸡毛的重要原因。我们以小说《流动的沙滩》为例,来看看潘军当年的"严重"的"东拉西扯",然后再来看看《知白者说》中对这种"东拉西扯"风格的遗留及其意义。先来看《流动的沙滩》,这部中篇小说通篇没情节没故事,在先锋小说流行的时代,无故事无情节的"东拉西扯"在大部分先锋作家那里有尝试,几乎可以说是一个时尚。我们来看小说开头的第一段:

> 《流动的沙滩》是一部关于思想的妄想之书。书名出自上面那句法国人的话是很显然的。我不懂法语。电视里法语教学节目给我的印象,首先是它的书写形式和英语德语差不多,用的还是古罗马人遗下的文字;其次是它的发音没有脾气,软软的。据说对情人说话用法语最恰当。我不怀疑这点。[①]

提到先锋小说,大家都会想起马原《虚构》中最有名的一句"元叙事"。我就是那个写小说的汉人,我叫马原。后来诸多先锋作家模仿,小说中经常出现大段大段的"元叙事"。这种元叙事后来成为叙事策略之一种,也就成了大篇幅的"东拉西扯"。作者借此在文本中跟读者透露自己的创作意图,跟读者商量如何安排文本中人物的命运,等等。潘军的小说中也有很多此种"元叙事"。上面的引文及下面的段落皆是如此:

> 还必须说明,《流动的沙滩》不是我的作品。它的实际作者是一位看上去

[①] 潘军:《当代中国小说名家珍藏版·潘军卷》,北京:文化艺术出版社2001年版,第421页。

还算健旺的老人。在不远的一个夏日黄昏里,他以不披露姓名为条件向我谈起要撰写这本书的计划。我们谈了很久,但他只是说了书名……我已经说明《流动的沙滩》是老人计划要写或者正在写作中的书。①

在先锋小说没落之后,小说重回现实主义的"新写实"思潮。潘军的小说写作也开始比以前注重讲故事,努力讲精彩的故事。但是先锋的叙事特征有意无意地保留了下来,也许是写作习惯的保留,抑或是写作中的一种惯性。我们来看潘军1998年写作的小说《和陌生人喝酒》,潘军对自己的这篇小说还是颇为自信的,在出版的《潘军文集·第二卷》前面的彩页中,就放置了该文本的手稿照片。当然,小说写得确实很精致,我们以此为例来说明"东拉西扯"的妙用。小说讲述了"我"经常遇到一个陌生人,一起坐地铁,一来二去就熟了,后来陌生人请我喝酒,喝酒的同时陌生人开始给"我"讲述他和自己老婆的故事,讲述夫妻二人如何相识,如何结婚,又如何分手。小说先是讲述了自己和老婆如何在电梯里相遇相识,女孩子头上有个纸屑,然后陌生人提醒了她,女孩子脸红了,拿下了纸屑。后来两人就认识了并开始交往,并结婚了。在这里,本该继续的故事却忽然打住,潘军插入了第一人称叙事者"我"的"东拉西扯":

一九九七年秋天这个晚上我和陌生人一起喝酒,听他说话。我感觉他是在满足诉说欲,我这个外省人是最好的对象。但我也发现,在某些方面他有点闪烁其词。他的话断断续续构成不了一个完整的故事。我从来没想过,这可以写成一篇小说。直到很久以后,当我们再次在那个地铁车站相遇时,我才意识到这已是篇现成的小说。这样我便有权力改变一下叙述角度与方式。小说不要求以法律为准绳,但你眼下读着的这篇小说却是以事实为依据的。我有必要做出这种申明,再往下写。②

在大段大段地插入"我"自身的故事,以及与陌生人故事无关的"东拉西扯"之后,"我"再次遇到了陌生人并一起喝酒,然后陌生人开始讲述有人神秘地给自己送了一张电影票,自己进了电影院却发现自己座位的隔壁坐着自己老婆,然后悄悄退

---

① 潘军:《潘军实验作品集》(上),广州:花城出版社2000年版,第85页。
② 潘军:《风印:潘军第一部短篇小说集》,北京:中国文联出版社2001年版,第103页。

了出来,最后夫妻互相猜忌离了婚。故事忽然又打住了,留下了悬念,又开始了"东拉西扯"。最后,小说留下了一个开放式的结局,没解释谁送的电影票,留给读者无限的遐想。当然,这里面还涉及叙事的停顿、设置悬念等叙事技巧的运用,这些叙事策略也使小说的故事更为丰满。

这种当年先锋小说中留存下来的特征,在《知白者说》中仍然表现得很明显。虽然更为简洁,属于使用了并不严重的"东拉西扯",但是叙事的套路还是一样的。故事较上述所引之前的那些作品,叙事显得更为单一。小说《知白者说》一开头,就是"非虚构"地总结"我"的一生。直到第二自然段的结尾,才开始提到同学王兵的儿子要结婚,自己参加婚礼来到犁城酒店住下来,酒店对面是城南茶馆,小说开始切入正题。这两段就用了六百零六个字,所以也让人产生小说为"非虚构"散文的一种错觉。在整篇的叙事中,完整的故事也就是我和沈知白的几次交集,被这种不算严重的"东拉西扯"隔开,让故事变得不连续,不停产生停顿,制造悬念,是一种叙事的"留白",也使故事变得更有张力。

潘军的小说还有一个当年延续下来的特征就是喜欢用"第一人称"叙事。《知白者说》亦是如此。《潘军文集·第二卷》中收集了他早前创作的中篇小说和短篇小说。其中,中篇共收了八篇,分别是《白色沙龙》《省略》《南方的情绪》《蓝堡》《流动的沙滩》《爱情岛》《情感生活的短暂真空时期》《三月一日》。这八个中篇无一例外地采用了第一人称叙事。在先锋小说中,"第一人称"可以用来元叙事,也可以用来解构小说。作者经常要向读者讲述构思的过程,之后往往又要解构自己的创作,这些不用第一人称是很难进行的。正因为"第一人称"叙事具有如上的灵活性和可塑性,所以先锋作家们都对其情有独钟,潘军更是如此。但是,在现实主义的小说写作中,"第一人称"叙事相对于"第三人称"叙事而言,最重要的和最明确的一点变化,就是叙述者必须部分介入作品,而成为其中的一个人物,同时又是叙述者。这样读者便不能期待叙述者向他展示小说中人物和事件的全部真相。一个部分成为小说人物的叙述者在逃避了"第三人称"的叙事职能的同时也开创了一个新的更大的叙事空间。

《知白者说》中,"第一人称"叙事使故事变得有亲切感,读者往往有一种代入感,同情人物"我"的命运。另外故事也是随着第一人称视角一点点推进,剥开。"我"的视角决定了故事的发展和推进。例如,"我"和沈知白直接的交锋结束以后,沈知白的命运对"我"来说,也是不可知的,"我"最终通过王兵之口,知道了沈知白的坐牢和被打。"我"通过刘倩之口,知道了沈知白和刘倩之间暧昧的情人关系,以及沈知白对她的不负责任和玩弄。"第一人称"使叙事更加灵活,也可以让叙事者自由地抒发感想,对故事中的人物做出评论,更容易设置悬念,因为"我"只能通过别的渠道知道其他人物的命运,故事的展开及人物命运的展示都是抽丝剥茧,娓娓道来,既控制了故事的节奏,又保持了一种神秘感。

三、"男女问题"及沈知白形象的意义

潘军的小说还有一个特征,就是对"男女问题"的描写很有特色,也很有趣味,《知白者说》亦是如此。潘军曾经借助小说人物之口说:"实际上我和别的作家大致差不多,比如每一自然段开始得空出两格不写。我当然也需要构思,需要在人物之间走来走去,需要风景、性和眼泪。"[1]也就是说,"性"是潘军小说中不可或缺的内容之一。

小说《知白者说》中,涉及的"男女问题"主要是沈知白与刘倩。这里主要包括两个方面:一是对刘倩的叙述,二是对刘、沈二人之间关系的叙述。文中对刘倩单个形象的叙述,如前文所述,让整篇小说增色不少,也让人读起来饶有兴趣,还使小说有了烟火气和生活味。人都有七情六欲,而那些"大人物"和名人在此方面可能更加引人关注。还有一个很有意思的现象,潘军小说中经常写出了"我"的性心理。《知白者说》中"我"对刘倩与沈知白的关系一开始表现出了羡慕、嫉妒的心理。这是作为大学生的"我",其人物心理的一种真实的刻画与描写:"这个瞬间我有些冲动,觉得身边要是有刘倩这样的一位女朋友,一定会很幸福的。正这么想着,女人的下巴又像猫一样扬起,我这才听出外面响起的脚步声。"[2]而在小说快结束的时候,刘倩再次出场,这里有一大段刘倩对沈知白的控诉:"刘倩说到这里就哇地哭开了,情绪已经完全失控,说姓沈的太欺负人了,骗了她二十年,她为他离婚,为他堕胎,为他鞍前马后地伺候着,可是他一直就在欺骗她。"这时的"我",与当年不同,已经表现出了一种明显的幸灾乐祸,以及对刘倩的一种厌恶,这种心理和"我"对沈知白的厌恶有很大的关系,这种心理相对于爱屋及乌来说,那应该叫"恨屋及乌"了。文中还有对沈知白常年不在家睡觉的描写,说沈知白家的席梦思一边已经塌陷,一边还完好无损:"王兵还谈到一个细节,差点让我笑喷。沈家的席梦思已经买了十多年,现在是女人睡的一侧已经塌陷,而属于男人的一侧还是鼓鼓的——这个男人

---

[1] 潘军:《流动的沙滩》,北京:开明出版社2019年版,第191页。
[2] 潘军:《知白者说》,《作家》2019年第3期。

在家根本就待不住啊！"①

潘军在《知白者说》中对"性"的描写如上所述。这些描写主要是为了刻画沈知白形象而设计，也相当生活化。我们把潘军此前的小说中关于"男女问题"的描写做一回顾后，发现潘军对性描写是节制的，没有围绕这些大做性爱文章，就像他在《流动的沙滩》中说的那样："我不喜欢也不希望任何人在我的笔下做爱。我的卷面总是清洁的。"②潘军小说中偶有的性爱描写也显得较含蓄。这种对性描写的节制首先和潘军一贯对性描写持所的观点有关，他认为"西方比较注重性意识而东方比较注重性行为，把性作为对心理的刺激和心理的调料放进文学里"③，"我们民族对待性一是功利和实用，二是心理上带有动物性，这些已经渗入一些作家的意识和作品里，拼命去写诸如性饥渴、性扭曲"④。在《我不认为贾平凹是小说家》一文中他表达了自己对过度性描写的反对，"我对贾平凹书里的性描写也很反感……性可以写得很干净，也可以写得很脏很丑，我觉得贾平凹的性描写趣味比较低级，读起来很不舒服"⑤。其次这也和潘军的创作思想有关，他的小说一贯不追求以"性"取胜。早年他对小说形式上的实验和创新更感兴趣；当下，在内容上，我想他可能更多地关注故事本身，关注如何写好人物，写好故事，如何通过故事和人物来表现当下的社会关注。

上面谈的主要是小说的叙事特征和艺术特色。这篇小说其实必须要谈的是沈知白和孔乙己之间的关系。小说中作者明显地想把沈知白比喻成鲁迅笔下的孔乙己。最主要的证据就是在于沈知白盗窃以及被打残废这个情节的设计，尤其是沈知白向孔乙己的幻化，具体见前文所引。大多数读者可能和我一样，都感到这个情节过于生硬，因为一个厅级干部无论如何也不至于到小超市偷窃小商品。但是，潘军先生好友向潘军先生本人求证后，向我透露，沈知白某种程度上是个"非虚构"的人物，其因盗窃被打残废，这一情节也是"非虚构"。也就是说沈知白被塑造成现代孔乙己还真不是巧合。鲁迅笔下的孔乙己是个醉心于科举，深受科举制度毒害的迂腐的没有觉醒的读书人，其下场也很惨，这个评价应该符合鲁迅塑造孔乙己形象的初衷。那么在潘军的创作意图中，沈知白应该也是个迂腐的读书人，他追逐名

---

① 潘军：《知白者说》，《作家》2019 年第 3 期。
② 潘军：《流动的沙滩》，北京：开明出版社 2019 年版，第 210 页。
③ 潘军：《坦白——潘军访谈录》，合肥：安徽大学出版社 2000 年版，第 137 页。
④ 潘军：《坦白——潘军访谈录》，合肥：安徽大学出版社 2000 年版，第 139 页。
⑤ 潘军：《水磐：潘军第一部随笔集》，北京：中国文联出版社 2001 年版，第 167 页。

利,没有原则,自私自利地谋求一条向上的通道,最终落得个悲惨的下场。还有一点,在鲁迅的笔下,孔乙己是穿着长衫站着喝酒的人,按理说,穿长衫的人按照身份地位应该坐着喝酒,但是由于真实的经济、社会地位等,又不能坐着喝,因为孔乙己穷到了要"偷书赊酒"的地步,这是一种尴尬。所以在小说中,沈知白把"我"的剧本做了改编,孔乙己想坐下来喝酒却被人从后面抽走了板凳,一屁股坐在了地上,酒洒了一地。也就是说在鲁迅那里,孔乙己想坐着喝酒而不得,沈知白亦是如此,这正是作者潘军想表达的。在《知白者说》的结尾,潘军这样写道:"我给犁城的王兵去了电话,问他这两天是否去骨科医院瞅了一眼?另外,我托他捎去的一箱小瓶装的虎骨酒是否送到了沈家?王兵说刚从医院回来,但只是远远瞅了一眼。沈知白现在可以自己转动轮椅了,王兵说,正喝着你的虎骨酒。他终于可以坐下来喝酒了。"①

从这段文字中,我们看到了潘军想要说的:沈知白们都想能够坐下来喝酒,但是,如果跑错了地方,就可能被打骨折,去喝虎骨酒。这应该是小说《知白者说》的题旨所在。正如潘军自己在《坐下喝酒》一文中所指出的"人生原本就是一台戏,区别是按谁的剧本演。沈知白是天生的演员材料,他本该立足于舞台,却鬼使神差地跑到了别的场子,想要更加的风光体面,仿佛任何空间都是属于他的舞台。那会儿他大概忘记了,别的场子,自己是不能随便坐下来喝酒的"。②

[原载于《安庆师范大学学报(社会科学版)》2022年第2期]

---

① 潘军:《知白者说》,《作家》2019年第3期。
② 潘军:《坐下喝酒》,《北京文学》2019年第4期。

第三辑

关于小说的几次对话

林舟 潘军

一、建构心灵的形式

时　间：1999 年 12 月 21—23 日
地　点：合肥九狮苑宾馆 305 室

林：你迄今为止的创作历程,可以划为明显的几个阶段吗？

潘：如果从发表小说处女作时算起,在 1987 年的《白色沙龙》之前,应该是一个习作阶段。不过我一直愿意把 1987 年视为我写作生涯的开端。从 1987 年到 1992 年我去南方之前,以《风》为结束点,是一个阶段；到海南后,有一个较长时间的停顿,约到 1996 年才陆陆续续地重新开始,一直到今天,可以看作一个阶段吧。

林：在你早期的小说中,你自己最喜欢的是哪一部？

潘：有两部中篇,即《蓝堡》和《流动的沙滩》,至今我仍认为这是早期作品中比较好的,发表在 1991 年的《作家》和《钟山》上。

林：在此之前,你已经有过长篇小说《日晕》,它在你的创作生涯中有怎样的地位呢？

潘：《日晕》的写作时间是 1987 年,这是我的第一个长篇嘛,虽然说它是第一个长篇,但我在叙事上还是有了一种自觉。吴义勤就曾谈道,我比较早地把一种中短篇里面的文本叙事实验引进了长篇。我那时候好像就是有意识地把长篇小说写成一种心理结构的小说,或者说心理现实主义的文本、心理结构的形式,整个小说的篇章结构都是每一个心理衔接,把很大的空间留给了心理活动,而把那种描述、描写尽可能地减少。等到三年后写《风》,这一步迈得就大了。

林：在《日晕》与《风》之间,你的《蓝堡》《南方的情绪》《流动的沙滩》等在当时的先锋文学中较有代表性的作品都出来了。

潘：这几个中篇实际上体现了我对先锋小说的所作所为,甚至在那个时候就觉得自己最好的中篇小说也不过如此,因此我的兴趣就转移到长篇上去了,这便有了《风》。

林:在你的小说中,譬如《蓝堡》《南方的情绪》《桃花流水》《结束的地方》等等,都是一个人去寻找什么。《风》也是这样的,去寻找一个秘密。你好像对寻找这种动作比较痴迷,你是否特别看重这个动作的叙事魅力?

潘:是的,我的许多小说的叙述人扮演的都是一个探寻者,甚至是一个侦探者的形象。我想之所以如此,可能是综合因素的作用。比如说,依据结构的需要或叙事的需要,这个动作可能会给自己带来一些方便。但是,你仔细看一下,以上你提到的那几篇作品有很多不尽相同的东西,比如说《蓝堡》,你会感到故事以外还有一个巨大的故事存在着。朱苏进曾经写过一篇小说,好像是《在绝望中诞生》吧,中间有个细节很有趣,就是那个作战参谋到职以后,考核他的人把一张军用地图的中央部分挖掉一块,然后叫参谋凭他的记忆把道路、山川、河流连接起来。我觉得这很像我的小说,我往往可能就是……或者说有意识地去改变那种线性状态,试图改变它的那种因果逻辑关系。但是,我希望读者把这种视点或思考的范围,扩展到一种故事以外的东西里去,为了达到目的,我又频频暗示,那么这种东西就像插着很多路标,让人走走,当然也可能会走到一种文本的迷宫里去。

林:实际上我在看《蓝堡》的时候,就想到:当你意识到你不想把那些东西告诉别人,不想全部托出来的时候,这种控制,我感觉除了通过视角的那种变化以外,还有其他的东西。你自己是怎么看的?

潘:我个人在很大程度上把它看成一种结构上的变化,就像在《蓝堡》中,当我在写某一件事的时候,比如说写到那个哥哥余百川,"百川归海",在海上死了。这个事可能在别人看来是一种漫不经心,好像那个相依为命的哥哥死去了,而我又完全按照大家以为的那种方式让那人死去,因此小说到此也就不再提他了。这实际上是一种结构上的考虑,在不提他的同时,我又无处不在地涉及一个神秘的男人在小说中影子一般地出入。那么既然哥哥死掉了,这个人又是谁? 这本身就是一个迷宫。这个人其实我知道,还是她哥哥,她哥哥并没有死,只是在故意制造的海难中伤了自己的眼睛,成了瞎子而已——你后来不是看到一个须髯飞霜的瞎子了吗? 而且他还系着一条很宽的皮带,旧军队里使的那种。我们可以想象他的脸都烧得面目全非了,没有人能识别他,但他熟悉这里的每一寸土地……当然这只是我作为制作人的一种解释,是故事之外的一种可能的故事。我相信别人还可能有其他的解释。

林:《风》在你的创作中,应该是那些实验性极强的文体的一次讳言,除此之外,它的意味即便是在今天也是颇为值得注意的。

潘:陈晓明在一篇谈《风》的文章里说,我是在企图怀疑一部巨大的历史神话。我觉得这是很有见地的,历史变得一切都不可信。我为什么把它叫"风"呢?某种意义上,我们每个人就是生活在风中,每个人都拥有一部风中的历史,都能感受到,却谁也不能去把握它。连档案都是值得怀疑的,因为档案可以伪造。《结束的地方》延续了这种意蕴。

林:《风》中的这种意味更多的仍然是通过结构的处理来传达的吧?

潘:我的解释简单地说就是,过去的东西对我就是此时此刻,它是一个断简残编的东西,我需要在这个断简残编中间去寻找一种联系的可能性。我同时告诉读者,我只选择了一种可能性,你们还可以选择其他的可能性。这种东西我把它称为"主观缝缀"。我用一种主观的、自作多情的方式把它联系起来。"作家手记"的部分呢,它应该是弦外之音。于是断简残编、主观缝缀、弦外之音这三块就构成了这部《风》的叙述构架。有这么一种东西存在,也就意味着故事本身不可避免地带有一种虚无的、怀疑的倾向,带有那种神秘的、不可知的色彩。这些充斥在我的小说里面,无论是一种宏观的故事,大的主题走向,还是一种局部的细节,它都是与这种气氛连在一起的。

林:我觉得在《风》中,与对历史的怀疑和解构相联系的,是对人的主体自我的怀疑。一开始的那种寻找很认真,找人谈,答问,笔记。当对象随着寻找变得更为扑朔迷离时,寻找本身成了一种目的,而当寻找本身成为目的的时候,它最初确立的价值指向就动摇了,不攻自破了,显示出人这种动作的盲目性。但是作家的手记本身以一种局外人的眼光介入,造成一种距离,造成一丝缝隙,能够让我们看到一种相对真实的关系、真实的位置,从而透露着理性的微光。除了《风》,《流动的沙滩》这个中篇在你的整个创作中是否带有一种自我总结的意味?关于这篇小说,我听到的谈论特别多。

潘:《流动的沙滩》在那个时期我自觉应该比《省略》《南方的情绪》更成熟一点,至少是自然一些。当初写这个稿子的时候,首先比较痴迷的就是想作一次很从容的叙述。取名《流动的沙滩》,源自西蒙的那段话,实际上除了形式上的考虑外,我想在这个小说中强调一种对人和历史发展的感觉。有人说,以《流动的沙滩》为标志,我对自己从1987年开始的那种先锋探索有了一个终结或者告别的姿态。

林:在这个小说里,博尔赫斯的影响也比较突出吧?

潘:这显而易见。写《流动的沙滩》的时候,至少我非常向往自己能写出一部具有博尔赫斯式的语言意味的小说,就是既完全改变传统小说的那种结构模式,又信手拈来了很多东西。但是把它放在这么一个统一的语言系统里面,又有它内部的一种和谐,这一点当初下笔的时候就非常明确。

林:对博尔赫斯和其他一些拉美作家的东西的热衷,在当时似乎形成了一种普遍的倾向,对一种小说形式着迷,个体的关系是非常强的,但是到了许多人都不约而同地如此这般的时候,他们背后有什么共同的因素在起作用?

潘:就我个人而言,我是因为喜欢博尔赫斯这样的小说,才公开地效仿他,别人承认不承认我不知道。那个时候,我根本就没有在意博尔赫斯的小说里到底说了些什么,这与我看卡夫卡一样,我更多的是看他怎样说。就这一点来说,这两个作家实际上都给了我不同程度上的影响。那个时候就是非常痴迷,我记得第一次接触博尔赫斯的作品就是那个小32开的王央乐译的单行本,这也是我迄今为止见到的博尔赫斯最好的译本,它的名字就叫《博尔赫斯短篇小说集》,上海译文出版社1983年版。1993年春天,马原因为拍《中国文学梦》去了海口,我们还谈到了这个版本,他说也拍了王先生。我想他也是因为喜欢这个译本才去拍的。这本集子我看了很多遍。所以《流动的沙滩》发表以后,有很多人对我说,你学得很像——这种语言的感觉很像。如果说我自己有什么感到欣慰的,那就是这一点证明我自己还有能力去写类似的小说。至于小说本身它承载了什么,我想,在这个小说中,一个人在面对自己的前世或是未来进行一种交流对话,既有一种亲切感,又有一种恐惧感,这种东西它肯定隐藏了我个人对人生的一种理解,一种认知方式——这是毫无疑问的。

至于你所说的"不约而同",我想与那个时期大量地、集中地引进西方文学的思潮有关系。如果我们早30年介绍博尔赫斯,早20年介绍马尔克斯,早40年或50年介绍卡夫卡,情况可能大不一样。如果那个时期我没有接触这些作家的作品,我就不可能改变自己的文学观念、文学立场以及文学方式方法。正是这些在那个时期非常优秀的国外作家,当然更多的是带有现代主义色彩的优秀作家的引进,促使了中国当代文学有这样一批人转变了自己的观念,这些人当时都是二三十岁的人,接受东西是非常快的。这个头开了以后,就回头对自己的写作作一番检讨、思索,再慢慢地把别人的东西变成了自己的东西。我一直认为当代文学"好看的时刻",就开始于这个时候。

林:最初的那种触发,那种刺激、提示,可以说推出了一批面目迥异的作家以及作品,但是当这些东西真正化成我们自己的东西的时候,就不应该作为一种外来作品的模仿,或者如有的人不无尖刻地说的,是一种翻译性的作品,这当中的转化,是不是还需要具备其他的条件?

潘:从我个人的经验来讲,实际上我从那些作家的书中得到的是他们的方法,这些方法让我知道了故事可以这么讲而不是那么讲,所以今天让我去谈那些作品的内容的话,我是基本上都忘记了,一鳞半爪还记得那么一点点,但是他们的那种叙事的东西已经沉淀在我的记忆里了,那么是不是转变成自己的一种自觉的东西了呢?这与作家本人自身的条件有关系。比如说他被某一点震撼了,而另一个人却被另外一点震撼了。他可能是被某一点点亮了自己心中的一盏灯,而在另一个作家那里,他就忽视了,所以我曾经说过类似的话,对小说这种形式的理解的不同,实际上也就意味着一个作家写作原则的初步确立。

林:你能够谈谈你对外国作家作品阅读的具体情况吗?

潘:我对阅读的态度历来是相信自己的直觉判断,我不大愿意去做一种理性的分析,比如说我读博尔赫斯,觉得有两点让我很震撼:第一点是我觉得他的书很智慧,他的句子很有智慧。比如他写一个高大的人出现时,说这个人和他的嗓门一样高大——从来没有人把一个大嗓门和一个大个子连在一起的。他写一个盲人在倾听着什么东西的时候,说他抿着两条厚嘴唇去对着那个方向。这种句子很有智慧。第二点是他的小说里面充满着东扯西拉的东西,在当时有一种对我个人来说说不清的心理,我不明白为什么要这样东扯西拉,而且又能把它做得这么和谐,放在一篇文字里面构成精美。而我们恰恰做不到这些。这种判断我觉得是一种直觉的东西。若多年以后,别人再这么问我,我还是会这么回答,我只是觉得他的小说很有智慧,他的句子很有智慧,而这样的作家在我看来确实是很罕见的,每一次细细地阅读,你可能都有新的发现。同样,对卡夫卡也是这个样子。我觉得他始终关心的是一个问题,人的一个境遇。我曾经有个短篇小说叫《陷阱》,当时在海口,韩少功看过就说,这是卡夫卡式的小说。他的话说得很准确。这篇小说在某种意义上就是我向卡夫卡致敬的"作业"。我的意思是说,当你读某个作家的作品时,书中某种东西可能无意识地把你打动……作家的阅读与读者的阅读是完全不一样的,至少对我来讲是不一样的,我确实是记不住一些名著的那些故事性的东西,顶多只记住某个细节,但是我更愿意看到他们讲故事的一种方式。

林:在解决"怎么说"后,还有个"说什么"的问题,或者说是小说的意义问题,你是怎么考虑的?

潘:我一直认为,无论以什么样的方式去写小说,都不可放弃小说内部的东西。尽管我也承认小说的发展在某种意义上说就是一种形式的发展,是一种叙事的发展,但我觉得,一个作家是无法回避他所要表达的东西和要表现的对象的。因此,无论是我早期的《南方的情绪》,还是最近的《重瞳》,我自觉每篇作品都包藏着或隐匿着我个人的某种想法。区别在于什么呢？这种想法或者这种意味存在于小说中应是不确定的,我称之为"不确的意味"。我认为小说里面如果出现这种"不确的意味"或者"多元的意味",那么这种小说就是最饱满的小说,而不是使人感觉到是纯粹的不知所云,也不是一种故意的哗众取宠,一味强调那种文本上的境界呀、高度呀等等。我从来就厌倦这个。当然,一个作家有他的习惯和偏爱,甚至可能发展到极致的地步。我就很崇尚一种宿命的东西,我觉得"宿命"从某种意义上说确实是对命运里的那种不可捉摸的东西进行了一种高度的概括,概括成了一种比较完美的形式。而有些人喜欢写一种死亡的气息,有些人喜欢表现一种性爱的状态,等等。但是,你说在一篇小说里面完全看不出任何东西——这在我的小说里面是不存在的,只是我希望我自己把这些东西处理成这么一种状态,使小说本身的内涵尽可能地丰富一点,具有张力,而不要像过去的那种小说,一览无余。

林:也就是说,语言本身,还有各种再抽象的符号,音乐也好,绘画也好,它都是有所指的。

潘:对,我觉得用音乐或者用一种现代的绘画来解释这种小说,确实有相近的东西,谁都无法把一首曲子解释得像一个故事那样完整,但是每个人都能被它感动——如果它是一首不朽的曲子。肖斯塔科维奇的《第七交响曲》是战前创作的,而当时的苏联官方却硬说就是反纳粹法西斯的。多少年后,作曲家才亲口证实:"侵犯的主题"与希特勒的进攻无关,他在创作这个主题时,想到的是人类的另一些敌人。他说:任何法西斯都令人厌恶。值得注意的是,作品里充分体现"对人类法西斯的厌恶"的这种情绪,而不是特指哪一类的法西斯。

林:在你最近三年的一些作品里面,比方说《对门·对面》《秋声赋》《桃花流水》《结束的地方》《重瞳》等等,你觉得当年的那些东西在这些作品里面,是以什么样的一种形式保留下来或者是延续下来的?

潘:可以说,在所谓的先锋阶段,我当时的写作确实带有一种强制性,因为远离了自己本土小说的一种传统,尤其是指那种叙事方式上的传统,也就是说一下子拧过去了。当时就想按这条路子走下去,彻底地背叛过去的那些东西,并且总是想使自己的小说与别人的小说区别开来等等。那个阶段可能是比较幼稚的。当一个作家,他在表达的时候,老是受到某种心理的钳制,他这种表达本身就很难达到那种很高的境界。我觉得沉淀也好,延续也好,到后来就已经变得非常自然了,只是在于我的选择问题。我自觉在叙事上拥有了一定的能力和本领,能很从容地去面对我自己要去表达的对象,就不会先考虑到我这篇小说会不会有点像博尔赫斯。

林:这点我想是非常重要的,有的人可能在模仿那个阶段做得非常好,但是当这个阶段过去以后,需要他拿出自己的东西的时候,就没有了。

潘:这似乎可以作为一个标志来判断。就像书法一样,我觉得一个好的书法家能让人从他的书法作品里面看出来一种师承关系,别人一看会说,噢,你这个字最早是学颜真卿的,后来又学了点黄庭坚,比如说你这一钩是从"黄"上来的,但是你到了行草的时候,基本上就是学王羲之,再加了一些米芾和董其昌。这个师承关系我觉得应该看出来,并且根本就不需要去回避它,因为这是事实,承认不承认都是事实。那么到了后面,你就很难讲了,说《对门·对面》《结束的地方》是按哪一路上来的,《三月一日》《海口日记》又是哪一路的,《秋声赋》呢?《重瞳》呢?就说不清了。我只能告诉你,我拥有这些叙事能力之后,只能这样写而不能那样写,所以我就这样写了。这时候,很大程度上就依赖于这个作家带有的一种绝对性的本领和天赋,而不仅仅是一个技巧问题。

林:你最近的几篇作品《桃花流水》《对门·对面》《三月一日》《海口日记》,从普通的阅读或接受的角度来讲的话,《海口日记》显然是一种让人更容易接受、好读的作品,而《结束的地方》《桃花流水》在叙事上技术的含量比较多一些。但总的来说,相比于20世纪80年代你的那些小说,可读性都明显加强了。

潘:《海口日记》首先得是"日记"吧?那么,我就不能在日记上做任何让人们不知所云的处理。因此,我注定要用第一人称来写这篇小说,同时我要找到写日记人的那种话语来叙述这个故事,因为整个的视角就是他的视角,那么也就意味着这样一个小说基本的形态已经确定了,就不允许我在中间作任何的调节。我只是考虑让哪些东西进入小说,不让哪些进入小说,这句话该这样说而不该那样说。但是小说该怎么写已成定局了,也就是说它本来只能写成这种东西,而不是写成另一个东西。我历来是根据自己对某一题材的理解,然后确定该怎么去写。有时候倒过来,是先找到了一种叙事方式,才回头去找要说的事的。这不仅仅是一个变化手法的问题,还涉及一种对故事的处理能力,包括对故事的一种驾驭、理解,我觉得一个作家应该具备这种东西,而不是千篇一律。我追求的是那种形式与内容的天衣无缝。

林:你认为这些近作存在不存在对读者的迁就呢?

潘:迁就没有。应该说与我个人这个时期对小说的理解与写作的调整有关系,因为我觉得一个人老是去做一种无病呻吟或是刻意的抒写的话,本身也是一种不真实。不过有一点还是比较明确的,20世纪80年代末期到90年代初期,对故事的一些东西消解得破碎了一些,极端了一些,那么就阅读接受这个层面来讲,范围肯定变得比较狭窄。现在的故事,无论是《对门·对面》,还是《海口日记》《结束的地方》,相对来讲,它是个完整的故事,只是怎么处理它、说它而已,因此在别人阅读的时候相对更适应一些,这可能也是这几年来几家选刊愿意转载我的作品的原因之一。

林:《结束的地方》,开头引用博尔赫斯的话,我想你是强调了语言的塑形作用,叙述不断地向前推进,事件却在不断地向后回溯,构成了倚重持续的张力,饱满而明朗。

潘:《结束的地方》虽然是几年前写的,但现在看来,就我个人来讲,还算是比较得意的一篇作品,而且写作的过程很轻松。母与子、夫与妻、上与下、主与仆,这些很复杂的关系,在一个不足3万字的篇幅里面层层叠叠,交错展开,完成了对宿命的一次比较详尽的阐释。这种东西应该和我心目中的小说靠得较近。如果说像早期《南方的情绪》《流动的沙滩》,作为小说实验文本有它的可取之处,那么怎样使这种小说的叙述既背离一种传统的模式,同时又获得一种新鲜的东西,是我现在需要思考的。

林:作一个简单的比较,就像编绳子,《桃花流水》编到最后,绳子把自己套住了,绳子的一个结打出来——两个故事接通了,精彩处在于最后;而《结束的地方》是把绳子的头绪先一缕缕地分开了,最后又合了起来,最精彩的地方是那个分开的过程。读这样的故事还是一种智力上的刺激。一开始读,读者就要想到这样的故事要怎么进行,会怎么样,到哪一步的时候会发生什么。像《结束的地方》,有一点是肯定的,即刘四不是真正的凶手,那么真正的凶手是谁呢?可能直到那个儿子出现的时候,读者才有点预感,但是到底是怎样的呢?追问伴随着阅读,产生出一种呼唤参与的效果。

潘:"智力上的刺激"这种表达很有意思。我曾经讲过,好的小说,作家只能写出一半,另一半是由他的读者来写的。而且我还打了一个比方,我说一篇好小说的创作就像沏一壶好茶,作家提供的可能只是茶叶,而读者就是水;读者的水准就是水的温度,如果"茶叶"没有问题,他看不明白的时候就可能说明这水是凉水或温水,自然永远泡不开那壶茶。只有他达到了一定水准的时候,"茶叶"和"水"才能结合起来,这样就达到了一种共同参与的目的。这好像也是我一贯信奉的小说原则。所以我总是说,好的小说,作家只能写出一半。真正的小说创作是在阅读过程中间实现的,在最默契的阅读中间完成了这篇小说的创作,最后一笔是读者写上去的。

林:《对门·对面》对现代都市里人与人之间的关系的揭示,冷漠中有温情、隔绝中有沟通的情状令人感动。而且那种细微的感觉非常准确,也非常有味道。你采取用 A、B、C、D 代替人物的方式,是出于什么考虑呢?

潘:好像还不止这篇小说,在其他的小说中我也有简单地用 A、B 或男人、女人来称代人物的,譬如说《关系》和《故事》,还有《对话》。这篇小说更明显一些,就 A、B、C、D 这几个人,因为我当时就觉得这样便有了某种意义上的抽象,突出了人物的符号性,削弱了具象的东西。记得有个导演跟我谈这个小说的改编的时候,我就说,其实这个小说拿到美国、法国照样能拍成一部不错的电影,比如那个男人 A 可以叫杰克,女人 C 可以叫乔伊娜,等等,它不受任何地域环境的影响,具有人类共同的东西,人类都面临着一种对门对面的关系。

林:对这种东西,你是在强调它符号的共通性、抽象性吗?

潘:有这个考虑。所以说,这个时候我就需要用这种形式处理了,想尽可能地去掉一些表征的东西,不想给读者一些限制,比如我要是写了那个弹钢琴的女人戴副眼镜,好像不戴眼镜的人与她就没有关系了。我不愿让她具体,那个人是什么样的人,你们自己去琢磨,也许你会想起在你的窗口看见对面有个女人,可能就是她。我很喜欢这种感觉。

林:但另一方面,小说的画面感也极强,而且结构主要是靠画面的切换来完成的,同时丝丝入扣,很是严密。

潘:不仅画面的切换,结构上也可能带有一种电影里面的转场手法。这可能与我当时在北京做导演、拍片子有关,有一种电影的叙事方式介入进去了。事实上,这篇小说后来也让一些职业导演关注过,先是张艺谋,谈了几次谈不拢,他要"人性",我要"距离",没法谈。后来黄建新也找我谈了,他说这是个非常精彩的小说,但是他不敢动,觉得中间涉及一些情爱场面不好处理,怕通不过。同时他也说了类似你的意思,说你潘军的小说有一个最大的特点,就是情节线锁定得太严了,动不得,牵一发而动全身。这是他很少从某个作家作品中感触到的情况。去年上海一家公司来谈,我只卖给他们"电视电影"的版权,电影的版权我不卖,我得给自己留着。

林:《对门·对面》让人读起来舒服的一个重要原因,我想可能是它的叙述语言的状态,它比较注重的是那种非常简明的线条感,而不是色彩的层层叠叠。

潘:我当时叙述这篇小说的时候是很清醒的,这篇小说我就是很客观、很节制、很平静地把它写完,包括最后有一个带有戏剧性的动作——那个男人 B 从阳台上翻下去了。

林:这个结尾也是非常妙的,让人想到事情还没完呢!

潘:不仅仅是个还没有完的问题,它显示了一种人生与存在的暧昧。A 的手落在 B 的身上,导致的却是 A 的命运的两极分化:如果是拉,他就是一个英雄;如果是推,他就是一个凶手。人在这个社会上有时候就是莫名其妙的。

林:在近年的小说里面,《秋声赋》应该说也是比较突出的一篇。开始看你的那个开头有点不习惯,我想是不是你故弄玄虚变化一下,但后来发现不是这样。它实际上可能也是你的一种自我暗示,一种叙事的期待,而不仅仅是为了告诉读者。你在写作这篇作品的时候,以一种相对朴素的方式去叙述一个感人的故事,这个故事的内核是不是预先打动你的,而不是像你其他的作品,更多的是在写作中进行的?

潘:《秋声赋》是一个例外。正如小说中声明的,这篇小说我在动笔之前就瞭望到了它的结局。从某种意义上说它是有生活原型的,故事中的男人和女人相好结婚,后来女人与货郎私奔了,男人抱养了一个孩子,包括最后那个儿子上吊死了,引起庄子里人的一些猜测,这些全都是真的。这是除《独白与手势》这样的长篇之外,或多或少与我个人的经历和体验有关系的一部中篇小说。我早就想写它了,一直找不到一种很好的方式来写它,直到我用现在的这种方式把它写出来。

林:我觉得这里面仍然有你一贯的东西,比方说不动声色地去表达一种很强烈的情绪。我觉得这方面你做得比较突出,尽管是非常激烈的情绪,但是你在表达上有一种很舒缓的感觉,一种不可思议的节制。《秋声赋》里面很是突出,尤其是其中围绕"箫"的叙事,我觉得这个小说本身就回荡着这种声音,类似于箫的声音。《秋声赋》看起来是写伦理、写农民,但实际上又不局限在那上面,它实际上表达了对苦难的一种承受。

潘:对人的那种忍辱负重的境遇的关注。《秋声赋》写过以后对我自己最大的一个安慰是什么呢?我记得当时给田瑛和林宋瑜写信的时候就讲过,我现在敢于面对黄土、农民、苦难这些东西了,我有能力把这些同样写得很漂亮。

林:这里面实际上不只是说褒扬那个父亲,而且有一种一方面是震撼不已,一方面是无可奈何的东西,这个人就是这样活着。推开来讲,即使没有那种情欲的自制和伦理的界限,在现代人的生活中,这种情感方式或许会以不同的形式存在,我觉得这应当是小说的真正意义所在吧?

潘:我希望读者能够这样去理解这篇小说。

林:这次和你见面之前,让我最开心的事是又在《花城》上见到了你的近作《重瞳》。第一自然段就把我抓住了,诧异之后就是感到振奋。这首先是语言形态上的非常潇洒自如、霸气十足的叙述,同时,它对历史文本的剥离和再创造,打破了历史的封闭性和规定性,但并不止于戏说和解构,而且有一种严肃的东西贯穿其间,诞生出丰富的意味。从这个意义上讲,我认为《重瞳》不是简单的故事新编,它甚至不是一部人们俗称的"历史小说"。

潘:《重瞳》肯定不是历史小说。最初的设计是写部长篇,五年前我在广州时就对田瑛说过:我准备写项羽,用第一人称写。他立刻就有了兴趣,说这个东西我写最合适。这让我想到鲁枢元在评论《风》的文章里说到过:潘军身上有股塞上军旅的霸气。我想或许这篇东西真该我写了。不久我离开海口到了中原郑州,这儿是当年楚汉相争的古战场,我还打算去看位于荥阳境内的鸿沟呢。于是就找来《史记》《汉书》读了,一共写了三个开头,但再写就找不到感觉了。直到今年夏天,我从北京回来,刚写完《独白与手势》的第二部《蓝》,总感到意犹未尽,那股子气还没有消掉,但接着写第三部又缺乏必要的准备,就又把《项羽本纪》翻出来,读着读着就情不自禁地动起手了,一气呵成写出来,写得非常舒服。

林:很多人对项羽的故事并不陌生,你在构思时是如何考虑这一点的呢?

潘:我首先想到的是能不能有另一种解释,哪怕是一种离奇的、浪漫的,但又是很美的解释。既要在规定的史籍中去寻找新的可能性,又不能受此局限,想借题发挥一番。

林:把项羽写成了一个文人色彩特别浓厚、诗意盎然的人,这同样是你个人心性的表露,你很偏爱项羽,在这当中你有没有感到难以处理的地方?

潘:你所说的难以处理的地方还是有的,像写项羽坑了章邯的二十万秦兵这个具体历史事件的时候,我就非常犹豫,想了几天想不好。这是项羽的一个劣迹,是历史上确有的事实,一代代这么传下来了,不能回避,但从我个人的感情上讲,我希望这些东西是虚构的。后来我想,他的这一暴行是在他当上上将军以后干出来的,至高无上的权力恐怕是一个不可忽视的原因,权力和人性的这种关系应该在这里反映得比较强烈。另外我把它做得有些模棱两可:当时章邯来投降到底怎样想的?究竟是项羽的小人之心还是明察秋毫?两种可能性都有。有很多人解释是项羽的小人之心,听了旁边的几个谋士的话,没有进到咸阳城后院就起火了。章邯本人是深知项羽的为人的,他到底有没有一种谋反之心呢?想给自己留下一条后路?我把它处理成一个"有可能",借章邯的嘴为项羽开脱,这是出于我对项羽的偏爱;同时我也证实了这件事情项羽是做了的,做的原因就是权力使他变得异常残暴,我没有回避这个。

林:这后一个方面应该说是构成小说底蕴的重要内容,完全可以把它看作对人类血腥史的一种反思。事实上,你也是这么考虑的,要不怎么会扯上希特勒与斯大林联手收拾波兰呢?

潘:我要传达出对人与人之间搏杀的感受,某种意义上,人类的历史可以说是一种贵族和流氓的历史。因此,它的解构和建构是并驾齐驱的,它在毁坏、颠覆传统叙事的同进中树立了自己的东西,小说的意义就在这里。

林:《重瞳》洒脱的叙述和诗意的表现力无疑是这部作品的魅力所在。我还对其中一些细节安排感到愉快,譬如写项羽和虞姬的初次相见,尤其是那个结尾,太漂亮了。这么重的东西你却给了它一个飘逸的结尾,有一种举重若轻的感觉。再就是,你在貌似汪洋恣肆尽情抒写的背后,实际上还是写得非常节制的。

潘:唐先田在评论中也提到了这个,他举了"霸王别姬"的例子,说历来写项羽无不渲染这一点,而《重瞳》竟不是这样,似乎一笔带过,却给了人更多的震撼。他认为这是"冰山"的一角,深重的东西藏在下面。说实话,类似的这些安排与处理,是我所得意的。

林:还有一篇作品值得提及,就是《三月一日》。写一个人少了一只眼睛之后带来的一种变化,跟老婆做爱都不行了,单位的人丢了东西都开始怀疑他,等等。这本身就有许多荒诞的东西,但是同时这又使他看到一个健全的人所看不到的东西,这就包含着关于人的现实存在的健全与病态的悖论性的关系。如果仅止于此,恐怕还不能给人以震动,小说在表现和揭示这样的生存境遇中,通过"月亮"搭建了一个美好的企盼、寻找和失落的构架,感人的力量也许来源于此吧。

潘:人世间肯定有美好的东西,但美好的东西往往存在于人的意识之中,就像我们常讲的,每个人都希望有一种白头偕老的境界,但是恰恰每个人都做不到。这个小说里面写到,最早别人喊月亮,他自己都不知道月亮是他第一个女人,他都忘记了。他老婆甚至说这是一种肥皂的名字。直到最后,有个女孩告诉他,他才隐隐约约地想起来了,月亮是他最初的恋人的名字,但是等他去寻找她的时候,那个女人已经死掉了。这时候回溯小说的叙事,我们发现了那种神秘,那男人听到的喊声,是那个女人在临死时喊的一声"月亮",这给人以招魂的感觉,她穿过怎样的时空,居然在一个街口被他听见了。这是一种冥冥之中的东西。

林:你最近的长篇三部曲《独白与手势》或许预示着你的一个新的创作阶段的

到来,关于这部小说,我想应该专门作为一个话题谈论它,这里我仅仅想请你谈谈对以图画介入文字叙述的这种形式的考虑,你是怎么想到用这种方式的?

潘:1993年在海口时我就萌发了这个构想。我觉得把图画当作叙事的一部分放置进去,让它成为叙事的一个不可替代的层面,虽然是一次冒险,但肯定十分有趣。这应该是我最早的冲动。似乎带有某种规律性,我总是先想到形式才决定写一篇东西的。8年前写《风》也是如此。

林:这次谈话,我想问你的最后一个问题是,如果从你自己的个人心理倾向的表露上来讲,你觉得你的小说里最为突出的是什么?

潘:我始终对恐惧很敏感,虽然我给人的感觉总是大大咧咧,走南闯北,但是我总是觉得有一种恐惧的气息在我身边,但是这种恐惧不是我们词典上所解释的那种恐惧,这种恐惧实际上是与人类的爱相对立的一种状态,我觉得恐惧的对立面就是一种爱。

二、漂泊与选择

时　间:1999年12月23日
地　点:合肥九狮苑宾馆305室

林:在你这几年的经历中,在海南岛的这段时间应该是比较重要的经历吧?
潘:可以这么说。
林:现在看你的《海口日记》《关系》等,我想知道,海南的生活除了提供一种浅层次上的所谓素材之外,就写作而言,这段经历给你个人的心灵上带来了些什么?
潘:我把1992年以后的生活称为"自我放逐"。因为从那以后,我确实过着一种"沉重的自由"的生活。为什么这么说呢?因为我觉得所谓的"沉重",就像一个出远门的孩子一样——尽管我是一个成年人、一个父亲,但是毕竟我是告别了我业已习惯几十年的生活方式和生活空间,而走上了一个全然陌生的生活,这种恍惚、焦虑、不安,甚至懊恼,欲罢不能,同时又不可调身回避这些东西,在某种意义上对我的心灵可能有一种侵蚀。同时,我又获得了一种空前的自由,我摆脱了那些习以为常的烦恼、纠缠、管束或约束等等。我记得有一次在北京给你打电话的时候,你曾跟我谈到这个问题。当时也涉及写作状态,你说我的激情不曾消退,而且越来越饱满,除了本人的其他条件外,是否与我的这种颠沛流离的生活有关系。当时我说,可能有。你说,一旦你静下来,固定在某一个城市以后,可能那种感觉很难找到了。

林:你说,如果静下来,让我有更多的时间写,那就更好了。我说那不一定吧。

潘:是的,未必能写出更多、写得更好。这种人我们已经在身边看到很多了,也许他们因为太静了。而且我觉得中国人或者说一个中国作家的生活,某种意义上讲是非常单调的。虽然我们不是经常出去,但从一些资料上看到,一个作家生活在几个国家是很正常的事情,更不谈他涉足几个城市或者十几个城市了。而我们,稍微动一下就敏感了,像我这样五六年中住三四个城市的人恐怕都不多。

林:1992年你到海南以后,是不是全身心地投入了商海,暂时告别了文学写作?

潘:并不能说我那时全身心地投入了商海,但确实停顿了一段时间的写作,直到1996年,才陆陆续续地重新开始。可能有很多人对这一点有误解,包括有些朋友,看到我重新开始写作,总觉得我是浪子回头似的,说,你又回来了,等等。现在就有很多人在讲,你那时挣钱去了,是不是生意做得不好,再回头写小说呀?甚至有文学圈子里的人说,最近看到潘军到处发表小说,这小子肯定生意做砸了,不然怎么会发表那么多小说?这种理解过于简单了,或者说只是一种调侃。前些日子韩少功给我写了一个序言,题目就叫《行动者的归来》,他的意思是讲我又回到了文学的这条路上。其实当年我到海南去的时候,带有很大的随意性,那个时候只是觉得在内地很没有意思,而且自己的一些处境很不好,与其处在这么一种很不好的处境下面,不如一下跳开去,并没有想到自己到海南岛究竟去干什么。所以有时候我经常调侃自己,我说我是一个"胆小而妄为"的人,就是说这种人可能他做不了什么大事,但是他有一个好处:他总是先做了再说。那个时候想到的就是大不了把自己身上带的几千块钱花掉了,算私费旅游了一趟,不就完了嘛,是不是?但是去了之后,就觉得南方的这些东西还是具有吸引力的,觉得要使自己在这里扎下来,那么首先就需要养活自己,就得学会挣钱了。生存才能发展吧?但我个人是从来没有把自己当作一个什么商业人士去设计、去展望的,从来没有。

林:而是作为一个作家。

潘:作家或者艺术家。我在南方待下来,也一直在考虑下一步写什么。那时我刚写完第二部长篇《风》,想怎样写得更好一些。但我的爱好很广泛,一旦我自己觉得写小说很困难的时候,或是写起来很无聊的时候,我就会当机立断地去做别的事情,这点可能跟别的作家不大一样,因为我做别的东西也会一样投入,也会富有一种激情。比如我去拍电影,或者说我去画画,或者关在家里弄弄书法等,我觉得这些都是可以激发创造力的东西。

林:在你没写出更新的东西的那段时间里,你是以什么样的方式表达你与文学的关系的呢?

潘:我想主要是心在那儿。当然我也有所行动,我在1993年,也就是我到海南一年(严格讲起来是10个月)以后,我办了一个"蓝星笔会",我是1992年4月份到的海南,谁也没有想到10个月以后我就能把大把的钱掏出来,把一帮搞文学的请到海南岛来做客。我做这个事情没有别的意思,就是想让人知道中国的这些作家还在写作,还在谈文学,无论政治上还是经济上出现什么波动,同时表明我和文学是粘在一起的。

林:除了那段时间,即便是你"回来",或者说"复出"以后这么长时间以来,你与文坛的联系好像处在一个非常微妙的状态之中,简单地说就是不知道是文坛遗忘了你,还是你遗忘了文坛。这可能跟你与媒介的接触交往的方式和原则有关吧。关于跟媒介的接触,比方说对出版、改编、有关你的行踪和作品的报道或者说对有关你的宣传等等,你是怎么看待的?

潘:你说的"遗忘",我想主要是因为我在很长一段时间里行踪不定,别人找你很困难,你也不需要找别人。至于与媒介的接触这种事情,我觉得不应该称其为问题的。比如说,一些热情的记者也来了解我的一些情况,我就敷衍而去。我想一个作家的情况严格讲起来是不需要对外说什么的,它是一个很个人的事情,对不对?一个人总不至于坐在马桶上还要有人来报道他在马桶上坐着吧?我在写什么,我的作品出来了,这就完成了,至于媒体所关心的我个人本身,没有太多意义。你所说的"原则",我的理解是一个人怎么也应该有种属于自己的东西,特别是在为人的时候,既然我自己确立了一种信念、一种立场,不用"坚持"这么大的词,应该是很从容地走下去。有些作家愿意去开会,那就去开会好了,而我是不愿意去的;有些作家愿意随便出书,而我不愿意随便。

我觉得我的愉快在写的过程中已经完成了,这个书出来或者不出来,对我意义不是太大。反正迟早会出的,你看,这回不是一下出了一摞吗?老实说,我发表的任何作品没有哪一部在发表之后我是从头到尾认真看过的。再说,中国像我们这样的作家非常多嘛,不要把自己太当回事,是不是?为什么非要搞得红火呢?哪来那么多人红火呢?同时我相信一点,无论是搞还是不搞,最后都是要靠作品说话的,其他的东西都是多余的。所以我在有些创作谈或随笔里面这样写道:如果说一个作家有什么野心,那么这个野心就应该局限在一张纸以内,而不要跑到纸外的任何地方去。你的理想、你的王国、你的荣誉,都必须建立在你的一张纸上,其他地方再热闹也只是一个表面的繁荣,一阵锣鼓过去,也就显得很冷清了,没什么意思,所以还是远离锣鼓为好。但是人有时候也有无奈的时候,就是说,当你自己的事情与别人的事情构成一种关系,特别是现在,要面对市场或是经济利益的时候,你必须有责任去配合这种事情。比如说几家出版社出你的十几本书,大家要给你印招贴,希望你签名售书,你就不好拒绝。

林:你的拒绝已经够多了。

潘:是的,我拒绝过转载,拒绝过出版,拒绝过采访,拒绝过领奖。之所以拒绝,是因为我觉得有些东西改变了我的某种方式。

林:比方说领奖。

潘:领奖呀,我知道你在说那件事。没有别的原因,我觉得我的作品不是属于一种主旋律的东西,不配接受这个奖。再比如发表,有些刊物很热情地约稿,我总是要请他们先把刊物寄给我看一下。我要了解一下这个刊物是怎么办的,如果它的办刊方向违背了我的意志,那我就会礼貌地告诉他们,我不能为他们写,这样的事情年年都有,所以也只能请他们谅解。至于出版、改编之类,有多种原因,比如这套书的主编是谁,比如说导演是谁,如果都是我很难信任的,那我就放弃它。我反对作家有一个明星意识,作家就是作家,他不是明星,只有明星才走到哪儿都有人追着你签名。对这些东西,我历来没有兴趣。

林:现在这种媒体对文学的关注,更多的时候是从非文学的角度去关注的,这种情况都成了一种"空气"。比如讲,作品研究会、新闻发布会、颁奖会、文坛官司、杂志改版等,从道理上来讲,诸如报纸、电台、电视台,它的栏目空间要"填"起来,要吸引人,在媒介方面要做一些手段,但是你不能指望媒介个个都像文学评论家或是作家一样对文学有充分的理解,更不能指望媒介像个文学青年那样热爱文学。问题在于,我们要了解作为作家的潘军,似乎只有通过报纸、电视等媒介,但这样可能带来某种扭曲。

潘:我个人对这种东西很坦然,因为我觉得面对这种东西不是一个很难的事情,而是一个你同意不同意、合作不合作的问题。一些比较纯粹、像样的文学活动,比如说笔会,我都去,以文会友很好啊!但我可能不会接受某种街头小报的采访,我会选择一份有分量的报纸,这无论是面对读者还是面对我的作品都是件有益的事呀!这只是一个选择的问题,谈不上什么清高,我还从来没见过清高的作家呢!有些事情的好笑之处在于,有些人是不仅合作,而且愿意迎合,甚至自己想方设法到处制造这种东西(舆论),譬如自己给自己写消息报道,还自己送到报社。这就有些莫名其妙了,用北京人爱说的话讲,就是有病。我这次在北京的时候,有一家电台想播我的《独白与手势》,打电话跟我谈,我第一句就问,你们给我多少钱?因为这是我的东西,你要播当然得给钱。他们说,我们不给钱。我说,不给钱你们打电话没有意义呀。他们做我的工作说这样能扩大对我的宣传,我说我为什么要宣传呀。没有硬性的规定要求一个作家非宣传不可呀,就像我为什么要得奖呢?为什么要加入某些(个)组织呢?为什么要去开会呢?如果这些东西能使我的小说越写越好的话,我就去。但是事实并非如此,它们对于我的作用还不如我在家里安安静静地读一本书的收益大,因此我拒绝它们是很自然的事。我刚才讲到偶尔为之的事情,就是指要涉及双方利益的问题,比如说出版社要出本书,希望卖得好,不亏损,这个时候邀请作家搞一个签名售书活动,我觉得这不是一个不合理的要求,就应该配合,因为要对出版社负责任。再比如你的电影、电视剧播了,他们希望在说明书上印你的照片,你也应该提供,因为你也希望这个投资人把这部片子卖得好,但这种做法也应该是有节制的。现在有些做法有些过头,譬如,一个写小说的,小说还没写多少,关于小说的谈论已经成为公开的文字到处传播了。电影界就更离谱了,《荆轲刺秦王》居然弄到人民大会堂去搞首映式了,用三国语言现场翻译,这就很可笑了——你的电影好坏不在乎在哪儿开发布会,现场有几个翻译呀,是不是?但使我自信的一点是,我这个不大宣传的作家居然收到很多读者的来信,很多人把信写到编辑部,再转来,或者通过编辑部打听我的地址。你今天来时,我正在给广州沙河的一位读者回信,这位朋友看了我的很多作品,连并不怎么为人所知的《爱情岛》《白底黑斑蝴蝶》《情感生活的短暂真空时期》,他都看了。

林:这倒让人感动。

潘:而且给我带来一种激情,我把它视为未曾事先约定的空中握手,这是一种美好的感觉。

林:你刚才谈到,很愿意参加笔会,那么其他活动呢?我是指一些与文学有关的会议之类。

潘:笔会主要是以文会友。写作不是科研攻关,有必要借助开会吗?难道我去开那个会我就能把小说写好了?写作纯粹是个人行为嘛。有人说我是文坛上的一个独行客,意思是说我一意孤行吧,这话也对。我有几句话可能不中听,一是我爱文学,不爱文学界,一个男人这么长久地喜欢一样东西不容易。二是只交朋友,不入队伍。朋友是终生的依靠,队伍我觉得没有任何意义。这个立场是不能改变的。写作这个行当本身不需要资格与资历。有些人可能会说你这是不是很傲慢,是不是把自己架得太高？不是。在这一点上，我觉得作家有时候还是要把自己当回事。我指的是，就像我刚才举过的例子，有人向我约稿，而这刊物是地摊刊物，或者它的倾向性与我的追求是完全背道而驰的，我就不会给它写东西。我给它写就意味着我支持这份刊物，这样我连自己都说服不了。

林：现在，你对自己当作家这个行当的最深感受是什么？你对自己的未来有明确的设计吗？

潘：作为一名写作者，我现在最大的乐观就是觉得自己目前还是一口没有挖出水的井，但又有湿润的感觉，这种感觉比较激励人，至少它离江郎才尽还比较远。同时，如果有一天江郎才尽了，我也准备立马洗手不干，我决不会"耗小说"。因为我的爱好很多，完全可能非常幸福地把自己封笔以后的生活安排得很妥帖。

林：你曾在一篇随笔里提过，中国文坛是一个没有裁判的足球场，或者说自己是自己的裁判。你是不是感到这里有太多的不公正？

潘：我的原话是这样说的：当代中国文学的一个遗憾是权威的缺席，没有大师；而另一个遗憾就是到处都能看到以大师自居的人。所以说这么多年来，我们实际上就是在踢一场没有裁判的足球，因为缺少大师就失去了权威的意义，失去权威就意味着裁判本身是不真实的。那么这场足球如果你还想踢的话，就只能保持自己踢球时的那一种感觉和状态了。如果有一天你确实累了，或者说你找不到这种感觉了，你就自亮红牌把自己罚下场算了，这段历史也就结束了。

林：你认为这是一种境界？

潘：不，境界拔得太高了，应该是一种自然的状态。我觉得像阿城这种作家就是这种状态。尽管我们在写作上的有些东西不全一致，但是，像他这种状态我很喜欢，他从来没有把自己当作挺职业的著名作家，而我们这些人一直把他当作一个很好的作家。他具有一个小说家的天赋和对文学、人生的一种达观的态度，一篇《棋王》出来以后就让那些旁边的人不知所措，比他年老的、年轻的都汗颜不已、自愧不如。就像姜文拍出《阳光灿烂的日子》，使一些职业导演羞得无处躲藏。阿城写了几个作品以后，他就觉得这种东西可能以后再没有必要一个个玩下去了，干脆不写了，然后就去国外挣钱，过那种比较闲适的生活，偶尔应别人所邀，写点三言两语的东西，也不讨厌。这种状态就比较好，也是正常的。不正常的是另外一些人，老是惦记着自己是个了不起的作家，一方面在外人面前自视甚高，另一方面自己内心里焦虑不堪，这就是毛病了。

林：对我们的许多作家来说，似乎一个人他今天是作家，明天就不能不是作家，而且永远只能是作家了。

潘：我认为作家就是个手艺人，写作就是他的日常生活，与什么"神圣"之类是没有任何瓜葛的。我不大喜欢一些人一天到晚除了文学还是文学，他的整个一生就与文学活动扣得那么紧？我认为那是不真实的，至少其中有些活动是他自己找上门的。一个人要回避一个东西其实是很容易的。

林：你这话让我想起有一次一个电影演员接受几个大学生的提问时说的话，有人问她，现在演艺界的女演员或多或少有些绯闻，你怎么看？她说，我不知道别人怎么样，我觉得最根本的还是取决于你自己，你要不要这个绯闻。她这话说得很有道理。

潘：她的话有针对性。确实就是取决于你自己。这并非如有人以为的是所谓超脱，我认为这是一种选择，就是你说"YES"或"NO"的问题。超脱是以富足为前提的，比如说你这个人对钱很超脱，就因为你有很多钱，所以才能把钱看得很淡，而"选择"就是意味着你要这份钱还是不要这份钱，这不是超脱的问题，干吗把自己拔得那么高呢？有多少人能对名利很超脱呢？只是这个名你要，那个名你不要而已，就这么简单。

三、视觉叙事的魅力——关于《独白与手势》

时　间：1999年12月21—23日
地　点：合肥九狮苑宾馆305室

林：我看到宗仁发在谈你的一篇文章中提到，你曾打算写一个《南方之南——一百个人的独白与手势》，这是不是《独白与手势》最早的影子？

潘：宗仁发提到的并不是一篇小说的名字，而是一部电视专题片的名字，我去海南时就带了这么一个计划，想如果有一家公司愿意投资，我就拍一部片子记录一百个来海南岛折腾的形形色色的人——用实录的手法把他们的生活状况记录下来。但最初想到写这部小说是在1993年夏天，我记得当时《收获》的程永新到了海口，有一天我俩散步时我对他说，我一直想写一部小说，把图画当作叙事的一部分放置进去。我说我还没有见到这样的小说，尽管这可能是一次叙事上的冒险，但肯定很有趣。不过说过也就过去了。直到1997年春天我重返海口拍《大陆人》，有一天晚上我开着车子在当年生活过的地方瞎转，突然感觉到了那种故地重游的触动，旧时的痕迹除了那种亲切感以外，又一次唤醒了写这本书的欲望。当晚我回到酒店,拿钢笔画了许多的草图。而且我的记忆完全走出了这个岛屿的局限,一直走到 30 年前,我故乡的一条巷子里。我似乎意识到了,这应该是我这个故事开始的路。那时我就决定,等这部片子拍完后,就开始写这本书。但当时想写什么东西我脑子里确实没有,让我冲动的还是这种叙事形式。1998 年秋天,我在北京拍《对话》,有一天去人民文学出版社和朋友聊天,刘海虹向我组稿,我便又一次谈到了这部小说的构想。她也很兴奋,说,你赶快给我写吧,我很想编一部带图的小说。所以说,这部小说真正开始操作,其实是被一种外部的热情煽动起来的,并不是到了非写不可的地步。那时正好我有一个空闲,也觉得用于做影视赚钱的时间已经够了,该腾出一块时间写小说了,于是就在北京的寓所里写起来。等写过 5 万字的时候,我突然觉得我要写的还不是一本书,而是三本。当然每一本都不会很长。我有一个大致的构想,就是从时间上说有一个安排。第一部写已经过去了的 30 年,第二部可能只写一个人的 3 年,到了第三部可能就是这个人一生中的 3 个月了——时间就这样递减浓缩下来。

林:你谈到过,将这三部小说分别命名为《白》《蓝》《红》,是出于对基耶斯洛夫斯基的同名电影的喜爱。

潘:喜爱是不错的,但我不会和他一样去说自由、平等、博爱。我要写的是一个男人几十年的情感历程和心灵磨难。宗仁发不主张我用这个题目,觉得已经有过了,我在和他通电话时就说,我能感觉到这种色彩的冲击。尤其是第二部的"蓝",似乎整个故事都笼罩在蓝色中了。如果第二部叫"蓝",那么第一部应该叫"白"比较合适,因为第一部里有一种童年的、家庭的、历史的苍凉感,用"白"贴切一些。那么将要写的"红"是一种什么样的状态,我还没有想好,可能会写生命的辉煌与毁灭吧。这只是一个总体上的感觉。

小说第一部很快就写出来了。面对这样一个 16 万字、100 幅图的东西,我还是感到比较有意思。当然,这个"图"已经跳出了我们通常习惯的插图模式,不是可有可无,而是变成了一种叙事上的一个层面。既然这样的话,那在文和图之间,我肯定是会做些设计的。这一点在写作过程中我就考虑了。这里面的图,既有具象的,也有抽象的;既有很贴切的,也有不太贴切的——图跟文字之间构成了一种很复杂的关系。比如对于第一幅图我就讲:"你现在看到的这条巷子,是故事开始时的路……"实际上,我在这里带有了某种规定性或强制性,我要求我的读者来适应我规定的这么一种氛围,你不可能把它当作北京的一条胡同或者某个城市的一条巷子,而只能把它当作皖南或皖西南的一个古朴小镇里的小巷,作为阅读的一个预备阶段就达到我的目的了。

林:除了你讲的这种"规定性""强制性",我感触比较多的就是它有一种代替文字的功用。

潘:那肯定是有的——文字所达不到的一些东西。其中象征性的东西就更多了。比如我记得写到一男一女组建家庭以后的不和谐,我当时是拍了一幅洗脸盆的图片,如果注意看,这脸盆很别致(发表时的照片可能不太清晰):首先它给人一种很冰凉的感觉,其次它的两个水龙头是不一样的,两个漱口杯也是不一样的,两把牙刷是朝两个方向分支的,边上的手套大概一个红色一个白色——这是我作的安排,它似乎能反映这个家庭的缩影,给人一种冰冰凉凉的很别扭的感觉,连水龙头都不一致,你可以想象这个家庭不一致的地方实在太多了。

林:图像在某些时候传达信息的直接性和冲击力是文字所无法达到的,当然文字还可以通过想象。除此之外我觉得还有"俭省"——图像插入以后带来的叙事上的俭省。当时我看到小说的开头倒没有想到所说的"规定性",而是想这样的方式真是太聪明了,如果改换成文字,这条巷子够你写的了。

潘:至少一千字吧。

林:而且写起来不讨好——作为写作者你必须写,而读者可能不愿意读。

林:至少一些人会很厌倦,这是一个什么样的时代呀!

潘:所以我早期曾经提出过这么一个观点:我承认小说的发展其实就是形式的发展,同时我也承认时代对小说的形式会形成一种制约。为什么巴尔扎克时代能出现巴尔扎克式的东西?那个时代的节奏可能就是培育这种小说的土壤,今天我们很难再平心静气地写作或阅读这类小说了,所以有些朋友在写鸿篇巨制时我就想,这个时代还需要再有一部《追忆逝水年华》这样的东西吗?你现在让我把普鲁斯特的小说重新读一遍,说实话我都没有那个勇气。

所以就像你说的,图画在这里既有省略,又有强化,还有替代,而更多的是它与文字之间形成的内在关系。比如说我需要我的读者调动激情的时候——像小说的最后,犁城下起了这一年的第一场雪——在故事很压抑的时候突然把窗口打开:有一场雪。我感觉到这时候有一场真正的雪的景观出现在面前,那作为读者来讲是一种豁然开朗的感觉,这样气会生盛的,不是文字上用一个"雪"字就可以呈现出来的,所以在这里图画又强调了文字的意味。

林:从视觉本身来讲,图片的移动又引起了视觉移动的节奏——这是从阅读这个角度来讲(从你个人写作的角度可能有意识,也可能是不太有意识的),它引起了一种节奏,调节视觉,避免了我们在一般阅读长篇时产生的疲倦感。这一点跟前面相比可能相对次要,但也是一个不可忽略的作用。

潘:是的,我当然考虑了这个问题。我为什么要强调时代对形式有一种制约?我所做的一切努力都是希望这部小说变得好看,无论是哪一个层面上的好看,现在看到的发表的或转载的都不太明朗,因为篇幅的限制,它们中间省略了大部分的图片。所以《小说家》发表第二部的时候我对康伟杰说,图可以省略一部分,但把省略的那部分图的位置标示出来,因为会出现阅读衔接上的问题。

林:当我看了《作家》,再看《小说选刊》的时候,这个问题就很明显。有些在《作家》中有的图片在《小说选刊》中没有,反过来也一样。我想等拿到书的单行本会得到一个完整的印象,会更好。

潘:另外,这些图还有一些其他的符号功能,比如说,小说中涉及插队、农家的炊烟,甚至那条狗,父亲当年发配到原籍的草舍,这都是有一种历史感的东西,而且这些具象的东西实际上具有某种抽象的意味。

林:这里面比较多的画面是关于"手"的,我曾经还看过一些摄影集——关于"手"的摄影,你的《独白与手势》这个题目,还有里面有些语句谈到韦青的手、雨浓的手,还有给我印象比较深的父亲擦旧自行车的手、母亲打算盘的手,这些是你拍摄的照片,还是画作?

潘:一开始是拍的,后来我在画面上作了点处理,书里的制版与杂志里面不一样,有的做成了木刻和负片的效果,看起来更有味道。

我记得拍机关门口,我强调的是门口的交通标志:不许掉弯、不许鸣笛、不许调头……很多的"不许",在进这道门之前就有许多"不许"了,进去了肯定更多。等真的进了里面,我又拍了一组楼梯,让你觉得似乎怎么走都不对头。这些都是文字本身不能替代的东西,有一种暗示、一种隐喻在里面。我也听见这样的反映,说,把你这部小说中的图拿掉照样可以读懂。这一点不错,但是你不可能读出与一部带图小说同样的味道,这是两回事。

林:事实上作为某种极端操作方式,单独拿出这些图片,按照某种序列排下来,本身就具有一种意味——我之所以想到这一点,是因为你曾经提到你动了写作念头以后就画了些草图,而这些可能有意无意地对你后来的写作产生了影响、暗示。

潘:是的,我当时画下一些我自己能够看得懂的图。可能是这些图画调动了我自己的记忆,这部小说虽然不是一部回忆录,但它与我的某些履历有一定的关系,故事可能是虚构的,但每一阶段的感受很真切。所以我特别把一些提示历史的部分做得很具体,包括插队时期我画的一些素描写生,我都把它们找出来放进去了。

林:比如那种"文革"报纸拼贴的图片……

潘:那强调的是一种恐惧感。

林:如果没有图片,这样的感觉像我们可能还可以感受到,但更年轻一代的人就很难想象了。我还想知道,你为什么命名为《独白与手势》?

潘:有许多人这么问过。首先,我觉得这几个字放在一起很有吸引力。我后来又想到一个问题:这两种都是一种叙述——"独白"是一种叙述,"手势"同样也是。你可以把它理解为"独白"是它的文字,"手势"是它的图画;你可以把它理解为"独白"是可以说的,而"手势"是比画出来,难以言说的。想到这些,我感觉还是有点意思。

林:还可以作这样的理解:"独白"是发自内心的、无形的,"手势"是一种外在的、有形的。这个题目可以唤起我们特别大的想象空间。

潘:这不是类似于"战争与和平"这样的对立。

林:你在时间的处理上采取了编年,第一部是 1967 年到 1988 年……

潘:从结构上讲,小说的时间形成了这么一个规律,一个是记忆的时间,还有一个是写作中的时间——它以一次回故里的探寻作为纵向的线索,然后把自己 20 多年的经历调动起来。第二部则是以主人公到南方去拍一部电视剧作为现时的贯穿,来写 3 年的流浪生活。每一部既独立成篇,又与另一部有所联系。第三部则是消解在 1999 年的 3 个月中间,但又填补了自 1996 年以后的时间空白。

林:从第一部来看,大致有两个层次,实际上还有一个层次,小说中标出的写作时间实际上是虚构的写作时间,还有你实际的写作时间,这种标出的写作时间除了揭示你刚才所谓的回故乡的经历,还有没有其他更多的对应的考虑?

潘:你的意思是……?

林:我的问题在于,比方 1997 年 10 月 31 日写的前面这些事情,事实上在小说叙述的可能性上来讲,此刻不一定和前面叙述的 1979 年的事情有关,这当中有没有具体的编排?

潘:没有具体的编排。当时我只是想,作为一部长篇小说,而且又有图画介入小说中间去,这么一种综合性的文本,或者叫作双重文本吧,如果在故事上再有很复杂的编排,那么这个小说读起来会很累,因此在小说的发展过程中基本上还是按照一种线性的东西,尽管联想与随意的成分很大。但从主干上讲还是一种线性的,这一点我没有把它改变掉,就像一个孩子从小到大,中间可能述及 30 年以后,但主干是线性的。

林:之所以有这个问题,是因为小说中间提到了雨浓,小丹说"明年我们去看看雨浓吧"之类,当时我想假如把雨浓的事情留到现在去说也未尝不可……

潘:但那种冲击力,包括留下来的悬念,可能达不到现在的效果。

林:对。

潘:这种安排我觉得是一种技术上的问题。或者说把它当作一种手法、一种技艺来理解,都可以。"我"是在1997年回顾这个事情的,知道这个事情的结果,它已成定局,但读者还在期待这个事情的结局,所以即使为了使这个故事完整,"我"在1997年的这一天提示这件事情的结果,但是"我"不能把它完全抖出来。像这样的结构在小说中不止一处,比如主人公与李佳的离婚,第一部小说中没有涉及,但从阅读的角度讲,大家肯定都知道。在知道的同时又很关心下一步:他们是怎么离婚的。

林:人称的运用是这部小说又一个重要的形成因素。

潘:在人民文学出版社发排时,有编辑问我,小说中两种人称交错着使用,看起来挺舒服,但是有没有什么规律性的东西?为什么这个时候用第一人称,那个时候又用第三人称?我说这是显而易见的,只要是属于手记的部分都是第一人称,而且是1997年的第一人称,而不是故事中的第一人称,虽然手记中间经常有将现在和过去衔接起来的东西,但这是以1997年的男人口吻在谈他过去几十年的事情,语气是完全不一样的,这就不仅仅是人称的问题了。而只要是第三人称,都与故事中的那个人的具体年龄和人生阶段完全一致,譬如一开始他是个十岁的孩子,那就完全是十岁男孩的视角、男孩的感受、男孩的所作所为。

林:在人称交错使用的处理上,我还注意到:写1977年以前的,你在人称的运用上是"他"在先,"我"在后,给人以由远到近的感觉;写1977年以后的,就反过来了,"我"在先,"他"在后,由近到远了。而到小说的最后又翻转过来,并且由"他"来收束。

潘:对,但是这种变化倒不是预先设计的,小说写到这个程度后就自然而然地形成了这个样子。预先我没有设计要在写到1977年这个时候掉头,你刚才这么一说,我才意识到这一点。

林:这种变化在很大程度上形成了节奏的转换,与第三人称相对应的是客观性的叙述,而与"我"相对应的则是抒怀性的感喟和议论,相对张开一些。这样交错开来,流畅而富于变化,叙事的空间也显得非常饱满。

潘:这样的语言和叙事效果是我一开始写的时候就希望达到的,人称的转变确实能带来很有意思的东西,生发出一种意味。至于这当中内在的节奏,是在写作中自然出来的。小说最后有一个好像急转弯的东西,写他打着一把伞,在黑夜里面,看着空中的雨,似乎于黑暗中看见空中飘浮着女人的手势,实际上是他正准备走进小说的第二部。

林:在这个长篇中,你采取了一种类似自传体、编年体的写法。小说中还写道:"在这个资讯沉重信息爆炸的时代,回忆让我宁静,心如止水。"这是不是意味着你写这部小说的一个比较潜在的动机是通过叙述达到的宁静来抵御你置身其中的世界的喧哗?

潘:不排除你说的这层意思,但我更想强调的是,对于一个小说家来讲,小说的美是一种叙述的美。就这部小说来讲,我确实赋予了它某种自传编年的特性,但是我更愿意在博尔赫斯的意义上来理解"自传"。他说:严格讲起来,任何一次写作都是自传。这部小说除了故事本身按照小说需要编排、有所设计以外,应该说小说中的感情体验是比较真诚的,从某种意义上讲,与我个人的生活经历中的烙印是分不开的。另外,我非常迷恋小说中的细雨迷蒙的忧伤的气氛,我是在追求那种不动声色的比较节制的,同时又是舒缓而忧伤的叙事效果,就像一个人关在屋子里,面对窗外的雨在回忆自己,在自言自语,同时又好像在对一个自己信赖的人倾诉、默想,既有一种倾诉的成分。又有一种默想的成分,这种东西,我觉得只要做完整了,它应该就是一种很好的东西。

林:这可能决定了小说宁静而有所节制的舒缓的叙述状态。我感到,节制在这里显得很重要,一开始我有点儿担心,这会不会是很伤感、很苍老的情绪的弥漫,容易流于煽情一路?但后来我发现这担心是多余的,你的叙述不仅是传达忧伤,而且也是在平息忧伤;在唤起人的共鸣的时候,也在让这被唤起的东西缓缓地流出去,剩下对生命本身的体认和追索。

潘:我并不人为地去调动什么、煽动什么,或者说不去有意识地刺激你。我觉得小说本身需要我在一些时刻笔墨重一些、浓一点,我按照小说特定的要求将它做完,整个来讲追求的是比较苍凉忧伤的东西,这也就是我将这第一部称为"白"的原因。这种东西可以称为小说叙述的色调或者说主调、主旋律,从我写第一个句子的时候,开始这种东西就在我心中积淀起来了,并且贯穿始终。

林:在情绪氛围的营造过程中,你对叙述的控制似乎很敏感,往往通过节奏的转换、画面的转换,起到一种淡出或淡入的效果。这种控制对你来说是否需要刻意而为呢?

潘:当然,有可能在某种情绪泛滥开来的时候,当我预感到读者将会沉浸于其中的时候,我就将它打断。这种控制应该说有时候是有意为之,有时候则是小说自身的规律在起作用。我的意思是,当你通篇都追求着一种叙事效果的时候,你不可能在某一个局部变得不和谐。我写过的几部长篇小说,都是一气儿写下来,从不来第二遍,完成后只是作细小的局部性的调整。我想这可能不仅是一个作家的写作习惯问题,而且更是一种状态。

林:在《独白与手势》第一部里,林之冰这个女性的形象与其他几个女性相比,与"我"的关系的展现,显得不够似的,好像没有进入叙事之中就撤了,是不是她将在第二部中占据重要的位置?

潘:确实如你预感到的,林之冰其实严格讲起来属于第二部里的人物。在第一部里写到她,是因为我觉得故事有它自身的规律,我需要这么一个短暂的情感生活的片段,然后就像一根蜡烛被吹灭了似的很快就无影无踪,我要这么一个东西。这样当这个人物在第二部中出现的时候,你再回头读,人物会显得相对完整一些。

林:对"我"与林之冰告别的安排,小说的叙述显得有点陡,情绪的表达有点匆忙,不那么饱满,总感觉好像还没完似的。

潘:涉及这个情节的地方,本来有一幅冲击力很强的画面,杂志排印时未能印出。我当时真的专门找了一男一女,拍了一个隔了玻璃的手叠合在一起的画面,背景是一架外国的飞机,然后在电脑上做了一些虚化的处理,处理成梦幻般的状态,因为这个场面是在"我"的想象中完成的。如果有了这幅画,可能会冲淡你上面的那种感觉。

林:冯敏在《小说选刊》(长篇小说增刊)的"阅读札记"里谈到,他作为插过队、当过知青的你的同时代人,也读过其他知青题材的小说,却从来没有哪一部像《独白与手势》这样让他感动,虽然你这部小说对知青涉笔并不多。这让我想到一个话题,即所谓"知青文学",不知是谁说过,知青这块题材在中国是浪费掉了,没有很好地写出过。实际上,就题材而言,阿城的《棋王》是知青文学的一个很好的开端,可惜没有更好的后来者。我觉得你这部小说在这方面显示出了它的价值,这可能不仅仅限于知青生活的描写。它意味着对整个生活的忠实,这忠实不是针对具体的事情,而是一种情感的、情绪的忠实。

潘:我想,之所以会给冯敏那样的印象,可能是因为我以一种诚实的态度对知青生活做出了理解和还原,就像我小说中表露的那样,我对知青生活就是那种态度,我对知青生活的状态就是那么一种理解,没有那么多壮怀激烈的东西,那种矫情的东西很让人厌烦。你刚才提到阿城的《棋王》时说得很准确。我当时看阿城的《棋王》时就觉得,他写得最像知青,知青就是那种样子,就像我个人小说中写的——偷鸡摸狗的,跟赤脚医生通奸、互相之间倾轧和挤对的,等等,但同时他们又被无知的人凌辱和管理,背负着巨大的精神苦闷。因为我把当时所经验的东西很朴素地表达出来,这就是对生活的忠实。而有的人总是把知青拉到一种英雄的境界,那是最虚伪的作品。还有那种充满感伤的留恋或者充满怨愤的控诉,也是如此。你控诉什么?哪一个知青当时不是唱着歌、戴着花下去的,是不是?所以你刚才说到对生活的忠实,我觉得落实到作家的笔下就是对生活的一种很朴素、很诚实的表达。这很重要。同时在对情感的问题上也是一样。我倒不是说要写一部忏悔录,虽然冯敏在"阅读札记"中提到了卢梭的《忏悔录》和帕斯捷尔纳克的《日瓦戈医生》,我觉得任何一个人,他的故事都可能很动人,他的经验都可能触动你,关键在于我们用什么样的方式、态度去表达。

林:就冯敏的感受而言,他所谓的打动,可能是知青中的那种沉默的东西在你这里得以呈现与表达。阿城的《棋王》里有许多这方面的表现,像一开始写知青们上火车,太阳照在屁股上,写在宿舍里喝麦乳精,喝得满屋子喉咙响等等,细节表现的力量蕴含其中。但《棋王》有一种对生活之外的追求,就像它描述的"九轮大战",营造的不是英雄的英雄,扯到老庄文化上去寻求支持力,这反而削弱了小说的力量,这种东西往往造成了生活的沉默。

潘:就像我们刚才提到的,抛开空虚层面谈生活本身的表达。我觉得有些作家的小说不好看的原因,第一,是他们本身对生活、素材的态度不诚实;第二,就是他们本人的表达能力有限,写不好。这可能就是一个好作家和一般作家最基本的区别。像我们到今天谈论《棋王》,还能够记住它内部那些很生动的东西,那些充满了智慧的语言和句子,一般作家写不出来。而有些作家则写得毫不生动,小说中的每个人物都像演员一样,他的出场是有设计的,他的每一个动作也是有设计的,让人觉得这不是在阅读一部小说,不是通过小说了解那段历史,或者重现、再现、表现那段历史,而只是感觉到我们在看一个历史名目下的活报剧,啼笑皆非。

林:构成《独白与手势》整个叙事的核心线索是一个少年到青年到成年的成长过程,具体地说是他跟几个女孩、女人的关系,就你个人来讲,这几个女人在你进入写作的时候是不是处在同等的位置上,负有同等的使命,譬如说构成你的叙事不同阶段的兴奋点?

潘:关于几个女人的故事,多半是虚构的,我在写作中间不可避免地要涉及性爱、情爱等问题。围绕这个问题相继出现的女性当然有不同的使命。比方说小丹是他的青梅竹马,从小在一起长大,有一种早就是一家人的感觉。但恰恰是这样的关系,使得他们两家人都没有预料到两个孩子长大了会在一起,因为一个很现实的问题明摆着,正如小说中的小丹所说:我俩好了,将来我们的孩子还在农村。记得我们小时候经常看到有人家嫁女儿非要选择一个党员、一个复员军人,尤其是那些出身不好的人家,特别希望通过这样一种方式来改变家庭的血液。其实这部小说中写的两个人即是如此,虽然很好,但是家庭的磨难——两个右派家庭的孩子——给他们的打击是很大的,他们之间很难焕发出那种少男少女的情窦初开的东西,更多的是一种亲密无间与情同手足的关系。但他们毕竟不是一家人,当这个男人在十几年后受到个人家庭、情感的危机时,小丹去搭救他、去抚慰他的时候,比任何人都从容。前几天施战军给我打电话,特别提到了小丹这个人物,说自己简直爱上了她——他说小丹往一把小牙刷上挤牙膏的细节令他感动。

林:我觉得这部小说的表现摆脱了80年代我们习见的那种模式:男人离开女人开始到城里闯荡,男人在城里受难以后,回到女人怀抱得到心灵的慰藉,像《人生》《浮躁》是其典型的代表,这种模式往往是所谓"两种文明的冲突"这样的话语范型所给定的。而小丹在这里没有出现这样的模式,就是人与人之间的非常正常、自然的关系呈现。

潘:我的要求是这样的:每个人的行为只能出现在这个人身上,如果你把这个人的情节移到另外的人身上,肯定不真实。如果小丹从小不是跟"我"情同手足,就不可能出现施战军提起的那个细节。小丹说"你带牙刷了吗",回答"没有",小丹说"那你用我的吧"——一般的女孩子很忌讳出现这样的问题。也就是说小丹没有一种从本能上嫌弃"我"的东西。可以想象这样的场景:在冬天里的一个小屋子里燃起一盆火,小丹把孩子交给保姆,她过去陪那个男人——我觉得只有小丹这样的女人才做得出来。因此小丹与"我"的情感是一种青梅竹马又恰恰不是初恋的关系,真正的初恋是和雨浓。就像雨后的彩虹,转瞬即逝,什么都没有了,留下来的是那种匆匆而来又匆匆而去且一辈子留在心里很难抹去的东西,犹如一支挽歌。他跟雨浓之间连表白的机会都没有——他只是在梦中梦见她的手,凭着记忆把她的手画下来,最后这双手印证了一次凶兆,不可知的凶兆,居然与他梦中记录下来的东西相吻合。这种东西更多的是一种形而上的精神的东西,它构成的初恋就很难磨灭了,它发生在任何人身上都是很难磨灭的。

林:韦青这个人物,在我个人看来是写得最好的一个。

潘:这可能是因为小说在韦青身上赋予的成分比较复杂,他们一开始就预示了一种恩恩怨怨的开端。当他被莫名其妙地从学校赶回来的时候,他还不知道给他送信的女人就是接替他教书的女人,他还没来得及恨她就爱上她了,而且她是他一生真正拥有的第一个女人,而他也是她一生中的第一个男人,这对任何人都是刻骨铭心的。韦青的出现,使他一下子从雨浓的精神层面到了另外的层面。但恰恰最后在这么一对具体的人身上,有着一个教育局长的女儿和一个右派的儿子之间的不和谐,于是他们之间只能是激动人心但又不可能长久的一次爱情寓言,或者说是一次爱情的彩排。然而当分手已成定局的时候,社会历史又改变了——人生就是更多的无奈和毫无办法,是弱小的命运在变化莫测的现实面前受到的不可捉摸的安排。因此这几个女性的出现在小说中都负有特殊的使命,有青梅竹马的朋友(恋人),有平生的第一个女人,有结发妻子,她们作为女人的使命是无法互相代替的。我的单行本责编刘海虹说,在几个女性中,她认为写得最好的是李佳,她认为"我"与李佳之间那种微妙的关系很细腻,也很感人。

林:在写"我"与几个女性的关系中,你没有回避性的表现,但很显然,你很看重的是其间一种唯美的东西。

潘:我曾跟别人谈过,像"性"的问题,我觉得有些人写得很脏、很低下,在某种意义上不仅是污辱了读者,而且是污辱了"性"。我觉得,只要你对人生采取很诚实的态度,对性的表现就会在写作中出现一种它本来难以磨灭的光辉。因此,我想我有时虽然写得很"性",但很干净。

林:王小波的《黄金时代》也写了知青生活中的性,我感到他是采取极端的方式打破性话语的禁忌,然后让性的自然状态呈现出来,他对性的表现相对夸张一些,让人在摩擦中感觉到热度,在扭曲中感知正常。在他这种表现中,自然的性映照的是性的不自然,是性话语的被禁忌、被压抑。我觉得你这里面相对来说不存在那种压抑,你是自然而然地生发开来,让人生出对生命本身的怜惜。但你的这部小说里这方面还有个比较,那就是在"我"和李佳的关系中,情感与肉体的隔离,你比较多地呈现了那种苦涩感。

潘:李佳一开始出现就是一个理性要强的女孩子,而且有一种特别果断的素质:十八岁就开始担心他们的性格会合不来,认为不妨往前看一看、等一等。这样的女性与"我"相遇,作为局外人可以预见到他们的某些结局。在性的问题上,一个是从文字上了解男人的少女,一个是在农村获得过性经验的男人,这种差别对他们的情感生活影响至深。小说中有一次写到"我"的感受,他觉得自己就是一件家具,已经被油漆了一遍,要想掩盖过去,唯一可行的方法就是必须用更重的油漆再刷一遍,才能把过去的痕迹覆盖住。这种感觉注定要在他与李佳之间发生。

林:这里面是不是还有一种自然层面上很磨人的歉疚感?它给人的不仅仅是一种挤压,更多的是一种撕裂。

潘:我想这就是一种磨难吧——情感的磨难。小说中有个情节,男人在犁城的街头遇到一个陌生女人,陌生女人无意中说起了韦青,并且说韦青曾经流产过。于是他急忙就往火车站赶,想买票去上海看她,但又突然退出来了,因为他自己新婚不久的妻子李佳正怀孕呢。这种东西在现实生活中的确是一种很磨人的东西。这里面有情感、良知、道德、责任、道义等等,纠缠在一起,用忏悔、歉疚等都不好概括,我倒觉得应该是由此引发的一种心灵上的沉重。

林:在表达这些内容的时候,我感到你关注的是人作为个体的存在,是一个人生活中隐秘而深层的东西。但是,这些与个人的生存空间紧密相关,那么你是如何看待和把握这两者之间关系的呢?

潘:我觉得无法剥离。如果你仔细去看,就会发现每次主人公遭遇情感的磨难,它与特定历史境遇都是相关的。比如他最初与小丹不能萌发初恋般的爱,那本来应该是田园牧歌式的情感,为什么无法产生?后面的情感遭遇更是这样,他与韦青的关系的起伏变化的重要契机都隐藏在社会的变革之中。他与李佳的关系几转几合后成为夫妻,二者格格不入的处世哲学在各自工作的空间里突显出来,并且反馈到了家庭内部。所以每一次情感的磨难都与特定的历史时期休戚相关,这里面当然也可能包含着中国人特殊的情感方式。但同时,我在写个人和生命本身的状态——生命本身在这个历史时期呈现的状态就是这个样子,这里面不存在什么地域性等各种限制之类,除了他的人生经历与小说的主人公完全不一样,其他都可能在主人公身上找到一种举一反三的东西,这应该说是它带有一种普遍性吧。

林:小说中这样写道:"这些年我总在反省,我发现总有两个女人同时出现在我的生活中,构成了我生命的两个半球,缺少一个我的生命就转动不起来。"这一点更多的是一种叙述上的考虑还是情感状态上的考虑?我之所以提出这个问题,是因为越看到后面,越觉得不仅仅是两个女人的问题,小丹、韦青、林之冰、李佳,各种影子都在不同的角度照射着这个男人。

潘:你问的这个问题我觉得比较机智,可能最终考虑的还是叙述上的一个要求,并不是特指,当然在某一个阶段是两个女人充当着至关重要的角色。不过,你上面引的那句话的后面还写道:一个男人的历史实际上是由女人来书写的,每一次书写都意味着对历史的不同修改,写这部历史的可能是一个,更有可能是几个,甚至十几个——我可能还是在强调男性个体生命的存在方式,虽然我没有对这个问题作道德上的评价,但我揭示了这个问题。这个男人经受到许多无形的、有形的东西,最后他与一个女人躺在一张床上,心里很有可能想的是另外的女人,生命的这种状态应该说是相当复杂的,我在强调男人个体生命的一种存在的方式。我不大相信男人与女人的白头到老,相厮相守,但同时我又相信,一个诚实的男人都会向往这种生活,只是他永远得不到这样的生活。这是男人的宿命。

(选自《坦白——潘军访谈录》,安徽大学出版社 2000 年版)

小说外话

牛志强　潘军

话题之一：在大陆与岛屿之间

时　间:1999年11月3日
地　点:北京天坛附近某宾馆

牛:从着手编你这套书时起,我就想起20世纪80年代初我们在合肥的相识,没想到当年的英俊少年如今也步入中年了。从作品中可以看出你对人生感悟的深化,有些沧桑感,但仍掩饰不住当年的自信(甚至有点儿狂)与进取精神。

潘:18年过去了,真是有点感慨系之。

牛:我还是很高兴,这十几年你写了近300万字的东西。但这套书我主张只收你的主要的中短篇小说,按照叙事文本分为6卷。既要求精不求全,又要能反映出创作上的发展变化;既能吸引读者,又能为研究者提供一个较完备的资料。你是个对出书很谨慎的作家,我觉得你的中短篇更能反映你在叙事文本上的一种追求。从80年代后期的"先锋实验小说"到近几年的返璞归真,这段路很值得总结。从作品写作的时间看,我认为你的创作大致可分为三个时期:第一是1982年到1986年,我称之为"习作期";第二是从1987年到1992年,属于"先锋实验期";第三是从1996年到目前,是"成熟期"。这只是我个人的一种划分。但这中间出现了一个写作空白期,就是1992年到1995年,据说那时你在南方折腾生意。

潘:我是1992年春天去南方的,在海口住了近3年,后来又到郑州扎了2年,都是忙生意。我把这之后的生活称为"自我放逐"。我不想当一个职业作家,我觉得对于写作,定位在爱好上比较好。严格地说,我应该是一个写作爱好者。当然,我去南方最主要的是想换个活法。

牛:"换个活法"是20世纪最后10年中国人的流行话语,反映出在社会转型期人们的生存状态和变革欲望,其中也不乏流俗。从文学而下海,有沉也有浮。那时你还想将来继续写作吗?

潘:我从来就没想过要放弃写作。1993年马原到海口拍《中国文学梦》,向我提问:如果让你再做一次选择,你还当作家吗?我说还当。为什么不呢?写作使我愉快,一个男人能这么长久地爱一样东西是不容易的。

牛:我同意你把这之后的生活称为"自我放逐"。现在有些人称你是文坛上的"独行客",这个提法也不无道理。你是个独往独来的人。可能是出于自信吧,有些事处理得和其他人不一样。譬如说你辞去省作协的职务,也不再申请加入任何作协组织;不要职称,曾拒绝过获奖;不追逐文学风潮摇旗呐喊,却因为和某些作家"文学立场"不一而主动从某套丛书里退出来;在文坛盛行包装、炒作之时却对媒体很冷淡。有时候我甚至觉得你有些孤傲。但仔细一想,你的种种选择应该有你的道理。你维护了你个人的独立人格,保持独立思考,这些对你后来的创作是起到了积极作用的。

潘:怎么说呢?徐悲鸿说过一句名言:"人不可有傲气,但不可无傲骨。"我喜欢这句话。我在二十岁时就写过一个叫《徐悲鸿》的电影剧本。我去南方,原因是多方面的。当时并没有多想,只是觉得一个男人不能老待在一个地方。去南方当然就想挣钱——这也是男人的责任,就像花钱是女人的义务一样。那时,包括韩少功在内的一些朋友,都怀疑我是否还会写作。第二年的春天,我在海口办了"蓝星笔会",请了30多位作家和几个刊物的主编,这是我为中国文学所做的一件小事。

牛:"蓝星笔会"在当时影响是很大的。

潘:其实我也是以此表明,我潘军并没有远离文学。我历来的做法是把写作与挣钱分开。我个人认为,写作是个爱好,是门手艺,也是我的看家本领,这是不能开玩笑的。但是,写作不能用以养家糊口,所以我必须要有别的办法。这样才能保证我能安静地坐在写字台前。

牛:记得叶君健先生曾经谈过,创作是门手艺。这句话很意味深长。它反映了"作家—革命家—思想家"的模式,并不以文学为唯一神圣,又强调了它的艺术性和技巧性。你能给自己如此定位,很好,朴实。而人生历练是磨炼这门手艺的砺石。你可能没有想到,南方生活会在几年后给你带来一批小说。这应该是个意外的收获吧?你看,从《海口日记》到《关系》,包括你最近的长篇《独白与手势》的第二部《蓝》,不都是你体验的结果吗?

潘:海口那几年对我的影响是很大的。从个体生命意义上讲,那是我充分张扬的几年。无论是欢乐还是忧伤,我都觉得重要。它使我经历了一场精神的磨难。那种在海与岸之间的焦灼感对于人生无疑是有分量的。

牛:我注意到了这个。《海口日记》里那个作家,企图隐姓埋名地换个活法,以此躲避人生的烦恼与沉重,结果却事与愿违,他在那个岛屿上遭遇了一切。我听见一些读者说过,这个"我"身上有你的影子。

潘:我收到不少读者来信,其中最多的就是问你刚才所说的话题。有位天津的读者还打听海口是否真有那艘船,如有,他就想去接她住。这是读者的好奇心,我对他们说,故事是虚构的,但"我"对故事的体验是真实的。我的意思是说,倘若我不在海口扎几年,我不可能写出这种感受。

牛:的确,正因为有了深切的感受和体验,这本集子里的作品才折射出特区都市的世态万象,欲水横流,虚假的真实,空虚的充实! 还有一个有意思的现象,在《杀人的游戏》那几篇里,叙事风格一致,你都把"潘军"引入了。正如《朗诵南方风景》中你调侃的那样:"人物相继登场,我夹在中间跑龙套。"

潘:这只是叙事上的一种策略吧。我原想把《杀人的游戏》这几篇写成一个长篇,后来放弃了,觉得没有必要。这篇小说,我记得李洁非在一篇文章里提到过,他是从"城市小说"的角度观察的。

牛:虽然都是写南方的,但在叙事上有很大的不同。《海口日记》的随意性很强,写得洒脱而机智,漫不经心的调侃语气下是令人窒息的沉重。《关系》强调了对话的魅力,利用对话使故事发展,这很不容易。到了《朗诵南方风景》,又似乎是后现代了。我很重视这个中篇里的一些片段,如"现在需要一段闲话"等等,看似东扯西拉随随便便的一些话语,实则在进行自己关于小说艺术创作的阐释,譬如说对直觉、偶然性的重视,对未知的不断显现的过程的追求,又譬如说营造悬念与暗示,把现实与虚构随意打通,等等。这都是很不错的"手艺"。

潘:我是有意这么干的。《朗诵南方风景》就是个即兴的东西,但仍然贯穿着某种情绪。《海口日记》发在《收获》上,责编程永新有一回对我说,这篇东西让他想起苏童的《妻妾成群》,不能从所谓的深刻层面上去要求它,但作为叙事文本,它很精致。这也证明了"先锋作家"的能力——我们讲故事怎么样?

牛:我以为,近几年来你把"先锋派"与现实主义做了巧妙的结合,效果不错。不过,现在批评界还是把你看作一个"先锋作家",对此你是怎么看的?

潘:这是批评家做学问的需要,我倒并不关心,只关心怎样把小说写得更好。从《海口日记》到最近的《独白与手势》,我自己觉得写得比较从容。这个状态应该是很好的,我时常会有一种掘井不见水但又能看见湿润的感觉。

牛:我还很喜欢你的小说中的一种忧郁的气质,这在当代文学中可以说是难能可贵的。我们在契诃夫、托尔斯泰、陀思妥耶夫斯基以及塞林格的作品中,常为其忧郁的气质所倾倒。

潘:你的评价很中肯。某种意义上,可以说我对忧郁的气质很迷恋,觉得它应该是艺术的一种很高的境界。这得益于我热爱欧美文学,也出自我的性格深处——你曾说我有点孤傲,其实刻在心灵上的是忧郁。

牛:这里面也有一个人文知识分子的时代情绪吧。

话题之二:冷叙事与个人化历史

时　间:1999年12月14日
地　点:北京天坛附近某宾馆

牛:我第一次读到《我的偶像崇拜年代》是在今年的9月间,山东的《时代文学》每期都给我寄。当时边看边乐,忍不住地推荐给我夫人看。我说,你看看潘军的这个中篇,写得很有意思,典型的塞林格的风格。

潘:这篇小说是在三个地方写成的。先是北京,在给人文社的长篇《独白与手势》安排版式的同时,晚上闲了着急,就写了。我想可能还是《独白与手势》的调动。你知道,这部长篇的第一部《白》,是从1967年写起的,那时我十岁。应该说,《我的偶像崇拜年代》说的也是那个阶段的事吧,就是少年时期。

牛:你写得很逼真,使我不能不怀疑带有你个人经历的色彩。也算另类的"成长小说"吧。我对我夫人说,你看,潘军这小子从小就够折腾的。

潘:博尔赫斯说,一切文学都带有自传性质。在某种意义上我同意这位老人的说法。作为故事,它可能是虚构的,但作者的体验无疑很真实。《我的偶像崇拜年代》自然与我的少年记忆与成长有关。我从来不去写我不熟悉的事,即使是一些20世纪三四十年代的事,实际上我也不过是拿它当载体而已,要表达的还是我个人的体验。

牛:你刚才说这个中篇写了三个地方?

潘:对。北京刚开个头,我就接到山东《时代文学》的电话,让我去济南玩玩。我知道他们主要是要稿子,就带着这个开头去了。两天后,我又回到了合肥,一口气把它写完了。

牛:但是看上去很流畅。我觉得你以这种"塞林格式"的叙事方式写的东西都有一个共同点,流畅而生动。如这一卷里面的《白色沙龙》《纪念少女斯》,另一卷里面的《海口日记》等等。记得有一篇文章把塞林格的《麦田里的守望者》评为"将影响21世纪的经典之作",我认为说得一点都不过分。塞林格的确对近20年来的中国文学的发展起了巨大的推动作用,比如王朔、苏童、莫言,比如你潘军,都受到了他的影响。我觉得你更为本色,可以说是颇得塞林格的真传——从他的叛逆精神对传统与神圣的消解,直到他的叙事方式:调侃与幽默,嘲弄与自嘲,不动声色与有点粗野。我把这种叙事方式称为"冷叙事",不知可不可以?

潘:这个提法让我想到罗兰·巴特说过的"零度写作"。不过我不怎么关心这些理论问题,倒是塞林格的确是我喜欢的作家,他的那部《麦田的守望者》我至少读过五遍。还有另一个美国作家杰克·凯鲁亚克,他写了同样了不得的《在路上》。我习惯把他们放到一起,我喜欢他们那种玩世不恭的味道。

牛:从你的"玩世不恭"里,我突出地感到人生的况味,现实的批判与历史的反思。用你小说中的话说:"凡我含笑写出的章节,她都会含泪去读。"批评界现在习惯把《白色沙龙》看成你的成名作——我很欣赏这种马克·吐温式的讽刺幽默,读时常让人忍俊不禁。

潘:也无所谓什么成名作吧。但我很愿意把这篇小说当作我小说创作的起点,尽管这之前我发表了近30万字的小说。因为这之后,我开始自觉地认识到了小说的含义,并由此开始形成了自己的写作立场。

牛:能具体谈谈这个吗?

潘:我觉得一个小说家要远离一些东西,譬如权威意识形态的中心话语和民间的公共话语。小说应该用小说自己的声音说话。这就使你把小说理解成一门艺术,有相应的科学态度。从我十几年的写作经历看,我实际上就在做一件事,就是在叙事空间里探寻。我越发觉得汉语言自身的潜质,觉得叙事的可能性不可限量。

牛:你打破传统的叙事格局,这实际上强调了一种"边缘化写作"。但是你是否考虑到这样一来有可能忽视作品的公共性?

潘:我不觉得这是个压力。某种意义上我的小说可能就是写给一小部分读者看的。这在先锋派的时期比较明显一些,近年来我发现读我的小说的人开始多了,说明我们这些写小说的人的担心是多余的。当然,另一个原因是我的叙事风格也有所调整,但我仍坚持用自己的话语写作,探索自己的叙事文本。我有篇随笔就叫《自己的小说和需要的写作》。

牛:小说由"写什么"到"怎么写",这其实是一场革命。也只有经过这样的革命,小说才有"文本"的价值。我印象里《白色沙龙》发表在《北京文学》上,大概是在1987年吧?

潘:其实写作时间是一年前,我首投《人民文学》,结果压了半年还是退了。这也是我同这家刊物打过的唯一交道。1986年我认为对当代中国文学很重要,我有个说法,叫"好看的时刻"——我可以明确地说,这之前的小说都没意思,这当然是我个人的观点。

牛:你想过没有,1986年为什么重要?是什么使这一年显得如此重要?一些青年小说家都在这一年形成了文体上的自觉,并陆续写出了自己早期的代表作。

潘:我的理解很肤浅,就是这之前的不久,一些后来证明是对我们这些人产生重要影响的外国作家,如卡夫卡、博尔赫斯、马尔克斯以及塞林格的作品刚译介进来,让我们眼前一亮:哦,原来世界上还有这样的小说!于是我们不可避免地要受到影响,我想这应该是最真实的原因。为什么在1983年之前马原写不出《冈底斯的诱惑》?很简单,那时他还不知道有个阿根廷老头叫博尔赫斯。

牛:这一卷里,涉及你所说的"少年记忆",甚至是"童年记忆"比重较大。其中那两个短篇,《1962年,我五岁》和《1967年的日常生活》给了我很大的震撼——我惊讶的是你居然写得不动声色。我把你的这类作品(甚至包括《秋声赋》)称为忆旧忆史之作,我特别重视这种个人化的历史(因个人化而鲜活生动、丰满复杂,把历史与人生感悟结合起来,远非公共话语的历史可比),可以叫作历史民间文本吧?

潘:或者叫历史的自我文本。

牛:其实,写项羽的那篇《重瞳》也具有个人化历史的意味。

潘:张颐武曾在一篇评论里谈到《1967年的日常生活》,大概也是说了类似的感受,他说我用一种近乎平淡的语气去说残酷,却达到了另外的效果。说实话,这就是我想要的效果,就像我也喜欢以调侃的笔墨去写忧伤,这应该是一种相反相成。电影里有一种"声画分立",譬如科波拉的《现代启示录》,画面是美军对平民的疯狂扫射,是武装直升机的轰鸣,背景音乐却是用高雅的歌剧唱出"这是末日"。

牛:你在叙事上是很下功夫的。如《白底黑斑蝴蝶》与《情感生活的短暂真空时期》,结构独特而富有张力,它是典型的后现代文本,却又蕴含了丰富的人生意味。我还想提一下另一个短篇——也是这套书中最短的小说,只有3000多字和一个十分动人的名字《小姨在天上放羊》。我不知别人怎么看,我个人偏爱这一篇。它通过一个孩子的视角与独白,写出了人生的至爱情怀。这么短的篇幅能做到这一点实属不易。

潘:这篇小说来源于一个真实的事件,我的一个同学的妹妹去世了,刚读完大学,她很悲痛,时常在梦中与妹妹相见,有一天她告诉我,她梦见妹妹在天上放羊。

我立刻就被这句话打动了,小说发在《山花》上,后来聂鑫森在给何锐的信中对它大加赞扬,说我的文字有一种控制力,控制得恰到好处。我还有一位从事文学研究的朋友,她说这是我迄今写得最好的作品。

牛:短篇小说要写好它很不容易。你刚才提到"控制力",我认为这是一个很值得研究的问题。从我做编辑还有写评论的经验看,许多作家在这个问题上表现得不尽人意。譬如一篇东西一涉及动情就写得一发不可收拾了。这就容易使作品的格调变得非常庸俗。在控制力上实际上能看出一个作家的成熟程度。

潘:我认为短篇小说是个专有名词。写得短不是因为写的内容少而是只能这样来写。这有点像中国画里的小品,要求的是寥寥几笔,尽得风神,这不等于是缩小的国画长卷,当然放大了也不是巨制。于有限的篇幅里出大境界,这应该是短篇小说的目标。

话题之三:城市状态

时　间:1999年12月14日
地　点:北京天坛附近某宾馆

牛:这一卷里所收的3个中篇和6个短篇都是写都市的。你写了不少关于城市的小说,有的归到"南方"去了,比如《海口日记》和《关系》。就阅读而言,这一辑我读起来很轻松。这倒不是因为我在北京住了几十年,而是因这一辑的叙事方式。譬如说《对门·对面》和《AB故事》,故事本身就有很大的魅力(多角婚恋、案件侦破、酒吧、毒品……挺时尚的嘛),但你那种冷静的既不动声色又不放过细微感觉的叙述,耐人寻味。再譬如《三月一日》,本来是个荒诞的故事,你却写得煞有介事的,并且有一股忧伤贯穿始终,我读后感到沉重。我发现你捕捉城市有你独到的功夫,感觉不俗。作品写的都是些小事,但给人的印象很大气。

潘:去年我在北京遇见徐坤,见面她就说很喜欢《对门·对面》那种感觉。写这个中篇时我就在北京,住在南礼士路的核工业部招待所。脱稿那天是我四十岁的生日,而我的对门和对面全是既陌生又冷漠的面孔。

牛:其实,"对门"和"对面"不妨理解为城市生存空间的符号,一种城市人际关系的概括,它造成隔膜,形成掩饰,也成为相互的观照。人们不管是出于消除冷漠的愿望,还是出于利益驱动的欲望,一旦走进"对门",面对面了,就会生发出许许多多的ABCD"故事"。善与恶的错综交织与转化造成当代都市的光怪陆离,也使都市人的心理与命运充满变数难以捉摸。然而内心深处人性中正面的因素,比如爱、美、真、善也还存在,在以独特的方式升华自身改造环境。这次读到李洁非的评论,我觉得看法很一致。他说其他"新生代"写城市的作品和你的一比,就显得外在而空洞。他说你已经走到了城市人的灵魂深处,没有第二个人可以重复你。我以为这几个中篇,写出了当下中国都市的生存与状态。

潘:我关心的正是这个,城市的状态。我写城市,关注的是人心和人性。我觉得中国当代都市把人心、人性的方方面面暴露得淋漓尽致,但作为叙事,需要在写作中保持冷静。我不希望我讲的故事引人入境,而是希望读者也同样给予冷静的阅读与思考。

牛:从新时期文学发展看,主要的成就倒是在一些农村题材上,写城市的力作很少。这一度让我很困惑,弄不清是什么原因造成的。是城市里找不到感觉还是作家们难以驾驭城市,或者是传统文化的惯性在起作用?

潘:你讲的三条都有。城市就是很枯燥乏味,如果你是一个画家,你肯定是不愿在城里写生的,你会去跑荒野钻山沟。我一直很留意城市。我的视点不在所谓的信息量上,也不太关心时尚。我感兴趣的是城市人的状态。有一次我和张艺谋谈到《有话好好说》,我说城市与电脑呀歌厅呀什么的实际上没有多大的关系,那些充其量不过只是一种标签而已。重要的还是城市人的状态。我举了一个例子,说知青插队那会儿,你只要到村里一转悠,一眼就能看出谁是知青,无论他穿什么破衣。很简单,他们的状态摆在那儿。所以贾平凹的《废都》一出来,大家就觉得他笔下的人物怎么看都不是大都市的,倒像是县城文化馆里的。问题就出在他没有把握住城市人的状态。而阿城的《棋王》,无论你从哪个角度看,都是城市人,尽管他们都是持有农村户口的。

牛:如果就题材划分,在你的小说创作中城市题材占的比重很大,包括早期先锋实验小说。你都把故事发生的背景与环境放在城市,这让我多少有些意外。因为从你的经历看,你似乎对农村的事情更有兴趣。

潘:我喜欢写城市。城市和人的关系其实很复杂,城市越发使人变得像一台机器。譬如一切的流行都是从最发达的城市开始的,这其实表明城市人本质的空虚——只有空虚才会去迎合时尚,才会产生对物质的崇拜。在今天这样资讯爆炸的时代,城市人行走在异化的边缘,他们的个性濒于崩溃,然而他们又都一样自以为是。再就是人与人之间的关系,因为都是聪明人,才变得那么紧张。

牛:这从《三月一日》里可以看出来。但这篇小说我读过之后有些沉重和忧伤,我险些动摇了对人的信念——难道在城市一切都显得那么虚伪而狡诈?你使用了荒诞的手法,一个因意外事故丧失右眼的人却能用这只眼窥测别人的梦境,而他本人从此不能做梦。一个人连梦想的权利都失去了,这是极端残酷的事,而你居然写得不动声色。这个感觉,我以前在读加缪的《局外人》时出现过。

潘:《三月一日》里面就写到了加缪。我已说过,存在主义哲学在我们这一代作家身上留下过很深的痕迹。至于你说的荒诞手法,我觉得这是个让我比较得意的处理。这种违背生活常规的设计能给我很大的想象空间。

牛:但是它和你的那些实验小说相比,虽然都是荒诞,现在的与过去的还是有很大的差别。那时你过于把这种感觉强调到了极端,给人以阅读的冲击,现在则舒缓得多也自然得多了。我想这种转变还不完全是叙事上的,更多的是你对生活的认识与把握。

潘:是这么回事。

牛:我觉得《对门·对面》《AB故事》等小说都非常富有戏剧性,不用费很大力气摊上个好导演(你自己不是也当导演吗),搞成影视来一定好看。这说明你近年来的创作重视可读性了,比起前期的先锋实验小说有了很大变化。但是,真正作为文学的小说文本并不崇尚戏剧性。然而,如果戏剧性真正建立在生活真实与心理真实的基础上,并非作者编造,而是从社会生态与时间流程中去提炼,也会增加小说文本的艺术魅力。我甚至想,你如果把先锋派的东西与生活化、戏剧性的东西交融起来,且又具有社会历史的人生的深度,将会对当代文学有更好的贡献。

潘:这是个新的高度,我想我会尽力去做自己的事的,事实上我也在这么做着。

牛:这一辑里所收的几个短篇也是很精彩的。就我个人的口味,我喜欢《和陌生人喝酒》《寻找子谦先生》《抛弃》《对话》。它们的写法各有不同,但共同的一点是正如你所说的那种城市人的状态特别有意思。《和陌生人喝酒》中的故事发展得错落有致,却在很小篇幅里写出了一种人生的况味。在《寻找子谦先生》里,故事与故事的意味形成了悖反,寻找的过程莫名其妙地就成了勾引的过程。《抛弃》写到中年男人的离婚,把人的心理刻画得惟妙惟肖,结果却使人大出意外。《对话》通篇就以对话的形式写了两性之间的沟通。

潘:我觉得短篇小说最能见一个作家的功力,因为受到的限制太多了。

牛:在另外几卷里,有几个短篇我也很欣赏,譬如《溪上桥》,无论是语言还是叙事,都称得上是个短篇的精品。它向我们展现了两种人生状态,既含蓄又淋漓尽致,这很不容易。

潘:我对那个短篇也很满意。尤其是那个结尾,一个老人总是梦见那座桥突然断了,总是摆脱不了这个梦魇的纠缠,而另一个老人则从来没梦见过。

牛:说到结尾,我刚才提到的那几个短篇好像在结尾时都有一种"欧·亨利"的味道。其中《抛弃》最为典型。但这又不是戏剧性的,仔细回头一看,觉得都在情理之中。

潘:有种种的暗示。暗示在短篇小说里很重要。

牛:像以上我说的那些短篇,内在的张力都很大。《和陌生人喝酒》以纸片作为道具,其象征性使我不能不想到当代人情感上的脆弱和婚姻的不堪一击。《寻找子谦先生》出人意外地使故事颠覆。《抛弃》把男人和女人对待婚姻的解体写得入木三分。这些都是值得回味的,好像其中有了块酵母,把有限的故事空间拓展了。

潘:我对短篇的兴趣正在这里。还是那句话,于有限中企及无限,是我追求的境界。

话题之四:实验见证

时　间:1999年12月21日
地　点:北京牛志强寓所

牛:我同意你关于1986年对当代中国文学意义重大的说法,你用了一个机智的说法,叫"好看的时刻"。我倒觉得应该是"自觉的时刻"——许多作家对叙事文本已经有了自觉的认识。可以说,中国文学开始挣脱社会化(或者政治化)的范式,走向作家的创作主体与文学的艺术本质,换句话说,文学不仅需要生活,而且更需要作家的智慧,从而在形式与内容上出现了多元化的态势。这无疑是一个很大的进步。

潘:我们说的是一件事的两个方面。你说的是因,我说的是果。没有对叙事的自觉,何以谈好看?

牛:从写作时间看,《省略》是你最早的一篇"实验小说"。这之后才是《南方的情绪》和《流动的沙滩》。说实在的,对《省略》这类作品而言,与其解构其内容,不如关注作家在创作中提出的或显现出的文学观念与创作方法的变革。比如说,你在作品中提出:是给别人写小说,还是给自己写小说? 这就是个很有意思的问题,犹如是为别人活着还是为自己活着。可以看出你当时对文学实验的痴迷的激情,但也正因为如此,这些先锋实验作品似乎带有"着力为之"的印记,读起来有点儿累,不如后来的小说那么自然轻松。

潘:《省略》最初投给《收获》,被责编程永新退了,他指出这篇小说的一些不足,并约我再写一篇,参加"先锋小说"专号。这样,我就把《省略》给了《作家》的宗仁发,又给《收获》写了《南方的情绪》。不久,这两篇东西都发出来了,倒是引起了一些关注。像吴亮、陈晓明、季红真等批评家都是那个时候开始留意我的,这就使我不可避免地被划入了"先锋"阵营。其实划分是批评家们做学问的需要,我没怎么多想。但是那个阶段我的确很兴奋,觉得自己开始找到了写小说的方法。现在回头看,这几篇东西还是有不少刻意的痕迹,到了写《流动的沙滩》才慢慢自然起来。

牛:我的判断可能与别人有所不同,我最大的感觉是你这批"实验小说"并不只是在形式上的一种探索,实际上你还是在写人类一些共同的问题,譬如处境、异化、宿命、恐惧感、抗争、逃遁以及对前途的困惑与茫然。我尤其对小说里的某些超现实的东西感兴趣。在中国小说处于现代派、先锋派冲动的时期,我曾说过从接受美学的角度看,作家写小说既是给自己,也是给别人;既要重形式,又不能剥离内容。应该是自己写给别人看。我们的看法是否有点不谋而合?

潘:我从来就没有一味追求形式。虽然我们强调"怎么写",但也不意味着不需要"写什么"。即使是形而上的层面,也是如此。你刚才所说的那些主题一直就是我所关心的。我只是想尽量写得好一些。当然,这里面有一个对主题的理解与处理的问题。传统的小说主题思考都无一例外的鲜明和单一,我反对这个。我认为小说的主题应该是发散式的,是多元的,甚至是不确定的。至于超现实的色彩,这个是我一直喜欢的。最近写的《重瞳》,本身就是个超现实的文本。我想这也许与我喜欢达利的绘画有点关系。

牛:如果把超现实理解成一种手法,那么我认为这种手法你在许多作品里或多或少地使用过。当然最早的呈现还是在这几部作品里。还有一点让我注意,就是在你的一些小说中,经常出现一些"空白",似乎有意把一些头绪切断。我看过你的一篇创作谈叫《小说者言》,其中有个见解很不错,也很生动。你说好的小说作家只能写出它的一半,另一半由读者来写。这种关系如同茶叶和水,作家提供的是茶叶,读者提供水,二者合作才是一杯茶。你说的是读者阅读的参与,把它理解成一种合作关系。你不但给读者留有自由想象空间,而且不一定去规范读者的想象轨迹,这样的小说就成了作家创作—读者阅读—再创作的复合过程,从而使其艺术魅力大增。我是欣赏这种创作方法的。

潘:我是这样考虑的,我不希望我的小说一览无余。前些日子我回母校安徽大学开讲座,学生们也有类似的提问,他们说,对你的一些作品,我们大家的理解很不一致。我说,这就对了,我要的就是这种不一致。我认为小说家最好不要去解释世界,描绘它就可以了。小说家的责任是对这个世界有所发现、有所思考,但最好不要去做自以为是的解释。

牛:《流动的沙滩》开篇第一节就是"说明·新小说",你这种观念是否受"新小说"的影响?陈晓明说,《南方的情绪》改写了新时期文学"大写的人"的历史,而且还开启了一条类似罗布-格里耶写《橡皮》的那种路子。

潘:其实在《南方的情绪》这样的小说里,所谓人的概念已经相当模糊。人开始走向符号化,不过是借以表现某种观念的一个载体。但我与法国的"新小说"还不一样。罗布-格里耶强调的是一种物化的形式,一种绝对的静态描写,这个我不赞成。起码首先这里还存在着一个主观的选择,为什么是这些东西进入了小说而不是那些?其实罗布-格里耶也不是按他自己的宣言去做的,他的小说充满了设计。

牛:最近我看了吴义勤的《中国当代新潮小说论》,他在谈到"元小说"时,说你对这种技巧是情有独钟,以至发掘到了令人叹为观止的地步。这个印象我在读《南方的情绪》和《流动的沙滩》时都很深刻。你实际上在构思阶段就考虑了"元小说"的因素,把写作这部小说的过程与情节的发展融为一体,这很别致。

潘:我不喜欢乱搞些噱头,还是要按小说自身的逻辑走的,游离不好,硬贴就更糟糕了。但那个时期的小说都或多或少有一些刻意制造的痕迹。

牛:一种文学观念形成之初,总是要把某些问题绝对化的。80年代末期的先锋实验小说是个极有趣的现象,它在某种程度上改写了当代文学发展的趋势,这是功不可没的。但是几年后,当年的这些先锋作家都不约而同地掉头了,回归到了现实。其中当然也包括你。我觉得你在《流动的沙滩》里说的一句话"一个小说家是不能打着理论的旗子行走的",显示了一种较为清醒的态度。这种清醒与冷静很重要。决定作品成败与成色好坏的,并不是某种行时的理论,更不是所谓文化消费市场的商业性炒作(如90年代以来的令人应接不暇的文学流派),而是取决于作家的良知和艺术的自觉。

潘:我不大同意"回归"一说,就像当初我也没觉得我怎么"先锋"了。早先的那批实验作品的形成,原因是多方面的。譬如说那个时期对博尔赫斯和卡夫卡的痴迷,譬如对存在主义哲学的喜好,譬如对传统小说模式的厌倦。就我个人而言,最为突出的就是想如何更好地去表现内心世界与客观世界的关系。再就是喜欢那几个作家的独到的叙事方式。《流动的沙滩》应该是比较典型的例子,我就是以这种习作的方式去向博尔赫斯致敬。我喜欢他不俗的随想和充满智慧的东扯西拉。这其实与王央乐先生的译笔有关。我曾经和马原讨论过这个问题,我们的观点是比较一致的。换句话说,如果最初的博尔赫斯不是王央乐译的,我或许就不看了。我在大学里喜欢《包法利夫人》,就是与李健吾先生的译笔有直接关系。我至今还是喜欢他那个译本。但是,模仿只是在形式上,我最终要表达的还是自己的内心。至于你所讲的"回归",我觉得是在于我后来写了一些故事相对完整的东西,这给阅读带来了一些方便,使我的小说的读者群得到了扩大。所以,这几年一些选刊喜欢转载我的东西了,量还不小,我本人倒觉得我的追求还是一贯的。

牛:你曾在作品中写道:"我的全部努力同样是追求真实。一种奇异的真实,但它的本质相当朴素。"这种追求的一贯性很重要,当然,不排斥某些阶段的独特性或实验性。我换个角度说吧,如果在 10 年前你没有这种对叙事文本的执着,我想你今天的小说肯定是另一个样子。

潘:这是无疑的。实验阶段带有很大程度上的强制性,是一种训练,抽掉这个环节结果肯定不是一回事。所以我前些日子为花城出版社编《潘军实验作品集》时,还在后记里专门强调了这种态度——无论今天人们对"先锋小说"持何种态度,我对自己 10 年前的所作所为都一样地充满激情。那是一段值得怀念的好时光。

话题之五:第一人称

时　间:2000 年 1 月 21 日
地　点:合肥—北京长途电话

牛:我在读你这长达 90 万字的中短篇时,有个突出的印象,就是你特别喜欢用第一人称叙事。但我确实没有想到,居然用第一人称来写两千多年前的楚霸王项羽。"我讲的当然是我自己的故事。我叫项羽,这个名字怎么看都像个诗人。"开篇一句话,立刻就把我阅读的欲望给调动起来了。我是一口气把这部 4 万字的《重瞳》读完的,读后的感觉用北京人的时髦的话说:爽!

潘:我写得也很爽。这篇东西 5 年前我就想写了,我在广州时曾经对田瑛说,我准备写项羽,用第一人称来写。田瑛说好,还说这种东西只有我写合适。

牛:他所说的合适,是不是指你的气质?我读过鲁枢元给你的长篇《风》写的评论,他就说过你身上有股塞上军旅的霸气。

潘:大概就是这个意思吧。1994 年我在海口鲁枢元家里,那是我们第一次见面,他是这么说过的。第二年我到了郑州,闲下来就想写,开始是想写个长篇,连开了三个头都觉得不是那回事,不满意,就搁下了。这可能与那个时期我的心境有关,我被一些杂事纠缠,日子过得十分狼狈。直到去年的 8 月,我写完《独白与手势》的第二部《蓝》,总觉得一口气没完,但接着写第三部《红》又缺乏必要的准备,就又把司马迁的《史记·项羽本纪》拿出来读了一遍,然后就信笔写了起来,很顺手,可以说是一挥而就、一气呵成。

牛:这篇小说之所以产生这么大的震撼,我想除了你对历史事件本身做了另一种解读之外,很大程度上还依赖于你这种第一人称并且用现代话语的叙事。这还不仅仅是个艺术感染力的问题,它使小说在文本上获得了极大的成功。就我个人来看,《重瞳》称得上当代文学史上的难得佳作。

潘:我也听到一些朋友的建议,说如果改用那种文言夹白的叙述,是否会和谐一些。我说这不成,这样就不是我所要的那种效果了。我觉得这中间不存在什么和谐,或者说是另一种的和谐。我使用第一人称来写项羽,本身就是违背常规的,何必要文言夹白呢?

牛:我觉得现在这个写法很好,令人耳目一新。更重要的是这种叙事形式下面的深刻内容:对传统史学观的批判性思考,从人性的角度剖析政治、权力、战争,揭示其悲剧的人性深度。这个第一人称的使用,让我感到项羽不是个两千年前的古人,而是我们中间的某个人。现代人、现代政治家都可以从你笔下的这个项羽形象中映照自我。或者说你与项羽融为一体了,他不过是你的代言人。

潘:或者说,项羽的亡灵是现代的。我的语气与视角都是回叙,是项羽的亡灵的自言自语。而且我还有意造成这个亡灵是存在的,譬如说,"时间虽然过去了两千多年,可我经历的那些事儿却在眼前停滞着,挥之不去"。像这样的句子,是我有意干的。

牛:故事新编在现当代文学史上并不少见,共同点是都在寻找新的解读。但是,你这篇《重瞳》解读的方式与以前的方式不同,你完全依赖于前人提供的史实,没有去杜撰另外的事实。然而又在原有的史实上做出了新的解释。这种对历史人物的现代解读,颇有冷幽默的味道。它好就好在不是在"新编",而是在"新解"——从人物的人性深层与心理深层去解剖现有的历史真实事件过程和细节。

潘:我实际上是在寻找新的可能性。譬如我对"鸿门宴"的处理,对项羽不称王统一天下而采取分封制的心理动因的揭示,在我看来我找出的这种可能性不是不可能的。当然,我用"重瞳"命名这篇小说,还有写作中的考虑,我无法放弃一种超现实的感觉。

牛：《小说选刊》在转载这个中篇时，所加的按语中有这样的评价："见解新鲜，想象丰富，语藏机锋，颇可玩味。"看这篇小说，我想很少有读者会使用纯粹历史的眼光的。读者应该不会指责你写得不真实。如果哪个大导演洞悉了《重瞳》的深刻真实性，或许能拍出一部胜过以往任何历史题材的"大片"来！

潘：我以为我写得非常真实。什么是真实？是客观的真实还是主观的真实？物理的真实还是心理的真实？我觉得小说家的真实就是主观的真实和心理的真实。小说家不应该仅去描摹世界，更需要表达自己对这个世界的态度，也就是表达自己眼中和心中的世界形象本质意义。

牛：这一卷中有一个很好的中篇，就是《秋声赋》。正如你开宗明义地指出，你袭用了欧阳修那篇美文的名字，却在写一个苦难的故事。在3万字的篇幅里，你写了一个人几十年的忍辱负重，我看后陡生沉重，感到压抑。阴郁与神秘的气氛，阴晦和潮湿的基调，中间点染出一团黑红色——那是人性的悲剧。而且我注意到，你说这个故事与你以往的不同，在故事的开始你就瞭望到了它的结局。就是说，这是一篇精心策划的小说，不像以前有些作品那样过于凭借即兴、直觉、随意性。

潘：这个故事最大的特点是它有生活原型，故事中的人物大致都是真的。故事的情节也差不多是真的。我最大的劳动是设计了那些细节，譬如说"箫""烛签""纸"等等。我实际上是截取了这个男人一生中的几个片段来表现的，所以用了年份来做小标题，我觉得这样对叙述有利。

牛：这不单单是个叙事形式问题。编年叙事使小说具有一种抒情史诗的意味，从人物命运中折射出中国农村几十年的变迁与中国农民在精神上的基于传统文化的羁绊。那种虚假的伦理、伪善的道德与真实的人性之间的冲突，真是具有震撼力。不知怎么，我读着读着就想，如果李雪健来出演旺这个角色，一定能获得极大的成功。我们又会看到一部上乘的电影了。

潘：李雪健还真是和我谈过，说他就是想演父亲和农民。你倒真有点批评家的敏锐。但这个小说我想我不会卖，我得留着给自己将来拍。我有不少小说都留在手上。中国的导演能让我信任的还真是屈指可数。

牛：其实，《秋声赋》是个长篇的材料。

潘：但我的叙事意识确定它是个中篇。"叙事意识"是我生造的一个概念。我的意思是说长篇、中篇以及短篇，不应该是字数篇幅的划分，而是个意识问题。我在小说写出第一个自然段之后，就能做出这种判断。或者说，我先确定了是什么，再按这种意识去写作。显然它们是不一样的,各有各的写法。我有的中篇写得很短,也就2万字多一点,但它的叙事意识就是属于中篇形式的,不是稍加压缩就会变成短篇的。同样,一部中篇也不是多撑上一点就成了长篇了。《秋声赋》如果写成长篇,那么我也许就不会采用第一人称的写法了,那就是另一个东西了。

牛:你似乎偏爱以第一人称叙事。

潘:第一人称的叙事很灵活,有可塑性,但缺点是容易造成感觉上的疲乏。

牛:《秋声赋》中的"我"似乎是个旁观者。我想这或许只是一种叙事上的策略吧?我注意到叙事者的存在,叙事者与叙事过程的关系,似乎作家有意强调创作过程中的主观感受与理性因素,以破除小说中的"生活幻觉",让读者冷静地去分析评判。这有点像在莎士比亚的戏剧冲突中嵌入了布莱希特式的"间离效果"。

潘:主要是这个意思。当然也有另外的考虑,就是这样一来会给读者一种朴素的真实感,同时我也写了故事中旺那一家与"我们家"的历史关系。这可看作背景的一笔颜色。

牛:从《墨子巷》到《秋声赋》,时间跨度长达13年。即使是现在,我看《墨子巷》这个中篇还觉得很和谐,不像当年是个二十几岁的小伙子写的。而且我注意到,你对人的处境的关心一直贯穿始终。

潘:《墨子巷》是我发表在《花城》上的第一篇作品,是自然来稿,责编是范若丁。他回忆1993年我们见面时说,当初收到这个中篇时,他以为作者是个小老头。前几天遇见唐先田,他说起《墨子巷》,认为从这篇作品中可以看出一个小说家起步阶段必备的几点素质,即对生活的观察角度、语言叙述能力、写实的基础。他还说,与那个时期的其他作品相比,有一个特点不可忽视,就是我没有去写一些改革的事,倒是写了一些不为人重视的事。这就使我的小说没有不幸地进入"时文"行列,而介入了艺术之中。现在看来,中外文学史上凡是属于"时文"的小说或者别的东西,一般都是过眼烟云。所以我一直强调,小说是一种艺术,而不是宣传品。从这个意义上讲,小说家是艺术家,他所使用的材料是语言,他的能力是叙事。

牛:在这一卷里,我还很欣赏《溪上桥》这个短篇。它使用了中国画式的"简笔画法",以简练而传神的语言,精当的细节刻画,于抒情叙事中冷静地透露出人生的感悟。这就像一个出色的画家,离开基础的素描和色彩,是无法去走他的下一步的。犹如毕加索的后期现代派的立体主义,离不开早期素描的坚实功底。所以我倒觉得,一个作家最容易掌握的同时也恰恰是最难掌握的,就是第一人称的叙事。

潘:我同意。

话题之六：历史的意味

时　间:2000年2月8日
地　点:安庆—北京长途电话

牛:80年代的"先锋"作家有一个共同的喜好,就是拿历史来做文章。其实对于发生在三四十年代的事,你们拥有的不过是间接的知识或经验。但特别有趣的是,你们写得都一样煞有介事,而且写得很精彩,仿佛亲历体验过似的。我的一位同事就惊叹苏童的《妻妾成群》。如果他看到你的这类作品,我想也会有同感。这一卷里的4个中篇——《蓝堡》《夏季传说》《结束的地方》《桃花流水》,写的都是距离今天半个多世纪的故事,都有传奇色彩,都有宿命的神秘感,我读的时候觉得像是连看了4部电影——气息逼真,很好看。

潘:《蓝堡》写于1989年底,是投给《收获》的。程永新后来说,编辑部对它的评价很不错。但限于当时的某种原因,这个小说暂时不能发,就退回来叫我等待,听候通知。不久,《作家》的宗仁发来信约稿,而我手头又没有别的货色,就把《蓝堡》寄了去,后来发在1991年的6月号上。从写完到发表经历了一年半的时间。等写《夏季传说》已是1993年了,那时我已到了海口。在这两个中篇之后是一个长篇,就是《风》。

牛:《风》也是写历史的,也具有神秘意味。

潘:《风》原想加个副题,就叫"历史的暧昧"。

牛:说明那个时期你一直在钻历史。为什么做这种选择,是想对现实作无奈的逃遁吗?

潘:我想与当时个人的心境有关吧。我那时几乎不想再写什么了,发疯似的打麻将。但又很难抑制住写作的欲望,就挑了这么条路。等走进去之后,才忽然觉得很宽敞。我不知道我的一些朋友是怎么看的,我拿历史做文章,就是选择一个恰当的载体。我要表达的还是一些观念上的东西,譬如你刚才提到的宿命和神秘感。像这种东西一直是我所醉心痴迷的。写这种小说自由度很大,可以信手写来。但是,就我本人的经验看,这种小说在结构上又受到很大的限制。

牛:这不是很矛盾吗?

潘:对,就是矛盾。一方面我可以自由发挥,而另一方面我又不满足只写出一个历史传奇故事来。我需要寻找故事之外的故事空间——这个空间比故事内的空间要大得多,可以有多种的解读。于是结构上的严谨与叙事上的空白构成了矛盾。譬如说《蓝堡》,那个神秘的老人是谁,那个孩子是否真的淹死了,摄影师又是谁,余家的故事与摄影师的身世是否有联系,如此等等,一切在小说里都显得那么暧昧。

牛:看来这种叙事上的空白是你有意造成的。

潘:是的,我需要这样。这不仅是叙事上的策略,在我看来,它的作用还在于使故事的主题走向得到改变,由单一而明确向一种多元的、不确定的方向改变,我称之为故事的弹性。这与传统现实主义完全不同。

牛:但是整体的气氛又十分和谐,或者说是在整体的气氛里求得变化。

潘:"空白"实际上意味着更加丰富。我刚才说了,这种小说在写法上对自己是既自由又约束。除了有意留出空白,对故事的设计是需要花心思的。譬如《桃花流水》,开篇就写一宗谋杀旧案,但是一发展就奔另一个爱情故事去了,二者看上去似乎一点关系没有,可是最后却出人意料地给打通了——后一个故事解开了前一个故事之谜。这种设计很让我醉心,值得玩味。这样一来,这个故事就获得了较大的空间,它不是一个简单的复仇故事,也不是个爱情传奇,它出现了更深的意味。

牛:我品出了这种"更深的意味",我很重视它。从当代文学的发展看,过去很长时间里,历史进入文学不是图解(而且口径一致)就是曲解(某种古为今用),要不就是一知半解(服从某种需要而进行的单向度反思),历史和现实一样,被充分政治化和教科书化了,官方意识形态话语成了描述历史的唯一方式。这样的所谓历史作品自然乏味。而自80年代末期以来,一些先锋作家,包括你潘军,突破了过去的模式和禁忌,通过小说对历史进行了非政治化、非意识形态化的表现,把历史首先当作人的历史,而非仅仅是国家、民族、政党、阶级的历史来解读,使小说中的历史个人化、个性化、人性化、心灵化了,从而逐渐深化到历史的更深入也更细腻的层面。这样一来,历史变得立体化、网络化了,复杂而千姿百态,甚至恍惚、神秘,充满宿命的意味。其实,从某种意义上来说,这才是超于真实的历史感。难道我们从无奈的当下,不能感觉到历史的宿命吗?

潘:宿命是显而易见的。肯定不仅是这个。那个年轻的女画家实际上的"计划"是替父亲复仇,但她完全没料到帮她完成这一使命的竟是爱情。这带有极大的反讽,有人生的无奈与存在的荒谬。这种感觉在《结束的地方》里也能发现:长达半个多世纪的恩怨最后却是一场误会,成了历史的玩笑。

牛:这就是人的命运的不可知造成了历史的残酷性,神秘感和暧昧感皆从此出。你通过精巧的构思、富于张力的结构和不动声色的叙事方式,把这个表现得很充分。这还不完全是艺术技巧的问题,我以为它还体现了一个作家的历史责任感和社会良知。多亏中国还有这样的小说,否则全成了"戏说""武侠"和"青春无悔"式的或"正说帝业"式的电影电视剧一统天下了,岂不太可悲了?就拿《结束的地方》来说,这最后一笔完全出乎我的意料,它的存在使整个文本和阅读都颠覆了。这是神奇的一笔,这是多么残酷的真实!简直就是"历史"的嘲弄!我发现你在编排这些历史故事时,总是把你所描绘的事件置于一种暧昧的状态。《夏季传说》中这种感觉最典型。是谁杀了那个无用的书生?是日本人还是他的兄弟?或者就是那位摔药罐的外乡男人?都有可能,都有迹象,各有各的杀人理由,而你却不作一个肯定性的解答。

潘:我的解答是多余的,我觉得这样最好。上次我和黄建新导演谈到《和陌生人喝酒》的改编,我告诉他,现在小说所提供的故事只有一半,另一半在故事之外,譬如那张音乐会的票,究竟是谁送的,小说同样没有回答,但潜伏着多种可能性。如果把它拍成电影,那么就需要展开了,至少小说中的三个人都有可能去做这件事,每个人的动机又都不一样,要是这样来改,就有点黑泽明的《罗生门》的味道了。

牛:一种故事的多种视角多种说法?

潘:对。我对生活中的那种暧昧状态一直感兴趣。

牛:或者说,你习惯以一种怀疑的眼光去看待历史。我很欣赏《蓝堡》中的一段话:"我愿意用怀疑的眼光去打量一切。我所付出的努力仍然是不屈不挠地追求真实——你怀疑的一切都有可能更加真实。"这很值得创作者和读者思索。我曾经在《中国文学年鉴》里看到陈晓明评《风》的文章,他指出,《风》实际上是企图怀疑一部巨大的历史神话。

潘:我之所以把那部长篇命名为《风》,就是因为在我看来,历史的形态与风的形态太相似了,来无影去无踪,每个人都能感受到,却不能去把握,或者说每个人都能按照自己的意志去把握。就拿最近的《重瞳》来说,尽管我对司马迁的文本进行了另一种解读,但是这是历史事件本身提供的可能性,譬如"鸿门宴"中关于项伯与项庄对舞剑器和范增三示玉玦的理解,这种可能性不是没有的。而且我自以为在逻辑上都不失为一说。

牛:有的读者认为,你的这些作品不能算作历史小说,与他们以往的阅读经验迥异。

潘:我不喜欢"历史小说"这个提法,我也不认为我写了多少历史小说。我已经说过,我不过是在寻找一个恰当的叙事载体,来写人、人性、人的命运,以及这个世界的存在和虚无。当然,对像《重瞳》这样的小说,首先还得面对现存的典籍,然后才好天马行空。

牛:我同意你的观点。无论是作家还是读者,都应该不囿于以往的经验和传统的模式,这样艺术才能创新发展。我还注意到在你这类历史题材的小说中,那种具有诗意的意象化色彩与情调的叙事语言很优雅,所表现出来的苍凉忧伤情绪十分迷人。是否可以说,你是有意识地用美文和接近美文的文体来写的,以构成一种反差或者有利于叙事的距离感?

潘:有这个考虑。不过,这种美文意味的话语也有可能滑向矫饰。我写东西是根据自己要表现的对象去选择语言的,就像为自己的脚去找一双舒服的鞋子。这里面的学问很大。我觉得从对语言的驾驭能力能看出一个小说家的功力,这应该是看家的本领。汪曾祺说,写小说就是语言。这话是有些道理的。无论是写作中的状态还是叙事的策略,小说家的兴奋首先是建立在句子上。我现在读小说,只要第一自然段读得不对劲,就不会再读了。

牛:作家应该具有文体的自觉,也应该追求文本的丰富性,从而提高文本的价值。这有点像演员,本色的只能演一种类型的角色,而表现派的演员却能塑造多种的角色。还有,你的作品里颇有电影的结构方式,叙事中也不乏电影式的细节、镜头感、画面感、色彩感,这很好,是否与你喜欢绘画、戏剧、电影以及当过导演有关?

潘:艺术都是触类旁通、相互交融的。

牛:我希望将来你的有些作品,如《桃花流水》《结束的地方》《秋声赋》,甚至《九十年代的获奖作品》等等,都能被有才华的导演搬上银幕,那或许能够成为中国电影的精品。

潘:但是,第一流的小说永远只会停留在纸面上供人阅读。

(选自《坦白——潘军访谈录》,安徽大学出版社2000年版)

写作是未知不断显现的过程

时　间:2016 年 4 月 28 日
地　点:安庆迎宾馆 1416 房间
访问者:陈宗俊　熊爱华　宋倩(以下简称"问")
受访者:潘军(以下简称"潘")

问:有人说"怀疑"是您小说中的基本语义,您怎么看?
潘:某种意义上,"怀疑"是先锋作家的共识。可能是我的小说中这种语义表现得更为强烈一些,比如早期的《南方的情绪》。这种"怀疑"基本分为两个方面:一种是对外部世界的质疑;一种是对自己身份的质疑,就是哲学上"我是谁"的问题。我觉得我们那批所谓的先锋作家,别人我不好说,从我个人的角度来看,受存在主义哲学影响比较大,比如说萨特、加缪,还有卡夫卡——我觉得卡夫卡作品中也有存在主义倾向,只是没有人在这方面对其小说进行系统的观照。我脱离先锋小说的形式框架之后,慢慢倒向带有现实主义倾向的写作,比如《合同婚姻》《纸翼》等。这些小说大家都是能看懂的,却依然能感觉到先锋形式的存在,怀疑的语义并没有消失,甚至更加强烈。《合同婚姻》就是对人类婚姻制度的质疑嘛!所以从这个意义上讲,这种定位还算是准确的。我的一些作品,像《南方的情绪》《流动的沙滩》《爱情岛》,以及后来的《三月一日》,甚至《重瞳——霸王自叙》——《重瞳——霸王自叙》既是对历史的怀疑,也是对项羽自身的怀疑——项羽是司马迁笔下的项羽,还是我心目中的项羽? 这一切都是怀疑。

"怀疑"不仅仅是作家有,甚至是学者都应有的。我对学者或者学术的基本定义是,一家之言,自圆其说。首先这个观点是你自己的,不是别人的,然后你把这个观点从逻辑上整体地圆起来,这就是学者的定义。如果说这个东西已经有人说过或已经有类似的观点提出来了,那么即使你把它论证得再好,这个学术本身也大打折扣。作家更是这样。《重瞳——霸王自叙》是很鲜明的,那么多人写项羽,为什么《重瞳——霸王自叙》成为一个另类而引人注目? 首先是我对以司马迁《史记》为代表的一些典籍的质疑,他们没有打开、拓展的空间,我把它拓展了,然后我去寻找了另一种可能性的解读。我丝毫没有改变历史的典籍,但是我去寻求了另一种解释。这种寻求的过程就是怀疑的过程。一个好的作家必须具有怀疑的精神。包括你们读书,也要有一种怀疑的眼光。只有拥有怀疑的眼光,才能发现书中的观点与自己之间的一种对应关系。我不需要你们轻易去认同某个东西,我希望你们去怀疑一些东西。这也是胡适先生所倡导的"大胆质疑,小心假设"。

问:您的很多小说中,对历史、生活的质疑常表现为宿命和无常,拯救上的虚无。您怎么看?

潘:质疑、宿命、虚无也是早期先锋作家一个比较默契的共识,比如说余华的《难逃劫数》、格非的《迷舟》等,好像都有一点。我们这些人成名于20世纪80年代的中期,文学界有这一批人出现了,前后不到十个人。当时风头比较健的是余华、苏童、格非。这中间有一个时间差。我在1989年后离开了机关,后来去了海南岛,下海了,从1992年到1995年甚至到1996年,前后中止了四年的写作。那个时候恰恰是他们疯狂写作的时候。到1996年底,我以中篇小说《结束的地方》结束了我短暂的经商生活,重新回到写字台上。然后就写了一批作品,包括中篇小说《重瞳——霸王自叙》《合同婚姻》,长篇小说三部曲《独白与手势》《死刑报告》等等。所以我们之间有这样一个错位。方维保说我不是先锋作家中一个引人注目的人物,却是落幕时的关键人物。这句话还是比较准确的。

我对宿命的主题本身有一种迷恋。这种迷恋最早呈现在我的第二部小说《风》中。《风》中那种家族式的关系,兄弟之争,有一种历史上的戏弄,历史上的挖苦,历史上的无奈,甚至历史上的虚无。在对《风》的评价中,陈晓明有一篇文章说得很对,他觉得《风》的主题是质疑一部新民主革命史。《风》其实也就是这样。不管它千流百回,绕了多少弯,最后是这一家人血脉相连的历史错位。历史对他们确实进行了嘲弄,这种宿命不是某一种力量可以改变的,好像是宿命与生俱来的东西。

问:《风》《南方的情绪》《重瞳》《秋声赋》《独白与手势》等小说中,您都偏爱第一人称叙事方式,是有意这样做的,还是出于习惯?

潘:一个作家采取什么样的写作方式或叙述方式是根据题材而定的,特别是像我这种另类的作家,往往是形式大于内容。我在写一部小说之前,不像有些作家,他们会有一个详细的提纲或初稿,我很大程度上依赖写作的即兴状态。即使是《风》这种长篇小说,在写作之前,我也没有意识到故事将怎么发生、发展,更不知道小说的意味在什么地方,只是知道这有可能会写一部长篇小说。这里插入一个题外话。关于小说的分类,长篇、中篇、短篇,教科书上一般按文字多少来分类。比方说以前20万字以上或15万字以上算长篇,现在10万字以上算长篇,甚至有人说10万字是小长篇等,其实我觉得这是不科学的。我觉得它们唯一的分类标准是写作的意识。因此,在我的小说里,当我认定这部小说只能是短篇小说时,我绝不可能把它写成中篇小说,甚至我都有可能觉得用小说表现不是最好的,用话剧表现可能会更好。比如我有一部话剧《地下》,当时别人建议我把它写成小说,我说这个写小说不好。因为我脑子想的是舞台上话剧的效果。我能想象几个演员在舞台上,在虚拟的黑暗的空间里表演,我当时追求的是这个效果。当然你把它写成小说也没有问题,但是我认为话剧这种形式肯定比小说形式强烈。这样的划分只在比较严密的作家那里才有清晰的意识。举一个例子,鲁迅的《阿Q正传》,前后也就2万字,按照过去的划分是短篇小说,但从构架意识上怎么看它都是中篇小说。它的结构方式、事件容量、发展、起伏、跌宕,不折不扣就是中篇小说。因为短篇小说没有能力承担这样一个题材。再比如汪曾祺的《大淖记事》,写得洋洋洒洒,好像也将近2万字,但怎么看都是短篇小说,不能成为中篇小说的构架。长篇小说的意识、范式肯定不一样,不是说一部小说字数够了,就是长篇小说,字数不够就是中篇小说。

  第一人称在叙事上最大的效果是能让你的小说营造出一种氛围,让读者有一种身临其境感,甚至有一种替代感。这种替代感指好像作者说的不是他的故事,而是你的故事,因为能容易唤起你类似的经历。当然,我可能用第一人称写得比较多一点。《风》其实用了三个人称,主要是第一和第三人称,时下的是"我",过去的是"他","我"在搜集过去的故事,然后"我"对过去的东西提出怀疑和评判。《秋声赋》中"我"扮演的是目击者、转述者,"我"听别人转述的故事。只有像《重瞳》《独白与手势》才是(真正使用第一人称)。《重瞳》我写了六个开头,最后采用了"我说的是我的故事"。这种开头有一种写作的向往,而且建立了我的自信。《重瞳》其实就是想把过去的历史拉到你的眼前,让你感到不是历史,而是当下的。从学术的视角看,这个"我"是项羽亡灵,飘浮在我们的苍穹之上,俯视今天,感慨万千,他说出了自己的故事,为自己辩护、倾诉。《独白与手势》带有个人履历的底色,因此很想唤起那些与这个时代相关人的记忆。所以,第一人称,选择还是根据题材的选择而定下来的,这里没有完全的个人癖好问题,只是觉得用第一人称的叙事意味会更好一些。

  问:《独白与手势》采用的是图文相结合的叙事手法,这种文体上的创新是出于一种自觉的追求吗?绘画为您的叙述带来了什么?

  潘:对,这个东西还真是一种自觉的追求。我曾经跟别人讲,我不是中国最好的作家,只能说是好作家之一。但是我同时是在文学、戏剧、影视、书画这几个领域都能做到六十分以上的作家。有些人可能小说比我写得好,但是有些方面远远是不及格的。有些人可能绘画比我好,但是文学、影视方面没法跟我比。我对自己的界定是这四个专业我都能做到六十分以上,都是能及格的。所谓及格,在我这里就是能经得起专业的检验。我的画,即使是很知名的画家来看,他不要恭维都能说不俗。我拍的戏,即使是那些很有名的导演来看,他都能说,你的镜头运用得很有道理。这是我的优势。所以我当时就想,能不能把小说中文字叙事的一元变成二元,甚至可以变成三元?随着科技的发展,如果是图文并茂的小说,同时有声音、音乐的小说,这也是很有意思的尝试。因为现在还没到时候。到时候,我可能会把《独白与手势》配上一些心理的独白、朗诵,甚至一些背景的音乐,然后呈现出书中想要的画面,这也是可以考虑的。当时我觉得把两种方式集中在一个文本里,这种尝试不管是不是开创者,至少对我来说是能让我内心激动的事情。后来很多搞批评的人也对其做了肯定。尽管这种东西一时构成不了可比性,因为它永远就一个文本在。别人也做不了,不管是不屑于做还是能力有限。我曾在大学里讲课,也有学生提出类似的问题。我当时就说,这种尝试肯定是前无古人,将来要是写文学史,研究小说形式的发展,这应该是一个话题,是一个题目。至于是不是后无来者,不好说,因为现在很多的年轻人很有想象力。目前在国际上也还没有看到这种文本。这部小说还有上升的空间,因为这部小说还没有被翻译出去。毕竟它把一元变成二元,这种尝试我还是感到满意的。书名为什么叫《独白与手势》呢?"独白"是言说的,"手势"是比画,是难以言说的。或者说"独白"是文字的,"手势"是画面的,书名就有一种意味。"说"与"难以言说"就是文字与绘画的相结合。但是后来这部小说有点遗憾,因为第一部出来后反响极好,所以出版社急功近利,一直在催,我也把持不住,后两部显得急就了点,我本人也不是太满意。

至于绘画为这部小说带来了什么,我刚才说了,强调的是互文性。比如某些地方文字表现没有画面那么强烈或者有语义。比如小说开头,就是一幅画,是皖南的小巷——"你眼前的这条小巷是故事开始的路",这在戏曲上叫"规定情境",能一下子把你带进故事特定的环境中。所以你不可能想象这个故事发生在北京,因为它不是胡同,它只能在皖南沿江一代,且与安徽有关,因为它是徽派的建筑,带有一种闭塞、陈旧、潮湿的感觉,正好形成了那个年代记忆的象征符号。这种东西如果用文字来写,你的描写未必有画面的冲击力。它一下子把你带到那个时代那个氛围里,你会感受到所有故事都与这个环境密不可分。还有一些象征的东西,比如说梦幻、一个人在茶杯中淹死等带有很后现代的画面。这就写出了生命的卑微和脆弱。你如果用文字写,也没有画面的丰富性。

如果仔细去研究《独白与手势》,应该能独立写出一本书。根据每一部分的文字与图画间的关系去做分析研究,作为评论者肯定有一些东西可写。所以说将来你们做这个课题,可以出一套跟小说配套的书,总比点评更好。它给批评者提供一个很大的空间,逼着你想为什么这个时候插这幅画,为什么画里的内容是这个样子,它和小说的文字形成什么关系,是互补、衬托、或者提炼的、隐喻的、等等。

问:您的很多作品,如《抛弃》《和陌生人喝酒》等都是从婚姻的角度切入,透视人生,《对话》也注重对两性之间沟通的描写,是出于什么考虑? 这是否与您自身的婚姻有关?

潘:这个应该也有点关系,就是说一个经历婚姻又离开婚姻的人,他对婚姻的思考与在婚姻中的人是不一样的。因为人都有短板,就像一个人享受了这个体制的待遇,就不好意思去抨击这个体制一样。你自己在婚姻中间,你要说婚姻这不好那不好,那你为什么不离婚呢? 所以说,在婚姻中写婚姻题材多多少少还是有一种束缚的,写的时候心里不会很自由。我有些作品是我处在婚姻之中的时候写的,有的是在结束婚姻之后写的,这个从发表日期可以查出来。婚姻是生活的主要部分。我对人生、对婚姻制度有自己的一种思考。有几部小说,比如说《合同婚姻》《关系》《纸翼》等,就是反映这种主题的。可以说,婚姻或者爱情生活在每一个作家中间都是一种主题,它是永恒的。但是,我自以为自己写得比其他人更高明点。这一点我觉得李洁非比较了解,他就觉得其他人写的城市人不像城市人,而我写的城市人很像城市人,就是说我将城市人那种生活的状态、人生的况味写了出来。李洁非写过一篇评论叫《现在的写城市的潘军》,说我总能够敏锐地捕捉到城市人困窘的生存图景和心理状态。我觉得这可能就是我在我的小说中间想要得到的一种东西。我不会把人生的东西人为地戏剧性化,但是我可能会在生活中去发现一些东西,比如说《和陌生人喝酒》这种小说,看过以后有一点意犹未尽的感觉,这可能就是人生的一种况味。而且大家面对的婚姻都会有自己的一些困惑。很多作家写两性没有深度,比较肤浅,更多的是点缀性的、陪衬性的、装饰性的,真正深入婚姻内部去,对它进行细腻的剖析,提出一些见识和发现一些问题的,这种小说不是太多。《合同婚姻》出来之后,许多模仿作品就出来了,看上去似曾相识。

问:2006年之后,您从小说创作转向影视,作家和导演两种角色,在您身上是如何共存的? 给您的小说创作带来了什么? 一些作品如《对话》《关系》等在形式上的创新是否受此影响？

潘：我前面已经说了，2005年《死刑报告》因为有关部门审查而没有再版，我自己觉得暂时不太可能写小说了，或者相当一段时间里我的写作将陷入一种困境。当然，这并不是唯一的原因。第二个原因是，我有自己的人生规划。我很早就意识到，如果把我的一切理解和爱好集中在一个职业上，那就是导演。因为它需要有文学的、戏剧的、绘画的、表演的，还有导演自身的这些东西，这些我恰恰都是具备的。所以我曾经就跟余华说，我不是中国最好的作家，但是我有可能成为中国最好的导演，只要这个国家让我拍我想拍的电影，我很快就会把那些所谓的风云人物一一超越，这点自信我到现在还有。因为我跟他们都打过交道，一聊天，只要谈到某个电影，他们的短板就显露出来了。他们这些人，很多人其实是一个匠人，只是完成了文字和影像的转换，至于在电影内部的那种表现和表达，是远远不够的。就像我谈张艺谋，你们总说张艺谋成就了一些作家，影视扩大了像莫言、余华、苏童的知名度和影响力，而真相是，当张艺谋还不为人知时，这些作家都已经成名了。如果没有莫言、余华、苏童的小说，哪里会有张艺谋？关系完全给颠倒了嘛。当张艺谋离开这些作家的小说蓝本以后，他最后能做的就是商业电影。第三个原因是从第二个原因中分解出来的，影视是可以赚钱的，因为那个时候我是处在人生的低谷，母亲重病，女儿上大学，而我刚才说了，一个人的担当除了对社会的担当，对自己所扮演身份的担当也是不能少的，所以人的责任是与自己的身份有关的——你是儿子，要对父母负责，你是丈夫，要对妻子负责，你是父母，要对子女负责。所以当时就考虑到自己既是父亲又是儿子，那就要为自己的母亲治好病，让父母过得好一些，让自己的孩子过得好些，所以正好这个时候就可以抽身挣些钱，这个就是第二个原因派生出来的。我现在是做减法，就是把其他所有身份去掉，然后仅有保留身份，比如说我现在唯一保留的身份就是父亲，所以我对我女儿尽职尽责。其他身份没有了，其他责任对我来说就没有了，人的自由就是这样的，你的身份越多，责任越多。至于你不尽责那就是另外一件事情了。当然，突然改行去做导演，也有几点困惑，最大的遗憾是让一些热爱我小说的读者和研究者普遍失望，他们觉得你这么好的小说家要做通俗的影视，岂不是可惜了吗？但是我不能对每个人说我的小说被禁了，所以我只能撇开第一个原因说第二个原因，我说我的人生计划中间是有做导演这个选项的。一个作家当他自己不能继续向上写得更好的时候，我不能接受原地踏步或者倒退，这样的话就不是我了，我要写就希望自己有写得更好的可能性。这种可能性暂时建立不了，我就不写了，去做另外一件事情。这是一个。第二个就是自己毕竟脱离了文学界,我对"界"的问题不是很感兴趣,但是你是文学中人还是影视中人,是真的不一样的,日常生活所关心的东西不一样。以前,各种文学杂志寄到我家,全国优秀的文学杂志都寄过来,我总会打开翻一下,其中有熟人的小说我会看一看,好看的话我会看完。现在的话,这种可能性没有了,我只是把信封拆开翻一下,没什么可看的就搁一边,这种对当代文坛的关注在我这里就渐行渐远。所以现在你要是问我,当代有哪些小说家写得好,我就回答不了,我已经十年不关心文学了,所以我也不愿意接受文学方面专业的访问,无话可说,你没有读一些东西,就没有发言权。我女儿潘萌有时候会给我推荐一些,我就瞄一眼。但是说句实话,也没有看见让我眼前一亮的作家苗子。对于新时期以来的文学,我觉得目前还是两个概念吧,一个是先锋小说,一个是朦胧诗,目前还是个制高点,超越这两个的东西还没有。后来的很多东西,这里面不排斥很多作家里留有遗韵,但是没有形成很大的气候,我觉得想超越可能还是有一个过程。

至于影视对我的小说有没有什么影响,是有的。不仅影视有影响,绘画也有影响,我记得河南作家李佩甫说我的小说中间的绘画性色彩感特别明显。这与我本人画画有关系。影视也是,尽管对于我来说,小说是前置的,影视是后置的。我在写小说的时候没有搞影视,但我对影视的研究已经有了,不然我不可能上手就能拍戏。很多影片,它的很多对话,它的那种精准,那种有意味对我的小说语言是有影响的。第二个就是结构。电影里面蒙太奇的转场对我小说的解构是有影响的,甚至有些人说我的小说都不要改剧本,比如说《对门·对面》拿起来就能拍,我有的小说写得像剧本一样,通篇都是台词,你一句我一句,连描写都没有,但是你能感觉到通过这些对话,一些描写都被带了进来,这个对于一般作家来说是有难度的。你不要看着对话就几页纸,一般人干不了,用对话把一个场景的人物关系、人物心情以及故事的脉络表达清晰,不是很容易。所以《关系》也是这样,以对话为主。我记得当时《新华文摘》还转了,他们觉得很特别,一部中篇小说就靠3万多字的对话支撑起来,还写得那么有况味。所以它们之间的影响是存在的。

问:能否谈谈海明威、博尔赫斯对您小说创作的影响?

潘:海明威和博尔赫斯都是我喜爱的作家。大学时代有一年放暑假,我曾经将国内当时有限的海明威的书集中起来都读了,实际上我还是喜欢海明威的中短篇,我不大喜欢他的长篇,包括《丧钟为谁而鸣》这种小说。他的中短篇,我觉得跟我作为一个作家的书写气质比较默契。我喜欢简洁,不要啰唆,不需要那种很繁杂的东西。那种东西我虽然不排斥,但不是很向往。他的文字让我感觉很亲切,因为他的简洁准确,短篇小说因为文字受限制,所以更难。海明威的《白象似的群山》也是用对话体写的,他写得那么准确,包括《印第安人营地》写得都很准确。这种东西对我的影响还是很大的。

博尔赫斯对我的影响是在认知和叙述层面上。我们这一代作家,不光我,还有马原、余华、洪峰、孙甘露、格非,我们这几个人最早在文体上是受他影响。当时王央乐先生出了第一个博尔赫斯的中译本,是个短篇小说集,这本书后来成为先锋作家的"圣经",几乎每个人都看,甚至公开模仿。后来我提出一个观点,如果那时候传进来不是王央乐的译本,那么博尔赫斯在中国这些先锋作家的心中就可能会大打折扣。因为我们这些人对一部作品的迷恋其实是对文字的迷恋,对一部外国作品的迷恋其实是对一个译者译笔的迷恋,这是问题的真相。所以说不是博尔赫斯多么伟大,而是王央乐翻译出来切合我们的胃口。就是说汉语写作能写出这样一本有味道的书,让我们眼前一亮。他跟马尔克斯不一样,马尔克斯是那种魔幻现实主义的手法,让别人眼前一亮,莫言深受其影响。马尔克斯的影响在于方法,而博尔赫斯的影响在于语言和叙述,叙述本身的一种迷恋。苏州大学季进教授就曾经说过,先锋派这些作家中间,受博尔赫斯影响最大的就是我。他列举了我的一部叫作《流动的沙滩》的中篇小说,说这部小说是国内受博尔赫斯影响最大的作品。但这部小说并没有引起批评界的关注。因为那个时候先锋小说已经式微了。但是我跟博氏之间,我个人认为区别在于,我虽然迷恋博氏那种叙述,但希望在那种叙述的语境里建构一个比较完整的故事。就是说这个载体上还是有一个故事层面的。如果我换另一种写法,它完全可能写成一个自给自足的起承转合的故事,但这部小说的叙事方式,使故事在戏剧性层面得到了一定的消解,会让人感觉到扑朔迷离。但是这只是故事层面,我的这个特点也是我和其他作家的区别。我理想中的小说文本是一种"有意味的形式",是那种讲究叙事并且还要固执地建立起故事构架的文本,而非不知所云。比如《流动的沙滩》,这里面实际上讲的是人生的轮回,散发出人生的无意义的悲观情绪。年轻作家面对的老作家其实是自己的未来,于是就有了一种恐惧,所以他最后萌生"我"的人生属于"我","我"的人生不能被人拿走的念头,他必须杀掉那个老作家。老作家留给他的遗物就是他梦想中一定要完成的一部作品,这是一种在劫难逃的宿命的悲剧!所以我时常有一种妄想,现在的这个我不是我,我是替某朝某代某一个跟我相似的人而活着,那个人可能是个名人,也可能是个凡夫俗子,他的语言、手势、腔调、生活习惯,除了一些物理上的变化,其他东西从心灵上看是没有变化的。这就像《流动的沙滩》里写的,老作家说多少年前"我"打着个灯笼去见"我"的第一个女朋友,那时候"我"还是一个孩子。"我"就想,"我"曾经也是打着手电跟"我"一个女朋友在那儿散步,那时候我们都是高中生或者初中生。你会发现,只有灯笼被手电替代了,那种孩子的心灵,那种初恋的感觉是在重复,这种经历都由别人活了一次。他六十岁的时候在说他三十岁的事情,而此时此刻的"我"恰好三十岁,所以这就是一个故事。这部小说发表于1990年。第二年,我敬仰的波兰裔法籍导演基耶斯洛夫斯基,拍《蓝》《白》《红》的那个,他完成了最后一部《红》。《红》跟《流动的沙滩》惊人的相似。如果他的《红》拍在前面,那么肯定会有人说我是受他电影的启发,所幸我的小说发表在前,电影《红》在后。《红》说的是一个老法官跟一个法学院的女生在诉说自己的往事,而此刻正是女生面临跟男友分手的前夜,两代人的遭遇几乎就是一模一样的,法官的经历就是女生的现在,这不跟《流动的沙滩》是一样的?在一个新鲜的、带有一种现代色彩的叙述文本里去企图建构一个属于自己的故事框架,这应该是我所追求的一个方向,我从来不觉得我自己的某一部作品没有表达,完全是虚妄的,没有。我觉得我的作品都有表达,都有诉求,都有故事,甚至用你们的话说就是都有主题性。很多人认为,先锋作家都是胡说八道,扯七扯八,其实他们是真的没有看懂。

问:少时的记忆对创作有什么影响?

潘:在以前的访谈录上我说过:一个作家的童年和少年的记忆决定了他的写作方向。为什么要提出一个写作方向的问题?首先我认为写作是有方向的。这个方向,在形式和内容两个方面都有拓展。就像我开玩笑说,诺贝尔奖颁给莫言我很高兴,要是颁给别的作家,我指的是那种具有传统手法的作家,我会发表声明宣布从此不再写作。因为我觉得全世界对文学的发展方向失去了界定,已经混乱了,颁给莫言至少还是肯定了中国当代文学的方向。我们都是这个方向的。如果那些好的小说,追求形而上的精神层面作品没有得到世界上的认可,反而那些复制明清话本的,然后填进一些瓦舍勾栏的东西,加上一些个人井底之蛙的感慨得到肯定,那我觉得这个小说就不要写了,因为全世界的标准已经混乱了嘛。就像村上春树一样,如果他获得诺贝尔奖,我觉得很遗憾,因为我觉得他的作品脂粉气太重,格局很小,不足以体现一个作家的担当和社会责任。所以奖还是需要去颁给米兰·昆德拉这些人,应该颁给这些有社会责任的,能够对这个世界提出问题来的作家。村上春树不提出问题,只是小资的自娱自乐,这种作家获奖有什么意义呢?

家庭环境、社会环境和地域环境——三大环境的约束或者陶冶,使你形成了一套独特的审美观或者审美价值观。如果我换一个家庭,比如我父亲是个军人,或者说我从小是在机关大院里长大的,那么我的价值体系肯定会发生变化。所以站在这个立场上,我提出童年或少年的记忆是自己写作的方向。不管你拒绝还是不拒绝,它都是存在的。当然,有的作家在自己的文本中表现得更好一些,有的就显得不足。阎连科如果不是农民的儿子,他不可能写出这些小说。就像莫言,如果不是山东高密人,他也不可能写出那种小说。余华如果不是出身于医生家庭,自己做过牙医,他的东西也不可能那么硬冷。我觉得这种影响确实是有的。当然现在有些人,与生活本身其实是有隔膜的,但是为了某种诉求,或者为了写一本书,敷衍成篇之后,你会感觉到他和现实生活还是有种隔膜。我如果没有对机关的深切感受,我也写不出来机关的东西,只有我对它有了深刻的感受,我才能写出《三月一日》那样的小说。《三月一日》可以说是机关小说中的上品,有的作家写机关都是写实性的,而《三月一日》已经上升到精神层面。

问:先锋文学三十年,很多先锋作家对其进行了回顾和总结,像苏童,他用"裸奔"一词来形容当年的创作姿态,认为几十年的创作一直在尝试穿不穿、怎么穿、穿多少衣服的问题。您作为先锋派的代表之一,怎么看待三十年来的先锋文学创作?您认为它有哪些地方值得我们反思?

潘:他这种表态,带有一种调侃。"穿不穿衣",讲的依然是形式和内容的问题。就是说用一种什么样的形式去表达——是像以前一样用一种比较华丽的、流畅的和富有韵味的文字去写,还是用朴素的文字去写?前面我已经说了,内容和形式永远是互动的,一个小说家的表现手法,就像女孩子穿衣服一样,你根据你今天要见的对象、活动的内容,选择你要穿的衣服,比如见父母、见同学、见老师,要穿不同的衣服,甚至化不化妆、化什么样的妆,都是有选择的,都是不一样的。我自觉在这方面是有文字可塑性的,我不愿意像某些作家写什么都是一个腔调,一种笔墨。我觉得好的作家面对不同题材,还是要有不同的姿态。

回顾先锋文学的创作,有几个肯定、几个否定。先锋文学最大的贡献,至少是一部分改变了中国小说的两个源流关系:一个是俄罗斯文学,一个是明清话本。它一下子把这两个传统打乱了,引进的是西方现代派一种新的语系。这是第一个贡献,应该也是最大的贡献。从此在中国的小说形式上别开生面,有了现在一批作家和一批作品。而且这个影响还存在着,甚至包括现在的网络语言,很多东西还是受我们那一代作家的影响。一些网络语言不是写实的、传统的,而是跳跃式的、借代式的、变异式的。第二个贡献,确实是这些作家以及他们的创作实绩成了中国当代新时期文学的一个高度。我们可以将之前以及之后的小说与这些作品相比,即使是有些作家,像王安忆、韩少功,他们不属于先锋作家阵营,但多少也摆脱不了先锋作家的某种痕迹。这样一批作家和作品的出现,使当代文学进入最辉煌的历史时期。

哪些地方值得我们反思呢?我觉得先锋作家一开始有刻意张扬的个性——那时候我们写作有一个自觉和不自觉的心里定式:一定要写得和以前的小说样式不一样。我这个小说不会让你感觉到和以前的传统小说一样,我可能写得很跳跃,我可能在句式上变化很多,我可能人称变化很多,这里面带有一种刻意性。包括我的小说,比如说早期的《南方的情绪》,都是有的。这样一种学术上的偏激,导致大家对传统文学和世界文学史上的优秀的现实主义批判文学非常冷漠。先锋小说的创作没有得到兼容,或者说有效的兼容。时隔多年以后,我感觉到这是一种损失。中国本土文学应该有中国传统文学的一种气息和精神。一个中国作家写的文字,一个用汉语言写的作品,应该比用英语写的文字、法语写的文字更具有民族魅力。这也就是至今汪曾祺的文字仍有生命力的原因。汪老的文字层面是传统的,他的思想意识是现代的,你感觉到他小说有诗情,有画意,有尺牍札记般的散文感,这些东西都让你能够联想到唐诗、宋词、元曲,乃至后来的话本小说。而在我们的小说中间是一种明显的缺失,所以说这是先锋小说中值得反思和总结的一个地方。第二个方面的不足是,先锋小说由于强调独立意识,而忽略了读者,没有真正地把读者放在心中,强调的是曲高和寡,独领风骚,扬言我的小说是留给下一个世纪看的,这种学术上的张狂导致了作家心态的浮躁,所以先锋小说最大的遗憾之一就是,这一批拥有优秀才华的作家没有一个人写出与他才华相匹配的作品,至少是一个好长篇。我们这批人应该有可能出现一个会写一部大书出来的作家。这是我个人的一点心得,对学问就应该老实,不足就是不足。我们当年的这些人中有聪明绝顶的,应该有人能写出一部在世界文坛上叱咤风云的小说,如《百年孤独》《1984》一般,能成为一种当代经典的小说,可惜没有!这跟当时那种浮躁心态甚至急功近利有关系。成名太早不见得就是好事啊,如果大家再历练十年,就可能出现更好的作家和大作品。我是一个追求自由散漫的人,我没有一种为文学而献身的姿态,我是要把我的生命拓展到极限的姿态。因为我的爱好比较多,文学只是我的一部曲,导演是我的第二部,到了七十岁之后,可能就是书画,也就是我的第三部。我的人生三部曲可能就是这样。我不可能成为某个领域的顶尖人物,但是作为一个男人,我会尽可能让自己的生活丰富多彩。每个人的人生观是不一样的,我就是按照自己的愿望去生活,当然也会遇到胳膊拧不过大腿的时候,那就暂时搁下不做。我非常清楚在中国做事,讲究一个顺势而为。势不在,着急也没用。这么说有些悲观,我骨子里从来就是一个悲观主义者。

问:与其他先锋作家相比,先锋小说创作带给您什么独特的东西?

潘:首先,打开了我的视野。就是确立了我文学的方向,同时确定了一个作家所坚持的立场。其次,我在自己好年华的时代,毕竟是写出了一批作品,同时是希望这些作品随着时间的推移还有生命力,这就是我作为一个作家,曾经的先锋作家之一值得缅怀的。最后,先锋小说的实践,某种意义上加强了我本人叛逆的性格,对后来的世界观、人生观也是有影响的。先锋小说丰富了我的人格,使我对人生的信念有了一种坚持。我自己很怀念那一段时间,也从来不觉得自己有哪种尝试是错误的,只是现在反思觉得有些美中不足,如果我更平心静气地坐下来多读点书,再发力,可能会写得更好。

问:您后来的小说很好读,也很有吸引力,虽然在形式上放弃了早期对技巧的过分迷恋,却仍显示独特的先锋气质。您也肯定自己前后的追求是一贯的,即形式与内容的和谐统一。您是否把"先锋性"作为自己写作的目标? 您的小说中精神上的支撑是什么?

潘:这个问题实际上也就是我刚才的反思。正因为有了这些东西,我才会问自己为什么要写作,你是写给自己看的吗? 那写日记就够了,为什么还要发表、出版? 一个作家把他的作品发表出来,目的就是希望能赢得一些知己——有人喜欢他的小说,有人受到他的作品的启迪,有人通过小说成为他的朋友,于是,就要考虑传统文学中的有些东西,需要去找回来了,要写出一些"好读""好看"的小说。这种调整,不光是我,其他作家也有。比如余华,他的《活着》和《许三观卖血记》,赢得广泛的尊重。那么"先锋性"是什么呢? 多少年前我跟别人在一个访谈里讲过,"先锋性"其实就是一种精神价值的追求。文学作品对形而上的探索就是最大的"先锋性",反过来说,如果一个作品只是停留在故事的表面,这个作品肯定是没有生命力的。我对小说的理解,简而言之,还是"有意味的形式"——苏珊·朗格的这个定义,应该是一个小说的纲领。

问:您目前的生存现状是怎样的? 近些年有无创作计划?

潘:这几年心事都用在影视上,希望能拍出几部自己想拍的电影。如果拍不成,就埋头看书、作画。至于什么时候再写小说,包括计划中想写的小说,暂时还说不好。

[选自《一意孤行——潘军创作随想录》(上卷),花城出版社2021年版]

谜一样的书写
——潘军长篇小说《风》访谈录
陈宗俊　潘军

时　间:2019年3月16日上午
地　点:潘军安庆住所泊心堂

陈: 潘老师您好！今天我们想就您的第二部长篇小说《风》做一个专访。首先请您谈谈小说当时的写作情况。

潘:《风》的写作时间在1991年春末至秋初,有小半年时间。1992年《钟山》杂志第三期开始连载,到1993年第一期连载完。对于一些喜欢先锋文学的人来说,《钟山》是很有影响力的刊物。不过那个时候大家已经不怎么谈小说了。写完《风》,我就去了南方,随后就中断了写作,大概是第一次中断,差不多有五年的时间。在《风》之前我已经写了一些实验小说,比如中篇《白色沙龙》《南方的情绪》《流动的沙滩》《蓝堡》等,特别是《蓝堡》,这个中篇虽然和《风》的写作没有直接的关系,但是从叙事本身来说是有关联的。《蓝堡》满足了我叙事上的需要。

陈:《蓝堡》发表于《作家》1991年第四期,从时间上看,应该是这之后您开始了《风》的写作?

潘: 对,《蓝堡》写于1990年,先给了《收获》,程永新在给我的信中说,他很喜欢,但那个时候编辑部的意见是要先等等。后来宗仁发约稿,我就把《蓝堡》给了他,很快就当头条发了。这之后我就想写一部长篇了,想把中短篇的一些尝试引进到长篇中去。这个欲望很强烈。某种意义上说,《风》的写作是形式先于内容,我需要先想好该怎么去写。

陈: 这样来看,您是出于对当时长篇小说创作的某种不满才进行《风》的写作实验的。的确,文本的试验是这部小说取得成功的重要原因之一(如印刷时的宋体、仿宋体和楷体三种字体),由此形成后来吴义勤所说的三种风格(抒情性、神秘性和理论性)等。这种形式探索的初衷,您在河南人民出版社初版《后记》中有一段话也可以说明:"很长一个时期以来,我一直对当代长篇小说的创作持悲观态度。我的悲观也许仅限于形式,或者说营造方式。无论是朋友的还是我的,大都让我悲凉地感到'气数已尽'。青年小说家一旦迈上长篇的台阶,似乎脚就很难提得起来了。

我是在'革命'的意义上强调这种忧虑的。"——这里的"悲观""也许""悲凉""气数已尽""革命""忧虑"等措辞暗含着对当时长篇小说创作的不满。您能否具体谈谈?

潘:当时就是这么想的,一孔之见。正如我在一篇关于《风》的创作谈中谈到,《风》缘起于我的一部未曾面世的中篇小说《罐子窑》,写于1986年,一直就没有拿出去,因为我总感觉它不像一个中篇,而应该是一个长篇——我历来认为小说的长、中、短,按照字数划分不是唯一标准,我强调的是小说的意识。简单地说,你觉得怎样才算是长篇、中篇或者短篇,这个很重要。《大淖记事》再长也只是个短篇,《阿Q正传》不过2万来字,但怎么看都是个中篇。长篇就更是如此了,所以这才有了后来的《风》。现在很多长篇不像个长篇,都像是中篇的拉拢,还是个意识问题。

陈:您曾说过,《风》曾有个副题"历史的暧昧",所以这部长篇中也写到了爱情,写到了现实,我更倾向于它是一部写历史的小说,属于当代"新历史小说"行列,虽然您对这个概念不大认同。从小说故事本身(尤其是"过去的故事"),部分"作家手记",以及小说三部分开始前分别引用了悉尼·胡克、屈威廉、列维-斯特劳斯等人的话来看,我们强烈地感到《风》与传统(革命)历史小说不同,其特点大致可概括为"大写历史小写化""客观历史主观化""必然历史偶然化"几个方面。历史如风一般不可把握,如陈晓明所说的,这部小说是试图怀疑一部巨大的历史神话。请您谈谈,小说中试图要表现的历史观是什么?为什么?

潘:《风》的写作时期是寂寞的。似乎是一种责任感,促使其写作。所谓"历史的暧昧",显然是指对历史的态度。克罗齐说"一切历史都是当代史",我深以为然。《风》看上去是一个青年人煞有介事地调查、考证一段历史的真伪,企图探寻历史的真相,结果是四处碰壁、一头雾水,毫无真相可言,这就是"历史的暧昧"。一部《风》中,事件与人物,真相与谎言,扑朔迷离和语焉不详,似乎无处不在。究竟是有人事先的安排还是一种命运的巧合?无法说清,更难以证明。面对一段历史,无论是典籍所呈现出来的,用文物鉴定出来的,还是目击者的见证或者当事人的口述,我认为都应该被继续质疑,你无法忽视个人的判断和认知。谁在书写历史?谁在篡改历史?谁在掩盖历史的真相?谁又在推动历史的发展?历史中的人永远只能被历史所裹挟,就像被风裹挟一样,你没有办法捕捉它,但是你无时无刻不感觉到它的存在,它会迫使你在风中做任何的姿态。这大概就是取名叫《风》的原因吧。

跳出这部小说,首先我强调的是我自己在历史中的角色,就是我对这段历史介入了没有。尽管在一定程度上它符合我的某种倾向性,但并不意味着我对它达到了高度信赖。虽然从资料看上去是盖棺定论的,但随着新的研究不断涌现,会出现很多自相矛盾,甚至颠覆性的东西。比如某个文物的出土,一下子颠覆了几千年的历史认知,这就恰恰说明,历史本身充满质疑,除非是转瞬即逝的昨天,我们是有可能把它比较完整地还原的,但是稍微久远一点,它就脱离了我们的视线和认识,我们不是亲历者。

其次是罗生门层面。即使你介入了历史,因为你过分强调你的角色、你的立场,对于旁观者来说,也不是客观的,因为他有他的认知。历史中的人和人对历史的认识,永远是在这两方面作用力下产生的结果。对于一个创作者来说,用这种历史观来写,会赢得更大的自由。因为不需要为某段历史的结果承担责任,但可以利用自己的认知与想象去建构这段历史,做出有限度的呈现。

陈:事件是构成"历史"的重要组成部分,在传统(革命)历史小说中,这种事件往往是一种政治事件,是构成历史的"硬件"之一。《风》从表面来看,也写到了"我"对"历史英雄郑海"的调查、隐约的国共斗争、叶家父子在民族危亡时的所作所为等,看似也是重大历史事件(如郑海为渡江战役提供的重要军事情报等),但这些所谓的"历史事件"都是虚构的,重心写的是这些事件中人物的命运与精神状态,即美国当代历史学家海登·怀特所言的"历史学家研究'真实'事件,而小说家研究'思想'事件","历史事件"在这里成了"软件"。另外,在《风》中,您煞有介事地引用了一些所谓的史料、档案、人物访谈与回忆等,来写历史人物郑海,这些复合型文本内容本身当然也是虚构的。由此您怎么看所谓的"历史事件"之于一些"新历史小说"的意义?如莫言《红高粱》中对抗日、乔良《灵旗》中对湘江之战、格非《迷舟》中对北伐战争等的描写,为何作家们"不约而同"地用这种方式写作?

潘:"新历史小说"这个概念具体包含哪些元素,我不清楚。我觉得核心应该还是强调一种个人对历史的态度与认知吧。至于作家在作品中引用一些史料、档案、人物访谈与回忆等,大致上有两个原因:一是获得了蓝本,成为素材,如《灵旗》;二是满足于叙事,如《迷舟》;或二者兼有,如《红高粱》。毋庸置疑,《风》是面对一部巨大的历史神话来进行质疑与拷问的,这就建立了个人的历史观。其中那些虚假的史料,某种意义上也是一种叙事的需要和策略,但没有从整个主题的营造中剥离出去,反而增添了文本的悬疑感和神秘感,增加了历史本身扑朔迷离的层面,使读者感觉走入了迷宫。

陈:陈晓明曾说:"这部小说可以看成是对历史进行一次捕风捉影的追怀,对历史之谜实施一次谜一样的书写。"

潘:鲁枢元有篇关于《风》的文字,题目就叫《捕"风"捉影》。

陈:小说的一则"作家手记"中有这样的表述:"这部小说的人物关系为我始料不及。……这给我的创作带来极大的困扰,以致我时常手足无措。"这些可能是您当时的真心话。因为1993年您在接受马原的一次访谈时曾说,对《风》的结构形式,"比较喜欢,但是觉得雕琢了一些。我应该写得自然一些,会更好。其实当时写这部小说,某种意义上是出于对这种叙事的冲动。我知道'怎么写'了,却还不怎么知道'写什么'。也就是说,故事是一点一点生长出来的"。出现这种"雕琢"与"混乱",是否与您当时某种"写作中"的状态有关?后来同样写历史的小说,如《结束的地方》《夏季传说》《桃花流水》《重瞳》等,您要从容得多,也看不出有什么"雕琢"的痕迹,不仅知道"怎么写",也还知道"写什么"。由此,您如何看待作家创作的"写作中"与写作前必要的构思之间的关系,尤其是对长篇小说这一文体?

潘:第一,这部小说确实存在即兴发挥的成分。但是作为长篇,还是要有一个大概的脉络和指向性的判断。第二,人有时会被无形的东西折磨,比如信仰。小说中的人物,比如叶家兄弟,和各自的信仰纠缠一辈子,最后双双濒于崩溃,如同小说中的无字碑和一盘残棋。并不是说他们是失败的,只能说信仰是恐怖的。大戏已经落幕,但是演员还不能下场,需要继续表演下去。这是人类的悲哀。我把这种意识带入了这部小说。第三,作品中的东西是似是而非的,可疑的,暧昧的,甚至是作者也无法解答的。但是作为一部长篇小说,小说家的任务是呈现,而非解释。

陈:因此面对这种信仰和历史,小说中的人物各怀心事,探究真相与掩盖真相这两种力量在小说中体现很明显。

潘:对。其实文中一直存在着两种力量相互交缠,一种是以"我"和陈士林为代表,是历史的发掘者,探求历史的真相,一定要接近真相、发现真相。还有一种以林重远、陈士旺为代表,享受历史的这种裹挟。当然还存在像秦贞这样,对历史采取盲从的态度,以及田藕这种,没有被历史所裹挟的人。例如关于唐月霜的死,在这两种力量的相互交缠之下,不同的人说出的结果肯定是不一样的。陈士林不是叶千帆的儿子,但他像叶千帆一样,一直在追寻历史的真相,虽然他以一种玩世不恭的态度出现。但是陈士旺恰恰可能是叶千帆和莲子的孩子,正是仰仗了林重远的一种荫庇和呵护,他觉得这件事情会给他带来无限风光,最后换来的是悲剧的下场,他执着地追求自己的事业,想成为一个风云人物,想借林重远这层梯子向上爬,最后死于愚昧和盲从。你不能说他是个完全无辜的人,他骨子里有自己的算计和农民的精明。这些人在中国社会里是很常见和很普遍的。

陈:由此我们来看小说中的人物塑造。在传统(革命)历史小说中,人物大都是帝王将相或者英雄人物。《风》中也不乏英雄(如郑海、叶氏兄弟),但更多的是小人物(如过去故事中的莲子、六指、唐月霜,现实故事中的陈氏兄弟、田藕、王裁缝等),这些人物身上大都充满了谜团。既然历史的主体都是不可知的,那么历史本身也就值得怀疑了。这与小说的历史观、对历史事件的处理等是一脉相承的。另外,小说中人物(过去的与现实的)大都是一个个"孤独的人",如萨特所说的"我们只是孤零一个人,无法自解",改写了以往历史小说中特别是"十七年"革命历史小说中人物大都是"大写的人""透明的人"的格局。特别是其中的英雄人物,您曾经说过:"历史不相信历史中的英雄。"能否具体解释一下这句话的含义?

潘:在一次访谈中我曾经说过"历史不相信历史中的英雄"这句话。这句话实际上就是想表达,明明是虚构的东西,却被人们信以为真,我们一直煞有其事地去澄清什么、证明什么,却不敢直面历史的真相。

小说中为了证明故事的真实性,在迷途中不断有指示牌指引着前进。比如林重远的那只眼睛,好像就是他丢失的一个物件,这些提示都是为了让你锁定林重远就是叶之秋,而且在这之前已经有材料证明了林重远伪造了自己的历史,将他人的经历挪为己用,他一直在伪造历史,这就是所说的大戏已经落幕,演员还没有下场,正体现出了小说的魅力和生命力。

陈:正如小说中所说"人实在是个谜"。《风》中的人物刻画,既引人入胜,又让人充满疑惑。每个人都是一个谜。虽然米兰·昆德拉说"小说家应该描绘世界的本来面目,即谜和悖论",但这里有几个问题请您解惑:

首先,郑海是谁?依我的理解,这一人物至少有两种可能。一是集体化名。由于特殊的斗争环境的需要,郑海是当时中共地下工作者的一个集体化名的代称,所以六指说叶氏兄弟都是郑海。二是叶千帆。表面上看,大少爷叶千帆是国民党少校副官,后来也登报说去了台湾,但种种迹象表明,这只是一个幌子,叶千帆是中共安插在国民党内部的一个内应。如小说最后,一位曾参加渡江战役的中共参谋长说,他们获得的渡江战役中高村至马家圩一带国军布防情况的重要资料就是由郑海提供的,"但直接送过来的却是一位姑娘"。从小说来看,这姑娘就是莲子。而小说中最后与莲子在一起的是大少爷叶千帆。所以在我看来,郑海可能就是叶千帆。另外,叶千帆可能并未赴台,而是留在大陆。现实故事中一樵老人,也可能就是叶千帆。因为他对长水故道的无比眷恋、对"我"准确说出唐月霜死时年龄、田藕回忆少时一次奶奶带她在长水故道茅屋留宿前后奶奶的言行、青云山道士说他是这一带的药王等等,都暗示出一樵可能就是叶千帆。但问题是,小说中(无论是所谓的史料记载还是民间传说等)说郑海是"三代行医""游方郎中",而叶千帆却是行伍出身,这是个疑点。

潘:从故事层面来说,郑海是一个英雄,至少是传说中的英雄。叶千帆听命于郑海,甚至叶千帆有可能就是郑海。但从现实层面来说,林重远坚持说自己是郑海的战友,郑海的音容笑貌宛如目下,他成了最权威的发言人,殊不知他说的郑海可能就是他的哥哥,他的哥哥没有去台湾,就隐藏在他的身边,暗中注视着他,一直到新的谎言出现。郑海实际上可以理解为信仰的代名词,代表着某种信仰,小说中的人物都以郑海作为自己追求成功的砝码,他们都离不开这个郑海,又同时被折磨。

陈:林重远是否就是叶之秋?因为,一是从经历来看,二人早年都在一些学校从教(所以秦贞说林重远是她母亲同事,喊他舅舅),现实中都很"儒雅",且侃侃而谈;二是多年后林重远对叶家大院的依恋,尤其是当年叶之秋的书房和那张床的暗示;三是林重远有一只假眼,而青云山道士所言叶之秋并未死,只是"身上失去了一件东西",这东西可能就是一只眼球。故此推定,林重远可能就是当年的二少爷叶之秋,不过新中国成立后化名在北方工作了40年而已。

潘:我们可以进行这样的猜想。有可能一樵就是叶千帆,林重远就是叶之秋,所有的线索最后指向的是林重远和那块无字碑,仍然有人想要延续这种谎言,我们要做的就是制止这种谎言,但我们唯一能做的就是将无字碑铲掉,不让像田藕这样的人再卷入历史之中。无字碑实际上就是这段历史,就是一种空白。

陈:小说中陈士林是个私生子,生父母是谁成谜,所以他才说"这个幽灵会缠绕我一辈子"。从种种迹象来看,生父母可能就是叶之秋与莲子,并非叶之秋与唐月霜。因为,小说中虽然也写到了叶之秋与唐月霜曾生有一子,据说生下三天后就死了,其实可能并没有死,如唐月霜临死时叶千帆说有重要事情告诉她,可能就指此事,但王裁缝说:"莲子的孩子比二姨太的孩子早生一年的样子,季节差不多,也是秋天。"而陈士旺也说,母亲莲子结婚后第二年秋天有了他。因此,莲子在秋天生的孩子可能就是陈士旺,而非陈士林。虽然叶之秋对莲子说他们的儿子"抱给好人家了",但莲子说"二少爷,你的儿子回来了"应该不假,这是一个母亲对血亲儿子的天然感觉。但问题是,陈士林一再否认生父是叶之秋,且本能上反感叶之秋,没有那种血肉亲情的天然感应,倒是对大少爷叶千帆印象很好。另外陈士林说,母亲莲子临死时曾暗示他是郑海的儿子,而郑海是谁又是一个谜。故陈士林生父到底是谁,也许只有莲子她知道。

潘:莲子和叶之秋是没有孩子的。叶之秋和唐月霜存在乱伦关系,并生下一子,叶千帆赶回来之后,为了不让家丑外扬以及给父亲一个交代,谎称孩子死了,实际上是委托莲子将孩子送到后山隐藏起来。这个孩子在几年以后,制造了落水的假象被船上的人救了起来,从小就充满了狡诈而且敢于冒险,不惜生命代价要被人捞起来,最后果然顺风顺水搭上了这艘船回到了故乡罐子窑,但此时这个孩子最大的困惑就是不知道自己的父母是谁,但他知道自己的身世与这个家庭有关系。

这个孩子我认为是陈士林而不是陈士旺,虽然在描写年龄时提及了大概多少年岁,几岁的光景,或者外人所道之言,你会发现并非一一对应的,这是作者一开始有意的安排。因为任何历史都似罗生门一样,每个人都在选择对自己有利的立场。同一段事情为何有不同说法,叙述者通常已经将自己代入,以自身的角度说故事了,由此产生利益关联。陈士林身上反映出底层人的精明和狡诈还有霸道,很有可能和他对自己命运的追溯有关,所以他说幽灵纠缠了他一辈子。因此,他才会在林重远这种大官面前显得从容,肆无忌惮甚至冒犯,比如小说中一个细节,陈士林打了一只山鸡说是最贱的凤凰。他能在官员面前口出狂言,手还能伸到专员外甥女的乡长身上,暗示着某种基因的自负与强大。

陈:不同于陈士林,陈士旺的生母毫无疑问是莲子,但生父是谁成谜。从故事来看,六指是个性无能者,应是陈士旺的养父。据小说中的种种暗示,陈士旺生父可能就是叶千帆。因为在莲子与六指结婚后几天,"一个夜晚,莲子来到军营找到了他",之后莲子对叶千帆情有独钟,不排除还有肌肤之亲。同时,小说中莲子与叶之秋恋情在先,后才移情于叶千帆,所以先有陈士林,后有陈士旺。这样,陈士林可能就是陈士旺的哥哥而非弟弟。不知这样推断是否可信?

潘:陈士林和陈士旺并不是亲兄弟,而是堂兄弟,这种关系永远不能够被证明,因为这意味着一种家丑被披露,家丑永远是不能面世的,包括叶家兄弟也没有勇气去直面这段历史,他们能做的就是掩盖。叶家兄弟间的这种互不信赖,也是一种时代变化和政治变化的反映,血缘关系已经不可靠了,叶念慈和六指之间的这种主仆关系反而更加容易信赖,主人死后,仆人会继续按照主人的指令办事,这也是一种对人性的拷问。

陈士旺很有可能是叶千帆和莲子亲生的。陈士旺不完全是一个忠厚之人,他明知当地的土质不行却还是要进行所谓的改革,这是忠厚吗?叶千帆身上没有这种品质,莲子也没有,但这块土地上有。

陈:看来我对陈士林身世的理解有误。再来看看田藕,小说中也就十七八岁,本是一个单纯的年龄,但小说中她因"历史的负累"活得很累,超越了她那个年龄段宝贵的东西。田藕,让我想到了您长篇小说《日晕》中的苇子,可爱又让人心痛。您怎么来看田藕们这类"小人物"的意义?

潘:书中人物田藕是作为新生命的象征而出现的,一樵这种人不想让田藕这种生命的精灵受到莫名其妙、子虚乌有的干扰,所以田藕是不能有信仰的,是不能有任何职务的,最后田藕也确实如此。虽然一场大火之后田藕最后的命运不了了之,但这里面也存在了多种的可能性,她作为被保护者在故事中出现,代表了一种新生和纯净。

陈:小说中,六指这一人物往往是被大家忽略的。但实际上,这一人物在小说中是一个至关重要的点睛人物。您当时是怎么考虑这一人物设计的?

潘:小说人物关系中,真正没有血缘关系的是六指,他作为一种监视者的身份而存在,监视着这个院里的男人和女人,监视男人并不是怕他们碰老爷的女人,而是怕男人带回来什么使命。叶念慈可能为多方面力量效力,存在着很多种身份,也是文中所有悲剧命运的直接制造者。

六指被赋予的东西是强烈的。首先是忠实的奴才,其次是阴狠的鹰犬,叶念慈通过他控制着两个少爷,控制着整个院子和地盘。即使在叶念慈死后还是有势力在控制六指,导致他对两个少爷动了杀机。他始终未出现在正面,但推动着情节发展。六指的存在暗示着宗法社会的复活,超越了血缘关系,置换成了君臣、主仆关系。在一个统治集团内部,这种关系超越了亲属。叶念慈对六指是极其信任的。叶念慈死后,可以看出他在国共两党之间游刃有余的特殊身份,可以和汪精卫、日本人进行交易。这些关系集中在叶家大宅中,杀机四伏、险象环生,形成了某种隐喻。

陈:如此看来叶念慈也不是个等闲之辈。小说中文字部分似乎让人感觉他是个仁厚的长者、依恋故土的乡绅,其实不尽然。所以小说中这种人物身份的模糊性,与传统小说中历史人物身份的明晰性形成强烈对比。连历史人物都是谜,更何况这种历史本身的可信度了,这样又与小说主题所要表现的历史观一致。但这种历史事件、历史人物等身上过多的谜团,是否让读者会有一种求而不得的失落感?或者被一些人理解为"历史的虚无主义"呢?"历史的虚无"和"历史的真实"之间存在怎样的界限?

潘:历史的质疑并不等同于历史的虚无。我们应该对任何一段历史保持一种质疑的态度和立场,但质疑不代表这段历史的不存在。历史虚无主义认为,什么都是不可信的,但《风》这个文本强调的是个人对历史的态度、感受和认知,尽管很难避免罗生门的认知,但必须强调自己的认知。

陈:在已有的《风》的评论中,有一点似乎被大家忽略了,即小说中"性"也是推动历史的一个重要方面。其实历史上这种例子很多,如古希腊历史上的特洛伊战争传说、成语"千金一笑"的来源、吴三桂冲冠一怒为红颜的故事等的背后,就是这个"性"的力量。但在传统历史小说中,"性"要么是个禁忌(如革命历史小说中是无"性"的),要么是猎奇和性行为的描写(如《金瓶梅》)。在《风》中,"性"也是推动历史事件和故事本身的有力方面,改变着人物的命运,也改变着历史的某些进程,但每个人物似乎又都在"性"面前迷失了自己。小说可以说是充斥着乱伦、通奸等有悖中国传统文化的东西,如叶家两个少爷和院子里的两个女人间就存在这种复杂的关系。请您谈谈小说在这方面的考虑。

潘:叶之秋和唐月霜存在的是一种乱伦的关系,而叶千帆和莲子之间又属于一种偷情的状态,都是不被世俗所认同和允许的。这也导致了每个人的命运发生变化。如莲子被叶念慈许配给六指,等于是作践了莲子,六指反而感恩戴德。唐月霜尽管经历了叶之秋的欺骗,却从内心里敬重起了叶千帆。但叶千帆又用外在的理智,甚至自虐,克制了自己的情欲,她自始至终没有得到叶千帆的爱,最终死于非命。虽然叶千帆和莲子偷情,但这种偷情让人一点也不觉得龌龊,反倒美好。只不过父命难违,或者某种政治力量让他没办法违抗自己的父亲。

叶家宅子的这两个女人之间地位、文化差距很大,但在男性层面上都有地位,男人对女人的爱都是以欣赏和占有为目的。假设某些东西是肯定的,比如叶之秋的风流倜傥被唐月霜吸引,很像《雷雨》中的蘩漪和周萍互相吸引,这是旧时代不罕见的事情。还有像秦贞这种人,表面看上去并没有那么聪明,但其实她一方面迷恋着陈士林身上男人的魅力,另一方面又想改变陈士林的身份,让他俩相匹配,有着自己的算计。

陈:对故事意蕴丰富性或者弹性的追求,是您的一贯写作风格,这也是20世纪80年代后中国当代小说逐渐走向好看、走向世界的一个重要方面,它打破了以往历史小说中线性、大团圆式的格局,具有颠覆性意义。您是中国作家中对"故事"苦心营造的为数不多的坚守者之一。如小说中多视角、空白、悬念、元叙事等手法的运用,是您的拿手好戏。如多视角方面,对叶念慈死前的"两根指头"的含义,不同人物对此做出的不同理解,有一种日本导演黑泽明电影《罗生门》的意味。另外,像"蛇吞其尾"签文、郑海的墓碑之谜等等,都充满着悬念。这些手法,有些是从传统小说中借鉴过来的(如文字的抒情性、一些场面的戏剧性等),更多的是对国外现代小说技法的移植与改造。因为在小说中,您谈到了米兰·昆德拉、约瑟夫·海勒、海明威,以及培根、格林、海德格尔、埃利蒂斯等大批西方的文学家、哲学家、心理学家等。请谈谈外国文艺思潮对您创作此小说时的影响,以及20世纪80年代你们这批先锋作家眼中的外国文学对你们的"革命性"意义。

潘:我已说过,《风》完成于一个寂寞的时间段,《风》的写作也很寂寞。没有前车之鉴,没有蓝本供我参考,中国没有,外国也没有,只能说我本人在寻找我想要的一种小说叙事。当我找到以后,这本小说在某种意义上就建立起来了,然后随着写作的展开,不断地进行补充。《风》是用钢笔所写,手稿至今仍然保存在。那个年代没有互联网,无法上网进行查阅很多背景资料,很多背景都是一本本翻阅纸质资料的。我在作品中引用一些外国作家、哲学家的话语,其实更多的是与我以往的阅读经验有关。

陈:读者与批评界对《风》的文本存在多种理解,如有人认为这是一部先锋实验小说,有人认为是一部"新历史小说",有人认为小说是形式大于内容,等等。您如何看待这种不同的解读? 由此我们如何来看作家的创作初衷与读者实际阅读上的不一致情况?

潘:我认为评论一部作品,首先要有其独到的认知,不能人云亦云。共识的部分是不可避免的,但我们也不能满足于这些共识。你今天来,可以听作者说,但作者说的不一定都是对的,形象大于思维,小说有其自身的价值。读者也可能会读出更高明的东西,这是正常的。多年前我就说过,好的小说,作家只能写出一半,另一半由读者完成。阅读是创作的一部分。我还打过一个比方,好的小说是一杯茶,作者提供优质的茶叶,读者提供适度的水,二者合作完成。中外很多经典的作品,其意味都不是作家写作的那个时候就能完成或意识到的,它可能有某种预见性和前瞻性,随着时间的推移,逐渐显示出它的生命力。

其次,要立足于文本本身。《风》这个文本之所以在今天仍然能够引起大家的重视,固然有其原因所在。可能很多人乍一看来,认为《风》是形式大于内容,仔细读下去以后,实际上还是内容大于形式。

陈:《风》从发表到现在近30年了,至今还在被人研究和谈论。您在《风》中的种种尝试以及可能存在的问题都是当代小说创作的宝贵财富。现在您是如何看待当年自己的这种写作努力——语言、结构、内容、形式的? 以及如何评价当代"新历史小说"创作?

潘:小说是语言的艺术,更是结构的艺术、叙事的艺术。我不过是把对小说,尤其是长篇小说的个人理解,寄托在《风》中。我认为这是一种有价值的探索。经常听到有人说,哪部小说受到了《风》的影响,或许是,也未必是。我现在几乎不读小说,谈不上对当代小说的评价,我也不认为《风》是一部"新历史小说",《风》作为一部带有实验性质的长篇小说文本,是我对长篇小说写作的一次美好冲动和释放,就这些。

陈:问您两个与《风》无关的问题:一、在您这么多年的写作中,有无遗憾的东西? 二、您认为好的小说应该有哪些品质?

潘:最大的遗憾就是,以我的能力应该还能写出更好的小说,原因是多方面的,不想多说。或许将来还会认真去写,眼下只是坚守。一个作家的坚守,或者说一个艺术家的坚守,实际上在坚守自己最值得坚守的东西。第二个问题,我觉得优秀的小说都有一种前瞻性,具有文本价值,这大概就是生命力吧。

(原载于《作家》2020年第5期)

附录

潘军研究资料索引

（截至2024年3月）

一、国内期刊论文

1. 唐先田:《长篇创作的新尝试——评潘军的〈日晕〉》,《清明》1988年第3期。
2. 陈辽:《给读者留下广阔的思维空间——读〈日晕〉》,《清明》1988年第6期。
3. 李正西:《论情绪流小说兼论潘军创作》,《安徽教育学院学报》1990年第2期。
4. 李美云:《论潘军小说中的人物塑造》,《安庆师范学院学报(社会科学版)》1991年第4期。
5. 吴义勤:《穿行于写实和虚构之间——潘军长篇小说〈风〉解读》,《当代文坛》1994年第1期。
6. 陈晓明:《对文学说话:潘军的〈风〉及其他》,《当代作家评论》1994年第2期。
7. 鲁枢元:《捕〈风〉捉影——兼记潘军与他的伙伴及我的朋友们》,《当代作家评论》1994年第2期。
8. 韩少功:《行动者的归来(代序)》,《潘军实验作品集》,花城出版社2000年版。
9. 陈晓明:《对文学说话:潘军的写作及其他(代跋)》,《中国当代作家选集丛书·潘军卷》,人民文学出版社2000年版。
10. 杨匡汉:《现代男性的焦灼》,《潘军小说文本系列·A卷》,中国工人出版社2000年版。
11. 宗仁发:《永远的创造力》,《潘军小说文本系列·B卷》,中国工人出版社2000年版。
12. 陈晓明:《解谜的叙述》,《潘军小说文本系列·C卷》,中国工人出版,2000年版。
13. 李洁非:《现在的写城市的潘军》,《潘军小说文本系列·D卷》,中国工人出版社2000年版。

14. 唐先田:《抒情的现实主义》,《潘军小说文本系列·E卷》,中国工人出版社2000年版。

15. 吴义勤:《让真实飘在风中》,《潘军小说文本系列·F卷》,中国工人出版社2000年版。

16. 吴义勤:《艺术可能性的寻求与展示》,《作家》2000年第5期。

17. 王光东:《复活自己的历史》,《作家》2000年第5期。

18. 施战军:《笔记潘军》,《南方文坛》2000年第5期。

19. 牛志强、潘军:《关于潘军小说叙事艺术的对话》,《小说评论》2000年第6期。

20. 林舟、潘军:《建构心灵的形式——潘军访谈录》,《花城》2001年第1期。

21. 许春樵:《潘军小说解读的其他几种可能性》,《江淮论坛》2001年第1期。

22. 李正西:《主观真实和心理真实的文本——论潘军的小说艺术》,《江淮论坛》2001年第1期。

23. 唐先田:《彻底颠覆后的诗意重构——评〈重瞳〉》,《安徽大学学报(社会科学版)》2001年第1期。

24. 方维保:《恣情的诗意——论潘军的小说创作》,《安徽大学学报(社会科学版)》2001年第1期。

25. 丁增武:《先锋叙事:漫游与回归——潘军中篇小说论》,《安徽大学学报(社会科学版)》2001年第1期。

26. 丁增武:《论潘军小说的叙事风格》,《合肥联合大学学报》2001年第3期。

27. 王晓岚:《自由展示生活画面——〈独白与手势·白〉阅读体验》,《吕梁高等专科学校学报》2001年第4期。

28. 吴春平、张俊:《穿行于历史与现实之间——〈重瞳〉思想意蕴漫谈》,《安庆师范学院学报(社会科学版)》2002年第2期。

29. 张晓玥:《生前和死后——解读潘军中篇历史小说〈重瞳〉》,《安徽文学》2002年第6期。

30. 方维保:《浪子·硬汉与生存恐惧——潘军小说论之三》,《淮北煤炭师范学院学报(社会科学版)》2003年第1期。

31. 青峰:《云霄上的浪漫主义——潘军访谈录》,《长城》2003年第2期。

32. 陈宗俊:《飞翔与行走:潘军小说论》,《安庆师范学院学报(社会科学版)》

2003年第4期。

33. 孙仁歌:《现代城市人的婚姻绝唱——评潘军中篇小说〈合同婚姻〉》,《江淮论坛》2003年第6期。

34. 施战军:《我印象中的潘军》,《山花》2003年第7期。

35. 黄晓东:《城市状态的个性书写——潘军城市叙事解读》,《当代文坛》2004年第1期。

36. 高姿英:《试论〈独白与手势〉的电影化叙事形式》,《安徽广播电视大学学报》2004年第1期。

37. 唐先田:《我所感受到的潘军》,《时代文学》2004年第5期。

38. 汪淏:《我所认识的作家潘军》,《时代文学》2004年第5期。

39. 施战军:《一个作家　N种印象》,《时代文学》2004年第5期。

40. 徐迅:《在传说中生活与写作——潘军或潘军小说印象》,《北京文学》2004年第5期。

41. 吴格非:《存在主义与潘军的〈独白与手势〉》,《萨特与中国:新时期文学中"人"的存在探寻》,中国矿业大学出版社2004年版。

42. 宁克华:《尊重生命　呼唤良知——有感于潘军的〈死刑报告〉》,《当代文坛》2005年第1期。

43. 陈宗俊:《论潘军小说创作的故乡情结》,《安庆师范学院学报(社会科学版)》2005年第6期。

44. 南方朔:《潘军的"新表现时代"与〈重瞳〉这本选集》,《安徽文学》2005年第7期。

45. 蔡诗萍:《潘军写活了与一般男人不一样的男人》,《安徽文学》2005年第7期。

46. 吕正惠:《潘军的小说和他这个人》,《安徽文学》2005年第7期。

47. 李云峰:《执着的探索　永远的先锋——潘军小说〈日晕〉和〈风〉比较》,《济宁师范专科学校学报》2006年第1期。

48. 丁增武:《现实与想象的边界——潘军长篇小说〈死刑报告〉解读》,《合肥学院学报(社会科学版)》2006年第3期。

49. 党艺峰:《先锋叙事中的项羽及其他——〈史记·项羽本纪〉和〈重瞳〉的互文性阅读》,《渭南师范学院学报》2007年第3期。

50. 周毅、王蓉:《婚恋尴尬与人性困境——〈合同婚姻〉的文本细读》,《海南大学学报(社会科学版)》2007年第5期。

51. 李月云:《潘军小说中的女性人物分析》,《阜阳师范学院学报(社会科学版)》2007年第5期。

52. 朱崇科:《自我叙事话语与意义再生产——以潘军的〈重瞳——霸王自叙〉为中心》,《海南师范大学学报(社会科学版)》2007年第6期。

53. 黄晓东:《心灵苦难的独特表达——潘军回忆性小说研究》,《铜陵学院学报》2008年第5期。

54. 黄晓东、陈宗俊:《论潘军早期的小说创作》,《安庆师范学院学报(社会科学版)》2008年第7期。

55. 周立民:《潘军:男人主宰的世界》,《精神探索与文学叙述:新世纪文学论稿》,广西师范大学出版社2008年版。

56. 韩传喜、傅晓燕:《改编伦理、历史重构与先锋性——关于话剧〈霸王歌行〉的几个问题》,《吉林师范大学学报(社会科学版)》2009年第1期。

57. 王海燕:《潘军论》,《文学评论丛刊》2009年第2期。

58. 江飞:《先锋背后的现实焦虑:潘军近年小说解读》,《安庆师范学院学报(社会科学版)》2009年第5期。

59. 陈宗俊:《水磨声声:潘军小说中的"水"叙事》,《安庆师范学院学报(社会科学版)》2009年第10期。

60. 潘建华:《人不狷狂枉少年——透视潘军小说〈独白与手势·白〉的文人精神》,《飞天》2009年第18期。

61. 黄晶晶:《潘军小说语言的反讽修辞》,《科技信息》2009年第28期。

62. 方萍:《两极的对抗与消融——论潘军短篇小说》,《铜陵职业技术学院学报》2011年第1期。

63. 唐东霞:《流动的沙滩,流动的感受——对潘军小说〈流动的沙滩〉的解读》,《作家》2011年第10期。

64. 杨萍:《潘军短篇小说〈纸翼〉的语言控制艺术》,《学语文》2012年第3期。

65. 戚慧:《飘在天空中的真实——评潘军〈纸翼〉》,《写作》2012年第11期。

66. 陈宗俊:《纪念,或者出发:潘军创作30年研究述评》,《安徽文学》2013年第1期。

67. 王娟荣:《走出历史时空寻找自我人格——潘军〈重瞳〉文体话语转化》,《剑南文学》2013年第4期。

68. 蒋天鸿:《对潘军小说中女性人物的分析》,《华夏地理》2015 年第 10 期。

69. 徐莹:《探秘、寻找背后的忧郁与浪漫的重拾——潘军小说论》,《滁州学院学报》2016 年第 3 期。

70. 赵修广:《当代文人心魂漂泊历程的叙事——论潘军小说创作从先锋到现实主义的嬗变》,《淮北师范大学学报(哲学社会科学版)》2017 年第 2 期。

71. 陈宗俊:《一种状态的呈现——读潘军〈电梯里的风景〉》,《安徽文学》2018 年第 1 期。

72. 张陵:《历史像风一样吹过田野大地——重读潘军长篇小说〈风〉札记》,《作家》2020 年第 5 期。

73. 陈宗俊:《心灵的历史——重读潘军长篇小说〈风〉》,《中国当代文学研究》2019 年第 5 期。

74. 陈宗俊、潘军:《谜一般的书写——潘军长篇小说〈风〉访谈录》,《作家》2020 年第 5 期。

75. 徐阳阳:《"空城":一纸婚姻下的现代焦虑》,《鸭绿江》(下半月)2020 年第 18 期。

76. 方维保:《论潘军近期小说中的戏剧原型意象及其审美功能——以〈断桥〉〈知白者说〉〈十一点零八分的火车〉为例》,《安庆师范大学学报(社会科学版)》2022 年第 2 期。

77. 黄晓东:《论潘军小说近〈知白者说〉的叙事特色》,《安庆师范大学学报(社会科学版)》2022 年第 2 期。

78. 唐先田:《有限之中蕴含着无限——潘军短篇小说的纯文学价值》,《安庆师范大学学报(社会科学版)》2022 年第 3 期。

79. 陈宗俊、宋培璇:《乡土的反观与守望——重读潘军长篇小说〈日晕〉》,《安庆师范大学学报(社会科学版)》2022 年第 3 期。

80. 唐跃:《才情第一——从潘军的画说道文人画》,《书画世界》2022 年第 9 期。

81. 蒋楠楠、潘军:《二十四年 忽如一梦——与潘军谈春秋战国秦汉三部曲》,《新安晚报》2024 年 1 月 26 日。

82. 陈宗俊:《"人"的话剧——论潘军的话剧创作》,《百家评论》2024 年第 3 期。

二、硕士学位论文

1. 黄晓东:《潘军小说创作论》,南京大学硕士学位论文,2004。

2. 蔡爽:《潘军近年小说解读》,武汉大学硕士学位论文,2004。

3. 李云峰:《论潘军小说的个人化叙事》,安徽师范大学硕士学位论文,2007。

4. 谭墨墨:《论潘军中短篇小说的荒诞意识》,东北师范大学硕士学位论文,2009。

5. 黄晶晶:《潘军小说语言特色研究》,安徽大学硕士学位论文,2009。

6. 陶存堂:《男性个体生命的存在方式——解读潘军的小说〈独白与手势〉》,新疆大学硕士学位论文,2010。

7. 方萍:《在流动的生活中找寻有意味的形式——潘军中短篇小说论》,安徽大学硕士学位论文,2012。

8. 熊爱华:《论潘军小说中的先锋特质》,安庆师范大学硕士学位论文,2016。

9. 张婷:《论潘军的欲望书写》,安徽大学硕士学位论文,2020。

10. 张均均:《潘军小说叙事话语研究》,浙江师范大学硕士学位论文,2020。

三、专著与资料汇编

1. 唐先田主编:《潘军小说论》,安徽大学出版社2003年版。

2. 陈宗俊编选:《潘军小说论》(第二辑),安徽大学出版社2009年版。

四、访谈录

1.《坦白——潘军访谈录》,安徽大学出版社2000年版。

2.《冷眼·直言——潘军访谈录》,安徽大学出版社2008年版。

选编后记

自本人选编《潘军小说论（第二辑）》（安徽大学出版社2009年版）以来的这十余年间，学界对潘军的研究在不断深化，并涌现出一批新的研究成果。基于此，有对这些成果结集出版的必要。因此，这部《潘军小说研究》就是此前《潘军小说论》（唐先田编，安徽大学出版社2003年版）和《潘军小说论（第二辑）》工作的延续。

此次选编，主要收录了近年来在潘军小说研究中的最新论文，兼顾此前研究中的一些代表性文章。由于受制于篇幅，另一些小说研究的成果未曾入选，希望以后有机会再结集出版。全书大致分为三辑：第一辑为综论，第二辑为作品论，第三辑为访谈。文后均注明出处，便于读者查阅原文。其中对少数原文中的个别字句、标点错讹等在收录时做了修改。

在编选的过程中，我们得到了各位作者的大力支持，在此表示感谢。尽管如此，仍有少数作者联系不上，诚望这些朋友支持本书的编选工作，并与编者取得联系（电子邮箱：443775414@qq.com），以便寄送样书及稿酬。

感谢安庆师范大学人文学院皖江文化数字化保护与智能处理重点实验室对本书提供的出版资助。在此书出版过程中，得到了作家潘军老师、安徽出版集团总编辑朱寒冬先生、安徽文艺出版社社长姚巍先生的大力支持，在此表示衷心感谢。责任编辑张妍妍与柯谐两位老师的敬业精神令人感动。感谢马德龙兄对封面和版式的精美设计。

陈宗俊
2024年5月10日